ullstein

Marlene ist endlich am Ziel ihrer beruflichen Träume: Sie ist approbierte Ärztin mit Doktortitel an der Kinderklinik Weißensee. Auch privat hat sie endlich ihr Glück gefunden: Sie konnte ihre große Liebe Maximilian heiraten. Das Leben scheint perfekt, wäre da nicht der lang ersehnte Wunsch nach einem eigenen Kind. Zudem ist Marlene völlig überarbeitet, reibt sich zwischen Kinderklinik und geplanter Habilitation völlig auf. Sie will sich eine Pause gönnen, doch dann erfährt sie von ihrem früheren Doktorvater, dass ein Forscher in England eine interessante Entdeckung gemacht hat: Ein Schimmelpilz namens Penicillin hat offenbar die Kraft, Bakterien abzutöten, ohne dem menschlichen Organismus zu schaden. Marlene ist Feuer und Flamme bei dem Gedanken, ihre kleinen Patienten bald damit heilen zu können, doch die Beziehung zu Maximilian leidet darunter. Ihre Schwester Emma steht jedoch fest an ihrer Seite. Emma, Oberschwester und gute Seele der Kinderklinik, muss die Klinik vor dem finanziellen Ruin bewahren, die von der Weltwirtschaftskrise hart getroffen wurde. Gleichzeitig übersieht sie beinahe, wie ihr geliebter Sohn in die Fänge der Hitlerjugend gerät …

ANTONIA BLUM lebte längere Zeit in Berlin, ohne den Weißen See dort je gesehen zu haben. Erst Jahre später, nachdem sie die Hauptstadt längst verlassen hatte, entdeckte sie durch einen Zufall die Ruine der einstigen Kinderklinik in Weißensee und kommt seitdem von dem Ort und seiner bewegten Geschichte nicht mehr los. Heute fährt Antonia nicht nur zum Spazierengehen immer wieder an den Weißen See, der dem Berliner Stadtteil seinen Namen gab. Sie ist überzeugt, dass dort ein Tor in die Vergangenheit existiert.

Von Antonia Blum sind in unserem Hause bereits erschienen:
Kinderklinik Weißensee – Zeit der Wunder
Kinderklinik Weißensee – Jahre der Hoffnung

ANTONIA BLUM

KINDERKLINIK Weißensee

Tage des Lichts

Roman

Ullstein

Besuchen Sie uns im Internet:
www.ullstein.de

Originalausgabe im Ullstein Taschenbuch
1. Auflage Oktober 2022

Umschlaggestaltung: bürosüd° GmbH, München
Titelabbildung: Trevillion Images / © Krasimira Petrova Shishkova (Kinder); © www.buerosued.de (Landschaft); Berliner Denkmalschutzbehörde, Straßenansicht von der Gierstraße, um 1911 (Klinik)
Satz: LVD GmbH, Berlin
Gesetzt aus der Dolly
Druck und Bindearbeiten: CPI books GmbH, Leck
ISBN 978-3-548-06561-8

Prolog

Lübars, Ende September 1919

Es war einer dieser letzten Sommertage mit besonders weichem Licht, das Marlenes Gesicht streichelte und angenehm wärmte. Sie war mit Emma soeben aus der kleinen windschiefen Kate getreten. Ihr stiegen der Rauch aus den Meilern der Ziegelei und die Frische der feuchten Fließtalwiesen in die Nase. Sie sog diesen Geruch ihrer Kindheit tief ein. Mit seiner hübschen, den Ort umgebenden Landschaft lud Lübars zu langen Spaziergängen ein. Trotzdem hatte sie nur Emma zuliebe dem Treffen mit Joseph Christian Gottwald zugestimmt – jenem Mann, der als einziger ungeladener Gast auf ihrer Hochzeit erschienen war und obendrein noch behauptet hatte, ihr leiblicher Vater zu sein.

Marlenes Hochzeitsreise mit Maximilian lag erst drei Wochen zurück. In ihrer Erinnerung konnte sie das algendurchwachsene, salzige Ostseewasser noch riechen und, wenn es ganz leise war, die Wellen an den Strand spülen hören. Lieber würde sie jetzt in Ahlbeck auf der Seebrücke flanieren, als hier in Lübars einen fremden Mann zu treffen, der sie schrecklich verunsicherte. Emma, die die ganze Sache unbefangener sah, hatte vorgeschlagen, mit dem angeblichen Vater einen Spaziergang zum gegenseitigen Kennenlernen zu unternehmen. Am besten an einem Ort der gemeinsamen Vergangenheit. So kam es nun. Aber anders als ihre Schwester wollte Marlene nicht glauben, dass ihr Vater noch lebte und sich nach Jahrzehnten doch für sie interessierte. Sie würde dem Mann schon zeigen, dass er es nicht mit zwei leichtgläubigen Mädchen zu tun hatte, sondern mit gestandenen Persönlichkeiten, die man nicht so leicht veräppelte. Sie sah sich als selbstbewusste Frau, die nicht einmal vor dem arroganten Doktor Waldemar Buttermilch eingeknickt war, als der für kurze Zeit Ärztlicher Direktor an der Kinderklinik gewesen war.

Es war schon seltsam, dass Joseph Gottwald sich ausgerechnet jetzt in ihr Leben drängte, da sie in eine adlige, wohlhabende Familie eingeheiratet hatte. Er wäre nicht der erste Betrüger, der anderen des schnöden Mammons wegen etwas vorspielte.

Marlene hatte sich vorgenommen, das Wiedersehen rasch und auf sachliche Art hinter sich zu bringen, damit sie alle ihr Leben normal weiterführen konnten. Warum aber schlug ihr Herz dann nur so schnell?

Entschlossen zog sie die Tür der kleinen, windschiefen Kate hinter sich zu, trat neben Emma und schaute zum entfernten Nachbarhaus, vor dem ein paar Milchkühe rammdösig im Gras lagen und Fliegen mit ihren Schwänzen verscheuchten.

Emma beschattete ihre Augen mit der flachen Hand und behielt den Weg am Lehmgraben zur Dorfstraße genau im Blick. Von dort würde Joseph Gottwald wohl kommen.

Marlene wollte erst einmal nicht dorthin schauen. »Kannst du ihn sehen?«, fragte sie, die Milchkühe fixierend. Sie hatte keine einzige Erinnerung an ihren Vater. Er musste die Familie bald nach der Geburt ihrer Schwester verlassen haben, da war sie selbst anderthalb, maximal zwei Jahre alt gewesen. Alles, was sie über die Beziehung ihrer Eltern wusste oder sich zumindest zusammenreimte, war, dass sich beide nur heimlich hatten lieben dürfen.

Marlene atmete tief ein und aus, damit sich ihre Aufregung endlich legte. Seitdem Joseph Gottwald auf ihrer Hochzeit aufgetaucht war, füllte sich ihre Welt mit Fragen, und täglich kamen neue hinzu. Spielte er ihnen nur etwas vor? Warum hatte sie vor seinem Auftauchen nie selbst nach ihrem Vater gesucht? Und warum ließ sie sich nun überhaupt auf das Treffen ein? Wünschte sie sich etwa insgeheim, ihren Vater zu finden, da sie seit Kurzem verheiratet war und ihren zukünftigen Kindern einen Großvater präsentieren wollte? Einen, der den Kleinen Dinge erlaubte, die Maximilian und sie nie durchgehen lassen würden?

Marlene schaute auf ihre Armbanduhr. »Es ist schon fünf Minuten nach vier. Pünktlich ist er schon mal nicht.«

»Lene, wir hatten uns doch darauf geeinigt, dass wir Unmut und Misstrauen in Weißensee zurücklassen und unserem potenziellen Vater so höflich und unvoreingenommen wie möglich begegnen«, erinnerte Emma in eindringlichem Ton.

»Das sagt sich so einfach«, gab Marlene zurück. Sie bewunderte ihre Schwester für deren Gelassenheit. Emma schien kaum nervös zu sein. Sie hingegen zupfte ihre lockigen Haare zurecht und tat ein paar unruhige Schritte Richtung Dorf, ihrer Verabredung entgegen – wenn sie denn überhaupt noch käme. Im nächsten Moment war es ihr unangenehm, dass sie sich für einen fremden Mann, der vermutlich ein Lügner war, zurechtgemacht hatte. Sogleich verwuschelte sie ihre Frisur wieder und löste die silberne Spange, mit der sie sich die Haare etwas zu vornehm zurückgesteckt hatte. Tagelang hatte sie sich das heutige Treffen ausgemalt und Fragen vorformuliert, mit denen sie den Hochstapler zu überführen gedachte.

»Meine Mädchen«, erklang es hinter ihnen in zärtlichem Ton. »Es tut mir leid, dass ich mich etwas verspätet habe.«

Emma und Marlene fuhren gleichzeitig herum. Vor ihnen stand der Mann, der auf Marlenes Hochzeit aufgetaucht war. Wie damals war sein Haar ungepflegt und seine Kleidung abgetragen. Marlene beschaute ihn mit jenem ernsten Blick, mit dem sie sonst Kinderwunden inspizierte. Seine Gesichtszüge mussten einst klar und eben gewesen sein, heute wirkten sie vom Leben zerfurcht. Sie schätzte ihn auf Mitte fünfzig, und er roch, als hätte er die letzte Nacht in einem Kuhstall verbracht. Er musste aus Richtung Schildow gekommen sein und zu Fuß, was seltsam war. Wohnte er doch nicht mehr in Berlin, wie auf der Hochzeit behauptet? Zu Fuß brauchte man mindestens zweieinhalb Stunden nach Lübars.

Joseph Gottwald begrüßte zuerst Emma. »Du bist deiner Mutter wie aus dem Gesicht geschnitten. Ich freue mich, dass du so eine fürsorgliche Krankenschwester geworden bist.«

Emma lächelte daraufhin. Mit ihren feinen symmetrischen Zügen, der glatten Haut und der Stupsnase war sie die Hübschere von ihnen beiden, davon war Marlene überzeugt. An Emmas Äußerem schien die Zeit so gut wie keine Spuren zu hinterlassen. Sie trug ihr dunkelblondes seidenglattes Haar nach wie vor mädchenhaft lang.

Marlene wusste, dass sie selbst nur die Wuschellocken

von ihrer hübschen Mutter geerbt hatte, und fand, dass sie mindestens fünf Jahre älter aussah als Emma, oder doch eher zehn? Sie stockte. Woher wollte ihr angeblicher Vater eigentlich wissen, wie Emma als Krankenschwester war? Und behaupten, man würde der eigenen Mutter ähnlich sehen, das konnte jeder Fremde.

Joseph Gottwald trat vor Marlene. Er betrachtete ihr Gesicht aufmerksam, zuerst ihre Augen und die neue Brille, die sie sich von ihrem ersten Gehalt als Assistenzärztin gekauft hatte. Sein Blick war ihr unangenehm. Er ergriff ihre feuchte Hand, aber Marlene entzog sie ihm gleich wieder. Er war ein fremder Mann!

»*Du* bist *mir* ähnlicher«, sagte Joseph und lächelte, sodass sich Strahlenbündel aus Falten um seine Augen und Mundwinkel herum auffächerten.

Niemals bin ich dir ähnlich!, dachte Marlene. Sie war ganz und gar nicht wie er. Sie versuchte, sich an ihre schnellen und sachlichen Fragen zu erinnern, mit denen sie ihn überführen wollte, aber bekam jetzt, da der Mann in Fleisch und Blut vor ihr stand, nur heraus: »Beweisen Sie uns erst einmal, dass Sie überhaupt unser Vater sind!« Sie erkannte ihre nervöse Stimme selbst kaum wieder. Als Assistenzärztin an der Kinderklinik Weißensee gelang es ihr, auch bei schlimmen Diagnosen besonnen zu wirken und vor Kindern wie Eltern Hoffnung auszustrahlen. Warum dann jetzt nicht vor jemandem, der viel unwichtiger war als die kranken Kinder?

»Lene, bitte sei höflicher«, bat Emma.

Marlene verstand nicht, warum ihre Schwester ihr in den Rücken fiel. Dass Joseph Gottwald hochgewachsen war, mit langen Beinen wie sie und sein Haar unter dem ganzen

Dreck womöglich dunkelblond, wie das von Emma und ihrem Sohn Theodor, konnte reiner Zufall sein. Die meisten Menschen hatten dunkelblonde Haare.

»Ist schon gut, Emma. Ich verstehe Marlene ja. Es ist eine äußerst ungewöhnliche Situation. Für uns alle.« Joseph griff in seine Hosentasche und präsentierte Marlene auf seiner flachen Hand einen Silberring mit einem rosa Edelstein, vermutlich aus Rosenquarz. »Das ist der Verlobungsring, den ich eurer Mutter einst schenkte.«

Marlene hielt weiter Abstand. Einen Ring konnte jeder kaufen. Emma hingegen nahm den Silberring fasziniert in die Hand. »Die Gravur im Inneren ist noch gut lesbar«, sagte sie.

Ohne dass Marlene es wollte, beugte sie sich nun ebenfalls über das Schmuckstück und las: »In Liebe verbunden, wo immer wir sind. E. & J.«

»Elisabeth und Joseph«, hauchte Emma und berührte den Silberring so ehrfürchtig, als würde er noch immer den Ringfinger ihrer Mutter umschließen.

Joseph nickte, während Emma den Ring an ihrer Brust barg.

»E und J kann für viele Namen stehen«, warf Marlene kühl, beinahe patzig, ein. »Das könnte der Ring von Emil und Jette sein.«

Joseph lächelte sie an, als hätte er mit Marlenes Reaktion gerechnet. Dann hielt er ihr eine Fotografie hin. Er schien gut auf das Wiedersehen vorbereitet zu sein.

Vor Schreck sprang sie zurück. Das Foto war das gleiche alte Familienfoto, das Emma und sie im Frühjahr in der Kate gefunden hatten. Es zeigte ihre Mutter, mit Emma als Säugling auf dem Arm und Marlene daneben mit einer Kartoffel in den Händen. »Woher haben Sie …?«, brachte sie nur heraus.

»Von Elisabeth«, sagte Joseph wieder in zärtlichem Ton. Wenn er den Namen ihrer Mutter aussprach, klang es liebevoll und schmerzlich zugleich. »Schau hier, Marlene.« Er wies auf Elisabeths linke Hand auf dem Foto, die Marlenes Hüfte umfasste. »Wenn du genau hinschaust, kannst du den Ring mit dem Rosenquarz sehen.«

Marlene reinigte erst ihre Brille, bevor sie das alte Bild genauer betrachtete. Sie hatte es bestimmt schon hundertmal angestarrt. Bei ihrer Hochzeit hatte es auf dem Altar gestanden, aber der Ring war ihr vorher nie aufgefallen.

Es war Emma, die zuerst sagte: »Er hat recht. Das ist der Beweis.« Sie trat an Marlenes Seite und strich ihr liebevoll über die Schulter. »Er ist wirklich unser Vater, Lene.«

Marlene nickte unvermittelt. Sie meinte, ihr Herzschlag würde jeden Moment aussetzen. Ruckartig schaute sie von der Fotografie auf. Ihr Kopf schien vor Fragen platzen zu wollen. Gleichzeitig breitete sich wie eine dünne Eisschicht eine Gänsehaut auf ihren Armen und den Oberschenkeln aus. Wenn er wirklich ihr Vater war, warum war er damals von seiner Familie fortgegangen und hatte eine Frau und zwei kleine Kinder sich selbst überlassen? Elisabeth hatte versucht, die Familie mit dem Nähen von Damenpantoffeln, als Kellnerin im *Dorfkrug* und mit Ackerarbeit über Wasser zu halten.

Joseph schaute Marlene mit eindringlichem Blick an. Auch wenn er noch eine Armlänge von ihr entfernt stand, schien es ihr, als könne er durch ihre Augen direkt in ihre Seele schauen. Sie fühlte sich unter seinem Blick, als würden ihre Gedanken und Gefühle offen auf ihrer Stirn geschrieben stehen, obwohl sie sich doch kühl und sachlich hatte geben wollen.

»Gehen wir ein paar Schritte zusammen?«, fragte Joseph, nachdem sie mehrere Atemzüge lang nur verlegen voreinander gestanden hatten, während Marlene ratlos über die Fotografie gestrichen hatte.

Mit vornehmer Geste, die gar nicht zu seinem heruntergekommenen Äußeren passte, wies Joseph hinter die Kate, wo ein Trampelpfad zu den Moorwiesen und dann zum Tegeler Fließ mit seinen Feuchttalwiesen führte. »Beim Gehen lässt es sich entspannter reden. Ich bin sonst zu aufgeregt.«

Marlene nickte stumm. Ein Mann, der über Gefühle sprechen konnte, das gefiel ihr. Maximilian war auch so ein Mensch, der nicht immer der Starke sein musste. Den sie auch mal tröstend in den Arm nahm.

Flüchtig schaute Joseph noch einmal zum Dorf zurück, dann trat er mittig zwischen Marlene und Emma und führte sie durch das Gras wie ein Gentleman, der am Weißen See promenierte. Zuerst gingen sie ein paar Schritte, während denen Marlene immer wieder zu ihrem Vater schielte, still nebeneinanderher. Sie schaute, wohin er blickte und wie er sich bewegte. Im nächsten Moment musste sie an Doktor Ritter denken. Letztes Jahr hatten Emma und sie den einstigen Klinikchef einen halben Tag lang für ihren Vater gehalten. Nicht nur, weil er die Grabpflege ihrer Mutter bezahlte, er war Marlene auch unglaublich ähnlich. Er sah genauso schlecht wie sie, hatte ihre dunkelblonde Haarfarbe, und die Medizin lag ihm ebenso am Herzen. Die Vorstellung, einen Vater zu haben, hatte ein unbekanntes Gefühl von Vollständigkeit in Marlene ausgelöst. Gerade aber war sie noch zu perplex, als dass sie ihre neuen Gefühle hätte sortieren können.

»Ich habe so viele schöne Erinnerungen an Elisabeth und euch, als ihr klein wart«, begann Joseph. »Emma, du warst ein sehr ruhiger Säugling, anders als Marlene.« Er stupste Marlene schmunzelnd an, und dieses Mal wich sie ihm nicht aus. »Sobald du feste Nahrung essen konntest, warst du verrückt nach dem Streuselkuchen deiner Mutter.«

Marlene nickte gleich mehrmals. »Den backte sie jedes Jahr zu meinem Geburtstag.«

Joseph lächelte. »Auch ich habe ihn verschlungen, wenn er warm aus dem Ofen kam.«

»Du auch?«, entglitt es Marlene. *Du bist mir ähnlicher*, hatte sie ihn eingangs sagen hören.

Joseph lächelte versunken. »Der Kuchen war mit extra viel Butter und der grenzenlosen Liebe einer Mutter für ihre Familie gebacken, das machte ihn so besonders.«

Marlene musste sich eingestehen, dass sie dieses Mal falschgelegen hatte. Von Mutters Streuselkuchen mit extra viel Butter konnte einfach kein Fremder wissen, der zufällig auch noch den Verlobungsring mit Widmung besaß und ein Familienfoto. Joseph wollte nun mehr über seine Enkel erfahren, die er bei Marlenes Hochzeit gesehen, aber nicht gesprochen hatte.

Nachdem Emma seine Fragen beantwortet hatte, bat Marlene ihn, von früher zu erzählen. »Wie war das damals, als du und Mutter ...?« Sie wollte sich dem Grund seines Weggangs nähern, so aufgeregt und ungeduldig, wie sie war. »Kühl« und »sachlich« gehörten der Vergangenheit an. Er war ihr Vater, und sie merkte, es stimmte, dass Blutsverwandte eine besondere Verbindung zueinander verspürten.

Joseph bewies sich als talentierter und einfühlsamer Erzähler, als er berichtete, wie er und Elisabeth sich kennengelernt hatten. Marlene und Emma hingen mit jedem Satz faszinierter an seinen Lippen. Er sprach kein bisschen wie jemand, der in Kuhställen übernachtete, eher gewandt.

»Ich war eigentlich auf der Durchreise nach Posen. Auf einem Zwischenstopp in Lübars kehrte ich im *Dorfkrug* ein. Dort sah ich Elisabeth bedienen und war verzaubert von ihr. Sie ging anders, sprach anders und trat anders auf als alle Frauen, die ich zuvor getroffen hatte.«

Es rührte Marlene, wie bewundernd ihr Vater noch heute von ihrer Mutter sprach. Unmerklich kam sie beim Gehen näher an Joseph heran, um nur ja kein Wort zu verpassen. Er erzählte ihnen auch von seinen mehrmaligen hartnäckigen Bitten, Elisabeth ausführen zu dürfen. »Eure Mutter war wirklich dickköpfig«, sagte er.

»Sie war eine kluge Frau, die wusste, was sie wollte«, stellte Marlene richtig. Zu leicht wollte sie es Joseph nicht machen.

Ihr Vater senkte die Stimme. »Sie wusste sehr genau, was sie wollte. Ja. Genauso wie du, nicht wahr?« Er schaute Marlene ein, zwei, drei Sekunden lang unbeirrt an.

»Das stimmt.« Emma lachte auf. »Lene kann wirklich sehr dickköpfig ... ich meine natürlich ... entschlossen sein.«

Marlene schüttelte den Kopf in Richtung ihrer Schwester, damit Emma nicht noch mehr ihrer unangenehmen Eigenschaften vor ihrem Vater preisgab.

Joseph schmunzelte, dann wandte er sich wieder zurück zum Dorf. Sein Blick glitt über die Kate, die etwas abseits lag, über die prächtigen Höfe und den Kirchturm. Es wirkte, als würde er nach etwas suchen. Vielleicht den Ort einer gemeinsamen Erinnerung mit ihrer Mutter?

Marlene straffte sich, als er sich ihnen wieder zuwandte, und setzte zur wichtigsten Frage an, aber ihr versagte plötzlich die Stimme. Emma füllte die Pause und wollte wissen, wo Joseph in den letzten Jahren gelebt hatte.

»Mal hier, mal dort«, antwortete ihr Vater ausweichend. Sie waren am Ende des Trampelpfades angekommen.

»Warum hast du unsere Mutter und uns verlassen?«, bekam Marlene endlich heraus. Das Herz schlug ihr bis zum Hals. Sie hatte eine Weile nach den richtigen Worten gesucht, es weniger vorwurfsvoll formulieren wollen. Niemand hatte das Recht besessen, ihre Mutter zu verletzen. Sie war die liebevollste und warmherzigste Person überhaupt gewesen.

»Ich habe sie nicht verlassen, sie war die Liebe meines Lebens«, entgegnete Joseph prompt. »Eure Mutter hat *mich* verlassen.«

Marlene hörte Hufschläge in der Ferne. »Warum nur?«, fragte sie, während ihre innere Stimme wiederholte: *Sie war die Liebe meines Lebens*. Das klang zum Sterben romantisch. In Gedanken sah sie Maximilian und musste verliebt lächeln. Er war das Beste, was ihr hatte passieren können. Und wenn sie in zwei oder drei Jahren Kinder bekämen, wäre ihr Glück perfekt.

Im nächsten Moment griff ihr Vater nach ihren Händen und zog sie beide vom Trampelpfad weg und in die Hocke. Das Gras um sie herum war so hoch und dicht, dass sie nur noch den Himmel über sich sahen. Marlene war verwirrt und wollte wieder aufstehen, aber ihr Vater hielt sich seinen Zeigefinger mit dem schwarz geränderten Nagel vor den Mund. »Bitte beweg dich nicht, Lene!«

Er nennt mich *Lene*, dachte sie berührt, als vom Dorf jemand rief: »Komm aus deinem Versteck heraus, du elendige Ratte!« Die Person brüllte mit einem Akzent, der die Vokale in die Länge zog und das weiche »h« in »heraus« wie ein hartes »ch« aussprach.

»Hier ist doch keine elendige Ratte«, flüsterte Marlene zurück, als ein Gewehrschuss in ihren Ohren donnerte. Was zur Hölle war hier los? Schützend zog sie Emma zu sich heran und legte ihren Arm über sie.

Eine zweite Stimme, ebenfalls mit auffälligem Dialekt, rief mit kaltem Zorn: »Männer wie du haben den Tod verdient!«

»Was hast du getan, dass man dir den Tod wünscht?«, flüsterte Marlene heftig.

Joseph rang um Worte, dann sagte er: »Das erkläre ich euch später!« Er drückte ihre Hände, eine, zwei, drei innige Sekunden lang. »Jetzt muss ich verschwinden.«

»Wann sehen wir uns wieder?«, fragte Emma bang.

»Ich komme zurück, sobald es mir möglich ist«, flüsterte Joseph und wollte sich schon durchs hohe Gras davonstehlen. Aber Marlene griff noch einmal nach seiner Hand. Sie fühlte sich warm an. Er drückte ihre fest und schien sie nicht loslassen zu wollen. Während sich die Hufschläge näherten, formte er mit den Lippen: »Ich möchte wieder eine Familie mit euch sein.«

Marlene und Emma nickten gleichzeitig, aber schon im nächsten Moment robbte Joseph durch das hohe Gras in Richtung Wald davon, wie ein flüchtender Verbrecher.

***

1

1. Oktober 1929

Es war gerade einmal sechs Uhr, und überall standen halb volle Umzugskisten im Weg, als sich Emma mit zitternden Fingern die Dienstkleidung über ihren schmalen Leib zog. Zuerst kam das dunkelblaue knöchellange Kleid, das sie fortan als Oberschwester ausweisen würde, während die restliche Pflegschaft graue Kleider trug. Schon letzte Woche hatte sie es für den heutigen Tag aufgebügelt, nun ließ sie es Zentimeter für Zentimeter ihren Körper hinabgleiten. Darüber legte sie den hübschen weißen Kragen und band sich ihre kochfeste Latzschürze um. Sie musste dreimal ansetzen, um ihr hüftlanges Haar zu einem ordentlichen Knoten zu stecken. Die Vorfreude kribbelte in ihren Fingern.

Sie freute sich auf die neue Herausforderung als Oberschwester. Für den angesehenen Posten hatten sich Pflegekräfte aus ganz Deutschland beworben. Auch eine Stationsschwester aus der Kinderklinik Weißensee, die mehr Erfahrung als Emma vorweisen konnte, hätte die Stelle gerne bekommen. Emma wollte alles geben, um eine würdige Nachfolgerin von Walburga Buttermilch zu werden.

Als sie zur Stationsschwester befördert und ihr die praktische Ausbildung der Elevinnen übertragen worden war, hatte sie noch Angst gehabt, den Erwartungen ihrer Vorgesetzten nicht zu entsprechen. Hinzu kam, dass kranke Kinder kein Experimentierfeld für das Pflegewesen waren, sondern immer die beste Betreuung erhalten mussten. Heute fühlte sie sich längst nicht mehr so unsicher. Gemeinsam mit der neuen Oberin bekam sie das Kind schon geschaukelt.

Kurt half ihr, die Schwesternhaube mit Klemmen am Haar zu befestigen, weil sie sich vor Aufregung in die Kopfhaut stach und sich wirklich ungeschickt anstellte. Dann umarmte er sie von hinten. »Das neue Dienstkleid steht dir ausgezeichnet, mein Schatz.«

Emma und Kurt hatten nur ein Jahr nach Marlene und Maximilian geheiratet. Das war im Jahr neunzehnhundertzwanzig gewesen. Gleich nach den Flitterwochen in Lübars war sie mit ihrem Sohn Theodor in Kurts Zweizimmerwohnung nur ein paar Treppenstufen tiefer eingezogen. Sie waren von guten Nachbarn zu einem unzertrennlichen Liebespaar geworden.

»Meinst du wirklich, dass es mir steht?« Emma fühlte sich noch etwas ungewohnt in dem neuen Oberschwesternkleid. Seit sie vor zwei Monaten von ihrer Beförderung erfahren und das dunkelblaue Kleid überreicht bekommen hatte, sehnte sie den heutigen Tag herbei. Ein paarmal hatte sie das dunkelblaue Kleid zu Hause schon zur Probe getragen. In ihrer neuen Position wollte sie noch mehr für die kranken Kinder tun. So zum Beispiel den beliebten Zauberer Wilfridelmus zurückholen, den Oberschwester Walburga zuletzt abbestellt hatte. Er war jahrelang zur monatlichen Zauberstunde in die Klinik gekommen und hatte die Kinder zum Lachen gebracht. Kranke Kinder gesundeten vor allem dann, wenn sie sich in einer geborgenen, liebevollen Umgebung ausruhen konnten, in der auch mal herzlich gelacht werden durfte. Und der Große Wilfridelmus, alias Willy Pinke, war einfach der unterhaltsamste Zauberer weit und breit. Der einstige Pförtner war nach seiner Berentung gerne als Zauberer in die Kinderklinik zurückgekehrt.

»Lass mich dich bis ans Kliniktor bringen«, bat Kurt, ohne ihre Hüften loszulassen. Seit der Geburt ihrer Tochter arbeitete er nicht mehr für die sozialdemokratische Zeitung *Vorwärts*, sondern als freier Autor und Radioredakteur von zu Hause.

»Aber sieht es nicht so aus, als würde ich es ohne dich …«, setzte Emma an, aber verstummte, als Kurt vor sie trat, zwar mit dem Fuß an der Umzugskiste mit der Tischwäsche hängen blieb, aber ihr mit dem Zeigefinger trotzdem punktgenau und zärtlich den Mund verschloss. »Es ist mir egal, wie es aussieht. Ich möchte dich als neue Oberschwester die Eingangstreppe der Klinik hinaufgehen sehen. Das ist ein Augenblick, der in unsere Familiengeschichte eingehen wird. Ich bin so stolz auf dich.«

»Na gut, obwohl mir weniger Publikum lieber wäre.« Emma prüfte noch einmal den Sitz ihrer Haube im Spiegel, der schon für den Umzug abgehängt worden war und nun an der Wand lehnte. Am kommenden Wochenende würden sie aus Kurts Wohnung aus- und in eine größere Bleibe näher bei der Kinderklinik einziehen.

Auf der Suche nach ihren bequemen Halbschuhen lief Emma nun wie ein aufgescheuchtes Huhn durch die Wohnung. Ihre Gedanken waren schon in der Klinik. Auch als Oberschwester wollte sie nicht den ganzen Tag am Schreibtisch sitzen, sondern noch viel auf den Stationen unterwegs sein. Dafür waren bequeme Schuhe unerlässlich.

Als Emma das nächste Mal auf die Uhr schaute, war es schon halb sieben. Die Einführung der neuen Oberin war für Punkt sieben Uhr angesetzt. Sie hatte die Zeit völlig aus den Augen verloren, was sonst gar nicht ihre Art war. Damit kranke Kinder Ruhe fanden, war kaum etwas wichtiger als ein geregelter Tagesablauf mit pünktlichen Mahlzeiten und Visiten. Als Oberschwester hatte sie eine besondere Vorbildfunktion für die Schwesternschaft. Zu spät zu kommen wäre unverzeihlich.

Theodor erschien im Flur und versprach, sich um seine Schwester zu kümmern, die in die dritte Klasse ging, und sie für die Schule fertig zu machen. Sie trödelte nur zu gerne. Theodors Unterricht am Gymnasium begann erst nach dem seiner Schwester. »Alles Gute, Mami!«, riefen die Kinder im Chor. Lissi hatte ihre Puppe im Arm und drückte sie fest an sich.

Hastig drückte Emma ihre Tochter und wünschte ihr einen schönen Tag und viel Erfolg bei ihrem ersten kleinen Diktat, das heute anstand. Dem unglücklich schauenden Theodor schenkte sie ein warmes, aufmunterndes Lächeln. Seitdem ihm Härchen über der Oberlippe wuchsen, wurde er nicht mehr so gerne umarmt. Nur noch selten ließ er den liebebedürftigen kleinen Muttersohn durchscheinen. Er war zu einem klugen, gutherzigen und selbstständigen jungen Mann herangewachsen, auf den Emma ungemein stolz war. »Drück mir die Daumen, Großer«, sagte sie noch, dann eilte sie aus der Wohnung. So aufgeregt, wie sie war, vergaß sie sogar, ihren Ehemann mitzunehmen.

Emma hatte gerade die Berliner Allee überquert, da holte Kurt sie ein und nahm sie wortlos bei der Hand. Sie gingen den Weg zur Kinderklinik schweigend. Schweigen mit Kurt war angenehm, denn es gab ihr zugleich Kraft und die Ruhe, sich zu sammeln. Seine Nähe wärmte sie.

Am Kliniktor fuhr der Ärztliche Direktor hupend an ihnen vorbei und winkte. Doktor Levy war ein begeisterter Leser von Kurts politischen Sachbüchern.

Emma winkte zurück und guckte sich kurz darauf nach der neuen Oberin um. Zu ihrer Enttäuschung sah sie nur Eltern, die auf den Patienteneingang zustrebten, und Krankenschwestern auf dem Weg zum Dienst. Sie konnte die Zusammenarbeit mit der Frau, die vorher einer Rotkreuz-Schwesternschaft am Walchensee in Bayern vorgestanden hatte, kaum erwarten. Oberin Therese Niedermayer soll bei ihren Rotkreuzschwestern sehr beliebt gewesen sein. Ihr eilte der Ruf voraus, gewissenhaft zu arbeiten und besonders mitfühlend zu sein.

Emma atmete tief durch. Mit den Türmen, den großen Doppelfenstern und dem gepflegten Park hatte die Kinderklinik an ihrem ersten Tag als Elevinnen für sie und Marlene wie ein Schloss ausgesehen. Dieser Eindruck hatte sich bis heute nicht verändert. Es war etwas Besonderes, hier arbeiten zu dürfen. Am Freitag hatte sie die Klinik als Stationsschwester verlassen, heute kam sie als Oberschwester zurück.

»Ich muss jetzt rein, sonst komme ich das erste Mal in achtzehn Jahren zu spät«, sagte sie zu Kurt und vergaß im nächsten Moment ihre Manieren, indem sie ihn in der Öffentlichkeit küsste. »Bis heute Abend, mein Schatz.«

»Zeig ihnen, dass Emma Vogel auch als Oberschwester alles im Griff hat«, sagte er noch, als Emma schon auf die Eingangstreppe der Kinderklinik zuhielt. Sie straffte ihre Schultern und nahm dann in aufrechter Haltung eine Stufe nach der anderen. Ihr neuer Lebensabschnitt begann in diesem Moment, ihr Herz schlug schneller. Sie wollte sich in ihre Zukunft stürzen wie im Sommer ins Wasser der Badeanstalt am Weißen See. Auf der obersten Stufe schaute sie noch einmal zu Kurt zurück. In hohem Bogen warf er ihr einen Luftkuss zu.

»Morgen, Emma. Na, aufgeregt?« Vera Allenhausen holte sie ein, hastig zog sie an einem Zigarettenstummel. »Und wie laufen die Umzugsvorbereitungen?« Die Stationsschwester der HNO, deren Haut vom Rauchen gelblich verfärbt und großporig war, sah noch ziemlich verschlafen aus. Vermutlich war sie wieder in Berlin feiern gewesen, was sie sehr ausgiebig tat, seitdem sie nicht mehr dem Deutschen Roten Kreuz angehörte und damit außerhalb des Mutterhauses wohnte. Seit drei Jahren war sie wie Emma eine Berufskrankenschwester, die mehr Freiheiten besaß, dafür aber auch ein größeres finanzielles Risiko trug. Rotkreuzschwestern lebten finanziell abgesichert bis zum Tod im Mutterhaus und mussten ledig bleiben.

»Die alte Wohnung versinkt im Chaos«, antwortete Emma verzweifelt. »Und in den nächsten Tagen komme ich kaum dazu, das Durcheinander zu beseitigen. Die neue Position verlangt meine ganze Aufmerksamkeit!«

»Du bist die beste Oberschwester, die sie finden konnten«, sagte Vera, trat ihre Zigarette auf dem Boden aus, warf die Kippe in einen Mülleimer und ließ Emma den Vortritt in die Klinik.

Emma betrat das Gebäude so bedächtig, als würde sie es zum ersten Mal tun. Im Erdgeschoss befanden sich die Ärztebüros, die Aufnahme, die Küche, die Laboratorien und der Speiseraum der Schwestern, der an diesem Morgen Emmas

Ziel war. Ihr Blick blieb kurz an der Wendeltreppe hängen, die zur Krankensaaletage und in die Mansarde hinaufführte, und glitt dann über die zarten Blumenmalereien an den Korridorwänden im Erdgeschoss. In den letzten Jahren hatte sie sie kaum noch wahrgenommen. Heute strich sie mit kribbelnden Fingern darüber. Die Emaillefarbe an den Wänden war erst jüngst erneuert worden.

Als Emma den Speiseraum der Schwestern betrat, waren die Stationsschwestern und Ärzte schon vollständig versammelt – mit einer Ausnahme. »Guten Morgen«, grüßte sie. Ihre Schwester fehlte als Einzige noch.

Der Speiseraum war ein gemütlicher Ort, der gar nicht nach Krankenhaus aussah. Um den langen Tisch standen braune Holzstühle und unter dem Fenster eine Kommode wie für eine Stube. Als Stationsschwester hatte Emma in der Sitzecke immer gerne in der neuesten Ausgabe der *Zeitschrift für Krankenpflege* gelesen. Dafür würde sie fortan wohl keine Zeit mehr haben.

Sie lächelte, als sie die Stimme von Hanny Polsfuß aus dem Korridor vernahm. »Bitte behandeln Sie mich nicht, als würde ich morgen sterben«, verlangte die. Ja, das war ganz sicher Oberin Polsfuß. Selbst mit Rheuma und Bluthochdruck hatte die zierliche kleine Frau ihren Posten als Oberin mit vor Schmerzen zusammengebissenen Zähnen noch jahrelang ausgeübt und sich immer wieder vor den Obersten des Deutschen Roten Kreuzes gegen ihren Ruhestand ausgesprochen. Erst von einem Schlaganfall an ihrem dreiundsiebzigsten Geburtstag hatte sie sich in den Rollstuhl zwingen lassen. Obwohl Hanny Polsfuß seit dem Schlaganfall vor drei Monaten nicht mehr in der Klinik arbeitete, war ihre offizielle Ablösung erst für den heutigen Tag angesetzt. Zuletzt hatte die Greisin versucht, einen Teil der liegen gebliebenen Verwaltungstätigkeit noch vom Mutterhaus aus zu erledigen. Sie war vergesslich geworden, aber das stand einer Frau in ihrem Alter auch zu, fand Emma.

Oberin Polsfuß wurde von Doktor Levy im Rollstuhl in den Speiseraum gefahren. Die Frau, die ihnen folgte, musste die neue Oberin sein, dachte Emma aufgeregt. Nur Oberinnen trugen schwarze Kleider ohne Schürzen, da sie keine praktische Pflegetätigkeit mehr verrichteten.

Emma lächelte Hanny Polsfuß zu, dann hatte sie nur noch Augen für Therese Niedermayer vom Walchensee. Was die Frau wohl bewegt hatte, ihre bayerische Heimat zu verlassen und ins flache Berlin zu kommen, wo es rauer zuging und mehr Armut herrschte? Vielleicht der ausgezeichnete Ruf der Kinderklinik, deren vorbildliche Kinderpflege unter Walburga Buttermilch mehrfach mit der *Goldenen Pflegenadel* ausgezeichnet worden war? Emma würde ihr geliebtes Weißensee für keine andere Anstellung der Welt verlassen.

Die neue Oberin war eine Frau mittleren Alters, die sich wohlwollend, kein bisschen von oben herab, umschaute. Sie strahlte Wärme und Besonnenheit aus, das gefiel Emma auf Anhieb. Sie hatte sofort das Gefühl, dass das Getriebe mit der neuen Oberin schneller als gedacht wieder wie geölt laufen würde. Es gab so einiges aus den letzten Monaten aufzuholen. Emma war bereit, es gemeinsam anzupacken! Am liebsten wollte sie die Feierstunde überspringen und sofort loslegen. Der neue Jahrgang der Elevinnen, der vor knapp drei Monaten hier angefangen hatte, war vielversprechend. Emma hatte schon vor Wochen durchgesetzt, dass sie die Vertrauensperson für die Elevinnen bleiben durfte, obwohl ihre Stellenbeschreibung dies nicht mehr vorsah. Einmal wöchentlich würde sie also weiterhin die Vertrauenssprechstunde abhalten, in der sich die Elevinnen unter vier Augen mit ihren Problemen an sie wenden konnten. Sie hatten ihr schon Heimweh, aber auch Versagensängste oder Ekel anvertraut.

Doktor Levy trat vor die versammelte Runde, die nicht nur aus dem Pflegepersonal, sondern auch aus der Ärzteschaft bestand. »Bevor ich Ihnen die neue Oberin vorstelle«, begann er, »möchte ich unserer verehrten Schwester Emma noch einen erfolgreichen Start als Oberschwester wünschen.« Mit einem charmanten Lächeln holte er einen Chrysanthemenstrauß hinter seinem Rücken hervor und winkte Emma zu sich.

»Mit unseren nunmehr sechzig Patientenbetten gibt es viel für Sie, liebe Frau Vogel, und für Ihre Schwesternschaft zu tun. Sie wissen, dass Sie mich immer ansprechen können, sollten Probleme auftauchen«, versicherte ihr Doktor Levy, der seit nunmehr zehn Jahren Ärztlicher Direktor der Kinderklinik war.

Emma nahm den Blumenstrauß mit einem Lächeln entgegen und versuchte, sich ihre Aufregung nicht anmerken zu lassen. Alles würde gut werden. In Zusammenarbeit mit Doktor Levy sowieso. Sie hatte ihn als verständnisvollen Chef und vorzüglichen Kinderarzt kennengelernt, der nicht müde wurde, sich für die Klinik über Weißensee hinaus einzusetzen. Dank seiner Beharrlichkeit hatten zwei neue Isolierhäuser gebaut werden können, jedes mit zehn Betten. Eines davon war ausschließlich Keuchhustenpatienten vorbehalten. Diese bakterielle Erkrankung malträtierte Berlins Säuglings- und Vorschulkinder schon seit Jahren. Zwar gab es bereits Impfstoffe, aber die zeigten keinen durchschlagenden Erfolg und waren teuer.

»Ich werde mein Bestes geben und nie das Wohl unserer Patienten aus den Augen verlieren«, versprach Emma und schaute von Stationsschwester zu Stationsschwester, auf deren Zuarbeit sie von nun an angewiesen war: zuerst Hertha von der Chirurgie, die auch gerne Oberschwester geworden wäre, dann Vera von der HNO, Dagmar von der Augenstation, Atanasia von der Allgemeinen, der Marlene als Ärztin vorstand, gefolgt von Oda von der Station für Hautkrankheiten, sowie zuletzt die Schwestern Grete und Undine, die die Isolierhäuser pflegerisch verantworteten. Grete hatte einst dem ersten Elevinnenjahrgang angehört, den Emma praktisch unterwiesen hatte.

»Und sagen Sie es mir ruhig, wenn Sie der Überzeugung sind, dass es etwas auf unseren Stationen zu verbessern gibt. Ich bin für alle Vorschläge offen«, sprach Emma weiter, wohl wissend, dass sie noch viel darüber lernen musste, was eine gute Führungskraft ausmachte. Aus ihrer Erfahrung als Schwester wusste sie bereits, wie wertschätzend es sich anfühlte, in Entscheidungen eingebunden zu werden.

In den Beifall für Emmas kurze Antrittsrede hinein wurde die Tür geöffnet. Marlene schob sich in den Frühstücksraum und mit ihr die neue Medizinalpraktikantin. Ihre Verspätung konnte lediglich bedeuten, dass es einen Notfall gegeben hatte. Marlene hielt Emma die gedrückten Daumen entgegen.

Emma holte eine Vase aus der Kommode am Fenster, befüllte sie am Waschbecken mit Wasser und steckte den Chrysanthemenstrauß hinein. Er kam mittig auf die Speisetafel. Alle sollten sich an den bunten Blumen erfreuen. Dann reihte sie sich wieder ordentlich in die Riege der Pflegschaft ein.

»Oberin Niedermayer, darf ich Sie nun zu mir bitten?«, sagte der Ärztliche Direktor.

Die Bayerin trat vor, aber anstatt darüber zu reden, wie sie ihren Posten als neue Oberin auszufüllen gedachte, ging es in ihren ersten Sätzen um den Walchensee. Sie sprach mit süddeutschem Dialekt darüber, dass es im Mutterhaus in Bayern einen Brand gegeben hatte. Das klang schrecklich.

Emma überlegte schon, wie sie ihre Schwesternschaft und die Pfleglinge vor einem solchen Vorfall schützen könnte. Sie würde gleich nach der Besprechung die Einhaltung der Brandschutzregeln persönlich überprüfen. »Wie können wir helfen?«, fragte sie unverzagt.

Therese Niedermayer antwortete: »Indem Sie meine Entschuldigung dafür annehmen, dass ich die Schwestern am Walchensee erst einmal nicht im Stich lassen kann. Sie brauchen nun vor allem seelischen Beistand in der Krise und Führung beim Neuaufbau des Mutterhauses.«

Emma nickte verständnisvoll. Sie konnte hören, wie Stationsschwester Hertha flüsterte: »Der Walchensee soll malerisch sein. Da reist angeblich Prinzessin Viktoria Luise gerne zur Sommerfrische hin.«

Emma hatte jetzt keinen Kopf für Klatsch und Tratsch. Was würde aus der Oberinstelle hier an der Kinderklinik werden, wenn Therese Niedermayer sie nicht antrat? Eine Oberin trug die gesamte Verantwortung für das Pflegepersonal, sie war Emmas Vorgesetzte, die Pflegeleitung lag in ihren Händen. Eine Oberin war unverzichtbar für die Kinderklinik.

»Ich bin gekommen, um Ihnen persönlich mein Bedauern mitzuteilen, in Ihrer Klinik nicht als Oberin arbeiten zu können«, sprach Oberin Niedermayer weiter.

Emma überlegte, wer für die offene Position infrage

kommen könnte. Schade, dass es keine Berufskrankenschwester sein durfte, sondern ausschließlich eine Rotkreuzoberin. Ansonsten wäre Christel Waldner infrage gekommen. Emma hatte sie letztes Jahr auf einer Weiterbildung kennengelernt. Christel war eine ausgezeichnete Pflegefachkraft mit fast vierzig Jahren Berufserfahrung.

»Um Sie hier nun aber nicht ohne Oberin zurückzulassen, haben Doktor Levy und ich in den letzten Tagen alles in Bewegung gesetzt, um kurzfristig eine geeignete Persönlichkeit für die wieder unbesetzte Position zu finden.« Oberin Niedermayer und Doktor Levy nickten sich bestätigend zu.

»Und so bitte ich unsere neue Oberin, nun einzutreten«, übernahm der Klinikleiter das Wort und deutete auf die Tür des Speiseraums. Emma konnte mehrere Schwestern erleichtert aufatmen hören, und auch sie war sehr erfreut über das Glück im Unglück. Es zeugte vom Mut der neuen Oberin, so kurzfristig in einer ihr fremden Klinik einzuspringen.

Die Tür öffnete sich.

»Das ist doch ...«, stotterte Stationsschwester Hertha, den Blick starr auf die neue Oberin gerichtet.

Emma sackte die Kinnlade hinab. Sie erkannte die Frau sofort wieder. Erschrocken senkte sie ihren Blick auf ihre ausgetretenen Schuhe, während die neue Oberin auf Absatzschuhen aus Lackleder durch den Speiseraum schritt. Sie trug ihr weizenblondes Haar zu einem eleganten Knoten gesteckt. Ihr schwarzes Oberinnenkleid saß wie angegossen, fast ein bisschen zu eng, um sich frei darin bewegen zu können.

»Für die offene Position konnte ich kurzfristig Oberin Fischer gewinnen«, erklärte Doktor Levy, begleitet vom erleichterten Beifall der Belegschaft. »Als Rotkreuzschwester hat sich Marie-Luise Fischer in vielen Lazaretten im Krieg hohe Ehren erworben. Danach opferte sie sich in der Sterbebegleitung auf. Bis Ende Oktober wird sie gleichzeitig mit ihrem Einsatz hier die Rotkreuz-Ambulanz in der Tassostraße leiten.«

Emma schaute zu Marlene, die Marie-Luises Kragen fixierte. Daran steckte das *Eiserne Kreuz* aus dem Großen Krieg, das selten an Nicht-Kombattanten und noch seltener an Frauen vergeben wurde. Das Abzeichen bedeutete eine große Ehre und bezeugte die Aufopferung fürs Vaterland. Das hätte Emma Marie-Luise gar nicht zugetraut, so selbstbezogen, wie sie früher gewesen war. Marie-Luise, die mit einem goldenen Löffel im Mund geboren war, hatte Marlene und sie in der gemeinsamen Zeit als Elevinnen an der Kinderklinik wegen ihrer Herkunft aus dem Waisenhaus stets geringgeschätzt. Außerdem hatte sie Marlene als »Brillenschlange« gehänselt.

Bis auf Emma und Marlene klatschte die Belegschaft Beifall. Doktor Proskauer nickte zufrieden, und der junge Doktor Retzkau, Spezialist für Haut- und Augenkrankheiten, klang vollends begeistert, als er hoffnungsvoll sagte: »Es wird also keine Verzögerungen im Pflegebetrieb geben. Das ist außerordentlich löblich.«

»Das kommt uns allen zugute«, verkündete Doktor Fiedler, der Spezialist für Infektionskrankheiten.

Emma war plötzlich schrecklich kalt, das Oberschwesternkleid viel zu dünn, sie zu wärmen. Sie schaute zu Hanny Polsfuß, die Marie-Luise Fischer aus silbergrauen Augen von oben bis unten musterte. Emma hätte eine Reichsmark für ihre Gedanken gegeben. Ihr Blick sprang zu Marlene, die versuchte, ihre Bestürzung hinter der Maske der souveränen

Ärztin zu verbergen. Ganz sicher hatte sie nicht vergessen, dass die neue Oberin früher heftig intrigiert hatte, damit Maximilian sie statt Marlene heiratete. Emma erinnerte sich nun wieder daran, als wäre es gestern gewesen.

Maximilian, der hinter Marlene stand, schien einfach nur erleichtert darüber zu sein, dass der Krankenhausbetrieb normal weiterlaufen konnte. Er war Stellvertretender Ärztlicher Direktor und als dieser auch darum bemüht, ausgleichend zu wirken und Konflikte zu verhindern.

»Sie trägt die gleichen Schuhe wie zuletzt Prinzessin Viktoria Luise. Sind die schön«, flüsterte Hertha begeistert.

Emma mahnte sich, die Ruhe zu bewahren. Marie-Luise hatte auch früher schon viel auf ihr Äußeres gegeben und damit so manchem Mann den Kopf verdreht. Emma hatte sich oft von ihr einschüchtern lassen. Aber damals als Schwesternschülerinnen waren sie jung und fast noch Kinder gewesen. In den letzten siebzehn Jahren, die ihre Ausbildung zur Kinderkrankenschwester zurücklag, hatte Emma sich verändert. Das Gleiche galt sicher für Marie-Luise. Ihr Werdegang und Wille zur Aufopferung bewiesen dies eindringlich.

Als Emma wieder aufschaute, lächelte Marie-Luise Fischer sie gewinnend an. Erleichtert lächelte sie zurück.

»Ich bedanke mich für die herzliche Aufnahme«, sagte Marie-Luise mit weicher Stimme wieder an die Runde gewandt. »Ich freue mich sehr auf die Zusammenarbeit mit so vielen erfahrenen Pflegekräften. Bis Ende Oktober werde ich zunächst halbtags hier sein, und nach Übergabe der Rotkreuz-Ambulanz an meine Nachfolgerin stehe ich der Kinderklinik und dem Weißenseer Mutterhaus in vollem Umfang zur Verfügung.«

»Sie hat wirklich der Himmel geschickt, Oberin Fischer!«, rief Therese Niedermayer und presste sich gerührt die Hände vor die Brust. »Noch einmal auch von mir ein herzliches Dankeschön für Ihre Hilfe in der Not.«

Abschließend dankte der Ärztliche Direktor Oberin Polsfuß für ihren jahrzehntelangen Einsatz an der Kinderklinik. Hanny bekam den gleichen Blumenstrauß wie Emma und noch eine Schachtel Pralinen dazu, die sie öffnete und neben die Blumen auf den Tisch stellte. »Greifen Sie doch alle zu!«

Doktor Levy wünschte einen guten Start in die neue Woche, dann löste er die Versammlung auf.

Emma verabschiedete sich von Oberin Polsfuß mit einer warmen Umarmung.

»Sie schaffen das ganz sicher«, raunte die Oberin im Rollstuhl ihr zu. »Lassen Sie sich nicht unterbuttern.«

Emma nickte zuversichtlich, ihre Erstarrung hatte sich gelöst, aber nervös war sie trotzdem. Sie machte sich daran, die Ausgaben der *Zeitschrift für Krankenpflege* in der Sitzecke zu sortieren, obwohl diese schon ordentlich dalagen, und spähte dabei immer wieder zu Marie-Luise hinüber.

Auch Marlene verabschiedete sich bei Oberin Polsfuß, steckte sich eine Praline in den Mund und flüsterte Emma ein: »Das schaffen wir schon« zu. Dann eilte sie in Begleitung von Doktor Proskauer und der Medizinalpraktikantin davon.

Emma beobachtete aus dem Augenwinkel, wie Marie-Luise sich herzlich bei Oberin Polsfuß bedankte. »Wie wäre es mit einem Spaziergang im Park als Übergabegespräch?«, schlug Marie-Luise vor.

Die frühere Widersacherin schien sanfter geworden zu sein, fand Emma. Sie war wirklich erleichtert, dass die Pflegeleitung nicht unbesetzt blieb und wichtige Verwaltungstätigkeiten nicht länger aufgeschoben wurden.

Hanny Polsfuß war einverstanden mit dem Spaziergang. Marie-Luise griff bei den Pralinen zu, bevor sie ihre Vorgängerin im Rollstuhl aus dem Speiseraum schob. Mit ihren eleganten und bedachten Bewegungen erinnerte sie Emma an Marlenes Schwiegermutter. Die von Weilerts hätten Marie-Luise als Schwiegertochter sicher der nicht standesgemäßen Marlene vorgezogen. Zum Glück hatte Maximilian sich gegen seine Eltern durchgesetzt. Er tat ihrer Schwester so gut und würde ein wunderbarer Vater sein, dachte Emma versunken.

Bevor sie ihr neues Arbeitszimmer bezog, wollte sie noch mal auf ihrer ehemaligen Station, der Chirurgie, vorbeischauen. Wie eine Diebin schlüpfte Emma in das Krankenzimmer, in dem sie Jahre gewirkt hatte. Auf der Chirurgie war ihr jeder Zentimeter vertraut: der Untersuchungstisch mit dem typischen Lederkissen, das sie nach jeder Untersuchung neu zurechtgelegt hatte, die sechs Krankenbetten mit ihren weiß emaillierten, manchmal etwas störrischen Gestellen, die großen Fenster mit den Oberlichtern zur Veranda, Richtung Süden, hin. Sie kannte den Schattenwurf der Fensterkreuze zu jeder Tages- und Nachtzeit.

Die Kinder auf der Chirurgie hatten schon vor einer Stunde gefrühstückt und ruhten nun in ihren Betten. Bis zur Visite um neun Uhr dauerte es noch. Emma trat zuerst an Eberhards Säuglingsbett. Der nicht einmal einjährige Junge mit dem nässenden entzündeten Nabel hätte eigentlich am Samstag entlassen werden sollen. Vermutlich war die Behandlung mit Silbergranulat nicht zur Zufriedenheit der Ärzte verlaufen. Der Kleine schaute sie aus wachen Augen an.

Emma streichelte ihm die samtweiche Wange. »Halte noch ein paar Tage durch, kleiner Mann«, sagte sie leise, um die schlafende Christiane, die Langzeitpatientin auf der Chirurgie, nicht zu wecken. Vermutlich würde sein Nabelgranulom operativ entfernt werden müssen.

Sie ging zu Christianes Bett und zog dem Mädchen die Decke bis zum Hals hoch. Christiane hatte schwer mit ihrer Lungenfehlbildung zu kämpfen, aber liebte es, rotbäckige Äpfel zu essen. Emma würde ihr heute ein extragroßes Exemplar davon zum Abendessen in kleine Stücke schneiden.

»Schwester Emma?«, flüsterte Isabella zwei Betten weiter. Sie trug einen Verband am Hals, weil ihr dort eine Zyste entfernt worden war. »Ich kann nicht einschlafen.«

Mit einem dankbaren Lächeln ging Emma zum Metallschrank, in dem auch frische Bettwäsche aufbewahrt wurde, und nahm eines der Kinderbücher heraus. »Kennst du die Geschichte vom Sterntaler?«, flüsterte sie.

Isabellas Augen weiteten sich. »Wer ist Sterntaler?«

Emma schüttelte dem Mädchen das Kopfkissen auf, dann setzte sie sich an sein Bett. »Es war einmal ein kleines Mädchen, dem waren Vater und Mutter gestorben«, begann sie, »und es war so arm, dass es kein Kämmerchen mehr hatte, darin zu wohnen, und kein Bettchen mehr hatte, darin zu schlafen.«

Es raschelte hinter Emma.

Oskar hatte sich in seinem Bett aufgesetzt und rieb sich die Augen. »Schwester Emma ist doch wieder da«, sagte er freudig, und ein Lächeln breitete sich auf seinem verschlafenen Gesicht aus. »Mit neuem Kleid.« Sie hatte den Kindern am Freitag erklärt, dass sie wegen ihrer neuen Position nicht mehr auf der Chirurgie arbeiten würde.

Emma erwiderte Oskars Lächeln und strich sich über den dunkelblauen Stoff. »Ich werde nie von hier fortgehen«, antwortete sie mit fester Stimme. In Gedanken fügte sie noch hinzu: Und bestimmt werde ich mit Marie-Luise Fischer gut zusammenarbeiten. Schließlich sind wir beide souveräne Erwachsene, denen das Wohl der kleinen Patienten über alles geht.

***

2

6. Oktober 1929

Die Sonne ging gerade auf, als Marlene erschöpft von der überstandenen Nachtschicht den Klinikpark betrat. Drei Notfälle und sogar eine Notoperation hatten sie in den zurückliegenden zehn Stunden gefordert. Sie brauchte frische Luft, um wenigstens kurz durchzuatmen.

Sie hatte sich dazu entschlossen, sich für eine Professur an der Universität zu qualifizieren. Seitdem sie vor einer Woche mit Professor Czerny ein Thema für ihre Habilitationsschrift, die Voraussetzung für eine Professur, festgelegt hatte, fühlte sie sich, als verginge die Zeit doppelt so schnell. Es galt zu recherchieren, den Stand der wissenschaftlichen Literatur aufzuarbeiten, Anfangsthesen zu formulieren. Und das alles in ihrer Freizeit, die in diesem Moment begann, während sie in Gedanken noch bei ihren letzten Patienten feststeckte, wie so oft nach Nachtschichten. Sie hatte das Gefühl, inzwischen schneller außer Atem zu kommen. Und dann war da noch diese unangenehme Sache mit Marie-Luise Fischer als neuer Oberin. Marlene versuchte, Maximilians früherer Verlobten, so gut es ging, aus dem Weg zu gehen. Das mochte feige sein, aber gerade forderten alle anderen Lebensbereiche ihre Kraft vollständig. Und Emma und

Marie-Luise? So gründlich, wie sich ihre Schwester auf ihre neue Herausforderung als Oberschwester vorbereitet hatte, konnte einfach nichts schiefgehen. Emma kannte sämtliche organisatorischen Abläufe und Regeln in der Klinik, hatte schon gemeinsam mit ihrer Vorgängerin die Dienstpläne erstellt, und außerdem erlebte Marlene ihre Schwester seit Jahren souverän im Umgang mit Konflikten, was eine wichtige Anforderung an eine Oberschwester war. Nie durften Eltern und Personal angeschrien oder ungerecht behandelt werden. Oft musste vermittelt und um Verständnis geworben werden.

Marlene tat ein paar Schritte auf dem Kiesweg im Park an den Rosenrabatten entlang und atmete tief ein und aus. Gedankenversunken bückte sie sich nach einem Stück Butterbrotpapier, das sich am dornigen Stiel einer Rose verfangen hatte und in den Mülleimer gehörte. Hoffentlich ging es dem kleinen Andres, der mit einem Loch im Schädel eingeliefert worden war, bald besser. Erst vor wenigen Stunden hatte sie seine Wunde gesäubert und sie unter Aufbringung ihrer höchsten Fadenkunst genäht.

Als Marlene sich mit dem Papierstück in der Hand wieder aufrichtete, zog ein torkelnder Junge vorne am Klinikgebäude ihre Aufmerksamkeit auf sich. Er blieb an einer der Linden unweit des Haupteingangs stehen und klammerte sich daran, als wäre der Baum sein letzter Halt.

Er sackt gleich zusammen!, durchfuhr es Marlene. »Schwester Renate!«, rief sie jener Elevin zu, die gerade einen Stapel Handtücher ins alte Isolierhaus trug. »Wir haben einen Notfall!«

Renate versteinerte bei dem Wort »Notfall« und schaute sich panisch um. Vor Schreck ließ sie die Handtücher fallen.

»Während ich nach dem Jungen schaue, holen Sie eine Trage herbei«, wies Marlene sie an und lief zu dem Kranken.

Es dauerte eine Weile, bis Renate sich in Bewegung setzte. »Bitte, machen Sie schon!«, forderte Marlene im Laufen, dann konzentrierte sie sich ganz auf den Jungen.

Er war kraftlos und konnte sich keine Minute länger auf den Beinen halten. Zuallererst hieß es, Ruhe zu bewahren und dem Notleidenden ein Gefühl von Sicherheit zu vermitteln. »Ich bin Doktor Marlene von Weilert und Ärztin hier an der Kinderklinik. Ich kümmere mich jetzt um dich«, sagte sie, ohne aufgeregt zu klingen, und half ihm, den Baum loszulassen. Eigentlich bestand für Berlins Kinder Schulpflicht, dachte Marlene, aber lenkte ihre Gedanken sofort zurück zu dem schwachen Jungen. Sein Gesicht war grau und schmal. Er war zehn oder elf Jahre alt und einer der Bolle-Jungen, die auf pferdebespannten Milchwägen zu den Berlinern fuhren, mit der Handglocke klingelten und die schweren Milchkannen treppauf, treppab trugen, um die Milchgefäße der Hausfrauen aufzufüllen. Das war leicht an der typischen Schiebermütze mit dem Namen der *Meierei C. Bolle*, der weißen Milchschürze und der braunen Ledertasche um seinen Leib zu erkennen.

Marlene prüfte Puls und Atmung, um zu erfahren, ob der Zustand des Jungen lebensbedrohlich war, was nicht der Fall war. Sie stützte ihn bis zur Ankunft der Trage. Er presste sich mit der ihm noch verbleibenden Kraft seine Ledertasche vor die Brust.

»Wie heißt du? Und wo hast du Schmerzen?«, fragte Marlene, während sie dem Jungen ihren Arztkittel um den Körper legte. Er glühte vor Fieber und zitterte gleichzeitig wie Espenlaub.

»Ick bin Albert«, presste er hervor. Beim Sprechen traten ihm Schweißperlen auf die Stirn. »Dreißig, sechzig, neunzig«, murmelte er. Dann öffnete er den Mund etwas und deutete mit dem Finger hinein. »Ick hab een Messer im Hals stecken.«

Marlene drehte seinen Kopf zum Licht und schaute in seinen Rachen. Allein der Mundgeruch, der ihr entgegenströmte, sprach für eine Mandelentzündung. »Albert, ich bringe dich gleich in das Untersuchungszimmer, dort ist es auch wärmer.« Sie tupfte ihm mit einem Taschentuch den Schweiß von der Stirn.

Albert hielt seine Ledertasche weiter fest am Körper. »Eins zwanzig, eins fünfzig«, sprach er angestrengt, nicht mehr murmelnd.

Endlich traf Elevin Renate mit der Trage ein. Zusammen betteten sie den Jungen mit den ungewöhnlich muskulösen Oberarmen darauf.

Wenige Minuten später trafen sie im Aufnahmezimmer ein, und der HNO-Spezialist Doktor Proskauer war benachrichtigt. Marlene desinfizierte ihre Hände und Unterarme, dann trug sie das notwendige Untersuchungsbesteck herbei. Sie wies Renate an, dem Patienten die Hand zu halten und ihm Mut zuzusprechen. Beim nächsten Wiedersehen mit Emma würde sie ihrer Schwester nahelegen, mit den Schwesternschülerinnen das Verhalten bei Notfällen zu üben. Renate hatte viel zu lange gezögert, bevor sie reagiert hatte. Manchmal entschieden wenige Sekunden über Leben und Tod.

Im nächsten Moment traf Doktor Proskauer mit einer Schwester von der HNO ein. Seit einigen Jahren war er nicht mehr nur als beratender Arzt, als Konsiliarius, angestellt, sondern als Vollzeitkraft.

»Das Fieber hat ihn geschwächt. Sein Puls ist aber nur leicht erhöht: sechsundneunzig Herzschläge«, berichtete Marlene. »Albert ist draußen zusammengebrochen. Er ist allein hergekommen.«

»Das dachte ich mir schon«, entgegnete Doktor Proskauer. Er spielte wohl auf die Uniform des Bolle-Jungen an, die nahelegte, dass er zu einer der armen Proletarierfamilien gehörte, bei denen auch die Kinder arbeiten mussten und die Mütter tagsüber in Fabriken schufteten, um über die Runden zu kommen. »Wir müssen die Eltern benachrichtigen. Sie müssen der Aufnahme des Jungen zustimmen.« Routiniert begann er die Untersuchung, während die Schwester die Krankenakte anlegte und die Untersuchungsbefunde darin festhielt.

Marlene assistierte mit den Gerätschaften. Als sie Albert für das Abhorchen und Abklopfen die Milchschürze und die Ledertasche abnehmen wollte, sträubte sich der Junge. »Da is meen janzes Jeld drin!«

»Ich möchte es dir nicht wegnehmen«, erklärte sie mit warmer, mütterlicher Stimme, »nur deinen Rücken und die Brust für die Untersuchung frei machen. Versprochen.«

Mit fiebrigem Blick verfolgte der Junge, wie sie ihm seine Tasche abnahm, seinen Oberkörper frei machte und sie ihm gleich wieder auf den Schoß legte. Er weinte keine einzige Träne der Angst, anders als die meisten Kinder, die eingeliefert wurden.

»Sagen Sie ihm leise, dass er hier in guten Händen ist«, flüsterte Marlene der Elevin zu, da Renate nach einem ersten Streichelversuch eingeschüchtert von dem ungewöhnlich erwachsen wirkenden Jungen war. Ein wenig fühlte sich Marlene durch Renate an die Medizinalpraktikantin erinnert, die noch genauso vorsichtig und unsicher handelte.

Albert war inzwischen bei »sechs dreißig« angekommen, ohne seine Milchgeldtasche eine Sekunde aus den Augen zu lassen.

Die Spiegeluntersuchung ergab, dass seine Mandeln zerklüftet und vernarbt waren. Dies war also nicht die erste Mandelentzündung in seinem Leben. Sein Fieber betrug achtunddreißig Grad.

»Wir haben es hier mit einer fiebrigen chronischen Tonsillitis zu tun«, sagte Doktor Proskauer. Zur Demonstration drückte er mehrmals mit dem Holzspatel gegen den Gaumenbogen des Patienten, woraufhin Eiter ausfloss.

»Diphtherie, Scharlach, Drüsenfieber und Tuberkulose können wir ausschließen?«, fragte Marlene.

»Absolut«, bestätigte der HNO-Spezialist. »Wir sollten bald operieren und auf jeden Fall vorher sein Fieber senken.« Eine Mandelausschälung bei erhöhter Temperatur stellte ein Risiko dar. »Nur leider bin ich ab heute Mittag auf dem Weg nach Zürich zum Kongress über Nasenfrakturen und erst in einer Woche wieder zurück. Würden Sie die Operation übernehmen?«

»Natürlich«, sagte Marlene, auch wenn dies bedeutete, dass sich ihre Erholungspause nach der Nachtschicht halbierte. Sie wollte Albert keinesfalls länger leiden lassen. Die Entfernung der Gaumenmandeln, eine Tonsillektomie, war eine Routineoperation.

»Sehr gut, dann kann ich beruhigt wegfahren und die chronische Tonsillitis in Ihre Hände legen«, sagte der Doktor.

»Ich kümmere mich auch gleich um die Benachrichtigung seiner Eltern und deren Zustimmung zur Operation«, sagte Marlene. Sie würde jemanden dafür losschicken müssen.

Zum ersten Mal, seitdem sie im Untersuchungszimmer waren, meldete sich Albert nicht mit einer Zahl zu Wort: »Ick muss morgen willer uff'n Milchhof sein. Jeht det mit der Operation ooch schnell?«

»Albert, du bist krank und gehörst ein paar Tage ins Bett«, erklärte Marlene dem Jungen und streichelte ihm über den Handrücken. »Erst musst du wieder gesund werden, bevor du weiterarbeiten kannst. Was zählst du eigentlich die ganze Zeit?«, fragte sie zur Ablenkung, während die Schwester den Stauschlauch für die Blutabnahme um den Oberarm des Jungen band.

»Ick zähle de Preise für alle möglichen Milchmengen uff«, antwortete Albert mühevoll. »Een Liter kostet dreißig Pfennig, zwee Liter sechzig Pfennig.«

Was für eine ungewöhnliche Art, sich abzulenken, dachte Marlene. Wenn ihre Ungeduld auf eine Schwangerschaft kurz vor der nächsten Periode zu groß wurde, lenkte sie sich mit Träumereien von einer wachsenden Familie ab. Zu ihrer Enttäuschung kam ihre Blutung seit der letzten missglückten Schwangerschaft stets überpünktlich. Sie fühlte sich unvollständig und im Kampf mit ihrem Körper, weil noch keine ihrer drei Schwangerschaften die ersten drei Monate überstanden hatte. Und seit zwei Jahren wurde sie nicht einmal mehr schwanger.

»Wenn ick die Zahlen parat habe, verrechne ick mich nich so schnell.« Albert schluckte mit schmerzverzerrtem Gesicht. »Meene Fresse, tut det weh.«

»Genau deswegen operieren wir dich gleich heute Nachmittag, sobald dein Fieber gesunken ist«, entschied Marlene. »Du gibst der Schwester jetzt die Adresse deiner Eltern.«

»Ick hab nur noch 'ne Mutter«, sagte Albert und schluckte wieder mühevoll. »Aber wozu wollen Se die denne sprechen?«

Marlene erklärte es ihm, aber der Junge winkte betrübt ab. »Die hat keene Zeit für mich, ist immer krank und muss sich um meenen kleenen Bruder Franz kümmern. Der is noch nicht so lange uff der Welt.« Nach diesen Worten schaute Albert mit feuchten Augen zur Zimmerdecke und versuchte, nicht zu weinen.

Seine Situation rührte Marlene, aber sie wollte jetzt nicht weiter auf ihn eindringen. Besser, er beruhigte sich vor der Operation, anstatt sich aufzuregen. Sie streichelte ihm noch einmal die Hand an der Milchgeldtasche.

*

Es war achtzehn Uhr, als Marlene den Hahn am Waschbecken im Vorraum des Operationssaales aufdrehte, um sich für die Operation von Albert Kopetzke einzuwaschen. Ihre Locken, die ihr bis an die Ohrläppchen reichten, hatte sie bis auf das letzte Haar unter die Operationshaube geschoben.

Sie erklärte der Medizinalpraktikantin, die am Waschbecken neben ihr hantierte, die oberste Regel bei der Entscheidung für oder gegen die Entfernung von Mandeln. »Die Mandeln dürfen nur dann herausgenommen werden, wenn sie mehr Probleme bereiten, als sie Nutzen stiften. Nur, wenn sie ständig entzündet und von Eiter umgeben sind, der im schlimmsten Fall zu einer tödlichen Sepsis führen kann, gehören sie entfernt, wie im Fall von Albert.«

Bernadette Beierlein nickte wissbegierig. Seitdem sie an der Klinik arbeitete und Marlene als Schützling zugeteilt worden war, sog sie jedes ihrer Worte auf. Marlene wusste aus eigener Erfahrung, wie schwierig der praktische Einstieg nach dem theoretischen Medizinstudium war. Vom Umgang mit leidenden und sterbenden Kindern, die selbst das Herz eines altgedienten Mediziners berührten, erfuhr man im Studium wenig. Marlene gab ihre Erfahrung als Ärztin mit viel Geduld an die Medizinalpraktikantin weiter.

»Was ist der Nutzen unserer Mandeln?«, fragte sie die junge Frau, die sie oft an sich selbst damals im Praktikum erinnerte. Bernadette Beierlein stammte aus armen Verhältnissen, hatte für die Finanzierung ihres Studiums, das ihr niemand zugetraut hatte, hart gearbeitet und war Halbwaise. Marlene hatte das Gefühl, die junge Frau behutsam in die raue Welt des männerdominierten Klinikbetriebes einführen zu müssen. Noch immer waren Ärztinnen an Berlins Krankenhäusern die Ausnahme.

»Ihr Nutzen besteht vor allem darin, dass sämtliche vier Mandeln, die zwei Gaumen-, eine Rachen- und eine Zungenmandel, die Ausgänge des Mund- und Nasenraums in Richtung des Rachens wie ein Schutzring umgeben«, trug Fräulein Beierlein lehrbuchreif vor, »und damit Krankheitserreger abfangen, die über den Mund oder die Nase sonst in den Körper gelangen und die Organe befallen würden.«

»Sehr gut«, lobte Marlene. Die Theorie war bei ihr damals auch nicht das Problem gewesen, aber bei der ersten Spritze hatte sie sich angestellt, als wäre sie eigentlich zur Dachdeckerin ausgebildet worden.

Benjamin Levy trat neben sie ans Waschbecken und begann, seine Hände und Unterarme gründlich zu reinigen.

»Bist du bereit für die letzte Tat des Tages, Marlene?«, fragte er mit einem Lächeln. »Und hallo, Fräulein Beierlein.«

Fräulein Beierlein antwortete schüchtern: »Guten Abend, Herr Doktor.«

»Ich bin bereit, wie immer«, bestätigte Marlene und lächelte zurück. Sie mochte den Mann, der Maximilian seit vielen Jahren ein lebenslustiger, unkomplizierter Freund war und gerne auch mal die steife ärztliche Haltung vergaß. Aber nun war sie überrascht von seiner Anwesenheit. Es war unüblich, dass bei einer unkomplizierten Operation wie der Tonsillektomie zwei ausgebildete Ärzte anwesend waren. Laut Plan war lediglich die Medizinalpraktikantin mit ihr eingeteilt.

»Alberts Körpertemperatur ist nur noch leicht erhöht, und seine Laborwerte lassen keine Schlussfolgerung auf andere entzündete Organe zu«, sagte sie dem Ärztlichen Direktor. Dann ließ sie sich den Operationskittel und den Mundschutz umbinden und ging zielstrebig in den Operationssaal voran. Fräulein Beierlein folgte ihr in gleicher Kluft wie ein Schatten. Ihr Arztkittel schlotterte um ihren dünnen Leib.

»Alberts Mutter hat ihre Einwilligung zur Operation gegeben«, berichtete Marlene im Gehen. »Sie arbeitet trotz ihrer gesundheitlichen Probleme tageweise in einer Schraubenfabrik in Prenzlauer Berg, um Miete und Essen bezahlen zu können.« Es war nicht einfach gewesen, Frau Kopetzke ausfindig zu machen. Zuerst war das Dienstmädchen der Kinderklinik zur Wohnung der Familie gefahren, wo es Frau Kopetzke allerdings nicht angetroffen hatte. Eine Nachbarin hatte ihr den Hinweis auf die Schraubenfabrik gegeben. Diese Fabrik mit den ratternden Maschinen, hatte das Dienstmädchen gesagt, sei wie ein Monster gewesen. Alberts kleiner Bruder habe in einer Ecke auf einer Wolldecke gelegen, während seine Mutter Schrauben der Größe nach sortierte. Und immer wieder hatte Alberts Mutter ungesund gehustet.

Im nächsten Moment wurde der Patient auch schon hereingefahren.

»Albert, nach der Operation wirst du erst mal ganz viel Eis essen dürfen«, sagte Marlene mit einem Lächeln. Nach der Entfernung der Gaumenmandeln durften zunächst nur eisgekühlte Getränke gegeben werden, danach dann Speiseeis und klumpenfreie Breie.

»Det kann ick mir nich leisten«, gab Albert zurück. »Mit zwee Schrippen jeden Tag wär ick schon zufrieden.«

»Wir spendieren dir das Eis natürlich, weil du so gut durchhältst.« Benjamin Levy zwinkerte dem Jungen zu, während die Schwester die Spritze und den Zerstäuber für die örtliche Betäubung vorbereitete. Bei der Ausschälung der Mandeln war es notwendig, zusätzlich zur Oberflächenanästhesie, die aufgesprüht wurde, ein Betäubungsmittel zu spritzen, das die tieferen Bereiche der Mandeln durchdrang.

»Dann nehm ick det Eis jerne«, sagte der Junge und lächelte vorfreudig.

Auf Marlenes Geheiß half die Medizinalpraktikantin dem Patienten, sich auf den Operationsstuhl zu setzen. Die Entfernung der Mandeln wurde aufrecht sitzend vorgenommen. Die Schwester bedeckte Alberts Körper mit einer Gummischürze und band seine Hände und Füße am Operationsstuhl fest. Es war unabdingbar, dass Albert während der Operation stillhielt.

Marlene erklärte es ihm, aber das stellte sich als überflüssig heraus. Sie hatte selten einen so angstfreien Kinderpatienten erlebt. Aber wehe, wenn jemand seiner Tasche mit dem Milchgeld zu nah kam. Gemeinsam hatten sie sie vorab in den Metallschrank im Stationszimmer eingeschlossen.

»Ick bin bereit«, antwortete der Junge und lehnte den Kopf gegen die hohe Rückenlehne des Operationsstuhls. »Wenn nur endlich det Messer in meenem Hals verschwindet.« Er öffnete den Mund, sodass die Schwester die Metallvorrichtung einsetzen konnte, die den Mund geöffnet hielt und seine Zunge vor den Gaumenmandeln wegdrückte. Dann sprühte sie Psicain auf Alberts Gaumenmandeln. Als dies wirkte, spritzte Marlene die Novocain-Suprarenin-Lösung. Albert verhielt sich ruhig und schloss die Augen.

Obwohl eine Mandelentfernung eine einfache Operation war, ging sie ihr Vorgehen im Kopf noch einmal durch und prüfte die Instrumente auf dem Beistelltisch. Tonsillenschere, Tonsillenpinzette, Tonsillenschnürer mit mehreren Drahtschlingen, Klemmen als Tupferhalter, Pinzetten, Septumnadeln, Nähutensilien, sehr viele Tupfer und, und, und. Mandelentfernungen waren eine der am häufigsten durchgeführten Operationen in der Kinderklinik. Fräulein Beierlein ließ Marlene keine Minute aus den Augen. Für die junge Frau war es die erste Gaumenmandelentfernung. Benjamin Levy hielt sich im Hintergrund. Marlene wusste noch immer nicht, warum er überhaupt dabei war.

Die Infiltrationsanästhesie zeigte schnell Wirkung. Marlene setzte sich den Stirnspiegel auf und konnte dann anfangen, nacheinander die Gaumenmandeln rechts und links von den darunter liegenden Muskeln und deren Gefäßen abzuschälen. Es würden jeweils Wunden von der Größe einer Groschenmünze entstehen. Für Fräulein Beierlein kommentierte sie jeden Schritt ihres Vorgehens.

Mit der Tonsillenpinzette zog sie die linke Gaumenmandel vor, durchtrennte die Schleimhaut mit dem Skalpell und unternahm das weitere Ausschälen. Zum endgültigen Ablösen der Mandel ließ sie sich von der Schwester den Tonsillenschnürer reichen. Die Entfernung der linken Rachenmandel gelang ihr problemlos. Die Medizinalpraktikantin wurde etwas nervös wegen des vielen Bluts. Tupfer um Tupfer färbte sich rot, aber Marlene bewahrte die Ruhe.

Als sie sich an Alberts rechte Gaumenmandel machen wollte und den Kopf dafür leicht schief legte, wurde ihr kurz schwarz vor Augen. Plötzlich schoss ihr Schweiß aus allen Poren, und sie meinte, keine Luft mehr zu bekommen. Sie musste sich am Stuhl des Patienten festhalten, damit sie nicht wankte.

»Ist alles in Ordnung?«, fragte Benjamin Levy sofort.

Die Operationsschwester und die Medizinalpraktikantin schauten gleichermaßen irritiert zu Marlene.

Marlenes Herz schlug schneller. »Natürlich, alles bestens«, sagte sie unter dem Mundschutz, straffte sich und korrigierte ihren Stirnspiegel.

»Soll ich übernehmen?«, fragte Benjamin Levy.

Marlene schüttelte den Kopf. Sie hatte die rechte Mandel gerade zur Hälfte vom Muskel geschnitten und ließ Blut wegtupfen. Ihr Aussetzer war ihr entsetzlich unangenehm.

Für den Rest des Eingriffs arbeitete sie konzentriert weiter und vernähte die Rachenwunde am Ende gewohnt souverän, sodass die Medizinalpraktikantin schnell ihren bewundernden Gesichtsausdruck zurückgewann. Nach dreißig Minuten war die Operation geschafft.

Gemeinsam legten sie Albert auf eine Trage, damit er in sein Bett auf der HNO zurückgebracht werden konnte. »Jetzt schläfst du erst einmal und bekommst dann eine Eismanschette um den Hals gelegt«, sagte Marlene ihm auf dem Weg in den Vorraum. »Und spätestens morgen früh schaue ich wieder nach dir.« Fräulein Beierlein sollte den Jungen auf die Station begleiten.

Albert nickte erschöpft, dann schoben Schwester und Medizinalpraktikantin die Trage auf Rollen davon.

Marlene legte ihre Operationskleidung ab und wusch sich die Hände. »Hast du nach Feierabend kurz Zeit?«, fragte Benjamin beiläufig, als sie allein im Waschraum waren.

Eigentlich wollte Marlene nach Hause. Zwischen der Nachtschicht und Alberts Operation hatte sie nur zwei Stunden Pause gehabt. Sie hatte nach Emma geschaut, die schon den neuen Dienstplan erstellt hatte. Dann hatte sie wieder an die Bücher für ihre Habilitation gedacht, die noch in Berlins Bibliotheken auf sie warteten.

»Es dauert nicht lange«, schob Benjamin hinterher.

»Gut, ich komme gleich vorbei«, stimmte Marlene zu, wobei sie ein Gähnen unterdrücken musste. Sie war seit beinahe vierundzwanzig Stunden auf den Beinen.

*

Benjamin Levys Büro war mit modernen schnörkellosen Möbeln und einem gläsernen Schreibtisch ausgestattet. Bis auf die Büste des Hippokrates erinnerte nichts mehr an seine zwei Vorgänger, die schwere Eichenmöbel und gesteppte Ledersofas bevorzugt hatten.

Als Marlene eintrat, öffnete der Ärztliche Direktor gerade jene Tür in seinem ansonsten mit Büchern bestückten Regal, hinter der sich eine beleuchtete Bar verbarg.

»Einen Rotwein oder Cognac zum Feierabend?«, fragte er. »Ich hätte auch ein *Kindl* im Angebot.« Er war jüdischer Herkunft mit tiefschwarzen Augen und gefühlvollem Blick, der kaum eine Konvention gelten ließ, und besaß eine Vorliebe für Rotweine aus dem südöstlichen Mittelmeerraum, aus Hebron und dem Karmelgebirge. Er tauchte schon mal in nächtliche Revuen ab und spendierte nach einer anstrengenden Arbeitswoche importierten Rotwein für die gesamte Belegschaft. Er war bei allen beliebt und als Junggeselle immer wieder Objekt sehnsüchtiger Schwesternträume.

Marlene schaute ungeduldig auf ihre Armbanduhr. »Nein, danke, nichts zu trinken für mich.«

Benjamin Levy goss sich einen Wein von purpurroter Farbe ein und setzte sich hinter seinen Schreibtisch. »Bitte nimm aber wenigstens Platz.« Er wies auf den Stuhl vor dem Tisch.

Sobald Marlene saß, stellte er unumwunden fest: »Du bist überarbeitet.«

»Ich?« Sie setzte ihre Brille ab und rieb sich die brennenden Augen. Ihr Puls schlug schneller, seine Feststellung überraschte sie. Sie war zwar erschöpft, wie jeder Arzt nach einer langen Schicht, aber als überarbeitet hätte sie sich nicht bezeichnet. Und dass Benjamin Levy sie deswegen sogar für ein Gespräch in sein Büro bat, fand sie übertrieben. »Sobald Doktor Proskauer vom Kongress zurück ist, übernimmt er seine Operationen wieder, und ich bin nicht mehr so angespannt«, versuchte sie, ihn zu beruhigen. Weißensee war eine kleine Klinik, da bedeutete die Abwesenheit eines Arztes stets Mehrarbeit für die anderen.

Benjamin Levy trank einen Schluck, dann sagte er: »Nicht mehr so angespannt? Das glaube ich dir nicht.«

Marlene richtete sich im Stuhl auf, in dem sie eben vor Erschöpfung unbemerkt ein Stück zusammengesackt war. »Wie meinst du das?«

»Wie wäre es, wenn du dir mal einen Urlaub gönnst? Vier oder sechs Wochen mindestens. Gerne auch ein paar Monate.«

»Warum denn Urlaub? Hier gibt es so viel zu tun, Ben!«, entgegnete sie energisch. Die Anzahl der Patienten im Krankenhaus war seit der Fertigstellung der neuen Isolierhäuser um die Hälfte angestiegen, die Aufnahme oft überfüllt. Und ein paar Monate Urlaub klangen eher wie ein Schlussstrich denn wie eine Erholungszeit.

»Du weißt, dass wir eine weitere Assistentenstelle von der Kommune bewilligt bekommen haben, und das Fräulein Beierlein wird eine immer bessere Hilfe. Du könntest dich entspannt in einen Urlaub begeben. Marlene, glaub es mir: Du bist überarbeitet«, insistierte Benjamin Levy, »und ständig schaust du auf die Uhr.«

Marlene hatte es gerade wieder getan. Sie war mit Maximilian um halb acht zum Dinner verabredet. Ertappt blickte sie auf.

Benjamins Ton wurde sanfter: »Wenn du pausenlos so weitermachst, wirst du bald zusammenbrechen. Und das möchte ich nicht. Die Kinderklinik braucht dich! Aber wach und aufmerksam, nicht übermüdet und erschöpft, sodass dir im Operationssaal schwindelig wird.«

»So etwas wie eben wird nicht noch einmal passieren«, versicherte sie und versteifte sich bis in den kleinen Zeh. Zu spät hatte sie gemerkt, dass Benjamin durch den Glastisch ihren nervös tippenden Fuß sehen konnte.

»Während deiner vorletzten Operation, bei der dir von

Drosselsheim assistierte, musstest du angeblich öfters gähnen.«.

Was? Marlene hatte in der Nacht davor nur schlecht geschlafen, weil ihre Monatsblutung wieder überpünktlich begonnen hatte. Aber halt! Wenn Assistenzarzt Alexander Münkwitz von Drosselsheim zur Klinikleitung gegangen war, musste sie mehr als einmal gegähnt haben, woran sie sich allerdings nicht mehr erinnerte. Dann war dieser Vorfall wohl auch der Grund, dass Benjamin heute bei der Operation dabei gewesen war? Vermutlich hatte er sich persönlich einen Eindruck von ihrem Zustand verschaffen wollen.

»Ben, ich habe alles im Griff!«, sagte Marlene. Die Welt war einfach schneller geworden, und sie passte sich der neuen Taktfrequenz an. Vermutlich hinkte die Kinderklinik der Zeit nur etwas hinterher. Es wäre besser, die anderen Ärzte würden ihr Tempo ebenfalls anziehen, aber das wollte sie nicht so direkt vorbringen. »Vielleicht bin ich noch etwas vom Nickerchen vorhin auf dem Sofa im Büro verspannt, da kann einem schon mal kurz schwarz vor Augen werden.« Sie stand auf und dehnte sich vor seinen Augen, indem sie die Arme hinter den Rücken zog und den Kopf von der linken zur rechten Schulter spannte, sodass es brannte. »Diesen zervikalen Schwindel kann ich ganz leicht mit ein paar Dehnungen loswerden. Du weißt doch, wie das in unserem Beruf ist.« Noch während sie sich dehnte, schaute sie erneut auf ihre Armbanduhr.

Benjamin Levy ersparte sich ein: »Ertappt!«. Sein feines Lächeln war wissend genug, sie sah es sogar aus dem Augenwinkel.

Marlene setzte ihre Brille wieder auf. »Heute Nacht werde ich mich so richtig ausschlafen, versprochen!«

Benjamin Levy lehnte sich nachdenklich zurück und nahm langsam einen Schluck vom Wein.

»Ich habe hart für die Kinderklinik Weißensee gearbeitet, Ben.« Nach ihrem Jahr als Medizinalpraktikantin hatte sie als Assistenzärztin und drei Jahre später als Fachärztin für Pädiatrie mit abgeschlossener Doktorarbeit an der Klinik gearbeitet. Keine Überstunde war ihr jemals zu viel gewesen. Ihre gemeinsamen Veröffentlichungen mit ihrem Doktorvater Professor Czerny waren viel beachtet worden. Marlene hatte schon Vorträge auf Kongressen gehalten und war ein paarmal als Gastdozentin vor die Studenten der Universität getreten. Ihre Vorlesungsreihe hatte besonders viele angehende Ärzt*innen* angezogen, aber auch vorlaute Studenten hatte sie am Ende trotz anfänglicher Vorbehalte zu begeistern vermocht. Dadurch war der Entschluss zu einer Habilitation gereift.

»Du kannst mich nicht einfach in den Urlaub schicken«, sagte sie beinahe flehend. Sie wollte die Kinderklinik keine drei Wochen, geschweige denn drei Monate verlassen. Wie sollte sie lächeln und fröhlich sein, wenn sie nicht Kinderlachen hörte und gesundete Kranke sah? Neben ihrer Liebe zu Maximilian und der Verbundenheit mit Emmas Familie war die Arbeit ihr Lebensinhalt.

»Ich möchte dich als Ärztin nicht verlieren, die Kinder lieben dich«, entgegnete Benjamin. »Du gehörst zu den Besten in ganz Groß-Berlin. Aber auch du brauchst Pausen und musst mal durchatmen.«

»Heißt das, ich muss keinen Urlaub nehmen und darf bleiben?« Marlene spürte, wie sich ein Lächeln auf ihrem Gesicht ausbreitete. Sie hielt die Luft an und hoffte auf seine Zustimmung.

Benjamin nickte, sagte aber: »In den nächsten Wochen machst du keine einzige Überstunde mehr!«

Marlene atmete erleichtert aus. »Danke. Du wirst deine Entscheidung nicht bereuen!« Beim ersten Anzeichen dafür, dass sie unkonzentriert mit den Patienten arbeitete, durfte er sie in den Urlaub schicken. Sie schüttelte den Gedanken ab. Jetzt wollte sie schnell noch einmal nach Albert sehen.

*

Die Villa der von Weilerts umgab ein hoher Stahlzaun, vor den eine dichte, dunkle Thujahecke gepflanzt war. Sie diente als Schutz vor Einbrechern und verdeckte die Sicht auf eines der teuersten Anwesen in Weißensee. So richtig wohl fühlte Marlene sich in der Villa nicht, deren Hausherr inzwischen ihr Ehemann war. Oft hatte sie noch das Gefühl, dass der Geist von Maximilians Vater und der Kaiserzeit mit ihren überkommenen Sitten wie Staub in unerreichbaren Ritzen lag.

Marlene brauchte eine Ewigkeit, bis sie den Schlüssel ins Torschloss bekam. Was für ein Tag! Nur knapp war sie einem Zwangsurlaub entkommen. Zu allem Unglück war sie beim Verlassen der Klinik noch mit Oberin Fischer zusammengestoßen. Marlene hatte hastig gelächelt und war nach einem freundlichen »Guten Abend« davongeeilt.

Als das Tor endlich aufging, lief sie die Einfahrt hinauf über den roten Teppich zum Haus. Ihre Schwiegermutter, die Gräfin, bestand darauf, den Teppich in kälteren Monaten zu beheizen. Zu diesem Zweck waren Leitungen im Boden verlegt, durch die warme Luft strömte. Marlene war spät dran. Die kunstvollen Zierrahmen um die Fenster der Villa waren stilvoll elektrisch beleuchtet, aber dafür hatte Marlene heute keinen Blick.

Das Dienstmädchen Helene öffnete und wollte ihr beim Ablegen behilflich sein, aber Marlene drängte an ihr vorbei. Erst jetzt bemerkte sie, dass sie statt ihres Mantels noch ihren Arztkittel trug.

Wie immer streifte ihr Blick beim Eintreten das Porträt des früheren Hausherrn im Empfangsbereich. Die Gräfin hatte ihren im Ersten Weltkrieg ums Leben gekommenen Gatten auf Öl verewigen sowie wuchtig und mit Blattgold verziert rahmen lassen. Das Porträt im Stil alter Adelsporträts zeigte Graf Anton von Weilert auf einem Hengst sitzend und mit Reitgerte in der Hand. Um die Füße des Pferdes wuselten gedrungene Jagdhunde. Des Grafen Blick lag stolz und kühn auf seinen Ländereien in der Ferne. Marlene fühlte sich oft, als würde ihr toter Schwiegervater über sie hinwegschauen. Sie hatte ihn zu Lebzeiten nie richtig kennengelernt. Nun musste sie an ihren eigenen Vater denken. Sie hatte Joseph Gottwald kurz in ihr Herz gelassen, aber er hatte sie enttäuscht. Seit dem Spaziergang in Lübars vor zehn Jahren war er nicht wieder aufgetaucht. Im ersten Jahr nach seinem Verschwinden hatte sie deswegen noch heimlich geweint und inständig auf seine Rückkehr gehofft. Inzwischen wollte sie mit dem Thema »Vater« abschließen, um nicht noch mehr verletzt zu werden. Sollte Joseph Gottwald doch bleiben, wo der Pfeffer wächst! Emma war überzeugt, dass er von seinen Verfolgern getötet worden war. In ihrer Erinnerung konnte Marlene sie noch rufen hören: *Männer wie du haben den Tod verdient!* Sosehr sie den Spaziergang mit ihm zu vergessen versuchte, es gelang ihr nicht.

Der Großteil des Parterre-Geschosses der Villa war ungenutzt, seitdem der Graf beerdigt worden war. Vom imposanten Eingangsbereich führte eine der vielen Türen in die Küche. Sie war der einzige Raum, der hier unten noch genutzt wurde.

Marlene hatte das Gefühl, ihre letzte Kraft für die Treppenstufen ins erste Obergeschoss aufzubrauchen. Die Gräfin Dorothea von Weilert residierte im zweiten Obergeschoss. Der Großteil der Hausangestellten arbeitete vor allem auf ihre Anweisungen hin. Marlene war es immer noch unangenehm, sich bedienen zu lassen.

Schwer atmend betrat sie das Esszimmer, wo sie schon vor einer halben Stunde hatte sein wollen. Maximilian saß mit Anzug und Fliege an der Tafel und sah glänzend aus. Kerzen brannten, und er hatte besonders vornehm eindecken lassen. Die Vorspeise war kunstvoll auf den Tellern angerichtet, und der Weißwein leuchtete unter dem elektrischen Licht in den Gläsern.

Marlene griff in die Tasche ihres Arztkittels und nestelte ein Blatt Papier daraus hervor. »Bitte entschuldige meine Verspätung.«

»Was ist passiert, Liebes, du wirkst so aufgeregt. Ist ein Säugling gestorben?«, fragte Maximilian. Säuglingstode waren besonders dramatisch, himmelschreiend ungerecht.

Marlene hielt ihm das Papier mit der Kinderzeichnung hin, die sie noch eine Weile in ihrem Büro betrachtet hatte, bevor sie die Klinik verlassen hatte. Das Bild zeigte sie am Krankenbett eines Kindes, in berührend kleinkindlicher Manier gemalt. Es war ein Geschenk des kleinen Robert Zimmermann, den sie wegen Nierenproblemen operiert hatte. Sie war auf der Zeichnung mit besonders langen Beinen dargestellt, und Robert lag im Bett und lächelte breit. Über ihm flog ein fröhlicher Vogel durchs Krankenzimmer. Ja, sie wollte, dass Kinder in ihrer Anwesenheit lächelten und nicht litten, weil sie verspannt war.

»Bin ich noch eine gute Ärztin?«, fragte sie ernst.

Maximilian nahm seine Damastserviette vom Schoß, faltete sie und legte sie ordentlich auf den Tisch zurück. Dann führte er Marlene mit der Hand an ihrer Hüfte in den großen Salon nebenan, den sie nicht ganz so fein als »gute Stube« bezeichnete. In der guten Stube war es zu Jazz und im Takt des Charleston oft schon eifrig hergegangen. Heute machte Maximilian keine Anstalten, das Tanzbein zu schwingen, bis er völlig durchnässt war, sondern nahm auf dem Sofa Platz und zog Marlene zu sich. »Jetzt erzähl mal, was genau passiert ist.«

Gewohnheitsgemäß schaute sie erst auf ihre Armbanduhr, aber achtete gar nicht auf den Stand der Zeiger. Dann sprang sie auf und weg von Maximilians fürsorglicher Umarmung. Ihre Stimme überschlug sich, während sie von den Geschehnissen des Tages berichtete. Aufgeregt schritt sie dabei vor dem Sofa auf und ab.

Maximilian betrachtete sie aufmerksam. »Ich würde gerne mal wieder mit dir an die Ostsee fahren«, sagte er, als Marlene zwei Atemzüge lang Luft holte. »Aber trotzdem finde ich nicht, dass du eine schlechte Ärztin bist. Im Gegenteil. Du arbeitest so hingebungsvoll wie kein Arzt sonst, den ich kenne.«

Marlene schaute ihn dankbar an. Ihr fielen seine ebenfalls müden Augen auf. Er hatte heute Tagesdienst gehabt.

Zärtlich zog er sie zurück zu sich auf das Sofa. »Benjamin hat eine vortreffliche Menschenkenntnis. Deswegen sollltest du seine Worte nicht auf die leichte Schulter nehmen.«

Sie nickte. Wenn es um das Wohl kranker Kinder ging, wollte sie nichts auf die leichte Schulter nehmen. In diesem Fall hatte Maximilian absolut recht! Sie sprang erneut vom Sofa auf und führte ihm nun vor, mit welcher Dehnungsübung sie ihren Nacken ab heute täglich entspannen wollte.

Maximilian lächelte verliebt. »Lene, du bekommst das sicher hin!«

Daraufhin ließ sie sich wieder neben ihn sinken und legte ihren Kopf an seine breite, muskulöse Brust, von der eine angenehme Wärme ausging. Sie spürte, dass auch sein Herz etwas über der optimalen Frequenz schlug. Auch er kam kaum noch zum Durchatmen.

Ohne Maximilian wäre sie bestimmt schon übers Ziel hinausgeschossen. Er bremste sie gelegentlich, was ihr im Nachhinein betrachtet immer gutgetan hatte. Einzig beim Tanzen dachte er nicht an Pausen. Wenn beim Charleston die Lebensenergie durch ihre Körper strömte, dann war er wie im Rausch und nicht aufzuhalten. Zusammen konnten sie Stunden durchtanzen. Mit Walzer und Tango hatte ihre Leidenschaft einst begonnen.

Maximilian begann, ihre Schultern zu massieren. Bald schloss Marlene ihre Augen, wollte nur noch seine Berührungen spüren und den Rest der Welt vergessen. Seine Hände gaben ihr Stärke und Mut zurück. Maximilian erklärte ihr sanft flüsternd, wie er in angespannten Situationen die Nerven behielt. Dass er ruhig und tief durchatme und bis zehn zähle. Wenn das nicht half, wusch er sich sein Gesicht mit kaltem Wasser, um den Pulsschlag zu senken.

Marlene wollte es beim nächsten Mal genauso machen,

und wenn sie jetzt noch täglich ihre Dehnungsübungen ausführte, würde ihre Anspannung bald wie weggeblasen sein, da war sie sicher.

***

3

7. Oktober 1929

»Ich habe gerne hier gelebt«, sagte Emma nach einem melancholischen Abschiedsblick in die leere Wohnung. Sie zog die Eingangstür hinter sich zu und drehte den Wohnungsschlüssel im Schloss herum. Es fiel ihr nicht leicht, ihre geliebte Langhansstraße zu verlassen.

»In der Wohnung haben wir uns das erste Mal geküsst, weißt du noch?«, fragte Kurt mit einem seligen Lächeln, nahm Emmas Hand und zog gemeinsam mit ihr den Schlüssel aus dem Schloss. »Ich war so aufgeregt wie ein kleiner Junge und bin fast ohnmächtig geworden, als ich deine Lippen berührte.«

Emma nickte sofort. »Du warst zum Verlieben damals, mit deiner roten Fliege und dem kamillegelben Hemd«, antwortete sie träumerisch und sah sich und ihn in ihrer Vorstellung auf der Schwelle seiner Küche stehen. »Es war der zärtlichste Kuss, den ich jemals bekommen habe.« Ihre Lippen hatten sich kaum berührt, so vorsichtig hatten sie sich einst geküsst – mit einer Schüssel Kartoffelsalat zwischen ihnen. Die Intimität hatte sie wie ein Stromschlag bis in die Zehenspitzen elektrisiert.

»Wirklich der zärtlichste Kuss?«, fragte Kurt ungläubig. Sie hatten sich seitdem unzählige Male geküsst. Elf Jahre waren seit ihrer ersten Zärtlichkeit vergangen.

Sie nickte überzeugt.

Urplötzlich schloss Kurt die Wohnungstür wieder auf, zog Emma hinein und positionierte sie auf der Türschwelle zur leeren Küche. »Schließ die Augen!«, verlangte er.

Emma folgte der Aufforderung. Noch bevor sie sehnsüchtig ausatmen konnte, waren Kurts Lippen so zärtlich wie ein Windhauch auf ihren. Wieder durchfuhr sie ein Stromschlag bis in die Zehenspitzen. Nur langsam lösten sie sich voneinander.

»Und?«, fragte Kurt, die Augen so erwartungsvoll geweitet wie der unerfahrene Liebhaber, der er zu Beginn ihrer Beziehung gewesen war.

»Ja, du hast recht«, gestand Emma, ihr war heiß geworden über dem Kuss. »*Das* gerade war der zärtlichste Kuss, den ich jemals bekommen habe.«

Kurt strahlte über das ganze Gesicht. »Und in unserer neuen Wohnung wird es demnächst noch viel mehr davon geben. Die Kinder haben dort ihr eigenes Zimmer.« Mit gesenkter Stimme gestand er auch gleich: »Ich kann es kaum erwarten, mehr Zeit nur mit dir zu verbringen.«

Sie lächelte vorfreudig, dann küsste sie ihn gar nicht mehr vorsichtig, sondern überschwänglich.

Elwira Scharinski rief von unten im Hausflur: »Kurt, Emma? Wo bleiben Sie denn?«

Emma löste sich nur widerwillig von Kurts Lippen.

»Komm«, sagte er, noch heftig atmend. »Wir wollen die Nachbarn nicht warten lassen. Ich habe versprochen, dich nur schnell zu holen.«

Emma schaute sich noch einmal um, ob sie auch wirklich nichts vergessen hatten, aber die Wohnung war leer und blitzblank. Nun stand der Abschied von den Nachbarn an. Um sechzehn Uhr wollten sie in der neuen Wohnung sein, um noch ein paar Sachen auszupacken, bevor sie am Montag wieder von der Arbeitswelt verschluckt würden. Emma war in ihrer ersten Woche als Oberschwester nie vor acht Uhr zu Hause gewesen, weil sie alle neuen Tätigkeiten besonders gründlich erledigt hatte. Sie war in den ersten Tagen weniger als gewollt mit Pflegetätigkeiten beschäftigt gewesen. Sie erstellte Dienstpläne, kontrollierte Ordnung und Sauberkeit sowie die Einhaltung der vorgeschriebenen Pflegeabläufe auf einem wöchentlichen Rundgang durch alle Stationen. Kurz gesagt oblag ihr die Sicherstellung eines korrekten und reibungslosen Ablaufs der Pflegeorganisation. Bis auf die Isolierstation waren die Stationen voll belegt, der Krankenstand des Pflegepersonals gering. Nur eine einzige Sache gab es, die sie beunruhigte: der umfangreiche Kostenplan, dessen Erstellung sie für den Pflegebereich übernehmen sollte. Sie war Kinderkrankenschwester und wenig geübt im Umgang mit Zahlen und Budgets.

Im Innenhof des Mietshauses wurden Emma und Kurt von den Nachbarn erwartet. Kurt stellte einen Kasten *Berliner Kindl* in die Runde. Seit dieses Bier in einer Fabrik in Weißensees Lichtenberger Straße gebraut wurde, gehörte es zum Lokalpatriotismus, *Kindl* zu trinken. Der Student, der in Emmas alter Dachgeschosswohnung mit der rot-grün gestreiften Tapete wohnte, hatte schon die Würste auf den Grill gelegt. Es roch köstlich.

Emma verspürte plötzlich einen Bärenhunger. Während sie eine Wurst vertilgte, dachte sie einmal mehr daran, wie wohl sie sich in der Langhansstraße gefühlt hatte, so chaotisch die Jahre nach dem Großen Krieg auch verlaufen sein mochten. Hier war ihr Unterschlupf vor der traumatisierten, gehetzten Welt gewesen. Hier hatte sie vor nunmehr acht Jahren ihre Tochter geboren. Hier war die Liebe, die sie für Kurt und die Kinder empfand, mit jedem Tag noch gewachsen. Hier war sie endlich glücklich geworden. Hier im Hof hatten sie schon viele Familienfeste gefeiert, leider ohne ihren Vater. Emma dachte noch oft an das Wiedersehen mit Joseph Gottwald zurück. Es war kurz, aber intensiv gewesen. Schon nach seinen ersten Worten war sie überzeugt gewesen, dass er wirklich ihr leiblicher Vater war. Je tiefer die Begegnung jedoch in der Vergangenheit verschwand, desto mehr bezweifelte sie, ob sie wirklich stattgefunden hatte. Den Verlobungsring, das einzige Erinnerungsstück an ihn, hatte sie nach dem Treffen in Lübars Marlene überlassen. Sicher hatte ihre Schwester ihn längst in die hinterste Schrankecke verbannt. Marlene fackelte mit vielen Sachen nicht lange, vielleicht auch, weil ihr fürs Fackeln einfach die Zeit fehlte.

Emma suchte Marlene und Maximilian im Hof. Sie waren noch nicht da? Elwira Scharinski, die wegen ihrer Gehprobleme schon vor Jahren in eine der Erdgeschosswohnungen gezogen war, konnte ihre Tränen nun nicht mehr zurückhalten. Es wurde Zeit, sich zu verabschieden. Sie zog Emma und Kurt gleichzeitig an ihren großen Busen und tätschelte ihnen die Köpfe wie Kindern. »Ich werde euch beide schrecklich vermissen.« Die Krauses, Müllers, die Jankowskis und die Machleits nickten bei diesen Worten. »Aber am meisten wird mir wohl mein Theo fehlen«, schniefte Elwira Scharinski und winkte den Jungen zu sich. Theodor saß noch auf einer der Bänke und nagte an einer gegrillten Schrippe herum, nun stand er auf.

»Du wirst mich doch regelmäßig besuchen, nicht wahr, Theolein?«, fragte die Nachbarin schluchzend. Zur Feier des Tages trug sie eine kunterbunte Häkelweste.

Emma schmunzelte darüber, dass ihr Sohn gegen die Verniedlichung seines Namens keinen Protest einlegte. Elwira Scharinski hatte sich viel um Theodor gekümmert, als Emma noch alleinerziehend gewesen war. Er war wie ein Enkel für sie und sie seine Ersatzgroßmutter.

Theodor trat vor die alte Frau, die er schon seit zwei Jahren körperlich überragte. »Bestimmt, Oma Schari«, versicherte er mit der brüchigen Stimme des Heranwachsenden. Als Abschiedsgeschenk nahm er einen gehäkelten roten Pullover mit einem Bären darauf entgegen, eigentlich ein Kleidungsstück für einen kleinen Jungen, der er – mit seinen bald siebzehn Jahren – nicht mehr war. »Schade, dass du nicht mit in die neue Wohnzeile ziehst«, sagte er, dann umarmte er Elwira Scharinski innig.

»Ich will Oma Schari auch Tschüss sagen und ein Geschenk bekommen«, meldete sich Elisabeth, Theodors jüngere Schwester, die nach ihrer Großmutter mütterlicherseits benannt worden war. Sie legte ihre kurzen Arme fest um Elwira Scharinskis rechte Hüfte.

»Vorsichtig, Lissi, du zerdrückst Oma Schari ja«, mahnte Emma, da sie wusste, dass der alten Hausbewohnerin inzwischen jeder Knochen wehtat.

Elwira Scharinski schenkte dem Mädchen ein gehäkeltes Kleid für ihre Puppe, welche Elisabeth über alles liebte. Sie bestand sogar darauf, sie mit in die Schule zu nehmen.

»Darin wird meine Viktoria wie eine echte Prinzessin aussehen«, staunte Elisabeth. Als Dank vollführte sie einen Radschlag und verbeugte sich dann wie eine große, Beifall heischende Künstlerin. Emma wusste nicht, woher ihre Tochter das hatte. Kurt und sie hielten sich lieber im Hintergrund. Sicher hatte Marlene ihr das beigebracht, der machte es nichts aus, im Mittelpunkt zu stehen. Wo blieb sie nur? Wieder ein Zwischenfall in der Kinderklinik oder eine Notoperation, die Maximilian noch an den Operationstisch fesselte?

Emma und Kurt verabschiedeten sich auch bei den anderen Nachbarn. Als das geschafft war und einige Tränen geflossen waren, hörten sie draußen vor der Tordurchfahrt des Vorderhauses Reifen quietschen. Dieses spezielle Geräusch war Emma vertraut. Das waren Maximilian und Marlene! Die beiden waren ständig in Eile und hasteten von einem Termin zum nächsten. Für beide hätte jeder Tag achtundvierzig Stunden haben müssen, um alles unterzubringen.

»Tante Lene?« Elisabeth stürmte zum Tor, Emma und Kurt folgten.

»Pass mit der Straße auf, Lissi«, rief Kurt seiner Tochter hinterher. Elisabeth war voller Energie und Übermut, sodass man sie eigentlich immer noch nicht aus den Augen lassen durfte. Erst recht nicht, wenn es um ihre geliebte Tante Lene ging.

»Lissi, du bist ja schon wieder gewachsen«, sagte Maximilian, lief um das Auto herum auf den Bordsteig, fing seine Nichte auf und wirbelte sie herum.

»Wo ist Tante Lene?«, fragte Elisabeth, als sie mit beiden Beinen wieder auf dem Gehweg stand.

»Ja, wo ist Lene?«, wunderte Emma sich. »Ihr wolltet uns doch gemeinsam rüberfahren.«

»Sie hatte etwas vergessen und musste noch mal zurück«, erklärte Maximilian in einem Ton, als hätte er sich schon an das Vortragen von Verspätungsentschuldigungen gewöhnt. »Aber sie kommt, so schnell es geht, nach«, fügte er gleich an, wohl weil ihm Elisabeths trauriger Blick nicht entging.

Wie es sich für einen guten Onkel gehörte, lobte Maximilian das gehäkelte Kleidungsstück für Elisabeths Lieblingspuppe und ließ sich auch noch erklären, in welcher der unzähligen Umzugskisten und Truhen Viktoria mitsamt Puppenwagen verstaut war. Das hob die Stimmung des Mädchens wieder.

»Seid ihr bereit für die neue Wohnung?«, fragte Maximilian an Emma und Kurt gewandt, sobald er im aufgeregten Geplapper seiner Nichte wieder zu Wort kam.

Die beiden schauten sich an und nickten mit leuchtenden Augen.

»Na, dann springt rein ins Auto. Theo darf nach vorne«, bestimmte Maximilian. Unlängst hatte er Emma gefragt, ob er den Jungen nicht langsam in das Weißenseer Nachtleben einführen dürfe, aber Emma hatte vehement abgelehnt. Ihr Sohn mit Frauen in Bananenröcken, erotischen Provokationen und Tanzen wie im Rausch? Dafür war er ganz sicher noch zu jung! Er zeigte nicht einmal Interesse an einer Zigarette, worüber Emma sehr froh war. Wenn es nach ihr ginge, sollte er sich die nächsten Jahre ganz auf das Gymnasium konzentrieren, bessere Noten schreiben und Mädchen nur im Vorbeigehen anschauen.

Stolz setzte Theodor sich auf den Beifahrersitz des schillernden Mercedes-Benz, nachdem er den neuen roten Pullover möglichst unauffällig im Kofferraum versteckt hatte. Neben dem breitschultrigen Maximilian sah er wahrlich noch wie ein zierlicher, wenn auch hochgewachsener Knabe aus, fand Emma. Auf dem Rücksitz an Kurt geschmiegt, winkte sie den Nachbarn zum Abschied noch einmal zu, dann fuhr der Benz an.

Die Buschallee, in der sich die neue Wohnung befand, ging auf der Höhe des Weißen Sees östlich von der viel befahrenen Berliner Allee ab. Von der Langhansstraße aus wären es nur fünfzehn Gehminuten gewesen, aber Maximilian hatte sie unbedingt fahren wollen. Es war ihm wichtig, auch etwas zum Umzug beizusteuern und endlich wieder einmal Zeit mit ihnen zu verbringen. Inzwischen lag es ein Jahr zurück, dass sie gemeinsam übers Wochenende in Lübars gewesen waren. Nach ihrer Hochzeit hatten sie das viel öfter getan. Emma vermisste die gemeinsamen Unternehmungen.

Als sie in der Buschallee ankamen, bremste Maximilian ungewohnt sanft. Emmas Blick glitt vor zur Kreuzung, wo die Kinderklinik in Sichtweite lag. Maximilian öffnete ihr die Autotür. Beeindruckt schaute sie an der neuen Wohnzeile hinauf. Diese und der lange Bau auf der anderen Straßenseite waren ohne Schnörkel und Stuck gestaltet, ganz anders, als es zu Kaisers Zeiten in Mode gewesen war. Sie würde wohl noch ein paarmal an der glatten Hausfassade hinaufschauen müssen, bevor sie sich an den modernen Stil gewöhnte, der noch nicht verbreitet war in Groß-Berlin. Ein bisschen sah es so aus, als sollten die schweren alten Zeiten auch nicht mehr am Gesicht der Stadt abzulesen sein. Als bezahlbares Wohnen mit Licht, Luft und Sonne war ihnen die Wohnung angepriesen worden.

Emma war stolz darauf, dass sich ihre Familie den Luxus einer modernen Dreizimmerwohnung mit Innentoilette und fließend warmem Wasser leisten konnte. Die zurückliegenden zehn Jahre hatten Kurt und sie hart dafür gearbeitet und eisern jeden möglichen Groschen gespart. Mit ihrer besser bezahlten Stelle als Oberschwester konnten sie die hohe Miete stemmen. Die Tantiemen, die Kurt mit seinen Sachbüchern über die Gesellschaft der Zukunft verdiente, trugen nur in geringem Maße zum Haushaltseinkommen bei. Wenigstens wurde seine Arbeit als freier Radioredakteur besser entlohnt. Er schrieb kleinere Beiträge für die Bildungssendungen der *Berliner Funk-Stunde*, Deutschlands Radiosender mit den meisten Zuhörern. Darunter waren Manuskripte für die *Vorträge*, die jeden Tag von neunzehn bis zwanzig Uhr im Radio liefen. Nebenbei versuchte er noch, Reportagen zu sprechen, seine neue Leidenschaft. Emma konnte gar nicht genug von seiner wohlklingenden, ruhigen Stimme bekommen.

Kurt warf Theodor die Schlüssel zu. »Ich möchte zuerst in die neue Wohnung«, rief Elisabeth, nahm die Hand ihres großen Bruders und zog ihn mit sich das Treppenhaus bis ins zweite Obergeschoss hinauf. Es roch nach frischer Farbe.

Schon beim ersten Schritt in die neue Wohnung wusste Emma, wofür sie so hart arbeitete: für ein helleres Leben. Die Wohnung besaß großzügige Fenster in allen Zimmern, sogar im Bad und in der Küche. Sämtliche Wände waren weiß gestrichen. Auch ohne dass sie das elektrische Licht einschalteten, wirkten die Räume sehr hell. »Tage des Lichts«, sprach sie vor sich hin und trat an das Fenster ihres Schlafzimmers mit Blick in den Hof, der im nächsten Frühjahr begrünt werden sollte. Sie hätte nie geglaubt, dass sie, das einstige Waisenkind, es einmal so weit bringen würde. Man durfte sich vom Leben nicht unterkriegen lassen und musste unbedingt an die Liebe glauben.

Kurt führte Theodor, Emma und Maximilian in die moderne Loggia, ein offener überdachter Raum mit Blick in den Innenhof und auf die umliegenden Häuser. »Wenn es wieder wärmer wird, können wir hier draußen einen Tisch aufstellen und frühstücken«, schwärmte er. »Na, was sagst du dazu, Großer?«

Während Theodor nur verhalten nickte, machte sich seine Schwester schon daran festzulegen, wer von der Familie wo sitzen würde.

»Hallo, sind die neuen Mieter schon da?«, erklang es von der Wohnungstür, die noch offen stand. Marlene betrat das Wohnzimmer. »Es heißt, dass hier heute die liebenswerteste Familie von ganz Weißensee einzieht.« Auf hohen Schuhen kam sie mit dem eleganten Gang einer Tänzerin auf Emma zu. Ihre lockigen Haarspitzen wippten auf Höhe der Ohrläppchen mit, ihr Paillettenkleid reichte nur bis zu den Knien. Es sah ganz so aus, als wollte ihre Schwester mit ihrem Ehemann heute Abend noch tanzen gehen.

Marlenes und Maximilians Religion war der Charleston geworden, ein Tanz, so hektisch wie die neue Zeit. Zeitmangel war die Begleiterscheinung des kosmopolitischen Lebens, das Emma mied. Während der letzten Jahre war Marlene zu einer Vorzeige-Großstädterin geworden, eine engagierte arbeitseifrige Kinderärztin, die das hektische Vergnügen mit ihrem Ehemann jenseits der alten Konventionen genoss. Weißensee war wie die umliegenden Orte seit der Eingliederung in Berlin längst nicht mehr ruhig und kleinstädtisch. Immer mehr Menschen strömten in den achtzehnten Berliner Verwaltungsbezirk, um dort zu leben, zu arbeiten und in den Amüsierbetrieben in der Parkstraße und entlang der Berliner Allee die Bürde des Großes Krieges zu vergessen.

Elisabeth ging zu ihrer Tante. »Endlich bist du da, Tante Lene.«

Marlene balancierte auf dem einen Arm ein Holzbrett mit einem Brotlaib und einem Salzsäckchen, beugte sich herab, drückte Elisabeth einen Begrüßungskuss auf die Wange und sagte dann feierlich an Emma und Kurt gewandt: »Liebstes Schwesterherz, lieber Schwager. Brot steht für das Lebensnotwendige und Salz für die Würze im Leben. Beides wünschen wir euch in diesen vier Wänden bis zum Ende eures Lebens.« Sie ergriff Emmas Hand, dann fiel sie ihr überschwänglich in die Arme, wodurch ihr das Einweihungsgeschenk entglitt. Im letzten Moment konnte Kurt das fliegende Brot auffangen. Der Salzsack hingegen entleerte sich auf Maximilians Anzugjacke.

Emma genoss die Umarmung ihrer Schwester. Marlene sah übermüdet aus und geschafft, und doch wirkte sie wie unter Adrenalin, wie eigentlich schon seit Jahren.

Kurt bedankte sich gerade für das Einzugsgeschenk, als Maximilian die Wohnung verließ und kurz darauf eine alte gusseiserne rote Bank im romantischen Stil hereinschleppte. »Ich dachte, dass es zu schade wäre, die wegzuschmeißen. Sie stand Jahre in der alten Remise herum. Und da ihr uns verboten habt, euch etwas Neues zum Einzug zu kaufen, habe ich diese Bank für euch aufarbeiten lassen.«

»Die würde gut auf die Loggia passen«, befand Emma. Es war eine Bank mit verschnörkelten Armlehnen, auf der man bestimmt träumerisch zum Himmel und zu den Sternen hinaufschauen konnte. Zwei Personen fanden darauf Platz. Früher, zur Zeit der ausladenden Röcke, war sie wohl für eine einzige vornehme Dame gemacht worden.

Marlene öffnete eine Flasche Sekt und für die Kinder

einen Apfelsaft aus Lübarser Äpfeln, die Bauer Munck, ihr Nachbar in Lübars, für sie abgegeben hatte. Ein Korken knallte. »Auf euren neuen Lebensabschnitt«, verkündete Marlene und flüsterte Kurt etwas zu, das Emma nicht entging: »Und dass du meine kleine Schwester bitte weiter so glücklich machst.« Sie wurde wieder ernster. »Danke, Kurt, dass du Teil unserer Familie bist.«

Sie hatten gerade zu trinken begonnen, als Maximilian Kurt nach dem Stand seiner Radiobeiträge fragte. Emma nutzte die Chance und nahm Marlene beiseite. »Hast du inzwischen schon mit Marie-Luise Fischer zu tun gehabt? Lächelt sie dich auch die ganze Zeit an?«

»Ich bin ihr nur einmal kurz begegnet, und ja, sie hat gelächelt. Aber trotzdem kommt es mir fast unglaubwürdig vor, wie sehr sie sich verändert haben soll«, sagte Marlene nun nachdenklicher.

»Der Große Krieg hat viele Menschen verändert«, erwiderte Emma mit Blick auf Maximilian. »Ich finde es mit ihr als neuer Oberin bisher nicht unangenehm. Es läuft besser, als ich es bei ihrem plötzlichen Auftauchen vermutet hatte«, gestand sie. »Und die neuen Aufgaben als Oberschwester gehen mir gut von der Hand.«

Schwesterlich legte Marlene ihren Arm um Emmas Schultern. »Ich wüsste keine andere, die besser für diese Position geeignet wäre«, sagte sie und führte Emma zu den anderen zurück.

Dort goss sie allen Sekt nach, sodass der Schaum über den Rand der Gläser lief. Erneut prosteten sie sich zu und tranken.

Halb acht, es war längst dunkel draußen, verabschiedeten sich die Gäste. »Bleibt es dabei, dass du mit den Kindern am letzten Freitag im Monat an den Müggelsee fährst?«, rief Emma noch vom Fenster zur Straße herunter, wo der Benz parkte.

»Aber ja doch, Schwesterherz!«, versicherte Marlene so laut, dass ihre Worte durch die Buschallee hallten, dann brauste sie mit Maximilian davon.

Während Emma ihr noch nachwinkte, war Kurt schon dabei, einen Tisch und vier Stühle aus der Möbelansammlung in die Mitte des Wohnzimmers zu rücken. Auch wenn heute Umzugstag war, wollte er nicht auf das allwöchentliche Sonntagsritual der Familie verzichten. Erst zehn vor acht Uhr fand er in den Umzugskisten das Radio – ein störanfälliges Detektorradio mit vier Kopfhörern und wackeliger Hochantenne. Die Anschaffung eines teureren Radios mit Lautsprechern hatten sie wegen der neuen Wohnung zurückgestellt. Feierlich schaltete Kurt den Apparat an und steckte die Kopfhörer ein. Jeder setzte ein Paar auf. Theodor kam gerade noch rechtzeitig aus seinem Zimmer, als der Moderator der *Berliner Funk-Stunde* das sonntägliche *Hörspiel* durch den Äther ankündigte. Das gemeinsame Hören zur besten Sendezeit war ihnen heilig. Die Hörspiele waren für Jung und Alt, sodass oft nicht einmal Elisabeth zu kurz kam. Heute wurde, ja was eigentlich gespielt?

Emma bekam vom Inhalt kaum etwas mit, so sehr war sie in Gedanken schon beim morgigen Tag. Sie notierte sich auf ihrem Notizzettel im Kopf, was es am Montag in der Kinderklinik alles zu erledigen galt. Kurz erschien ihr das Bild von Marie-Luise Fischer vor dem inneren Auge. Die neue Oberin lächelte freundlich. Dass Lene auch immer zweifeln musste! Bei ihrem Vater war es das Gleiche gewesen.

Mit den Kopfhörern auf den Ohren saß Emma auch

dann noch gedankenversunken da, als Kurt den Kindern schon half, die Bettdecken zu suchen, weil Schlafenszeit war. Vom Tisch aus beobachtete sie, wie Elisabeth im Kinderzimmer ins Bett fiel und sich von Theodor die Decke kräftig aufschütteln ließ. Sie drückte ihren Bruder fest an sich, bevor der sich ebenfalls hinlegte.

Emma nahm ihre Kopfhörer ab, schaltete den Radioempfänger aus und ging zu den Kindern. Sie setzte sich an die Bettkante zu Theodor. Vor seinem Bett türmte sich schon ein Stapel Bücher. Seine Kiste mit den Exemplaren, die er aus der Bibliothek ausgeliehen hatte, hatte er als Erstes ausgeräumt. Emma wuschelte ihm wie früher durch sein seidenglattes dunkelblondes Haar. Sein Gesicht verschwand hinter Brechts *Dreigroschenoper*, der Buchausgabe des Theaterstücks. »Hey, mein Großer. Danke für deine Hilfe beim Umzug.«

Theodor schaute kurz um sein Buch herum. »Gerne.«

Sie küsste ihn spontan auf die Stirn, und zu ihrer Rührung wischte er ihren Kuss heute nicht fort. »Das mit deinen Schulnoten bekommst du schon wieder hin«, sagte sie. »Eine einzige Vier in Deutsch hat noch nichts zu bedeuten. Das Schuljahr hat doch gerade erst begonnen.«

»Ja«, sagte Theodor, ohne noch mal von seinem Buch aufzusehen.

»Wenn du wüsstest, wie stolz ich auf meinen Untersekundaner bin«, sagte Emma, aber Theodor regte sich nicht mehr und schien ganz versunken in die Geschichte um Macbeath und Peachum.

Emma war überzeugt, dass es nur eine Frage der Zeit war, bis er wieder gute Noten schreiben würde. In seiner alten Schule war er ein sehr guter Schüler gewesen. Emma schob es auf den späten Übertritt von der Mittelschule aufs Gymnasium. Ja, es hatte lange gedauert, Theodor auf die höhere Lehranstalt zu bringen, vielleicht dachte sie deswegen so oft daran. Das Problem waren nicht seine Leistungen oder das Schulgeld gewesen, das an Mittelschulen und Gymnasien in Preußen Pflicht war, sondern die politische Einstellung seiner Familie. Im Gymnasium am Kreuzpfuhl, wie auch an vielen anderen höheren Berliner Lehranstalten, waren Sozialdemokraten unerwünscht. Aufgrund seiner guten Noten hätte Theodor eigentlich schon vor zwei Jahren ein Freiplatz an einem Gymnasium zugestanden, aber heutzutage gab es immer Mittel und Wege, gegen die »Sozis« vorzugehen, denen viele die Schuld am verlorenen Großen Krieg gaben.

Emma erhob sich von Theodors Bett und küsste ihre schlafende Tochter auf die Stirn. Dann zog sie sich aus dem Kinderzimmer zurück und setzte sich auf die gusseiserne Bank in der Loggia. Als Kurt sie dort sah, packte er nicht weiter aus, sondern brachte zwei weiche Kissen mit und setzte sich zu ihr. Sie machten es sich so richtig gemütlich.

Emma legte den Kopf an Kurts Schulter und ließ ihre Gedanken schweifen, die doch bald wieder bei der Kinderklinik landeten. Sie erinnerte sich, dass in ihrer letzten »Vertrauens-Sprechstunde« Elevin Edith ihr schlimmes Heimweh gestanden hatte. Und Anneliese hatte ihr anvertraut, dass Schwester Dagmar von der Augenstation sie benachteiligen würde. Emmas Sprechstunde war so gut besucht gewesen, dass sie Überstunden gemacht hatte. Das machte ihr nichts aus, es war ein schönes Gefühl, die Elevinnen zu lenken und zu führen, obwohl sie als Oberschwester vom Großteil des praktischen Pflegebetriebs ausgenommen war.

Nur, wenn die Dinge so gut liefen, warum verspürte sie

dann ein bedrückendes Gefühl ganz tief in sich drinnen? Vielleicht wegen des schwierigen Kostenplans, der noch erstellt werden musste? Emma seufzte und vergrub das Gesicht in Kurts Hemd.

***

4

25. Oktober 1929, am Nachmittag

Marlene zog sich ihren kirschroten Glockenhut mit der umgeschlagenen Krempe bis zu den Augenbrauen ins Gesicht, weil die tief stehende Sonne sie blendete. Ihre Augen flogen über einen Artikel der *Zeitschrift für Bevölkerungspolitik und Säuglingsfürsorge*, nebenbei trat sie in die Pedale des Tretboots. Zum Glück trug sie eines ihrer Kleider mit gerader Silhouette und aus dehnbarem Stoff, dem die viele Bewegung nichts ausmachte. Einmal mehr fiel ihr auf, wie rasch sie außer Atem kam.

Theodor neben ihr trat schneller in die Pedale. »Tante Lene, kannst du deine Medizin-Zeitschrift auch mal beiseitelegen? Das letzte Mal auf dem See hast du auch schon die ganze Zeit gelesen.«

»Entschuldigung.« Entschieden packte sie die Zeitschrift weg, obwohl es unglaublich war, was in dem Leitartikel gefordert wurde. Aber Theodor hatte vollkommen recht. Heute Nachmittag wollte sie ausschließlich für ihren Neffen und ihre Nichte da sein.

»Tante Lene, mache ich das richtig?«, fragte Elisabeth von einem der Sitze, die im vorderen Teil des Tretboots angebracht waren. Mit einem Stethoskop aus Plastik, das Marlene ihr zum Geburtstag geschenkt hatte, horchte sie ihre Puppe Viktoria ab.

»Das machst du ganz ausgezeichnet, Lissi«, lobte Marlene.

Elisabeth freute sich und horchte nun auch die Beine ihrer Puppe ab und dann den Kopf.

Marlene nahm sich vor, später mit Maximilian über den Artikel zu sprechen. Sie war am Vormittag in der Bibliothek darauf gestoßen und konnte seitdem an kaum etwas anderes denken. Da verlangte ein gewisser Doktor Wulpert doch allen Ernstes, dass Säuglinge, die bei der Geburt weniger als eintausendfünfhundert Gramm wogen, nicht am Leben erhalten werden sollten. Der Aufwand wäre zu groß, die Überlebenschancen zu gering. Marlenes Gedanken wanderten zu ihrer Nichte Elisabeth: Sie hatte damals ganze acht Pfund gewogen, bei der Geburt in Emmas Wohnung. Gemeinsam mit einer Hebamme hatte Marlene das Mädchen nach zwei Tagen Wehen auf die Welt gebracht. Während Kurt vor Hilflosigkeit immer wieder ohnmächtig geworden war, war Marlene nicht von Emmas Seite gewichen und hatte als Kinderärztin auch die Erstversorgung des Säuglings übernommen. Der erste Grundstein für ihr enges Verhältnis zu Elisabeth. Sie meinte, den leichten Duft von Milch noch zu riechen, den Elisabeth damals verströmt hatte, und fragte sich, wie man nur auf die Idee kommen konnte, um das Leben irgendeines Kindes nicht zu kämpfen.

Marlene schüttelte den Gedanken ab und wandte sich nun ganz Theodor zu, der zum Glück wieder langsamer trat. »Und was macht das Gymnasium? Konntest du schon Freunde an der neuen Schule finden?« Sie atmete tief ein und aus und zählte bis zehn, aber ihr Puls sank trotzdem nicht.

»Es geht so«, antwortete Theodor. Er vermied es, seine Tante dabei anzuschauen.

Es war Marlene peinlich, dass sie nicht mehr über Theodors neue Schule wusste und dass sie ihre Nichte und ihren Neffen nur noch so selten sah. Es war ziemlich kompliziert gewesen, sich heute einen halben Tag freizunehmen, um mit ihnen zur Kaffeezeit an den Großen Müggelsee zu fahren. Beide liebten es, mit Tretbooten auf dem Wasser unterwegs zu sein.

Seit Monaten schon war einfach zu viel los in ihrem Leben. Marlene hatte es gerade einmal geschafft, einen Bruchteil der Habilitationsliteratur zu besorgen, an weitere Forschungsschritte war noch lange nicht zu denken. Es fühlte sich an, als würde sie von einem Zeitstrudel durch jeden einzelnen Tag gewirbelt werden. Nicht einmal auf dem See kam sie zur Ruhe. Ihr Blick glitt nicht, er huschte über die Umgebung, ohne sie wirklich wahrzunehmen. Dabei hätte ein Herbsttag kaum idyllischer sein können als der heutige.

Marlene putzte sich die Brille und zwang sich, sich ganz auf den Moment zu konzentrieren. Da waren der Nebel, der im rot-gelben Baumlaub auf den Müggelbergen hing, die dunkle Wasseroberfläche und die weißen zarten Wolken, die auf dem sattblauen Himmel wie mit Aquarellfarbe getupft aussahen. Hinzu kam die unvergleichliche Ruhe auf dem Wasser, nur wenige andere Tretbootfahrer waren unterwegs. Im Sommer war hier die Hölle los.

»Na, komm schon. Es gibt bestimmt Aufregenderes aus dem Gymnasium zu berichten als ›es geht so‹.« Sie stieß Theodor freundschaftlich an. »Für einen so fleißigen Schüler läuft es doch bestimmt bestens auf der höheren Schule.« Sie hielt ihren Neffen für sehr klug und vor allem: für bescheiden und fleißig. Auf der Mittelschule hatte Theodor in allen Fächern außer im Turnen Bestnoten gehabt. »Und gibt es überhaupt ein Buch der Weltliteratur, das du noch nicht gelesen hast?« Ihre Worte erinnerten sie an den ungelesenen Berg von Medizinjournalen auf ihrem Schreibtisch.

»Es gibt schon einige Romane, die ich noch nicht gelesen habe, Tante Lene. Tolstoi, Dostojewski, Dickens, Flaubert ... aber«, Theodor zögerte, »an der neuen Schule ist es nicht so einfach, die Zeit zu finden.«

»Auf dem Gymnasium ist alles schwieriger, ich weiß«, antwortete Marlene so verständnisvoll wie möglich. »Gib den Dingen ein bisschen Zeit. Du bist ja erst seit ein paar Wochen da.« In der Mittelschule jedenfalls hatte Theodor beinahe schon so viele Bücher gelesen wie sein Deutschlehrer.

»Tante Lene, darf Viktoria auch mal treten, jetzt, wo ich sie abgehorcht habe? Sie ist kerngesund«, bestätigte Elisabeth mit Blick auf ihre Puppe.

»Sie muss sogar, Lissi«, behauptete Marlene, »sonst schaffen wir es nicht zurück ans Ufer. Ich bin schon ganz schön kaputt.« Sie wies ans Nordufer des Großen Müggelsees, wo sich die Anlegestelle befand. Im Freibad gleich rechts daneben waren Bauarbeiten im Gang, aber selbst die schienen an diesem eindrucksvollen Herbsttag gedämpfter abzulaufen.

Elisabeth hängte sich das Stethoskop um den Hals, wie Marlene es ihr gezeigt hatte, dann reichte sie ihr die Puppe. Marlene setzte die Puppe auf ihren Schoß und tat so, als trete Viktoria in ihrem neuen Häkelkleid kräftig mit in die Pedale. Die Schaufelräder hinter ihnen ratterten und verspritzten Wasser, und Marlene geriet gleich wieder außer Atem.

»Ja, so ist es gut!«, rief Elisabeth begeistert und lachte. »Viktoria ist die beste Tretbootfahrerin von ganz Berlin!« Theodor fiel in das Lachen seiner Schwester mit ein.

»Zügeln Sie sich doch bitte etwas!«, verlangte ein steifer älterer Herr mit altmodischer Melone auf einem Tretboot, dem sie sich genähert hatten. Neben ihm saß ein betrübtes Mädchen, das seine Enkelin sein musste. Die Zeitung in den Händen des Mannes war durchnässt und hing durch. Mit seinem gezwirbelten weißen Bart sah er wie ein Überbleibsel aus Kaisers Zeiten aus – für Marlene eine unendlich ferne Epoche.

»Wir können doch gar nichts dafür, guter Herr. Das war einzig und allein Viktoria.« Mit gespielt ernster Miene, aber einem Augenzwinkern für ihre Nichte zeigte Marlene auf die Puppe auf ihrem Schoß. »Sie hatte es auf einmal so eilig.«

»Was erlauben Sie sich, so frech mit mir zu reden! Eine Puppe soll meine Zeitung ruiniert haben?«, erboste sich der Herr.

»Da werde ich wohl mal ein ernstes Wort mit Viktoria sprechen müssen«, versicherte Marlene mit vermeintlich hochheiligem Ernst. Die Kinder konnten ihr Lachen gerade noch zurückhalten, und auch sie drohte jeden Moment loszuprusten.

»Sie erkennen anscheinend nicht, mit wem Sie es zu tun haben!«, rief der Mann. »Ich bin …«

»Und Sie auch nicht«, entgegnete Theodor im gleichen Atemzug, und Elisabeth fuhr fort: »Unsere Tante ist Ärztin an der berühmten Kinderklinik in Weißensee. Sie hat schon vielen Kindern das Leben gerettet, und bald wird sie eine Frau Professor sein.«

Marlene war gerührt von der Zuversicht der Kinder, obwohl sie ahnte, dass es sich mit ihrer Habilitation hinziehen würde.

Der Herr mit dem Kaiserbart war sichtlich irritiert. »Ärztin an der Kinderklinik? Und eine Frau Professor?«, echote er wie benommen, aber fasste sich gleich wieder. »Umso schlimmer ist Ihr Verhalten in der Öffentlichkeit! Sie sollten sich wie ein Vorbild benehmen, besonders wenn Kinder in der Nähe sind. Beim nächsten Mal kaufen Sie mir eine trockene neue Zeitung!« Seine Hand zuckte nach oben, als ob er am liebsten noch seine Melone nach ihr geworfen hätte, dafür war er aber doch zu steif.

Marlene und Theodor kicherten.

»Woher soll ich jetzt erfahren, ob die Aktienkurse bei uns auch so gefallen sind wie bei den Amerikanern?« Nach diesen empörten Worten lenkte der Herr das Boot mit dem traurigen Kind in die entgegengesetzte Richtung.

Marlenes Gedanken sprangen zurück zum Frühstückstisch, an dem ihr Maximilian schon von den gestrigen Kursstürzen an der New Yorker Börse erzählt hatte. Er war sehr aufgeregt gewesen und hatte gehofft, dass die Kurse im deutschen Börsenhandel heute mit einem leichten Anstieg reagieren würden, weil die Amerikaner nun in den europäischen Markt investieren mussten. Marlene fand allerdings viel wichtiger, dass sie schon viel zu lange keinen ruhigen, romantischen Abend mehr mit ihrem Ehemann verbracht hatte. Und genau das hatte sie ihm am Frühstückstisch auf seinen Börsenvortrag erwidert. Wie sollte ein Kind entstehen, wenn sie nicht einmal mehr Zeit für Intimitäten fanden?

Marlene zog sich Elisabeth auf ihren Schoß, schmiegte sich an sie und schluckte mit zugeschnürter Kehle. Zwischen den verwirrend vielen Möglichkeiten, die die neue Zeit bot, war sie viel zu schnell siebenunddreißig geworden. Als Ärztin wusste sie, dass ihre Fruchtbarkeit schon seit Jahren abnahm.

»Tante Lene, Viktoria würde gerne noch ein Eis essen.« Elisabeth holte sie aus ihren trüben Gedanken zurück. Ihre Nichte war ein so hübsches, fröhliches Abbild ihres Vaters mit ihrem kastanienbraunen kinnlangen Haar, den unvergleichlichen Pausbacken und den leuchtend hellbraunen Augen, dachte Marlene und lächelte liebevoll. Man konnte einfach nicht lange traurig bleiben, wenn man Lissi anschaute. Erst recht nicht, seitdem sie jedermann erzählte, dass sie wie ihre Tante Ärztin werden wolle.

Sie fuhren zur Anlegestelle zurück. Nachdem sie das Tretboot wieder angeleint und sich beim Bootswart verabschiedet hatten, gingen sie zum Eispavillon, der zum Glück nicht so überfüllt war wie im Sommer. Marlene hatte eine Runde Eis in der Waffel spendiert, als sie das erste Mal, seit sie hier waren, auf die Uhr schaute. Es war schon nach fünf. Erneut hatte sie die Zeit vergessen! Zu sechs Uhr war sie mit Maximilian und Medizinerkollegen aus Hamburg im Theater am Schiffbauerdamm verabredet, in Berlin-Mitte. Vorher musste sie die Kinder noch in Weißensee abliefern und sich zu Hause für die neue Inszenierung von Max Reinhardt zurechtmachen. Maximilian machte heute Abend zwei Stunden früher Schluss in der Kinderklinik.

Zielstrebig ging Marlene den Kindern voran auf den Familien-Benz zu, der für ihren Geschmack etwas zu protzig war. Viel lieber fuhr sie Fahrrad. Das Automobil leuchtete mit dem polierten schwarzen Lack in der Herbstsonne wie ein Ausstellungsstück auf einer Messe.

»Darf ich vorne sitzen?«, bettelte Elisabeth, die Mundwinkel dunkel vom Schokoladeneis.

»Kleine Kinder gehören eigentlich auf die Rückbank«, sagte Marlene, aber wenn ihre Nichte sie aus ihren großen neugierigen Augen anschaute, konnte sie ihr keinen Wunsch abschlagen. »Ausnahmsweise darfst du vorne sitzen.«

Theodor setzte sich auf die Rückbank, Elisabeth kam mit ihrer Puppe und dem Stethoskop um den Hals auf den Beifahrersitz. Marlene erinnerte die Kinder daran, die Beckengurte anzulegen. Maximilian hatte sie nachträglich einbauen lassen. Sie stammten aus alten Flugzeugen.

Marlene überlegte angestrengt, auf welchem Weg sie am schnellsten nach Weißensee zurückgelangen könnten. Auf dem Hinweg hatte es wegen Straßenreparaturen mehrere Staus gegeben. Friedrichshain und die Strecke raus nach Biesdorf waren eine einzige Baustelle. Sie würde wohl oder übel durch Berlin-Mitte fahren müssen.

Während Elisabeth sie auf der Fahrt mit Kinderliedern unterhielt, lächelte sie zwar entzückt, ging in Gedanken jedoch schon ihre Stationsplanung für die nächste Woche durch. Zum Glück lief der Verkehr lange flüssig, und es gab keine Probleme mit Herren, die Marlene hinterm Steuer anstarrten oder beschimpften. Zwar waren fahrende Frauen keine Seltenheit mehr, aber wenn Marlene mit dem Mercedes-Benz, Typ 630, mit einem Viertakt-Ottomotor und einhundertvierzig Pferdestärken an Ampeln auf das Grünsignal wartete, spürte sie, dass selbstbestimmte, unabhängige Frauen noch lange nicht als normal angesehen wurden.

Auf der Stralauer Straße ging es stockender voran, und immer wieder schauten Passanten teils konsterniert und teils mit bewundernden Blicken zu ihr ins Auto. Elisabeth war inzwischen bei: »Summ, summ, Summ, Bienchen, summ herum«, angekommen. »Such in Blumen, such in Blümchen …« Sie liebte die Kinderlieder, die Marlene ihr lange vor der Einschulung schon vorgesungen hatte.

Auf der Burgstraße kam der Verkehr zum Erliegen. Wenn die Kinder nicht bei ihr gewesen wären, hätte Marlene etwas Drängendes aus dem Fenster gerufen. Aber für die beiden versuchte sie, ihre Ungeduld zu zügeln. Ihr Fuß auf dem Bremspedal fühlte sich schon ganz verkrampft an. Zur Ablenkung stimmte sie in Elisabeths Bienenlied mit ein: »Kehre heim mit reicher Habe, bau uns manche volle Wabe«, während sie die Rücklichter des Autos vor sich fixierte. Sie wollte keinen Zentimeter verpassen, den es voranging. Ungeduldig gab sie Gas im Stand.

Als eine Mutter auf dem Gehweg einen Kinderwagen vorbeischob, musste Marlene wieder an den Artikel aus der *Zeitschrift für Bevölkerungspolitik und Säuglingsfürsorge* denken. Seit dem Ende des Großen Krieges war die Säuglingsfürsorge stetig gewachsen, und mehr und mehr Fürsorgestellen waren in und um Berlin eröffnet worden, sodass die Säuglingssterblichkeit weiter gesunken war. Und jetzt sollten sehr früh Geborene nicht am Leben erhalten werden? Für Marlene war es unerheblich, wie viel ein Kind bei der Geburt wog, sofern auch nur der Hauch einer Überlebenschance bestand. In der zurückliegenden Dekade war der Frühgeborenenmedizin ein Durchbruch bei der Bekämpfung der Atemnot mittels Sauerstoffkatheter im Rachen gelungen, der Brutkasten hatte sich weiterentwickelt. Die Wissenschaft erzielte Fortschritte. Warum sollte man jetzt das Lebensgewicht begrenzen? Das Gegenteil wäre doch angebracht!

Bald rutschte Theodor auf der Hinterbank ans Fenster.

»Was ist da vorne los? Ist das nicht die Börse? Warum rennen die Männer alle dorthin?«, fragte er.

Marlene schaltete in den Leerlauf, zog die Handbremse an und schaute zum imposanten Börsengebäude hinüber. Der wuchtige Bau mit Säulen und kunstvollen Steinfiguren wirkte wie für die Ewigkeit gebaut. Davor drängten sich Männer in Anzügen und einzelne Frauen.

»Bitte verriegelt eure Türen, und bleibt im Auto!«, verlangte Marlene augenblicklich, stellte den Motor ab und stieg aus. Ihren Blick auf die Menschenmenge gerichtet, hielt sie auf das Tor des Börsengebäudes zu. Irgendetwas stimmte nicht.

Als Marlene näher kam, hörte sie die Menschen rufen: »Wir müssen verkaufen! Lasst uns rein! Sonst sind wir am Ende.« Sie rüttelten am Eingangstor, Flugblätter stoben auf. Was genau war passiert, dass sie die Börse stürmten? Marlene schaute zu Elisabeth und Theodor zurück, die zum Glück sicher im Auto saßen.

»Die Finanzwelt geht unter«, rief ein Zeitungsjunge.

Marlene kaufte ihm die Nachmittagsausgabe des *Vorwärts* ab. Auf dem Titelblatt stand es schwarz auf weiß geschrieben: »Kurssturz an der Berliner Börse. Anleger verlieren Vermögen.«

Es lag eine bedrohliche Stimmung in der Luft wie vor sechs Jahren bei der Hyperinflation. Damals hatte man im Restaurant sein Essen stets hastig hinuntergeschlungen, weil der Preis der Mahlzeit selbst während des Essens weiter stieg. Der Alltag war ein ängstliches Lauern auf die nächste Geldentwertung gewesen. Jede gestern ausgegebene Mark war mehr wert als die morgige. Am Ende waren die Menschen mit Schubkarren voller Geldscheine zum Bäcker gegangen, um ein Brot zu kaufen. Auch Maximilians Familie hatte viel Investitionskapital in dieser Zeit verloren, war aber wegen ihres umfangreichen Grund- und Immobilienbesitzes nie in Geldnöte geraten.

Marlene schaute zum Himmel hinauf. Vom strahlenden Blau war nichts mehr übrig. Graue Wolken hingen erdrückend tief über ihnen. Nervös wandte sie sich erneut zum Automobil zurück. Die Kinder hatten ihre Gesichter gegen die Fensterscheiben gedrückt, die Augen angstvoll geweitet.

Immer mehr aufgeregte Menschen drängelten sich vor dem Eingang der Börse. Sie musste weg hier und die Kinder in Sicherheit bringen! In Berlin konnte ein Aufruhr schnell ausarten und mit Toten und Verletzten enden. Die Polizei war nicht zimperlich, wie sie mit dem Schussbefehl auf der diesjährigen Maidemonstration wieder einmal bewiesen hatte. Dreiunddreißig Menschen hatten ihr Leben verloren, und der Monat war schon jetzt weithin als *Blutmai* bekannt.

Marlene hastete zum Auto zurück und warf den *Vorwärts* neben Theodor auf die Rückbank, dann klemmte sie sich hinters Lenkrad.

»Ich habe Angst, Tante Lene«, gestand Elisabeth in weinerlichem Ton.

»Das brauchst du nicht, Lissi.« Marlene fuhr ihrer Nichte liebevoll durchs Haar. »Ich fahre uns jetzt sicher nach Hause.«

»Versprochen?«, fragte Elisabeth und drückte sich ihre Puppe an die Brust.

»Versprochen!« Marlene schaute zu Theodor auf die Rückbank, der zwar eingeschüchtert guckte, aber ihr im nächsten Moment zur Hilfe kam.

»Wenn wir zu Hause sind, Lissi, lese ich dir eine Geschichte vor«, sagte er, woraufhin die Augen seiner Schwester kurz aufleuchteten. Er war einfach der perfekte große Bruder, fand Marlene. Sie schenkte ihm ein dankbares Lächeln, dann legte sie ihren Beckengurt wieder an.

Zum Glück setzten sich die Automobile vor ihnen endlich in Bewegung. »Seht ihr, es geht schon weiter.« Marlene gab sich Mühe, das eigene Unbehagen nicht durchklingen zu lassen. Es war halb sechs. Während der Fahrt schaute sie immer wieder zu ihrer Nichte, um ihr ein aufmunterndes Lächeln zu schenken. Elisabeth presste sich fest in den Sitz. Ihre Angst schien sich dennoch etwas gelegt zu haben, denn sie summte ein Lied.

Marlene summte mit, musste aber wieder an das Säuglingsgewicht von tausendfünfhundert Gramm denken und daran, dass sie das nächste Treffen mit Professor Czerny an der Charité noch vorbereiten musste. Eigentlich blieben ihr dafür nur noch die Nachtstunden. Kein Problem, sie schlief sowieso schlecht.

Als sie ihre Aufmerksamkeit wieder auf die Straße richtete, befand sie sich plötzlich auf der Gegenfahrbahn und sah einen grünen Ford auf sich zurasen. Was sollte sie tun? Bremsen oder ausweichen? Beide Worte erschienen in Großbuchstaben vor ihrem inneren Auge und pulsierten dort wie ihr trommelndes Herz. Sie wollte ausweichen, aber auf dem Bürgersteig gingen Menschen. Panisch riss sie das Lenkrad herum, wodurch das Automobil ins Schleudern geriet. Elisabeth kreischte, Theodor blieb still. In der nächsten Sekunde war der Ford nur noch wenige Meter entfernt. Marlene sah das Auto näher kommen, so langsam, als hielte die Zeit fast an. Sie krallte ihre feuchten Hände um das Lenkrad, aber rutschte ab. »Festhalten«, brüllte sie den Kindern zu, dann trat sie heftig auf die Bremse. Elisabeth schrie auf, dann gab es einen lauten Knall.

Blitzartig fuhr ein Schmerz durch Marlenes Körper, und sie konnte sich nicht mehr bewegen. Sie fühlte sich betäubt, dabei hatte sie sich eben noch schützend über ihre Nichte beugen wollen. Um sie herum fing alles sich zu drehen an und verlor an Farbe, bis sie nur noch Schwarz sah.

Als sie die Augen wieder öffnete, war die Windschutzscheibe zersprungen, und Glassplitter lagen auf ihrem Schoß. Ihre ersten Gedanken galten den Kindern. Waren sie verletzt? Verschwommen registrierte sie, dass Elisabeth reglos und mit geschlossenen Augen auf dem Beifahrersitz saß und Blut aus ihrer Nase lief. Auch sie war mit Glassplittern übersät. Zu Theodor, der ebenfalls keinen Laut von sich gab, konnte Marlene sich nicht umdrehen. Sie dachte sofort an eine Querschnittslähmung. Jemand musste einen Ambulanzwagen rufen, um die Kinder in die Klinik zu bringen!

Ihre letzten Gedanken galten Emma und Maximilian. Verzweifelt dachte sie, dass ihre Schwester ihr den Unfall nie verzeihen würde. Elisabeth und Theodor waren Emmas Ein und Alles.

Vielleicht wäre es besser, wenn sie jetzt starb. Maximilian, ich liebe dich, hauchte Marlene in Gedanken. Und schade, dass ihr Vater jetzt nicht eine, zwei, drei Sekunden lang ihre Hand hielt.

***

5

25. Oktober 1929, am Nachmittag

Seit der Mittagspause brütete Emma über dem Kostenplan. Sie hatte noch nie mit einer solch umfangreichen Ansammlung an Zahlenkolonnen zu tun gehabt. In die meisten neuen Aufgaben hatte ihre Vorgängerin Walburga Buttermilch sie umfangreich eingewiesen, bevor die sich im Mutterhaus in ihren frühen Ruhestand verabschiedet hatte. Die Erklärung, wie man Kostenpläne erstellte und budgetierte, hatte Walburga leider zu kurz gefasst.

Emma wollte sich nicht die Blöße geben, den ärztlichen Direktor oder Oberin Fischer um Hilfe zu fragen, sonst hielten sie sie womöglich noch für eine Fehlbesetzung. Sie würde den Umgang mit »Kostenstellen« und »Kostenträgern« bestimmt bald lernen, obwohl diese Wörter gänzlich technisch und kein bisschen menschlich klangen. Zum Glück blieben ihr bis zur Abgabe des Kostenplans noch ein paar Wochen. Doktor Levy wollte die Unterlagen erst Weihnachten auf seinem Schreibtisch haben.

Emma seufzte. Wie gut hatten es im Gegensatz zu ihr ihre Kinder gerade. Sie schipperten entspannt mit ihrer Tante in einem Tretboot über den Großen Müggelsee. Marlene war die liebevollste Begleitung, die sie sich für ihre Kinder vorstellen konnte. Nach einem Tag mit ihrer Tante kehrten Theodor und Elisabeth stets mit einem Lächeln heim und hatten viel zu erzählen.

Emma schaute auf die Uhr an der Wand. In einer halben Stunde begann die Zauberstunde. Eine willkommene Abwechselung zu dem Zahlenwust auf ihrem Schreibtisch. Und ein Grund zu lächeln.

Albert Kopetzke, der Bolle-Junge, hatte sie am Vortag im Tausch gegen fünf Liter Milch darum gebeten, ihn erst morgen zu entlassen. Er wollte die Zauberstunde unbedingt miterleben. Da war nämlich Klaus auf der Hautstation, der Wilfridelmus von früher kannte und von ihm geschwärmt hatte. Emma hatte die Milch nicht angenommen, aber Doktor Levy davon überzeugt, dass es sowieso besser sei, Albert noch ein, zwei Tage hierzubehalten. Noch ein paar volle Teller mit Essen taten dem Jungen sehr gut.

Vor der Zauberstunde wollte Emma prüfen, ob die neuen Hängematten für die Freiluftkrippe geliefert und im Keller abgelegt worden waren. Die Freiluftkrippe war vor zwei Jahren mitten in den Park der Kinderklinik auf die grüne Wiese gebaut worden. Sie bestand aus einer großen Terrasse und einer Halle mit gläsernem Dach und riesigen Fenstern, durch die viel Helligkeit einfiel. Die Halle war als Frischluftunterkunft bei schlechtem und regnerischem Wetter gedacht. Wenn draußen nicht Nebel oder eisiger Wind wüteten, brachten die Schwestern die schwächlichen Kinder aus der Halle heraus und in die Hängematten, Körbe und Stühle auf der Terrasse. Die Freiluftkrippe stand auch Kindern offen, die nicht ärztlich in der Kinderklinik behandelt wurden. Säuglinge sollten täglich mindestens eine Stunde im Freien sein, auch Verrichtungen wie Trockenlegen und

Füttern wurden problemlos an der frischen Luft durchgeführt. Die Tageskosten pro Kind betrugen dreißig Pfennig, was Emma daran erinnerte, dass sie die Freiluftkrippe in ihrem Kostenplan noch nicht berücksichtigt hatte.

Sie übergab einer Schwester die zusammengefalteten Hängematten, die sie im Keller gefunden hatte. Dann tat sie gedankenversunken ein paar Schritte auf der Holzterrasse der Krippe. Aus einer Wiege greinte es. Emma war sofort da und tröstete den kleinen rachitischen Jungen. Er war dick in ein Federbett eingepackt. Sie streichelte ihm die Bäckchen, klopfte die Decke auf und flüsterte ihm zu: »Ja, lass dich nur ordentlich von der Sonne bescheinen, dann geht es dir bald besser.«

Eine Schwester trat neben sie. »Oberschwester, ich übernehme das schon.«

Emma nickte zwar, aber löste sich nur zögerlich von der Wiege.

Im Turmzimmer der HNO, dem größten Krankenzimmer der Klinik, half sie dann, alles für die Zauberstunde herzurichten. Gemeinsam mit Elevin Monika trug sie Stühle herbei und legte Decken zum Wärmen bereit. Die waren für die Kinder anderer Stationen bestimmt, die nicht bettlägerig waren.

Bevor es losging, nutzte Emma die Zeit, Elevin Monika eine lose Strähne zurück unter die weiße Schwesternhaube zu schieben. Das komplette Kopfhaar gehörte zusammengenommen, so hatte sie es einst bei Hanny Polsfuß gelernt. Lose Strähnen konnten sonst in Wunden oder unter Verbände gelangen, die Sicht auf die Pfleglinge verdecken oder sich unhygienisch im Krankenzimmer verteilen.

Bald schob die Stationsschwester die liegend ruhenden

Kinder von der Chirurgie herein. Die anderen Patienten folgten kurz darauf, sodass es zu einem Bettenstau auf dem Korridor der Krankensaaletage kam. Weil die Pfleglinge der Isolierstation an ansteckenden Krankheiten litten und dadurch eine Gefahr darstellten, hatte Emma mit Willy Pinke besprochen, dass er nach der Zauberstunde noch mit Mundschutz und Handschuhen bekleidet von Bett zu Bett durch die Isolierhäuser gehen und die Kinder mit einem Spruch oder einem kleinen Trick von ihren Schmerzen und der Isolation ablenken sollte. Stationsschwester Grete war dies ein besonderes Anliegen gewesen, und Doktor Fiedler, dem die ärztliche Verantwortung für die Isolierhäuser oblag, hatte den Vorschlag begrüßt. Auch Emma fand diese Idee wunderbar. Sie würde den Zauberer begleiten. Sie hatte Willy Pinke ein ganzes Jahr nicht mehr gesehen, hoffentlich war er wohlauf.

Als Wilfridelmus mit Zaubermantel und glänzendem Zylinder am Kliniktor eintraf, war Emma ganz gerührt von dessen Anblick. Mit einer Hand umfasste Willy Pinke seinen Gehstock, mit der anderen zog er einen Bollerwagen mit den Zauberutensilien hinter sich her. War er den Weg von seiner Wohnung in Weißensees Lehderstraße bis hierher zu Fuß gegangen?

Emma lief ihm entgegen und umarmte ihn überschwänglich. Willy Pinke war ein liebenswerter, weiser Mann, der Maximilian einst geholfen hatte, die Erlebnisse als Kriegsarzt zu verarbeiten und nicht daran zugrunde zu gehen. Ohne Willy Pinke wären Marlene und Maximilian vermutlich getrennte Menschen mit gebrochenen Herzen, und Emma hätte in der Vergangenheit weniger zu lachen gehabt. Der neue Pförtner war von ganz anderem Schlag: ein junger schweigsamer Mann, der Dienst nach Vorschrift leistete.

Willy Pinke hielt Emma fest in den Armen. »So 'ne herzliche Begrüßung von so 'ne junge Frau. Dat tut richtig jut. Det war doch 'n bisschen dunkel in meene vier Wände die letzten Monate so alleene, ohne jebraucht zu werden.« Er ließ Emma los und lupfte seinen glänzenden Zylinder, in dem es schon ungeduldig zappelte und fiepte. Dabei strahlte er über das ganze Gesicht bis hinein in seinen weißen Backenbart. »Sie haben noch immer det schönste Lächeln von janz Weißensee, Oberschwester Emma«, behauptete er.

»Und Sie werden schon sehnsüchtig erwartet, großer Wilfridelmus«, entgegnete Emma übereifrig und schaute zur HNO hinauf. Dort standen die älteren Pfleglinge am Fenster des Turmzimmers und winkten den Zauberer ungeduldig zu sich herauf.

»Is det schön, zurück zu sein«, sagte Willy Pinke, schaute sich um und sog so genüsslich die Luft ein, als wären sie an der Ostsee.

Am Haupteingang kam ihnen der Laborant entgegen und trug den Bollerwagen die Wendeltreppe hinauf in die Krankensaaletage. Und er machte keine Anstalten, das mit Kindern vollbesetzte Turmzimmer der HNO gleich wieder zu verlassen. Ja, es gab auch erwachsene Anhänger des großen Zauberers.

Emma tauschte einen Blick mit den Stationsschwestern Hertha und Vera, die ihr zunickten. Es war das Zeichen dafür, dass die Kinder bereit waren. Daraufhin trat Emma in den kleinen freien Kreis in der Mitte des Raumes zwischen den Krankenbetten.

»Ich freue mich sehr, liebe Kinder, dass der große Wilfridelmus endlich wieder hier ist. Er hat einen weiten Weg gemacht, um heute für euch zu zaubern. Lasst ihn uns herbeirufen: Wil-fri-del-mus«, begann sie, und die Kinder sprachen den Namen mit: »Wil-fri-del-mus.«

Die Tür des Turmzimmers öffnete sich wie von unsichtbarer Hand, und Willy Pinke betrat in seinem lilafarbenen paillettenbesetzten Zauberumhang mit großem Stehkragen den Raum. Seinen bunten Zauberstab trug er auf den ausgestreckten Handflächen vor sich her. Seine Arme zitterten etwas.

Emma bemerkte bewegt, dass Willy Pinke wie früher seinen Gehstock vor der Zauberstunde im Korridor zurückgelassen hatte und so langsam in den Raum ging, dass es gar nicht auffiel, wie er sein steifes Bein nachzog. Vor den Kindern wollte er eine gute Figur machen.

»Wer von euch, liebe Kinder, kennt den wirksamsten Zauberspruch von der janzen Welt noch nich?«, fragte Wilfridelmus in die Runde und fuchtelte mit seinem Stab in der Luft herum.

Emma vermutete, dass Willy genauso aufgeregt war wie seine kleinen Zuschauer.

Zögerlich hob ein Kind nach dem anderen die Hand. Nur aus der hintersten Reihe flüsterte eine Stimme schüchtern: »Lirum, larum, Besenstiel, Zaubern ist ein Kinderspiel.«

Emma erkannte Klaus' Stimme sofort, nur dass der sechsjährige Junge selten so leise sprach. Normalerweise war er forsch und spielte den Schwestern so manchen Lausbubenstreich.

»Na, dat bejeistert mich jetzt richtig«, rief Willy Pinke und musste seinen zappelnden, fiependen Hut festhalten, damit der ihm nicht vom Kopf sprang. »Da hab' ick doch gleich den richtijen Assistenten jefunden. Trauste dich det zu, kleener Mann?« Willy Pinke schaute zu Emma, die nickte. Klaus litt an angeborener Neurodermitis, ein paar Handreichungen für den Zauberer belasteten den Jungen mit den feuerroten Haaren und dem Gesicht voller Sommersprossen gewiss nicht übermäßig.

Klaus trat in den kleinen Kreis neben Willy Pinke und bekam einen Mini-Zaubermantel – ebenfalls lilafarben und mit Pailletten besetzt – umgelegt. Das machte den Jungen, der sich vor dem Klinikaufenthalt oft blutig gekratzt hatte, mächtig stolz. »Ich bin Klaus Zimmermann«, sagte er dem Zauberer kleinlaut. »Ich kenne dich, großer Wilfridelmus, weil ich vor zwei Jahren schon mal hier war.«

Willy Pinke verschwand kurz, während die Kinder die Luft anhielten. Zurück kam er mit einer Milchflasche auf einem Tablett, das er auf einem bunten Würfel vor sich abstellte.

Emma war in den Zaubertrick eingeweiht. Bereits am Vorabend hatte sie veranlasst, dass die Flasche in der Milchküche gut gekühlt wurde.

Begleitet von mehr als zwanzig Augenpaaren, feuchtete Wilfridelmus den Flaschenhals mit Speichel an. »Diese Münze wird meen Assistent Klaus gleich nur mit der Kraft seiner Jedanken bewegen, janz, ohne sie zu berühren«, verkündete Wilfridelmus. Erst zeigte er die Münze herum, dann durfte jedes Kind das Geldstück einmal in die Hand nehmen und sich vergewissern, dass es auch wirklich echt war.

»Det wär echt 'ne Wucht«, staunte Albert und ließ seine Milchgeldtasche für einen Augenblick los.

Wilfridelmus legte die Münze auf die Öffnung des Flaschenhalses und bat Klaus, die Flasche mit seinen Händen zu umfassen. »Die ist ja eiskalt«, flüsterte der Junge.

Wilfridelmus ging nicht darauf ein. Er war kurz abgelenkt, weil ein kleiner krallenartiger Fuß unter seinem Hut heraus auf seine faltige Stirn pikte. Einige Kinder kicherten deswegen schon.

»Und jetzt sprechen wir alle zusammen den Zauberspruch«, sagte er und übergab der dreijährigen Lieselotte den Zauberstab, die mit einem Pflaster auf dem linken Auge auf einem Kinderstuhl gleich zu seinen Füßen saß.

Liselotte betastete den Zauberstab ganz genau mit ihren kleinen, zarten Fingern. Wilfridelmus half ihr, ihn vor der Flasche kreisen zu lassen. Er rief: »Lirum, larum, Besenstiel.«

Und die Kinder antworteten noch etwas durcheinander: »Zaubern ist ein Kinderspiel.« Klaus umschloss weiter die Flasche mit seinen Händen. Hoffentlich zerbrach sie nicht, so viel Mühe, wie er sich dabei gab.

Emma kannte den Trick, der darauf basierte, dass der Zauberer Zeit schindete, damit sich die kalte Luft in der Flasche durch die Kinderhände erwärmen und nach oben drängen konnte. Dadurch sollte sich die Münze wie von Zauberhand bewegen. Länger tat sich nichts, sodass Wilfridelmus schon nervös wurde. Etwas betreten schaute er zu Emma.

»Lirum, larum, Besenstiel«, wiederholte er zur Ablenkung, und die Kinder antworteten leidenschaftlicher und lauter: »Zaubern ist ein Kinderspiel!«

Im nächsten Moment begann die Münze auf der Flaschenöffnung, doch noch zu wackeln. Die Kinder, die nicht in Betten lagen, drängten nun dicht an die Flasche heran. Zauberassistent Klaus fielen beinahe die Augen aus dem Kopf. Die Münze sprang immer wieder ein Stück nach oben, bis sie schließlich herunterfiel.

Wilfridelmus bedeutete dem Jungen mit den von Ekzemen überzogenen Armen, seine Hände von der Flasche zu nehmen und sich neben ihm vor dem Publikum zu verbeugen.

Die anderen Kinder, die Schwestern und der Laborant klatschten begeistert Beifall. Als Dankeschön setzte Willy Pinke seinem kleinen Assistenten im Überschwang des Augenblicks seinen Zauberzylinder auf. Klaus' Kopf verschwand beinahe ganz darunter. Aus dem Beifall wurde unbeschwertes Kindergelächter, in dem auch Emma das Zahlenwirrwarr auf ihrem Schreibtisch vergaß. Sie lachte herzlich mit über das Meerschwein auf dem Kopf von Willy Pinke, das nun sichtbar geworden war.

»Dit versteh ick jetzt nich«, tat der Zauberer verwundert. »Wat lacht ihr denn alle so?« Die Kinder zeigten auf seinen Kopf, auch Klaus schaute unter dem viel zu großen Zylinder hervor und grinste breit.

»Hab ick etwa 'n Fussel uff de Birne oder 'nen Taubenschiss? Na, so 'n Dreck will doch keener sehen.« Willy Pinke nahm den Zylinder von Klaus zurück, setzte ihn sich wieder auf und fingerte daran herum.

»Nein, da ist kein Fussel!«, riefen die Kinder durcheinander.

Daraufhin hob Wilfridelmus seinen Hut langsam wieder an, und jetzt war das Tier mit den Krallenfüßen wieder verschwunden. So ging es noch eine Weile weiter, das Meerschwein tauchte auf und verschwand, und Willy kam gar nicht mehr dazu, seine Kartentricks vorzuführen.

Nach einer Stunde verabschiedete Emma Wilfridelmus vor den Kindern, die den Zauberer jedoch nicht gehen lassen wollten. Einen schnellen Kartentrick durfte er als Zugabe noch vorführen.

Emma begleitete Willy Pinke auf den Korridor, während die Kinder im Turmzimmer aufgeregt miteinander sprachen. Der ehemalige Pförtner musste sich erst einmal an der Wand abstützen, so geschafft war er.

Im nächsten Moment schlüpfte Albert durch die Tür zu ihnen. »Wilfridelmus«, sagte er atemlos, woraufhin sich Willy Pinke gleich wieder von der Wand löste, »darf ick det nächste Mal dein Assistent sein?«

Emma hatte Alberts Augen nie zuvor so leuchten sehen. Er arbeitete, seitdem er stehen konnte. Zuerst als Kohlenjunge, der herunterfallende Reste vom Kohlewagen einsammelte, mit acht Jahren dann hatte die *Meierei C. Bolle* ihn angestellt. Seine Mutter war auf den Zuverdienst ihres Ältesten angewiesen, ansonsten reichte das Geld nicht. Auf Albert lastete eine enorme Verantwortung.

»Albert, du bist längst nicht mehr hier, wenn Wilfridelmus wiederkommt«, erinnerte Emma. Schon bald würde ein anderes krankes Kind in seinem Bett auf der HNO liegen. Weil Alberts Mutter bitterarm war, hatte Emma mit ihr vereinbart, dass sie die Krankenhausrechnung erst in ein paar Wochen begleichen musste, nachdem sie beim Pfandleiher gewesen war. Nicht alle Leistungen wurden von der Krankenversicherung bezahlt. Alberts Mutter war aus allen Wolken gefallen und in Tränen ausgebrochen, als sie von den Kosten für das Krankenhaus erfahren hatte.

»Ick würde trotzdem so jerne«, beteuerte der Junge und berührte Wilfridelmus' Umhang, als sei der aus purem Gold. »Ick würde dir ooch allet jeben, wat ick besitze.« Er reichte Willy Pinke seine Ledertasche mit den Milchgeldverdiensten.

Wilfridelmus lächelte gerührt, hängte dem Jungen die Tasche aber wieder um. »Kannst ja nächste Woche mal in de

Lehderstraße dreizehn gelaufen kommen.« Er erkannte wohl anhand der Tasche, dass Albert keines der Kinder war, die von ihren Eltern für Freizeitaktivitäten überall in einem Automobil hingefahren wurden. »Ick könnte dir schon den eenen oder anderen Kartentrick beibringen.«

»Ick werde Zauberer!«, rief Albert begeistert aus.

Willy Pinke streckte ihm die von Altersflecken übersäte Hand hin. »Abjemacht!«

Albert nickte gleich mehrmals.

Emma führte Willy Pinke aus dem Haupthaus zur Isolierstation. Er ging am Stock, und sie zog seinen Bollerwagen mit den Zauberrequisiten. Schwester Grete wartete schon ungeduldig am Eingang des neuen Isolierhauses, neben ihr stand Elevin Renate.

Erst als Emma vor ihnen ankam, fielen ihr die Schuhe auf, die Renate Witte trug. Wenn sie sich nicht täuschte, war dies das gleiche Modell, das Marie-Luise anhatte. Schwarzes Lackleder und Absätze, in denen Emma nach einer Stunde die Füße brennen würden.

Sie war überrascht, das hätte sie von der jungen Kollegin nicht erwartet. Doch Emma lenkte ihre Aufmerksamkeit zurück zu den kleinen Patienten. Willy Pinke wurde samt Zauberstab desinfiziert und mit Mundschutz und Handschuhen bestückt. Er nahm sich zwei ganze Stunden Zeit, bis er die drei Isolierhäuser durchwandert und kein einziges Kind vergessen hatte.

Hinter dem alten Isolierhaus, wo Baumstümpfe als Sitzgelegenheiten dienten, gönnte er sich eine Ruhepause, und Emma versorgte ihn mit einem Glas Wasser, an dem er jedoch nur nippte. Lieber goss er es in ein Schälchen und gab es dem Meerschwein zu trinken. »Det is übrijens Trixi. Die hab ick sozusagen jeerbt von 'ner verstorbenen Nachbarin. Die hatte in ihrer Wohnung 'nen janzen Zoo davon. Jeder Nachbar in der Lehderstraße dreizehn hat jetz 'ne Meersau.«

Er hatte sich nicht verändert, dachte Emma, er war schon immer ein großer Tierfreund gewesen. Sein Wellensittich Jacki war sage und schreibe neunzehn Jahre alt geworden. Emma streichelte Trixi und musste an ihre Tochter denken, die das Tier sicher gerne mit nach Hause genommen hätte.

Willy Pinke stützte sich im Sitzen auf seinen Gehstock. »Und nun möchte ick noch jerne wissen, warum Marlene mich nich begrüßt hat.«

Emma erzählte ihm, dass diesen Monat die Zauberstunde unglücklicherweise auf den Ausflugstag zum Müggelsee gefallen war.

»Dann richten Se Ihrer Schwester bitte aus, det ick se vor der nächsten Zauberstunde umso fester drücken werde. Bis ihr Kopp rot wird!« Willy Pinke lächelte herzlich.

Sie vereinbarten gleich den Termin für die nächste Zauberstunde, und Emma wollte ihm noch das abgesprochene Honorar zahlen, aber Willy Pinke weigerte sich, das Geld anzunehmen. »Für die Jesellschaft der Kinder würde ick sojar Jeld bezahlen«, sagte er und schaute traurig aus seinen wässrigen alten Augen.

Emma drückte ihn erneut und steckte ihm unauffällig das Geld in die Tasche seines Zaubermantels. Er konnte es bestimmt gut gebrauchen. »Schön, dass wir uns von nun an wieder regelmäßig sehen.«

Willy Pinke lief vor Rührung eine Träne die Wange hinab, die er schnell wegwischte. »Jetze muss ick aber jehen. Die Meersau wird müde.«

Emma geleitete ihn zum Tor. Als er das Gelände mit seinem Bollerwagen verließ, hätte sie ihn am liebsten zurückgeholt. Er wirkte so einsam. Es musste sich schrecklich anfühlen, allein alt zu werden. Sie dachte kurz daran, Willy Pinke mit einer älteren Bekannten zu verkuppeln, weil es für Zweisamkeit nie zu spät war, aber schob diesen Gedanken auch gleich wieder beiseite. Schon einmal hatte sie versucht, zwei Menschen zusammenzubringen, und das war gründlich danebengegangen. In diesem Fall *zum Glück*, denn einer der beiden war ihr Kurt gewesen.

Emma bat den lieben Gott inbrünstig darum, dass er Kurt so lange an ihrer Seite ließe, bis sie beide richtig alt und grau waren. Das Schönste im Leben waren doch liebe Menschen, die immer füreinander da waren. Emma dachte an die rote Bank auf der Loggia, auf der Kurt und sie aneinandergeschmiegt bisher jeden Abend in der neuen Wohnung gemeinsam hatten ausklingen lassen.

Emma ging zurück in ihr Dienstzimmer im Mansardengeschoss des Hauptgebäudes. Der Kostenplan wartete auf sie. Sie hatte sich gerade wieder über das Zahlenwerk gebeugt, um die Mittel für die Freiluftkrippe nachzutragen, als es an ihrer Tür klopfte. »Herein!«, rief Emma, dankbar für die Ablenkung.

Marie-Luise Fischer betrat den Raum. Ihr Blick glitt über die wohlsortierten Stapel von Zetteln und Rechnungen auf Emmas Schreibtisch.

»Ich muss mit Ihnen reden, Oberschwester Emma«, sagte Marie-Luise freundlich. »In meinem Dienstzimmer, bitte.«

»Natürlich, ich komme«, entgegnete Emma pflichtbewusst.

Oberin Fischer ging in ihrem figurbetonenden schwarzen Kleid wie ein Mannequin voran und vorbei an den Zimmern, die die Elevinnen bewohnten. Es waren hübsche helle Räume mit großen Fenstern und sogar eigenen Waschbecken. Marie-Luises Dienstzimmer befand sich am anderen Ende des Ganges. Emma hatte den kargen Raum, an den sich eine kleine Schlafstube anschloss, seit dem Weggang von Hanny Polsfuß nicht wieder betreten.

Als sie den ersten Schritt in das Dienstzimmer tat, musste sie erst einmal an der Tür nachschauen, ob es wirklich der richtige Raum war. Die Möbel waren zwar noch dieselben, aber Marie-Luise hatte sowohl das vordere als auch das hintere Zimmer stark verändert. An der Wand links vom Schreibtisch hing ein mächtiger Spiegel mit goldverziertem verschnörkelten Rahmen, wie in einem herrschaftlichen Empfangszimmer. Die Wände waren hellgrün gestrichen, dunkelgrüne Vorhänge verbreiteten Wohnlichkeit. Wo früher hinter dem Schreibtisch die gerahmte Pflegeordnung der Kinderklinik gehangen hatte, zog nun ein eindrucksvolles übergroßes Landschaftsbild den Eintretenden in seinen Bann. Emma kannte sich mit Kunst nicht aus, aber das Bild gefiel ihr auf Anhieb. Es zeigte dichte, dunkle Wälder auf Hügeln hinter Weinbergen und weit in der Ferne, schier unerreichbar, einen türkisen Gebirgssee. Er bündelte alle Helligkeit im Bild.

»Das ist ein Blick in die Vogesen, wo ich im Großen Krieg vielen Männern das Leben retten durfte. Gefällt es Ihnen?«, fragte die Oberin und nahm elegant auf dem Stuhl hinter ihrem Schreibtisch Platz. In dieser Position und mit ihren stechend hellblauen Augen wirkte sie, als wäre sie Bestandteil des Gemäldes. Als gehöre sie mit ihren symmetrischen

Gesichtszügen, den gemalten hohen, feinen Augenbrauen und ihrer vornehmen Haltung zur Schönheit der Natur.

Emma war beeindruckt und nickte. Sie selbst war zum Lebenretten nie über den Umkreis von Lübars rausgekommen. Sie kannte nur flaches Land und den dunkelgrünen Weißen See. Das war ihr Marie-Luise gegenüber nun unangenehm. Aber es hatte sie einfach nie in die Ferne gezogen. Hier war sie glücklich, und Kurt ging es ebenso. Es gab Radiosendungen, in denen ferne Länder bildreich und mit echten Tonaufnahmen vorgestellt wurden. Ihnen zu lauschen genügte ihr als Flucht aus dem Alltag vollkommen.

Marie-Luise wies mit der flachen Hand auf den gepolsterten Stuhl vor Emma. Der Besucherstuhl am Schreibtisch war neu. Mit seinem vornehmen Samtstoff und den verschnörkelten Armlehnen erinnerte er Emma an die Stühle im ungenutzten riesigen Salon im Parterre-Geschoss der Villa von Weilert.

»Bitte setzen Sie sich, Oberschwester.« Kurz glitt Marie-Luises Blick in den barocken Spiegel an der Wand, und sie zupfte sich ihr weizenblondes Haar zurecht.

Emma nahm Platz und überlegte, ob sie das Gespräch eröffnen und ihre gemeinsame Ausbildung hier an der Klinik erwähnen sollte, als verbindendes Element, um vielleicht eine alte Erinnerung aufzufrischen.

Die Oberin ließ ihr nicht viel Zeit zum Nachdenken, sie ergriff das Wort sogleich. »Es gibt ein Problem mit Wilfridelmus«, sagte sie in nettem Ton, während sie Tee aus einem Silberkännchen in eine Tasse goss.

»Ich wüsste nicht, welches«, erwiderte Emma nur. »Er war heute wieder zauberhaft.« Über diesen Wortwitz musste sie kurz schmunzeln.

»Das mag sein, aber ich bin mit der Beauftragung des Zauberers nicht einverstanden, Oberschwester«, erklärte Marie-Luise.

»Die Kinder vergessen ihre Schmerzen und ihr Heimweh über Tage, nachdem der Zauberer da war«, schwärmte Emma und musste lächeln bei der Erinnerung daran, dass Klaus sich eine ganze Stunde lang nicht gekratzt hatte, so konzentriert war er auf seine Aufgabe als Zauberassistent gewesen.

»Sie haben dabei jedoch eine Sache vergessen«, erwiderte Marie-Luise.

Emma grübelte. Was sollte das sein? Sie hatte den Zauberer ordentlich bezahlt, die Kinder waren nach der Zauberstunde direkt auf ihre Stationen zurückgebracht worden und die zusätzlichen Decken und Stühle im Turmzimmer längst wieder weggeräumt.

»Entscheidungen wie die Beauftragung eines Zauberers müssen mit mir abgesprochen werden«, sagte Marie-Luise. »Als Oberin trage ich die Verantwortung für alle Dinge, die die Pflege betreffen. Deswegen möchte ich an solch wichtigen Entscheidungen teilhaben. Das verstehen Sie sicherlich.«

Emma erinnerte sich, dass Hanny Polsfuß erst Wochen nach der Kündigung des Zauberers durch Oberschwester Walburga informiert worden war. Und das war in Ordnung gewesen, sie hatte andere Dinge regeln müssen. »Oberin Polsfuß wollte in solcherart Angelegenheiten nicht –«, brachte Emma zu ihrer Verteidigung vor.

Marie-Luise unterbrach sie höflich, aber bestimmt: »Oberin Polsfuß genießt jetzt ihren überfälligen Lebensabend. Und nun gelten meine Grundsätze. Einer davon ist, dass ich nicht übergangen werden möchte.«

Emma wusste nichts zu erwidern.

»Es war längst an der Zeit für frischen Wind in der Kinderklinik«, fügte Marie-Luise hinzu.

»Frischen Wind?«, wiederholte Emma irritiert. Unter dem alten Wind hatte sich die Kinderklinik ihren hervorragenden Ruf erarbeitet. Unter dem alten Wind war ihnen mehrmals in Folge die *Goldene Pflegenadel* verliehen worden. Eine Auszeichnung des Preußischen Gesundheitsamtes für Gesundheitseinrichtungen, die höchsten Anforderungen genügten.

»Es ist einfach so, dass jede Generation ihre eigenen Vorstellungen hat und neue Ideen mitbringt«, fuhr Marie-Luise fort. »Wäre das nicht erlaubt, gäbe es keinen Fortschritt, und die Welt stünde seit Jahrtausenden still.«

Zur letzten Aussage nickte Emma unvermittelt. Sie selbst hatte als Stationsschwester den praktischen Unterricht für die Elevinnen lebendiger und integrativer gestaltet und sich für Vorprüfungen eingesetzt, die es zuvor nicht gegeben hatte.

»Dieses Mal will ich noch von einem Eintrag in Ihre Personalakte absehen«, sagte Marie-Luise.

Ein Eintrag in die Akte? Emma blieb stumm. Ihr brach der Schweiß unter ihrem Oberschwesternkleid aus. Sie fand, dass Marie-Luise überreagierte. Zwei Einträge in der Personalakte, die offiziell »Abmahnungen« heißen, stellten einen Grund für eine fristlose Kündigung dar. Sie hatte doch nur Gutes im Sinn gehabt, als sie Wilfridelmus an die Klinik zurückgeholt hatte.

»Sie sind erst seit Kurzem Oberschwester und machen viele Fehler. Sie müssen noch einiges lernen, und die Zeit dafür möchte ich Ihnen geben.«

Viele Fehler? Emma fiel kein weiterer ein. Erst vor wenigen Tagen hatte sich der Ärztliche Direktor lobend über die Pflegeabläufe geäußert, die noch nie so reibungslos funktioniert hätten. Emma war nun wie vor den Kopf gestoßen. Bleib ruhig, ermahnte sie sich still. Es brauchte einfach etwas Zeit, sich miteinander einzuspielen. Als Oberschwester würde sie bestimmt noch größere Hürden meistern und dabei die Ruhe bewahren müssen. Es wäre besser, wenn sie jetzt nicht lange herumdiskutierte, sondern die Kritik ernst nahm.

»Gut, ich werde Sie in die nächsten Entscheidungen dieser Art auf jeden Fall einbeziehen«, versicherte sie.

»Sehr gut.« Marie-Luise strich über das Eiserne Kreuz an ihrem Kragen. »Vielen Dank für das Gespräch, Oberschwester. Ach ja, bevor ich es vergesse. Ich habe mich dafür entschieden, auf Zwischenprüfungen der Elevinnen zu verzichten. Eine Prüfung am Ende des Ausbildungsjahres genügt.«

Emma erhob sich, straffte sich und versuchte, so sicher wie früher Oberin Polsfuß zu gehen, aber in Wirklichkeit waren ihre Oberschenkel weich wie Wackelpudding. Die Zwischenprüfungen waren bisher ein wichtiger Gradmesser für den Wissensstand und die Motivation der Elevinnen gewesen. Ohne diese würde die Prüfungsvorbereitung am Ende des Ausbildungsjahres deutlich umfangreicher und anstrengender werden. Aber Emma wagte nicht zu widersprechen, weil sie eben erst mit einer Verwarnung davongekommen war.

Sie öffnete gerade die Tür des Dienstzimmers, als Marie-Luise sagte: »Schön, Emma, dass wir wieder zusammen arbeiten.« Die Oberin lächelte und zeigte ihre perfekten Zähne, aber ihre stechend blauen Augen strahlten etwas Unheimliches aus. So ähnlich hatte sie auch geschaut, als sie damals im Keller der Klinik beim Putzen gesagt hatte: *Euch Mädchen aus dem Waisenhaus erkennt man auf den ersten Blick, auch ohne Weidenkorb.*

Emma stellten sich die Härchen auf den Armen auf. Ohne eine Erwiderung zog sie die Tür hinter sich zu. Wie sollte sie sich jetzt noch auf den Kostenplan konzentrieren? Sie lief aufgeregt wie eine Lernschwester über den Flur und die Wendeltreppe ins Erdgeschoss hinab.

Erst draußen im Park atmete sie tiefer durch. Es war schon dunkel draußen, nur vereinzelt warfen Laternen einen runden Lichterkranz auf den herbstlich gefärbten Park. Es roch nach Blättern und frischer Erde. Es begann zu nieseln. Emmas Gedanken wirbelten wild durch ihren Kopf. Vielleicht hatte Marie-Luise recht, aber musste sie gleich mit einer so drastischen Maßnahme wie dem Eintrag in die Personalakte drohen? Sollte das Handeln einer Rotkreuz-Oberin nicht in erster Linie von Nachsicht bestimmt sein anstatt von Bestrafung? Dass ihr so eine unangenehme Sache ausgerechnet heute passieren musste, wo Marlene den halben Tag freihatte! Gerne wäre sie jetzt zu ihrer Schwester ins Büro gelaufen, hätte ihr von dem Gespräch erzählt und ihre Meinung erfragt.

Emma schaute noch einmal zum Mansardengeschoss hinauf, wo im Dienstzimmer der Oberin in diesem Moment das Licht ausging. Regentropfen nässten ihr Gesicht.

»Emma?« Stationsschwester Vera kam auf sie zugelaufen. »Ein privater Anruf für dich!«

Das Kliniktelefon durfte eigentlich nur für berufliche Zwecke verwendet werden. Es musste sich um einen Notfall handeln. Emmas Herz begann, schneller zu schlagen.

Vera war ganz außer Atem, als sie vor Emma ankam, und fingerte gleich nach dem Päckchen Zigaretten in ihrem Schwesternkleid. »Ein Doktor Wolf von der Charité ist in der Leitung. Aus dem Notfallzentrum. Es geht um deine Kinder.«

Emma wurde eng ums Herz, Blut schoss ihr in den Kopf und rauschte ihr tosend durch die Ohren. »Ich komme!«, entgegnete sie rasch und stürmte zum Telefon.

***

6

25. Oktober 1929, am Abend

»Wo bin ich?«, brachte Marlene unter Stöhnen heraus. Ihr Kopf dröhnte und stach, als hätte man ihn in einen Schraubstock gezwängt. Außerdem spürte sie ihren rechten Arm nicht mehr, und ihr Hals ließ sich nicht bewegen. Nur ihr Gehör schien unbeschädigt.

Draußen regnete es in Strömen. Sie hörte den Regen gegen die Fensterscheibe prasseln.

»Du liegst in einem Patientenbett der Charité«, sagte Maximilian. Seine Stimme kam von rechts neben ihr.

Sie konnte ihre Augen nicht richtig öffnen, blinzelte nur. Maximilian war lediglich ein Schemen. Sie ertastete eine medizinische Krause um ihren Hals.

»Du hattest einen Unfall.« Er nahm ihre Hand von der Halskrause und streichelte sie. »Bitte streng dich nicht an.«

Dann berichtete er, was er über den Unfall in Erfahrung gebracht hatte. Aber erst als er einen grünen Ford erwähnte, dämmerte es Marlene. Es war irgendwo in Mitte passiert. Sie hatte mit Elisabeth gesungen, als sie plötzlich auf die Gegenfahrbahn geraten waren und dem entgegenkommenden Auto nicht mehr hatten ausweichen können.

»Du hast ein Schleudertrauma mittlerer Schwere«, sagte Maximilian.

»Mehr nicht?«, fragte sie mit trockenen Lippen. Was der Volksmund als Schleudertrauma bezeichnete, war eine ruckartige Überstreckung des Kopfes, die zu Zerrungen, Stauchungen und Überdehnungen von Muskeln und Bändern führte, immerhin daran konnte sie sich sofort erinnern.

»Zum Glück nicht mehr. Du hattest einen Schutzengel dabei.« Maximilian lächelte zärtlich. »In ein paar Tagen wirst du wieder auf den Beinen sein. Die Symptome, auch das Taubheitsgefühl in deinem rechten Arm, werden ein oder zwei Tage noch zunehmen, aber danach wieder abklingen. Nur wegen deines hohen Blutdrucks machen der Arzt und ich uns ernsthaft Sorgen.«

Unter Schmerzen kam Marlene im Bett hoch. »Was ist mit den Kindern? Wie geht es Lissi und Theo?« Sie hievte sich an die Kante des Bettes. »Ich muss unbedingt zu ihnen!« Ihr Kopf schrie nach einem Schmerzmittel.

Maximilian drückte sie sanft, aber bestimmt in die Liegeposition zurück. »Du darfst noch nicht aufstehen, Liebling. Soweit ich weiß, ist dem Fahrer des Fords nichts passiert. Wegen der Kinder …«, er zögerte, »Emma spricht noch mit den Ärzten. Ich weiß nicht …«

»Lissi, Theo?«, rief Marlene verzweifelt zur Tür. Ihre Stimme hallte in dem hohen Raum nach. Bei Autounfällen konnte es zu schweren Schäden an der knöchernen Halswirbelsäule, zu Sehstörungen und lebenslang nachwirkenden Schädel-Hirn-Traumata kommen – sofern man überhaupt überlebte. Sie musste jetzt wissen, wie es den Kindern ging. Sie versuchte, erneut aufzustehen, aber ein stechender Schmerz im Hals ließ sie innehalten.

Maximilian reichte ihr vom Beistelltisch einen Becher.

Allmählich sah Marlene wieder schärfer, ihr Blick wanderte über Maximilian. Er trug einen glänzenden schwarzen Anzug und eine bunte Seidenfliege dazu, wie so oft bei Theaterbesuchen.

»Trink das, es ist ein weiteres Schmerzmittel«, empfahl er.

Sie trank durstig, dann warf sie den leeren Becher wütend auf den Boden und wollte laut schreien, aber dafür hatte ihr Körper keine Kraft mehr. Tränen brannten in ihren Augen. Was hatte sie den Kindern angetan?

Als Emma eine Stunde später das Krankenzimmer betrat, fragt Marlene gleich: »Wie geht es den Kindern?« Maximilian musste sie festhalten, damit sie Emma nicht entgegenfiel.

Emma standen Tränen in den Augen. »Theodor hat eine leichte Rippenprellung erlitten, ihm geht es den Umständen entsprechend gut«, erklärte sie. »Zum Glück war er angegurtet.«

Marlenes Erleichterung hielt nur wenige Sekunden an. »Und Lissi? Wie geht es ihr?«, fragte sie mit erstickter Stimme. In Gedanken hörte sie ihre Nichte fröhlich: »Summ, Summ, Summ«, singen, kurz bevor es zum Aufprall gekommen und das Glas der Frontscheibe auf sie niedergeregnet war.

»Was Elisabeth angeht«, sprach Emma weiter, »konnten die Ärzte nicht mal einen Kratzer finden, und die Blutung in ihrer Nase ist auch gestillt. Sie steht allerdings unter Schock. Lissi sagt, dass sie nie wieder in einem Auto mitfahren will.«

Marlene konnte sehen, dass Emma sich nur ihr zuliebe nicht so besorgt gab, wie sie es vermutlich war.

»Und wie geht es dir?«, fragte Emma. »Du siehst gar nicht gut aus.« Sie wechselte einen vielsagenden Blick mit Maximilian, dann hob sie den Becher vom Boden auf und stellte ihn auf den Beistelltisch zurück.

»Es tut mir so leid wegen der Kinder«, wiederholte Marlene.

Emma nickte. »Ich weiß doch, Schwesterherz.« Sie nickte verständnisvoll, dann herrschte erst einmal betretene Stille im Raum.

»Wie es aussieht, werde ich bald wieder auf dem Damm sein.« Marlene ergriff das Wort, weil sie die Stille, das Unausgesprochene, nicht länger ertrug. Und wenn sie wieder auf dem Damm war, was dann? Ihr Blick glitt nachdenklich zum Fenster hinaus. Es war stockdunkel draußen.

»Nur über deinen Blutdruck sollten wir uns noch mal unterhalten, Liebling«, erinnerte Maximilian. »Der darf nicht derart erhöht bleiben. Du weißt ja selbst, welche gesundheitlichen Risiken damit einhergehen. Auf jeden Fall brauchst du für längere Zeit Ruhe.«

Für längere Zeit? Marlene kam nicht zu einer Erwiderung, weil es klopfte und Kurt und die Kinder das Krankenzimmer betraten.

Marlene winkte Theodor und Elisabeth zu sich ans Bett. Theodor kam zuerst und setzte sich auf die Bettkante.

»Es tut mir leid«, sagte sie betreten. Wegen ihr würde er in den nächsten Wochen beim Atmen und Husten Schmerzen haben. »Wenn ich irgendetwas tun kann, damit es dir besser geht, sagst du es mir. Ja?« Unter Schmerzen küsste sie ihn auf die Stirn.

»Es war trotz allem ein schöner Tag am Müggelsee«, antwortete Theodor. »Und du hast uns vor dem Tumult an der Börse gerettet.«

Es war nett, dass er ihr das schlechte Gewissen nehmen wollte, aber so leicht war das nicht.

»Lissi, komm her«, bat Marlene und schaute über Theodors Schulter zu Elisabeth. Aber das Mädchen klammerte sich an Kurts Hand und bewegte sich nicht von der Stelle.

Als Kurt ihr seine Tochter sanft entgegenschob, riss die sich los und rannte aus dem Raum.

»Gib ihr etwas Zeit«, sagte Kurt und umarmte Marlene zur Begrüßung vorsichtig. Dann folgte er Elisabeth aus dem Zimmer.

»Es ist schön, dass niemandem etwas passiert ist«, sagte Maximilian Zustimmung heischend in die Runde.

Marlene nickte gedankenversunken. Ihr Leben hätte von einem Moment auf den nächsten vorüber sein können. Ihre Gedanken sprangen weit in der Zeit zurück: ihre Flucht mit Emma aus Lübars als Sechsjährige, nachdem ihre Mutter gestorben war, die vielen Jahre im Waisenhaus, in denen sie nie Liebe erfahren hatte, dann ihr Neustart in der Kinderklinik Weißensee, die prickelnde Annäherung mit Maximilian, der damals Assistenzarzt gewesen war. Und schließlich ihr Medizinstudium, ihre erste eigene Operation und die seltsame Sonderprüfung am Ende des Medizinalpraktikums. Seitdem sie Frau von Weilert war, war die Zeit nur so dahingeflogen. Und jetzt war es beinahe zu spät für die wichtigste Sache in ihrem Leben. Eigene Kinder.

»Schlaf dich erst einmal aus«, sagte Emma im fürsorglichen Ton der Krankenschwester, drückte Marlene zum Abschied und verließ mit Theodor das Zimmer.

Maximilian band sich die Fliege vor seinem Hals auf und steckte sie in die Anzugtasche. Dann sagte er: »Am liebsten würde ich in der Kinderklinik Bescheid geben, dass du dich vier Wochen mal so richtig ausruhst, damit wir auch deinen Blutdruck wieder in den Griff bekommen. Benjamin würde es sicherlich begrüßen.« Er setzte sich zu Marlene auf die Bettkante.

»Und nach den vier Wochen?«, fragte sie unschlüssig. »Geht die Hektik dann wieder von vorne los?« Obwohl das Schmerzmittel bereits wirkte, fühlte sie sich, als hätte man sie niedergeschlagen. Sie schmiegte sich an Maximilian. Es war zu viel los gewesen in letzter Zeit. Immer mehr Arbeit, dann noch die Habilitation. Und ein Ende war nicht in Sicht. Seit Wochen schon fühlte es sich an, als würde sie auf dem offenen Meer gegen eine Strömung anschwimmen, die sie vom rettenden Ufer immer weiter wegtrug. Zum Glück gab Maximilian ihr Halt. Jede Minute in seinen starken Armen war heilsam. »Ich muss die Reißlinie ziehen«, flüsterte sie und presste sich fest gegen ihn. Nur wusste sie noch nicht, wie ein Leben danach aussehen konnte.

»Wann hatten wir zuletzt Zeit nur für uns?«, fragte sie und hakte die Finger ihrer linken Hand zwischen seine. »Ich meine nicht, beim Tanzen mit Freunden oder Zeit mit der Familie, sondern nur du und ich.«

»Ich weiß, was du meinst. Ich vermisse es auch«, flüsterte Maximilian zurück und umfasste ihre Finger zärtlich fester.

Marlene konnte sich an keinen romantischen Abend mehr erinnern. Sogar der letzte innige Kuss lag Wochen zurück. Das wurde ihr erst in diesem Moment bewusst.

Marlene schloss ihre tränennassen Augen. Ihr erschien

das Bild des grünen Ford, wie er auf sie zugefahren war. Eigentlich hatte sie schon vor dem Unfall die Kontrolle über ihr Leben verloren. Schon vorher war sie nervös gewesen, verspannt, hatte sich schnell schlapp gefühlt, aber konnte nachts trotzdem kaum schlafen. Fortwährend hämmerten die noch zu erledigenden Aufgaben in ihrem Kopf. Eine nach der anderen.

»Es wäre schön, wenn wir mehr Zeit füreinander hätten, um doch noch Eltern zu werden«, sagte Maximilian in traurigem Ton, als hätte er alle Hoffnung darauf schon aufgegeben.

Marlene schaute auf. Seine Augen waren nun ebenfalls feucht, er verbarg seine Tränen nicht vor ihr. Jetzt, wo sie ihn seit Langem mal wieder in Ruhe anschaute, wirkte es, als hätten seine grasgrünen Augen in den zurückliegenden Jahren etwas von ihrer Strahlkraft eingebüßt. Das Grau, das sich an den Schläfen in sein blondes Haar gemischt hatte, war ihr hingegen schon früher aufgefallen. Die bartlose Haut um seinen Mund war gerötet.

Sie strich ihm über die Wange. »Ich möchte auch, dass wir Eltern werden.« Mehr denn je, jetzt, wo es beinahe zu spät dafür gewesen wäre. Sie wollte Windeln wechseln, morgens mit dem Kind zwischen Maximilian und sich aufwachen und ihm alle Liebe geben, die sie nach dem Tod ihrer Mutter herbeigesehnt hatte. Die Zeit für Nachwuchs rannte ihr davon. Sie musste sich entscheiden! Der Unfall hatte ihr gezeigt, dass es so nicht weitergehen konnte und dass sich ihre Verfassung in den letzten Wochen trotz Entspannungsübungen verschlechtert hatte.

»Erinnerst du dich an das Angebot von Doktor Schlagscheitel, seine Praxis zu übernehmen?«, fragte Maximilian.

Ja, das tat sie, wenn auch verschwommen. »Die Kinderarztpraxis mit Blick auf den Weißen See?«

Maximilian nickte. »In einem Jahr geht der Kollege in Rente. Dann könnte ich die Praxis übernehmen. Wenn ich mir noch einen zweiten Arzt oder eine Ärzt*in*«, er lächelte Marlene an, »dazuhole, wäre das Arbeitspensum überschaubar, und ich hätte viel Zeit für unsere Kinder. Oder ich eröffne meine eigene Praxis im Erdgeschoss der Villa. Dann wäre ich ganz in der Nähe unserer Kleinen.«

»Das klingt gut«, musste Marlene gestehen und fand langsam wieder zu einer festeren Stimme zurück.

»Das Beste wäre, du ziehst dich länger aus der Kinderklinik zurück. Dann haben wir endlich mehr Zeit für ... du weißt schon.« Er stieß sie wehmütig lächelnd an. »Dann wird es klappen mit den Mini-Weilerts, bestimmt!«

Marlene war die Erfüllung ihres Kinderwunsches nie greifbarer vorgekommen. Allerdings müsste sie sich dann für mehr als ein oder zwei Monate von der Kinderklinik trennen. Als Mutter würde sie mindestens ein oder zwei Jahre bei ihrem Kind sein. Sie wollte es auf jeden Fall selbst stillen und nicht an eine Amme weiterreichen.

Im Überschwang der Gefühle sagte es sich leichter, auch wenn es noch völlig unglaublich klang und ihr Magen dabei krampfte: »Dann kündige ich also in der Kinderklinik.« Endlich würden sie Eltern werden. Die zurückliegenden zehn Jahre hatte Marlene ihr Privatleben der Arbeit in der Kinderklinik stets untergeordnet. Wenigstens ein oder zwei Jahre sollte es jetzt andersherum laufen.

»Du willst wirklich kündigen?«, fragte Maximilian nach. So schnell hatte er wohl nicht mit einer solch rigorosen Entscheidung gerechnet. »Versprochen?«

Marlene zuckte zusammen, weil sie heute erst Elisabeth versprochen hatte, sie heil nach Hause zu bringen, was ihr nicht gelungen war. Noch etwas zögerlich, nickte sie.

»Dann habe ich endlich wieder mehr von dir, wie früher. Lene, alles wird gut werden«, schwärmte Maximilian, wie sie ihn lange nicht mehr hatte schwärmen hören. »Ich kann unsere Kinder schon durch den Garten springen sehen.«

Marlene lächelte verträumt und schloss die Augen. »Ich auch.«

Maximilian kam ganz nah an sie heran. »Also versprochen, du konzentrierst dich fortan ausschließlich auf unsere Familie?«

Marlene zögerte kurz. Ein Wochentag ohne Visiten, ohne kranke Kinder, denen sie helfen durfte, war noch unvorstellbar. Aber das würde sich bestimmt bald geben, so wie Elisabeths Schock vom Unfall.

»Ich verspreche es, ja!«, wiederholte sie mit fester Stimme. Und dieses Mal würde sie ihr Versprechen nicht brechen.

*

Wie von den Ärzten der Charité prognostiziert, stand Marlene wenige Tage später wieder auf den Beinen. Einer ihrer ersten Gänge führte sie in die Kinderklinik zum Ärztlichen Direktor. Benjamin Levy nahm ihre Kündigung mit Bedauern, aber auch mit Verständnis entgegen und war damit einverstanden, dass sie ihr Büro gleich leer räumte. Marlene wollte einen kurzen und schnellen Abschied. Mit der Halskrause und dem geschwollenen Nacken wäre sie sowieso nicht arbeitsfähig gewesen. Sie brachte es nicht übers Herz, noch einmal auf die Allgemeine zu gehen und nach ihren Patienten zu schauen.

Mit wenigen Worten verabschiedete sie sich bei den anderen Ärzten, der Medizinalpraktikantin und den Stationsschwestern. Mit Füßen schwer wie Betonklötze ging sie danach in ihr Büro und packte ihre persönlichen Sachen zusammen, zuletzt nahm sie ihre Hochzeitsfotografie vom Schreibtisch und die Zeichnungen der kleinen Patienten von der Wand neben dem Bücherregal. Die Fachbücher für ihre Habilitation würde sie Maximilian in Kisten abholen lassen. Natürlich war ihr Habilitationsvorhaben nun auch hinfällig.

Es klopfte.

»Herein?«

Fräulein Beierlein schob sich durch den Türspalt ins Büro. Der Schock über Marlenes Weggang war ihr ins Gesicht geschrieben. Zusammengesunken stand sie da und sagte: »Ich wollte Sie noch mal sprechen, Frau Doktor von Weilert.« Seit Neuestem trug sie ihr Haar nur noch bis zu den Ohrläppchen. »Ich weiß nicht, ob ich hier ohne Sie als Mentorin weiterarbeiten möchte«, eröffnete die Medizinalpraktikantin.

Genau solche Abschiedsszenen hatte Marlene eigentlich umgehen wollen, weil sie sie rührten und womöglich an ihrer Entscheidung zweifeln ließen.

»Ich habe doch gerade erst begonnen, von Ihnen zu lernen«, fuhr Bernadette Beierlein fort, »das stundenlange Studieren von Krankenakten, wie man das Vertrauen der kleinen Patienten gewinnt, sich ihnen liebevoll zuwendet und natürlich die vielen Operationstechniken mit ihren praktischen Problemstellungen. Sie sind mein Vorbild, Frau Doktor von Weilert.« Unbewusst griff sie sich in die neue Frisur.

Marlene war gerührt und rang um Worte. »Wie Sie eine gute Ärztin werden, das wird Ihnen Herr Doktor von Weilert als neuer Mentor auch beibringen. Er ist der Beste.« Mit Benjamin Levy war bereits besprochen, dass Maximilian die Mentorenschaft übernehmen würde.

»Für mich sind Sie die Beste!«, widersprach Fräulein Beierlein schniefend.

Marlene war kurz davor, die junge Frau, die hart dafür gearbeitet hatte, so weit zu kommen, tröstend in die Arme zu nehmen. Auch sie hatte damals in ihrem Medizinalpraktikum Tage gehabt, an denen sie am liebsten alles hingeworfen hätte. Zum Glück ließ sie die verwundbare junge Frau nicht bei solchen Kollegen wie Waldemar Buttermilch zurück. »Sie haben das Wissen, die Energie und den Willen, eine hervorragende Ärztin zu werden. Bitte geben Sie nicht auf. Dann können wir eines Tages vielleicht wieder zusammenarbeiten.«

»Wir beide zusammenarbeiten?« Bernadette Beierlein lächelte unter Tränen. »Das wäre schön ... also, wenn Sie meinen ... gut, dann bleibe ich doch.«

Marlene lächelte aufmunternd, dann nahm sie ihre gepackte Kiste vom Schreibtisch auf.

»Was werden Sie denn in der ganzen freien Zeit tun, ohne Ihre vielen Bücher?«, fragte Fräulein Beierlein.

»Mich erst einmal richtig auskurieren und meinen Blutdruck senken, mich um meine Familie kümmern und vielleicht mal wieder Charleston tanzen. Aber eines nach dem anderen. Alles Gute Ihnen.« Marlene ging freundlich nickend an Bernadette Beierlein vorbei und verließ ihr Büro. Auf dem Korridor schaute sie nicht zurück.

Draußen im Park wehte ein starker Wind, Blätter flogen

durch die Luft. Nur hier und dort stach die Sonne durch die Wolken. Auf einer Bank saßen zwei Elevinnen und mussten sich die Schwesternhauben auf den Köpfen festhalten, so stürmisch war es. Dabei aßen sie einhändig ihre Klappstullen. Oben am Fenster der Allgemeinen stand Karl-Uwe, den Marlene vor ihrem Unfall am Darm operiert hatte. Er winkte ihr traurig nach.

Sie winkte bemüht fröhlich zurück. Nicht mal in ihren schlimmsten Albträumen hatte sie der Kinderklinik für so lange Zeit den Rücken gekehrt. Mit jedem Schritt auf das Kliniktor zu spürte sie stärker, wie schwer ihr der Abschied doch fiel – trotz der schönen Aussichten, die sie in ihrem neuen Lebensabschnitt erwarteten. Marlene verdrängte den Schmerz mit aller Kraft, indem sie sich ihr neues Leben als glückliche Mutter von mindestens zwei Kindern vorstellte.

***

7

15. November 1929

»Hey, Vogel, steh endlich wieder auf! Ich hab mich doch nur aufgewärmt!«, rief Egon, biss in einen Apfel und trat ganz nebenbei nach Theodor.

Ein paar Jungs aus seiner Klasse hatten Theodor gleich zu Beginn der Frühstückspause auf das zum Schwanenteich abschüssige Gelände vor der Schule gedrängt, wo die alte Weide stand. Dort hatte Egon ihm die Sülzestulle aus der Hand geschlagen und ihn dann niedergestreckt. Die dichten immergrünen Zweige des Baumes ragten bis ins Wasser hinein und boten den besten Sichtschutz auf dem Gelände des Gymnasiums am Kreuzpfuhl.

Theodor bekam schwer Luft und schaffte es nicht von den Knien hoch. »Lass mich endlich in Ruhe ... ich habe dir doch nichts getan«, presste er hervor.

Hinter Egon wohnten die Klassenkameraden der Szenerie wie Statisten bei. Unter ihnen ragte nur der Klassensprecher Johannes wegen seiner Größe heraus. Theodor bewunderte ihn für seine erwachsene Art und seine guten Noten. Aber auch Johannes Weber pfiff den Schläger nicht zurück, sondern entfernte sich nur wortlos von der Gruppe.

Egon warf Theodors Schulmütze, die der Unterscheidung der Klassenstufen diente, in den Dreck und riss seinen Kopf mit der Hand in den Haaren hoch. Mit der anderen Hand hielt er den Apfel und verschlang ihn bis auf den Griebs. »Jetzt spielste das Unschuldslamm, wa?«

Theodor schaute auf. Egon war doppelt so breit und muskulös wie er. In seinem Gesicht mit den abstehenden Ohren saß die Nase so platt und schief, dass sie bestimmt schon mal gebrochen war. Das kam sicher von den Boxkämpfen, für die er sogar von Oberprimanern bewundert wurde. »Wovon redest du?«

»Wir haben dir und deinesgleichen den Scheißkriegsausgang zu verdanken«, spie Egon aus. Er fletschte die gelben Zähne wie eine Bulldogge.

»Da war ich gerade mal sechs Jahre, wie kann ich da –«, wollte Theodor zu seiner Verteidigung anbringen, aber die Wucht einer Ohrfeige warf seinen Körper von den Knien. Er landete mit dem Gesicht im Dreck, schmeckte Blut und dachte dennoch, dass nicht die Sozialdemokraten, sondern die Kriegstreiber und Generäle für den Ausgang des Krieges verantwortlich waren, solche wie Reichspräsident von Hindenburg. Das wusste er von seinem Onkel Maximilian, aber das würde er hier niemals sagen. Denn dann überlebte er den Tag nicht.

Die Schulglocke läutete. Unruhe entstand. Die ersten Mitschüler entfernten sich.

Theodors Nasenlöcher waren warm vom Blut, es lief ihm kratzend den Rachen hinunter. Der Apfelgriebs landete neben ihm, und jemand warf seine Sülzestulle in den Schwanenteich. Wann würde das aufhören? Gleich in der ersten Schulwoche hatten sie ihm den Kopf in den Tümpel gedrückt, nachdem sie erfahren hatten, dass sein Vater früher für den sozialdemokratischen *Vorwärts* geschrieben hatte.

Bei dem Gedanken daran, dass gleich der Deutschunterricht bei Oberlehrer Rademacher anstand, rappelte sich Theodor mit aller Kraft auf. Nach Kriegsende waren nur die greisen alten Lehrer übrig geblieben, Prügelpädagogen mit Kaiserbärten, weil die nicht eingezogen worden waren. Deswegen war er anfangs froh gewesen, in seinem Lieblingsfach einen vergleichsweise jungen Lehrer wie Richard Rademacher zu haben. Für einen knapp Vierzigjährigen sprach Rademacher das Wort »Modernität« jedoch viel zu angeekelt aus. Benommen fixierte Theodor das Schulgebäude. Der Backsteinbau war so hoch, teuer und Furcht einflößend wie eine Kirche.

Mit knurrendem Magen ging er zum Eingang der Schule und tupfte sich mit dem Taschentuch die blutende Nase und die verschrammte Wange trocken. Hoffentlich drang kein Schmutz in die Wunde ein. Seine Mutter war stets darauf bedacht, jede noch so kleine Wunde umgehend zu reinigen.

Es war längst ruhig in den dunklen gewölbten Gängen im Erdgeschoss des altehrwürdigen Schulhauses. Am liebsten wäre er jetzt nach Hause gelaufen und hätte sich in seinem Zimmer verkrochen. Aber dafür war er mit seinen nunmehr siebzehn Jahren zu alt.

Er hörte, wie der Lehrer im Klassenzimmer schmetternd verkündete: »Maßstab für die Größe eines Dichters ist die Verwurzelung im Volkstum. Friedrich Schiller war durch und durch deutsch! Wir werden jetzt eines seiner unvollendeten Gedichte lesen, das ich besonders schätze. Es heißt *Deutsche Größe*.«

Die Klassenzimmer waren so hoch, dass jedes Wort mehrmals widerhallte.

»Darf der Deutsche in diesem Augenblick, wo er ruhmlos aus seinem tränenvollen Kriege geht …«, sprach Theodor die ersten Zeilen des Gedichts mit, weil es ihn von seiner Furcht ablenkte.

Mit pochendem Herzen klopfte er an die Tür des Klassenzimmers. Ihm zitterte das Taschentuch in den Händen. Schnell stopfte er es in seine Hosentasche zurück.

Richard Rademacher las ungestört weiter: »Wo zwei übermütige Völker ihren Fuß auf seinen Nacken setzen und der Sieger sein Geschick bestimmt – darf er sich fühlen? Darf er sich seines Namens rühmen und freuen? Darf er sein Haupt erheben und mit Selbstgefühl auftreten in der Völker Reihe? Ja er darf's!«, hallte es im Klassenzimmer wider. »Er geht unglücklich aus dem Kampf, aber das, was seinen Wert ausmacht, hat er nicht verloren.«

Erst nachdem die Worte verklungen waren, vernahm Theodor das gebotene »Herein!« Der harsche Ton wie auf einem Appellplatz ließ ihn zusammenfahren. Schnell strich er sich seine Haare glatt, dann zog er die schwere Tür auf und betrat den Klassenraum.

Er sah den Lehrer noch gar nicht, als dieser sich bereits ereiferte: »Theodor Vogel, du bist zu spät!« Richard Rademacher saß hinter dem Lehrertisch auf dem Podest. Neben ihm stand die schwarze Gestelltafel, auf der der Titel von Schillers Gedicht prangte. »Dein Zuspätkommen stört meinen Unterricht!«

Theodor wusste, dass er auf der schwarzen Liste des Lehrers ganz oben stand. Das lag daran, dass er anfangs den Fehler gemacht hatte, seine ehrliche Meinung zu äußern und von modernen Dichtern zu schwärmen. In seiner alten Schule war der beeindruckende Autor und Kommunist Bertolt Brecht keine *persona non grata* gewesen; Tucholsky kein Verbrecher.

»Es wird nicht wieder vorkommen«, versprach Theodor, darum bemüht, sich seine Schmerzen nicht anmerken zu lassen. In der Bauchgegend rumorte es von Egons Schlag. Hoffentlich war keine der vom Autounfall verletzten Rippen erneut geprellt. Erst seit Kurzem atmete er wieder schmerzfrei.

Der Lehrer schaute ihn genauer an, schien die Schrammen im Gesicht und seine blutverkrusteten Nasenlöcher zu inspizieren. Theodor bekam kaum noch Luft durch die Nase. Schon mehrmals hatte er miterlebt, dass Oberlehrer Rademacher umso wütender wurde, je schwächer sein Gegenüber auftrat. Egon zum Beispiel hatte er noch nie zur Schnecke gemacht, aber den schüchternen Horst und Georg, einen schmächtigen Jungen mit Lippenspalte, schon.

»Setz dich auf deinen Platz, und wehe, du störst heute meinen Unterricht noch ein einziges Mal!«, sagte Rademacher im Befehlston.

Seit dem ersten Schultag auf dem Gymnasium fühlte Theodor sich bei Rademacher wie ein Soldat, der willenlos jeden Befehl auszuführen hatte. Leider hatte er den Oberlehrer in allen Deutschkundefächern – Geografie, Deutschunterricht, Religion und Geschichte – und außerdem im Turnen.

Mit gesenktem Blick hielt Theodor auf seine Bank in der hintersten Reihe zu. Als Einziger aus der Klasse saß er allein, als leide er an einer ansteckenden Krankheit. Er wollte schon aufatmen und den Deutschunterricht endlich hinter sich bringen, als der Lehrer ihn fragte: »Wo ist deine Mütze?« Rademacher pochte mehrmals mit dem Stock auf den geölten Parkettboden des Klassenraums – ein Geräusch, von dem Theodor Gänsehaut bekam.

Theodor stoppte nur zwei Schritte von seiner Bank entfernt und stand nun wie festgefroren da. Die Schülermützen waren Rademacher heilig, wie hatte er die nur vergessen können? Er hörte, dass der Lehrer seinen Stuhl hinter dem Lehrertisch zurückschob und auf ihn zuschritt. Langsam wandte Theodor sich um. Sein Blick heftete sich auf die Wange des Lehrers, der nun dicht vor ihm stand.

Richard Rademacher hatte an der Front Typhus und einen Lungenschuss überlebt und bis zu seinem Staatsexamen drei Dutzend Mensuren als Mitglied einer Studentenverbindung geschlagen. Davon trug er eine Narbe auf der Wange wie ein Abzeichen. Wenn er wütend wurde, so wie jetzt, errötete das knotig verwachsene Gewebe bis ins Lilafarbene hinein. Damit bot es einen harschen Kontrast zu seinem streng gescheitelten blonden Haar und seiner kalkweißen Haut.

»Ich muss die Mütze vor der Schule liegen gelassen haben. Ich hole sie gleich«, beteuerte Theodor. Seine Nase fing wieder zu bluten an. Er zerrte sein Taschentuch aus der Hosentasche, aber der Lehrer schlug es ihm mit dem Prügelstock aus den Händen. Das Blut lief Theodor übers Kinn und tropfte auf sein Hemd.

Horst und Georg wagten nicht, ihn anzuschauen, und Johannes, der Klassensprecher, räusperte sich nur verlegen. Niemand stand für ihn ein. Er fühlte sich elend. Auf seiner alten Schule hatte er viele Freunde gehabt, sie waren füreinander da gewesen. Er sehnte seinen Vater herbei, der ihn beschützte.

Rademacher wandte sich der Runde zu und klopfte weiter mit dem Stock auf den Boden. Bei jedem Ton sanken die Schüler tiefer unter ihre Bänke. »Die neue Jugend missachtet die Werte der älteren Generation!« Er stoppte vor Theodors Bank. »Wie kannst du dieses einzige Uniformteil, das die Schule dir verliehen hat, derartig gering schätzen, dass du es irgendwo vergisst? Wer die Mütze nicht schätzt, schätzt auch die Schule und seine Lehrer nicht!«

Theodor wollte erklären, was heute nicht zum ersten Mal draußen bei der Weide vorgefallen war. Aber als sein Blick Egon streifte, war das keine Option mehr. Der Junge mit den breiten Schultern und den dicken Oberarmen, der Sitzenbleiber, deutete mit seinen Händen an, wie er etwas zusammendrückte, das auch Theodors Gurgel sein konnte.

»Bei deiner Disziplin würden dir ein paar Wochen Front mal ganz guttun«, sagte Rademacher und strich sich über seine Narbe, die, je länger Theodor sie anschaute, wie eine Schlange aussah, die in Richtung seines Mundes züngelte.

»Unser Land braucht keinen neuen Krieg«, widersprach er wider besseres Wissen. Nicht nur von seinem Onkel wusste er, was der Krieg mit den Menschen machte. Er hinterließ menschliche Ruinen, riss Familien auseinander und nahm Millionen das Leben.

Sogar Egon klappte wegen Theodors forscher Antwort die Kinnlade runter, und er murmelte: »Meine Fresse!«

»Karzer!«, befahl der Lehrer und bedachte Theodor mit einem angewiderten Blick. »Für den Rest des Tages! Dir werde ich schon noch Disziplin beibringen, Bürschchen!« Er zog Theodor am Ohr zur Tür und stieß ihn aus dem Klassenraum. Der Junge kam auf dem kalten Boden im Flur auf.

Rademacher rief den Pedell herbei, damit der sich des

»sozialdemokratischen Unrats« annahm. Dann zog er die Tür des Klassenzimmers zu. Theodor hörte gedämpft, wie der Lehrer mit Schillers Worten aus dem unvollendeten Gedicht zum Unterrichtsgeschehen zurückkehrte: »Ewige Schmach dem deutschen Sohne, der die hohe angeborene Krone seines Menschenadels schmäht!«

Theodor musste Tränen zurückhalten, als der Pedell ihn in den Karzer von der Größe einer Besenkammer einschloss. Früher hatte er die Schule geliebt und fast nur Einsen gehabt. Inzwischen hasste er sie und bekam schlechte Noten dafür, dass er anders dachte und seine Eltern Sozialdemokraten waren.

Theodor ließ sich auf die Holzbank des kargen, fensterlosen Raumes sacken. Nur wenig Licht fiel durch das eisenbewährte Guckloch in der Tür. Jetzt war es ihm egal, ob seine Wunde sich entzündete. Wenn er deswegen ins Krankenhaus kam, müsste er wenigstens nicht mehr zur Schule.

Anfangs war er so euphorisch gewesen, doch noch aufs Gymnasium gehen zu dürfen. Sein Traum war es, eines Tages Journalistik zu studieren wie sein Vater. Kurt war sein großes Vorbild – in so vielen Bereichen. Voller Erwartung an die humanistische Ausrichtung der Lehranstalt war er hergekommen. Er hatte sich auf Lehrer gefreut, die ihre Schüler ernst nahmen und sie förderten, die sich zukunftsgewandt zeigten, die er bewundern durfte. Lehrer wie Herrn Weinert, der Deutschlehrer seiner alten Schule, der als Bolschewist verschrien war. Aber stattdessen musste Theodor Aufsätze darüber schreiben, warum Griechenland das Deutschland des Altertums sei, aus Geschichtsbüchern lernen, die noch aus Kaisers Zeiten stammten, und sich züchtigen lassen. Es war die Hölle!

Als draußen Schritte erklangen, wischte er sich schnell seine Tränen mit dem Hemdsärmel fort. Er wäre vielleicht glücklicher, wenn er wie seine alten Freunde eine Ausbildung gemacht hätte. Sein Freund Robert war bei einem Tischlermeister in die Lehre gegangen, und Matthias und Heinrich lernten Dachdecker. Sie durften Weißensee wenigstens von oben sehen, anstatt in einem Karzer zu darben.

Es raschelte draußen, dann wurde etwas unter dem Türschlitz hindurchgeschoben. Es war seine Schülermütze. Für die Unterprima und Untersekunda war sie blau mit schwarzem Steg und Schirm. Die der Elf- bis Dreizehntklässler zierte eine goldene Litze am Steg. Theodor nahm seine Mütze vom Boden auf. Die Schritte entfernten sich wieder. War das Horst gewesen? Oder Georg?

Stunde um Stunde vergingen, aber niemand sah nach ihm oder brachte etwas zu essen. Beim letzten Mal hatten sie ihm wenigstens eine Stulle reingereicht. Seine Wange brannte noch von der Misshandlung.

Erst nach dem Fünfzehn-Uhr-Läuten, dem offiziellen Ende des Unterrichts, entließ der Pedell ihn aus dem Karzer, und Theodor stand vor der nächsten Sorge: Wie sollte er das verschrammte Gesicht und das Blut auf dem Hemd seinen Eltern erklären? Die früheren Wunden hatte er erfolgreich vor ihnen verbergen können, weil sie nicht im Gesicht gewesen waren. Allein schon bei der Vorstellung, sie anzulügen, fühlte er sich hundeelend. Beide hatten so viel zu tun, da wollte er sie nicht mit seinen Problemen belasten. Seine Mutter kam, seitdem sie Oberschwester war, erschöpfter als früher nach Hause und brachte sogar noch Dienstpläne mit. Sein Vater war mit den Manuskripten fürs Radio völlig ausgelastet. Er arbeitete auch mehr als früher. Und dann war da noch Lissi, die die Eltern schon zur Genüge forderte. Sie hatte den Unfall noch lange nicht verwunden.

Nein! Theodor würde ihnen auch weiterhin nichts von seinen Problemen erzählen. Er war Manns genug, sie allein in den Griff zu bekommen.

***

8

1. Dezember 1929

Als Emma den Speiseraum der Schwestern betrat, war sie in Gedanken bei Kurt. Heute Vormittag hatte er einen wichtigen Termin in der Radioredaktion in Berlin-Mitte. Die neue Programmchefin – wohlgemerkt, eine Frau – sollte heute vorgestellt werden, und sämtliche Mitarbeiter waren eingeladen. Das sei eine passende Gelegenheit, wie Kurt heute Morgen am Kaffeetisch erzählt hatte, die neue Programmchefin auf seine Ambitionen anzusprechen. Er wollte bei der *Berliner Funk-Stunde* als Redakteur für die *Reportagen vor Ort* arbeiten, eine der gefragtesten Stellen beim Sender. Sie drückte ihm fest die Daumen.

Mit einem zuversichtlichen Lächeln nahm Emma am Kopfende des langen Tisches im Speiseraum der Schwestern Platz. Am anderen Ende saß Marie-Luise in gewohnt eleganter Haltung. Einige der Elevinnen schauten schon hungrig auf die Marmelade, den Milchkaffee sowie den Käse und die Wurst. Das Dienstmädchen brachte Tee herein.

Emma mochte die Tradition des gemeinsamen Frühstücks am Morgen. Schon als sie selbst noch Elevin gewesen war, hatte sie es genossen, in entspannter Atmosphäre vor Dienstbeginn langsam und vereint in den Tag zu starten. Die

Frühstücksrunde diente auch dazu, Probleme anzusprechen oder einfach nur Gedanken über den Stationsalltag auszutauschen. Seit ihrem ersten Tag an der Kinderklinik nahmen die Elevinnen das Frühstück gemeinsam mit der Oberin und der Oberschwester ein. Die examinierten Schwestern und die Hilfskräfte wie die Köchin, die Wäscherin und die Dienstmädchen aßen eine halbe Stunde früher.

Emma fiel auf, dass Schwester Anneliese und Schwester Bertha heute ihre Augen kaum offen halten konnten. Gestern hatten die Elevinnen ihren freien Nachmittag gehabt, der ihnen wöchentlich zustand – ursprünglich von vierzehn bis einundzwanzig Uhr. Als eine der ersten Maßnahmen als Oberin – und nur kurz nach der Abschaffung der Zwischenprüfung – hatte Marie-Luise den Ausgang bis auf Mitternacht verlängert. Emma wollte die beiden Elevinnen im Auge behalten, denn vermutlich war Übermüdung eine der Ursachen für Marlenes Unfall gewesen. In der Pflege konnte Übermüdung ebenso schnell zu Fehlern führen.

Nach dem Frühstück gedachte Emma, Schwester Edith aus Eberswalde dezent zur Seite zu nehmen und sie darauf hinzuweisen, dass das Tragen von Schmuck während des Dienstes nicht erlaubt war. An Ediths Ohrläppchen hingen heute früh kleine Perlenstecker. Das einzige Schmuckstück, das getragen werden durfte und musste, war die Dienstbrosche. Sie war das Erkennungszeichen der Rotkreuzschwestern und ihrer Helferinnen. Die Brosche saß mittig zwischen den Kragenspitzen, war schwarz umrahmt und zeigte das Rote Kreuz vor schwarzem Hintergrund. Jede Elevin bekam sie mit dem Antritt der Ausbildung überreicht, bis auf Marlene und Emma damals. Sie hatten sich die Brosche wegen einer Unachtsamkeit erst verdienen müssen, erinnerte sich Emma.

Als alle mit Getränken versorgt waren und Emma einen guten Appetit gewünscht hatte, fragte Elevin Renate: »Warum hat Frau Doktor von Weilert die Klinik eigentlich von heute auf morgen verlassen? Eines der größeren Kinder fragte mich gestern nach ihr, und ich wusste nicht, was ich antworten sollte.«

Emma hatte gerade die Oberhälfte einer Schrippe mit Butter bestrichen und wollte herzhaft abbeißen, nun hielt sie inne. »Es ist genauso, wie es Ihnen der Ärztliche Direktor erklärt hat: Frau Doktor von Weilert hatte einen Verkehrsunfall und möchte sich nicht nur in Ruhe auskurieren, sondern sich auch mehr ihrer Familie widmen. All die zurückliegenden Jahre hatte sie keine Zeit dafür, weil so viel an der Kinderklinik zu tun war.«

Renate ließ nicht locker. »Aber warum geht sie ausgerechnet jetzt, wo sie doch Frau Professor an der Universität werden will?« Emma erinnerte sich, wie Renate in ihrer jüngsten Vertrauenssprechstunde ihr Unbehagen über Spritzen offenbart hatte, was ihr sehr peinlich gewesen war. Gemeinsam hatten sie beschlossen, sich abseits der anderen eine Kanüle genauer anzuschauen, sich ihr langsam zu nähern. Emma wollte Renate unbedingt die Angst nehmen. Jetzt aber war sie erst einmal verwundert darüber, wie gut die Elevin über Marlenes Karrierepläne Bescheid wusste.

»Sie tankt Kraft, um dann später mit dem richtigen Schwung –«, wollte sie das Thema beenden. Es fühlte sich unrecht an, Marlenes Privatleben in der Klinik auszubreiten.

Aber Marie-Luise Fischer war schneller. »Für mich sah es aus, als wäre Frau Doktor von Weilert überarbeitet und stünde jeden Moment vor einem Zusammenbruch.«

Emma fand es nicht in Ordnung, solch eine Diskussion

in Abwesenheit von Marlene und in Anwesenheit der Elevinnen zu führen, obwohl Marie-Luise richtiglag. Die erste Woche daheim hatte Marlene mehr oder weniger durchgeschlafen, das wusste Emma von ihrem Schwager. Sie selbst wollte Marlene erst einmal Zeit für sich gönnen und sie nicht mit ihren Gedanken, die sich vor allem um ihre Arbeit als Oberschwester drehten, belästigen. Damit verhinderte sie vielleicht, dass Marlene allzu große Sehnsucht nach der Klinik bekam. Aus diesem Grund hatte Emma sich bisher lediglich bei Maximilian nach dem Befinden ihrer Schwester erkundigt. Sie war überrascht gewesen, als er ihr von der beabsichtigten Kündigung erzählt hatte. Die Klinik war Marlenes Leben, die Pädiatrie ihre große Leidenschaft. Womit würde ihre Schwester diese Leere so schnell füllen?

Emma blieb nicht viel Zeit zum Nachdenken, denn Marie-Luise ließ die Elevinnen weiter an ihren Gedanken teilhaben: »Wir können von Glück reden, dass Frau Doktor von Weilert bei ihrem Arbeitspensum mit all den Zusatzaufgaben noch keinen Operationsfehler begangen hat.«

Die Elevinnen sogen scharf die Luft ein, beinahe wie ein gut gestimmter Chor. Dann war es mit einem Mal mucksmäuschenstill.

»Sie war … ich meine … ist eine ausgezeichnete Ärztin«, sagte Emma knapp und wehrte den Angriff auf Marlene ab. Ihr Blick sprang von Elevin zu Elevin, die verwirrt und erschrocken gleichzeitig schauten. Renate guckte irritiert zwischen ihr und Oberin Fischer hin und her.

»Ich möchte noch zu bedenken geben, dass Gerüchte in einer Schwesternschaft wie der unsrigen keinen Platz haben sollten«, sagte Emma mit einem versöhnlichen Lächeln für die Elevinnen und die Oberin. Für ein harmonisches Miteinander war sie sogar bereit, so manchen Seitenhieb wegzulächeln. »Gerüchte sind nur Mutmaßungen und können Unfrieden stiften.«

Marie-Luise lächelte freundlich zurück, wobei ihre hohen Wangenknochen deutlich hervortraten. »Vielen Dank für den Hinweis, Oberschwester Emma. Ich gebe jedoch zu bedenken, dass Sie mit dem Formulieren von Grundsätzen für die Schwesternschaft etwas vorsichtiger sein sollten. Dies steht allein mir, der Oberin, zu.«

Emma fühlte sich gedemütigt durch die Zurechtweisung. Die Elevinnen schauten betreten weg. Hanny Polsfuß hatte Gerüchte und deren Verbreitung immer gering geschätzt. Unbewusst ballte Emma ihre Hände zu Fäusten, aber barg sie schnell in ihrem Schoß, als sie sich dieser aufrührerischen Geste bewusst wurde.

Für den Rest des Frühstücks kümmerte sie sich nur noch um ihre Butterschrippe, obwohl ihr der Appetit vergangen war. Sie war froh, dass die Elevinnen schnell aufaßen und früher als sonst zum Dienst aufbrachen. Auch sie schienen der bedrückenden Stimmung im Speiseraum entkommen zu wollen. Um Punkt sieben Uhr begann der Tagesdienst, und die Nachtschwestern wurden abgelöst.

Beim Verlassen des Speiseraumes rückte Emma Schwester Anneliese noch die Dienstbrosche zurecht, und auf dem Korridor sprach sie Edith wegen der Perlenstecker an. Ihr blieb beinahe die Luft weg, als sie als Antwort zu hören bekam: »Die Oberin meinte, dass kleine Stecker, anders als Hänger, fortan erlaubt sind, weil die Schwesternschaft sich zukünftig ansehnlicher präsentieren soll.«

»Ansehnlicher?«, fragte Emma befremdet. War es nicht wichtiger, das Verletzungsrisiko zu minimieren und mögliche Keimträger zu eliminieren? Wie schnell hatte ein Kind einer Elevin beim Herrichten des Krankenbettes oder wenn ein Sturz drohte, ans Ohr gefasst und das Schmuckstück herausgerissen?

»Oberin Fischer meint, dass das Tragen von Schmuck die Ausbildung der eigenen Persönlichkeit fördere, und das sei wichtig für eine angehende Krankenschwester des Deutschen Roten Kreuzes«, erklärte Edith nicht ohne Stolz. »Wussten Sie, dass die Oberin während des Krieges über tausend Verletzten in Lazaretten die Hand beim Sterben gehalten hat?«

Schmuck war tatsächlich ein Ausdruck der Persönlichkeit, da stimmte Emma der Oberin zu. Wo er jedoch zusätzlich zur Gefahrenquelle wurde, war es nur korrekt, das Tragen zu verbieten. Sie war nicht bereit, ihre Wertvorstellungen über gute Kinderpflege so einfach über Bord zu werfen, aber sie widersprach Edith nicht. Sie war unsicher, ob sie mit weiteren Erklärungen ihre Kompetenz erneut überschreiten würde. Sie wünschte Edith noch einen lehrreichen Tag, dann ging sie ziellos davon.

Im Gehen holte sie mehrmals tief Luft, damit ihr Unmut etwas verrauchen konnte. Wenigstens hätte Marie-Luise sie vorab über die neue Regel informieren können. Zum ersten Mal sehnte Emma Hanny Polsfuß zurück.

Stationsschwester Vera kam auf sie zu. »Ist alles in Ordnung, Emma?«, fragte sie im Vorbeigehen, einen Stapel frischer Windeltücher unter dem Arm. Sie roch nach Qualm, ihr fettiges Haar sah nach einer durchtanzten Nacht aus.

Emma nickte kaum merklich, dann entschwand sie in ihr Dienstzimmer, unschlüssig darüber, ob sie wirklich schweigen sollte. Nach einer unruhigen Weile entschied sie, ihren Prüfgang vorzuziehen, um sich abzulenken. Als Oberschwester war es ihre Aufgabe, die Einhaltung der Pflegeordnung in allen relevanten Räumlichkeiten stichprobenartig zu überprüfen, auch im Operationssaal und im Keller, wo die Desinfektionsanlage für Matratzen und Wäsche jeglicher Art stand.

Emma nahm ihr Klemmbrett vor die Brust und ging los. Aus dem Dienstzimmer der Oberin am anderen Ende des Korridors drang das amüsierte Lachen von Doktor Proskauer und seinem Assistenten.

Heute wollte Emma zuerst Hygiene und Ordnung auf den Stationen prüfen, beginnend auf der HNO. Dabei fiel ihr auf, dass Elevin Renate müde vor sich hin starrte, während sie Sauger reinigte. Emma sparte sich eine Ermahnung, denn sonst wäre sie sich wie eine alte Frau vorgekommen, die streng und unnachsichtig über den Dingen stand. Sie wollte weder alt sein noch über den Dingen stehen, aber das war als Oberschwester gar nicht so einfach. Sie bat die Elevin fürs Erste nur darum, beim Gähnen die Hand vor den Mund zu nehmen und sich am Abend früher hinzulegen.

Auf der Chirurgie kontrollierte sie stichprobenartig die Pflegeabläufe beim täglichen Wiegen und Fiebermessen. Auf der Allgemeinen von Schwester Atanasia lief alles vorbildlich. Zwei Schwestern waren gerade dabei, mit den Kindern Tannenbäume aus Papier zu basteln – eine hilfreiche Methode, um die Kleinen von ihrer Krankheit abzulenken. Auch auf der Augenstation war so weit alles in Ordnung. In der Freiluftkrippe waren nur zwei Betten belegt, weil viele Eltern den täglichen Versorgungsbetrag von dreißig Pfennigen wegen der Krise nicht aufbringen konnten. Für ältere rachitische Kinder fehlten hier noch bequemere Stühle, die sich die Kinderklinik in diesem Jahr nicht hatte leisten können.

Am Ende stand die hygienische Überprüfung des Operationssaales und der Waschräume mit den dazugehörigen Reinigungsplänen an. Im Waschraum der Allgemeinen gab es keine Beanstandungen, auf der HNO stand jedoch eine offene Flasche mit Desinfektionsmittel herum, die – sofern sie in Kinderhände geriet – eine Gefahr darstellte.

Emma verstaute die Flasche in einen der abschließbaren Schränke und notierte den Umstand auf ihrem Klemmbrett, als plötzlich ein kleines Ehepaar mittleren Alters in zerknitterter Kleidung vor ihr erschien. Sie kannte die beiden vom Sehen.

»Sie sind doch die Oberschwester hier, richtig?«, fragte der Mann mit dem Stoppelbart.

»Ja. Ich bin Oberschwester Emma.« Jetzt fiel es ihr wieder ein. Die Frankes waren die Eltern von Werner, der schon seit Wochen auf der Hautstation lag. Herr Franke war im *Tageblatt* abgebildet gewesen, weil er die krisenbedingte Schließung der Möbelfabrik, in der er als Schreinermeister gearbeitet hatte, beklagte. Bei der Einlieferung ihres Kindes vor sechs Wochen hatte er noch besser ausgesehen. Die Arbeitslosigkeit schien ihm sehr zuzusetzen. Frau Franke trug einen Glockenhut ähnlich Marlenes und einen guten Mantel, sie schien um ein würdevolleres Auftreten bemüht. Aus Kurts Berichten wusste Emma, dass viele Arbeitslose nach Kündigungen ihre Selbstachtung verloren, weil sie sich unwert, nicht mehr gebraucht fühlten.

Emma führte das Ehepaar zu den Stühlen am östlichen Ende des Korridors, aber keiner der beiden wollte sich setzen. »Wir möchten eine Beschwerde vorbringen«, ereiferte sich Herr Franke und straffte seinen kurzen, stämmigen Körper. Trotzdem wirkte er, als hätte er schon einen Buckel.

»Es ist erneut zu einem Vorfall bei unserem Werner auf der Hautstation gekommen«, erklärte Frau Franke. »Wir überlegen, unseren Sohn in ein anderes Krankenhaus zu verlegen.«

»Bitte erklären Sie mir doch erst einmal, womit Sie unzufrieden sind«, bat Emma in versöhnlichem Ton. Hoffentlich kamen jetzt nicht die ersten Beschwerden über den Schmuck der Elevinnen. Wie sollte sie damit umgehen? Den Schmuck mit Argumenten verteidigen, die sie nicht vertrat? So wäre es jedenfalls loyal der Pflegeleitung gegenüber gewesen.

»Die Hilfsschwester auf der Hautstation ist eine Säuferin«, stellte Frau Franke unumwunden fest.

»Sie meinen unsere Elevin Bertha? Das kann ich mir nicht vorstellen. Die junge Frau ist eine unserer besten Nachwuchsschwestern«, entgegnete Emma sofort.

»Letzten Donnerstag roch sie schon nach Alkohol und heute wieder«, war Frau Franke überzeugt. Herr Franke nickte zu ihrer Aussage.

»Ich werde Ihrer Vermutung gleich auf den Grund gehen«, versicherte Emma. »Aber bitte lassen Sie Werner seine krustige Flechte in Ruhe bei uns auskurieren.«

»Ich weiß nicht«, sagte die Frau, »was meinst du, Georg?«

»Falls Ihr Vorwurf sich bewahrheitet, wird es nie wieder vorkommen«, versprach Emma. »Ich kümmere mich persönlich darum.«

»Sie bürgen uns dafür, Oberschwester?«, verlangte Frau Franke.

»Natürlich!« Sie würde für jede Elevin ihre Hand ins Feuer legen. Sie waren wie Pflegetöchter für sie. »Vielen Dank für Ihre Geduld. Und jetzt kümmere ich mich sofort um Ihr Anliegen.« Es wäre katastrophal, wenn die Anschuldigung stimmte und dadurch einem Pflegling Schaden entstanden war.

Emma lief zur Hautstation, aber fand Bertha dort nicht vor. Das verunsicherte sie. Der Alkoholgeruch war den Frankes immer donnerstags aufgefallen. Demnach hätte sich die Elevin stets zum freien Nachmittag am Mittwoch betrunken. Für Emma war es schwer zu glauben, dass Bertha den freien Abend regelmäßig mit so viel Wein ausklingen ließ, dass man es am Folgemorgen noch riechen konnte.

Kopfschüttelnd eilte Emma in die Mansarde hinauf und klopfte an die Tür des Schwesternzimmerns mit der Nummer drei, aber niemand antwortete. Sie öffnete die Tür und sah, dass das Bett der Elevin gemacht war. Auch der Rest des Zimmers sah tadellos aus. Wo nur steckte das Mädchen, wenn nicht auf Station oder in ihrem Zimmer? Es war noch längst keine Pausenzeit. Langsam wurde Emma wirklich unruhig. Hier stimmte tatsächlich etwas nicht!

Emma wollte sich gerade wieder zurückziehen, weil ihr der Zutritt nur in Anwesenheit einer der Bewohnerinnen erlaubt war. Das war eine der Verhaltensregeln, die Hanny Polsfuß auf Drängen der Eltern der Elevinnen in ihrem letzten Dienstjahr angepasst hatte – zum Schutz der Privatsphäre der jungen Damen.

Emmas Blick blieb an einem grünen Flaschenhals hangen, der unter dem Fußende des Bettes hervorlugte. Sie zog die Flasche hervor. Lemberger, Jahrgang neunzehnhundertsiebenundzwanzig. Die Weinflasche war zwar ein Hinweis auf Alkoholkonsum, aber kein Beweis dafür, dass Bertha ihren Dienst mit Alkoholfahne angetreten hatte. Emma musste jetzt unbedingt mit der jungen Dame reden und die Sache aufklären. Sie beschloss, in der Milchküche und in der Wäschekammer nach ihr zu suchen.

»Oberschwester, was machen Sie hier?« Das war die Stimme der Oberin.

Emma wandte sich erschrocken um, die Weinflasche glitt ihr aus der Hand, und der Bodensatz samt Weinstein verteilte sich vor ihren Füßen. »Wussten Sie, dass unsere Elevinnen auf ihren Zimmern Wein trinken, Oberin Fischer?«, fragte sie entsetzt. »Eltern haben sich gerade über die Alkoholfahne von Bertha beschwert. Sie fürchten um das Wohl ihres Kindes.«

»Das darf natürlich nicht sein«, pflichtete Marie-Luise ihr bei. »Aber wussten *Sie*, dass Ihnen das Betreten der Mansardenzimmer ohne die Bewohnerinnen verboten ist?«

»Es war Gefahr in Verzug«, entgegnete Emma sogleich. »Es geht um den Ruf der Klinik! Ich musste doch dem Verdacht nachgehen, und Bertha war nicht auffindbar. Da lag es nur nahe, dass sie hier oben –«

»Bertha war eben zum Gespräch bei mir«, erklärte Marie-Luise. »Ich habe sie auf den Alkohol angesprochen. Ihre Fahne ist mir heute Morgen ebenfalls aufgefallen. Sie saß am Frühstückstisch direkt neben mir.«

»Und was hat sie gesagt?«, fragte Emma und grübelte gleichzeitig darüber, was eine junge Frau dazu brachte, so viel Alkohol zu trinken. Welche Probleme belasteten Bertha?

»Die Elevin hat ihren Fehler eingesehen und versprochen, dass er sich nicht wiederholen wird. Aber all das gibt Ihnen nicht das Recht, gegen die Klinikregeln zu verstoßen«, entgegnete die Oberin mit der gleichen Freundlichkeit, die sie seit ihrer Rückkehr an die Klinik zeigte. »Die Probleme mit Ihnen häufen sich, Oberschwester. Deswegen sehe ich mich gezwungen, hiermit offiziell eine erste Abmahnung auszusprechen, die ich in Ihrer Personalakte vermerken werde.«

»Eine Abmahnung?«, wiederholte Emma stockend.

»Nachdem Sie eben die Privatsphäre der Elevinnen verletzt haben, bezweifele ich, dass Sie noch die richtige Person für die Vertrauenssprechstunde sind. Ab sofort übernehme ich diese Aufgabe, und morgens im Frühstücksraum wird statt Ihrer zukünftig Stationsschwester Hertha mit uns essen. Sie hat ein besseres Händchen für die jungen Damen.«

»Nein!«, entfuhr es Emma vehementer als beabsichtigt. Dann würde sie den Kontakt zu den Elevinnen verlieren. Es war ihr eine Herzensangelegenheit, den jungen Frauen mit Rat und Tat zur Seite zu stehen und sich Zeit für deren Sorgen zu nehmen.

Marie-Luise ging nicht auf den Einspruch ein. »Bitte wischen Sie jetzt den Dreck zu Ihren Füßen weg«, bat sie höflich, wandte sich elegant auf ihren lackierten Absatzschuhen um und schwebte davon.

Emma sackte in die Hocke und blieb eine Weile reglos sitzen. Sie hatte eine vorbildliche Oberschwester werden wollen, hatte sich große Mühe gegeben, die Dienstpläne sogar am Küchentisch zu Hause entworfen und deswegen weniger Zeit für die Familie gehabt. Und als Dankeschön erhielt sie eine Abmahnung? Sie war wütend auf Marie-Luise, die so sehr überreagierte. Andererseits kannte sie die Regeln und hatte sie übertreten, die Wut galt also auch ihr selbst.

Emma besorgte sich Putzzeug, wischte den Wein wie in

Trance weg und sammelte die Glasscherben ein. Dabei schnitt sie sich am Zeigefinger, aber achtete nicht weiter darauf. Die Abmahnung hing wie eine düstere Wolke über ihr. Zum ersten Mal seit ihrer Beförderung zur Oberschwester konnte sie das Ende ihres Dienstes kaum erwarten.

*

Als Emma am Abend die Wohnung in der Buschallee aufschloss, war es genauso still wie vorhin in Berthas Zimmer. Im Wohnzimmer war ein Tisch mit zwei Tellern und einer großen Schüssel voller Kartoffelsalat à la Kurt gedeckt. Sie fand ihren Ehemann auf der schmiedeeisernen Bank auf der Loggia vor, mit zwei Sektgläsern in der Hand. Wie beinahe jeden Abend, seitdem sie hier wohnten, setzte sie sich neben ihn.

Freudestrahlend reichte Kurt ihr ein Sektglas und goss schäumenden Perlwein ein. »Darauf, dass du mit einem *Redakteur vor Ort* verheiratet bist.«

»So schnell ging es?« Emma stieß mit ihm an. Nach der Abmahnung heute bekam sie aber kaum einen Schluck herunter. Sie hatte Mühe, ihre Emotionen vom Tag in der Klinik vor Kurt zu verbergen, wollte aber seine gute Laune auf keinen Fall ruinieren.

»Die neue Programmchefin hat das gleich an ihrem ersten Tag entschieden. Meine Ideen für die Reportagen haben ihr gut gefallen«, berichtete Kurt bestens gelaunt, aber bescheiden, wie er war.

»Ich bin sehr stolz auf dich, mein Schatz«, sagte Emma und wischte alle Gedanken an Marie-Luise weg. Jetzt war Kurt dran, und die Kinderklinik musste bis morgen früh warten. Sie wusste, was seine neue Position bedeutete. Anders als bei den *Vorträgen* oder den *Hörspielen*, die vom Studio aus über den Äther geschickt wurden, würde er für die *Reportagen vor Ort* im Rundfunkwagen zum Ort des Geschehens fahren und über Sportveranstaltungen, Freizeitattraktionen, politische Geschehnisse oder über einen der beeindruckenden Zeppelinflüge berichten. »Deine neue Chefin scheint eine sehr kluge Frau zu sein, weil sie dein Potenzial so schnell erkannt hat.« Kurt zuliebe nippte Emma wenigstens am Sekt.

»Das stimmt«, entgegnete er mit einem Schmunzeln. »Du hast damals länger gebraucht.«

Endlich fand Emma ihr Lächeln wieder. »Aber dafür hast du mich dann mit aller Wucht umgehauen.« Sie küsste ihn auf die Wange.

»Du hast schon recht. Frau Hildebrandt ist eine beeindruckende Frau. Aber ich befürchte, dass sie es bei den vielen altmodischen Männern im Sender nicht leicht haben wird. Eine Frau als Vorgesetzte zu haben ist ungewohnt. Der Engler, einer der Nachrichtensprecher, hat sie bei ihrer Begrüßung quasi mit den Augen verschlungen. Und Charly Hüsker von den *Vorträgen* hat vorab schon angekündigt, ihr zeigen zu wollen, dass Frauen als Chefinnen ungeeignet seien.«

»Ich hoffe, sie kann sich durchsetzen.« Emma schmiegte sich an Kurt, und zum ersten Mal fragte sie sich, ob sie wirklich die richtige Person für den Posten der Oberschwester war. Eine Abmahnung war alles andere als ein Qualitätssiegel. Am liebsten hätte sie diese Peinlichkeit für sich behalten und nicht einmal Kurt etwas davon erzählt, geschweige denn den Kindern. »Wo sind eigentlich Theo und Lissi?«

»Sie übernachten bei Elwira Scharinski«, erklärte Kurt. »Theodor geht morgen direkt von dort aus zum Gymnasium, Lissi wird von Oma Schari zur Schule gebracht. Theodor hat schon wieder eine Vier bekommen, für einen Aufsatz.«

Emma war entsetzt. »Noch eine Vier?« Wenn das so weiterging, würde Theodor vielleicht nicht versetzt werden. Dabei war er das klügste Kind, das sie kannte.

»Mich bedrückt eher, dass er Probleme hat, die er vor uns verheimlicht«, meinte Kurt. »Er entfernt sich von uns, das merke ich.«

Emma seufzte unvermittelt. »Unser Sohn wird erwachsen. Es wird uns in den nächsten Jahren noch einiges bedrücken oder schocken, befürchte ich.« Dass Theodor sich von ihnen entfernte, merkte sie auch daran, dass er sich vor ihnen nur noch vollständig bekleidet zeigte. Sogar Elisabeth bat er vor die Tür des Kinderzimmers, wenn er sich umzog.

»Wir können nichts dagegen tun und sollten ihn auf keinen Fall bedrängen«, fand Kurt. »Er will gerade mehr für sich sein, das müssen wir akzeptieren. Ich glaube, ich hatte damals auch so eine Zeit.«

»Ich wünschte, er würde uns endlich seine Freunde vom Gymnasium vorstellen und wieder ordentlicher werden«, entgegnete Emma.

»Jeder hat so seine Marotten.«

»Damit hast du ganz sicher recht.« Emma lächelte ein wenig zerknirscht. Sie steckte Socken nach dem Ausziehen immer gleich am Bund zusammen, damit keine auf dem Weg zur Waschmaschine verloren ging, lief beim Spaziergang mit Kurt ausschließlich auf seiner rechten Seite, weil sie von dort die hübsche kleine Narbe über seiner Oberlippe besser sehen konnte, die sich beim Lächeln in die Breite zog. Und außerdem war Emma schrecklich ordentlich. »Willst du wirklich alt mit mir werden? Erträgst du meine Marotten so lange?«, fragte sie Kurt.

»Ja, Emma Vogel. Ich möchte so richtig schrumpelig alt mit dir werden. Bis wir uns gegenseitig stützen müssen und vor Falten nicht mehr aus den Augen schauen können.« Kurt küsste Emmas Fingerspitzen. »Oh, du hast dich geschnitten?«, fragte er mit Blick auf den kleinen roten Riss auf der Fingerkuppe ihres Zeigefingers. Den hatte sie sich zugezogen, als sie die Scherben der Weinflasche in Berthas Zimmer aufgelesen hatte.

»Nicht der Rede wert«, sagte sie. Damit er nicht weiter nachfragen konnte, küsste sie ihn leidenschaftlich auf den Mund.

***

9

8. Dezember 1929

Es war Winter geworden in Weißensee. Seit Wochen schon fror es nachts, und seit dem ersten Advent blieb es auch tagsüber eiskalt. Marlenes Füße fühlten sich wie Eiszapfen an, ihre Pumps waren völlig ungeeignet für diese Jahreszeit. Aber sie wollte attraktiv für ihren Mann sein, jetzt, wo für Leidenschaft wieder mehr Zeit war.

Zuerst hatten Maximilian und sie auf der Brücke am Weißen See Schwäne und Enten gefüttert, nun schlenderten sie im Schein von Adventslichtern auf der Berliner Allee, Weißensees Prachtstraße, entlang. Zum Adventskaffee wollten sie wieder zu Hause sein.

Marlene reichte einem Bettler am Straßenrand einen Geldschein. Es gab immer mehr Obdachlose, viele Frauen waren darunter. Hoffentlich wurden in Weißensee bald zusätzliche Wärmehallen geöffnet, damit niemand erfror. Das war wichtiger als glänzender Weihnachtsschmuck an den Laternen. Ihr Blick blieb an einem hell erleuchteten Weihnachtsengel hängen, der an einer Laterne schwebte.

Seit dem Tag ihres Unfalls, der wegen des dramatischen Einbruchs der Börsenkurse *Schwarzer Freitag* genannt wurde, fielen die Preise der Wertpapiere immer noch weiter. Die

Amerikaner hatten ihr Anlagekapital wider Erwarten nicht in Europa investiert. Deutschland war von der Wirtschaftskrise besonders stark betroffen, weil es seit dem Ende des Großen Krieges sehr von amerikanischen Krediten abhängig war, die nun sogar abgezogen wurden. Jeden Tag war im *Tageblatt* von neuen Entlassungen zu lesen. Obwohl Weihnachten war, liefen die meisten Menschen mit verkniffenen Mienen herum.

Marlene hakte sich bei Maximilian ein und flüsterte nur: »Ich hätte nicht gedacht, dass es sich so gut anfühlt, so viel freie Zeit zu haben.« Beinahe war ihr ihre gute Laune bei der Bedrückung, die auf Berlin lag wie dicker dunkelgrauer Nebel, unangenehm. Kältewolken stoben aus ihrem Mund.

»Die fehlende Anspannung steht dir gut, Liebling«, befand Maximilian und stellte den Kragen seines Mantels auf. »Ich habe den Eindruck, dass du mit dem Abstand von der Kinderklinik gut zurechtkommst.«

Marlene nickte. Beim ersten Wiedersehen mit Emma hatte sie nur kurz nach der Klinik gefragt. Es war schön gewesen, ihre Schwester nach der langen Ruhepause endlich wieder zu treffen. Sie hatten Punsch getrunken und sich mal nicht nur zwischen Tür und Angel oder unter Zeitdruck unterhalten. »Ich bedauere nur, Emma gerade nicht vor Ort beistehen zu können«, sagte sie. Hinter ihnen stimmte eine Männerrunde *Schneeflöckchen, Weißröckchen* an. Aber auch das klang weniger heiter als im letzten Jahr. »Bestimmt hast du von ihrer Abmahnung durch Marie-Luise Fischer gehört.«

»In den oberen Etagen gibt es häufig Kompetenzgerangel, jeder hat eigene Ansichten. Emma muss ihren Weg finden, damit umzugehen und sich als Oberschwester zu behaupten. Das ist ein Prozess, der Zeit braucht. Seit Fräulein

Fischer die neue Oberin ist, hat sich die Klinikstatistik nicht verschlechtert, wenn man die eingelieferten und als geheilt entlassenen Patienten betrachtet. Ich finde ihre Bemühungen nicht schlecht. Gestern hat sie die gesamte Ärzteschaft in ihr Dienstzimmer auf eine Runde vorzüglichen schwarzen Ceylon-Tee eingeladen, um den Austausch zwischen Pflegenden und Ärzteschaft zu verbessern.«

»Das klingt ganz so, als würde sie versuchen, alle auf ihre Seite zu bringen«, analysierte Marlene weniger begeistert als Maximilian. »So war das damals auch schon. Irgendwann waren alle anderen Elevinnen gegen Emma und mich.«

»Damals ist lange her«, sagte Maximilian. »Und jetzt lass uns nicht länger über Fräulein Fischer reden. Es gibt interessantere Themen.«

Sein Wunsch, nicht über seine ehemalige Verlobte zu sprechen, ging Marlene runter wie Öl. Dennoch beschloss sie, weiterhin über die Vorgänge in der Klinik informiert zu bleiben, um für Emma eine gute Vertraute zu sein. Außerdem half es ihr, Stück für Stück loszulassen anstatt ganz plötzlich mit einem Mal. Sie hatte jetzt Zeit für alles Mögliche. Neben ihren Gesprächen mit Emma las sie viel und machte ausgiebige Radtouren an der frischen, kalten Luft. Letzte Woche hatte sie Willy Pinke besucht, eine Kräuterlimonade mit ihm getrunken und danach die Villa weihnachtlich dekoriert. In der vielen freien Zeit hatte sie sich insgeheim schon darauf festgelegt, dass ihre Tochter Valentina und ihr Sohn Paul heißen würden. Wieder und wieder war sie nicht enden wollende Namenslisten durchgegangen. Eine Stunde, ein Tag konnten sehr lang sein, wenn sie nicht mit Terminen vollgepackt waren, wenn niemand nach einem verlangte.

»Wir haben uns richtig entschieden, Lene!« Kurz, aber

leidenschaftlich küsste Maximilian sie mitten auf dem Gehweg, beleuchtet von Weihnachtskugeln, die vor der *Restauration und Stehbierhalle Grossmann* aufgehängt waren. »Ich genieße jede Stunde mit dir. Deine Ruhe überträgt sich auf mich.«

Marlene genoss noch seinen Geschmack auf ihren Lippen. Es stimmte. Sie war deutlich ruhiger geworden. Nur wenn es auf die Tage ihrer Monatsblutung zulief, wurde sie hibbeliger. Sie konnte das Ausbleiben ihrer Periode kaum erwarten. Jetzt, wo sie den Stress aus ihrem Leben verbannt hatte, war das wahrscheinlicher als je zuvor.

»Und weißt du, womit wir unseren Spaziergang jetzt krönen? Mit einem anständigen Grog bei *Grossmann*«, schlug Maximilian vor.

Marlene lächelte verwegen. »Ich wüsste noch eine andere Möglichkeit, wie uns warm wird.«

Maximilians grasgrüne Augen leuchteten wissend auf. »Du meinst«, raunte er ihr ins Ohr, wobei sie seine Lippen an ihrem Ohrläppchen spürte, »dass wir dort weitermachen, wo wir vergangene Nacht aufgehört haben?«

Anstatt großer Worte nahm sie ihn bei der Hand und zog ihn wie einst am Tag ihrer Hochzeit aufgeregt durch Weißensee.

Als sie wieder in der Villa waren, bat Maximilian das Dienstmädchen darum, heute nicht mehr gestört zu werden.

Flüchtig streifte Marlenes Blick den ihres goldgerahmten Schwiegervaters an der Wand im Eingangsbereich, aber lange kümmerte sie die hochmütige Ausstrahlung des Grafen Anton von Weilert heute nicht. Hand in Hand ging sie mit Maximilian die breite Treppe ins erste Obergeschoss hinauf. Hier befanden sich neben dem großen Salon das Esszimmer, eine Bibliothek, das Arbeitszimmer und das eheliche Schlafzimmer. Letzteres war der einzige Raum in der Villa, dessen Einrichtung ganz allein in Marlenes Händen gelegen hatte. Deswegen war es wohl der unaufdringlichste Ort im gesamten Haus.

Sie zogen sich auf Maximilians altes Bett zurück, auf dem als Tagesdecke ein buntes Häkelexemplar von Elwira Scharinski ausgebreitet lag. Maximilian zog es unter ihren Leibern hervor, weil es hässliche Abdrücke auf nackter Haut hinterließ, und warf es neben das Bett. Dabei musste er über die Haselnüsse lächeln, die Marlene in Abständen von einem Fuß um das Bett herum verteilt hatte. »Sollen wir uns etwa erst mit Nüssen stärken, bevor wir …?« Er schmunzelte verwegen.

»Das sind nicht irgendwelche Nüsse, sondern Haselnüsse«, erklärte Marlene und erzählt ihm, dass der Haselnussbaum als sehr fruchtbar gelte. Zwischen Blüte und Reife der Haselnuss würden wie bei einer Schwangerschaft neun Monate vergehen. Es hieß, dass das Auslegen der Nüsse die Fruchtbarkeit der Frau erhöhe. Zudem erinnerte die Rundung der Schale mit der Nuss im Inneren an ein Ungeborenes im Mutterleib.

Marlene begann, Maximilians Hals mit Küssen zu übersäen, und langsam wanderten ihre Lippen tiefer. Maximilian wurde schnell ungeduldig, aber Marlene ließ sich alle Zeit der Welt, um jeden Zentimeter seines Körpers zu verwöhnen. Mehrmals musste sie ihn mit zärtlichen Gesten zu etwas mehr Zurückhaltung ermahnen. In letzter Zeit war er ungezügelter im Bett geworden. Heute streichelten sie sich gegenseitig zum Höhepunkt.

Danach lagen sie in Stille verbunden nebeneinander, genossen den innigen, schamlosen Moment, ohne sich gleich wieder zuzudecken.

Der erste Laut nach dem Liebesakt kam von Maximilians knurrendem Magen. Nach einer Weile holte er aus dem Nachtschrank Pralinen und hielt Marlene eine hin. »Nuss-Nougat. Die magst du doch so gerne.«

Als sie zugreifen wollte, zog er sie wieder zu sich heran und nahm die Praline mit verführerischem Blick zwischen die Zähne. Marlene versuchte erst, sich die Süßigkeit mit der Zunge zu erobern, aber vielversprechender war es doch, mit den Fingerspitzen sanft über Maximilians Hüften bis knapp an seine Schambehaarung heran zu streichen. Er zuckte vor Erregung zusammen, und die Praline fiel Marlene direkt in die Hände.

Sie liebten sich an diesem Abend noch zweimal, bis gegen zweiundzwanzig Uhr das Dienstmädchen klopfte und ankündigte, dass es jetzt nach Hause gehen werde, aber noch zwei Teller mit kalten Speisen für sie bereitstünden.

Marlene trat unbekleidet ans Schlafzimmerfenster und schaute, wie die gute Helene die Villa verließ. Seitdem sie selbst nicht mehr arbeitete, half sie dem Dienstmädchen öfter bei der Vorbereitung des Abendessens. »Jetzt sind wir ganz allein«, sagte sie. Das kam nur selten vor. Die Gräfin war zum Adventskaffee bei einer ihrer letzten royalen Freundinnen in Berlin und übernachtete dort.

»Ich hole uns die Teller ins Bett«, sagte Maximilian prompt, sprang splitterfasernackt aus dem Bett und verließ das Schlafzimmer so entspannt, als würde er nie anders durchs Haus laufen als im Adamskostüm. Seine Mutter wäre geschockt, würde sie so auf ihn treffen. Sie hatte ihn nicht einmal als Kind nackt gesehen. Er war von einer Gouvernante erzogen und von einem Diener gewaschen und angekleidet worden.

Marlene war ganz hingerissen von Maximilians ansehnlicher Kehrseite. Kurz entschlossen warf sie sich ihren seidenen Morgenmantel über, ohne ihn zuzubinden, und folgte ihm in die Küche. Es fühlte sich gut an, beim Gang durch das herrschaftliche Haus einmal aus dem sittlich-vornehmen Verhalten ausbrechen zu können.

In der Küche ging sie mit wiegenden Hüften auf Maximilian zu, der die Teller in den Händen hielt. Das Dienstmädchen hatte Brote mit Wurst belegt, Käsehappen mit Garnelen aufgespießt und das Ganze mit Gürkchen und Petersilie garniert.

»Ich habe einen Riesenappetit bekommen!« Maximilian lächelte schief. »Es ist nicht leicht, meine hungrige Frau zufriedenzustellen.« Sein Blick glitt über ihre Brüste und den flachen Bauch, ihre Hüftknochen waren deutlich zu erkennen.

»Wenn es leicht wäre, würde es weniger Spaß machen«, entgegnete Marlene, nahm Maximilian frech einen der Teller ab, griff sich eine Limonade vom Küchentresen und ging mit wiegenden Hüften voran. Maximilian stolperte ihr verlangend hinterher.

Auf dem Weg ins Schlafzimmer meinte sie vom Flur aus eine geöffnete Balkontür im großen Salon zu sehen. Das Dienstmädchen musste sie übersehen haben. Marlene wollte sie schnell schließen, sonst kühlte das teuer geheizte Haus aus. Geldverschwendung war ihr zuwider.

Sie ging in den großen Salon, dem Maximilians Einrichtung in elegantem Schwarz-Weiß mit geometrischen Mustern ein futuristisches Aussehen verlieh: Vorhänge aus weißem Samt mit sich überlagernden Kreisen, ein schwarzer Tisch mit schwarzen Schwingstühlen, deren verchromte Stahlrohre für besonderen Glanz sorgten. Und über allem thronte ein schicker, ebenfalls verchromter Kronleuchter. Wie seine Mutter hatte Maximilian ein Faible für teure Beleuchtung und hätte am liebsten ein riesiges kunstvolles Exemplar über ihr Ehebett gehängt. Marlene hingegen hätte eine Glühbirne genügt, aber ihrem Ehemann zuliebe hatte sie wenigstens Emmas alte Stubenlampe mit den Fransen am stoffbezogenen Schirm aufgehängt.

Marlene wollte gerade die Doppelflügeltür schließen, da stand jemand auf dem Balkon und zuckte nicht einmal, als er sie nur in einen hauchdünnen seidenen Morgenmantel bekleidet erblickte.

Marlene entfuhr ein spitzer Schrei, dann versteinerte sie kurz. Wie war er hier auf den Balkon gekommen? Und was zum Teufel wollte er? Hastig zog sie sich ihren Morgenmantel vor die baren Brüste und die Scham.

»Ich bin wieder zurück«, sagte er und schaute ihr wie damals bei ihrem Spaziergang in Lübars tief in die Augen.

Eigentlich hätte sie sich freuen sollen, dass er doch nicht tot war, aber das Einzige, das Marlene über die Lippen brachte, war: »Geh dorthin, wo der Pfeffer wächst!« Er hatte sich zehn Jahre nicht bei ihnen gemeldet! Sie zehn lange Jahre im Ungewissen über sein Befinden gelassen! Und vermutlich hatte er ihre Mutter damals genauso schlecht behandelt. Die arme Elisabeth!

»Hättest du mich reingelassen, wenn ich unten geklingelt hätte?«, fragte Joseph mit diesem vertrauten Blick, der durch ihre Augen bis in ihr tiefstes Inneres drang. Er trug noch den gleichen abgetragenen Mantel wie damals in Lübars, sein Haar war grau geworden.

Marlene versuchte, sich zu beruhigen, und atmete tief ein und aus, aber ihr Herzschlag wurde trotzdem schneller. »Bitte geh jetzt wieder!«, forderte sie.

»Dieses Mal bleibe ich bei euch«, beteuerte Joseph und machte einen Schritt auf sie zu. »Dieses Mal ist es wirklich für immer.«

Sie wollte es gerne glauben, aber konnte es nicht. Nie wieder würde sie sich von ihrem Vater so schlimm verletzen lassen wie durch sein plötzliches Auftauchen und Verschwinden in Lübars. »Du brauchst nicht mehr zu mir zu kommen. Nie wieder!«, sagte sie, knallte mit der Hand, die nicht ihren Morgenmantel zuhielt, die Balkontür zu und zog den Vorhang vor.

Daraufhin klopfte es an der Balkontür, aber sie ignorierte es, versuchte stattdessen, langsam ein- und auszuatmen. Auf wachsweichen Beinen ging sie zurück ins Schlafzimmer. Joseph Gottwald sollte einfach aus Weißensee verschwinden. Das konnte nicht so schwer sein. Das Verschwinden hatte er doch bisher hervorragend beherrscht.

Maximilian hatte das Essen auf dem Bett drapiert. »Hui, was ist denn mit dir los? Du zitterst am ganzen Leib.«

»Es war nur etwas kalt im Salon«, sagte sie und setzte sich zurück aufs Bett. Ihre Gedanken überschlugen sich. Joseph war ein schrecklicher Vater! Wenigstens brieflich hätte er sie und Emma über seinen Verbleib informieren können. Sie waren doch seine Töchter!

»Und warum der Schrei? Ich wäre zu dir gerannt, wenn ich hier nicht alle Hände voll zu tun gehabt hätte«, bohrte Maximilian nach.

»Ich habe mich vor meinem eigenen Schatten erschreckt«, erklärte Marlene. Sie wollte nicht über Joseph Gottwald reden. Nicht an diesem besonderen Abend.

Maximilian schaute misstrauisch, beließ es aber dabei. Auffordernd hielt er ihr einen Käsespieß hin, aber Marlene waren Hunger und Lust vergangen. Sie kuschelte sich an Maximilian und wiederholte in Gedanken immer wieder: Joseph Gottwald bedeutet mir nichts. Und er verdient es überhaupt nicht, Töchter zu haben!

***

10

21. Dezember 1929

Emma saß in ihrem Dienstzimmer und nahm einen Schluck des dampfenden Tees, während sie den Kostenplan noch einmal durchging. Sie durfte keinen einzigen Pfennig übersehen! In einer halben Stunde war sie mit Benjamin Levy zur Übergabe der Unterlagen verabredet. Die Tasse wärmte ihre Finger angenehm, der Duft von Salbei und Melisse stieg ihr in die Nase. Seit einer Stunde schon schaute sie die mehr als einhundert Papiere erneut durch. Sie beinhalteten Kalkulationen, Personal- und Sachbudgets, Rechnungen und seitenlange Planungen.

Je öfter sie alles durchging, desto sicherer wurde sie, dass Kostenschätzungen Fässer ohne Boden waren. Sie wollte immer noch detaillierter schätzen und begründen. Schließlich entschied die Kommune Weißensee auf Basis ihres Zahlenwerkes, wie viel Reichsmark welche Station für das kommende Jahr als Pflegebudget zugewiesen bekam. Emma musste ihre Schätzungen mit Rechnungen aus den Vorjahren oder Kostenvoranschlägen belegen und bei Neuanschaffungen die Notwendigkeit ausführlich begründen. Zwar kontrollierte der ärztliche Direktor ihre Schätzungen und fügte ihrem Plan noch Kostenstellen hinzu, aber kein Arzt kannte die Notwendigkeiten in der Pflege so gut wie eine Oberschwester.

Emma stellte die heiße Tasse auf dem Schreibtisch ab. Hatte sie dieses Mal alle Bedürfnisse der Freiluftkrippe berücksichtigt? Die neuen Handtücher, Waschlappen und Windeltücher korrekt beziffert und auch keine Schwesternschürze vergessen? Sie war so mutig gewesen, den Freibettfonds zu erhöhen, der unter ihrer Vorgängerin sehr knapp gehalten worden war. Er diente dem kostenlosen Aufenthalt von bedürftigen Kindern, deren Zahl sich seit der Wirtschaftskrise deutlich erhöht hatte. Die größte Herausforderung stellten die steigenden Preise für ihre Planung dar. Die Inflation musste, so gut es ging, berücksichtigt werden, dabei wusste niemand, ob eine Pflasterrolle im nächsten Jahr eine Reichsmark oder eine Million kosten würde. Die Radiosendungen waren voller Mutmaßungen über Preisentwicklungen, Sorgen wuchsen, und die Zahl der Arbeitslosen stieg jede Woche weiter an. Zuletzt hatte Stationsschwester Vera von Familien aus ihrem Bekanntenkreis erzählt, die wegen Mietschulden fristlos vor die Tür gesetzt worden waren. Die Teuerung hatte wieder jene Angst freigesetzt, die vielen noch von der Hyperinflation vertraut war. »Überschuldung« und »Räumungsklagen« würden wohl die Worte dieses Winters werden, während der frühere Kaiser Wilhelm II. im Exil eine monatliche Rente von fünfzigtausend Reichsmark erhielt.

Emma wünschte, Kurt oder Marlene wären jetzt an ihrer Seite und würden alles in Ruhe noch einmal mit ihr durchgehen. Aber Kurt war sehr eingebunden in seine erste *Reportage vor Ort*, und Marlene wollte sie lieber nicht damit belästigen. Der Weggang von der Kinderklinik schmerzte ihre

Schwester, das spürte sie, so gut Marlene es auch zu verbergen versuchte.

Sorgfältig heftete Emma sämtliche Unterlagen für den Klinikchef in einen Ordner. Sie wollte die Kostenplanung endlich aus ihrem Kopf haben und die verbleibenden Dienste bis zum Heiligen Abend nutzen, um bei den vielen Entlassungen mitzuhelfen, die jedes Jahr vor Weihnachten anstanden. Das Personal gab alles, damit so viele Pfleglinge wie möglich an den Feiertagen wieder bei ihren Eltern sein konnten. Emma trank den Tee aus, dann verließ sie ihr Dienstzimmer mit einem dicken Ordner unterm Arm.

In allen Korridoren der Kinderklinik hingen goldene Weihnachtskugeln, die die Oberin höchstpersönlich ausgesucht und bei einem Glasbläser in Lauscha in Auftrag gegeben hatte. Es war ein Heidenspaß für die Elevinnen gewesen, die Kugeln aufzuhängen, sich darin zu spiegeln und dazu Weihnachtslieder zu singen.

Emma hatte das Vergnügen nur aus der Ferne beobachtet, sie war nicht eingeladen gewesen. Sie vermisste es, die Vertrauenssprechstunde für die Elevinnen abzuhalten.

Im Erdgeschoss vor dem Büro des Ärztlichen Direktors angekommen, schaute sie den Korridor herauf und herunter.. Am Tresen beim Patienteneingang ging der Pförtner in bestem Hochdeutsch seiner Arbeit nach. Davor standen Maximilian und die Medizinalpraktikantin, die Emma schon mehrfach auf Marlenes Befinden angesprochen hatte. Die beiden waren in eine Krankenakte vertieft. Fräulein Beierlein sog jedes Wort ihres neuen Mentors auf wie Medizin.

Emma wollte gerade an Doktor Levys Tür klopfen, als diese schwungvoll geöffnet wurde und der Ärztliche Direktor auch schon vor ihr stand. »Kommen Sie herein, Oberschwester. Ich habe Sie bereits erwartet.«

Während sie das Büro betrat, fragte Emma sich, ob sie die Anschaffung von zwanzig neuen Fieberthermometern ausführlich genug im Kostenplan begründet hatte. Hoffentlich war dafür noch genügend Geld im Säckel der Kommune, genauso wie für die Sonderanfertigung von Lehnstühlen für die rachitischen Kinder. Aufgeregt übergab sie ihren Ordner.

Doktor Levy führte sie an seinen gläsernen Schreibtisch und setzte sich in seinen Stuhl. Versunken blätterte er durch ihre Unterlagen, verweilte auf jener Tabelle, dann auf einer anderen Aufstellung. Nach einer Weile hob er den Kopf und sagte: »Der Kostenplan sieht vorbildlich aus. So detailliert habe ich ihn noch nie gesehen, Oberschwester Emma. Herzlichen Dank für Ihre Mühen. Ich werde alles heute Abend noch genauer durchschauen.«

Wie schön, auch mal gelobt zu werden, dachte Emma erleichtert. Von Marie-Luise bekam sie immer nur zu hören, was sie alles falsch mache und wie viel sie noch zu lernen habe. Sie war froh, mit einem so gutmütigen wie klarsichtigen Ärztlichen Direktor zusammenarbeiten zu dürfen. Er war ihre Garantie, dass die Kinderklinik nie vom Kurs abkommen konnte.

»Gibt es sonst noch etwas, das wir besprechen müssen?«, fragte Doktor Levy.

Emma zögerte. Schon nach der Abmahnung von Marie-Luise hatte sie überlegt, den Ärztlichen Direktor um Hilfe zu bitten, sich aber dann doch dafür entschieden, die Sache allein durchzustehen. Einmal mehr kam sie nun zu der Überzeugung, dass sie Marie-Luises Beschlüsse akzeptieren musste. Die Oberin verwarnte schließlich nicht, um sie zu ärgern, sondern um eine bestmögliche Pflege zu gewährleisten. Wenn sie, Emma, die Pflegeleitung innehätte, würde sie vielleicht ähnlich unnachsichtig sein.

»Nein, es gibt sonst nichts zu besprechen«, erwiderte sie. »Falls ich für den Kostenplan noch kurzfristig etwas nacharbeiten soll, wegen der Inflation ... das könnte ich auch über Weihnachten machen, von zu Hause aus.« Sie wollte zeigen, dass sie bereit war, hart dafür zu arbeiten, um die neue Stellung trotz der Startschwierigkeiten auszufüllen. Weil sie dieses Jahr wieder zusammen in der Villa der von Weilerts Weihnachten feiern würden, musste sie außer der Geschenke nichts vorbereiten. Sie hätte also noch Zeitreserven für den Kostenplan. Um ihren Geburtstag an Heiligabend hatte sie noch nie viel Aufheben gemacht.

Der Ärztliche Direktor lockerte seine weiße Krawatte, die aus seinem Arztkittel herausschaute, dann ging er zur Tür. »Wie ich Sie kenne, denke ich nicht, dass Nacharbeiten notwendig sein werden.«

Emma erhob sich und lächelte dankbar, dann verabschiedete sie sich mit einem guten Gefühl. Wie es aussah, hatte sie ihre erste größere Herausforderung gut gemeistert.

Auf dem Korridor wurde Emma abgefangen, bevor sie rasch eine Stulle zu Mittag essen konnte. »Oberschwester Emma, gut, dass ich Sie so schnell finde!« Stationsschwester Grete stürmte durch den Haupteingang des Klinikgebäudes auf Emma zu. »Bitte kommen Sie dringend mit in die Aufnahme für Infektionspatienten. Die Eltern weigern sich, ihr Kind auf unsere Untersuchungsliege zu legen. Bei der Patientin besteht jedoch Verdacht auf Keuchhusten! Sie muss umgehend untersucht werden.«

Emma folgte der Stationsschwester, die ihr im Gehen

alles erklärte: »Es handelt sich um ein Mädchen namens Gertrude Klein, acht Jahre. Ihre Eltern führen sich auf wie das preußische Königspaar. Ich brauche Ihre Hilfe.«

»Ist ein Arzt benachrichtigt?«, fragte Emma zuerst.

»Ja, ich habe Elevin Monika nach Doktor Fiedler geschickt. Er wurde vorab zu einem anderen Notfall gerufen.«

Emma eilte noch vor Grete in die Isolier-Aufnahme, das vorderste Zimmer des alten Isolierhauses. Keuchhusten befiel vor allem Kinder zwischen dem ersten und dem dritten Lebensjahr, aber auch Schulkinder waren nicht gefeit vor der schlimmen Krankheit. Eine Infektion konnte mit Komplikationen wie Lungenentzündung und Hirnschäden einhergehen, sollte der Sauerstofftransport zum Gehirn durch Hustenanfälle länger unterbrochen werden.

Emma nickte den bereits mit Mundschutz und Schutzhandschuhen ausgestatteten Eltern im Untersuchungszimmer knapp zu. Sie wirkten aristokratisch in ihrer Haltung und extravagant in ihrem Äußeren. Frau Klein trug einen dieser ägyptisch anmutenden Turbane, auf dem mittig über der Stirn ein roter riesiger Schmuckstein prangte. Emma kannte nur Schauspielerinnen aus dem Kino, die diesen orientalischen Trend in der Öffentlichkeit auszuführen wagten. Herr Klein trug unter seinem Pelzmantel einen weißen Anzug und dazu einen Hut mit breiter Krempe. Der herablassende Ausdruck, mit dem die beiden Emma inspizierten, verriet, dass es schwierig werden würde. Sie fühlten sich sichtlich unwohl hier.

»Guten Tag«, sagte Emma freundlich und begann mit den vorgeschriebenen Hygienemaßnahmen, bevor sie sich der kleinen Patientin zuwendete. Sie reinigte ihre Hände, legte sich Mundschutz sowie Schutzhandschuhe an und ließ sich von Grete den langärmeligen, flüssigkeitsdichten Schutzkittel, der seit einem Jahr im Untersuchungs- und in den Krankenzimmern der Isolierhäuser Pflicht war, am Rücken zubinden. Bei dem Gedanken, dass sie Neubestellungen dieses Kittels in ihrer Planung berücksichtigt hatte, atmete sie kurz erleichtert aus. Dann hatte sie nur noch Augen für die kleine Patientin mit dem aufgedunsenen Gesicht.

Gertrude Klein stand verunsichert zwischen ihren Eltern. Sie trug ein Kleid mit Rüschen, darunter eine Strumpfhose und kleine glänzende Schühchen. Ihre Kleidung war makellos wie die einer Ausstellungspuppe. Im Gegensatz dazu klebte ihr das dunkelblonde schulterlange Haar strähnig an Hals und Schläfen, sie schien vor Anstrengung zu schwitzen. Aber vor allem hustete sie anfallartig mit herausgestreckter Zunge, um im nächsten Moment verzweifelt keuchend um Luft zu ringen.

»Oberschwester, so unternehmen Sie doch etwas, damit unserem leidenden Kind endlich standesgemäß geholfen wird!«, verlangte Frau Klein und wies mit ihrer Hand, an der unter den Schutzhandschuhen weiße Wildlederhandschuhe hervorschauten, auf ihre Tochter.

»Standesgemäß?«, fragte Emma irritiert und stellte höflich, aber bestimmt klar: »In der Kinderklinik werden alle Kinder mit der gleichen Sorgfalt untersucht und behandelt.«

»Aber unsere Gertrude ist nicht wie alle Kinder!« Frau Klein sprach gestochen scharf, kein Buchstabe ging unter dem Mundschutz verloren. »Gertrude kam mit einem angeborenen Herzfehler zur Welt. Jede kleinste Anstrengung könnte ihr Ende bedeuten. Und diese harte Untersuchungsliege ist eine Anstrengung für sie.«

Grete trat neben Emma. »Und deswegen wünschen Herr

und Frau Klein, dass ihre Tochter auf eine besonders weiche Untersuchungsliege kommt, die wir jedoch nicht haben.«

Emma trat näher an die kleine Patientin heran, aber ohne sie zu berühren. Die meisten Kinder wollten bei Keuchhustenanfällen in Ruhe gelassen werden. Sie beruhigten sich am schnellsten, wenn man sie einfach husten ließ. Sie wollte dem Mädchen dennoch zeigen, dass sie sich um es kümmerte.

»Wir werden noch zwei Bettdecken zur Untersuchung auf die Liege legen, dann hat Gertrude es bequemer«, entschied Emma. »Die größte Anstrengung für Ihre Tochter ist jedoch nicht die Untersuchungsliege, sondern die Infektionskrankheit, von der wir ausgehen müssen.«

»Wenigstens etwas«, raunte der Vater. Nervös begann er, vor dem Fenster auf und ab zu gehen, während Grete ihre Schutzkleidung ordnungsgemäß ablegte und sich desinfizierte, das Zimmer verließ und kurz darauf mit zwei dicken Decken wiederkam, die sie – nun erneut in Schutzkleidung – auf der Liege ausbreitete.

Herr Klein hob seine Tochter behutsam auf die Liege. Gertrude lag so haltungsvoll wie eine Prinzessin da und wagte kaum eine Regung. Im nächsten Moment traf Maximilian als Vertretung für Doktor Fiedler mit Elevin Monika ein, und beide machten sich daran, ebenfalls Schutzkleidung anzulegen. Keuchhusten, das wussten sie alle, ging mit glasigem Auswurf einher, der Erreger enthielt und höchst ansteckend war.

Trotz der angespannten Situation entgingen Emma Monikas große Ohrstecker nicht. Auffälliger Ohrschmuck war unter den Elevinnen und sogar unter den examinierten Rotkreuzschwestern inzwischen die Regel. Sogar Stationsschwester Hertha machte sich derart zum Dienst zurecht, wie Emma es nur zu Geburtstagen und Weihnachten tat. Hanny Polsfuß wäre schockiert gewesen.

Emma musste sich auf die Lippen beißen, damit sie nichts sagte. Besser, sie akzeptierte den neuen Stil der Oberin auch in diesem Fall. Als Trägerin des Eisernen Kreuzes hatte Marie-Luise Fischer Enormes geleistet und Schreckliches durchgestanden. Wie viele Soldaten hatte sie beim Sterben begleitet? Hunderte? Da konnte Emma nicht mithalten. Sie konzentrierte sich wieder auf Gertrude und streichelte ihr die Hand, damit sie sich vor der Untersuchung nicht ängstigte.

Als Erstes befragte Maximilian die Eltern zur Krankengeschichte ihrer Tochter. Die berichteten ausführlich vom Herzfehler ihres Kindes, dem größten Schicksalsschlag in ihrem Leben, und welchen Einschränkungen sie und das Mädchen durch die Erkrankung unterworfen waren. Gertrude dürfe sich niemals anstrengen, nicht schnell laufen, nie zu lange an die frische Luft. Die Liste mit Verboten schien unendlich, Emma war tief getroffen.

Als Nächstes wollte Herr Klein Maximilian vorschreiben, wie das Pflegepersonal sich seiner Tochter gegenüber zu verhalten habe. Als Chefarzt und stellvertretender Klinikdirektor versicherte Maximilian, dass Gertrude in den besten Händen und die Schwesternschaft hervorragend ausgebildet und praktisch erfahren sei. Dann lenkte er das Gespräch auf die Krankheitssymptome, wobei er von Gerlindes keuchendem Husten unterbrochen wurde. Es sah ganz so aus, als hätte die Krankheit des Mädchens vor drei Wochen als erkältungsartiger Husten und Schnupfen begonnen, allmählich gefolgt von Fieber. Elevin Monika notierte alle Fakten in der Krankenakte, während Maximilian das Kind ausführlich untersuchte.

In einer Hustenpause streckte Gertrude ihre dünne Hand nach ihrer Mutter aus. Frau Klein näherte sich der Untersuchungsliege mit auffällig klackernden Absätzen wie Ausrufungszeichen. Als sie ihrer Tochter die Hand streichelte, wirkte sie überraschend warmherzig.

Am Abschluss der Untersuchung stand die Abnahme des Hustensekrets für den Erregernachweis an. Mit den Glasträgern auf einem Tablett formulierte Maximilian die vorläufige Diagnose: »Die Patientin hat vermutlich Pertussis im Krampfstadium. Aber Sicherheit haben wir erst nach Vorlage der Laborergebnisse in drei Tagen.« Das Krampfstadium war das zweite Stadium des Keuchhustens, in dem der Husten krampfartiger wurde und mit bis zu fünfzig Anfällen pro Tag gerechnet werden musste. Ansteckungsgefahr bestand weiter.

»Wie viele Betten sind im neuen Isolierhaus für Keuchhustenpatienten noch frei?«, fragte Emma die Stationsschwester.

»Drei«, wusste Grete sofort, während sie dem Mädchen Rachenschleim für den Erregernachweis abnahm. Das war gar nicht so leicht, weil die Pausen zwischen den Hustenanfällen immer kürzer wurden.

»Sehr gut. Ich werde Gertrude in ihr Krankenzimmer begleiten«, sagte Emma, »und es ihr dort so bequem wie möglich machen, damit wir ihr Herz nicht zusätzlich belasten.«

»Davon möchte ich mich höchstpersönlich überzeugen«, verlangte Gertrudes Vater, während seine Frau den unkleidsamen Schutzkittel schon ablegte.

»Ihre Tochter ist vermutlich vom Keuchhustenbazillus befallen, der sich vor allem durch Tröpfcheninfektion überträgt«, erklärte Emma. »Deswegen ist es wichtig, dass Sie und alle, die mit ihr Kontakt haben, sich vor diesen Tröpfchen durch Tragen eines Schutzkittels schützen – auch im Krankenzimmer. Wir empfehlen Ihnen, sich selbst vorerst zu isolieren, bis wir in drei Tagen die Laborergebnisse vorliegen haben. Ansonsten bringen Sie andere Menschen in Gefahr.«

Herr Klein nickte wenig begeistert, Frau Klein legte sich den Schutzkittel mit harschen Bewegungen erneut an. Der Unmut darüber, Anweisungen von einer Krankenhausangestellten entgegenzunehmen, stand ihr deutlich ins Gesicht geschrieben.

Während Grete mit der Elevin das Zimmer herrichtete, blieb Emma mit den Eltern bei der Patientin im Untersuchungszimmer. Gertrudes Körper war kaum mehr als Haut und Knochen, was in auffälligem Gegensatz zu ihrem aufgedunsenen Gesicht stand. Vermutlich verbrachte sie wegen ihres Herzfehlers viel Zeit in Schonhaltungen, oft liegend, wodurch sie nur wenig Muskeln aufgebaut hatte.

Maximilian half noch, die Patientin auf einer Trage nach nebenan in das neue Keuchhustenhaus zu bringen. Unter den kritischen Blicken der Eltern legten Grete und Monika die Patientin in das Krankenbett, in dem sich schon zwei Matratzen und zwei Kissen befanden. Wegen der hohen Ansteckungsgefahr waren Keuchhustenkinder in Einzelzimmern untergebracht. Frische Luft und viel Helligkeit waren wichtige Heilungsfaktoren.

»Sie müssen unbedingt die Menschen informieren, die mit Ihrer Tochter Kontakt hatten. Die könnten sich angesteckt haben«, sagte Emma den Eltern. Liebevoll deckte sie das Mädchen zu, bevor es von einem neuerlichen Hustenanfall geschüttelt wurde. Die Elevin beschriftete die Patiententafel über dem Kopfende des Bettes.

Die Eltern schauten sich abfällig in dem schmucklosen Krankenzimmer um. »Nicht mal ein hübsches Bild hängt hier an der Wand. Wie soll unser sterbenskrankes Mädchen da gesund werden?« Frau Klein klang entsetzt.

»Ich bezweifle, dass es gut war, unser Kind in eine kommunale Klinik zu bringen«, ließ Herr Klein daraufhin nicht nur seine Frau wissen. »Wir hätten doch besser auf einen freien Platz in der Privatklinik von Doktor Westermann-Pollnitz warten sollen.«

Grete sah aus, als ob sie schon etwas Scharfes erwidern wollte, aber Emma hielt sie an der Schulter fest und lächelte die Eltern geduldig an: »Sie können sicher sein, dass Ihre Tochter hier die bestmögliche Behandlung und Pflege erfährt. Wir sind spezialisiert auf Keuchhustenfälle, was Herr Doktor Westermann-Pollnitz meines Wissens nicht ist. Außerdem ist es bei Keuchhusten wichtig, sofort zu handeln.« Emma hatte schon von dem Kinderarzt gehört, der eine Privatklinik in Grunewald betrieb. Angeblich wurden dort nur Kinder aufgenommen, deren Eltern ein Einkommen vorwiesen, das weit über dem eines Meisterlohnes lag.

»Beruhigt sein? Das werden wir ja sehen!«, sagte der Vater, dann führte er seine Frau aristokratischen Schrittes aus dem Krankenzimmer. Vor lauter Empörung hatten sie vergessen, sich von ihrer Tochter zu verabschieden. Emma schickte die Elevin hinterher, dem Ehepaar die Schutzkleidung abzunehmen und den Weg zum Labor zu weisen, um sie ebenfalls auf Keuchhusten zu testen.

Emma und Grete atmeten gleichzeitig erleichtert aus. Als die Schritte der Eltern im Korridor verklungen waren, wandten sie sich wieder der kleinen Patientin zu. Die hatte hart damit zu kämpfen, ihre glasigen Augen offen zu halten. »Bestimmt wird es dir bei uns gefallen«, sagte Grete.

»Bitte sagen Sie Gerti zu mir«, keuchte das schwache Mädchen. »Das mag ich viel lieber als den strengen Namen Gertrude.«

Emma lächelte bewegt. »Das machen wir, Gerti.«

*

Als Emma am Abend in der Buschallee die Stufen zur Wohnung hochstieg, meinte sie, dass es mehr geworden waren. Der Ärztliche Direktor hatte noch Rückfragen zum Kostenplan gehabt, deswegen war sie heute spät dran. Erschöpft klingelte sie an der Wohnungstür und wünschte sich, Kurt würde sie wortlos in Decken einmummeln und auf *ihre* Bank tragen. Aber Elisabeth öffnete und drückte sich ihrer Mutter in die Arme, als wäre Emma Wochen fort gewesen.

Emma ging mit Elisabeth in die Stube. Als sie den festlich gedeckten Tisch erblickte, traf sie der Schlag. Wie hatte sie das nur vergessen können? Heute Abend war das wichtige Abendessen, zu dem Kurt seine neue Chefin eingeladen hatte. Die beiden kamen gerade aus der Küche.

»Guten Abend, Schatz.« Kurt nahm ihr die Jacke und die Tasche ab und schaute sie fragend an.

Aber bevor Emma etwas erklären konnte, trat ihr Gesine Hildebrandt mit einem Lächeln entgegen. Sie trug ein silbernes Kleid mit gerader Silhouette und war genauso hochgewachsen und schlank wie Marlene, ihre Haut immer noch gebräunt. Das also war jene Frau, die Kurt die Stelle als *Redakteur vor Ort* gleich am ersten Tag zugetraut hatte und die es auf einen der höchsten Posten beim Rundfunk geschafft hatte. Gesine Hildebrandt hatte ihr langes, leuchtend braunes Haar als Wasserwelle gelegt und die Haarenden auf Schulterhöhe nach innen gesteckt. Insgesamt wirkte sie großstädtisch und gleichzeitig auch unkompliziert, Marlene ziemlich ähnlich. Nicht zu vergleichen mit der aufgetakelten Mutter von Gertrude Klein.

»Schön, dass ich Sie endlich kennenlerne, Frau Vogel.« Beinahe ehrfurchtsvoll glitt der Blick von Kurts Chefin über Emmas dunkelblaues Oberschwesternkleid.

Emma wünschte, sie würde jetzt wenigstens in einem Paar hübscher Schuhe stecken statt in den praktischen, aber hässlichen Tretern. Kurt trug sein bestes hellblaues Hemd und einen Anzug darüber. Emma konnte die Schuhpolitur auf seinen Schuhen riechen. Die Kinder waren ebenfalls zurechtgemacht, das fiel ihr jetzt erst auf.

»Entschuldigt mich kurz«, bat Emma, lief ins Schlafzimmer und zog sich eines ihrer Blumenkleider an, das vielleicht nicht mehr modern war, aber sie wenigstens nicht so streng wirken ließ. Außerdem schlüpfte sie in ein paar Tangosandalen mit schwarzen Riemchen, die ihr Marlene überlassen hatte und die ihr etwas zu groß waren. Es war Monate her, dass sie auf Absätzen gegangen war. Vielleicht letztes Jahr an Weihnachten? Um den Geruch des Desinfektionsmittels aus der Klinik zu überdecken, trug sie ein paar Spritzer Parfüm auf.

»Die Verspätung tut mir leid«, sagte Emma, als sie zurück am Tisch in der Stube war.

»Kein Problem«, entgegnete Gesine Hildebrandt, »wenn

es um die Gesundheit von Berlins Kindern geht, zählt keine Uhr.« Sie hielt Emma ihre schlanke Hand mit gepflegten, langen Fingern und silbern lackierten Nägeln hin. Der Nagellack passte perfekt zu ihrem Kleid. Sie strahlte jenen besonderen Zauber aus, der alle Radioleute umgab, die Emma bisher kennengelernt hatte. Und ein bisschen davon schien an diesem Abend auch auf die Familie Vogel überzugehen. Elisabeth konnte den Blick nicht von Kurts Chefin nehmen, und auch Theodor schaute verstohlen zu ihr hinüber. Emma hatte vor allem Augen für Kurt. Es war sein Abend, und außerdem war er zum Verlieben, wenn er nervös war.

»Setzt euch doch wieder, ich bringe dann jetzt das Essen«, sagte Kurt und fuhr sich durchs Haar. Am liebsten hätte er sich wohl – wie früher – die Schiebermütze auf dem Kopf zurechtgerückt, damit seine nervösen Hände etwas zu tun bekamen. Aber das gute Teil trug er schon seit Jahren nicht mehr.

Emma betrachtete ihren Sohn aufmerksam. Seitdem Theodor Anfang des Monats mit zerschrammtem Gesicht von der Schule heimgekehrt war, hatte sie ein besonderes Auge auf ihn. Sollte er ein weiteres Mal beim Geländelauf stürzen, würde sie mit dem Sportlehrer reden müssen. Theodor war noch so zerbrechlich, Herr Rademacher sollte mehr Rücksicht darauf nehmen.

»Kurt hat mir schon so viel von Ihnen und Ihrem Engagement an der Kinderklinik erzählt.« Frau Hildebrandt sprach wie ein Nachrichtensprecher. Deutlich, sonor und mit sehr angenehmem Klang. Wäre sie nicht die Programmchefin gewesen, Emma hätte sie auch als Sprecherin bei den *Hörspielen* gerne gehört.

»Und Sie sind seit einiger Zeit Oberschwester? Was für

eine enorme Verantwortung«, sagte Gesine Hildebrandt zu Emma.

Beim Gedanken an ihre Abmahnung und den funkelnden Schmuck an den Ohren der Schwesternschaft unterdrückte Emma ein Seufzen und nickte.

»Ich bin stolz auf meine Frau«, rief Kurt aus der Küche, »sie ist die Beste für diesen Posten.«

»Und Sie, Frau Vogel, können stolz auf Ihren Mann sein. Seine erste Vor-Ort-Reportage ist wie eine Bombe eingeschlagen. Er ist authentisch und wortgewandt, das lieben die Zuhörer der *Berliner Funk-Stunde.*«

Kurt kam gerade mit dem Essen zurück an den Stubentisch und lächelte nun etwas verlegen, weil er so viel Lob für seine Arbeit nicht gewohnt war. Als Autor von Sachbüchern erhielt er mehr kritische als begeisterte Leserbriefe, und an seinen Manuskripten für die *Vorträge* hatte auch immer jemand etwas auszusetzen.

Emma fand, dass er sich das Lob mehr als verdient hatte, so leidenschaftlich wie er jedes noch so trockene Thema anging. Sein letztes Manuskript für die *Vorträge*, die er neben den Vor-Ort-Reportagen nach wie vor schrieb, hatte von *Technik für alle* gehandelt, ein anderes von *Statistiken*. Emma war begeistert gewesen, obwohl sie sich zuvor nicht für diese Themen interessiert hatte.

»Ich bin stolz auf Kurt«, sagte sie und streichelte ihm über den Handrücken.

Er erwiderte ihre Geste mit einem zärtlichen Lächeln, dann wünschte er allen einen guten Appetit. Es gab Schnitzel, Kartoffeln und Blumenkohl mit in Butter angebratenen Semmelbröseln. Auch Frau Hildebrandt nahm ihr Besteck auf und begann, genüsslich zu essen.

Mit halb vollem Mund vermochte sie sich bald nicht mehr zurückzuhalten. »Ein ausgezeichneter Koch ist er auch noch.« Es war Emma sympathisch, dass Kurts Chefin nicht etepetete war. Sie benutzte nicht mal die von Kurt zu einem Fächer gefaltete Serviette, bevor sie aus ihrem Weinglas trank.

Elisabeth schien Kurts Chefin besonders fasziniert zu beobachten, wenn auch nicht so ungeniert und fröhlich, wie sie es vor dem Unfall wohl getan hätte. Theodor schwieg und stocherte nur in seinem Essen herum.

»Ich dachte, Kurt, dass wir bei deiner nächsten Reportage inhaltlich mal etwas mehr wagen sollten«, sagte Frau Hildebrandt, nachdem sie ihr Schnitzel aufgegessen hatte.

Kurt war sofort begeistert. »Eine politische Berichterstattung etwa?« Sein größter Traum war es, über eine Wahl zu berichten. Aber Politik war ein heikles Thema im Radio, vor allem in Deutschlands größtem Sender. Bei politischen Themen galt das Gebot der unbedingten Sachlichkeit. Der Rundfunk hatte überparteilich zu sein, so war es bei seiner Gründung einst festgelegt worden.

Gesine Hildebrandt lächelte und beugte sich Kurt und Emma etwas entgegen. Ihr Haar schimmerte goldbraun im gelben elektrischen Stubenlicht. »Ich dachte an eine Reportage, in der Kurt mit dem Mikrofon in eine Fabrik geht und die Wirtschaftskrise dokumentiert, während der Übertragungswagen draußen am Tor alles direkt überträgt.«

Kurts sozialdemokratisches Herz, das wegen der familiären Verpflichtungen lange hatte langsamer schlagen müssen, erhöhte seine Frequenz augenblicklich wieder. Das sah Emma ihm sofort an, seine Augen strahlten vor Begeisterung. Auch sie war zunächst von der Idee angetan, denn die Sozialdemokraten hatten es seit Jahren schwer, sich Gehör zu verschaffen. Und es durfte nicht dabei bleiben, dass die neuen Missstände der Wirtschaftskrise weiter vom Parlament übergangen wurden.

»Ich könnte unseren Hörern die wachsende soziale Not vor Augen führen, mit den Betroffenen vor Ort sprechen. Mit denen, die noch Arbeit haben, und auch mit jenen, die wegen der Senkung der Überproduktion und der Einführung des Fließbandes entlassen worden sind.«

»Ist das nicht gefährlich?«, fragte Theodor, und Emma nickte unvermittelt zu dieser Frage. »Wegen der Zensur«, schob sie noch hinterher. Sie wusste von Kurt, dass es für politische Programminhalte eine strenge Vor- und Nachzensur durch den Überwachungsausschuss der Sendegesellschaft gab, dem auch Vertreter des Reichsministeriums des Inneren angehörten.

Gesine Hildebrandt senkte die Stimme. »Nicht, wenn wir es geschickt anstellen. Wenn wir zum Beispiel im Februar zum zehnjährigen Fabrikjubiläum in die *Kindl*-Brauerei fahren, können wir vor allem den Stolz auf die Firma in den Vordergrund stellen, die Berlin in der ganzen Republik als neue Bierhauptstadt bekannt gemacht hat. Eher am Rande kommen ein paar Angestellte zu Wort, die neben den Glückwünschen vielleicht die ein oder andere wirklich interessante Aussage fallen lassen.«

Im Überschwang neuer politischer Verantwortung wollte Kurt schon zusagen, als sein Blick an Emmas besorgtem Gesichtsausdruck hängen blieb. »Ich werde es mir noch einmal überlegen«, sagte er schließlich.

»Denkt ruhig beide in Ruhe darüber nach«, sagte Gesine

Hildebrandt mit einem wissenden Blick auch für Emma. »Ich wollte dich auf keinen Fall überrumpeln, Kurt.«

Es schmeichelte Emma, dass Kurts Chefin sie in die Entscheidung über die Arbeit ihres Ehemannes miteinbezog.

Kurt nickte dankbar, und Emma drückte bestätigend seine Hand.

Am restlichen Abend spielte vor allem die Rundfunktechnik eine Rolle. Leider hatte Emma davon nicht die leiseste Ahnung, dabei hatte sie vor Kurts Chefin einen guten Eindruck in viel zu großen Tangosandalen machen wollen. Kurt und Gesine Hildebrandt schwärmten von Geradeausempfängern, Mittelwellensendern, Doppel-T-Antennen und solchen Dingen.

Emma lächelte, als verstünde sie halbwegs, was die beiden besprachen. Die Kinder waren gerade in ihrem Zimmer verschwunden. Wenigstens erinnerte sie das Gespräch daran, dass sie am Montag noch Kurts Weihnachtsgeschenk, den modernen Röhrenempfänger mit integriertem Lautsprecher und Netzbetrieb, von der Firma *Loewe Radio* in Steglitz abholen musste. Theodor hatte sich Hanteln gewünscht, die sie längst besorgt hatte, und auch die Puppenstube für Lissi wartete im Keller auf die Übergabe an Heiligabend.

Bald schien es Emma, als unterhielten sich Kurt und seine Chefin in einer komplett fremden Sprache, die sie auf eine besondere Weise verband. Sie gönnte es ihm von Herzen, denn in seinen einsamen Jahren als Autor hatte er sich stets nach dem Austausch mit Kollegen gesehnt. Er saß längst ohne Anzugjacke da, und Gesine Hildebrandt hatte ihr zartes Strickjäckchen abgelegt.

Es war Mitternacht, als der Abend auf sein Ende zulief. Kurt wollte schon die Schnapsgläser und die Dessertschalen abräumen, aber Emma flüsterte ihm zu: »Lass mich das machen, bring du deine Chefin zur Tür.«

»Das war ein netter Abend, ich hoffe, wir haben Sie nicht zu sehr gelangweilt, Frau Vogel. Sagen Sie ruhig fortan ›Gesine‹ zu mir«, sagte Frau Hildebrandt, bevor Emma in die Küche entkommen konnte.

»Ich bin Emma, und es war schön, Sie kennenzulernen, Gesine«, erwiderte sie daraufhin, und das war ernst gemeint. Gesine Hildebrandt war eine bewundernswerte Ausnahmefrau.

Emma trug das dreckige Geschirr in die Küche, während Kurt seiner Chefin in den Mantel half und sie zur Tür brachte. Vom Waschbecken hörte sie, dass noch einmal die Worte »Geradeausempfänger« und »*Kindl*-Brauerei« fielen und Kurt und Gesine wie alte Freunde herzlich miteinander lachten. Kurt klang sehr glücklich.

***

11

24. Dezember 1929

Marlene trug sich feuerroten Lippenstift auf und zupfte noch einmal an ihrem tannengrünen Samtkleid. Anders als beim Tanzen früher reichte ihr Weihnachtskleid heute bis zum Boden, war langärmelig und am Dekolleté vornehm in Falten gelegt. Der Stoff umfloss ihren hochgewachsenen Körper wie Wasser und betonte ihre Taille mit einer goldenen Schnalle in Form einer Schleife exakt auf der Höhe ihres Bauchnabels. Kaum spürbar legte sie die Hand auf ihren Unterbauch und lächelte geheimnisvoll in den Spiegel.

Maximilian empfing sie mit einem »atemberaubend« auf dem Flur vor dem großen Bad. Er selbst trug einen Smoking mit weißer Fliege und Lackschuhe, ganz traditionell. Im Hintergrund erklang aus einem Grammofon Weihnachtsmusik von den Berliner Philharmonikern. Marlene kannte diese Platte inzwischen auswendig, genauso wie diverse Bach-Motetten, die ihre Schwiegermutter seit dem ersten Adventssonntag täglich hörte, um die Stille in ihrer Etage der Villa zu übertönen.

Maximilian nahm Marlene an der Hand und deutete ein paar romantische Walzerschritte im Flur mit ihr an. Sie schmiegte sich an ihn, wie es eigentlich nur beim Tango vorgesehen war. Er küsste sie zärtlich, ohne die Tanzschritte zu unterbrechen. Dann führte er sie in den Eingangsbereich der Villa hinab, um die Weihnachtsgäste pünktlich in Empfang zu nehmen. Stufe für Stufe setzte sie elegant einen Fuß vor den anderen.

Mitten auf der Treppe machte sich Marlene noch einmal von Maximilian los. So schnell es ihr in dem engen Kleid möglich war, lief sie in den großen Salon hinauf. Die eindrucksvolle Tafel war schmuckvoll eingedeckt mit jeder Menge Familiengeschirr, Gläsern aller Größe und Vorlegeplatten. Sie hatte alles mit dem Dienstmädchen gemeinsam arrangiert, aber das Kunstwerk interessierte sie jetzt nicht. Ihr Ziel war die Doppelflügeltür zum Balkon. Sie überprüfte, ob sie auch wirklich fest verschlossen war. Sie traute Joseph Gottwald zu, dass er mitten in der Bescherung auftauchte. Wie schon bei ihrer Hochzeit und zuletzt am zweiten Advent besaß er ein ausgezeichnetes Gespür dafür, wann es am wenigsten passte. Zum Glück war er, seitdem er sie hier im Salon überrascht hatte, nicht erneut da gewesen. Ihre Mutter tat ihr unendlich leid, wenn Marlene überlegte, dass Elisabeth in diesen Mann verliebt gewesen war. Marlene nahm an, dass überraschendes Auftauchen und Verschwinden zum Alltag eines Verbrechers gehörten.

Maximilian erschien neben ihr, legte seine Hand zärtlich um ihre Taille und führte sie vornehm wie bei einem Staatsempfang aus dem Salon und wieder ins Erdgeschoss hinab. Marlene dachte dabei, dass sie ihrer Mutter einen Mann wie Maximilian gewünscht hätte, der immer für sie da gewesen wäre. Vielleicht wäre dann vieles anders gekommen. Ein Mann wie Maximilian hätte sie sogar in ihrer To desnacht retten können. Sie verstand kein bisschen, was eine kluge Frau wie ihre Mutter bewegt hatte, sich in einen Mann wie Joseph Christian Gottwald zu verlieben.

Im Eingangsbereich brannte der Kronleuchter hell wie eine Operationslampe. Marlene bemühte sich um ein wohlwollendes Lächeln, als sie auf das goldgerahmte Porträt des Anton Graf von Weilert an der Wand schaute. Heute, da sie voller Hoffnung war, endlich schwanger zu sein, schien es ihr, dass ihr toter Schwiegervater weniger über sie hinwegblickte als sonst.

Die Gäste trafen ein. Als Erstes tauchten die Gesichter der Vogels im Türrahmen auf. Kurt trat vor Maximilian. »Wir freuen uns, auch in diesem Jahr den Heiligen Abend wieder gemeinsam mit euch zu begehen.« Im letzten Jahr hatte er mit Maximilian bis in die frühen Morgenstunden im Herrenzimmer gesessen und die politische Lage im Land diskutiert.

Marlene drückte Kurt zur Begrüßung an sich. »Schön, dass ihr wieder mit uns feiert.« Sie hatten sich den Advent über nicht gesehen.

Dann schenkte sie Emma ein warmes Lächeln. »Schwesterherz, du siehst wunderschön aus. Ich wünsche dir alles Liebe und Gute zu deinem sechsunddreißigsten Geburtstag.«

Emma erstrahlte in einem dunkelroten Kleid. Sie hatte ihr hüftlanges dunkelblondes Haar zu einer Wasserwelle geformt und am Hinterkopf zu einem komplizierten Knoten verschlungen. So elegant hatte Marlene sie nur an deren Hochzeit erlebt. Nach der Trauung in der Dorfkirche von Lübars war die kleine Hochzeitsgesellschaft auf die Wiese vor die Kate gezogen, wo ein großer Tisch mit der Hochzeitstorte aufgebaut gewesen war. Bis weit nach Mitternacht hatten sie an diesem Sommertag zusammengesessen und mit Blumenkränzen im Haar gesungen und getanzt. »Danke, Lene, für die Glückwünsche. Ich weiß nur nicht, ob solch ein Kleid mir wirklich steht.«

»Ich habe ihr auch schon gesagt, wie wunderschön sie aussieht«, sagte Kurt schulterzuckend, »aber mir wollte sie einfach nicht glauben.«

Marlene verstand ihre Schwester. »Ehemänner sind einfach die parteiischsten Wesen, die es gibt«, entgegnete sie schmunzelnd. Und das war auch gut so. Vor allem durch Maximilian, der ihr immer wieder sagte, wie sehr er ihren Körper begehrte, hatte sie ihre langen Beine lieben gelernt. Früher waren es für sie nur ungelenke Stelzen gewesen. Außerdem hatte sie sich als Brillenschlange hässlich gefühlt, aber seitdem Maximilian sie mit Brille hübsch fand, tat sie es auch. Er war überzeugt, dass es ihre Klugheit unterstrich. Maximilian nahm Emma unter Geburtstagswünschen fest in den Arm.

»Und wo bleiben die Kinder?«, fragte Marlene ungeduldig.

»Lissi geht noch ganz bedächtig über den beheizten Teppich draußen, Theodor ist bei ihr.« Emma wandte sich zur Tür zurück und löste sich von Maximilian. »Kinder, bitte kommt jetzt herein.«

Theodor ging es jedes Mal ähnlich wie Marlene. Er hielt vor dem Porträt des früheren Hausherrn inne, wenn er die Villa betrat. Elisabeth hingegen steuerte direkt auf die Arme von Maximilian zu. Marlene konnte ihr nur kurz über das Haar streichen, und selbst dabei entzog das Mädchen ihr noch seinen Schopf. Letztes Jahr an Weihnachten war Elisabeth zuerst in Marlenes Arme gelaufen. Dass es dieses Jahr nicht so war, tat Marlene weh. Hoffentlich konnte das gemeinsame Weihnachtsfest dazu beitragen, dass ihre Nichte die Zurückhaltung vor ihr verlor. Jetzt, wo ihre Monatsblutung seit zwei Tagen überfällig war, ertrug Marlene den Gedanken noch weniger, nur einen Tag länger von Elisabeth ignoriert zu werden. Sie liebte Kinder über alles, sie durften sie nicht mit Ignoranz strafen. Und schon gar nicht innerhalb der Familie, da sie ihre Nichte doch über alles liebte.

Theodor und Maximilian begrüßten sich mit einem männlichen Handschlag. »Deine Fliege steht dir hervorragend, Großer«, fand Maximilian. Sie war aus der gleichen Meterware wie Emmas und Elisabeths Kleid.

Marlene nahm Theodor zur Begrüßung in die Arme, aber er zuckte, als sie ihm über den Rücken strich. »Fröhliche Weihnachten, mein Lieblingsneffe. Schön, dich zu sehen. Ich hatte gehofft, wir hätten in den Müggelbergen noch mal Ski fahren können, aber der Schnee lässt dieses Jahr lange auf sich warten.«

Die letzten beiden Gäste erschienen mit einem Stapel von Geschenken vor der Brust. Marlene half der schnaufenden Elwira Scharinski, die Päckchen abzuladen. Ihr Festgewand bestand aus einem grauen Rock und einer weißen Bluse, über der sie eine rote Häkelweste trug. Schneemänner waren darauf abgebildet; Elwira liebte Kleidung mit Motiven. Mit den freien Armen umschlang sie erst Emma und dann Marlene. »Sie beide sehen so hübsch aus, unglaublich. Alles Gute auch von mir zu Ihrem Wiegenfest, Emma.«

Theodor hatte Marlene erzählt, wie einsam und traurig die ehemalige Nachbarin in den letzten Wochen gewesen war. Er besuchte sie noch regelmäßig. Eine ähnliche Einsamkeit war Marlene schon vor Längerem auch bei Willy Pinke aufgefallen. Es war keine große Überzeugungsarbeit bei Maximilian nötig gewesen, das diesjährige Weihnachtsfest um diese zwei Gäste zu erweitern. Gute Freunde und Bekannte sollten an Weihnachten nicht einsam und allein zu Hause hocken.

Kurz sprang Marlenes Blick die Treppe hoch zum zweiten Obergeschoss. Eigentlich sollte niemand an Weihnachten allein sein, aber ihre Schwiegermutter hatte darauf bestanden. Maximilian hatte sie für den Heiligen Abend natürlich mit an die Festtafel geladen, aber Dorothea von Weilert hatte abgesagt. Und es war nur eine Absage nach einer ganzen Reihe von Absagen aus den Vorjahren. Die Gräfin zog es vor, allein in ihrer riesigen Wohnetage zu feiern. Seit Marlenes Einzug hatten sie eine Art Burgfrieden geschlossen, aber angenähert hatten sie sich all die Jahre nicht. Wenn Marlene in das steife kühle Gesicht ihrer Schwiegermutter blickte, fiel ihr das Lächeln nach wie vor schwer. Dennoch hatte sie Mitleid, dass Dorothea ausgerechnet an Weihnachten allein war, obwohl sie nur eine Etage tiefer eine Familie besaß.

Willy Pinke holte Marlene aus ihren Gedanken zurück. Er lüpfte seinen Zylinder, den sie aus seinen Zauberstunden kannte. Er passte wunderbar zu seinem etwas abgetragenen grauen Festanzug. »Ick hab meene Baritonstimme für den heutigen Abend jut jeölt«, raunte er ihr zu. »Wie Se's mir uffjetragen haben.«

»Sehr gut, Herr Pinke. Der Familienchor kann jede Verstärkung gebrauchen.« Marlene stieß Maximilian schmunzelnd an, denn ihr Gatte traf nicht jeden Ton, wie sie selbst auch nicht.

»Willy, es ist mir eine Ehre, dass du dieses Jahr mit uns Weihnachten feierst«, sagte Maximilian und schüttelte ihm lange die Hand. Trotz des Altersunterschiedes von fast dreißig Jahren verband die beiden Männer eine ganz besondere Freundschaft.

Maximilian übernahm die Regie für den weiteren Abend. Mit Marlene an seiner Seite führte er die Gäste die breite Treppe hinauf in den großen Salon. Die Berliner Philharmoniker begleiteten ihren Gang an die Weihnachtstafel mit *Vom Himmel hoch, da komm ich her*. Die Gäste betraten den festlich hergerichteten Raum mit Raunen und Staunen.

Am drei Meter hohen Tannenbaum funkelte es in Gold und Silber, wie es die Gräfin liebte. Maximilian hatte gehofft, mit der Auswahl der Kugeln seine Mutter doch noch zum Mitfeiern bewegen zu können, aber vergebens.

Sogar dem schweigsamen Theodor klappte beim Anblick des Baumes die Kinnlade herunter. Elisabeth trat wie magisch angezogen vor die Tanne. Mit ihrer dunkelroten Schleife im Haar, ihren zarten Zügen und dem hübschen Hängerkleid sah sie aus wie ein Weihnachtsengel. Marlene musste sich zusammenreißen, sie nicht einfach zu packen und zärtlich an sich zu drücken, damit Elisabeth endlich verstand, wie leid ihr der Unfall tat.

Die Weißenseer Tanne war so voll beladen mit Kugeln, Tannenzapfen und Kerzen, dass es Marlene in Zeiten der Krise eigentlich unangenehm war. Aber Maximilian hatte wegen seiner Mutter auf einem solch pompösen Baum bestanden. Er gab die Hoffnung auf Familienfrieden wohl nie auf.

Emma half, die Päckchen von Willy Pinke und Elwira Scharinski neben die anderen unter den Weihnachtsbaum zu legen, und nahm dabei weitere Geburtstagsgratulationen entgegen. Elwira Scharinski hatte auch etwas für die Gräfin eingepackt. Sicher Häkelware, dachte Marlene und musste bei der Vorstellung von der Gräfin mit einer Pudelmütze lächeln.

Bevor der Abend gemäß Protokoll begann, begab Marlene sich mit dem Päckchen ins zweite Obergeschoss. Sie klopfte an die Salontür der Gräfin, hinter der Bachs Motette *Fürchte dich nicht, ich bin bei dir* lief.

»Helene, sind Sie es?«, fragte ihre Schwiegermutter.

Vorsichtig öffnete Marlene die schwere Tür. »Ich bin es, Marlene.« Ihr Blick fiel auf die pompös geschmückte Tafel mit den barocken Stühlen, auf der ein Entenbraten, diverse Beilagen und kalte Köstlichkeiten serviert waren und eine vierteilige Glasfolge eingedeckt war. Marlene wurde traurig bei dem Anblick ihrer einsamen Schwiegermutter, die in Festkleid und mit dem Rücken zu ihr in vornehm-steifer Haltung dasaß. Motettengesang erfüllte den Raum wie ein einsames Kloster irgendwo auf einer Bergkuppe.

»Ich habe ein Weihnachtspäckchen für Sie«, erklärte Marlene.

Kurz drehte sich die Gräfin um. »Wir hatten doch besprochen, uns auch dieses Jahr nichts zu schenken.«

»Es ist nicht von uns, es ist von Elwira Scharlnski«, sagte Marlene.

»Ich kenne diese Frau nicht«, sagte die Gräfin und wandte sich wieder ab.

Marlene legte das Geschenk dennoch auf den Boden neben der Tür.

Die Gräfin begann zu essen, als wäre niemand im Raum.

Leise schloss Marlene die Tür und begab sich zur Festgesellschaft zurück.

Wie seit Jahrzehnten lief die Weihnachtsfeier im Hause

von Weilert nach einem festen Protokoll ab, dessen Tradition sich Maximilian in Gedenken an seinen Vater und Großvater verpflichtet fühlte. Zunächst wurde mit einem Aperitif angestoßen und der Heilige Abend im Stehen mit *O du fröhliche* eröffnet. Erst danach durfte an der aufwendig gedeckten Tafel Platz genommen werden.

Maximilian saß am Kopfende. Die anderen Gäste verteilten sich an den Längsseiten. Marlene nahm übereck zu Maximilian mit Kurt und Emma neben sich Platz, Willy Pinke und Elwira Scharinski saßen ihr gegenüber. An der unteren Hälfte des Tisches saßen die Kinder.

»Huch, der bewegt sich ja«, kommentierte Elwira Scharinski ihren Schwingstuhl mit dem verchromten Stahlgestell, woraufhin Willy Pinke sie beruhigte: »Det is jut fürn Kreislauf«. Ungewohnt schüchtern lächelte er seine Sitznachbarin an.

Maximilian wünschte allen Anwesenden fröhliche Weihnachten und trug auch noch eine kleine Geburtstagsrede für Emma vor. Dann wurde der erste Gang, eine klare Gemüsebrühe, serviert. Wenigstens eine einfachere Menüfolge hatte Marlene durchsetzen können. Sie wollte nicht sündhaft teure Kalbsconsommé löffeln, während andere Weißenseer Familien wegen der Wirtschaftskrise hungerten.

Die einfache Gemüsesuppe schmeckte köstlich. Die angenehme Wärme entspannte ihren Unterleib, der sich seit zwei Tagen verkrampft anfühlte. Sie konnte sich ein wissendes Lächeln nicht verkneifen. Es war einfach zu schön, dass es doch so schnell geklappt hatte. Ein Zeichen Gottes für ihre Entscheidung für die Familie.

Während Marlene ihre Suppe löffelte, ließ sie ihren

Blick über die Gäste gleiten. Sie war sehr froh darüber, die Weihnachtsrunde in diesem Jahr erweitert zu haben. Als Willy Pinke von leuchtenden Kinderaugen in seiner vorweihnachtlichen Zauberstunde in der Kinderklinik erzählte und dass ihm einer der ehemaligen Patienten zu einem gelehrigen Zauberschüler geworden war, fühlte sich die Runde köstlich unterhalten.

Marlene erinnerte sich noch gut an den *Bolle*-Jungen Albert Kopetzke mit der Mandelentzündung. Er war schon sehr verantwortungsvoll für einen Jungen von zehn Jahren aufgetreten und mit seiner Milchgeldtasche verwachsen gewesen. Nur wenn sie auf seine Mutter zu sprechen gekommen war, war er traurig geworden und in sich gekehrt. Marlene hoffte, dass Alberts Familie heute Abend eng beieinandersaß, es warm hatte und die zwei Kinder wenigstens einmal satt wurden.

Während die Gäste den knusprigen Gänsebraten vertilgten, kratzte Marlene nachdenklich mit ihrer Gabel an einer Keule. Ihre Gedanken wanderten zur Kinderklinik, und sie fragte sich, ob ihre Stelle inzwischen neu besetzt war. »Kann es sein«, fragte sie dann an Emma gewandt, »dass ich neulich eine deiner Elevinnen auf der Berliner Allee gesehen habe? So gegen sechs Uhr früh?« Sie hatte einen ihrer Morgenspaziergänge zum Weißen See mit kleinem Schlenker an der Kinderklinik vorbei unternommen. Regelmäßige Bewegung und viel frische Luft förderten die Durchblutung der Gebärmutter.

»Die Jugend«, seufzte Elwira Scharinski. »Macht die Nacht zum Tag. Als ich noch jung war …«

»Ich hoffe nicht, dass das eine unserer Elevinnen war«, antwortete Emma vehement. »Die Schwesternschülerinnen haben an ihrem freien Nachmittag spätestens um Mitternacht im Bett zu liegen.«

Marlene war sich eigentlich sicher, aber heute war Weihnachten. Niemand sollte sich aufregen. »Vermutlich habe ich sie nur verwechselt.«

»Ich soll dir übrigens ein frohes Fest von Fräulein Beierlein ausrichten, Lene«, sagte Emma. »Sie würde dich gerne mal besuchen kommen.«

Maximilian nickte. »Danach hat sich mich auch schon gefragt. Ich weiß nicht recht.«

»Vielen Dank für die Grüße. Bernadette Beierlein hatte überlegt, ihr Praktikum abzubrechen, als sie von meiner Kündigung erfuhr. Ich hoffe, sie wird ihren Weg gehen, aber ein Besuch ist mir doch etwas zu privat«, fand Marlene.

»Fräulein Beierlein macht sich sehr gut, auch ohne den Kontakt zu dir«, sagte Maximilian. »Bei ihrer ersten Operation unter Anleitung gab es nichts zu korrigieren. Sie ist noch eifriger geworden, weniger unsicher. Sie erinnert mich an dich damals im Praktikum und daran, was du mir über diese Zeit erzählt hast, während ich … na ja, ihr wisst schon wo, gewesen bin.« Er meinte den Lazarettzug D5 während des Großen Krieges.

»Sie ist noch eifriger geworden? Das freut mich zu hören! Berlin braucht mehr Ärztinnen!«, entgegnete Marlene.

»Wollen wir nicht noch ein Lied singen?«, schlug Emma vor, wohl um nicht länger über die Kinderklinik sprechen zu müssen.

Sie sangen *O Tannenbaum*, wobei Elwira Scharinski den Ton angab und mit ihrer Stimme bald hervorstach. Maximilian gab alles, um nur halb so schief zu singen wie letztes

Jahr. Willy Pinke hingegen bekam eine beeindruckende zweite Stimme hin, was Marlene ihm gar nicht zugetraut hätte. Elwira Scharinski schaute ihn daraufhin zum ersten Mal genauer an. Bisher hatte sie nur Augen für die eindrucksvolle Ausstattung des Salons gehabt.

Als der letzte Ton des Liedes verklungen war, war es einen Moment still im großen Salon. Alle waren in andächtiger Stimmung versunken. Marlene war in diesem besonderen Augenblick überzeugt, dass es kaum etwas Schöneres gab, als besinnliche Stunden mit der Familie und lieben Menschen zu verbringen.

Die Stille löste sich erst, als Elisabeth ihrem Vater besorgt zuflüsterte, ob der Weihnachtsmann sie denn vergessen haben könnte.

Maximilian trat vor den Tannenbaum, unter dem die Geschenke lagen. Er rief die Namen auf und übergab die Pakete im Auftrag des Weihnachtsmannes. Die Kinder kamen zuerst dran. Elisabeth war überglücklich über ihre Puppenstube mit dem passenden Geschirr, das Emma und Kurt unter den Weihnachtsbaum gelegt hatten. Sie bedankte sich mit dem selbst gemalten Bild einer Blume. Theodor packte seine Hanteln aus, und Maximilian zeigte ihm gleich ein paar Übungen. Marlene und Maximilian hatten für ihn Hesses *Steppenwolf* ausgesucht, das vor zwei Jahren erschienen war und für viel Aufsehen gesorgt hatte. Theodor las sofort rein, am liebsten hätte er sich ganz zum Lesen zurückgezogen. Emma bekam noch einen Stapel Geburtstagsgeschenke zusätzlich zu den Weihnachtspaketen.

Marlene bedankte sich für alle Geschenke, auch für den gehäkelten Strampler von Elwira Scharinski. Die Nachbarin fragte sogleich: »Es wird doch bald so weit sein, nicht wahr?«

Maximilian räusperte sich, bevor er sich höflich bedankte. Aber Marlene konnte nicht anders, als zu nicken und sich mit den Händen über den flachen Bauch zu streicheln.

»Du bist schwanger?« Emma fiel ihrer Schwester vor Freunde um den Hals.

»Ihre Blutung ist seit zwei Tagen überfällig, obwohl sie sonst immer pünktlich kommt«, erklärte Maximilian stolz der Runde.

»Ich kann spüren, dass gerade ein Kind in mir wächst«, fügte Marlene überglücklich an.

»Na, wenn dit keen Grund zum Prosten ist!« Willy Pinke erhob sein Glas. Die anderen taten es ihm gleich. »Uff den kleenen Schreihals und dass er jesund dit Licht der Welt erblickt!«

Ihre Gläser stießen hell klirrend aneinander, und Marlene war erleichtert, dass das Geheimnis – wenn auch etwas früh – heraus war. Jetzt wollte sie die frohe Botschaft am liebsten mit der ganzen Welt teilen.

»Und nun möchte ich wissen, wessen Lieblingsspeise Himbeerpudding ist?«, fragte Marlene gegen jedes Protokoll über die Tafel und schaute vor allem ihre Nichte Zustimmung heischend an.

»Meine«, sagte Theodor nach einem Zögern und nickte seiner Schwester aufmunternd zu, aber Elisabeth ließ nur die Puppentasse sinken und schaute Marlene mit großen Augen an.

Marlene klingelte nach der Nachspeise, doch selbst als Kurt und Emma auf ihre Tochter einredeten, war die nicht für ihr Lieblingsessen zu begeistern und kehrte Marlene den Rücken zu. Theodor aß dafür eine doppelte Portion.

Marlene erinnerte sich daran, dass ihre Mutter ihr einmal beim Kochen den Handrücken verbrüht hatte, als sie fünf gewesen war. Sie hatte ihre Mutter mit einer ihrer vielen Fragen gelöchert. Elisabeth hatte dabei ungeschickt im Topf gerührt, und kochende Suppe war auf Marlenes Hand gespritzt. Mehrere Tage hatte sie sich nicht an die Kochstelle in der kleinen Kate getraut aus Angst, dass sich die Situation wiederholen könnte. Bis ihre Mutter sie genommen und ihr erklärt hatte, wie es zu dem kleinen Unfall gekommen war. Elisabeth Lindow war von Marlenes Fragen abgelenkt gewesen und hatte sich obendrein um das knappe Geld gesorgt. Nach dem Vorfall hatte sie sich sehr schlecht gefühlt, hatte sie ihrer Tochter beteuert. Erst nach diesem Gespräch hatte Marlene wieder neues Vertrauen gefasst und bald keine panische Angst mehr vor gefüllten Kochtöpfen auf der Feuerstelle gehabt. Wann wäre der richtige Zeitpunkt für ein solches Gespräch mit ihrer Nichte?

Zu ihrer Erleichterung markierte *Es ist ein Ros entsprungen* das Ende des etwas steifen Protokolls. Die Festgesellschaft teilte sich in die Zigarrenraucher, zu denen die Männer außer Willy Pinke gehörten, und die Nichtraucher auf. Kurt nahm sein neues Radio mit zur Herrenrunde ins Nebenzimmer, aus dem es bald mächtig nach Kubanischen roch. Auch Theodor durfte in dieser besonderen Nacht des Jahres mitrauchen. Marlene konnte ihre Schwester im letzten Moment davon abhalten, es ihm zu verbieten und die Herrenrunde zu sprengen.

Elwira Scharinski zog sich die Häkelweste zurecht und bat darum, die Kunstwerke und die Dekoration an den Flurwänden bestaunen zu dürfen. Willy Pinke entschuldigte sich derweil für einen Gang zur Toilette.

Jetzt waren sie nur noch zu dritt im großen Salon. Marlene betrachtete nachdenklich Lissi, die neben ihrer Mutter saß und ins Spiel mit dem neuen Puppengeschirr vertieft war. Marlene ging um den Tisch herum und vor ihrer Nichte in die Hocke.

Erschrocken schaute Lissi auf, als sie Marlene wahrnahm. »Weißt du, Lissi, bei unserem Unfall war ich leider sehr unkonzentriert, weil ich damals so viel um die Ohren hatte.« Das Mädchen klammerte sich bei diesen Worten an seine Mutter. »Ich wollte so schnell wie möglich mit euch nach Weißensee zurück und euch in Sicherheit bringen. Und da habe ich das entgegenkommende Auto einfach zu spät gesehen.«

Elisabeth schaute nur ihre Mutter an, obwohl Emma versuchte, den Kopf ihrer Tochter behutsam zu Marlene zu drehen.

»Du darfst mir wieder vertrauen«, bat Marlene eindringlich, »ich bin noch dieselbe Tante Lene wie früher. Ich habe dich sehr lieb. Und ich fahre seitdem sehr, sehr vorsichtig.«

Endlich schaute Elisabeth Marlene an. Sie sah jedoch kein bisschen erleichtert aus, sondern ängstlich und unwohl. Sie war blass wie eine Kreidewand und riss sich in der nächsten Sekunde von Emma los und lief aus dem Zimmer.

Marlene stützte ihren Kopf auf die Hände. »Was kann ich noch tun?« Am schönsten Tag des Jahres war ihr nun doch zum Heulen zumute.

»Ihr einfach noch mehr Zeit geben«, sagte Emma sanft.

»Warum wird 'n hier Trübsal jeblasen?« Willy Pinke war zurück im Salon und setzte sich auf seinen Platz. »Der Heilije Abend ist doch keen Tach zum Traurigsein!«

Marlene setzte sich zu Willy Pinke. Kurz darauf war auch Elwira Scharinski wieder da, den Mund noch halb geöffnet vom Staunen.

Marlene zündete ein paar altmodische Kerzen an, woraufhin es erst richtig gemütlich wurde. Elwira Scharinski berichtete von dem alten Brauch, bunt bemalte Kartoffeln an den Weihnachtsbaum zu hängen. Der stammte noch aus dem achtzehnten Jahrhundert, als Friedrich der Große die Kartoffel in Preußen populär gemacht hatte.

Sie tranken Kräuterlikör von Manegold, den Willy Pinke mitgebracht hatte, und achtzig Jahre alten Rum. Weil das Gespräch länger beim Landleben blieb, stahlen sich Marlenes Gedanken nach Lübars. Sie fragte sich, wie ihre Mutter und ihr Vater früher wohl Weihnachten gefeiert hatten – wenn Joseph nicht für eine seiner Gaunereien unterwegs gewesen war.

Sie schaute an diesem Abend mehrmals zur Balkontür, die zum Glück geschlossen blieb. Sollte ihr Vater noch mal bei ihr auftauchen, würde sie erst gar nicht aufmachen und einfach gleich die Vorhänge zuziehen!

Gegen Mitternacht, als Elisabeth längst in Emmas Armen eingeschlafen war, entschuldigte sich Marlene und schaute nach Maximilian. Das Gespräch im Herrenzimmer war auf die Wirtschaftskrise gekommen. Es fielen so ungeliebte Wörter wie »Außenhandelskrise«, »zerrüttete Reichsfinanzen« und »Massenarbeitslosigkeit«. Sogar einer von Berlins größten Konzernen, die Borsig-Werke, würde bald von einer Insolvenz bedroht sein, prognostizierte Kurt. Maximilian stimmte dem zu und schenkte Marlene ein seliges Lächeln und einen Luftkuss für ihren Bauch, der sich in den nächsten Wochen langsam wölben würde.

Gegen Mitternacht lichtete sich die Festgesellschaft. Maximilian bot an, die älteren Gäste heimzufahren. Und Willy Pinke schlug vor, Elwira zum Automobil und dann bis zu ihrer Wohnung zu begleiten, was die Nachbarin nicht ausschlug. Er hielt ihr den Arm wie ein Gentleman hin. »Halten Se sich jut fest. Ick bringe Se sicher mit raus.« Sie war doppelt so breit wie er und genauso groß. Willy holte mit seinem Gehstock Schwung, dann führte er Elwira die Eingangstreppe hinab, als ob er an diesem Abend aus dem Jungbrunnen getrunken hätte.

Die Vogels gingen zu Fuß nach Hause, weil Elisabeth noch immer in kein Automobil zu bekommen war. Kurz darauf begaben Marlene und Maximilian sich zu Bett.

*

Es war noch dunkel, als Marlene aufwachte. Sie spürte etwas Feuchtes zwischen ihren Beinen. Maximilian indes lag selig schlafend auf seiner Seite des Bettes. Seine Festkleidung ruhte ordentlich gefaltet auf dem Stuhl daneben.

Aufgeregt knipste sie die Nachtischlampe an. Handelte es sich um eine späte Blutung von der Einpflanzung, die davon zeugte, dass sich die befruchtete Eizelle tief in die Gebärmutterschleimhaut eingrub, um zu einem Menschlein zu werden? Neben dem Ausbleiben ihrer Regel wäre dies das zweite klare Schwangerschaftssymptom.

Leise stieg sie aus dem Bett und ging ins Bad. Das Blut aus einer Einpflanzung war niemals schleimig wie Monatsblut, sondern dünn, rostrot oder rosa. Mit Zellstoff wischte sie über ihre Vulva. Ihre Hände zitterten, als sie den verfärbten Zellstoff dem Licht entgegenhielt. Weder rosa noch rostrot oder dünnflüssig. Ganz eindeutig schleimig und tiefrot wie normales Regelblut.

Marlene spürte Tränen aufsteigen, der Anblick ihrer Finger verschwamm ihr vor Augen. Sie sackte auf den Boden und zog ihre Knie an den Leib. Sie war so sicher gewesen, dass es dieses Mal geklappt hatte! Sie weinte leise, damit Maximilian sie nicht hören konnte. Er würde unendlich enttäuscht von ihr sein.

Es dauerte nicht lange, bis es in ihrem Unterleib auf die verdammte altvertraute Weise zog. Ihre Monatsblutung war zwar mit zwei Tagen Verzögerung, aber dafür mit Pauken und Trompeten zurück.

»Lene, ist alles in Ordnung?« Maximilian stand plötzlich im Flur vor dem Bad. Er klang verschlafen.

Marlene schämte sich, dass ihr Körper keine Schwangerschaft zustande brachte. War sie als Frau überhaupt etwas wert? Als sie endlich aufschaute, kniete Maximilian in seinem hellblauen Schlafanzug vor ihr und griff nach ihren zitternden Händen.

»Ich bin nicht schwanger«, formten ihre Lippen. Sie spürte, wie ihr ein neuerlicher Tränenschwall in die Augen schoss.

Maximilian nickte verständnisvoll, aber Marlene konnte die Enttäuschung in seinen matten Augen sehen. Seit dem Ausbleiben ihrer Blutung hatten seine Augen wie die eines jugendlichen Mannes geleuchtet, dem die ganze Welt gehörte.

»Wir müssen wohl noch etwas geduldiger sein«, sagte Maximilian, nachdem er sich gesammelt hatte. »Bestimmt klappt es beim nächsten Mal.«

Langsam verlor Marlene das Vertrauen in sich. Sie war

überreif, Mutter zu werden, warum nur sträubte sich ihr Körper dagegen? Sie hatte das Gefühl, wie eine Blume zu verwelken.

Maximilian stand auf. »Komm wieder mit ins Bett. Ich halte dich jetzt ganz fest.«

»Gib mir noch eine Minute allein, ja?«

Maximilian ging mit hängendem Kopf davon.

Marlene saß noch eine Weile frustriert auf dem Boden im Bad, bevor sie sich ihren Monatsgürtel mit der Baumwollbinde anlegte. Dann ging sie ins Schlafzimmer zurück und schob sich mit eiskalten Füßen unter die Bettdecke. Maximilian zog sie an sich, aber sie machte sich bald wieder von ihm frei und drehte sich von einer Seite auf die andere. Wenn sie nicht einschlafen konnte, hatte sie es sich angewöhnt, die braunen Fransen zu zählen, die den stoffbezogenen Schirm von Emmas alter Lampe über dem Bett säumten. Aber heute war ihr nicht danach. Lieber wollte sie weinen. Sie hatte das Gefühl, dass Maximilian auch nicht schlief, nur still hielt.

Irgendwann, es war noch dunkel draußen, stand sie auf und legte sich ihren seidenen Morgenmantel um. Im Flur zog sie sich festes Schuhwerk an. Zwei Minuten an der frischen Luft taten sicher gut.

Schneller als sonst ging sie am Ölporträt des Anton Graf von Weilert vorbei. Da sie nun doch nicht schwanger war, blickte er wieder deutlicher über sie hinweg. Er hätte bestimmt keine Schwiegertochter geduldet, die nicht in der Lage war, Nachkommen zu gebären. Dass die Gräfin hingegen diesen Makel noch kein einziges Mal thematisiert hatte, das rechnete Marlene ihrer Schwiegermutter hoch an.

Vor der Haustür war es kalt, aber die Luft war klar und rein. Marlene lief ein paar Schritte über gefrorenes Gras, ging in die Hocke und strich mit den Fingerspitzen darüber. Die Kälte fühlte sich angenehm an. Sie durfte die Hoffnung nicht verlieren. Und Maximilian hatte recht, es war noch nicht lange her, dass sie gekündigt hatte. Sie war schon immer eine Kämpferin gewesen und musste jetzt durchhalten. Auch Maximilian zuliebe. Sie hatte ihn gewiss enttäuscht, selbst wenn er das nicht zugab.

Marlene ging nicht ins Schlafzimmer zurück, sondern in ihr Arbeitszimmer. Hier war sie zuletzt kaum noch gewesen. Für etwas Zerstreuung wollte sie nach der jüngsten Weihnachtspost schauen, die ihr das Dienstmädchen auf den Schreibtisch gelegt hatte.

Vom Mondlicht beschienen, türmten sich die ungelesenen Ausgaben des *Ärzteblatts* auf dem Fensterbrett. Sie trat an ihren Schreibtisch, ohne die links und rechts in den Regalen verführerisch funkelnden Lettern der Buchrücken zu beachten. In den vollgestopften Regalen stand ihre Sammlung medizinischen Fachwissens, die sie mit Beginn ihres Studiums angelegt hatte. Sie war ihr heiliger Schatz, zu dem in den vergangenen Jahren eine nicht unerhebliche Korrespondenz mit Kollegen der Pädiatrie hinzugekommen war, die sie auf Kongressen kennengelernt hatte oder die auf ihre Veröffentlichungen in Fachzeitschriften reagiert hatten. Sollte sie einen Teil des Schatzes an die nächste Generation weitergeben? Zum Beispiel an das eifrige Fräulein Beierlein? Dann verstaubten die Bücher wenigstens nicht.

Marlene vermied es, es sich in ihrem Ledersessel gemütlich zu machen. Sie lehnte sich nur leicht dagegen, während es schmerzhaft in ihrem Unterleib zog. Sie zählte neun Weihnachtsbriefe, die allein an sie adressiert waren. Die mussten am gestrigen Vormittag angekommen sein, während sie sich mit den Vorbereitungen der Festtafel von ihrer – zugegeben – Langeweile abgelenkt hatte. Sie begann, die Briefe durchzusehen. Einer stammte von einer Studienkollegin, ein anderer von Bauer Munck aus Lübars. Ganz unten lag ein großformatiger Brief von Professor Czerny. Er hatte ihr und Maximilian auch in den zurückliegenden Jahren stets Weihnachtswünsche geschickt.

Marlene öffnete den Brief und zog neben einem Bogen Büttenpapier mit Wasserzeichen auch das *British Journal of Experimental Pathology* heraus. Sogleich legte sie es wie giftiges Zeug auf den Schreibtisch zurück. Wusste Professor Czerny nicht, dass sie nicht in Versuchung geführt werden wollte?

Sie entfaltete das Büttenpapier, trat ans Fenster und ließ den Mond die Wege der dunkelblauen Tinte nachzeichnen:

Liebe Frau Doktor von Weilert,

bitte verzeihen Sie die fachliche Störung. Aber der Artikel von Alexander Fleming aus dem Forschungslaboratorium der Impfabteilung von Sir Almroth Wright in der Medizinischen Schule von Saint Mary's Hospital in London ist eine Sensation im Stillen. Diese darf ich Ihnen nicht vorenthalten. Er schreibt von einer gelben Schimmelpilzbrühe, die eine sehr starke antibakterielle Substanz produziert.

Schimmelpilzbrühe mit antibakterieller Substanz? Soweit Marlene den Stand der Wissenschaft überblickte, waren viele Mediziner der Ansicht, dass die beste Hilfe gegen bakterielle Infektionen nicht Antibiotika, sondern die natürlichen Abwehrkräfte des Körpers und Impfstoffe darstellten.

Die Erforschung antibakteriell wirkender Substanzen hatte bisher vor allem wirksame Desinfektionsmittel hervorgebracht. Bakterien, die in den menschlichen Organismus eindrangen, konnten damit jedoch nicht vernichtet werden. Kurzzeitig hatte man gehofft, mit gold- und anderen metallhaltigen Verbindungen Streptokokken bekämpfen zu können, eine weitverbreitete Bakterienart, bis deren toxische Nebenwirkungen die Anwendung bei Mensch und Tier verboten. Was eigentlich meinte Professor Czerny mit einer *Sensation im Stillen?*

Marlene schaute an dem Brief vorbei auf die im Juli dieses Jahres in englischer Sprache erschienene Fachzeitschrift. Hinter dem Namen Alexander Fleming hieß es zum Inhalt des Beitrages: *On the Antibacterial Action of Cultures of a Penicillium with Special Reference to their Use in the Isolation of B. Influenzae.* Es ging also um einen Pilz gegen eine Grippeart? Marlene zog einen Stapel loser Papiere aus der Mitte der Fachzeitschrift, dabei las sie den Brief von Professor Czerny weiter.

Ich lasse Ihnen hiermit auch mein Exemplar der deutschen Übersetzung des Artikels zukommen. Ach ja, und vor allem wünsche ich Ihnen und Ihrem Ehemann gesegnete Weihnachten. Meine Frau lässt Ihnen herzliche Grüße ausrichten. Möge das neue Jahr nur das Beste für Sie bereithalten.

Ihr Adalbert M. Czerny

»Das wünsche ich Ihnen auch«, flüsterte Marlene. Es erwärmte ihr Herz, dass Professor Czerny immer noch an sie dachte, auch wenn sie nicht mehr zusammenarbeiteten. Sie kannten sich schon viele Jahre. Einst hatte er sie als Elevin ermutigt, Medizin zu studieren und seine Vorlesungen zu hören. Zu dieser Zeit war er gerade im Begriff gewesen, den Direktorenposten der Kinderklinik an der Charité zu übernehmen – eine Berufung, die er bis zum heutigen Tage ausübte. Anders, als er es jemals tun würde, hatte sie sich jedoch für eine Pause von der Medizin und damit auch von der Wissenschaft entschieden.

Entschlossen schob Marlene die Fachzeitschrift samt deutscher Übersetzung wieder in den Umschlag zurück, legte ihn ordentlich auf den Schreibtisch, mit dem Begleitbrief obenauf, und ging zur Tür des Arbeitszimmers. Sie ließ sich nicht so leicht verführen, sie war schließlich eine starke Frau – auch wenn sie nicht mehr arbeitete!

Marlene hatte die Zimmertür schon halb geöffnet, als es wieder schrecklich in ihrem Unterleib zog und sie schmerzhaft an ihre falsche Hoffnung erinnert wurde. Im nächsten Moment ärgerte sie sich, ihre Schwangerschaft so schnell verkündet zu haben. Beim nächsten Mal würde sie länger damit warten. Jetzt aber brauchte sie definitiv Ablenkung von der Enttäuschung. Also ging sie doch zum Schreibtisch zurück, zerrte die Papiere mit der Übersetzung aus dem Umschlag, sodass er einriss, und schaltete aufgeregt die Schreibtischlampe an. Wie ein ausgehungertes Raubtier fiel sie über den Artikel her.

Sie erfuhr, dass Alexander Fleming in seinem Labor Kulturen von Staphylokokken in Petrischalen angelegt hatte, um deren Wachstum über Wochen zu beobachten. Staphylokokken waren Bakterien, die für Hautinfektionen und auch Lungenentzündungen verantwortlich waren. Flemings Bakterien wurden mehrere Tage der Luft ausgesetzt und mit verschiedenen Mikroorganismen, unter anderem Pilzen, kontaminiert, die einen ungewöhnlich leuchtend gelben Pilzrasen in der Nährlösung bildeten. Fleming war aufgefallen, dass die Staphylokokken, anstatt sich zu vermehren, von dieser Schimmelpilzbrühe zersetzt worden waren. Er schlussfolgerte, dass eine Substanz entstanden war, die Bakterien tötete.

Marlene löste ihren Blick von dem Artikel und schaute aus dem Fenster zur Mondsichel hinauf, die sich hell vor dem Weihnachtshimmel abzeichnete. Sie wiederholte das Gelesene in Gedanken. Es war also eine Schimmelpilzart identifiziert worden, deren Substanz die Erreger von Lungenentzündungen und mehreren Hautkrankheiten verdrängte. Das wäre eine einzigartige therapeutische Chance auch für die Kindermedizin.

Marlene strich ihre vor Aufregung feuchten Hände am Morgenmantel trocken. Flemings antibakterielle Schimmelpilzbrühe schien für die Bekämpfung von Infektionskrankheiten gewichtige Vorteile gegenüber den bekannten Antiseptika zu haben. Soweit sie wusste, hatten sich die neu entdeckten antibakteriellen Mittel bisher stets als gewebsschädigend erwiesen. Flemings Schimmelpilzbrühe hingegen hatte in Tierversuchen weder giftig noch reizend gewirkt. Das war vielversprechend, auch für die zukünftige Anwendung beim Menschen. Fleming durfte zu Recht den Schluss ziehen, dass seine Schimmelpilzbrühe ein wirksames Antiseptikum war.

Marlenes Herz schlug schneller. Mit einem Mittel, das das Wachstum von Mikroben aufzuhalten imstande war, ohne Gewebe und Blutzellen zu beeinträchtigen, konnte sich die gesamte Behandlung von Infektionskrankheiten wandeln. Ihr wurde heiß und kalt wie zuletzt, als sie die Entscheidung getroffen hatte, die Kinderklinik zu verlassen. Im nächsten Moment erinnerte sie sich an das Versprechen, das sie Maximilian nach dem Unfall im Krankenhaus gegeben hatte. Sie hatte ihm zugesagt, sich Ruhe zu gönnen. Ihre kleine Flucht in die medizinische Wissenschaft musste unbedingt eine einmalige Ausnahme bleiben!

Augenblicklich schaltete sie die Schreibtischlampe aus, steckte alle Papiere von Professor Czerny in den Umschlag zurück und vergrub ihn in der untersten Schreibtischschublade. Dann ging sie ins Schlafzimmer zurück und kuschelte sich von hinten an Maximilian.

Sie lag nun wieder hellwach und mit offenen Augen da, aber dieses Mal aus einem anderen Grund. Die Tatsache, dass sie im Arbeitszimmer schwach geworden war, trat im Angesicht von Flemings unglaublicher Entdeckung in den Hintergrund. In Gedanken ging sie seinen Artikel wieder und wieder durch, sah einige der Tabellen vor ihrem inneren Auge, als hätten sie sich in ihre Netzhaut eingebrannt.

Bevor sie am frühen Morgen des ersten Weihnachtsfeiertages doch noch einschlief, flüsterte sie den Namen vor sich hin, den Fleming seiner antibakteriellen Substanz gegeben hatte. Die Sporenträger des Schimmelpilzes hatten unter dem Mikroskop wohl so fein gefächert wie Pinsel ausgesehen. Und Pinsel hieß auf Lateinisch *penicillis*, weswegen Fleming sein Rohfiltrat des Schimmelsaftes »Penicillin« genannt hatte. Penicillin.

***

12

8. Januar 1930

Seitdem Theodor zur Schule ging, waren Turnstunden und sportliche Wettkämpfe unter den Schülern mit jedem Jahr wichtiger geworden. Sein Vater meinte, dass die vermehrten Turnstunden als heimlicher Wehrersatzdienst dienen würden, weil der allgemeine Wehrdienst gemäß dem Versailler Vertrag verboten war. Dabei war es für viele Schulen immer noch schwierig, überhaupt Turnunterricht anzubieten. Während des Großen Krieges waren Turnhallen und Sportplätze als Lazarette und Sammelplätze zweckentfremdet worden und danach für die Nutzung zu Unterrichtszwecken unbrauchbar gewesen. Aber dank Oberlehrer Rademacher hatte dieser Zustand zumindest in Weißensees Vorzeigegymnasium nicht lange angehalten. Mit viel persönlichem Engagement, wie Theodor aus der Zeitung wusste, hatte Richard Rademacher dazu beigetragen, die Turnhalle und den Sportplatz des Gymnasiums am Kreuzpfuhl wieder nutzbar zu machen. Dafür genoss er ein besonderes Ansehen bei Oberstudienrat Direktor Moltke und auch bei vielen Eltern. Für die Anschaffung eines neuen Parallelbarrens war der Lehrer mit einer Spendenbüchse bei den Eltern sammeln gegangen, den restlichen Betrag hatte seine Partei gespendet. Kurt und

Emma hatten auch etwas Geld gegeben; alle Eltern von Theodors Klassenkameraden hatten dies getan.

Zu Theodors Bedauern hatte sich Oberlehrer Rademacher für den breiteren und höheren Männerbarren entschieden, anstatt den kleineren Jugendbarren zu kaufen. Für Rademacher gab es nur deutsche Männer oder Feiglinge. Stolz stand er auch heute wieder vor seiner Neuanschaffung. Die Niedersprungmatten, die am Boden ausgelegt waren, hatte er persönlich ausgerichtet. Er strahlte seine Unterprimaner so freudig an, wie Theodor ihn nur an der Seite seines Barrens erlebte. Die Schüler waren in einer schnurgeraden Linie angetreten.

Theodor mochte es nicht, dass man in dem armfreien weißen Turnhemd, das im Turnunterricht Pflicht war, seine noch kindlichen Oberarme und die kaum vorhandenen Schultermuskeln sah. Ganz zu schweigen von seiner dünnen und wenig männlichen Behaarung, nicht nur unter den Achseln. Seit Weihnachten trainierte er regelmäßig mit den Hanteln. Aber viel hatte es noch nicht gebracht.

Beim Anblick des Barrens erinnerte er sich an die Übungen, die er an seiner alten Schule am Jugendbarren hatte turnen müssen. Darunter waren der *Sprung in den Stütz*, der *Grätschsitz*, die *Kehre* und der *Kippaufschwung* gewesen. Er war mitnichten ein Sportass, aber die *Oberarmrolle* hatte er früher lange mit seinem Vater geübt und sogar eine Eins dafür an seiner alten Schule erhalten. In den letzten Tagen war er die Bewegungen, die er von früher kannte, eine nach der anderen durchgegangen, um sich am neuen Barren nicht zu blamieren. Insgeheim würde er aber sehr froh sein, wenn die Sportstunde erst vorüber wäre. Er zählte die Minuten rückwärts.

Oberlehrer Rademacher rief Egon nach vorne, um die *Barrenstütze* vorzuführen. Das Muskelspiel des Mitschülers war beeindruckend. Egon senkte seinen gestählten Körper zwischen den Holmen des Barrens immer wieder auf und ab, die Knie angewinkelt. Die Barrenstütze diente dem Aufbau der Brust- und Armmuskulatur, die Egon eigentlich schon zur Genüge besaß. Sein Turnhemd spannte sich über seiner Brust, und er konnte während der Übung sogar noch breit grinsen. Vermutlich hätte er auch noch einen seiner geliebten Äpfel dabei futtern können, dachte Theodor. Der Lehrer belohnte Egon mit der Bestnote.

Johannes, der hochgewachsene Klassensprecher mit dem Körper eines Athleten und beeindruckend männlicher Achselbehaarung, versuchte sich danach am *Oberarmstand* und sah nicht schlecht dabei aus, wie Theodor fand, im Gegenteil. Oberlehrer Rademacher schrieb Johannes dafür eine Zwei ins Klassenbuch.

Nachdem Johannes wieder in die Reihe der Schüler zurückgetreten war, blies Oberlehrer Rademacher kräftig in seine historische Stahlpfeife. Es wurde sofort still in der Turnhalle. Er erinnerte seine Schüler: »Vergesst nie, dass Leistungsturnen der Charakterbildung dient, sportliche Disziplinen den Willen stärken und Turnübungen den Mut schulen, wovon die meisten von euch noch lange nicht genug haben.« Der Lehrer strich sich seinen blonden Scheitel mit den Handflächen glatt, dann legte er seine Pfeife beiseite und saß selbst auf dem Barren auf. In den nächsten fünf Minuten turnte er ineinander übergehende Rollen-, Schwung- und Flugelemente wie ein Olympionike vor.

Einer der Schüler applaudierte begeistert, worauf weitere miteinfielen, aber nicht Theodor. Der blickte abgelenkt auf die Hallenuhr und schaute erst wieder zum Barren zurück, als sein Lehrer nach einem beachtlichen Sprung durch die Luft fest mit beiden Füßen auf der Matte aufkam und keinen Deut korrigieren musste. »Ich verlange«, rief Rademacher noch atemlos durch die Turnhalle, »dass ihr euch an dieser Turnübung ein Beispiel dafür nehmt, stets noch mutiger zu werden! Wachst mit eurer körperlichen Leistungsfähigkeit in jeder Turnstunde über euch hinaus!« Erneut strich er sich seinen Scheitel glatt und nahm seine Stahlpfeife wieder auf. »Theodor Vogel!«, hallte es durch die Sportstätte.

Theodor trat wie zum Appell vor seinen Lehrer. Nur noch sieben Minuten bis zum Pausenklingeln.

»Wir wissen inzwischen alle, dass deine Befähigung zur kontrollierten körperlichen Bewegung eher eingeschränkt ist.« Der Lehrer spielte auf die *Schwungstemme rückwärts* an, an der sich Theodor in der vergangenen Turnstunde hatte versuchen müssen. Er hatte zu viel Schwung genommen und war unsanft auf der Matte gelandet. Das Gelächter der Klasse hatte ihn bis in seine Träume verfolgt.

Richard Rademacher wandte sich an die anderen Schüler. »Wer weiß, was dies bedeutet?«

Egon Schulzes muskelbepackter Arm schoss hoch. »Dass er besonders viel üben muss!« Er fragte es weniger, als dass er es amüsiert feststellte. Der Lehrer hatte ihm eine Steilvorlage geliefert.

»Sehr richtig.« Rademacher schaute nun wieder Theodor an. »Aber ich will heute gnädig mit dir sein. Versuch es mit einer einfachen *Oberarmrolle*.«

Theodor atmete erleichtert aus. Die beherrschte er zum Glück gut. Rademacher schubste ihn an das Turngerät. »Na, mach schon!«

Theodor griff nach den Holmen, die auf einen Meter siebzig eingestellt waren, und sprang mit einem Grätschsitz auf. Um bei der Rolle nicht zwischen den Holmen durchzurutschen, spannte er seine dürftigen Schultermuskeln an und machte sich so breit wie möglich. Mit einer hohen Grätschposition der Beine, die die Rolle erleichterte, begann er seine Ausführung, wobei er sich Mühe gab, das Zittern seiner Arme zu verbergen. Es lief gut, denn er landete nach der Rolle wieder im Grätschsitz, wie es vorgesehen war. Beim Abspringen jedoch kam er durcheinander, weil etwas zwischen seinen Beinen war. Er verlor die Kontrolle über seinen schlaksigen Körper und klatschte auf die Matten. Aus dem Augenwinkel sah er noch, wie Rademacher seinen Rohrstock eben wieder an seinen Körper zog wie ein Gewehr.

Sein missglückter Absprung war ein Spektakel für seine Mitschüler. Sie bogen sich vor Lachen, bis auf Johannes, der nachdenklich wirkte. Sogar der schüchterne Horst und Georg mit der Hasenscharte, die sich anfangs auf dem Pausenhof immer mal zu Theodor gestellt hatten, lachten mit. Es war erniedrigend.

Theodor rappelte sich auf. Zum Glück hatte er sich nichts gebrochen, da war nur der übliche Schmerz wie nach einer Schlägerei, vor allem am Kopf, und der Magen tat ihm wieder weh. »Darf ich die Übung noch mal ohne Absprung machen?«, fragte er. Womöglich wäre so noch eine Zwei drin. Seine erste Zwei bei Rademacher wäre ein echtes Geschenk für seine Eltern. Aber eigentlich ahnte er schon, dass er mit dieser Bitte keine Chance bei dem Mann mit der züngelnden Schlange auf der Wange hatte.

»Der Turnunterricht ist doch kein Wunschkonzert!«,

entgegnete Rademacher. »Du hast nichts anderes als eine Fünf verdient.«

Gleich eine Fünf, obwohl er den Hauptteil der *Oberarmrolle* gut ausgeführt hatte? Voller Verzweiflung beschloss Theodor, seine Eltern noch heute Abend zu drängen, ihn von dieser Schule zu nehmen. Bei dem Gedanken, seinen Traum von der Universität und dem Studium der Journalistik aufgeben zu müssen, traten ihm Tränen in die Augen.

Egon zeigte mit dem Finger auf ihn. »Jetzt heult die Memme auch noch!«

Erneutes Gelächter ertönte, woraufhin Theodor die Augen schloss. Er wollte das alles hier endlich nicht mehr sehen. Diese Schule stank vor Ungerechtigkeit.

»Mit Theodor Vogel würden wir nie einen Krieg gewinnen!«, rief Rademacher, woraufhin das Gelächter noch einmal anschwoll.

Alle gegen einen!, dachte Theodor verzweifelt. Verstohlen wischte er sich Tränen von den Wangen.

Rademacher beendete die Turnstunde mit seinem gewohnten »Sport frei!« und klang so gut gelaunt wie nur am Einweihungstag der sanierten Turnhalle.

Alle Schüler außer Theodor verließen den Sportraum. Der ließ sich auf eine Niedersprungmatte sinken, die noch neu roch. Voller Wut schlug er auf die Matte. Er konnte tun, was er wollte, eine gute Note würde er von Rademacher niemals erhalten. Er musste unbedingt die Schule wechseln. Er hielt die ständigen Demütigungen nicht mehr aus.

Erst nachdem sich die Stimmen seiner Mitschüler und des Lehrers aus der Umkleide entfernt hatten, stand Theodor auf. Wie ein geprügelter Hund trottete er in die Umkleide, wo die Luft vor saurem Schweiß ganz dick war. Johannes war noch da und band sich die Schuhe zu, während Theodor zum Haken mit seinem Turnbeutel schlurfte. Abgewandt von Johannes, weil ihm sein Körper peinlich war, zog er sich die verschwitzten Turnsachen aus und beeilte sich, in Hemd und Hose zu kommen. Zum Glück war die Turnstunde die letzte des Tages gewesen. Er musste heute also nicht wieder zu den anderen zurück. Hoffentlich bald nie mehr. Ob seine Streichholzarme für eine Lehre in einem handwerklichen Beruf genügen würden? Vielleicht wäre es besser, die Schule ganz hinzuschmeißen. Gleich morgen könnte er die Handwerksmeister in Weißensee abklappern und nach einer Lehrstelle fragen. Die war sicher leichter zu bekommen als ein Platz auf einem anderen Gymnasium. Handwerk hatte goldenen Boden.

Johannes stand von der Bank auf und sagte eher nebenbei: »Ich finde nicht, dass du eine Memme bist.«

Theodor zog sich gerade seine Winterjacke über. Nun schaute er wie vom Blitz getroffen zu seinem athletischen Mitschüler hinüber.

»Wie du immer wieder für deine Überzeugung einstehst, sogar vor Rademacher, das erfordert Mut. Das würde sich nicht jeder trauen.« Vermutlich meinte Johannes die Deutschstunde im November oder die Geschichtsstunde, wo er es zuletzt gewagt hatte, den Großen Krieg aus der Perspektive Frankreichs zu betrachten.

»Es bringt mir nur Ärger ein«, murmelte Theodor. »Und Gelächter.« Er wandte sich zum Gehen.

»Hast du Lust auf 'n Bier heute Abend?«, fragte Johannes, den Turnbeutel leger über der Schulter.

Theodor wusste nicht, was er von dieser Einladung halten sollte. Johannes war doch mit Egon und den anderen

Schlägern befreundet. Es konnte auch ein Hinterhalt sein, um wieder über ihn zu lachen. Außerdem schmeckte Bier bitter. Er trank lieber Limonade. Aber die Vorstellung, mit einem Klassenkameraden in der Freizeit zusammenzusitzen, war verlockend. An seiner alten Schule hatten sie sich häufig zum Kartenspielen getroffen oder einfach nur zusammengehockt und über alles Mögliche geredet. Bei dieser Erinnerung stahl sich ein Lächeln auf Theodors Gesicht. Ein Funken Hoffnung entzündete sich. »Wo?«, fragte er noch zögerlich.

»Neunzehn Uhr beim *Ordensritter* in der Weißenburgstraße«, sagte Johannes noch, dann ging er mit eindrucksvoll männlicher Haltung davon.

*

Der *Ordensritter* war eine mittelgroße Kneipe, verteilt auf mehrere geduckte rußgeschwärzte Räume mit alten, braun gebeizten Holztischen. Es war rappelvoll, obwohl es ein Mittwochabend war.

Theodor versuchte, bei all dem Qualm und der dicken Luft nicht zu husten. Er ging ein paar Schritte umher, aber er konnte Johannes nicht entdecken. Also hatte der ihn doch veräppelt. Einige Jungen in seinem Alter schoben sich an ihm vorbei und verschwanden hinter einer unscheinbaren Falttür neben der Küche. Johannes war nicht unter ihnen.

Theodor trottete zum Tresen und stützte den Kopf in die Hand.

Der Wirt, ein strammer Typ, stellte ihm ungefragt ein überschäumendes Bier hin. »Das geht aufs Haus«, sagte er, nachdem er Theodor eindringlich gemustert hatte. »Bist du neu hier, Junge?«

Theodor nickte. Wieder der Neue. Nirgends gehörte er richtig dazu. Erwachsenwerden war verdammt schwer.

»Hallo, Theo. Du bist ja ein ganz Durstiger.« Johannes kam aus dem Raum mit der Falttür. Er hatte seine Ledertasche aus der Schule dabei.

Theodor konnte es kaum fassen, dass der Klassensprecher sich doch mit ihm abgab.

Johannes deutete zum letzten freien Tisch am Fenster und ging voran. Mit seinem Bier in der Hand folgte Theodor ihm und hatte Mühe, den Krug ohne Verlust durch die Menge zu balancieren. Am Tisch nahm er gegenüber von Johannes Platz.

Der begann, über die anstehende Schulfeier am achtzehnten Januar zu sprechen, zu deren Organisation er als Klassensprecher vom Direktor verpflichtet worden war. Die Teilnahme an den Feierlichkeiten, die jährlich am Tag der Reichsgründung stattfanden, war Pflicht. Die Bedienung brachte ihm auch ein Bier.

»Willst du eigentlich eines Tages auf die Universität?«, fragte Johannes. Er trank langsam und eher bedächtig, das gefiel Theodor. Dann musste er sich nicht betrinken, um mitzuhalten. So schlecht schmeckte das Bier gar nicht. Es war kein *Kindl*, sondern Bier aus Bayern.

»Ja«, sagte er. »Mein Vater, mein Onkel und meine Tante waren alle auf der Universität.«

»Das dachte ich mir schon. Hast viel in der Birne trotz deiner miesen Noten bei Rademacher. Welches Studienfach peilst du an?«

»Journalistik oder Germanistik mit Nebenfach Philosophie«, antwortete Theodor sofort, und der goldene Boden des Handwerks rückte in weitere Ferne.

»Ich habe schon mitbekommen, dass Brecht es dir angetan hat«, sagte Johannes. Seine Stimme verriet nichts von der im Gymnasium verbreiteten Abscheu den Kommunisten gegenüber.

»Dir etwa auch?«, fragte Theodor hoffnungsvoll.

»Peachum ist schon ein knorker Typ«, antwortete Johannes mit einem Grinsen.

Theodor lächelte zum ersten Mal seit Wochen. Sie stießen ihre Bierkrüge aneinander.

»Na ja ... jetzt brauchste nur noch bessere Noten in den Deutschkundefächern, um es auf die Universität zu schaffen.«

Theodor schnaufte. »Den Traum vom Studium habe ich eigentlich aufgegeben. Kann machen, was ich will, der Rademacher wird mir nie gute Noten geben. Und ohne gute Noten keine Universität.«

Johannes lehnte sich auf seinem Stuhl zurück. »Ich wüsste da vielleicht einen Weg.«

»Die Schule wechseln«, gab Theodor zurück und trank einen großen Schluck Bier. Vielleicht, um Johannes zu imponieren.

»Wenn du von Rademacher mal ’ne Zwei oder ’ne Eins haben willst«, begann Johannes und holte etwas aus seiner Ledertasche heraus, »dann lies das hier.« Er schob ein Buch, das in Packpapier eingeschlagen war, neben Theodors Bierglas. »Die Gedanken daraus sind auch meine Eintrittskarte für die Universität. Ich will unbedingt Rechtswissenschaft studieren.«

Theodor wollte schon reinblättern, aber Johannes hielt ihn am Unterarm zurück. »Schau es dir ganz in Ruhe an, am besten später, wenn du allein bist.«

»Gut.« Theodor vermutete, dass es sich um eine Sammlung alter unveröffentlichter Schiller-Gedichte handelte. An etwas in der Richtung hatte er auch schon gedacht, um den Lehrer gnädiger zu stimmen. Wenn er hin und wieder solch ein Gedicht in seine Aufsätze einflechten würde, hätte er vielleicht bessere Chancen auf gute Noten.

»Und nun lass uns über was Lustigeres reden. Haste schon den neuen Film von Fritz Lang im Kino gesehen? *Frau im Mond?*«

Theodor schüttelte den Kopf. Er wollte nicht allein ins Kino gehen. Deswegen war er schon länger nicht mehr in den Decla-Lichtspielen am Antonplatz gewesen.

Johannes und er sprachen noch über Fußball, und schließlich gestand sein Mitschüler ihm, dass er ihm damals die Schülermütze in den Karzer gebracht hatte.

Theodor bedankte sich und wagte sich an ein zweites Bier. Schließlich bot er Johannes sogar noch eine der Zigarren an, die ihm sein Onkel in der Herrenrunde an Weihnachten zugesteckt hatte. Ein wenig stolz führte er vor, wie man eine Zigarre anschnitt und anzündete.

Johannes war beeindruckt, er rauchte sonst nur billige Zigaretten, und das heimlich auf dem Pausenhof unter der Weide am Teich. Heute pafften sie wie Erwachsene. Es wurden drei nette Stunden, in denen sie viel lachten und auch diskutierten. Theodor musste Johannes immer wieder anschauen, er kannte keinen schöneren jungen Mann. Er hätte noch die ganze Nacht mit ihm reden können. Und den Folgetag ebenso.

Als Theodor an diesem Abend mit surrendem Kopf nach Hause ging, fühlte er sich deutlich besser als am Nachmittag. Er steckte sich das Buch in den Hosenbund am Rücken, als er in die Buschallee einbog. Johannes hatte gesagt, dass er es allein lesen solle.

Leise schloss Theodor die Wohnungstür auf. Natürlich war seine Mutter noch wach und wartete auf ihn. »Großer, du kommst spät.«

Theodor bog direkt zum Kinderzimmer ab. Er war sich sicher, dass sie bemerkte, dass er Bier getrunken hatte. »Es ist nett gewesen. Papa hat es mir erlaubt.« Als er sich am frühen Abend bei seinem Vater für das Essen entschuldigt hatte, war Emma noch in der Kinderklinik gewesen. Kurt hatte ihm sogar zwei Mark zugesteckt. Seine Mutter hätte ihn dennoch lieber wegen des Trinkens ermahnt, war Theodor überzeugt. Sie wollte ihn immer beschützen. Heute aber verkniff sie sich eine Bemerkung.

»Dann schlaf gut«, rief sie ihm hinterher. »Und vergiss nicht, deine Zähne zu putzen.«

Theodor liebte seine Mutter über alles, aber diesen Satz, verdammt noch mal, wiederholte sie, seitdem er fünf war. Er war kein kleiner Junge mehr, schon gar nicht nach diesem Abend.

Im Kinderzimmer streifte er ungeduldig seine Jacke ab, zog die Hose aus und kroch unter seine Bettdecke. Elisabeth schlief mit ihrer Puppe im Arm. Er legte sich auf den Bauch, zog sich die Decke über den Kopf und schaltete seine Taschenlampe an. Der ersten Seite eines jeden neuen Buches wohnte ein Zauber inne. So war es, seitdem er Lesen gelernt hatte.

Leise entfernte Theodor das Packpapier von dem Buch. Er beachtete die weißen Lettern auf dem roten Leineneinband nicht weiter, sondern schlug gleich das erste Kapitel, die erste Seite auf. Es begann damit, dass der Autor es als glückliche Bestimmung beschrieb, ausgerechnet in Braunau am Inn geboren worden zu sein.

Theodor schaute auf. Johannes hatte ihm ein romantisches Buch empfohlen? Ein kitschiger Ton sollte Oberlehrer Rademacher gnädig stimmen? Oder was wollte sein Mitschüler ihm damit sagen? Im nächsten Moment raschelte es in Elisabeths Bett.

Sofort schaltete Theodor die Taschenlampe aus und drückte sein Gesicht aufs Buch. Nicht, dass seine kleine Schwester neugierig wurde und zu ihm kroch. Dann würde er nicht weiterlesen können, dabei wollte er unbedingt erfahren, was es mit diesem besonderen Buch auf sich hatte.

Zum Glück war es in Elisabeths Bett wieder still, und Theodor konnte seine Taschenlampe erneut anknipsen. Er hob seinen Kopf über das Buch, das nach Zigarettenqualm und gar nicht nach Johannes' herbem Rasierwasser roch, und las weiter. Mit dem nächsten Satz änderte sich der Ton des Autors, der nun schrieb, dass sein Geburtsort an der Grenze jener zwei deutschen Staaten lag, nämlich Österreich und Deutschland, für deren Wiedervereinigung er alles tun würde. Er nannte es sogar eine Lebensaufgabe.

Theodor schlug das Buch wieder zu, um nun doch den Namen des Autors zu erfahren. Er stand im Untertitel: *Eine Abrechnung von Adolf Hitler*. Den Namen kannte er von Plakaten der Nationalsozialistischen Deutschen Arbeiterpartei und von einem Putsch oder so etwas zu Zeiten, als er selbst noch zu klein gewesen war, um sich für Politik zu interessieren. Doppelt so groß wie der Untertitel stand darüber: *Mein Kampf*.

Theodor bekam eine Gänsehaut, aber dann dachte er, dass sein Leben, seitdem er das Gymnasium besuchte, auch ein Kampf war. Ein Kampf um gute Noten und gegen Erniedrigung. Johannes hatte ihm Hoffnung gemacht, dass er doch noch die Kurve kriegen konnte.

Vielleicht konnten Johannes und er Freunde werden.

***

13

3. Februar 1930, früh am Morgen

Emma drehte sich im Bett auf den Rücken und blinzelte Richtung Fenster. Zum Glück zeigte der Wecker auf dem Nachttisch erst vier Uhr dreißig an. Eine halbe Stunde blieb ihr also noch bis zum Aufstehen. Sie hatte geträumt, dass sie mit Kurt und den Kindern in der kleinen Kate in Lübars um den Tisch gesessen und eine angenehm wärmende Hühnersuppe gelöffelt hatte. Im Winter, wenn zur dörflichen Ruhe noch die Stille durch Kälte und Schnee hinzukam, lag ein besonderer Zauber auf dem Ort ihrer frühesten Kindheit. Nur dort vermochte sie all ihre Sorgen vergessen. Schade, dass gerade so wenig Zeit für Familienausflüge war. Gleich mit Beginn des neuen Jahres waren Kurt und sie wieder tief in Arbeit versunken. Das fröhliche Weihnachtsfest bei Maximilian und Marlene vor sechs Wochen schien ihr eine ferne Erinnerung. Leider hatte das Jahr 1930 schlecht begonnen.

Gleich an Neujahr hatte Marlene ihr mit Tränen in den Augen das Einsetzen ihrer Regelblutung gestanden und sie gebeten, es an ihrer Stelle den restlichen Besuchern des Weihnachtsfestes mitzuteilen. Emma hatte ihre schluchzende Schwester in die Arme genommen und danach eine Tasse Melissentee gekocht, statt um irgendwelche tröstenden Worte zu ringen. Die gab es für solch eine Situation vielleicht gar nicht. Lieber zeigte sie, dass sie für Marlene da war, ihr zuhörte.

Zu dieser Enttäuschung kamen die Sorgen um die Lebenskosten, die sie deutlich bei den Eltern der Patienten in der Kinderklinik spürte. Seit dem ersten Januar waren die Straßenbahnfahrkarten, Nebenkosten, Getreide und Fleisch erheblich teurer geworden. Gleichzeitig hatte man die kostenlose Wohlfahrtsspeisung eingestellt. Weil die Kinderklinik von der Kommune finanziert wurde, war die neue Geldnot auf den Korridoren Tagesgespräch. Wenn Emma daran dachte, welche für die Kinderpflege notwendigen Dinge nun nicht angeschafft werden konnten, wollte sie am liebsten den ganzen Tag im Bett bleiben: keine neuen Fieberthermometer, nur die Hälfte neuer Wäsche, und der Freibettfonds war komplett gestrichen. Gerade jetzt waren bedürftige Patienten umso mehr auf eine kostenlose Behandlung und Unterbringung angewiesen. Ein Jahr Klinikbetrieb mit kaum mehr als sechzig Fieberthermometern, wie sollte das bei einer Vollauslastung mit sechzig Pfleglingen funktionieren, wenn man Reinigungszeiten und Verschleiß berücksichtigte? Auch in der Patientenaufnahme, im Haupthaus genauso wie in den alten Isolierhäusern wurden Fieberthermometer gebraucht. Im Januar hatten die Intervalle der Fiebermessungen bereits verlängert werden müssen, was nicht gut war. Im Winter waren die Infektionszahlen besonders hoch. Lange würden solche Sparmaßnahmen bestimmt nicht ohne Folgen bleiben, und an die Auswirkungen auf die Gehälter des Klinikpersonals wollte sie erst gar nicht denken.

Ähnliche Sorgen bereiteten Emma die rechtsgerichteten Parteien, denen immer mehr Menschen zuströmten, weil die Große Koalition unter Führung der SPD der Krise nicht genug entgegenzusetzen hatte. Als Ende Januar die langjährige Besatzung des Rheinlandes durch französische Truppen von den Alliierten offiziell aufgehoben wurde, verkündeten die Rechten die »Befreiung des Rheinlandes«. An einer Litfaßsäule hatte Emma auf einem Plakat der NSDAP etwas von einem *zukünftigen Deutschland in den Grenzen von 1914* gelesen. Diese Entwicklung zeigte ihr, dass die alte Wut über den verlorenen Krieg doch noch nicht verraucht war. Für sie fühlte es sich so an, als würde die Demokratie immer mehr Verbündete verlieren.

»Bist du auch schon wach?«, fragte Kurt neben ihr. Seine Hand wanderte unter ihre Decke und kam auf ihrem Oberschenkel zu liegen.

Emma schlug die Augen auf und drehte sich auf die Seite, um Kurt anzuschauen. Im Gegensatz zu ihr wirkte er kein bisschen verschlafen, ganz so, als wäre er schon seit vielen Stunden wach. Sie streichelte ihm die unrasierte Wange. »Was hältst du davon, wenn wir über Lissis Geburtstag nach Lübars fahren?«

Kurt zögerte mit einer Antwort.

»Ein Wochenende auf dem Land würde uns sicher guttun, und es ist doch der Geburtstag unserer Tochter. Sie würde sich bestimmt freuen.« Emma sehnte sich nach mehr Zeit mit der Familie. Ihr gemeinsamer Sonntagabend vor dem neuen Empfängergerät war eine wohltuende Auszeit für ihre besorgte Seele. Sie wollte wieder mehr davon, wie früher, als sie noch nicht Oberschwester und Kurt nicht Vor-Ort-Reporter gewesen war.

Kurt nahm seine warme Hand von Emmas Oberschenkel, drehte sich auf den Rücken und schaute an die Decke.

»Ich würde sehr gerne mit euch nach Lübars fahren, aber ich weiß nicht, ob ich das schaffe. Am Montag nach Lissis Geburtstag steht die Reportage bei der *Kindl*-Brauerei an. Das Wochenende davor wollte ich mir zur Sicherheit freihalten, falls irgendetwas bei den Vorbereitungen schiefgeht oder es noch kurzfristige Änderungswünsche an meinem und Gesines Manuskriptentwurf gibt.«

»Hat deine Chefin dieses Mal am Manuskript mitgeschrieben?«, fragte Emma verwundert. Gesine Hildebrandt war doch eigentlich Programmchefin, nicht Redakteurin.

Kurts Augen leuchteten, als er sagte: »Bei außergewöhnlichen Projekten nimmt Gesine sich die Freiheit, an den Texten mitzuarbeiten. Und deswegen wird es verdammt gut werden. Ihre Worte und Gedanken sind messerscharf.«

Emma wurde es plötzlich eng in der Brust, vielleicht lag sie auch nur schief. Sie setzte sich auf. »Ich mache Kaffee. Dann haben wir noch ein paar Minuten für uns, bevor die Kinder aufwachen.«

Sie ging in die Küche, holte den Porzellanfilter aus dem Schrank und setzte Wasser im Teekessel auf. Vom Vortag war noch genug gemahlener Kaffee in der Mühle. Sie schüttete ihn in den Filter. Bei dem Gedanken, wie Kurt und die kosmopolitische Ausnahmefrau am Wochenende zusammen über einem Manuskript brüteten, fiel die Hälfte des Kaffeepulvers am Filter vorbei und landete auf dem Küchentisch. Sie klaubte es ungeschickt mit den Fingern zusammen.

Erst als der Geruch von frisch gebrühtem Kaffee durch die Wohnung zog, erschien Kurt mit Elisabeth in der Küche. Emma hätte lieber noch ein paar Minuten allein mit ihm gehabt.

»Was meinst du, Lissi, wollen wir deinen Geburtstag in Lübars feiern?«, fragte Kurt seine Tochter, deren müder Kopf an seiner Schulter ruhte. Das kastanienbraune Haar stand ihr zerzaust in alle Richtungen ab. An Emma gewandt, sprach Kurt weiter: »Ich werde mit Gesine reden, damit sie an meiner Stelle die letzten Korrekturen der Vorzensur einarbeitet.«

Emma lächelte zart.

»Muss ich dann mit dem Auto fahren?«, fragte Lissi.

»Wenn wir mit dem Fahrrad fahren, dauert es sehr lange, und bei den kalten Temperaturen würden wir beide als Eiszapfen ankommen«, erklärte Kurt seiner Tochter.

Elisabeth schüttelte an Kurts Schulter den Kopf. »Dann lieber nicht.«

Emma glitt das kleine Lächeln aus dem Gesicht. Die Angst ihrer Tochter vor Automobilen hatte sich noch kein bisschen gelegt. Hoffentlich renkte sich das bald wieder ein.

Theodor kam in die Küche geschlurft und goss sich Kaffee ein. »Ich bin noch todmüde«, murmelte er.

Emma beobachtete ihren Sohn verwundert. Er trank Kaffee? Zum ersten Mal fiel ihr auf, dass seine Oberarme muskulöser geworden waren. Das Oberteil seines karierten Schlafanzugs spannte etwas. Das war wohl der Einfluss seines neuen Freundes, mit dem er sich seit Jahresanfang wöchentlich irgendwo in der Stadt traf. Er machte ein ziemliches Geheimnis daraus. Emma hätte gerne mehr darüber erfahren, aber wusste auch, dass sie Theodor nicht bedrängen durfte, sonst zog er sich ganz von ihr zurück.

»Er ist so müde, weil er letzte Nacht wieder ganz lange in seinem geheimen roten Buch gelesen hat«, flüsterte Elisabeth und versteckte ihren Mund dabei hinter ihren Händen, wie sie es oft tat, wenn sie versehentlich ein Geheimnis preisgab.

Theodor hatte gerade die Kaffeetasse an den Mund gesetzt, jetzt hielt er inne und errötete, als hätte man ihn eines Verbrechens überführt. Das sah ihm gar nicht ähnlich.

»Ist schon gut«, sagte Kurt beschwichtigend, »Lesen wird in unserer Familie nie reglementiert werden.«

»Wie gefällt dir eigentlich Hesses *Steppenwolf* von Tante Lene und Onkel Max?«, erkundigte sich Emma. Besaß dieses Buch nicht einen roten Einband? Aber was daran sollte bloß geheimnisvoll sein?

Theodor trank mehrere Schlucke Kaffee, dann sagte er: »Sehr gut«, und schob sich ohne weitere Erklärung an Kurt und Elisabeth vorbei aus der Küche.

Emma hielt Kurt die Kaffeetasse hin, aber der schüttelte den Kopf. »Ich glaube, du brauchst ihn dringender.« Dann brachte er Elisabeth ins Bad, die wissen wollte, was denn ein Steppenwolf sei. Beide mussten früh aus dem Haus. Seit Jahresanfang musste Kurt jeden Montag zur Redaktionskonferenz ins VOX-Haus am Potsdamer Platz.

Während Emma ihren Kaffee nun allein am Stubentisch trank, fiel ihr eines von Kurts Büchern auf, das aufgeschlagen dort lag. Daneben ruhte sein bester Füller. In dem Buch, das *Zukunft für alle* hieß, hatte Kurt sich mit den gesellschaftlichen und politischen Bedingungen auseinandergesetzt, die für eine gerechtere Gesellschaft notwendig wären. Es war auch ein Plädoyer für die Demokratie. Das Buch war nie in zweiter Auflage gedruckt worden, was Emma sehr bedauerte. Kurts Argumentation war leicht verständlich, absolut überzeugend, einfach genial. Sie schlug das Buch auf. Ihr Zeigefinger, an dem noch etwas Kaffeepulver war, landete auf der Titelseite des Buchs. Wieder wurde ihr eng in der Brust. Kurt hatte eine Widmung mit blauer Tinte unter den Titel geschrieben:

Für Gesine, die ich von Herzen bewundere

Emma schlug das Buch gleich wieder zu. Ihr Herz raste mit einem Mal. Dabei gab es keinen Grund, misstrauisch zu sein. Schließlich hatte sie auch lange eine Vorgesetzte gehabt, die sie von Herzen bewundert hatte: Hanny Polsfuß. Trotzdem ging ihr die Widmung auch beim Zähneputzen und danach nicht aus dem Kopf. Gedankenversunken steckte sie sich ihre Schwesternhaube am Kopf fest und betrachtete sich im Wandspiegel. Vielleicht sollte sie sich auch so ein dünnes Strickjäckchen nähen, wie Gesine es an dem Abend beim Schnitzelessen getragen hatte? Dann würde sie sich nicht mehr so unattraktiv fühlen. Aber wo nur sollte sie die Zeit dafür hernehmen?

Kurt rief »Bis heute Abend« und war schon mit seiner signierten *Zukunft für alle* aus der Wohnung verschwunden.

Emma verließ die Wohnung nur kurz nach ihm. Es war noch dunkel draußen. Früher, als ihr Fußweg zur Klinik länger gewesen war, hatte die Zeit bis zur Ankunft ihr genügt, um den Kopf von quälenden Gedanken freizubekommen, sodass sie sich bei der Arbeit hundertprozentig konzentrieren konnte. Heute ließ sie der Gedanke, dass Kurt ihr an diesem Morgen zum ersten Mal keinen Kuss zum Abschied gegeben hatte, einfach nicht los. Der Tag, an dem er sie bis zur Klinik begleitet, ihren ersten Schritt als Oberschwester verfolgt und ihr einen Luftkuss zugeworfen hatte, lag noch gar nicht lange zurück. Hätte sie etwas zu ihm sagen sollen?

Aber sie wollte ihm die Freude nicht verderben, die er bei seiner neuen Herausforderung empfand. Jahrelang hatte ihre Arbeit in der Kinderklinik Vorrang vor seiner Karriere gehabt. Jetzt sollte er endlich auch in den Genuss kommen, sich beruflich zu verwirklichen. Emma verlangsamte ihren Schritt.

Vermutlich reagierte sie überempfindlich mit ihrer kleinen Eifersucht. Aber die Sorge, betrogen zu werden, war einfach ihr wunder Punkt. Ihre erste Liebe, Theodors leiblicher Vater, war ihr gleich mit mehreren Frauen untreu gewesen. Danach hatte sie lange gebraucht, bis sie Männern wieder vertrauen konnte. Erst Kurt war es gelungen, das Eis zu brechen. Emma beschloss, den vergessenen Kuss auf den Stress zu schieben. Wenn das Leben hektisch war, konnte man viel vergessen. Sie selbst hatte sogar schon einmal vergessen, ihre Tochter bei Oma Schari abzuholen, als sie sehr überarbeitet gewesen war.

Am Kliniktor stoppte sie, weil jemand ihr den Weg versperrte. Wegen der Dunkelheit erkannte sie den Mann nicht sofort.

»Emma, mein Mädchen, bitte erschrick jetzt nicht«, sagte er.

Emma tat das Gegenteil. Sie stieß einen spitzen Schrei aus und machte sofort einen Satz von ihm weg. »Das kann nicht sein!« In ihrer Erinnerung donnerte ein Gewehrschuss, sodass sie sich am liebsten die Ohren zuhalten wollte. »Du lebst doch?« Sie konnte spüren, wie ihr das Blut aus dem Kopf nach unten floss. Ihr wurde schwindelig. Sie sah Gespenster!

Joseph hielt sie kurz fest, damit sie nicht hinfiel, aber sobald sie nicht mehr wankte, ließ er sie wieder los. »Es tut mir unendlich leid, dass ich mich nicht eher melden konnte.«

»Ich dachte, du bist tot.« Emma griff nach seiner Hand. Sie fühlte sich real an. Er war keine Illusion.

»Ich möchte dir alles erklären«, sagte Joseph mit jenem warmen Blick, der Emma an ihre Schwester erinnerte. Wenn Marlene mit Kindern sprach, schaute sie genauso warmherzig. »Ein Gespräch ganz in Ruhe«, fügte er noch an.

Emma betrachtete den Mann vor sich in der Dunkelheit erst einmal gründlich, ob er auch wirklich derselbe wie vor zehn Jahren war. Sein dunkelblondes Haar begann, grau zu werden. Sein Gesicht wirkte noch verlebter als damals in Lübars. Er musste heute um die sechzig sein. Vielleicht war es die Unruhe, mit der er vor ihr stand und sich kaum merklich immer wieder umschaute, weshalb sie sich sicher war, dass sie es wirklich mit Joseph Christian Gottwald zu tun hatte. Einer seiner Verfolger, die damals der Grund für seine Unruhe gewesen sein mussten, hatte gerufen: *Männer wie du haben den Tod verdient!*

»Kennst du die Schrebergärten bei der Rennbahn?« Joseph strich sich die feuchten Hände an seinem abgetragenen Mantel ab. Es war eiskalt, aber er trug seinen Mantel über dem fleckigen Leinenhemd offen.

Emma nickte vorsichtig. »Ja.« Weil Essen im Großen Krieg knapp gewesen war, waren viele Brachflächen in Kleingärten umgewandelt und vor allem Kartoffeln angepflanzt worden. Und in der Kolonie »Zur Rennbahn« war vor zwei oder drei Jahren ein Erntedankfest gefeiert worden. Emma hatte es mit ihrer Familie besucht, weil Kurt für die *Vorträge* ein Manuskript über das Kleingartentum verfasst hatte.

Joseph senkte die Stimme. »Ich wohne in dem alten,

ausrangierten Pferdebus hinter den Lauben. Dort können wir ungestört reden. Heute Abend?« Ein kurzer Blick über Emmas Schulter folgte.

Emma zögerte. »Ich soll allein kommen?« Was wäre, wenn ausgerechnet heute Abend wieder ein Gewehrschuss fiel?

»Bitte gib mir diese eine letzte Chance, Emma. Wenn du mich danach nie wieder sehen willst, akzeptiere ich das.«

»Ich bringe Lene auf jeden Fall mit«, entschied Emma, obwohl es sie einige Überzeugungsarbeit kosten würde, ihre Schwester zu ihm zu locken.

»Lene will mich nicht sehen.« Josephs zerfurchtes Gesicht verfinsterte sich, das immerhin konnte sie in der Dunkelheit erkennen. »Das hat sie mir vor ein paar Wochen deutlich zu verstehen gegeben.«

»Vor ein paar Wochen? Wie kann das sein?«, fragte Emma wie vor den Kopf geschlagen. Warum hatte ihre Schwester ihr nicht davon erzählt, dass sie ihren Vater getroffen hatte?

Joseph ergriff Emmas Hand. »Du bist die Empathische und Geduldige meiner beiden Töchter, genauso wie Elisabeth. Verwehre mir diese letzte Chance nicht.«

»Gut«, sagte sie schließlich, weil sie das Gefühl hatte, es ihrer Mutter schuldig zu sein. »Heute Abend nach Dienstschluss gegen Viertel nach acht komme ich zur Laubenkolonie an der Rennbahn.« Ihr fiel das goldene Band einer Taschenuhr auf, das aus seiner Manteltasche hing. Diebesgut?

Joseph lächelte und drückte ihre Hand. »Danke, mein Mädchen. Das werde ich dir nicht vergessen.«

In dem Moment rauschte Vera an Emma vorbei zur Klinik. »Guten Morgen, Oberschwester«, flötete sie. Vera gehörte zu den wenigen Stationsschwestern, die Emma noch gut gelaunt grüßten. Die anderen klangen seit einigen Wochen eher sachlich, allen voran Hertha von der Chirurgie.

Emma verfolgte, wie Doktor Levy sein Automobil auf das Klinikgelände lenkte und dessen Scheinwerfer den Weg zum Patienteneingang erhellten. Sie grüßte ihn und auch Stationsschwester Vera mit etwas Verzögerung. Als sie sich dann wieder ihrem Vater zuwenden wollte, war der verschwunden. Sie schaute sich um, aber von Joseph gab es keine Spur mehr. Er besaß wirklich ein besonderes Talent dafür, sich unsichtbar zu machen.

Auf dem Weg zum Haupteingang des Klinikgebäudes grübelte sie, warum Marlene ihr nichts vom Auftauchen ihres Vaters erzählt hatte. War es untergegangen, weil Marlene so enttäuscht über ihren Irrtum mit der Schwangerschaft war? Trotz der belastenden Umstände wollte Emma sie wegen der Sache mit ihrem Vater zur Rede stellen, vorsichtig, schonend. Sie fand, dass sie ein Anrecht auf ihren Vater und die Information hatte, dass er wohlauf war. Obwohl er sie mit einem mulmigen Gefühl zurückgelassen hatte, spürte sie nun, dass die Begegnung ihre Laune etwas hob. Vielleicht erzählte er dieses Mal wirklich die Wahrheit? Trotzdem würde das Treffen nicht ungefährlich sein.

Unweit des Haupteingangs entdeckte Emma die Stationsschwester der Augenstation mit zwei weiteren Schwestern. Als sie Emma erblickten, grüßten sie nur flüchtig und waren dann gleich wieder in ihr Gespräch vertieft.

Das Frühstück im Schwesternzimmer verlief stillschweigend. Die Stimmung beim Pflegepersonal hatte sich verändert; eine Tatsache, die Emma heute nicht zum ersten

Mal auffiel. Es war kein freudiges Miteinander mehr, kein reger Austausch, zumindest nicht in ihrer Anwesenheit.

Nach der Visite, als Emma gerade in ihr Dienstzimmer gehen wollte, holte Stationsschwester Grete sie ein. An ihrer Seite war Albert Kopetzke, der Bollejunge, dessen Gaumenmandeln im vergangenen Herbst operativ entfernt worden waren und der einen richtigen Wachstumsschub gemacht hatte. Obwohl er noch nicht einmal elf war, reichte er ihr schon bis an die Nasenspitze. Albert trug eine notdürftig geflickte Hose, der er längst entwachsen war. Der Stoff endete weit über den Knöcheln. Seine ausgetretenen Halbschuhe waren viel zu dünn für die kalte Jahreszeit. Auch seine Milchgeldtasche hatte er wieder dabei.

Auf einmal fiel es Emma wieder ein. Sie hatte den Termin mit ihm beinahe vergessen, dabei wollte sie bei Alberts erster Zauberstunde für die Kinder in den Isolierhäusern unbedingt dabei sein!

»Schön, Albert, dass du für den großen Wilfridelmus einspringst«, sagte Emma mit einem Lächeln und überlegte, welches Paar von Theodors älteren Stiefeln sie Albert überlassen konnte. Sie konnte es nicht mit ansehen, wenn Kinder froren, auch wenn sich Albert nichts anmerken ließ. Draußen war eiskalter Winter!

Bei der letzten Zauberstunde hatte Willy Pinke es mit seiner Vorführung nicht in die Isolierhäuser geschafft, weil ihm schwindelig geworden war und sein Herz Probleme gemacht hatte. Maximilian hatte eine isolierte systolische Hypertonie diagnostiziert, eine typische, mit dem Alter einhergehende Herzschwäche, und ihm zunächst einmal strenge Ruhe verordnet. Es war noch nicht abzusehen, ob der große Wilfridelmus jemals wieder auf die Bühne zurückkehren würde. Emma hatte sich ernsthaft Sorgen gemacht, inzwischen schien es ihm jedoch wieder etwas besser zu gehen. Elwira Scharinski schaute wöchentlich nach ihm.

Um die Kinder in den Isolierhäusern nun nicht zu benachteiligen, hatte Albert angeboten, nachträglich für seinen Lehrmeister einzuspringen. Oberin Fischer hatte dem vermutlich nur zugestimmt, weil sie dem Jungen weniger zahlen musste. Sie hatte mit ihm ausgehandelt, dass er als Aufwandsentschädigung lediglich ein Viertel des Lohns bekam, den Willy Pinke erhalten hätte.

Emma wäre es lieber gewesen, Albert wäre zur Schule gegangen, anstatt Zaubertricks vorzuführen und Milch auszufahren.

»Ick habe mich zu Hause vor meenen kleenen Bruder jestellt und viel jeübt«, versicherte Albert ihr. »Franz hat zwar nicht jeklatscht, aber ick gloob, ihm hat's trotzdem jefallen.«

Emma musste bei der Vorstellung schmunzeln, wie Albert vor dem neunmonatigen Säugling stand und Tricks vorführte, die das Kind nicht mal verfolgen konnte.

Grete, Emma und Albert gingen – den Handwagen von Wilfridelmus hinter sich herziehend – ins Keuchhustenhaus. Dort zog Albert sich um und verwandelte sich in »den zaubernden Albertus«, wie er sagte. Er wurde mit jeder Minute aufgeregter. Die Zauberstunde schien für ihn eine berauschende Flucht in eine magische Welt zu sein, die nichts mit seinem harten Alltag zu tun hatte. Die Zauberkleidung war Albert noch zu groß, aber er gab sich Mühe, sich darin zu strecken. Es würde sein erster Soloauftritt werden.

Nachdem sich alle die Schutzkleidung angelegt hatten, ging Stationsschwester Grete in die Krankenzimmer voran,

Emma folgte ihr, und Albert wartete zappelig im Türrahmen. In den ersten beiden Zimmern schliefen die Pfleglinge, und sie beschlossen, die Kinder nicht zu wecken. Nichts war heilsamer als Schlaf. »Schade«, sagte Albert, der es kaum erwarten konnte, endlich seinen ersten Zaubertrick vorzuführen. Hibbelig klopfte er auf seiner Milchgeldtasche unter dem Zauberumhang herum.

In Zimmer drei lag Gertrude Klein, deren Krankheitsverlauf den Ärzten große Sorgen bereitete. Seit ihrer Einlieferung kurz vor Weihnachten waren ihre Anfälle immer heftiger geworden. Seit vergangenem Freitag wurde sie beim Husten auch noch rot-bläulich im Gesicht – ein Zeichen lebensbedrohlichen Sauerstoffmangels. Heute lag das Mädchen mit aufgedunsenem Gesicht da und schaute apathisch zur Zimmerdecke.

»Gertrude ist zu krank für den Zauberlehrling«, flüsterte Grete Albert zu, damit die Patientin nicht erschrak.

Emma nickte bestätigend. »Sie braucht weiter Ruhe.«

»Ein Zauberlehrling?«, keuchte das Mädchen und drehte mühevoll den Kopf zu ihnen. »Den möchte ich gerne sehen.«

Albert trat in das Krankenzimmer, legte sich erneut die Schutzkleidung an und verbeugte sich vor der Patientin. »Ick bin *der zaubernde Albertus* und kann Münzen verschwinden lassen«, verkündete er. »Ick kenne auch schon vier dolle Kartentricks.«

Gertrude lächelte erschöpft und hatte nur noch Augen für Albert. Ihr Haar klebte ihr platt am Kopf, obwohl es am Morgen von den Schwestern und danach von ihren Eltern gekämmt worden war. Zum Glück waren die Kleins nicht vom Keuchhusten-Bazillus befallen. Sie besuchten ihre Tochter zweimal am Tag, und Frau Klein konnte es nicht lassen, ihr krankes Kind im Bett zu kämmen, weil ihr die Pflege durch die Elevin nicht genügte. Es musste unbedingt eine Bürste mit Feinsilberauflage und Alpakaborsten verwendet werden, weil das Haar ihrer Tochter angeblich besonders empfindlich war. Kaum etwas genügte den Ansprüchen von Gertrudes Eltern. Die Fürsorge und Aufopferung, mit der das Personal sich des Mädchens annahm, waren für die Eltern unzulänglich.

Emma und Grete tauschten einen mitfühlenden Blick. Für ein Kind mit schwerem Keuchhustenverlauf brachte Gertrude gerade viele zusammenhängende Sätze hervor. Sie war stärker, als es ihr vielleicht zugetraut wurde.

»Na gut«, sagte Emma deswegen. »Aber nur einen einzigen Trick, und ohne zu viel Aufregung.« Bei Gertrude hatte sie immer das Gefühl, ihr eine Freude bereiten zu müssen, weil ihre Eltern es nicht taten und noch am Krankenbett Ansprüche an die Kleine stellten.

Albert machte sich gleich daran, die Utensilien für seinen Münzentrick in die Mitte des Krankenzimmers zu tragen. Schwester Grete wurde zu einer anderen Patientin gerufen, doch Emma verfolgte die Zauberstunde von der Türschwelle aus.

Auf einem mit rotem Stoff überzogenen Kindertisch legte Albert ein umgedrehtes Trinkglas, ein kunterbuntes Stofftuch und eine Münze aus seiner Milchgeldtasche bereit. Dann verkündete er mit dem Zauberstab in der Hand: »Ick werde nun diesen Groschen wegzaubern, verehrtes Publikum.« Er reichte dem kranken Mädchen die Münze und ließ es sie inspizieren.

Gertrude prüfte den Groschen sehr genau, ihr glasiger

Blick klärte sich etwas. Als das geschafft war, legte Albert die Münze auf den Tisch zurück und warf das bunte Tuch über das Glas. Dieses setzte er über die Münze. »Lirum, larum, Besenstiel«, trug er den weithin bekannten Spruch aus der Zauberschmiede Willy Pinkes vor und und ließ dabei eher unkoordiniert den Zauberstab über den Tisch kreisen. »Zaubern ist ein Kinderspiel.«

Gertrude versuchte, sich im Bett aufzusetzen, um alles ganz genau zu beobachten. Emma war sofort bei ihr und stützte sie. »Langsam, Gerti.« Elevin Edith kam dazu und verfolgte das Tun des jungen Zauberers neugierig. Ihr auffällig roter Lippenstift war nicht zu übersehen. Schon seit einigen Wochen schminkten sich immer mehr Elevinnen im Dienst. Emma wagte nicht mehr, sich kritisch dazu zu äußern, obwohl Schminke niemals in Wunden gelangen durfte.

Als Albert das Tuch vom Glas nahm, war die Münze tatsächlich verschwunden.

»Du kannst ja wirklich zaubern, Albertus«, staunte Gerti angestrengt und lächelte Albert und Emma glückselig an.

Albert trug den Zauberspruch erneut vor, und nun war die Münze wieder unter dem Glas.

Gertrude klatschte kraftlos, aber begeistert Beifall, während Emma sie sacht im Arm hielt. Sie sah die vornehmste Patientin der Kinderklinik das erste Mal wie ein Kind reagieren.

Für die große Verbeugung trat Albert vor das Krankenbett. »Danke, dass du meene erste Zuschauerin warst. Ick war janz uffjerecht, aber jetzt bin ick es nich mehr. Bist echt ein duftes Publikum.«

»Ich war noch nie ein Publikum.« Gertrude lächelte

noch breiter. Sie blinzelte, weil ihr der Schweiß in den Augen brannte, aber wollte dennoch unbeirrt wissen: »Wann kommst du wieder vorbei, zaubernder Albertus? Vielleicht kannst du auch mein krankes Herz gesund zaubern?«

»Ick bin erst Anfänger«, sagte Albert. »Aber ick kann meenen Zaubermeister mal fragen, ob der weiß, wie det jeht.«

Gertrude griff Alberts Hand, dabei sackte sie erschöpft auf den Rücken zurück. »Bitte komm wieder!«

Emma wollte nicht, dass das Mädchen sich falsche Hoffnungen machte. »Erst einmal kurieren wir deinen Keuchhusten aus, Gerti«, sagte sie und deckte die Patientin wieder bis zu den Schultern zu, »Albert geht jetzt zum nächsten Patienten weiter. Der wartet nämlich schon ganz ungeduldig.«

Gertrude biss die Lippen zusammen und schaute nun wieder ernster. Elevin Edith half, die Zauberutensilien weiterzutragen. Als Albert noch einmal an Gertrudes Krankenbett trat, wollte Emma schon einschreiten, denn die Patientin brauchte jetzt Ruhe, aber Alberts Geste berührte sie. Obwohl er und seine Familie auf jeden Pfennig angewiesen waren, legte er Gertrude den Groschen vom Zaubertrick in die Handfläche und schloss mit seiner behandschuhten rechten Hand ihre Finger darum. »Det ist een besonderer Groschen, der jedem, der ihn besitzt, Glück bringt.«

Gertrudes geschwollene Augen leuchteten auf. Sie zog ihre Hand mit der Münze unter die Decke. Die Wölbung verriet Emma, dass sie sich die Münze vor die Brust presste. »Danke, Albertus. Du bist auch …«, sie zögerte erst, das Wort zu sagen, aber dann kam es ihr doch über die Lippen, »dufte.«

Albert strahlte über das ganze Gesicht, als Emma ihn aus dem Krankenzimmer führte. Sie war erleichtert, dass die erste Vorführung so gut geklappt hatte. Albert machte seine Sache auch bei den nächsten Patienten gut. Als er im Zimmer des heimwehkranken Oskars gerade einen Kartentrick vorführte, hallten aufgeregte Stimmen über den Korridor.

Emma hörte Doktor Fiedler rufen: »Ich brauche die Sauerstoffbombe in Zimmer drei, sofort!«

Das war Gertis Zimmer! Emma lief in den Abstellraum, wo die Sauerstoffbombe des Keuchhustenhauses aufbewahrt wurde. Es war eine sehr schwere eiserne Flasche, die unter Druck stand. Das lebensnotwendige Gas wurde über Schläuche aus der Flasche in eine Maske geleitet, die dem Patienten über Mund und Nase gesetzt wurde. Die Apparatur konnte auf einem Ständer, ähnlich einer Sackkarre, zu Notfällen geschoben werden.

Elevin Edith wollte das Gerät schon losrollen, als Emma auffiel, dass die Maske verdreckt war. »Wurde das Gerät nicht nach der letzten Anwendung gereinigt?« Sie trat vor die Liste an der Wand, in der sämtliche Benutzungen und Reinigungsarbeiten mit Unterschrift festgehalten wurden. »Das Gerät war vor einer Woche das letzte Mal in Benutzung. Sie hätten es direkt danach reinigen müssen«, sagte Emma aufgebracht. Die Reinigung medizinischer Geräte war vorrangig Aufgabe der Elevinnen.

Edith stand da, als wäre sie auf frischer Tat bei einem Einbruch erwischt worden.

»Wo bleibt die Sauerstoffbombe, verdammt noch mal?«, rief Doktor Fiedler über den Korridor.

Emma legte selbst schnell Hand für die Reinigung und

Desinfektion an. Ihre Finger zitterten, weil sie wusste, dass nun jede Sekunde zählte.

»Ich hatte letzte Woche gerade Dienstschluss, als die Bombe zurückkam. Und Oberin Fischer will doch, dass wir uns nicht überarbeiten, damit wir jeden Tag aufs Neue frisch an die Arbeit gehen können.« Edith spielte verlegen mit einer dicken Locke, die ihr aus der Schwesternhaube heraus an die Schläfe fiel und ganz hervorragend ihre feuerroten Lippen ergänzte – wäre sie eine Revuetänzerin gewesen. »Also habe ich pünktlich Schluss gemacht«, erklärte die junge Frau weiter. »Die Oberin wollte uns an diesem Abend mit in den Salon von Frau von Karstädt nehmen, wo nur feine Leute verkehren, um für die Arbeit der Rotkreuzschwestern zu werben.«

Emma musste sich zusammenreißen, sich nicht vor der Elevin zu vergessen. »Die Sauerstoffbombe muss nach jeder Anwendung gereinigt und desinfiziert werden! Egal, ob Sie deswegen fünf Minuten später Dienstschluss haben. Ansonsten setzen Sie unsere Patienten einer Infektionsgefahr aus«, sagte sie ungehalten.

Edith wollte zu einer Erwiderung ansetzen, aber Emma achtete nicht mehr auf sie, sondern schob die Sauerstoffbombe mit Nachdruck aus dem Zimmer. Die Elevinnen wurden immer nachlässiger! Die Vorfälle, die Emma mit ihrer Vorstellung von guter Pflege nicht mehr vereinen konnte, häuften sich. Zum Glück hatte es wenigstens keine neuen Beschwerden über Alkohol trinkendes Pflegepersonal gegeben.

Als Emma in Zimmer drei eintraf, bereitete Doktor Fiedler gerade die Sauerstoffzuleitung vor. Stationsschwester Grete hielt die Patientin aufrecht. Gertrudes Gesicht war noch aufgedunsener als eben bei der Zaubervorführung und rot-bläulich verfärbt, während sie stakkatoartig hustete, ohne zwischendurch einzuatmen. Die Venen an ihrem Hals traten deutlich hervor. Im nächsten Moment erbrach sie sich in eine Schale, die Grete ihr hinhielt. Hätte Gertrude auf dem Rücken gelegen, wäre sie womöglich an ihrem Erbrochenen erstickt.

Emma hoffte, dass der Sauerstoff noch rechtzeitig kam. Die Situation war so kritisch wie bei keinem anderen Kind im Keuchhustenhaus. Sie hätte die Zaubervorführung nicht zulassen dürfen! Die Notsituation ging auf ihr Konto.

In nächsten Moment erschienen die Eltern von Gertrude im Zimmer und zogen sich hastig die Infektionsschutzmontur über. »Wegen Ihnen allen hier stirbt unsere Tochter«, rief Frau Klein aufgebracht wie eine Furie.

Emma stellte sich der Mutter nur einen Meter vom Krankenbett entfernt in den Weg, wo Doktor Fiedler und Grete ihr Bestes gaben. »Wenn Sie uns jetzt unsere Arbeit erschweren, stirbt Gertrude wegen Ihnen«, sagte sie, weil ihr in der Not nichts Besseres einfiel. Normalerweise war es nicht ihre Art, Eltern so unter Druck zu setzen, aber bei den Kleins war sie mit ihrem Latein am Ende.

Erst als Herr Klein in eine Schimpftirade verfiel, die seine Tochter nur noch heftiger husten ließ, fand Emma ihren beruhigenden Ton wieder. Wenn jemand lauter wurde, half es, leiser zu reden. »Damit der Doktor und die Stationsschwester ihre Arbeit gut verrichten können, brauchen sie Ruhe«, erklärte sie und schob die Eltern mit bestimmter Geste aus dem Krankenzimmer.

»Ich werde mich beim Klinikdirektor darüber beschweren, wie wenig Sie die besondere Situation unseres herzkranken Mädchens berücksichtigen.« Frau Kleins Modeturban wackelte unter der Aufregung auf ihrem Kopf. Sie entledigte sich der Schutzkleidung, indem sie sie wütend auf den Boden feuerte.

Am liebsten hätte Emma jetzt aufgezählt, was sie alles für Gertrude taten, um es dem Mädchen so bequem und angenehm wie möglich zu machen, aber das wäre zwecklos gewesen. Den Kleins war sowieso nichts gut genug. Mit solch unbelehrbaren Eltern hatte Emma es in ihrer gesamten Laufbahn noch nicht zu tun gehabt.

Zum Glück kam in diesem Moment Doktor Fiedler dazu. »Dank der Sauerstoffbombe bekommt sie nun wieder Luft«, erklärte er, »aber wir werden sie fortan unter ständiger Beobachtung behalten.«

Gertrude lebte! Emma atmete erleichtert auf.

»Endlich begreifen Sie«, sagte Herr Klein, »dass unsere Tochter besonders ist.«

Frau Klein schüttelte fassungslos den Kopf. »Natürlich braucht sie ständige Beobachtung. Das ist seit ihrer Geburt so!«

Doktor Fiedler ließ sich nicht auf Diskussionen ein. Knapp nickte er den Eltern zu und ging davon.

»Vielleicht war die Zaubervorführung doch zu anstrengend für Gertrude«, warf Elevin Edith ein, die eben zu ihnen getreten war.

»Ich höre wohl nicht recht! Zaubervorführung? Was haben Sie unserer Tochter zugemutet?«, erboste sich Herr Klein und riss sich seinen Mundschutz aus dem Gesicht.

»Es war Gertis großer Wunsch«, verteidigte Emma sich halbherzig, wohl wissend, dass sie unvorsichtig gewesen war.

»Unsere Tochter heißt Gertrude!«, korrigierte Frau Klein abfällig.

Dann übernahm wieder ihr Ehemann: »Die Wünsche unserer Tochter sind nicht wichtiger als ihre Gesundheit. Ich verbiete alle weiteren Sperenzchen dieser Art und werde mich höchstpersönlich über die Kinderklinik bei der preußischen Krankenhausaufsicht beschweren. Sobald es Gertrude besser geht, verlegen wir sie endlich in die Privatklinik von Doktor Westermann-Pollnitz.«

Stumm brachte Emma die Kleins zum Ausgang und ging dann noch einmal zu der Notfall-Patientin zurück. Erschöpft lag Gertrude unter der elterlichen Spezialdecke, in die ihre Initialen eingestickt waren. Langsam öffnete das Mädchen die Augen. Als es Emma erkannte, flüsterte es: »Wenn ich meinen Glücksgroschen nicht gehabt hätte, wäre ich gestorben.« Entkräftet deutete Gertrude auf ihr Kissen, unter dem sie die Münze wohl bei Beginn des Hustenanfalls versteckt hatte.

»Jetzt ruh dich erst einmal gut aus, Gerti«, sagte Emma, streichelte ihr die Wange und verließ dann das Krankenzimmer.

Das war ein dramatischer Dienstbeginn gewesen! Um ein Haar wäre alles schiefgegangen. Emma nahm sich vor, sich bei nächster Gelegenheit nicht von ihrem Mitleid erweichen zu lassen und ausschließlich nach medizinischen Gesichtspunkten zu entscheiden, wer die Zaubervorführung sehen durfte. Auf dem Weg zum Haupthaus schaute sie bei der Freiluftkrippe vorbei, deren Betreuung sich heute, weil es regnen sollte, ausschließlich im Inneren abspielte. Danach machte sie sich in ihr Dienstzimmer auf, um die nächsten Dienstpläne zu entwerfen. Sie wollte doppelt so fleißig arbeiten, um ihren Fehler wiedergutzumachen.

Auf dem Korridor im Erdgeschoss winkte sie Maximilian erschöpft zu, der mit der Medizinalpraktikantin aus der Aufnahme kam. Fräulein Beierlein trug jetzt eine Brille. Das Modell erinnerte Emma an Marlenes modernes Gestell. Die junge Frau wurde Marlene immer ähnlicher.

Mit schweren Schritten ging Emma die Wendeltreppe hinauf in die Mansarde. Sie war noch zu aufgeregt von dem Vorfall, als dass sie gleich konzentriert in den neuen Dienstplan eintauchen konnte. Der Geruch von edlem Gewürztee hing im Korridor. Sie roch Zimt, Kardamom und Vanille und vielleicht sogar Muskat. Purer Luxus in Zeiten der Krise, die sich inzwischen über so viele Länder ausgebreitet hatte. Seit ihrer Abmahnung ging Emma besonders schnell an den Zimmern der Schwesternschülerinnen vorbei, damit man ihr nichts nachsagen konnte. Seltsamerweise standen die Türen der Zimmer sperrangelweit offen.

Vor dem Raum, den sich Renate und Monika teilten, wurde Emma unsanft beiseitegedrängelt. »Verzeihen Sie, aber das Ding hier ist sauschwer.« Ein Mann schleppte einen Teppich in das Zimmer.

Emma stoppte und schaute kurz zum Ende des Ganges, wo sich das Dienstzimmer von Marie-Luise befand, die Quelle aller feinen Gerüche auf dieser Etage. Nur weil es dort ruhig war und die Tür geschlossen blieb, wagte sie, das Geschehen im Zimmer der Elevinnen weiterzuverfolgen. Der Mann rollte den Teppich zwischen den zwei Betten aus. »So, jetzt kommen noch die anderen vier Perser.«

Emma war überzeugt, dass es sich um einen Irrtum handeln musste. »Die anderen vier Perser?«

»Na, für die restlichen Zimmer der Lernschwestern«, erklärte der nach Schweiß riechende rotgesichtige Mann.

Im nächsten Augenblick brachte ein weiterer Möbelpacker Nachttischlampen mit schwarz-goldenen Schirmen und schweren vornehmen Füßen in das Zimmer.

»Sie müssen sich irren, das haben wir nicht bestellt«, sagte Emma, wagte sich nun immerhin bis an die Türschwelle vor und lugte neugierig in den Raum hinein. Auch der einfache Spiegel über dem Waschbecken war durch ein Exemplar mit breitem goldenen Rand ersetzt worden.

Der Packer trat vor Emma. »Aber sicher haben Sie das!«

Emma konnte nicht widersprechen, so perplex war sie. Hier wurden plüschige Luxusteppiche ausgerollt, während an Fieberthermometern gespart wurde? Empörung stieg in ihr auf und trieb sie schnellen Schrittes bis vor das Dienstzimmer der Oberin. Aber im letzten Moment zögerte sie, drehte sich um und lief zur Wendeltreppe. Besser, sie besprach den Irrtum direkt mit dem Ärztlichen Direktor. Bei Konfrontationen mit Marie-Luise würde sie ja doch nur die Unterlegene sein.

Emma eilte wieder ins Erdgeschoss hinab, wo sich sämtliche Ärztebüros befanden. Fordernd pochte sie gegen Doktor Levys Bürotür.

Er öffnete ihr sogleich. »Oberschwester, gut, dass Sie da sind, wir sprachen gerade über Sie.« Er zog die Tür weiter auf, sodass Emma bis zu seinem gläsernen Schreibtisch schauen konnte.

Davor saß Marie-Luise so elegant, als befände sie sich in der ersten Reihe der Berliner Oper. Sie hatte die Beine übereinandergeschlagen, die Hände lagen wohlsortiert in ihrem Schoß.

»Ich kann auch später wiederkommen«, druckste Emma herum.

»Sie sehen sehr aufgelöst aus. Bitte weihen Sie uns

ein«, verlangte Doktor Levy und holte einen zweiten Stuhl herbei.

Bevor Emma widersprechen konnte, stellte er ihn neben Marie-Luise vor seinen Schreibtisch.

Emma straffte sich. Sie hatte nichts verbrochen, fühlte sich aber trotzdem unwohl. Es war beängstigend, was allein Marie-Luises Anwesenheit mit ihren Nerven machte.

»Die neuen Fieberthermometer, deren Notwendigkeit ich im Kostenplan unterstrichen hatte, wurden nicht genehmigt. Stattdessen werden die Zimmer der Elevinnen gerade aufs Feinste neu ausgestattet. Mit handgeknüpften Teppichen und …« Sie versuchte, nicht zu Marie-Luise zu schauen.

Doktor Levy unterbrach sie: »Die Fieberthermometer wurden von der Kommune nicht bewilligt? Das kann ich mir nicht vorstellen.« Er holte den Ordner mit dem Kostenplan aus dem Regal. Mehrmals blätterte er vor und zurück, dann schaute er verdutzt auf. »Die neuen Thermometer tauchen in der letzten Fassung des Kostenplans gar nicht mehr auf. Das ist seltsam.«

»Das war meine Entscheidung«, meldete sich die Oberin zu Wort.

Emma konnte nicht anders, als Marie-Luise entsetzt anzuschauen.

Die erklärte ausschließlich an den Ärztlichen Direktor gewandt: »Ich sollte doch noch einmal über die pflegerelevanten Kostenstellen schauen. Wir haben genug Fieberthermometer, deswegen habe ich weitere Neuanschaffungen gestrichen, genauso wie die neuen Lehnstühle für die Freiluftkrippe. Die waren sündhaft teuer.«

»Die gibt es nun mal nicht günstiger«, entgegnete Emma aufgebracht, »es sind Spezialanfertigungen für die älteren rachitischen Kinder. Die haben auf normalen Stühlen wegen ihrer deformierten Wirbelsäule Schmerzen.«

Marie-Luise schenkte Doktor Levy ein charmantes Lächeln, er erwiderte es. Es war schon früher so gewesen, dass sie in Konfliktsituationen zu Hochform auflief und so gut wie nie die Haltung verlor. Emma erinnerte sich daran, dass Doktor Levy auch damals ein Faible für Marie-Luise gehabt hatte. Sie schluckte so schwer, als säße ihr ein faustgroßer Kloß im Hals. Immer wieder erschienen Bilder von den Luxusteppichen, den Lampen und den Spiegeln vor ihrem inneren Auge, und darüber schoben sich unvollständige Fieberkurven.

»Wenn wir den Beruf der Kinderkrankenschwester nicht wieder attraktiver machen, zum Beispiel auch mit gut eingerichteten Zimmern für die Elevinnen, haben wir bald niemanden mehr, der sich überhaupt um rachitische Kinder kümmert«, trug Marie-Luise besonnen vor. »Nur, wenn sich die jungen Damen hier wohl und wertgeschätzt fühlen, werden sie ihre Arbeit mit der nötigen Motivation verrichten und zu einer zuverlässigen neuen Generation an Krankenschwestern heranwachsen.«

Nachdenklich schaute Benjamin Levy zwischen Emma und Marie-Luise hin und her.

»Ben, vertrau mir, es war die richtige Entscheidung!«, setzte die Oberin nach. »Die Kommune war von meiner Begründung, die ich dem Kostenplan beigelegt hatte, doch auch überzeugt. Sonst hätten sie die Neuanschaffungen für die Zimmer gar nicht erst bewilligt.«

Emma war kaum merklich zusammengezuckt. Der Ärztliche Direktor und Marie-Luise duzten sich sogar? Er war nur *Ben* für sie?

»Ich hatte vor der Abgabe des Kostenplans nicht noch einmal auf deine Änderungen geschaut, weil zur gleichen Zeit drei Notfälle eingeliefert wurden und ich schlussendlich auf deine Entscheidungen vertraute«, sagte er.

Marie-Luise beugte sich dem Ärztlichen Direktor entgegen. Etwas zu nah für Emmas Geschmack. »Dass du mir vertraut hast, war auch richtig so.« Marie-Luise schaute ihn erst bittend, dann sogar etwas lüstern an, wie Emma fand. Ihr wurde übel dabei. Wenn sie sich bewusst machte, mit welchen Mitteln die Oberin versuchte, ihre Prioritäten durchzusetzen ... Emma fand das gänzlich unpassend, ja unglaublich.

»Das Geld für die Fieberthermometer werde ich woanders auftreiben«, sagte Doktor Levy nach einigem Überlegen und wandte sich wieder Emma zu. »Versprochen, Oberschwester. Die zusätzlichen Thermometer schaffen wir auf jeden Fall an.«

Emma konnte sich trotz des Zugeständnisses nicht zurückhalten. Der Ärztliche Direktor war eine weitsichtige, verständnisvolle Person, ihm musste sie es sagen. »Ich habe das Gefühl, dass das Wohl der Elevinnen wichtiger geworden ist als das unserer Pfleglinge.«

»Gleich wichtig«, korrigierte Marie-Luise.

»Beim nächsten Mal werde ich *alle* Positionen des Kostenplans noch einmal vor der Abgabe durchsehen und dann von Fall zu Fall entscheiden. Ich verstehe beide Ansichten.«

Marie-Luise nickte. »Ich arbeite gerne mit dir zusammen und werde dir meine Korrekturen zukünftig gerne erläutern.« Wieder zog sie ihn mit ihrem vielsagenden Blick in ihren Bann. Für einige Augenblicke vermochte Doktor Levy nicht, sich von Marie-Luise zu lösen.

Bei dieser Flirterei stellten Emma sich die Härchen auf den Armen auf wie Draht. Sie ertrug die Situation nicht länger und erhob sich. »Dann weiß ich jetzt Bescheid.« Sie nickte Doktor Levy knapp zu und verließ das Büro.

Emma war gerade auf Höhe des Bakteriologischen Laboratoriums angekommen, da hallte ihr Name über den Korridor. »Oberschwester Emma?« Die Stimme ließ keinen Zweifel daran, dass sie zurückkommandiert wurde. Die Lippen fest aufeinandergepresst, die Schultern mühevoll gestrafft, drehte sie sich um und trat vor Marie-Luise Fischer.

»Was glauben Sie, wer Sie sind, dass Sie ständig meine Entscheidungen infrage stellen? Sie sind partout nicht in der Lage, Ihre persönlichen Ressentiments mir gegenüber zurückzustellen, um mir ausschließlich sachlich zuzuarbeiten.« Marie-Luise sprach so laut, dass es jeder auf dem Flur hören konnte, einschließlich der Eltern, die gerade das Klinikgebäude betraten. Zum ersten Mal klang sie nicht mehr nett, sondern ungehalten.

Emma wollte sich am liebsten in Luft auflösen, so unangenehm war ihr die Zurechtweisung in aller Öffentlichkeit.

»Ich informiere Sie hiermit, dass Sie eine zweite Abmahnung in Ihre Personalakte erhalten.«

»Ich bekomme eine zweite Abmahnung, weil ich mich für Fieberthermometer eingesetzt habe statt für Teppiche?«, fragte sie barsch zurück. Eine zweite Abmahnung stellte einen Kündigungsgrund dar, worauf die Oberin bestimmt nur gewartet hatte.

»Sie erhalten die zweite Abmahnung, weil Sie im Fall Albert Kopetzke selbstständig entschieden haben, unser Kinderkrankenhaus zur Kreditanstalt für ledige Mütter zu machen! Wie können Sie eigenmächtig Krankenhausrechnungen einfach stunden? Genau darüber sprach ich gerade mit Doktor Levy, bevor Sie uns störten. Er ist über den Zwischenfall ebenfalls nicht erfreut.«

Maximilian stand auf einmal neben ihnen, aber Emma beachtete ihn kaum, so sehr war sie auf Marie-Luise fixiert.

»Sie sollten das nicht hier auf dem Flur besprechen!«, sagte ihr Schwager streng und schob beide Frauen in den leeren Speiseraum der Schwestern. Mitleidig schaute er Emma an. Dann hörte sie lediglich noch, wie die Tür von außen geschlossen wurde.

»Frau Kopetzke ist eine alleinerziehende Mutter von zwei Kindern. Sie hat einen knapp elfjährigen Jungen und einen Säugling zu versorgen«, appellierte Emma an den letzten Rest Mitgefühl im Herzen der Oberin. »Sie wollte, so schnell es geht, etwas im Pfandhaus versetzen, damit sie die Krankenhausgebühren bezahlen kann. Die Familie ist bettelarm.« Emma fand es beschämend, dass die Oberin Albert nur zu gerne als Zauberer zu einem kargen Lohn akzeptiert hatte, sich im Gegenzug aber kein bisschen dankbar dafür zeigte, dass der Junge in der Not eingesprungen war.

»Genau deswegen wird Frau Kopetzke die offenen Gebühren auch nie bezahlen können«, sagte Marie-Luise im Brustton der Überzeugung. »Und wir bleiben darauf sitzen. Die Kinderklinik ist doch keine Bank, Herrgott noch mal!«

»Hätten wir Albert deswegen nicht behandeln dürfen?«, fragte Emma empört zurück. War es jetzt so weit gekommen, dass bedürftigen Kranken die Hilfe verweigert wurde? Sie begann schon, ihr dunkelblaues Oberschwesternkleid aufzuknöpfen. Unter solchen Umständen wollte sie nicht länger hier arbeiten!

»Wir hätten von Anfang an eine andere Lösung suchen

müssen«, antwortete Marie-Luise nach einer kurzen Pause. »Zusammen!« Sie wandte sich zum Gehen.

Emma sackte auf den nächstbesten Stuhl, den sie im Speiseraum zu fassen bekam, und zog sich ihre Haube vom Kopf. Dann war es das jetzt also für sie. Sie wusste noch nicht, wie sie die hohe Miete für die Wohnung weiterbezahlen sollten, wenn sie arbeitslos war. In diesen Krisenzeiten fand man nicht so schnell eine neue Anstellung.

»Aber bevor Sie noch anfangen zu weinen, teile ich Ihnen auch mit«, Marie-Luise drehte sich in der Tür noch einmal um, »dass Sie *nicht* entlassen sind, was Sie übrigens Ben zu verdanken haben.«

Emma schaute wie benebelt auf.

»Dennoch kann und will ich Ihr Handeln nicht länger verantworten. Sie werden hiermit von Ihren Pflichten als Oberschwester entbunden und arbeiten fortan als einfache examinierte Schwester auf der Isolierstation.«

Wenn sie nicht entlassen wurde, fiel wenigstens nur ein Teil ihres Einkommens weg, dachte Emma zuerst, dann spürte sie, wie sie am ganzen Leib zu zittern begann.

»Stationsschwester Hertha wird neue Oberschwester. Hertha Heinze hielt ich von Anfang an für die bessere Wahl, aber ich wollte auch Menschen wie Ihnen eine Chance geben.« Marie-Luises Blick glitt über Emmas abgetragene Schuhe, dann schloss sie wortlos die Tür hinter sich.

Emma konnte die aufsteigenden Tränen nicht zurückhalten. *Menschen wie Ihnen.* Ihr größter Albtraum war also doch wahr geworden: Marie-Luise Fischer hatte sich kein bisschen verändert und machte ihr die Arbeit zur Hölle. Ob es geholfen hätte, schon früher mit Benjamin Levy über ihr Problem mit Marie-Luise Fischer zu sprechen? Emma verwarf diesen Gedanken gleich wieder. Solange er Marie-Luises Blicken derart erlag, war wohl keine weitere Hilfe von ihm zu erwarten, die über die Verhinderung ihrer Kündigung hinausging. Emma vergrub den Kopf in ihren Händen. Zu allem Überfluss stand heute Abend auch noch das Gespräch mit ihrem Vater an. Bei dem Gedanken, ihn irgendwo im Dunkeln allein zu treffen, wurde ihr mulmig zumute.

***

14

3. Februar 1930, am Abend

Die Kleingartenanlage »Zur Rennbahn« befand sich im Norden Weißensees und grenzte an das Gelände der ehemaligen Trabrennbahn.

Die Gärten waren schmale Parzellen mit kleinen, selbst gezimmerten Lauben. In einer einzigen Laube brannte Licht, und eine ältere Frau schleppte einen Eimer mit Wasser zwischen kahlen Bäumen entlang. In dieser wilden Einsamkeit wirkte sie wie aus einer anderen Welt. Vermutlich dienten die Hütten gerade manch obdachloser Familie als Notunterkunft.

Mit jedem Schritt durch die Anlage schlug Emmas Herz schneller. Als der Nebel dichter wurde, trommelte es wie bei einem Angriff. Es war nicht einfach, den ausgedienten Pferdebus zu finden, und zweimal meinte sie, sie hätte sich verlaufen und wäre in diesem schlammigen Nirgendwo verloren.

Gerade als sich die Wolken vor den Mond schoben, entdeckte Emma den Pferdebus auf einem Stück Land hinter den Lauben, wo sonst nur noch tote Bäume standen. Sie horchte, aber kein Laut, nicht einmal das Rascheln von verderbendem Laub war zu hören.

Vorsichtig betrachtete sie den Pferdebus, ohne ihm zu nah zu kommen. Es war ein älteres Modell, wie sie an der Leiter erkannte, die zu den Decksitzen oben führte. Äußerlich sah das Gefährt noch wie eine Kutsche aus. Mit den Jahren schien es sich tief in den Boden eingegraben zu haben wie ein jahrhundertealter Grabstein. Die kleineren morschen Vorderräder waren kaum noch zu sehen. Als durch ein Wolkenloch Mondlicht auf den Bus fiel, meinte Emma, im Inneren des Busses die Umrisse der Beleuchtung und der Ventilation von der Decke herunterhängen zu sehen.

Sie nahm all ihren Mut zusammen, atmete tief ein und wagte es, um den Pferdebus herumzugehen. Dahinter rauchten die Reste eines Feuers. Genau so hatte sie sich das Versteck eines Verbrechers immer vorgestellt. In ihrer Erinnerung wurde der Gewehrschuss in Lübars laut, der Marlene oder sie das Leben hätte kosten können. Warum nur hatte sie sich auf dieses Treffen überhaupt eingelassen? Wenn Kurt wüsste, was sie hier tat, würde er sie sofort nach Hause holen. Sie wandte sich zum Gehen.

»Emma, mein Mädchen, du bist wirklich gekommen!«

Emma fuhr herum.

Wieder stand ihr Vater wie hingezaubert da.

Sie bekam vor Schreck keinen Laut heraus.

»Ich freue mich, dich zu sehen. Guten Abend«, begrüßte Joseph Gottwald sie.

Emma konnte hören, wie das Blut durch ihre Schläfen rauschte, und malte sich aus, dass gleich Männer aus der Dunkelheit hervorspringen und Gewehrläufe auf sie richten würden.

Ihr Vater holte ihr einen alten Eimer als Hocker herbei und einen Stapel stinkender Decken. Er deutete zur Feuerstelle und begann, das Feuer neu zu entfachen. »Bitte setz dich doch.«

Emma benötigte eine Weile, um sich von der Stelle zu bewegen. Wenn ihr Herz noch länger so wild trommelte, fehlte ihr nachher die Kraft, nach Hause zurückzugehen. »Ich will erst einmal nur wissen, wer du wirklich bist. Ob du ein Verbrecher bist«, schoss es aus ihr hervor. Sie erkannte ihre Stimme selbst kaum wieder. Ähnlich war es ihr am Vormittag in der Klinik ergangen, als sie so ungehalten mit Edith wegen der verschmutzten Sauerstoffmaske geredet hatte.

»Ich will es dir erzählen.« Joseph legte Holz nach und schaute sich erst um, bevor er sich neben den Eimer auf einen von Moos überzogenen Baumstumpf setzte. Sein Blick versank im knisternden Feuer. »Für meine Eltern war es das größte Glück, mich im Großen Generalstab zu sehen, einer Behörde der preußischen Armee, die Kriege plante und ausführte. Sie lebten bescheiden, damit ich an der Kriegsakademie in Berlin studieren konnte. Ich wuchs am Rande von Frankfurt am Main auf.«

Bei dem Wort »Krieg« musste Emma gleich an Maximilian denken, der während des Großen Krieges in einem Lazarettzug die Verwundeten versorgt und Schreckliches gesehen hatte. Sie war längst auch Pazifistin. Unruhig knetete sie ihre Hände, dann setzte sie sich zögerlich auf den angebotenen Eimer.

»Meine Chance beim Großen Generalstab bekam ich, als sich vor ziemlich genau vierzig Jahren Deutschlands Hauptfeinde Frankreich und Russland politisch annäherten. Denn somit bestand die Gefahr eines Zweifrontenkrieges gegen Deutschland – die Russen von Osten und die Franzosen von

Westen. Wir waren wie eingekeilt. Als Antwort auf diese Bedrohung baute der Große Generalstab den Militärischen Nachrichtendienst aus. Er musste unbedingt an aktuelle Informationen über russische und französische Aufmarschpläne, die geplante Truppenverteilung und den Zustand des Eisenbahnnetzes kommen. Damals hatte ich mein Studium mit Auszeichnung abgeschlossen, sprach Französisch, Russisch und Deutsch.«

Als es im Gebüsch raschelte, fuhr Emma zusammen, aber schon war Joseph aufgesprungen und richtete einen Revolver auf die Ecke, aus der das Geräusch gekommen war. Emma starrte die Waffe in der Hand ihres Vaters wie ein blutiges Messer an.

Aus dem Gebüsch kroch eine getigerte Katze, die sich wohl von der Wärme des Feuers angezogen fühlte. Sie legte sich mit einigem Abstand zu ihnen. Joseph und Emma atmeten beide hörbar aus. Nebel waberte um ihre Beine.

Joseph steckte den Revolver wieder in den Gürtel, als gehöre das zu seinen täglichen Handgriffen. Noch im Stehen erzählte er weiter: »Im Großen Generalstab wurde ich für die Intensivierung der Nachrichtengewinnung über Russland ausgebildet und musste immer wieder ins Zarenreich reisen und zu den an der Ostgrenze gelegenen Nachrichtenstationen. Meine Eltern, eure Großeltern, waren stolz auf mich, obwohl sie nicht wussten, dass ich beim Nachrichtendienst war. Meine Mutter ist es bis heute, Vater lebt schon seit Jahren nicht mehr.«

»Das war wohl eine andere Zeit, als Eltern ihre Kinder am liebsten im Krieg sahen«, merkte Emma an. Denn nichts anderes bedeutete es doch, wenn man sein Kind auf die Kriegsakademie schickte. Wie hatten die Menschen auf den

Straßen beim Ausbruch des Großes Krieges gejubelt! Ihr Blick verlor sich im Feuer, ihr Herzschlag beruhigte sich langsam.

»Ein Jahr, nachdem ich beim Militärischen Nachrichtendienst angefangen hatte, fuhr ich auf dem Weg in die Ostprovinzen Preußens zufällig einen Umweg über Lübars und lernte Elisabeth kennen, die an diesem Tag als Bedienung im *Dorfkrug* arbeitete. Ich war auf einen Schlag verliebt, davon hatte ich dir und Lene ja schon erzählt. Elisabeth war selbstbewusst und wunderschön. Ich musste einige Anläufe nehmen, um ihre Aufmerksamkeit zu erringen. Sie verliebte sich auch in mich, und als Beweis unserer Liebe sind du und deine Schwester entstanden.« Joseph schaute Emma ernst an.

Emma hingegen lächelte vorsichtig. »Schade, dass Lene nicht hier ist und dich hören kann.«

»Ich bedauere das auch. Aber jetzt weißt du, warum ich manchmal plötzlich verschwinden und mich längere Zeit verstecken musste. Seitdem die Russen herausgefunden haben, dass ich sie im Auftrag Deutschlands ausgehorcht habe, bin ich für sie ein Verbrecher. Um nicht von ihnen umgebracht zu werden, habe ich zunächst eine neue Identität angenommen. Aber meine Gegner sind mir ausgerechnet bei unserem Wiedersehen in Lübars auf die Schliche gekommen. Ich musste untertauchen, um mein Leben zu retten. Inzwischen sind sie davon überzeugt, dass ich tot bin. Mehrere meiner Kollegen, die im Osten für den Nachrichtendienst spitzeln, haben mir das bestätigt. Ich kann also sicher sein.«

Emma zog ihre Jacke enger um den Leib. Joseph lebte in einer völlig anderen Welt als Marlene und sie. Was sie trotzdem verband, war ihr Beruf, in dem man mit dem Tod konfrontiert wurde. Auch in der Klinik hing das Leben eines Patienten oft am seidenen Faden, heute zuletzt Gertrudes. Aber jetzt war ihr Vater wirklich sicher, das war eine der schönsten Neuigkeiten seit Langem.

»Den Kontakt zu euch habe ich nicht wieder aufgenommen, um euer Leben zu schützen – genauso, wie es eure Mutter immer wollte.« Joseph trat vor Emma. »Wenn die Russen damals erfahren hätten, dass ihr meine Töchter seid, hätten sie sich womöglich an euch gerächt für das, was ich getan habe.«

Gleiches würde sie für ihre Kinder tun, dachte Emma. Sie fühlte sich nun nicht mehr so unsicher in der Dunkelheit am Rande von Weißensee und schaute zum Pferdebus mit der Wagennummer einhundertsiebzehn. »Aber wie soll es denn nun weitergehen in deinem Leben? Hier kannst du nicht für immer bleiben. Wie viel Geld brauchst du?« Eigentlich war es absurd, dass gerade sie finanzielle Hilfe anbot. Ihr zukünftiger Lohn als einfache Krankenschwester reichte gerade so zum Überleben.

»Nein!«, entgegnete Joseph vehement. »Ich will kein Geld von euch. Deswegen bin ich nicht zurückgekommen. Ich bin hier, um meine beiden Töchter kennenzulernen. Ich möchte Frieden mit euch schließen.«

»Frieden«, wiederholte Emma versunken. Neue Hoffnung keimte in ihr auf, dass sie doch noch eine große Familie werden könnten. Dann merkte sie, dass sie trotz des Feuers ordentlich durchgefroren war. »Ich sollte jetzt langsam wieder zurückgehen.«

»Danke, dass wenigstens du mir zugehört hast«, sagte Joseph zum Abschied. »Und du weißt ja, wo du mich findest. Du und Lene, ihr seid mir jederzeit willkommen. Nur bitte sage niemandem sonst, wo ich wohne.« Joseph brachte Emma bis zur Buschallee zurück. »Wann sehen wir uns wieder?«

»Gib mir etwas Zeit, alles zu verdauen«, bat sie. Ihr war danach, ihren Vater zu umarmen. Erst zögerte sie, aber dann tat sie es doch. Joseph legte seine Hände dabei so vorsichtig auf ihren Rücken und hielt sie fest, als wäre sie aus Glas.

Zum ersten Mal seit Wochen fühlte Emma sich nicht mehr allein im Kampf gegen die Widrigkeiten des Lebens. Kurt arbeitete viel, und seitdem Marlene nicht mehr an der Klinik war, sah sie ihre Schwester viel zu selten.

Nachdenklich, aber zumindest weniger ängstlich betrat sie die Wohnzeile. Ihr Tag war noch nicht vorüber. Jetzt musste sie Kurt beichten, dass sie als Oberschwester degradiert worden und die Zahlung der Miete deswegen nicht mehr gesichert war.

***

15

11. Februar 1930

Es war erst elf Uhr am Vormittag, als Marlene den letzten Roman von ihrem Bücherstapel ausgelesen hatte. Was konnte sie als Nächstes tun? Der Tag war noch lang. Die Weihnachtsdekoration hatte sie schon vor Wochen weggeräumt, und alle Zimmer ihrer Etage waren in einem tadellosen Zustand. Vielleicht sollte sie schon mit der Osterdekoration beginnen?

Marlene seufzte gleich mehrmals. Seit zwei Tagen war Maximilian für eine Woche auf einem Pädiatrie-Kongress in Paris. Jeder Tag war unendlich lang, wenn sie ihren Liebsten nicht wenigstens zum Abendessen sah und sich mit ihm austauschen konnte. Und Emma hatte sich auch schon eine Weile nicht mehr gemeldet.

Marlene brauchte unbedingt Ablenkung von der Tatsache, dass ihre Regelblutung sie gestern früh wieder einmal unerwünscht belästigt hatte. Plötzlich kam ihr eine Idee. Sie könnte Professor Czerny den Fleming-Artikel samt deutscher Übersetzung in die Charité zurückbringen, sich kurz nach dem Befinden des Professors und seiner Gattin erkundigen und gleich wieder gehen. Wenn der Artikel endlich aus der Villa wäre, war auch die Versuchung, erneut darüber zu brüten, nicht mehr gegeben. Flemings neuartige antibakterielle Substanz ging ihr einfach nicht aus dem Kopf. Seine Ausführungen im *British Journal of Experimental Pathology* hatte sie inzwischen ein Dutzend Mal gelesen. Dabei hatte sie alles dafür getan, von den Gedanken daran loszukommen, hatte ihre Spaziergänge und Fahrradfahrten durch Weißensee ausgedehnt und sich einen Stapel Romane besorgt.

Marlene packte sich dick ein, zog sich ihren Glockenhut tief ins Gesicht und schlang sich auch noch den dicken Häkelschal, Elwira Scharinskis Weihnachtsgeschenk für Maximilian, um den Hals. Als Letztes holte sie den großformatigen Umschlag aus der untersten Schublade ihres Schreibtisches. Er war schon abgegriffen.

Wenn Maximilian jetzt hier wäre, ob er sie zur Charité fahren lassen würde? Sie bezweifelte es, verließ aber das Haus trotzdem. Sie hielt die Langeweile nicht mehr länger aus, und schließlich handelte es sich lediglich um einen harmlosen Besuch bei ihrem Doktorvater.

Es war bitterkalt draußen, der Himmel stechend blau. Marlene fuhr mit dem Fahrrad zum Bahnhof Weißensee, wo sie in die S-Bahn umstieg.

Als sie vor den Backsteinfassaden am Eingang des Charité-Geländes eintraf, betrachtete sie die Gebäude, als wäre sie zum ersten Mal hier. Ein Großteil der Einrichtungen der Medizinischen Fakultät der Universität befand sich hier. Zusammengenommen wirkten die Backsteingebäude mit den vielen Wegen zwischendurch wie ein eigenes Städtchen. Ein Städtchen der Hoffnung.

Marlene tat den ersten Schritt auf das Gelände sehr vorsichtig. Sie sah Maximilians enttäuschten Blick in der Weihnachtsnacht vor sich, als sie doch nicht schwanger gewesen war. Ich werde nur ganz kurz reinschauen!, versprach sie ihrem Liebsten in Gedanken.

Im Vorzimmer von Professor Czerny erfuhr sie, dass der gerade eine Vorlesung in Hörsaal zwei hielt.

Die schwere Hörsaaltür knarzte wie ein alter Baum im Wind, als Marlene sie undamenhaft mit beiden Händen aufzog. Unvermittelt lächelte sie. Als sie Studentin gewesen war, war die Tür schon genauso störrisch gewesen, sodass eine Hand am Griff nicht genügte.

Einige Studenten drehten sich nach ihr um, als sie den Hörsaal auf leisen Sohlen betrat, aber Professor Czerny schrieb unbeirrt auf dem Podest unten an der Tafel weiter. Er war dabei, das Schema zur Primärbeurteilung von Neugeborenen anhand Herzfrequenz, Atmung, Muskeltonus, Reflexantwort und Hautfarbe mit Kreide auf die Wandtafel zu bringen. Das erkannte Marlene auf den ersten Blick. Ganz eindeutig war sie in der Vorlesung *Einführung in die Frühgeborenenmedizin* gelandet. Sie hatte diese Vorlesung einst besucht und gebannt gelauscht.

Tief sog sie die eigentümliche Hörsaalluft ein – ein Gemisch aus altem Holz, Papier und verbrauchter Luft. Früher hatte sie nach einer Vorlesung nicht schnell genug an die frische Luft kommen können, heute störte es sie nicht. Im Gegenteil. Sie genoss die willkommene Abwechslung von der Langeweile in Weißensee und dem kräftezehrenden Hoffen darauf, dass ihre Blutung doch endlich ausblieb. Sie hatte verdrängt, wie besonders die Atmosphäre an der Medizinischen Fakultät war. Durchdrungen von um Wissen ringenden, lebenshungrigen Studenten, von Leichtigkeit, von Übereifer, großen Zukunftsträumen und der Besonnenheit erfahrener Professoren, von einer vereinten Hoffnung auf eine Welt, in der immer mehr kranke Menschen genasen oder gar nicht erst krank wurden. Einen Großteil der Arbeit an der Charité machte die Forschung aus.

Marlene nahm auf einem der letzten freien Stühle in der hintersten Reihe am Gang Platz und überblickte die zum Podium hinabfallenden Sitzreihen. Die Vorlesung war gut besucht, mehrere Frauen waren unter den Hörern, was sie freute. Ein Student zwei Stühle weiter warf ihr einen begehrlichen Blick zu, aber Marlene hatte jetzt nur noch Augen für Professor Czerny.

Der Direktor der Kinderklinik der Charité ging gerade zu speziellen Erkrankungen von Frühgeborenen über, beginnend mit angeborenen und erworbenen Infektionen. Wie immer trug er den Stoff locker und in seiner charismatischen Wiener Art vor, der sich kaum jemand entziehen konnte. Schon während ihres Studiums war Adalbert Marianus Czerny einer der beliebtesten Professoren an der Universität gewesen. Selbst im Alter von beinahe siebenundsechzig Jahren wirkte er immer noch energiegeladen, um seine Studenten bemüht und kein bisschen greisenhaft. Marlene hing an seinen Lippen wie einst an Maximilians während der Vorlesungen über Kindermedizin im Hörsaal der Kinderklinik. Sie bemerkte nicht, wie die Zeit verstrich.

Professor Czerny beendete seine Vorlesung mit einem Überblick über die Sauerstofftherapie, wie sie regelmäßig bei der Atemnot nicht nur von Frühgeborenen zum Einsatz kam. Schließlich verbeugte er sich vor seinen Studenten und bedankte sich für die beeindruckende Aufmerksamkeit.

Gleich ein Dutzend Wissbegieriger stürmte daraufhin

zum Rednerpult hinunter, wo der Professor seine Vorlesungsmaterialien ordnete. Marlene wartete, bis Adalbert Czerny alle Fragen beantwortet hatte, dann ging auch sie zu ihm.

Als er sie sah, trat er ihr sofort entgegen. »Frau Doktor von Weilert, ich hatte Sie eigentlich viel früher hier erwartet!«

»Aber Sie wissen doch, dass ich gerade etwas Abstand ...«, setzte Marlene zu einer Rechtfertigung auf die ungehaltene Begrüßung an.

Professor Czerny änderte seine Miene sofort und schmunzelte. »Nein, jetzt im Ernst. Ich freue mich wirklich, Sie endlich wiederzusehen. Zum Glück haben Sie sich durchgerungen, mir meine Unterlagen zurückzubringen. Gerade noch rechtzeitig.«

Marlene war irritiert. »Gerade noch rechtzeitig?« Hatte er sich das Journal, dem der Fleming-Artikel entstammte, etwa selbst nur geliehen?

»Haben Sie einen Moment?«, fragte er.

»Ich wollte Ihnen nur einen angenehmen Tag wünschen und mich kurz nach Ihrer Gemahlin erkundigen und ...« Sie übergab ihm den Umschlag.

»Aber, wo Sie nun schon einmal hier sind«, unterbrach Professor Czerny sie, »darf ich Ihnen etwas zeigen? Und nebenbei erzähle ich Ihnen, wie es meiner Martha geht.«

Maximilians Gesicht erschien vor Marlenes innerem Auge, und sie erinnerte sich, wie sie ihm damals nach dem Unfall versprochen hatte, sich von der Medizin fernzuhalten. Nur leider konnte sie nicht so schnell Nein sagen, wie Professor Czerny sich bei ihr einhakte, sie zielstrebig aus dem Hörsaal und hinüber zur Kinderklinik führte. Sich jetzt von ihm loszureißen wäre grob unhöflich gewesen. Sie bekam schon später noch die Kurve.

Im Gehen fragte der Professor, gerade so, als spräche er über das Wetter: »Und, was halten Sie von Flemings Penicillin?«

Marlene zögerte, sich wieder in die Untiefen der medizinischen Wissenschaft zu begeben. Ihr war bewusst, dass dies ein Spiel mit dem Feuer wäre.

»Ich denke, dass es Millionen von Kindern und Erwachsenen viel Leid ersparen und Leben retten könnte«, erklärte Professor Czerny und klang ebenso euphorisch, wie sie sich gefühlt hatte, als sie den Artikel wieder und wieder gelesen hatte. Wie sehr hatte sie sich danach gesehnt, endlich mit jemandem darüber zu sprechen.

Marlene nickte unvermittelt und vermochte eine Antwort nun nicht mehr zurückzuhalten. »Aber ich verstehe nicht, warum die internationale Wissenschaft Flemings Entdeckung keine Beachtung schenkt.«

»Anfangs habe ich mich auch gefragt, warum sein Penicillin bisher eine *Sensation im Stillen* geblieben ist«, sagte Professor Czerny und hielt ihr die Tür zur Kinderklinik auf, »aber inzwischen kenne ich den Grund.«

Marlene schaute ihn fragend an wie früher, als sie noch in seinen Vorlesungen gesessen hatte.

»Fleming hat keine weiteren Versuche unternommen, seine Penicillin-Substanz zu erforschen, weil ihm einerseits die Mittel fehlen und andererseits die Möglichkeiten, mit Chemikern zusammenzuarbeiten. Die meisten internationalen Wissenschaftler halten ein für Mensch und Tier ungiftiges Antibiotikum schlichtweg für unmöglich. Es wird ein Marathon, zu dem Fleming gerade einmal den ersten Schritt gemacht hat. Dutzende von Folgefragen tun sich aus seinen Beobachtungen auf.«

»Zum Beispiel die, wie aus dem Rohfiltrat der Schimmelpilzbrühe medizinisch verwendbares, also chemisch gereinigtes Penicillin gewonnen werden kann?«, fragte Marlene angetan. Dafür bräuchte es auf jeden Fall Chemiker oder Biochemiker.

Professor Czerny schaute Marlene länger an und schmunzelte dann zufrieden. »Ganz genau!«

Zu Marlenes Überraschung gingen sie nicht in sein Büro im ersten Stock, in dessen Nebenzimmer sie und andere wissenschaftliche Hilfskräfte früher viel Zeit verbracht hatten. Professor Czerny führte sie direkt ins Laboratorium. »Es tut mir leid, wenn ich Sie jetzt überfalle, aber die Zeit ist reif dafür«, betonte er. Mit diesen Worten reichte er Marlene die notwendige Schutzkleidung.

Es fühlte sich gut an, wieder Kittel und Mundschutz zu tragen, wieder Desinfektionsseife auf ihren Händen zu spüren. Gott, war sie verrückt! Gott, hatte sie das vermisst! Gott, wie sollte sie das nur Maximilian erklären?

Professor Czerny holte ein Tablett mit einer Reihe von Erlenmeyerkolben herbei, in denen Brühe schwamm.

»Sie haben Schimmelpilzkulturen angelegt?«, fragte Marlene beeindruckt.

Professor Czerny nickte begeistert. »Wir wissen ja nicht, welchen Schimmelpilz Fleming genau verwendet hat, aber einen dieser zehn hier halte ich für sehr wahrscheinlich. Ich habe in jedem Kolben jeweils zweihundert Kubikzentimeter Nährbouillon mit je einer Sorte Schimmelpilzsporen besiedelt und bei Raumtemperatur stehen lassen. Und? Sehen Sie es?«

Marlene dachte, dass zum Glück nicht nur sie allein verrückt war. Es kribbelte in ihren Fingern, und sie konnte es nicht abwarten, mehr zu sehen. Wie hatte sie die Arbeit an medizinischen Fragen vermisst! Auch der sonst gelassene, routinierte Professor wirkte so aufgeregt, als stünde er erst am Anfang seiner Karriere.

Marlene nahm sich Zeit, jeden Erlenmeyerkolben genau zu betrachten. In der Brühe wuchs der Schimmelpilz an der Oberfläche, so ähnlich, wie man es auch von verdorbenen Lebensmitteln kannte. Erst hatte er sich wohl als weißes flauschiges Gewächs gezeigt und war dann innerhalb weniger Tage zu einer dunkelgrünen filzigen Masse geworden. Laut Fleming hatte sein Penicillin erzeugender Pilz eine Brühe mit leuchtend gelbem Pilzrasen gebildet. Die Brühe in den Kolben von Professor Czerny wies jedoch die gewöhnliche grüne Farbe auf.

Erst beim genauen Blick auf den letzten Kolben stockte Marlene der Atem, weil die Pilzbouillon tatsächlich gelb war. Abrupt schaute sie zu Professor Czerny auf. »Diese Schimmelpilzbrühe könnte also Penicillin enthalten. Wir müssen sofort seine Hemmwirkung testen!«, verlangte sie und spürte, wie das Kribbeln von ihren Fingern auf den ganzen Körper überging. Besäße die Brühe eine Hemmwirkung, würde sie das Wachstum von Bakterien stoppen. Dann wäre es wirklich die bakteriolytische Substanz Penicillin, die sie hier vor sich hatten.

Professor Czerny nickte nur und verschwand kurz im Nebenraum. Zurück kam er mit einem dicht verschlossenen Gefäß, mehreren Laborutensilien und einem Stapel Petrischalen. »Ich verdünne die Pilzbouillon im Verhältnis eins zu zwanzig, und Sie geben die Staphylokokken darauf.« Er deutete auf das verschlossene Gefäß. »Wir legen fünf Kulturen an, nur zur Sicherheit.«

Marlenes Hand zitterte, als sie die Glaspipette über die Petrischalen hielt. In ihrem Bauch kribbelte es so stark, als hätte sie Sekt getrunken.

Als sämtliche Petrischalen mit Bakterien besetzt waren, kam das Mikroskop zum Einsatz. Professor Czerny ließ Marlene den Vortritt. Die Staphylokokken-Kolonien waren helle Pünktchen, die in der Schale verstreut lagen. Wenn das Penicillin wirkte, dann würden die hellen Punkte innerhalb weniger Tage durchsichtig werden und schließlich vollständig verschwinden. Das wäre der Beweis, dass ihr Penicillin ein wirksames Antibiotikum war.

»Sollten die Bakterien tatsächlich vernichtet werden, ist das eine hervorragende Basis für weitere Forschungen in diese Richtung«, sagte Professor Czerny, »vielleicht für Ihre Habilitation. Wir können Ihr Thema gerne noch einmal ändern.«

Marlene tat so, als hätte sie den letzten Halbsatz nicht gehört. Sie wollte die Arbeit an der Habilitation vorerst nicht wieder aufnehmen. Sie wollte nur vielleicht ab und zu mal nach dem Forschungsstand oder gar den kleinen Patienten in der Kinderklinik schauen. Sie vermisste auch die Kinderklinik schrecklich! Das Gesicht des kleinen Wilhelm erschien ihr, ein Junge von der Augenstation, der sie bei der Entlassung fest umarmt und versprochen hatte, dass er auch mal ein so guter Arzt wie sie werden wolle.

Nachdem auch Professor Czerny die Kulturen durch das Mikroskop betrachtet hatte, rief er eine Laborantin aus dem Nebenzimmer herbei und bat sie, die Petrischalen sicher zu verstauen.

»Am besten gedeihen sie bei Zimmertemperatur«, rief

Marlene der Frau noch hinterher. Am liebsten hätte sie die Schalen mit dem biologischen Material mit nach Hause genommen, sie dort behütet und stündlich ihre Entwicklung verfolgt.

Nach der Aufregung saßen sie bald desinfiziert und ohne Schutzkleidung in Professor Czernys Büro und tranken aus Porzellantassen feinen Wiener Schümli. Sie beschlossen, dass der Professor täglich nach der Entwicklung der Staphylokokken schauen würde, dann brachte er das Gespräch auf private Themen und auf Marthas Befinden.

Nach einer Stunde amüsanter Plaudereien stand für Adalbert Czerny eine Sitzung des Verwaltungsrates der Charité an. Marlene wurde unruhig. Um nicht in den nächsten Wochen wieder isoliert von der Medizinkunde zu sein, fragte sie beinahe schüchtern, was eigentlich nicht ihre Art war: »Dürfte ich morgen wiederkommen, um nach den Staphylokokken zu schauen, nur ganz kurz?« Es klang wie das Piepsen einer Maus. Dabei war es ja nicht so, dass sie keine Zeit dafür gefunden hätte. Nicht erst seit Maximilian beim Kongress war, drohte sie vor Langeweile zu vergehen. Sollte sie ihre kostbare Lebenszeit wirklich damit vergeuden, Löcher in die Luft zu starren?

»Sie wissen, dass es bei Fleming mehrere Tage dauerte?«, fragte Professor Czerny zurück.

»Ich würde die Entwicklung so gerne mitverfolgen. Und wenn Sie nicht gewollt hätten, dass ich komme, hätten Sie mir Flemings Beitrag wohl kaum im Original geschickt.« Sie versuchte nun, genauso zu schmunzeln, wie er es die ganze Zeit über getan hatte. Sie hatte ihn durchschaut. Er hätte ihr natürlich auch eine Abschrift schicken können, aber in diesem Fall hätten sie sich länger nicht wiedergesehen.

»Genau das ist jenes Fräulein Lindow, das ich einst an der Kinderklinik Weißensee kennengelernt habe!« Professor Czerny lächelte angetan. »Lassen Sie uns also gemeinsam täglich in meiner Mittagspause nach unserem Penicillin schauen.«

»Ich werde da sein«, versicherte Marlene, verabschiedete sich und schwebte aus dem Büro. Ihr Herz schlug ihr bis zum Hals, ihr war schrecklich heiß vor Aufregung und Ungeduld.

Auf der Heimreise wanderten ihre Gedanken zu all den Krankheiten, die man mit Penicillin heilen konnte. »Milzbrand, Diphtherie, Rachenentzündungen«, sprach sie vor sich hin. »Mittelohr- und Nebenhöhlenentzündungen, Gonorrhö, Scharlach und Mandelentzündungen, wie sie wohl jedes Kind einmal bekommt.« Auch Pneumokokken zählte sie mit auf, die besonders Säuglinge und Kleinkinder gefährdeten und schwere Krankheiten der Hirnhaut, des Mittelohrs und der Lunge verursachten. Wenn das keine Weltsensation war!

Marlene schloss die Haustür der Villa auf und stieß sie schwungvoll auf. Ihr war danach, durch den Eingangsbereich zu tanzen, aber Maximilians Reisegepack stand im Weg. Sie erstarrte. Er war früher zurück? Eigentlich hatte sie sich in aller Ruhe überlegen wollen, wie sie sein Verständnis für ihr neues Anliegen gewinnen konnte.

Sie versuchte, sich zu sammeln, als Maximilian auch schon aus der Küche auf sie zukam. »Liebling, da bist du ja!« Er griff nach ihren Händen und küsste jede Fingerkuppe einzeln. »Ich habe dich jeden Tag ein bisschen mehr vermisst.« Die anstrengende Reise war ihm anzusehen, aber sein Gesicht strahlte bei ihrem Anblick.

Marlene küsste ihn verzweifelt und als Entschuldigung dafür, was sie in den zurückliegenden Stunden getan hatte.

»Ist alles in Ordnung?«, fragte Maximilian heftig atmend von ihrem Kuss. Er hielt sie mit beiden Händen am Kopf ein Stück von sich weg und suchte in ihren Augen nach einer Erklärung. »Was ist passiert?«

Sie machte sich von ihm los und ging nervös vor dem Garderobenschrank auf und ab. Wie nur konnte sie ihm ihren Gang zur Charité erklären? Er würde sicher verletzt sein, wenn er erfuhr, dass sie ihr Versprechen gebrochen hatte.

»Wo warst du gerade?«, fragte er beklommen. Er kannte sie wie sonst nur Emma und vermochte alles Mögliche an ihrem Ausdruck abzulesen. Vermutlich wusste er schon, wo sie gewesen war.

Sie war ihm die Wahrheit schuldig. Er war ihr Ehemann, der wichtigste Mensch in ihrem Leben. »Ich war bei Professor Czerny«, gestand sie leise und voller Schuldgefühle. Sie versuchte, den dicken Kloß in ihrem Hals hinunterzuwürgen, aber er steckte fest.

Maximilian schien sofort zu wissen, dass sie nicht von der Medizin hatte lassen können. Er fragte nicht einmal nach, ob sie vielleicht bei den Czernys zu Hause gewesen war oder den Professor in einem Kaffeehaus getroffen hatte – für eine unverfängliche Plauderei.

Sie nahm seine Hände auf, die nun ganz schlaff waren. Die Wiedersehensfreude war ihm aus dem Gesicht gewichen. »Stell dir vor, in London wurde eine Schimmelpilzbrühe entdeckt, die als Antibiotikum gegen viele Kinderkrankheiten helfen könnte. Und Professor Czerny und ich, wir wollen gemeinsam daran arbeiten, dieses Penicillin für die Medizin anwendbar zu machen. Wenn uns das gelingt, könnten wir unzähligen Kindern das Leben retten.«

Maximilians Augen wurden feucht. Er biss sich auf die Lippen, bevor er sagte: »Du hattest mir etwas anderes versprochen, damals im Krankenhaus.«

Marlene kam ganz nah an sein Gesicht, als wollte sie ihn erneut küssen, nur dieses Mal zärtlich. »So glücklich wie heute im Labor war ich lange nicht«, flüsterte sie. Ihre Lippen berührten seine Nasenspitze. »Ich kann nicht nur hier herumhocken, Romane lesen und auf deine Rückkehr aus der Kinderklinik warten. Verstehst du das nicht?«

»Nein.« Seine Stimme zitterte. »Wir wollten erst Kinder haben, bevor du dich wieder der Medizin widmest.«

»Ich vermisse die fachliche Arbeit so schrecklich«, erklärte Marlene, »und die Arbeit an der Kinderklinik ebenso!« Jetzt war es raus.

»Willst du mir damit sagen, dass du zurück an die Klinik willst?«

Sie nickte schon, bevor er die Frage beendet hatte.

»Hast du vergessen, wie deine letzte Anstellung ausgegangen ist? Du hast einen Autounfall verursacht und nicht nur deines, sondern auch das Leben deiner Nichte und deines Neffen damit gefährdet.«

»Dieses Mal will ich deutlich weniger arbeiten«, schwor Marlene.

Maximilian trat von ihr zurück. »Wie soll das gehen? An der Klinik wird von jedem voller Einsatz verlangt, und was dieses Penicillin angeht: Forschungsprojekte solchen Ausmaßes dauern Jahre, Jahrzehnte.« Resigniert schüttelte er den Kopf. »Du weißt selbst, dass es mit jedem Jahr schwieriger für dich wird zu empfangen.«

»Interessiert dich die Chance, die im Penicillin steckt, gar nicht?«, fragte sie zurück. »Es geht um Millionen kranker Kinder.«

Maximilian nahm seinen Koffer auf. »Marlene, dieses Penicillin wird auch ohne dich erforscht werden, sofern es wirklich so großes Potenzial besitzt.«

»Du glaubst nicht daran?«, fragte Marlene mit erstickter Stimme.

»Wir werden also nie Eltern werden«, sagte Maximilian und schien gar nicht mehr hinzuhören. Er ging die Treppe hinauf, ohne sich noch einmal nach ihr umzudrehen. »Mach, was du willst, mit deiner Zeit. Ich schlafe heute Nacht im Gästezimmer.«

***

16

Ende März 1930

Auf der Isolierstation war Emma den Stationsschwestern Grete und Undine unterstellt. Die meiste Zeit, und daran musste sie sich erst noch gewöhnen, hielt sie sich nun also fern des Haupthauses auf. Wenigstens lief sie hier Marie-Luise Fischer nicht über den Weg.

Emma war gerade dabei, den Medikamentenschrank aufzufüllen, als sie an das politische Chaos der letzten Tage dachte. Vorgestern war die Regierung gestürzt worden, und seit gestern stand ein ehemaliger Frontoffizier als Kanzler der neuen Minderheitsregierung vor. Erstmals regierte nun ein Kabinett ohne Reichstagsmehrheit, aber mit Unterstützung des Reichspräsidenten. Es bereitete ihr Sorge, dass das »Hindenburg-Kabinett« die Sanierung des Staatshaushalts vorrangig auf Kosten der sozial Schwachen durchzuführen gedachte.

Emma verstaute gerade einen Stapel Fiebertabletten und bedachte Reichskanzler Brüning dabei gedanklich mit mahnenden Worten, als es klopfte und ein junges Paar den Medikamentenraum betrat. Sie hielten sich bei den Händen, und die Blicke, die sie tauschten, wirkten ebenso vertraut wie liebevoll. Augenblicklich rückten Emmas politische Sorgen in den Hintergrund, und die privaten Zweifel breiteten sich in ihrem Kopf aus. Sie konnte sich nicht daran erinnern, wann Kurt sie das letzte Mal so liebevoll angeschaut hatte. Längst war er viel zu beschäftigt dafür, schrieb an mehreren Manuskripten gleichzeitig. Er war wie in einem Rausch, den der Erfolg seiner *Reportagen vor Ort* mit sich brachte. So gelobt und beliebt wie nun war Kurt als Autor nie gewesen, er wurde sogar von Zuhörern an seiner Stimme beim Einkaufen oder auf der Straße wiedererkannt.

»Schwester Emma, wir wollten uns bei Ihnen bedanken, dass Sie sich so gut um unseren Jungen gekümmert haben«, sagte die junge Frau. »Eugens Keuchhusten wäre ohne Ihre Hilfe bestimmt nicht so schnell abgeklungen.«

»Ich denke, dass wir Eugen in ein paar Tagen auf die normale Station verlegen können«, erklärte Emma, obwohl solche Entscheidungen nur der Stationsschwester zustanden. »Dann ist es vermutlich nur eine Frage von Tagen, bis wir ihn entlassen können.«

Das junge Paar fiel einander vor Erleichterung um den Hals. »Unser Junge wird wieder ganz gesund!«

Auch das hatte Kurt schon länger nicht getan: sie in die Arme genommen!, dachte Emma wehmütig beim Anblick der glücklichen Eltern. Schon seit Wochen hatten sie nicht mehr auf *ihrer* Bank gesessen und den Abend aneinandergeschmiegt ausklingen lassen. Vorgestern war Kurt sogar erst nach Mitternacht nach Hause gekommen. Da hatte sie schon mit kalten Füßen im Bett gelegen und seit Stunden nicht einschlafen können. Ihre Gedanken waren nur um ihn gekreist. War es wirklich nur die Arbeit an den Manuskripten, die ihn so lange von ihr fernhielt? Oder war es doch Gesine, von der er sich nicht lösen konnte? Als Kurt endlich nach Hause gekommen war, hatte Emma sich schlafend gestellt, aber geatmet, als drohe sie, an Liebesentzug zu ersticken. Auch jetzt noch, während sie im Medikamentenschrank hantierte, zog sich ihr Herz schmerzvoll zusammen, wenn sie an das bange Warten auf Kurt dachte.

»Ist Ihnen nicht gut, Schwester Emma?«, fragte die junge Mutter.

»Doch, doch«, log Emma und straffte sich sogleich. Über ihren traurigen Gedanken hatte sie die Anwesenheit der jungen Eltern beinahe vergessen. Das war ihr jetzt unangenehm. »Aber ich muss nun weitermachen. Ich wünsche Ihnen noch einen guten Tag.« Sie verschloss den Medikamentenschrank und führte das Paar auf den Korridor zurück. Plötzlich spürte sie einen brennend heißen Schmerz in ihrem Inneren. Sie zog sich hinter die nächstbeste Tür, in die Kammer mit der Sauerstoffbombe, zurück.

Dort sackte sie mit dem Rücken an der Wand zu Boden. Kurt hatte das Interesse an ihr verloren, als wäre sie nicht mehr Teil seines Lebens! Diese Erkenntnis brannte wie eine unversorgte Wunde, es war kaum auszuhalten. Sie schluchzte, und dann konnte sie ihre Tränen nicht mehr zurückhalten. Als sie Kurt von ihrer Degradierung erzählt hatte, hatte er die Sache abgetan und gesagt, dass er vermutlich bald mehr Geld verdienen würde und sie sich deswegen keine Sorgen zu machen brauche. Emma sah das anders. Mehr Geld für Kurt bedeutete vermutlich noch mehr Zeit mit Gesine Hildebrandt. Und nicht mit einem Wort hatte er wissen wollen, wie sie sich nach der Degradierung gefühlt hatte. Auf seine Frage, wie es denn dazu gekommen wäre, hatte sie schon nicht mehr geantwortet und sich wortlos ins Schlafzimmer zurückgezogen.

Emma zerrte ein Taschentuch aus ihrem Schwesternkleid und schnäuzte hinein. Darüber wurde ihr Weinkrampf nur noch schlimmer und schüttelte schließlich ihren gesamten Körper. Sie verstand, wie anziehend die Radiowelt, ja die berufliche Erfüllung sein konnte, aber niemals hätte sie gedacht, dass Kurt deswegen seine Familie derart vernachlässigen oder sich gar … Sie zögerte, dieses Wort überhaupt zu denken, aber es stand messerscharf vor ihrem inneren Auge: oder sich gar *verlieben* würde. Und zwar in die Person, die einen großen Anteil am Erfolg der Radiosendungen hatte und eine Ausnahmepersönlichkeit war. Eine Frau, die es allen Männern als Chefin zeigte! Emma selbst, das wurde ihr allein beim Gedanken an Gesine bewusst, war alles andere als eine vorzeigbare Führungspersönlichkeit. Sie drückte sich ihre zitternden Hände vors Gesicht. Warum war es ihr nicht vergönnt, die einzige Frau für den Mann zu sein, den sie liebte? Sie hatte solche Angst, dass es ihr mit Kurt wie damals mit Tomasz ergehen könnte. Sie hatte Jahre gebraucht, um über den Vertrauensbruch ihrer ersten Liebe hinwegzukommen. Sie war regelrecht traumatisiert davon gewesen, wie nach einem schlimmen Kampf.

Schritte näherten sich. Mit dem Handrücken wischte Emma ihre Tränen fort und kam aus der Hocke hoch. Zum Glück entfernten sich die Schritte wieder. Sie brauchte noch eine Minute, um wieder zu sich zu kommen und als Schwester jene Zuversicht auszustrahlen, die Eltern und Kolleginnen von ihr erwarteten.

Bevor Emma sich versah, wurde die Tür der Kammer geöffnet, und Elevin Edith starrte sie an. Licht fiel vom Flur in das Räumchen, sodass Emma blinzeln musste. Sie hörte, wie Ediths Armreifen klimperten, während sie sich eine

Haarsträhne aus dem Gesicht strich. Eine Geste, die inzwischen zu Edith gehörte wie ihre Dienstbrosche. Mechanisch griff Emma zum Desinfektionsmittel und begann, die Sauerstoffbombe zu reinigen. »Nur zur Sicherheit.« Sie gab sich Mühe, es wie Routine aussehen zu lassen und ihre vom Weinen rot geschwollenen Augen zu verbergen.

»Sollten Sie dafür nicht das Licht anschalten?«, fragte Edith und tat das.

Es war Emma sehr unangenehm, dass die Elevin sie scheinbar ertappt hatte. Sie konnte sehen, dass die ihre Augen und Wangen genau betrachtete.

»Oberschwester Hertha hat befohlen, dass sämtliche Stationen genauestens abgesucht werden sollen«, berichtete Edith.

Emma legte die Reinigungssachen beiseite und versuchte, die Elevin nicht erneut anzuschauen. »Was wird denn gesucht?« Sie stellte sich Hertha Heinze in ihrem früheren Dienstzimmer vor. Es hieß, Hertha hätte aus der kargen Kammer einen gemütlicheren Arbeitsraum gemacht, mit einem beeindruckenden Landschaftsbild an der Wand.

Edith antwortete leise, weil sich Schritte näherten: »Eine Patientin ist von der HNO verschwunden.«

»Was?«, entfuhr es Emma vor Schreck viel zu laut.

»Cornelia Müller, fünf Jahre, ist aus ihrem Krankenbett verschwunden«, flüsterte Edith weiter. »Die Eltern wollten das Kind besuchen, standen aber vor einem leeren Bett. Sie ließen sich nicht mal von Herrn Doktor von Weilert beruhigen und haben sogar die Polizei gerufen!«

»Wie kann so etwas passieren?«, fragte Emma wie vor den Kopf gestoßen. Sie drängelte sich aus der Kammer und wollte schon in Richtung Haupthaus laufen, um Stationsschwester Vera von der HNO zur Rede zu stellen, als ihr gerade noch rechtzeitig einfiel, dass ihr dies in ihrer neuen Position gar nicht mehr zustand.

»Schwester Paula wurde kurz vorher zu einem Notfall gerufen«, erklärte Edith, »sodass nur noch eine Elevin, Monika, auf Station war.«

»Und was hat Monika daran gehindert, die Patienten nicht aus den Augen zu lassen?«

»Monika hatte sich den Absatz abgebrochen, weil sie beim Herrichten der Krankenbetten am Morgen umgeknickt war. Nur eine halbe Stunde war sie dafür weg«, berichtete Edith und zuckte mit den Schultern, als sei es das normalste der Welt, der Reparatur eines Absatzes Vorrang vor den täglichen Pflegeverpflichtungen zu geben.

Emma schüttelte fassungslos den Kopf. Inzwischen nahmen die Elevinnen ihr äußeres Erscheinungsbild wichtiger als ihre Arbeit mit den Kindern. Sie wusste, wem sie dies zu verdanken hatten. Anstatt Edith zurechtzuweisen, sagte Emma nur: »Wir müssen das kleine Mädchen unbedingt finden!« In einem Krankenhaus durften Kinder nicht verschwinden. Das käme einer fahrlässigen Verletzung der Aufsichtspflicht gleich, es wäre ein Skandal!

Emma und die Elevin schauten in jedem Zimmer, in den Waschräumen und hinter alle Vorhänge und unter jedes Bett im Keuchhustenhaus, aber die kleine Cornelia Müller fanden sie nicht. Edith machte sich bald wieder an ihr Tagewerk, aber Emma wollte die kleine Patientin nicht aus dem Kopf gehen. Sie entschuldigte sich bei Schwester Grete, um weiter bei der Suche zu helfen, und lief zum Haupthaus hinüber. Ein halbes Dutzend berittener Polizisten stand am Patienteneingang.

Als Emma das Haupthaus betrat, hielten gleich mehrere

Ärzte, darunter auch Maximilian, dazu Oberin Fischer und Oberschwester Hertha auf das Büro des Ärztlichen Direktors zu.

»Max?«, rief Emma panisch und lief zu ihm. »Habt ihr die Patientin gefunden?«, fragte sie ganz außer Atem.

Maximilian schüttelte resigniert den Kopf. »Sie ist wie vom Erdboden verschluckt.«

»An welcher Krankheit leidet sie?«, wollte Emma wissen. Vielleicht lieferte das einen Hinweis auf ihren Aufenthaltsort. Als frisch operierte Patientin wäre es ausgeschlossen, dass sie es weit schaffen würde.

»Cornelia Müller war wegen einer verschleppten Bronchitis in Behandlung«, erklärte Maximilian. »Aber jetzt muss ich …!« Er deutete zum Büro des Ärztlichen Direktors, in dem seine Kollegen gerade verschwanden. »Wegen des Vorfalls wurde eine Notbesprechung einberufen. Die Polizei hat bereits begonnen, den Umkreis der Kinderklinik abzusuchen.«

Emma nickte wie gelähmt, als Maximilian in das Büro ging. Sie hörte die aufgeregte Stimme von Doktor Levy, bis die Tür geschlossen wurde. Auch wenn sie die Patientin wiederfinden würden, konnte der Vorfall ihn die Stellung kosten. Er trug die oberste Verantwortung für alles, was in der Klinik geschah.

Emma schaute den Flur hinauf und hinab und stürzte schließlich die Wendeltreppe zur Krankensaaletage hinauf. Auf der HNO kam ihr ein Elternpaar entgegen. So aufgelöst, wie sie waren, mussten es die Eltern des verschwundenen Mädchens sein. »Haben Sie Conny gefunden, Schwester?«

Emma fühlte sich elendig, die Frage verneinen zu müssen. Sie wollte sich nicht ausmalen, wie sie bangen würde, sollten ihre Kinder plötzlich verschwinden, und dann auch noch in einem geschwächten, kranken Zustand.

Emma ließ die Eltern stehen und betrat das Krankenzimmer der HNO. Elevin Monika war dabei, die verbliebenen Patienten zu beschäftigen, aber die Kinder wirkten dennoch verunsichert.

»Was ist heute früh passiert, bevor Cornelia verschwunden ist?«, fragte Emma die Elevin. Vielleicht war etwas vorgefallen, das das Mädchen verängstigt hatte.

Monika schaute von der Malarbeit mit dem kleinen Ottokar kaum auf. »Alles war wie immer.«

»Conny hat geweint«, sagte Karin, die mit ihren zehn Jahren die älteste Patientin auf der HNO war, mit heiserer Stimme.

»Das ist doch nicht ungewöhnlich«, wiegelte Monika ab.

Emma trat zu Karin. »Weißt du auch, warum?«

Karin schaute verängstigt zu der Elevin. Sie traute sich offensichtlich nicht, frei zu sprechen.

»Monika, würden Sie mir bitte mehrere Mullbinden aus dem Vorratsraum holen?«, bat Emma.

Monika legte die Wachsmalstifte ohne Eile beiseite und verließ das Krankenzimmer mit wiegenden Hüften. Was war nur aus den uneitlen jungen Damen geworden, die Emma von früher kannte? Sobald sie mit den Kindern allein im Turmzimmer war, nahm sie Karins Hände und streichelte diese sanft. »Vor mir musst du keine Angst haben. Ich bin Schwester Emma und verrate nichts von dem, was du mir anvertraust.«

»Wirklich?«, fragte Karin mit wunder Stimme, ihr verunsicherter Blick sprang zur Tür.

Emma drückte bestärkend die Hände der kleinen Patientin. »Versprochen.«

Daraufhin setzte Karin sich im Bett auf und kam ganz nah an Emmas Ohr. »Conny hat heute Morgen geweint, weil sie beim Fiebermessen gepikt wurde«, flüsterte sie.

»Vom Fieberthermometer?«, flüsterte Emma zurück. Die Elevinnen waren seit einem Dreivierteljahr in der Ausbildung, und Fieber- sowie Pulsmessen gehörten zu den ersten Handgriffen, die sie erlernten. Das sollten die Mädchen längst fehlerfrei beherrschen.

»Nein. Es war dieser große Ring am Finger von Schwester Monika. Er hat ihr den Arm aufgekratzt.«

»Du bist ein sehr mutiges Mädchen, dass du mir dein Geheimnis anvertraust«, sagte Emma. »Ich werde mich darum kümmern, dass der Ring niemandem mehr wehtut, sobald wir Cornelia gefunden haben.«

Karin lächelte vorsichtig.

In diesem Moment war Elevin Monika mit dem Verbandszeug zurück.

Emma nahm die Mullbinden an sich und verließ die HNO. Vielleicht konnte sie das Problem mit dem gefährlichen Schmuck später bei Maximilian anbringen? Der Ärztliche Direktor, der unter dem Bann von Marie-Luise stand, würde ihr vermutlich nur Neid vorwerfen, wenn sie erneut deren Pflegeentscheidungen kritisierte.

Ein Wachtmeister stand bei den Eltern am Ende des Ganges. »Wir suchen Ihre Tochter weiter, Sie müssen Geduld haben«, hörte sie ihn sagen. »Zwanzig Männer sind inzwischen im Einsatz.«

Also gab es nach wie vor keine Spur des vermissten Kindes. Emma überlegte fieberhaft, wohin Cornelia sich geflüchtet haben könnte. Traurige Kinder mochten Verstecke, in denen es dunkel war, weil man sie im Dunkeln nicht finden konnte. Der Keller! Er war der dunkelste Ort der Kinderklinik. Dorthin lief sie nun wie um ihr Leben, die Mullbinden stopfte sie sich in die Kleidertaschen. Stationsschwester Vera kam ihr im Erdgeschoss entgegen, gefolgt von Doktor Retzkau und der Medizinalpraktikantin Fräulein Beierlein. Mit der Brille und dem neuen selbstsicheren Gang erinnerte sie Emma einmal mehr an Marlene. Kurz dachte sie, dass sie sich schon viel zu lange nicht mehr bei ihrer Schwester gemeldet hatte. Sie wusste nicht, wie sie Marlene von ihrem Vater erzählen sollte, ohne dass ihre Schwester über ihn schimpfen würde. Inzwischen hatte sie ihn ein zweites Mal getroffen. Sie hatten sich nett unterhalten. Auf ihren Wunsch hin war er sogar ohne seine Waffe am Gürtel erschienen. Aber das war gerade unwichtiger als die vermisste Cornelia.

»Die Patientin hat die Klinik vermutlich längst verlassen«, mutmaßte der junge Doktor Retzkau.

Emma schüttelte den Kopf. So schnell vermochte es eine Fünfjährige nicht, unbemerkt den Ausgang eines in Kinderaugen riesigen Gebäudes ausfindig zu machen. Es war kalt draußen, der Frühling zeigte sich nur zögerlich.

»Du meinst …«, fragte Vera. Sie schien Emmas Gedanken als Einzige zu erahnen.

Emma nickte und lief voran. Vera und die Medizinalpraktikantin folgten ihr ins Kellergeschoss. Nur aus dem Augenwinkel sah Emma, wie zwei Männer, vermutlich Journalisten, ihre Kameras auf das Büro des Ärztlichen Direktors richteten. Noch im Laufen schickte sie ein Stoßgebet zum lieben Gott, damit sie Cornelia bald fanden.

Der Keller diente der Kinderklinik als Lager für ausrangierte Büromöbel, ältere Patientenbetten und reparaturbedürftiges Mobiliar. Außerdem standen hier unten die Desinfektionsanlage, die Heizungszentralanlage, die komplizierte Apparatur für die Temperierung der Wärmezimmer, in denen vorzeitig geborene Säuglinge gepflegt wurden, und die Luftreinigungsanlage, ebenfalls für die Wärmezimmer.

»Wir teilen uns auf«, schlug Fräulein Beierlein vor. »Ich durchsuche die vorderen zwei Räume, Sie, Vera, die mittleren, und Schwester Emma nimmt sich die hinteren Räume vor.«

Emma lief los, schaute in staubigen Nischen, hinter die Heizungsanlage und bei der Luftreinigungsanlage. Immer wieder rief sie den Namen der Gesuchten.

Nach einer Weile kamen die drei Frauen frustriert am Treppenaufgang wieder zusammen.

»Als hätte sie sich in Luft aufgelöst«, sagte Fräulein Beierlein und schob sich ihre Brille mit dem Finger die Nase hinauf.

Vera stemmte die Hände in die Hüften. »Das ist doch nicht möglich!«

»Wo können wir noch schauen?«, fragte Emma.

»In den Kuhställen?«, fiel es Vera plötzlich ein, und sie wollte schon den ersten Schritt die Treppe hinauftun, als Emma sie am Arm zurückhielt. »Hörst du das?«, fragte sie und presste sich den Zeigefinger vor die Lippen. Das Geräusch kam aus dem Raum mit den alten Büromöbeln.

»Aber ich habe dort schon nachgesehen«, versicherte Vera.

Die Laute verstummten gleich wieder.

»Ich will trotzdem noch einmal schauen!« Emma eilte in den Kellerraum, in dem das reparaturbedürftige Mobiliar lagerte. Darunter waren mehrere kaputte Bürostühle und zwei Ledersofas mit abgebrochenen Beinen. »Conny, bist du da? Hier ist Schwester Emma.«

Es blieb still.

Emma ging um den schweren Holzschreibtisch des früheren Ärztlichen Direktors, Doktor Ritter, herum. Keine Spur von Cornelia. Aber da war es plötzlich wieder: das Geräusch, das sie bereits im Gang gehört hatte. Es kam aus der Ecke des Raumes und klang wie das unterdrückte Husten eines Kindes.

Auf Zehenspitzen ging Emma zu der Ecke, wo eine alte Standuhr zugedeckt ihr Dasein fristete. Sie zog das eingestaubte Stofftuch von dem Möbel und entdeckte das Mädchen hinter einer mehrfach gesprungenen Glasscheibe. Es saß eingezwängt in dem Uhrenkasten wie das kleinste Geißlein aus dem Märchen *Der Wolf und die sieben Geißlein*, zitternd vor Kälte. Cornelia trug lediglich ihr Stationshemd, ihre Füße waren nackt. Sie war rot vom Husten, und ihr zartes Gesicht war von einem fiebrigen Schweißfilm überzogen.

»Wir brauchen eine Decke, schnell«, wies Emma im alten Ton der Oberschwester an, woraufhin Vera sofort loslief.

»Conny, meine Kleine.« Ganz langsam, um das Mädchen nicht zu erschrecken, öffnete Emma die Tür der Standuhr mit der kaputten Glasscheibe. Als sie die Hand nach dem Mädchen ausstreckte, zwängte sich Cornelia aber nur noch tiefer in den Uhrenkasten.

»Vor mir musst du keine Angst haben.« Emma hockte sich hin, um mit der Patientin auf Augenhöhe zu sein. »Deine Eltern warten oben auf dich und wollen dich in ihre Arme nehmen. Sie machen sich große Sorgen, wie ich auch.«

Bernadette Beierlein kniete sich neben Emma. »Weißt du, dass es einen großen Teller Puddingsuppe für dich gibt, wenn du mit uns kommst, Cornelia?«, fragte sie mit einem liebevollen Lächeln.

Äußerst langsam näherte Emma ihre Hand erneut der kleinen Patientin, die sie mit großen verunsicherten Augen anschaute. Zaghaft berührte sie ihr ausgekühltes Ärmchen. »Darf ich dich hochnehmen und wärmen?«, fragte Emma leise. »Ich tue dir bestimmt nicht weh.«

Cornelia zögerte, aber nickte dann doch.

Behutsam half Emma dem zierlichen zitternden Mädchen aus dem Uhrenkasten heraus und nahm es an ihre Brust. Sanft wiegte sie es zur Beruhigung.

Kurz darauf war auch Vera mit einer Steppdecke zurück, die sie um Cornelias Schultern legte. Emma begann, der Patientin zur Beruhigung jenes Wiegenlied zu singen, das sie lange nicht mehr angestimmt hatte. Sie kannte es von ihrer Mutter. »Guten Abend, gute Nacht, mit Rosen bedacht, mit Näglein besteckt, schlupf unter die Deck.«

Vera und die Medizinalpraktikantin gingen auf der Kellertreppe voran, fast wie ein Schutzschild für Emma und Cornelia.

Vor der Tür ins Erdgeschoss fragte Emma: »Könnt ihr die Journalisten ablenken? Ich möchte die Kleine ohne Blitzgewitter ihren Eltern übergeben.«

»Eine gute Idee«, sagte Vera, seufzte mit Blick auf Emmas einfache Schwesternkleidung und sagte: »Ich verstehe einfach nicht, warum du vom Posten der …«, sprach dann aber nicht weiter, weil Emma den Kopf schüttelte.

Mit zarter Stimme sang sie weiter: »Guten Abend, gut' Nacht, von Englein bewacht«, und wiegte Cornelia, die sich langsam traute, ihren zarten zitternden Körper an sie zu schmiegen.

Als Emma den Korridor im Erdgeschoss betrat, war Bernadette Beierlein bereits dabei, die Journalisten abzulenken. Langsam, um das Kind nicht erneut zu verängstigen, stieg Emma Stufe um Stufe die Wendeltreppe hinauf, bis sie in der Krankensaaletage vor den aufgeregten Eltern stand und das fest in die Decke gewickelte Mädchen seiner vor Erleichterung weinenden Mutter übergab.

Emma wünschte, Marlene wäre jetzt hier, um sie aufzufangen. Sie fühlte sich völlig erschöpft von ihrer Angst um das Leben des Kindes. Das Mädchen fieberte und hatte Schüttelfrost. Bevor es zurück in sein Bett konnte, musste es von einem der Ärzte auf mögliche Verletzungen untersucht werden.

Die Polizei trat zu den Eltern, Schwestern näherten sich ihnen, und Benjamin Levy und Marie-Luise Fischer eilten von Journalisten begleitet herbei.

Schwester Hertha folgte beiden wie ein Schatten und verkündete großspurig: »Ich wusste, dass wir sie schnell wiederfinden würden.« Mit Blick zu einem der Journalisten lächelte sie wie eine der Prominenten aus ihren Illustrierten in die Kamera und betonte: »Unter meiner Aufsicht herrscht in der berühmten Kinderklinik Ordnung!« Stolz rückte sie ihre Rotkreuzbrosche zurecht.

Emma vermisste Worte des Bedauerns und der Entschuldigung. Unbemerkt zog sie sich aus der anwachsenden Menschentraube zurück. Hoffentlich hatte sich Cornelias Gesundheitszustand durch die Stunden im kalten Keller nicht verschlechtert. Sie erinnerte sich an einen Patienten, aus dessen verschleppter Bronchitis eine tödlich verlaufende Lungenentzündung geworden war.

***

17

Ende April 1930

Als die Kinderklinik am Ende der Straße auftauchte, trat Marlene noch einmal fester in die Pedale. Mit jedem Meter, den sie sich dem Gebäudekomplex näherte, fühlte sie sich leichter, ihre Sorgen wogen weniger. Ihr war, als würde sie nach einer langen Reise endlich heimkehren. Hoffentlich konnte sie Benjamin Levy gleich davon überzeugen, sie als Ärztin wieder einzustellen.

Auf halber Strecke vor dem Ziel fuhr sie beinahe einen Mann um, der Plakate an eine Litfaßsäule klebte – wohl schon für die neuen Reichstagswahlen im September, die unlängst angekündigt worden waren. Auf gleich drei Wahlplakaten nebeneinander forderte die NSDAP auf, Liste neun zu wählen. Die Partei versprach eine Wiederbelebung der Wirtschaft mittels Aufrüstung und die Niederwerfung der Arbeiterbewegung. Was Marlene neben der Aufrüstung besonders bitter aufstieß, war der Judenhass der NSDAP. Ihr fröstelte beim Blick auf das martialisch wirkende Wahlplakat, auf dem einer Schlange mit einem langen Dolch in den Kopf gestochen wurde, sodass Blut floss.

Marlene entschuldigte sich bei dem Mann und saß wieder auf ihrem Rad auf. Sie wollte endlich Klinikluft riechen, kranke Kinder gesund machen und nicht daran denken müssen, wie enttäuscht Maximilian ihr von der Villa aus nachgeschaut hatte. Er hatte Nachtdienst gehabt und bis Mittag Zeit, sich auszuschlafen. Ihre Begegnung heute Morgen war kurz und kühl verlaufen. Er hatte ihr nicht mal ein paar nette Worte für das Gespräch mit Benjamin Levy mit auf den Weg gegeben.

Marlene schloss ihr Fahrrad am Klinikzaun neben den anderen an und schaute sich wie an ihrem ersten Tag um. Die morgendliche Frühlingssonne berührte schon die Blütenköpfe der Tulpen und Hyazinthen, die die Treppe zum Haupteingang säumten. Auf der obersten Stufe stand Schwester Dagmar und war in ein hitziges Gespräch mit einem Herrn vertieft.

»Ich darf Sie nicht reinlassen«, insistierte Dagmar. »Bitte haben Sie Verständnis, dass lediglich Patienten und deren Eltern in der Kinderklinik willkommen sind.« Sie hatte sichtlich Mühe, den Herrn mit der Kamera vom Betreten der Klinik abzuhalten.

Marlene sprang ihr bei und schob den Mann, den sie für einen Journalisten hielt, entschieden von der Eingangstür weg. Er protestierte noch halbherzig, aber wandte sich zum Gehen. »Vielleicht sollte ein zweiter Pförtner die Bewachung des Haupteingangs übernehmen«, sagte sie zu Dagmar und betrat das Gebäude. Fast ehrfürchtig setzte sie im Korridor einen Fuß vor den anderen und ließ ihre Hand an der Wand entlanggleiten, um die Mauern zu spüren. Es kribbelte in ihren Fingerspitzen. Eine Elevin bummelte an ihr vorüber, bekam aber sofort große Augen, als sie Marlene erblickte. Renate trug knallroten Lippenstift, und wie sie auf diesen Absatzschuhen zu einem Notfall laufen konnte, war Marlene ein Rätsel. Sie grüßte die junge Frau höflich und ging dann zügig zum Büro des Ärztlichen Direktors. Als sie dort ankam, verließ Assistenzarzt Doktor Münkwitz von Drosselsheim gerade das Büro. Benjamin Levy kam ihm bis in den Korridor nach, ohne Marlene zu beachten. »Wollen Sie es sich nicht doch noch einmal überlegen?«, fragte er.

Aber Münkwitz von Drosselsheim schüttelte den Kopf und ging davon. Benjamin Levy schaute ihm verzweifelt nach.

Erst als Marlene ein vorsichtiges »Guten Morgen« anbrachte, kam der Ärztliche Direktor aus seiner Erstarrung wieder zu sich.

Er lächelte höflich. »Marlene, komm doch rein.« Er führte sie vor seinen gläsernen Schreibtisch und bat sie, Platz zu nehmen. Unsortierte Akten und jede Menge Briefe türmten sich auf dem Tisch. Früher war er ordentlicher gewesen.

Nachdenklich schritt er zum Fenster, sein Blick verfing sich irgendwo in den Gardinen. Längere Zeit sagte er nichts.

Marlene machte mit einem Räuspern auf sich aufmerksam.

Benjamin Levy bewegte sich nicht vom Fenster weg, aber wandte sich ihr zumindest zu. »Du hattest mich um ein Gespräch gebeten«, sagte er, wobei er in Gedanken meilenweit entfernt schien. »Geht es um Emma und die Position der Oberschwester? Das habe ich nicht zu entscheiden.«

Marlene hatte gehofft, dass Maximilian seinem engen Freund längst von ihrem Wiedereinstieg erzählt hatte. »Ich bin gekommen, weil ich wieder an der Kinderklinik arbeiten möchte«, begann sie. Als sie Anfang des Monats mit Professor Czerny den Vertrag über ihre wissenschaftliche Mitarbeit bei der Erforschung des Antibiotikums Penicillin verhandelt hatte, war sie selbstsicherer aufgetreten. Es war beeindruckend, wie schnell der Professor einen Chemiker und einen Biochemiker für das Projekt hatte gewinnen können und in diesen schlimmen Krisenzeiten Gelder für zusätzliche Laboranschaffungen aufgetrieben hatte.

»Bist du dir wirklich sicher, dass du zurückkommen willst?«, fragte Benjamin. Er trat an seinen Schreibtisch und pochte auf den Stapel Zeitungen. Zuoberst titelte das *Tageblatt*:

> *Vorzeigekrankenhaus Kinderklinik Weißensee verliert Vertrauen bei Berlins Eltern*

Marlene beachtete das Blatt nicht wirklich. »Für zwanzig Stunden«, fügte sie an. »Und ja, ich möchte es unbedingt.«

»Da bist du gerade die Einzige«, sagte Benjamin und seufzte. »Vor einer Woche schon hat Doktor Retzkau gekündigt, und eben konnte ich auch Doktor Münkwitz von Drosselsheim nicht davon überzeugen, seine Assistentenzeit weiter an der Klinik zu absolvieren. Die Augenstation ist inzwischen unbesetzt.«

»Unsere Kollegen haben Angst um ihren Ruf und ihre Karrieremöglichkeiten nach …« Marlene deutete ebenfalls auf den Zeitungsstapel, um das giftige Wort »Skandal« nicht aussprechen zu müssen. Es passte so gar nicht zu der Kinderklinik, die sie verlassen hatte.

Benjamin nickte mit zusammengekniffenen Lippen. »Ich würde dich gerne wieder anstellen. Noch haben wir ja ein paar allerletzte Patienten.«

Marlene war überrascht von Benjamins Lethargie. »Wir

können das Vertrauen der Eltern bestimmt zurückgewinnen!«

»Vertrauen ist schneller verspielt als gewonnen«, antwortete er niedergeschlagen und trat wieder ans Fenster. »Und gerade weiß ich noch nicht, wie wir gewinnen sollen, solange sich die Presse gegen uns verschwört.«

»Mit guter Arbeit! Sowohl von uns Ärzten als auch von pflegerischer Seite«, sagte Marlene prompt. »So etwas wie mit Cornelia Müller darf nie wieder passieren.«

Benjamin nickte so mutlos wie ein Patient, der keine Heilungschancen hat.

Im nächsten Moment ging die Tür auf, ohne dass zuvor angeklopft worden wäre, und Marie-Luise Fischer betrat mit einer Tasse duftendem Tee das Büro. Offensichtlich irritiert von Marlenes Anblick, hielt sie kurz inne, schritt dann aber elegant vor den Ärztlichen Direktor. Tief schaute sie ihm in die Augen.

Marlene gefror das höfliche Begrüßungslächeln im Gesicht. Private Gesten gehörten nicht an den Arbeitsplatz, schon gar nicht an den einer Rotkreuzschwester. Egal, ob es ihr dadurch gelang, den niedergeschlagenen Ärztlichen Direktor aufzumuntern. Einige Sekunden lang schaute Benjamin die Oberin sehnsüchtig lächelnd an.

Wieder musste Marlene sich räuspern, um wahrgenommen zu werden.

Benjamin Levy benötigte mehrere Augenblicke, um wieder zu sich zu kommen. »Ich lasse den Vertrag noch heute aufsetzen«, beschied er. »Du könntest gleich morgen anfangen, Marlene.«

»Gerne«, sagte sie mit einem aufmunternden Lächeln für Benjamin. »Dann bis morgen.«

Im Hinausgehen hörte Marlene ihre frühere Erzfeindin noch sagen: »Ben, wir haben schon über zwanzig Bewerbungen für den nächsten Elevinnen-Jahrgang. Das haben wir vor allem den Mädchen aus dem aktuellen Jahrgang zu verdanken. Sie sind zu meisterhaften Repräsentantinnen des Deutschen Roten Kreuzes und des Pflegeberufs geworden.«

Marlene war froh, als sie die Tür hinter sich zuziehen konnte. Benjamin war nicht mehr er selbst, sein Enthusiasmus erloschen. Die Einzige, die ihn noch aufzumuntern schien, war Marie-Luise Fischer.

Auf dem Flur kam Marlene Emma entgegen. »Und, wie ist es gelaufen?«, wollte ihre Schwester wissen.

»Gleich morgen kann ich anfangen.« Nachdenklich wandte Marlene sich noch einmal zum Büro des Ärztlichen Direktors zurück.

Emma stieß einen erleichterten Seufzer aus. »Zum Glück!« Sie nahm Marlenes Hand und führte sie hinaus in den Klinikpark. »Nun sind wir wenigstens wieder zusammen.«

Gespielt streng wie früher, als sie noch Lernschwestern gewesen waren, stemmte Marlene ihre Arme in die Hüften. »Jetzt kann ich wieder besser auf dich aufpassen.« Sie lächelte und schob Benjamin Levy aus ihren Gedanken fort.

Emma lächelte zärtlich zurück und schmiegte sich kurz an ihre Schwester. »Wie ich dich vermisst habe.«

Schweigend gingen sie durch den Park und vorbei an der Freiluftkrippe, die schon lange nicht mehr so schlecht besucht war wie im Moment.

»Wie sieht es bei dir und Kurt aus? Hast du inzwischen mit ihm gesprochen?«, fragte Marlene nach einer Weile. Sie wusste, dass ihr Schwager kaum noch zu Hause war und sogar zum Osterkaffee wegen der Vorbereitung einer Reportage zu spät erschienen war.

»Ich sehe Kurt kaum noch, und wenn er dann abends heimkommt, bin ich so traurig, dass ich kein Wort mehr herausbekomme«, gestand Emma.

Ähnlich musste es Maximilian mit ihr gehen!, durchfuhr es Marlene. Er bekam derzeit auch kaum ein Wort heraus. Die frostige Stimmung zwischen ihnen hätte am Ostersonntag beinahe in einen offenen Streit vor den Gästen gegipfelt. Seitdem schliefen sie getrennt und waren auch nicht mehr Max und Lene füreinander, sondern Maximilian und Marlene – die lauwarme Version ihrer früher brennend heißen Verbundenheit. Ein Fest der Hoffnung, das Ostern sein sollte, war es ganz und gar nicht gewesen. Obendrein hatte sich die Gräfin erneut geweigert, sich zur Familie zu gesellen. Die einzig gute Nachricht war gewesen, dass Theodor endlich bessere Noten in der Schule schrieb.

»Soll ich mit Kurt reden?«, bot Marlene an. »Wir haben einen guten Draht zueinander.«

»Das muss ich schon allein hinbekommen.« Emma senkte den Blick auf den Boden und fügte leise betrübt hinzu: »Wenn es denn überhaupt hinzubekommen ist.«

»Das ist es, Schwesterherz. Ganz bestimmt«, sagte Marlene. Der nächste Satz galt auch ihr selbst. »Jede Ehe macht Höhen und Tiefen durch. Das ist normal.«

Emma schaute auf. »Ist es deiner Ansicht nach auch normal, sich in seine Chefin zu verlieben?«

Marlene bliebt abrupt stehen. »Kurt ist in seine Chefin verliebt? Das kann ich mir nicht vorstellen! Du bist sein Ein und Alles!«

Emma schüttelte ungläubig den Kopf und blinzelte Tränen weg. »Lass uns jetzt mit Kurt aufhören. Wirklich schön, dass du zurück in der Klinik bist«, sagte sie. »Mach, dass du nach Hause kommst, zu Maximilian. Ihr braucht Zeit zusammen.«

Sie umarmten sich fest, dann radelte Marlene zur Villa zurück. Als sie dort ankam, war die Gräfin dabei, den Gärtner beim Setzen neuer Sommerstauden anzuweisen. Nur kurz streifte Dorotheas Blick Marlenes rostigen Drahtesel, der einer »Frau von« angeblich unwürdig war.

Marlene wusste intuitiv, was sie nun zu tun hatte. Sie wollte Maximilian zärtlich in den Arm nehmen, ihm sagen, dass sie in keiner einzigen ihrer zukünftigen Arbeitswochen mehr als zwanzig Stunden an der Kinderklinik arbeiten würde, dass sie ihn liebte und ihm endlich wieder nah sein wollte, so wie früher. Vor ihrer Schwester wollte sie mit gutem Beispiel vorangehen, ihr zeigen, dass man bei Eheproblemen nicht zu lange zögern durfte. Und hieß es nicht, dass Liebende aus Krisen gestärkt hervorgingen?

Das Dienstmädchen öffnete ihr die Eingangstür der Villa. Marlene lief die Treppe ins erste Obergeschoss hinauf, ohne Mantel und Hut abzulegen. Sie wollte hier und jetzt den ersten Schritt für eine Versöhnung tun. Viel länger ertrug sie die einsamen Nächte und ihre kühlen, kurzen Begegnungen nicht mehr. Es war so viel Unausgesprochenes zwischen ihnen.

Maximilians Stimme kam aus dem Herrenzimmer. »Wir sind hier«, antwortete er auf Marlenes Rufen.

Wir?, dachte Marlene noch im Laufen, öffnete die schwere Tür zum dunkel getäfelten Raum und stoppte so abrupt im Türrahmen, dass sie beinahe vornübergekippt wäre. Wie auf einer Bühne saßen die beiden Herren in den wuchtigen Sesseln und hatten sich scheinbar heiter und angeregt unterhalten. Marlene brauchte mehrere Atemzüge, um die skurrile Situation zu erfassen.

»Was macht er hier?«, fragte sie Maximilian, ohne ihren Vater genauer anzusehen. »Ist er wieder am Balkon hochgeklettert? Hast du die Polizei informiert, oder soll ich …?«

Anstelle von Maximilian antwortete Joseph: »Ich habe ordnungsgemäß unten geklingelt, und das nette Dienstmädchen hat mich reingelassen.«

Marlene bewegte sich keinen Zentimeter. »Helene hat was?«

»Maximilian war so freundlich, mir Gesellschaft zu leisten, während ich auf dich gewartet habe.« Joseph trug heute ein sauberes Jackett und ordentliche Hosen. Er wirkte nicht, als würde er in einem ausrangierten Pferdebus leben, wie Marlene inzwischen von Emma wusste. Aber mit feinem Zwirn beeindruckte er sie keineswegs. Allein schon, dass er Emma bei Nacht und Nebel in eine Gartenkolonie beordert hatte, nahm sie ihm übel. Weißensee war Berlin! Und Berlin war gefährlich für Frauen, die im Dunkeln allein unterwegs waren.

Sie schaute Maximilian enttäuscht an. Er wusste doch ganz genau, wie sie zu ihrem Vater stand. Am liebsten hätte sie ihm ein »Wie konntest du nur?« an den Kopf geworfen, aber sie wollte nicht, dass Joseph Zeuge davon wurde, dass ihre Ehe doch heftiger kriselte, als ihr selbst bewusst gewesen war. Sie schloss nicht aus, dass Maximilian ihr mit dem freundlichen Verhalten ihrem Vater gegenüber wehtun wollte.

»Ihr solltet euch endlich aussprechen«, sagte Maximilian, erhob sich und trat mit einer Armlänge Sicherheitsabstand vor Marlene. Mit distanzierter Geste wies er auf den nunmehr leeren Sessel neben ihrem Vater. »Joseph«, sagte er noch, »schön, Sie endlich besser kennengelernt zu haben. Sie sind hier immer willkommen.«

»Niemals!«, widersprach Marlene augenblicklich.

»Ich bin der Hausherr, und wenigstens das bestimme ich noch«, raunte Maximilian ihr im Hinausgehen zu.

Marlene bekam eine Gänsehaut von seinem Ton. Es hatte ihn nicht einmal interessiert, wie das Gespräch mit Benjamin gelaufen war.

»Auch wenn du mich verabscheust, sei so höflich, und setze dich wenigstens kurz zu mir«, bat Joseph und deutete neben sich.

Marlene schüttelte vehement den Kopf, was ihrem Vater galt, während sie noch Maximilian nachschaute. Erst an Ostern hatte Emma ihr die Treffen mit dem Vater gebeichtet und ihr seine Geschichte erzählt. Marlene war nicht einmal erleichtert gewesen, dass Joseph kein Verbrecher war, sondern das plötzliche Verschwinden seiner Tätigkeit beim Nachrichtendienst geschuldet und sein vorgetäuschter Tod für die Russen glaubhaft gewesen war.

Marlene verschränkte ihre Arme vor der Brust und schaute ihren Vater mit frostigem Blick an. Damals beim Spaziergang auf den Moorwiesen war sie zu schwach gewesen, ihn zurückzuweisen. Als Spion kannte er die besten Tricks im Umgang mit Menschen und hatte sich damit ihr Vertrauen erschlichen. Inzwischen war sie schlauer und nicht mehr so leicht hinters Licht zu führen.

»Wie war dein Gespräch an der Kinderklinik?«, fragte Joseph, während er mit seinem typischen Blick in sie drang, als lese er in ihr wie in einem offenen Buch.

Davon hatte Maximilian ihm erzählt? Dabei kannten sie sich kaum. Auch wenn Marlene es nicht zugeben würde, es rührte sie, dass ihr Vater sich danach erkundigte. Maximilian hatte es nicht interessiert.

»Mein Gespräch in der Kinderklinik geht dich nichts an«, antwortete sie dennoch. Das Risiko, erneut von ihm verletzt zu werden, war ihr einfach zu groß.

Joseph lächelte zärtlich, als hätte sie ihn herzlich willkommen geheißen. »Wenn du so streng schaust, siehst du genauso aus wie deine Mutter. Wenn Elisabeth wütend auf mich war, verschränkte sie auch immer die Arme vor der Brust und schaute mich an, als würde sie mich kraft ihres Blickes versteinern wollen.«

»Bestimmt hatte Mama allen Grund dazu!«, schoss Marlene zurück. Elisabeth war der liebevollste und leidenschaftlichste Mensch gewesen, der ihr je begegnet war, und jeder durfte mal wütend werden. Joseph Gottwald hingegen war ein Schuft vor dem Herrn, nicht wert, »Vater« genannt zu werden. Er verdiente es überhaupt nicht, zwei so nette Töchter zu haben, wiederholte sie in Gedanken jenen Satz, den sie immer dann vor sich hin gesprochen hatte, wenn die heimliche Sehnsucht nach einem Vater sie überfiel. Professor Czorny war deutlich bemühter um sie als ihr eigener Vater und das schon seit Jahren. Und niemals lief er weg.

»Ich möchte dir mehr über deine Mutter und mich erzählen und wie es dazu gekommen ist, dass ich dich und Emma im Stich ließ«, sagte Joseph.

Eigentlich wollte Marlene nicht wissen, warum er immer wieder verschwand. Sie wollte nicht, dass er ihr immer wieder wehtat, ihr damit zeigte, wie unwichtig sie und Emma für ihn waren. Zehn Jahre hatte er sich – verdammt noch mal! – nicht bei ihnen gemeldet! Sie zehn lange Jahre im Ungewissen gelassen!

Marlene machte noch immer keine Anstalten, Mantel und Hut abzulegen. Mit gehobenem Kinn und stolzem Blick schritt sie vor den Herrensessel, rückte das Möbel entschieden von ihrem Vater weg und nahm dann mit stocksteifer Haltung ihm gegenüber Platz. Einzig und allein wegen der Informationen über ihre Mutter blieb sie. Aber höchstens fünf Minuten! »Und? Was war nun mit Mama und dir?«, fragte sie kühl.

»Ja, ja, ich fange ja schon an.« Joseph holte tief Luft. »Zum Stolz meiner Eltern wurde ich vom Großen Generalstab für den Militärischen Nachrichtendienst ausgebildet. Vom ersten Tag an war ich viel unterwegs und stark eingebunden. Wenn ich die Zeit doch nur zurückdrehen könnte, ich würde mehr Zeit mit Elisabeth und euch verbringen.« Sein Blick verlor sich mitten im Raum. »Am Tag unserer Verlobung blieben uns nur zwei Stunden für eine kleine Feier, denn ich musste am gleichen Abend noch in Posen sein. Ich glaube, insgesamt hatten wir bis dahin vielleicht vier Wochen miteinander verbracht.«

Marlene würde es nicht zugeben, aber sie war neidisch auf die Erinnerungsbilder, die ihr Vater in diesem Moment vermutlich sah. Das einzige greifbare Stück, das ihr von ihrer Mutter geblieben war, war der Verlobungsring. Sie verwahrte ihn in einem Samtbeutel in ihrer Nachttischschublade. Emma besaß noch die Fotografie und Mutters geliebtes kleines Kirchenbuch.

»Wir waren füreinander bestimmt, das weiß ich ganz sicher«, sprach Joseph weiter. »Elisabeth wurde meine engste Vertraute, obwohl ich eigentlich mit niemandem über meine Tätigkeit bei der *Sektion III b* des Nachrichtendienstes reden durfte. Sie hatte oft Angst, wenn ich wieder fortging, bat mich, den Beruf zu wechseln. Ich hätte für die Polizei arbeiten können, das wäre weniger lebensgefährlich gewesen; aber das war mitnichten so prestigeträchtig und gut bezahlt wie die Arbeit bei der *Sektion III b.*«

Marlene dachte, dass Maximilian und sie bis vor Kurzem auch die engsten Vertrauten füreinander gewesen waren. Unmerklich löste sich die Spannung in ihren verschränkten Armen ein wenig. Sie erinnerte sich an bessere Zeiten, an Nächte voller Leidenschaft und Tage gemeinsamen Ringens um das Wohl kranker Kinder. Es war erfüllend gewesen.

Wie von hinter einer Glaswand her erklang die Stimme ihres Vaters: »Damals dachte ich, dass Elisabeth sich nur in diesen erfolgreichen, anerkannten Mann verliebt hatte, als den ich mich sah, und dass sie mit der Zeit mehr in meine Fähigkeiten vertrauen würde. Ich fühlte mich unverwundbar. Auch deswegen setzte ich alles daran, weiter Karriere zu machen. Ich wollte der beste Nachrichtenoffizier Preußens werden. Ein halbes Jahr nach unserer Verlobung wurde sie schwanger, aber sie wollte mich nicht mehr heiraten. Sie fühlte sich inzwischen beobachtet und hatte Angst, dass dir wegen meines gefährlichen Berufes etwas angetan werden könnte. Ich habe ihr gesagt, dass sie in Sicherheit ist, ich sie über alles liebe und dass wir heiraten müssen, da sie nun schwanger war, um ihren Ruf zu schützen. Aber das war ihr nicht wichtig. Ich war so dumm. Ich hätte den Beruf wechseln, die Gefahr hinter uns lassen und für immer bei ihr bleiben und sie beschützen müssen.« Er raufte sich das Haar.

»Ja, das hättest du! Aber trotzdem kam Mama gut allein

zurecht«, gab Marlene sich überzeugt, auch wenn sie deswegen arm gewesen waren. »Emma und ich, wir haben unseren Vater nie vermisst. Mama hat uns dafür doppelt und dreifach geliebt.«

Joseph ließ sich in seinem Bericht nicht beirren. »Ich traf gerade noch rechtzeitig aus Königsberg ein, als du geboren wurdest. Das aber auch nur, weil du zwei Wochen zu spät auf die Welt kamst, als hättest du auf mich gewartet. Als hättest du deinen Vater in deinen ersten Minuten auf der Welt dabeihaben wollen.«

Unvermittelt schüttelte Marlene den Kopf. Was Joseph sich nur einredete!

»Du warst so lebendig und wunderschön und hast mit deinem geöffneten Mündchen gleich nach der Brust deiner Mutter gesucht. Elisabeth wollte dich gar nicht mehr aus dem Arm geben. Trotz dieser so engen Verbindung zu deiner Mutter konnte *ich* dich am besten zum Lachen bringen.«

Marlene wurde langsam warm im Herrenzimmer. Sie öffnete ihren Mantel. Zu spät fiel ihr auf, dass sich der Anflug eines Lächelns um ihre Mundwinkel geschlichen hatte.

»Zu meinem Bedauern konnte ich bei Emmas Geburt nicht anwesend sein. Und bald darauf wollte Elisabeth mich nie wiedersehen, weil sie wegen meines Berufes sogar bedroht worden war. Ein Brief mit einer Morddrohung hatte sie erreicht. Von da an konnte sie nachts nicht mehr schlafen. Sie verbot mir, euch jemals wieder zu besuchen, hoffte, dass ihr ohne mich in Sicherheit seid.«

»Du hättest von Anfang an zur Polizei gehen sollen«, sinnierte Marlene.

»Ja, das hätte ich aus heutiger Sicht. Aber damals war ich jung, hitzköpfig und wollte der Welt zeigen, was ich alles erreichen kann. Die Karrieresucht hat mir die Sinne vernebelt. Heute würde ich einiges anders machen. Lene, lass uns ganz von vorne anfangen, und gib mir eine letzte Chance. Emma hat es bereits getan. Ich kann meinen Töchtern vermutlich kein Vater mehr sein, aber vielleicht ein Freund und meinen Enkeln ein Großvater. Dieses Mal bin ich wirklich zurück. Dieses Mal ist es wirklich für immer«, beteuerte er. Eine, zwei, drei Sekunden lag hielt er ihre reglose Hand.

»Du hättest uns wenigstens ein Lebenszeichen geben können, als Mama starb. Warum, verdammt, hast du uns wieder und wieder im Stich gelassen?«, verlangte sie zu wissen. Jetzt war es raus! Wut und Enttäuschung stiegen heiß in ihr hoch, und sie atmete schneller.

»Um euch zu schützen. Das habe ich auch schon Emma gesagt. Euer Leben ist mir kostbarer als meines. Verstehst du das? Nie würde ich das Leben meiner Töchter aufs Spiel setzen. Lieber sollen sie mich …«

»Und jetzt bist du wirklich in Sicherheit?«, fragte sie vorsichtig.

»Mehr, als ich es jemals war, ja. Mein vorgetäuschter Tod gilt seit Jahren beim Feind als Tatsache.«

Jetzt atmete Marlene fast gegen ihren Willen doch erleichtert aus.

Joseph lächelte.

Marlene stand auf. »Lass uns ein paar Schritte draußen im Garten tun.« Sie konnte selbst kaum fassen, was sie gerade tat, aber ihr Herz drängte sie dazu. Vielleicht gab sie ihm doch eine letzte Chance, ihr zu beweisen, dass seine Kinder in seinem Leben endlich die erste und einzige Priorität waren.

***

18

5. Mai 1930

Im *Ordensritter* war es verqualmt und staubig wie immer. Theodor ging zum Tresen und bestellte vier Bier für sich und seine neuen Freunde. Der Wirt schenkte ihnen großzügiger ein als sonst. Mühelos balancierte Theodor die Krüge ans Ziel, was er früher, als er noch keine Gewichte gestemmt hatte, nicht geschafft hätte.

»Auf uns und unsere Zukunft«, sagte Johannes, woraufhin die Runde junger Männer, einer davon Bertram aus derselben Klasse wie Theodor, ihre Krüge laut aneinanderkrachen ließen. Sie tranken das Bier in einem Zug leer, ohne abzusetzen. Theodor gelang es immerhin, nicht als Letzter fertig zu sein.

Die anderen Jungen begannen, ihre Uniformen mit Blick zur Falttür zurechtzurücken. Sie sahen erwachsen darin aus, fand Theodor. Die Uniform bestand aus einer schwarzen Wildlederhose, einem beigen festen Hemd, der Armbinde mit dem Hakenkreuz und einem schwarzen Tuch um den Hals. Sie erinnerte Theodor an Pfadfinderkleidung. Er selbst musste sich erst noch beweisen, um der Jugendbewegung der NSDAP beitreten und die gleiche Uniform tragen zu dürfen. Dafür war der heutige Abend ein wichtiger

Schritt. Heute nahmen ihn seine Freunde zum ersten Mal mit hinter die Falttür, die ihm schon beim ersten Besuch in der Kneipe aufgefallen war. Die marode Tür vermittelte auch heute noch den Eindruck, als befände sich dahinter lediglich eine Besenkammer. Aber immer mehr uniformierte Jungen drängten sich an ihnen vorbei.

Trotz allen männlichen Gebarens hatte Theodor Muffensausen. Er befürchtete, dass ihm etwas Falsches, etwas Sozialdemokratisches über die Lippen kommen könnte, sodass er wieder da landete, wo er zu Beginn des Schuljahres gewesen war: auf der Position des Außenseiters mit unterirdischen Noten in sämtlichen Deutschkundefächern. Er hätte nie gedacht, dass es ihm gelingen würde, dazuzugehören und wieder auf eine Zukunft an der Universität hinzuarbeiten. Er musste lediglich die Gesinnung des Lehrers teilen. Das rote Buch unter seinem Bett lieferte Unmengen Stoff dafür, den er eifrig in seine Wortmeldungen und Aufsätze der letzten Wochen eingeflochten hatte.

»Bist du bereit, Theo?«, fragte Johannes.

Theodor lächelte. Johannes Weber und er waren eng geworden. Er mochte die Gruppennachmittage, die die Nationalsozialisten veranstalteten, aber noch mehr genoss er die Zeit allein mit Johannes. Neulich nachts hatte er geträumt, ihm so nah zu kommen, dass er seine Haut riechen konnte.

Theodor gab sich kühn. »Klar bin ich bereit.« Vor Johannes wollte er besonders männlich wirken. Sein Freund erwiderte sein Lächeln, dann führte er die Riege junger Männer zur Falttür.

Beim Anblick des Raumes dahinter ging Theodor vor Erstaunen der Mund wie einem Kind auf. Die Besenkammer war in Wirklichkeit ein großer Versammlungssaal, in dem dicht gedrängt mehr als einhundert Jugendliche zusammenstanden und vorfreudig zur Bühne schauten. Auf der Bühne waren ein Rednerpult und ein langer Tisch aufgebaut, auf dem rote Fähnchen mit Hakenkreuzen standen und mehrere Herren wie beim Sitzappell bereitsaßen. Johannes erklärte Theodor, dass heute Abend der Chef des Berliner Parteibezirks erwartet wurde. Aufregung füllte den Saal.

Theodor erkannte Oberlehrer Rademacher am Rednerpult auf der Bühne wieder. Im gelben Licht der Bühnenscheinwerfer warf die züngelnde Narbenschlange einen dunklen Schatten auf Rademachers untere Wange. Er trug das Uniformhemd der Sturmabteilung der Partei, das sich durch seinen erdig braunen Ton noch einmal von der Uniform der Jugendbewegung abhob. Die Farbe symbolisierte die Verbundenheit mit Heimat und Boden. Bisher hatte Theodor mit Mitgliedern der Sturmabteilung, die von den Parteimitgliedern nur »SA« genannt wurde, noch nicht viel zu tun gehabt, was ihm aber recht war. Die paramilitärischen Straßenkämpfe und das brutale Vorgehen gegen politisch Andersdenkende gefielen ihm nicht. Der Gedanke, dass eine große, nicht mehr zerstrittene Volksgemeinschaft versuchte, aus der aktuellen Krise eine bessere Zukunft zu gestalten, behagte ihm schon mehr.

Johannes grüßte Egon, der Theodor nach wie vor kritisch beäugte. Einen halben Schritt hinter Egon standen der schüchterne Horst und Georg – beide ebenfalls in Uniform. Sie wirkten wie Egons Schergen, so demütig, wie sie ihn anschauten, und bereit, Befehle entgegenzunehmen. Georg zupfte sich ängstlich am Mund, wo seine Lippenspalte unsauber genäht worden war.

»Rademacher will uns in der ersten Reihe sehen«, sagte

Egon und drängelte sich im nächsten Moment auch schon durch die Menge. Die anderen Jungen folgten ihm bis an den Bühnenrand. Jeder, der Egon sah, machte sofort Platz. Theodor erkannte weitere Schulkameraden unter den Anwesenden.

Kurz darauf wurde es ruhig im Saal. Richard Rademacher schaltete das Mikrofon am Rednerpult ein. Er kündigte Berlins NSDAP-Chef Doktor Joseph Goebbels in einem Ton an, dem Theodor noch mehr Begeisterung als für Schillers Gedichte entnahm. Zum Glück hatte der Lehrer ihn nicht mehr auf dem Kieker. Für seine jüngsten beiden Aufsätze hatte er sogar Einsen bekommen. Wie erleichtert seine Mutter darüber gewesen war. Eine kurze Umarmung von ihr hatte er zugelassen, weil sie ihm zuletzt unglücklicher schien. Soviel er wusste, wurde das Geld immer knapper.

Unter tosendem Applaus betrat Doktor Goebbels die Bühne. Er war klein, schmächtig, hatte ungesunde Haut und einen Klumpfuß, der ihn hinken ließ. Was dem Mann an körperlichem Ausdruck fehlte, glich er jedoch mit seiner eifrigen Rede aus. Niemand im Saal schien ihn wegen seines körperlichen Mangels gering zu schätzen, das gefiel Theodor. Seine Noten im Turnunterricht wurden zwar langsam besser, aber der Barren würde nie sein bester Freund werden. Vielleicht war es Doktor Goebbels in seiner Jugend ähnlich ergangen.

Theodor verstand schnell, dass die Gastrede darauf abzielte, die versammelten Jugendlichen für den anstehenden Wahlkampf der Partei zu gewinnen. Goebbels zog die Masse vom ersten Satz an in seinen Bann. »In unserer Bewegung steht ihr, die Jugend, im Mittelpunkt. Ihr seid die Kraft des Wandels weg von Hunger und Arbeitslosigkeit. Und ich weiß, dass ihr bereit seid, Verantwortung zu übernehmen. Hört nicht mehr auf eure Eltern, die euch nichts zutrauen. Macht euch frei von ihnen, ihr habt ein Recht auf eure eigene Meinung!«

Die Menge wurde immer begeisterter, und auch Theodor ließ sich mitreißen. Er wollte gerne Verantwortung übernehmen. Endlich traute ihm jemand etwas Großes zu! Außerdem fühlte es sich gut an, dazuzugehören und akzeptiert zu werden.

Doktor Goebbels sprach davon, dass jedes Parteimitglied seine Persönlichkeit zum Wohle der Gemeinschaft einsetzen solle, anstatt die eigene Identität in den Vordergrund zu stellen. Integration statt Emanzipation. Auch das gefiel Theodor, weil so die schwächeren und schmaleren Jugendlichen, wozu er sich trotz des gewachsenen Armumfangs noch zählte, nicht auf der Strecke blieben. Er hatte nie jemanden überzeugender reden hören als Doktor Goebbels.

»Die Wahl im September wird dank euch ein Riesenerfolg werden«, rief der begeistert. Theodor sah Spucketropfen über das Mikrofon fliegen. »Wir werden unermüdlich auf den Beinen sein, mit unseren Wahlsprüchen marschieren gehen, Plakate kleben und Handzettel verteilen. Zeigt mir nun mit eurem Applaus, ob ihr bereit seid, die Partei mit eurer ganzen Kraft zu unterstützen.«

Oberlehrer Rademacher hielt es nicht mehr auf seinem Platz. Er sprang als Erster in seiner ganzen deutschen Größe auf und klatschte frenetisch Beifall. Die anderen Herren am Tisch und das Publikum folgten seinem Vorbild. Obwohl der Applaus bald ohrenbetäubend anschwoll, vergaß Theodor beinahe, mit zu klatschen. Eben hatte Johannes' Hüfte nämlich die seine berührt. Mehrere Sekunden stand er wie elektrisiert da, und Johannes musste ihn anstoßen, damit er seine Beteiligung am Wahlkampf ebenfalls signalisierte. »Wir übernehmen die Kleberkolonne, einverstanden?«, fragte sein Freund in den Applaus hinein und schaute Theodor etwas länger als gewöhnlich in die Augen.

Theodor wurden die Beine weich, und er nickte begeistert. Viel lieber als Plakate kleben wollte er Johannes berühren. Bei diesem Gedanken spürte er, wie sein Glied in der Hose anschwoll. In diesem Moment traf der Blick Rademachers den seinen, und der Lehrer nickte Theodor anerkennend zu.

Theodor fühlte sich so gut wie schon lange nicht mehr. Er wünschte, der heutige Abend würde nie enden. Den Rest der Veranstaltung, die nachfolgenden Reden, die Eintragungen in die Listen für die Übernahme von Wahlkampfaufgaben, bekam er kaum noch mit, weil er in Gedanken nur bei Johannes war. Ihr nächstes Treffen würde beim Plakatkleben in einer Woche sein. Das kam ihm unendlich lange vor.

Als er schließlich gegen elf nach Hause ging, schien es ihm, als wankte der Boden unter ihm wie auf einem Schiff. Seine Hände zitterten vor freudiger Erwartung des baldigen Wiedersehens, als er die Haustür aufschloss. Er benötigte zwei Versuche, den Schlüssel ins Schloss zu bekommen. Es war dunkel in der Wohnung und still. Er zog seine Schuhe aus und wollte jetzt nur noch ins Bett, um sich unter der Decke zu streicheln.

Als er auf Zehenspitzen durch die Stube ging, wurde das Licht angeschaltet. Theodor blinzelte. Seine Mutter stand am Lichtschalter neben der Verandatür.

Er beachtete sie nicht groß. »Ich bin hundemüde.«

»Wir müssen reden«, sagte seine Mutter und trat an den

Stubentisch. »Setz dich, bitte«, verlangte sie in strengem Ton.

»Ich muss morgen früh raus«, sagte er, obwohl er ahnte, dass er wenig Chancen hatte, schnell in sein Zimmer zu kommen. »Wir schreiben eine Klassenarbeit in Mathe, da will ich ausgeschlafen sein.« Ganz sicher würde er heute Nacht kein Auge zumachen.

Seine Mutter holte hinter ihrem Rücken ein Heft hervor. »Kannst du mir das erklären?«

Theodor erkannte sein Aufsatzheft sofort wieder. Er wusste sich nicht anders zu helfen, als zum Gegenangriff überzugehen. »Du durchsuchst heimlich meine Sachen?« Was für ein Vertrauensbruch!

Seine Mutter schüttelte den Kopf. »Ich bin beim Saubermachen zufällig drauf gestoßen. Genauso wie auf das hier!« Sie griff auf den Stuhl neben sich und knallte *Mein Kampf* neben sein Aufsatzheft auf den Tisch. »Ich erwarte eine Erklärung von dir, Theo.«

»Wo ist Papa?«, fragte er ausweichend.

Seine Mutter ging nicht darauf ein. »Bitte rede endlich mit mir!«, bat sie verzweifelt.

»Weißt du, dass du mir gerade den schönsten Abend meines Lebens kaputt machst?«, warf er ihr an den Kopf.

Emma schlug das Heft auf und las aus dem Aufsatz über »Das Elend von Versailles« vor: »Der Schandfrieden von Versailles ist ein heuchlerischer Kreuzzug der Siegermächte. Jeder Deutsche, der national fühlt, muss Versailles als Ehrverletzung empfinden. Danzig wurde den Deutschen gegen ihren Willen von der Mutterbrust gerissen.« Aufgeregt blätterte sie weiter. »Du bist nichts, dein Volk ist alles«, zitierte sie mit bebender Stimme. Das ging noch eine ganze Weile so weiter, bevor sie sagte: »Wenn es um den Großen Krieg geht, vermisse ich Ausführungen zu Mitschuld und Mitverantwortung am Leid. Du schreibst nur von Unglück und Unrecht! Das alles ist rechtes, zutiefst antidemokratisches Gedankengut. Ist dir das bewusst?«

Seine Mutter trat vor ihn und schüttelte ihn an den Schultern. So nah bei ihr, konnte er sehen, dass sie vor seiner Rückkunft geweint haben musste. Ihre Augen waren noch rot gerändert. Trotzdem wollte er ihr nichts von einer Sache erzählen, die sie sowieso nicht verstand.

»Ich will wissen, wer dir solchen Unsinn eingeredet hat«, verlangte sie.

Johannes!, dachte Theodor mit dem Anflug eines seligen Lächelns, antwortete aber: »Ich habe mich einfach umfassend belesen und über den Tellerrand meines Elternhauses hinausgeschaut. Oder gilt in unserer Familie der Grundsatz des freien Denkens nicht mehr? Ist etwas nur richtig, wenn es der politischen Einstellung meiner Eltern entspricht?«

Seine Mutter versteifte sich und schwieg. Seine Anklage hatte ihr wohl die Sprache verschlagen.

»So wie ich denken viele in der Schule«, fuhr Theodor aufgebracht fort. »Auch meine Freunde wünschen sich Gemeinschaft anstatt Spaltung in allen Klassen, Konfessionen und Parteien. Und Oberlehrer Rademacher …«

Seine Mutter unterbrach ihn. »Ich werde mit Herrn Rademacher reden müssen. Es geht nicht an, dass solche Gedanken an einem humanistischen Gymnasium mit einer Eins benotet werden. Dieses Buch«, sie wies mit verächtlichem Blick auf das rote Buch, ihre Stimme wurde lauter, »ist die Bibel der Nationalsozialisten, die neue Kriege wollen, auf andere Völker herabschauen und mit ihrer Sturmabteilung jeden Andersdenkenden verprügeln. Wenn ich den Begriff ›Sturmabteilung‹ schon höre, wird mir speiübel.«

»Bitte, sprich nicht mit Lehrer Rademacher!«, flehte Theodor. Das würde bestimmt in einem Desaster enden, sodass er wieder der Außenseiter ohne Chancen auf ein Studium wäre. Er wollte nicht wieder hergeben, was er in den letzten Wochen gewonnen hatte. Und außerdem wäre es ihm vor Johannes peinlich. »Ich bin kein Kind mehr. Wann begreifst du das endlich? Ich brauche deine Hilfe nicht mehr!« Jetzt war Theodor laut geworden.

Elisabeth erschien verschlafen in der Stube. »Warum schreit ihr so rum?« Sie rieb sich die müden Augen.

Es tat Theodor leid, dass seine Schwester den Streit mitbekommen hatte. Er ging zu ihr. »Ist schon gut, wir sind gerade fertig«, sprach er beruhigend auf sie ein, obwohl das Herz in seiner Brust hämmerte. Noch nie hatten seine Mutter und er sich so angeschrien. Noch nie hatte er sie so verzweifelt gesehen. »Ich bringe dich jetzt wieder ins Bett, Lissi, ja?«

Elisabeth nickte und trottete schon mal voraus, während Emma erschöpft auf den Stuhl am Stubentisch sackte und ihren Kopf mit den Händen stützte.

Schon mit einem Bein im Kinderzimmer, wandte Theodor sich noch mal um: »Kein Wunder, dass Papa abends so lange wegbleibt. Die Luft hier ist echt dick.«

***

19

Mitte Mai 1930

Marlene lächelte die versammelte Ärzterunde und Oberschwester Hertha aufmunternd an, aber ihre Geste schien die Kollegen und Kolleginnen kaum zu erreichen. Einzig Fräulein Beierlein erwiderte ihr Lächeln. Hertha Heinze, mit der Marlene früher gut ausgekommen war, war unschwer anzusehen, dass sie lieber Vanilletee schlürfend und plaudernd im Zimmer der Oberin gesessen hätte, anstatt gleich die tägliche Visite zu begleiten. Die Stimmung in der Belegschaft hatte sich verändert und verschlechterte sich von Woche zu Woche. Ob es daran lag, dass immer weniger Kranke eingeliefert wurden?

Jüngst war in der *Morgenpost* ein kritischer Artikel über den Ärztlichen Direktor und seine Verantwortung für das ganze Schlamassel erschienen. Außerdem war behauptet worden, dass Benjamin Levy einst unrechtmäßig an seine Position gelangt wäre. Inzwischen standen am Haupteingang zwei Wachleute, die Journalisten und Neugierige davon abhielten, den Klinikbetrieb zu stören. Schon mehrmals war es zu gewaltsamen Auseinandersetzungen und Strafanzeigen gekommen. Wöchentlich musste der Ärztliche Direktor bei der Kommune Rapport erstatten.

Marlene meinte, dass den meisten Kollegen, Schwestern und Elevinnen die Lust an der Arbeit verloren gegangen war und sie andere Dinge lieber taten. Marie-Luise befeuerte diese Entwicklung, indem sie den jungen Damen zusätzlichen Ausgang genehmigte. Auf keinen Fall sollten die freie Zeit und das Vergnügen nach den erschöpfenden Dienststunden zu kurz kommen. Soweit Marlene das mitbekommen hatte, tingelte die Oberin während des Ausgangs mit den Elevinnen durch die Salons vornehmer Berliner Familien und warb für mehr Engagement beim Roten Kreuz. Marie-Luise war immer seltener in der Kinderklinik anzutreffen, und wenn, dann hielt sie sich mit Vorliebe im Büro von Benjamin Levy auf.

Im nächsten Moment stießen der Ärztliche Direktor und Maximilian zur Visitegruppe dazu. Einmal mehr wirkte Benjamin schlaff und längst nicht mehr so leichtfüßig und eloquent wie früher. Bei nächster Gelegenheit wollte Marlene ihn darauf ansprechen, vielleicht konnte sie helfen. Nur, wann würde sie ihn ohne die Oberin antreffen? Oder brauchte er nur etwas Zeit, um die ungewohnten Probleme für sich zu sortieren und Lösungen zu finden?

Marlenes Blick glitt zu Maximilian, der verräterisch lange auf seine Uhr blickte, vermutlich, um sie nicht anschauen zu müssen. Auch er brauchte ganz sicher mehr Zeit, um sich an den Umstand zu gewöhnen, dass sie wieder arbeiten ging. Sie wollte sie ihm geben – genau wie damals, als er traumatisiert aus dem Krieg heimgekehrt war. Wenn sie ihn zu nichts drängte, dann würden sie sich bestimmt wieder annähern. Marlene vermisste die vertrauten Gespräche mit ihm so sehr.

Benjamin Levy führte die Teilnehmer der Visite ins

Turmzimmer der HNO. Gerade einmal drei der zehn Betten waren noch belegt. Die Kinder schauten die Runde trübseliger Erwachsener verunsichert an. Auf sie musste es wirken, als gäbe es lauter schlechte Nachrichten, als würden sie nie wieder gesund.

Gleich vorne am Eingang lag der sechsjährige Hannes mit einer untypisch verlaufenden Mittelohrentzündung. Als eine ihrer ersten Tätigkeiten, seitdem sie zurück an der Klinik war, hatte Marlene den Jungen aufgenommen. Hannes verkroch sich unter seiner Decke, als sich der Kreis der lethargisch wirkenden Erwachsenen zur Untersuchung enger um sein Bett schloss. Sogar Stationsschwester Vera stand stumm da und starrte das leere Bett daneben fassungslos an. Nervös begann sie, mit den Fingern nach der Tasche ihres grauen Schwesternkleids zu tasten, in der sich der Umriss ihrer Zigarettenschachtel abzeichnete.

Marlene setzte sich auf Höhe von Hannes' Gesicht auf die Bettkante, den Stationsteddybären in der Hand. »Hallo, Hannes«, sagte sie mit kindlicher Stimme und klopfte mit dem Bären auf die Decke, »hier spricht Bruno, der Bär. Heute werde *ich* deine Ohren untersuchen.«

Im Hintergrund verlagerte Oberschwester Hertha ihr Gewicht ungeduldig von einem Bein aufs andere. Vermutlich wurde ihr Tee oben kalt.

Marlene ließ sich nicht beirren: »Wusstest du«, sprach sie mit Bärenstimme weiter, »dass ich für alle Kinder, die heute besonders mutig bei der Untersuchung sind, eine Überraschung habe?«

Nun lugte Hannes zumindest mit einer Gesichtshälfte unter seiner Bettdecke hervor. »Welche denn?«, fragte er eingeschüchtert.

Marlene musste es zweimal wiederholen, damit der kranke Junge sie verstand: »Nach dem Mittagessen gibt es eine Kugel Eis.« Sie wusste, dass solcherlei Extraausgaben nicht von der Kommune übernommen werden konnten, aber das war ihr egal. Dann würde sie die kleine Freude eben aus eigener Tasche bezahlen. Es wurde Zeit, dass in der Kinderklinik Weißensee endlich mal wieder gelächelt wurde. Niedergeschlagenheit war eine ansteckende Krankheit, besonders bei Kindern.

Vorsichtig schlug Hannes nun seine Decke bis zur Brust auf, dabei klammerte er sich fest an den Stationsbären. Seitdem Doktor Proskauer seine Dienststunden stark reduziert hatte, betreuten Marlene und Maximilian die Patienten der HNO. Ihnen oblag die Federführung über die Visite auf dieser Station. Aktuell waren sie lediglich noch vier Ärzte für die verbliebenen knapp zwei Dutzend Patienten. Neuzugänge waren nicht in Sicht.

Marlene ließ Maximilian den Vortritt am Patienten und lächelte ihn zärtlich an, aber sein Gesichtsausdruck blieb kühl. Er winkte die Medizinalpraktikantin an seine Seite, damit sie die Untersuchung vornahm. Bernadette Beierlein tat dies sehr vorsichtig und mit dem Stationsbären als Vermittler. Sie machte ihre Sache ausgezeichnet, fand Marlene, sodass Hannes sich ohne Weinen untersuchen ließ. Marlene war begeistert, zu welch souveräner, warmherziger Ärztin Bernadette Beierlein während ihrer Abwesenheit gereift war. Auch Maximilian schien beeindruckt, wenigstens für die Medizinalpraktikantin hatte er ein Lächeln übrig. Marlene gönnte Fräulein Beierlein das Glück, keinen Oberarzt oder missgünstigen Kollegen zu haben, der gegen sie arbeitete. Gerne hätte sie auch wieder einen Anteil an ihrer Weiterentwicklung. Mit zwanzig Dienststunden in der Woche war das jedoch nicht so einfach.

Die weitere Visite verlief unverändert bedrückend, und wegen der Unterbelegung hatten sie die Stationen im Haupthaus bereits nach einer halben Stunde geschafft. Auch die ärztlichen Fallbesprechungen dauerten kaum länger, im Operationskalender klafften Lücken epischen Ausmaßes. Aber niemand sprach offen darüber, weil Benjamin Levy gesagt hatte, er sei an der Problemlösung dran. Vor der Belegschaft machte er vor allem die Wirtschaftskrise für die sinkenden Patientenzahlen verantwortlich.

Die letzte Station der Visite war wie immer die Isolierstation. Das alte Isolierhaus war zum Glück noch mit sieben Kindern belegt, das Keuchhustenhaus beherbergte lediglich noch vier Patienten und Patientinnen.

Emma kam zur Visite hinzu und übernahm, wie es Aufgabe einer einfachen Krankenschwester war, den Bericht über die jüngste Entwicklung der Kinder, hielt die Temperaturkurve in der Krankenakte bereit und notierte, was ihr von den Ärzten an neuen Therapieanweisungen diktiert wurde.

Marlene hatte sich noch lange nicht an den Anblick ihrer Schwester ohne das blaue Oberschwesternkleid gewöhnt – sie musste zweimal hinschauen. Allen vier Kindern im Keuchhustenhaus ging es besser als in der Vorwoche. In Zimmer drei, wo Gertrude Klein lag, hielt sich die Visitegruppe am längsten auf. Seit ein paar Tagen wurden Gertrudes Hustenattacken seltener, und ihre Anfälle verliefen schwächer. Es war jedoch noch unklar, welche Folgeschäden die Hustenanfälle bei dem Mädchen hinterlassen hatten.

»Es sieht ganz so aus«, konstatierte Doktor Fiedler,

»dass Gertrude nun das dritte Stadium der Krankheit durchläuft, das Erholungsstadium.«

Marlene wusste von den Problemen mit den Eltern, die die Kinderklinik als zu gering für ihre vornehme Tochter betrachteten, aber das war in diesem Moment, als Gertrude wieder lächelte, nicht von Belang. Sie freute sich für das Mädchen und zeigte dies auch ihren Kollegen, aber nicht einmal Emmas Lächeln schaffte es bis zu den Augenwinkeln hinauf. Oberschwester Hertha betrachtete lieber die Alpaka-Haarbürste mit Feinsilberauflage mit begehrlichem Blick.

Mit noch etwas brüchiger Stimme sagte Gertrude: »Ich habe überlebt, weil mir mein Glücksgroschen geholfen hat.« Sie fasste unter ihr Kopfkissen und ließ ihre magere Hand dort.

»Du hast einen Glücksgroschen?«, fragte Maximilian interessiert.

Bei manchen Patienten half der Glaube an Heilung durch Unerklärliches mehr als das teuerste Medikament.

»Verwahre ihn gut, Gerti, dann bringt er dir auch weiterhin Glück«, empfahl Marlene. Eben hatte sie der Krankenakte entnommen, dass die kleine Patientin seit ihrer Einlieferung sieben Kilogramm abgenommen hatte. Das war nicht unüblich, weil Keuchhustenkinder oft den Appetit verloren. Jetzt war es umso wichtiger, dass Gertrude wieder zu Kräften kam.

Marlenes Gedanken glitten zur Charité. Seit einer Woche waren sie in aufwendiger Laborarbeit dabei, die wirksame Komponente der Schimmelpilzbrühe zu isolieren, um gereinigtes Penicillin zu erhalten, also nur das Wirkstoffkonzentrat. Parallel liefen Tests mit Mäusen, um die Hemmwirkung des Mittels auf die verschiedenen Keime genauer zu untersuchen. Nächste Woche würden sogar Badewannen in den Forschungsprozess einbezogen werden. Badewannen, voll mit Nährflüssigkeit. Jeder neue Schritt war gerade unheimlich spannend, und die Aussicht auf Erfolg motivierte Marlene.

Kurz bevor die Ärztegruppe das Haupthaus erreicht hatte, kam ihnen Elevin Monika auf ihre neue aufreizende Art entgegengeschritten.

»Der Zauberer ist unten in der Aufnahme«, sagte sie und spielte gelangweilt mit einem Ponylöckchen an ihrer Schläfe. »Ich soll sagen, dass es ein Notfall ist!«

Wie bei einem Notfall verhielt sich Monika Neubert aber nicht. Marlene wollte gerade ansetzen, ihr das korrekte Verhalten zu erklären, als Maximilian auch schon aufgeregt fragte: »Willy ist in der Notaufnahme?« Kurz streifte sein besorgter Blick Marlene.

Für sie fühlte es sich wie eine wohltuende, lang herbeigesehnte Berührung an. Am liebsten hätte sie noch etwas länger dagestanden, um sich von ihm anschauen zu lassen. Trotzdem lief sie als Erste los und zur Patientenaufnahme hinüber. Eigentlich hatte sich Willy Pinkes Herzschwäche dank der Schonung verbessert, und kurz vor Ostern hatte er sogar begonnen, regelmäßig einen kleinen Spaziergang zu Elwira Scharinski zu unternehmen. Sollte er sich doch wieder überfordert haben? Hatte es ihn zu früh zur Zauberei für kranke Kinder zurückgezogen? Die letzten Zauberstunden hatte Albert Kopetzke übernommen und die Kinder herrlich zum Lachen und Staunen gebracht.

Schwer atmend betrat Marlene das Untersuchungszimmer, ihr folgten kurz darauf Maximilian und die Medizinalpraktikantin.

Willy Pinke stand verloren und hilflos am Fenster. Ob er verwirrt war? Marlene führte ihn am Arm zur Untersuchungsliege. Zur Entlastung seines altersgepeinigten Herzens hätte man ihn längst hinlegen sollen. Bei Patienten mit systolischer Hypertonie bestand die Gefahr, dass ihnen schwarz vor Augen wurde.

»Det is een Notfall«, sagte Willy Pinke. Nur langsam setzte er einen Fuß vor den anderen. Der Krückstock bot ihm kaum noch Halt.

Marlene war ganz auf den einstigen Pförtner fokussiert, sodass sie erst verstand, um wen es wirklich ging, als sie mit ihm bei der Untersuchungsliege angekommen war. Dort lag Albert Kopetzke.

»Dem Albert jeht's schon länger schlecht«, berichtete Willy Pinke aufgeregt. »Heute musste ick die Zauberlehrstunde abbrechen, weil er nich mal mehr den Zauberstab halten konnte. Bestimmt hat der Junge Fieber.«

Maximilian trat zu Willy und übernahm es, ihn zu beruhigen. Auch setzte er ihn mit etwas Abstand zur Untersuchungsliege auf einen von Marlene herbeigebrachten Stuhl. »Lieber Willy«, sagte Maximilian in vertrauensvollem Ton, den Marlene so lange nicht mehr gehört hatte, »alles geht jetzt seinen guten Gang. Wir untersuchen den Jungen, und dann behandeln wir ihn. Du hast richtig gehandelt, gleich mit ihm herzukommen.«

Marlene trat an die Untersuchungsliege und nahm dem Patienten vorsichtig die Schiebermütze der *Meierei C. Bolle* vom Kopf, damit sie sein ganzes Gesicht sehen konnte. »Hallo, Albert, wir kennen uns schon«, begann sie, Vertrauen aufzubauen. »Ich bin Frau Doktor von Weilert. Ich habe dich an den Mandeln operiert, und jetzt werde ich dich wieder untersuchen. Kannst du mir sagen, wie es dir geht und wo es dir wehtut?« Sie beschaute den Jungen genauer. Am auffälligsten waren seine Blässe und die dicken roten Winterstiefel an seinen Füßen, obwohl der Frühling schon längst da war. Das gleiche Paar Stiefel hatte Theodor vor Jahren getragen, bemerkte Marlene.

»Ick fühl mich so matt, kann keene Spielkarte mehr anheben«, flüsterte der Junge. Nicht einmal seine Milchgeldtasche konnte er noch halten, sie baumelte von seiner Hüfte an der Liege herab. »Aber Angst hab ick eigentlich nur davor, det sich der Willy zu dolle uffrecht«, gestand er Marlene.

Seine empathische Art rührte sie. Albert besaß nicht viel, aber ein großes Herz auf jeden Fall. Sie wünschte, seine Mutter hätte ihn früher hergebracht. War ihr der Zustand ihres Kindes vielleicht gar nicht aufgefallen? Marlene wusste, dass die Stundung der Krankenhauszahlung zu Emmas zweiter Abmahnung geführt hatte. Vermutlich würde Frau Kopetzke dieses Mal noch schlimmere Zahlungsprobleme haben. Die Krise hatte die Not insbesondere der Ärmsten verschärft. Zuletzt waren mehreren Sozialleistungen des Staates einfach gestrichen worden.

»Der Junge fiebert schon länger, gloob ick, bitte helfen Se ihm, so schnell it jeht!«, bat Willy Pinke inständig, als würde es sich um seinen Enkel handeln. Sein Gesicht wurde immer röter.

»Komm, Willy«, sagte Maximilian. »Für die Untersuchung braucht Marlene jetzt Ruhe. Wir beide vertreten uns derweil draußen die Füße und atmen erst einmal tief durch. Langsam ein und langsam aus.«

An Maximilian geklammert, ließ sich Willy Pinke am Krückstock aus der Aufnahme führen.

Alberts Körpertemperatur betrug siebenunddreißig Komma neun Grad. Die Symptome Mattigkeit, Leistungsschwäche und subfebriles Fieber waren jedoch noch zu unspezifisch, als dass Marlene sofort eine Diagnose stellen konnte. Es konnten Anzeichen für die verschiedensten Entzündungskrankheiten sein. Marlene auskultierte und perkutierte den jungen Patienten sehr genau und diktierte der Schwester ihren Befund für die Krankenakte: »Diskrete Strömungsgeräusche am Herzen.« Das Herz und seine Gefäße schienen von der Entzündung betroffen zu sein. Sie wusste, dass Entzündungen häufig auftraten, wenn viele Bakterien in den Blutkreislauf geschwemmt wurden. Das passierte häufig bei Operationen an den Atemwegen oder den Zähnen. Alberts letzte Operation war die Entfernung seiner Gaumenmandeln gewesen.

»Wir werden dich heute röntgen und dein Blut im Labor untersuchen lassen«, erklärte sie dem Jungen. Beides würde helfen, andere Krankheiten auszuschließen. »Dann wissen wir bald, warum du dich so schlapp fühlst.« Marlene wandte sich der Medizinalpraktikantin zu. »Helfen Sie mir mit dem Röntgengerät?«

»Es tut mir leid, Frau Doktor von Weilert, aber Maximilian«, sie korrigierte sich etwas verlegen, »ich meine, Herr Doktor von Weilert, wollte, dass ich ihm gleich bei einer Kniefraktur assistiere.«

Marlen verbarg ihre Überraschung hinter einem: »Natürlich.« Nicht, dass sie eine Röntgenuntersuchung nicht allein durchführen konnte, aber die Vertraulichkeit, die Maximilian mit allen anderen außer mit ihr pflegte, tat weh. Um enttäuscht zu sein, war gerade der denkbar schlechteste Moment. Sie musste sich um Albert kümmern. Erst röntgte sie ihn, dann brachte sie ihn auf die Innere. Das große Blutbild dauerte zwar noch etwas, aber das vergrößerte Herz auf dem Röntgenbild ließ schon einen bösen Verdacht in Marlene aufkeimen. Sollte sie aus dem Labor das Ergebnis erhalten, dass sich die weißen Blutkörperchen vermehrt hatten, wäre ihre vermutete Diagnose sicher. Eine vorausgegangene Mandeloperation, Alberts Schlappheit, das vergrößerte Herz und der erhöhte Anteil weißer Blutkörperchen. Alles zusammen ließ nur einen Schluss zu: infektiöse Endokarditis. Bei einer Endokarditis war das Endokard, die Herzinnenhaut, entzündet. Häufig waren eine oder mehrere Herzklappen betroffen. Für die Entzündung waren in den meisten Fällen Streptokokken verantwortlich. Zeigten sich die Symptome schleichend über die Zeit, sprach man von einer Endokarditis lenta, wie es wohl bei Albert der Fall war.

Bevor Marlene ihren Dienst an diesem Tag beendete, spendierte sie das versprochene Eis für alle Patienten, nicht nur für Hannes, dann ging sie noch einmal zu Albert ins Krankenzimmer.

Willy Pinke saß am Bett des schlafenden Jungen und hielt ihm die Hand. Tränen glitzerten in seinem weißen Backenbart.

Albert sah noch bleicher aus als bei seiner Einlieferung, die nur wenige Stunden zurücklag.

Weil es keine wirksame Therapie gegen die Endokarditis gab, starben viele Patienten daran. Trotz dieser Aussicht wollte Marlene Willy Pinke, dem die Schwere von Alberts Krankheit intuitiv bewusst schien, etwas Aufmunterndes sagen: »Ich rufe uns ein Automobiltaxi und begleite Sie nach Hause, wo Sie sich ausruhen können, Herr Pinke. Dort schenke ich Ihnen auch einen stärkenden Kräuterlikör ein.« Sie streichelte dem alten Mann mitfühlend den Rücken.

Willy Pinke erhob sich schwerfällig. »Danke, aber Durscht habe ich keenen.«

Sie hakte sich bei ihm unter und führte ihn aus der Klinik. Eigentlich hatte sie noch mit Benjamin Levy reden wollen, aber das musste bis morgen warten. Sie konnte ihren alten Freund jetzt nicht im Stich lassen. Dass sie deswegen heute später heimkehren würde, dafür hatte Maximilian sicher Verständnis. Er wartete mit dem Abendessen sowieso nicht mehr auf sie.

***

20

28. Mai 1930

Emma zog die schwere Tür der Turnhalle auf, die bereits hell wie für einen Festakt beleuchtet war, und schritt durch den Gang zum Turnraum. Links und rechts gingen die Umkleiden ab. Seitdem Theodor das Gymnasium besuchte, hatte es zwei Elternnachmittage gegeben, die vom Klassenlehrer und nicht von Oberlehrer Rademacher geleitet worden waren. Kurt hatte daran teilgenommen und von recht konstruktiven Gesprächen berichtet. Emma war zuversichtlich, im Gespräch mit Theodors Lehrer einen Weg zu finden, um ihren Sohn von rechtem Gedankengut abzubringen.

Viel wusste Emma bisher nicht über Richard Rademacher, außer dass er oft für sein beeindruckendes Engagement an der Schule gelobt wurde. Zu Menschen, die sich mit Leib und Seele ihrer Berufung widmeten, bekam sie oft einen guten Draht, auch wenn ihr die eigene Leidenschaft am Beruf gerade abhandenkam. Es tat weh, mit anzusehen, wie sich die Kinderklinik jeden Tag ein bisschen mehr von ihren einstigen Idealen entfernte. Die *Goldene Pflegenadel* würden sie sicher nicht so schnell wieder verliehen bekommen. Aber was sollte sie dagegen tun? Als einfache Krankenschwester waren ihr die Hände gebunden.

Als Emma den Turnsaal betrat, war sie beeindruckt vom Zustand der Ausstattung: perfekt polierte Kletterstangen, unzählige Sprossenwände aus Eichenholz, Ringe, die an Seilen von der Decke hingen. In Theodors alter Schule waren die Sportgeräte entweder marode gewesen oder während des Krieges gestohlen worden. Die größeren Sportgeräte hatten später die Amerikaner konfisziert. Hier stand inmitten des Saales ein beeindruckend großer Barren, dessen Holme ihr bis ans Kinn reichten. Sie hatte zwar schon ein Bild des Gerätes gesehen, als Kurt und sie um eine Geldspende für die Anschaffung gebeten worden waren, aber in Wirklichkeit sah der Barren noch beeindruckender aus. Darauf konnte ihr Sohn turnen? Stolz erfasste Emma, auch wenn sie nach dem Streit neulich in der Nacht nur wenige Worte mit Theodor gewechselt hatte.

Während ihre Hand auf dem Turnbalken neben dem Eingang entlangfuhr, sprangen ihre Gedanken weiter zurück in der Vergangenheit. Als sie mit Marlene Gymnasialkurse besucht hatte, war Turnunterricht für Frauen noch nicht üblich gewesen. Dabei wäre sie gerne einmal auf einem Balken balanciert oder hätte gelernt, wie man sich mit Holzkeulen in der Hand rhythmisch bewegte. Neulich war so wortreich im Radio über ein Turnfestival berichtet worden, dass sie in ihrer Vorstellung die Frauen sich wie Balletttänzerinnen hatte drehen sehen.

»Guten Morgen, Frau Vogel«, erklang es hinter ihr.

Emma wandte sich um und lächelte höflich. »Guten Morgen, Herr Rademacher.« Sie fand es zwar etwas seltsam, dass er sie für das Elterngespräch in die Turnhalle bestellt hatte, aber war doch vor allem froh, dass er sich überhaupt um sechs Uhr früh zu einem Elterngespräch bereit erklärt hatte. Theodor hatte sie nichts davon gesagt, genauso wenig wie Kurt, der seit einer Woche das Haus stets vor sechs Uhr verließ.

Richard Rademacher trat vor sie und nickte großmütig. Er roch, als hätte er die ersten Turnrunden bereits hinter sich. Sein blasses Gesicht war von einem Glanzfilm überzogen.

Emma wollte ihm die Hand zur Begrüßung reichen, als Richard Rademacher auch schon wieder von ihr wegtrat. »Ich war etwas verwundert über Ihr Anliegen.« Er ging zum Stapelwagen mit den Niedersprungmatten und begann, dessen Bremsen zu lösen.

»Mein Anliegen? Sie meinen, ich hätte besser mit Theodors Klassenlehrer sprechen sollen?«, rief Emma ihm etwas irritiert über die Art der Gesprächsführung hinterher.

Rademacher hielt nicht inne. »Theodor entwickelt sich zu meiner Zufriedenheit. Es gibt keinen Grund zur Sorge. Er scheint endlich auf unserem Gymnasium angekommen zu sein.«

Emma ging zu Rademacher und dem Mattenwagen und holte einen Zettel aus ihrer Tasche, auf dem sie sich die schlimmsten Behauptungen aus Theodors Aufsatzheft notiert hatte. Stichpunktartig las sie vor: »Danzig gegen den Willen von der deutschen Mutterbrust gerissen, Versailles ist eine Ehrverletzung. Abscheu vor der deutschen Republik …«

Oberlehrer Rademacher strich sich seinen Seitenscheitel glatt, dann gab er zurück: »Ja, und?« Er zog den Mattenwagen zum Barren.

Wieder ließ er Emma stehen. Wieder ging sie ihm nach.

»Ich möchte nicht, dass mein Sohn solche antidemokratischen Inhalte gelehrt bekommt!« Sie hatte Mühe, ihre wachsende Verunsicherung zu verbergen, und wünschte, Kurt wäre jetzt bei ihr und könnte das Gespräch auf seine besonnene Art begleiten. Wenigstens jetzt, für die paar Minuten, wenn er auch sonst keine Zeit mehr für seine Familie fand. »Ich verstehe auch nicht, warum Sie nichts dafür tun, um Ihre Schüler für die Demokratie zu begeistern. Diese Staatsform gewährt ihren Bürgern viel mehr Freiheiten und Mitbestimmung als jede andere.« In Emma begann es zu brodeln, weil der Oberlehrer sie nicht anschaute und insgesamt desinteressiert wirkte. »Sowieso finde ich, dass die Deutschkundefächer im gymnasialen Stundenplan zu viel Gewicht haben. Sollten die Kinder nicht mehr Zeit mit Fremdsprachen und Naturwissenschaften verbringen?«

Richard Rademacher hatte die ersten Matten um den Barren herum ausgelegt und auf den Zentimeter genau ausgerichtet, nun hielt er inne und fixierte Emma mit seinen stechend blauen Augen. Beginnend bei ihrer Schwesternhaube, musterte er sie bis hinab zu ihren ausgetretenen Schuhen. »Die Stärkung des Deutschbewusstseins und die Erziehung zum deutschen Wesen haben oberste Priorität in meinem Unterricht«, erklärte Rademacher, wobei er nun nicht mehr desinteressiert, sondern überzeugt klang. »Die nationale Eigenart ist das Rückgrat eines Volkes. Europäismus und das Erlernen anderer Sprachen gehen stets auf Kosten des Volkstums.« Seine Stimme hallte in der riesigen Turnhalle wider wie auf einer Wahlkampfveranstaltung.

Dieser Mann durfte die Zukunft ihres Sohnes und Hunderter anderer Schüler prägen? Empört zerknüllte Emma das Papier mit ihren Notizen und stopfte es in die Tasche zurück. »Lehrer sind Beamte und dürfen als solche nicht politisch oder staatsfeindlich agieren!«

»Und die Demokratie zu loben, wie Sie es von mir verlangen, ist etwa nicht politisch?« Kurz hielt Rademacher inne, widmete sich aber gleich wieder seinem Barren. Dieses Mal schraubte er an der Höheneinstellung des Turngeräts, während er erklärte: »Die Schule müsste sich nicht darum kümmern, wenn die Eltern es tun würden. Wir springen nur ein, um die ungenügende Erziehungsarbeit von zu Hause auszugleichen.«

Emma blieb vor Empörung die Luft weg. »Das, was Sie tun, ist ein Versuch, die Schule zu politisieren, es ist Parteifanatismus. Das werde ich nicht dulden!«

»War es das jetzt?«, fragte Rademacher, ließ Emma aber keine Zeit für eine Antwort. Er blies so heftig in seine altmodische Stahlpfeife, dass ein ohrenbetäubend schriller Ton die Turnhalle erfüllte und Emma in den Ohren wehtat. Gleichzeitig winkte er zwei Schüler zu sich, die im Flur aufgetaucht waren. Die Jungen traten steif vor den Lehrer wie Soldaten vor einen Offizier.

Wurde Theodor auch gezwungen, sich derart militärisch zu verhalten? Emma war entsetzt. »Das wird ein Nachspiel haben. Ich werde mich beim Direktor über Sie beschweren!«

Rademacher beachtete sie da schon nicht mehr, sondern gab den Jungen Anweisungen. Emma wusste nicht, wie lange sie dastand und die Situation in all ihrer Dreistigkeit zu begreifen versuchte. Der Oberlehrer war eine Zumutung, am liebsten würde sie Theodor sofort von der Schule nehmen! Gleichzeitig bekam sie ein schlechtes Gewissen, dass ihr die ganze Sache nicht viel früher aufgefallen war. Immerhin besuchte ihr Sohn das Gymnasium am Kreuzpfuhl schon seit neun Monaten.

Lauten Schrittes verließ sie die Turnhalle. Auf jeden Fall würde sie mit dem Direktor sprechen. Und sie musste Kurt endlich einweihen. Sie bezweifelte, dass sie allein gegen eine solch ignorante Persönlichkeit wie Richard Rademacher ankam. Nur wusste sie wieder einmal nicht, wann Kurt heute Abend nach Hause kommen würde.

Emma verließ das Schulgelände und ging zur Kinderklinik, wo sie sich wegen des Schultermins für das gemeinsame Schwesternfrühstück entschuldigt hatte. Das Keuchhustenhaus war in den letzten Wochen so etwas wie ihre Höhle, ihr Schutzraum vor dem Rest der Welt geworden. Sie ging direkt dorthin.

In den nächsten Stunden waren ihre Gedanken vor allem bei der Begegnung mit Oberlehrer Rademacher. Was Beamte wie er anzurichten vermochten! Wenn sie sich auf dem Stationskorridor allein wähnte, murmelte sie verzweifelt: »Theodor wird in der Hälfte der Fächer von einem Nationalsozialisten unterrichtet! Das ist unglaublich!« Ob das inzwischen an mehreren Schulen der Fall war? Dann würden Hunderte, nein Tausende junge Menschen unter dem Deckmantel humanistischer Bildung antidemokratisch gelenkt. Wie sollte die Weimarer Republik da jemals wieder auf die Beine kommen? Auch wenn Theodor sie gebeten hatte, sich aus seinen Schulangelegenheiten herauszuhalten, war sie nach dem morgendlichen Gespräch in der Turnhalle noch weniger bereit dazu. Sie verabscheute das nationalsozialistische Gedankengut, das sie in Theodors rotem Buch gelesen hatte, um sich inhaltlich mit seinem Aufsatz auseinandersetzen zu können. Adolf Hitler schrieb vom überlegenen Menschentum, dem die ganze Erde gebühre, und dass man im Ringen um diesen Anspruch das andere Volk, das diesen

Kampf sabotiere, ausschalten müsse. Von solchen Überzeugungen musste sie ihren Sohn unbedingt abbringen!

Emma war während des Dienstes so besorgt um Theodor, dass ihr nicht einmal die Begegnung mit den Kleins sauer aufstieß. Letzte Woche hatte das Elternpaar verboten, dass ihre Tochter aus dem Keuchhustenhaus ins Haupthaus auf die HNO verlegt wurde. Die Verlegung war jedoch üblich, wenn Kinder nicht mehr ansteckend waren, weil sie in Gesellschaft schneller genasen. Heute waren die Kleins da, um die Verlegung ihrer Tochter in das vornehme Privatkrankenhaus in Grunewald zu regeln. Frau Klein trug ein schwarzes Seidenkleid, das raschelte, sobald sie sich bewegte, und dazu einen ihrer ägyptisch anmutenden Turbane in stechendem Orange, von dem ein Goldkettchen auf ihre Stirn hing. An dessen Ende, fast zwischen ihren Augenbrauen, baumelte ein Stern.

Emma hatte gerade die Entlassungspapiere aus der Verwaltung geholt und war nun wieder im Krankenzimmer zurück, als sie mitbekam, wie Gertrude ihren Eltern sagte: »Bitte lasst mich hier gesund werden. Ich möchte nicht weg aus der Kinderklinik.« Während sie redete, kämmte ihre Mutter ihr das Haar.

»Was sind denn das für Töne?« Herr Klein war sichtlich irritiert und schaute, als spräche ein fremdes Kind zu ihm. »Ich verbitte mir jeden Widerspruch gegen unsere Entscheidungen.« Sein vorwurfsvoller Blick traf auch Emma, die ihm aber nur wortlos die Papiere übergab.

»Bitte, bitte«, bettelte Gertrude.

»Schone dein Herz, Kind«, mahnte Frau Klein und griff, begleitet vom Rascheln ihres Kleides, nach der Hand ihrer Tochter.

Herr Klein öffnete einen Kleidersack, in dem ein Kinderkleid voller Tüll und Rüschen zum Vorschein kam. Davor hingen lacküberzogene Kinderschuhe mit kleinen Absätzen. »Du ziehst jetzt dein Kleid an, damit wir dich mitnehmen können.«

Gertrude tat so, als hätte sie ihren Vater nicht gehört: »Außerdem wünsche ich mir, dass ihr mich endlich auch ›Gerti‹ und nicht mehr Gertrude nennt.«

Einen Moment waren die Kleins sprachlos, sodass Emma nun doch ein klitzekleines Lächeln verbergen musste.

»Bitte sagt Ja«, sprach Gertrude weiter. »Dann könnte ich gleich mit Schwester Emma einen ersten Spaziergang an der frischen Luft machen.«

»Ein Spaziergang im Klinikpark wäre ihrer Heilung zuträglich«, bestätigte Emma.

»Spazieren gehen können wir auch im Klinikpark von Doktor Westermann-Pollnitz! Da gibt es ein beeindruckendes Wasserspiel.« Frau Klein kämmte ihrer Tochter das Haar angestrengter, als wäre es nicht schon ordentlich genug. Herr Klein ging nun ungeduldig vor dem Fenster auf und ab.

Gertrude schaute ihre Mutter aus großen braunen Augen an. »Bitte.«

Als die nicht reagierte, verkroch sie sich kurzerhand unter ihrer Decke und murmelte etwas, das sich für Emma anhörte wie: »Außerdem will ich sehen, dass mein Freund wieder gesund wird.«

»Dein Freund?« Herr Klein klang, als hätte Gertrude gerade den Namen der Familie in den Schmutz gezogen, dabei sehnte sich das Mädchen nur nach Gesellschaft und Austausch mit Gleichaltrigen.

»Es fühlt sich schön an, einen Freund zu haben«, sprach

Gertrude weiter unter ihrer Bettdecke, was Emma bewegt lächeln ließ. »Bitte, bitte, darf ich hierbleiben?«

Frau Klein seufzte und wandte sich Emma zu. »Da sehen Sie, was Sie und Ihre Schwestern angerichtet haben. Unsere Tochter hat keine Manieren mehr und bettelt uns an wie ein Straßenkind.« Frau Klein strich sich mit der Hand über die nunmehr glänzende Stirn, wo die Kette ihres Turbans im Weg war.

»Vielleicht möchte Gerti einfach nur wie andere Kinder sein? Einfach nur das tun, was andere Kinder auch tun, anstatt stets eine Sonderbehandlung zu bekommen«, merkte Emma an. Sie wollte wenigstens hier, im Keuchhustenhaus, sagen können, was sie dachte, wenn sie sich gegenüber Marie-Luise schon auf die Zunge beißen musste. Ihr Vater hatte sie dazu ermutigt, nicht alles hinunterzuschlucken, als sie ihn zuletzt am Weißen See getroffen hatte. Marlene hatte lange gezögert mitzukommen, sich dann aber überzeugen lassen.

»Ich muss darüber nachdenken«, brummte Herr Klein, legte die Schutzkleidung ab und verließ das Krankenzimmer.

»Günther, wir können das Kind doch nicht in dieser Klinik … wir waren uns doch einig«, Frau Klein bekam Schnappatmung, »… hier verschwinden Kinder … in der Zeitung stand, dass hier die Sterberate besonders hoch ist und …« Sie beendete den Satz nicht, sondern griff nach den Entlassungspapieren auf dem Bett ihrer Tochter und lief ihrem Mann nach.

Emma fluchte innerlich über die Presse, die die Klinik nicht in Ruhe ließ und aus Sensationsgier immer neue Gerüchte wie die angeblich hohe Sterberate verbreitete. Außerdem waren sich die Zeitungen sicher, dass die Elevinnen durch die Abschlussprüfung rasseln würden – dieser Behauptung wagte Emma nicht zu widersprechen. Kurz verfolgte sie am Fenster, wie die Kleins aufgeregt vor dem Keuchhustenhaus diskutierten. Schließlich nickte Herr Klein Emma mürrisch zu, ging aber direkt davon und kam nicht noch einmal zu seiner Tochter zurück.

Emma setzte sich zu Gertrude ans Bett. »Du darfst bleiben.«

Gertrude lächelte nur kurz. »Ob sie mich jetzt noch lieb haben?«, fragte sie traurig.

»Ganz bestimmt haben sie dich noch lieb. Sonst wären sie nicht so besorgt um dich«, beruhigte Emma sie und dachte wehmütig an Theodor, an das Gymnasium und daran, dass ihre Familie auseinanderzubrechen drohte, wenn sie nichts unternahm.

»Darf ich Albert in seinem Zimmer besuchen?«, unterbrach Gertrude Emmas Gedanken. Dass der Zauberlehrling eingeliefert worden war, hatte sich längst unter den Kindern der Klinik herumgesprochen. Mancher Patient schlich sich sogar heimlich auf die HNO, um Albert zu bitten, einen Zaubertrick vorzuführen. Aber der Junge war zu schwach dafür.

Gertrude zog Emma zu sich heran und flüsterte ihr zu: »Er braucht doch unbedingt den Glücksgroschen, damit er wieder gesund wird.«

»Ich könnte Albert deine Münze geben«, bot Emma an, weil es Zeit war, dass Gertrude sich wieder ausruhte.

»Er ist mein Freund, ich möchte ihm beistehen«, sagte Gertrude mit ganz neuer Vehemenz. »Bitte, bitte.« Das hatte sie sich von den anderen Kindern im Keuchhustenhaus abgeschaut und war schnell zu einer Meisterin geworden. Aus großen braunen Augen schaute sie Emma bittend an.

»Na gut, aber nur kurz.« Emma half dem Mädchen, sich anzuziehen. Über das Nachthemd kam jener dicke Frotteemantel, der Teil der Anstaltskleidung war.

Auf dem Weg durch den Park beugte sich Gertrude über eine gelbe Rose, die halb aufgeblüht war. »Ist die schön!«

Emma achtete darauf, dass die kleine Patientin nicht fror, dass sie im Haupthaus die Wendeltreppe langsam hinaufging und regelmäßig tief ein- und ausatmete. Bisher sahen die Ärzte glücklicherweise keine Anzeichen von Gehirnschäden bei ihr.

Als sie die HNO betraten, war Albert der einzige Patient im Turmzimmer. Willy Pinke und Elwira Scharinski verabschiedeten sich gerade von ihm, sie wirkten wie Teilnehmer einer Beerdigung. Schniefend hakte sich Elwira bei Willy ein, beide nickten sie Emma nur zum Gruß zu und verließen das Krankenzimmer. Emma fiel auf, dass Willy Pinke schwer atmete und rotgesichtig war. Sie würde ihn demnächst auf sein Befinden ansprechen müssen.

Gertrude ging langsam an Alberts Bett, als wäre sie unsicher, ob da wirklich ihr Freund lag. Es war nicht zu übersehen, dass sich sein Zustand seit seiner Einlieferung noch einmal verschlechtert hatte. Der Junge lag mit halb geschlossenen Augen da, sein Gesicht wies eine abnorme Rötung auf. Laut Krankenakte war sein Fieber über achtunddreißig Grad gestiegen. Er aß zu wenig und bewegte sich unruhig wie während eines Albtraums. Er strampelte mit den Beinen und ballte eine Hand immer wieder zur Faust, als würde er gegen einen unsichtbaren Gegner kämpfen.

»Zaubernder Albertus, hier ist Gerti, deine Freundin. Erinnerst du dich noch?«, fragte Gertrude.

Albert nickte kaum sichtbar.

Gertrude nahm seine ruhelose Hand und drückte ihren Glücksgroschen hinein. »Wenn du den unter dein Kopfkissen legst, wirst du genauso gesund, wie ich es auch geworden bin.«

Albert wollte seine rastlose Hand um die Münze schließen, aber es gelang ihm nicht. Zu unruhig waren seine Finger. »Det freut mich, dass es dir endlich besser jeht«, sagte er mit einer Stimme, die vor allem Luft und Rauschen war.

»Wenn du zu schwach bist, mache ich es für dich«, sagte Gertrude, zeigte ihm die Münze noch einmal – genauso, wie er es bei seinen Zaubertricks tat – und schob den Groschen unter Alberts Kissen.

»Schwester Emma …« Albert drohte seine Stimme zu verlieren und konnte die nächsten Worte nur noch flüstern: »Ick hatte jestern Nacht 'nen schrecklichen Albtraum.«

»Was hältst du davon, wenn ich nach Dienstschluss noch mal bei dir vorbeikomme und dir eine schöne Geschichte vorlese?«, schlug Emma vor. »Dann kannst du heute Nacht vielleicht besser schlafen?«

Albert nickte kraftlos.

Gertrude ergriff erneut Alberts Hand. »Weißt du, was ich letzte Nacht geträumt habe?«

»Von deinem reichen Zuhause, wo allet aus Jold is?«, fragte er zurück, während er seine Beine unruhig unter der Decke bewegte.

Gertrude schüttelte den Kopf. »Davon, dass ich nicht herzkrank bin und getanzt habe. In dem Traum trug ich ein rot kariertes Kleid ohne Tüll und Rüschen, aber mit einem hübschen weißen Kragen. Ich habe mich darin gedreht wie ein ganz normales Mädchen.«

»Een schöner Traum.« Albert schloss erschöpft die Augen, aber seine Beine bewegten sich unruhig weiter.

»Wenn es doch nur kein Traum, sondern echt wäre«, sagte Gertrude lauter, aber Albert reagierte nicht mehr.

Emma trat hinter die kleine Patientin und legte beide Hände auf ihre Schultern als Zeichen, dass sie jetzt gehen sollten. Ihr Besuch strengte Albert an.

»Bis zum nächsten Mal, zaubernder Albertus«, flüsterte Gerti, als sie von Emma schon vom Bett weggeführt wurde.

Noch bevor sie das Turmzimmer verlassen hatten, erbrach Albert sich. Emma rief Elevin Renate herbei und sagte zur Sicherheit auch Vera Bescheid, die sich ebenfalls kümmern sollte. Sie selbst musste auf Gertrude achten.

Auf dem Korridor herrschte große Aufregung. Schwestern und Elevinnen eilten kreuz und quer über den Flur. Emma führte Gertrude ins Freie.

Im Keuchhustenhaus kam ihnen Stationsschwester Grete entgegen. Ihr besorgter Gesichtsausdruck verhieß nichts Gutes. »Bringen Sie die Patientin noch in ihr Bett zurück, und dann kommen Sie in den Speiseraum der Schwestern«, bat sie Emma. »Der Ärztliche Direktor hat eine sofortige Versammlung einberufen. Er will etwas Wichtiges verkünden.«

Während Emma Gertrude zurück ins Krankenzimmer brachte, ging sie gedanklich alle möglichen Gründe für eine Notversammlung durch. Am wahrscheinlichsten schien es ihr, dass Benjamin Levy sich auf Druck der Presse durchgerungen hatte, seine Anstellung als Ärztlicher Direktor aufzugeben.

Emma traf als Letzte im überfüllten Speiseraum der Schwestern ein. Totenstille beherrschte das Zimmer. Doktor Levy stand am Fenster und wartete, bis Emma die Tür geschlossen hatte. In seiner Hand hielt er mehrere hellgelbe Papiere. Sein Kündigungsschreiben und das der Oberin gleich mit, damit sie als Liebespaar das sinkende Schiff verlassen konnten?

Mit klopfendem Herzen schob sie sich zu Marlene durch, vorbei an Oberschwester Hertha, die eine Teetasse mit dem Konterfei des Boxers Max Schmeling, des neuen Lieblings der Illustrierten, in den Händen hielt.

»Du bist spät«, flüsterte Marlene.

»Tut mir leid.« Es traf Emma im Herzen, dass die anderen Schwestern ihr nicht Bescheid gesagt hatten. Sie hätten sie bereits auf der Krankensaaletage über die Versammlung informieren können. Sie hatte das Gefühl, nicht mehr dazuzugehören.

»Gut, dass Sie alle so schnell kommen konnten«, begann der Ärztliche Direktor. »Ich möchte nicht lange um den heißen Brei herumreden.« Er zögerte dennoch, bevor er die gelben Papiere in seiner Hand hochhielt, die genauer betrachtet nicht wie ein Kündigungsschreiben aussahen. Niemand kündigte auf mehreren Seiten, außerdem falteten nur Behörden ihre Briefe auf diese Art und Weise: zweimal quer und die rechte obere Ecke wurde eingeknickt.

»Ich und die Kommune Weißensee haben gestern dieses Schreiben der Preußischen Krankenhausaufsicht erhalten«, verkündete Doktor Levy.

Ein Raunen ging durch den Raum. Emma hatte schon von der Krankenhausaufsicht gehört, aber noch nie direkt mit ihr zu tun gehabt. In der *Zeitschrift für Krankenpflege* war einmal ein Bericht über die Behörde gewesen. Soweit sie wusste, kam die Aufsicht vor allem dann ins Spiel, wenn es in einem Krankenhaus massive Probleme gab und das Wohl der Patienten gefährdet war. Vor Aufregung hielt sie die Luft an. Sollte Benjamin Levy wegen akuter Missstände die ärztliche Zulassung entzogen werden?

Emma ertastete die Hand ihrer Schwester. Wie wäre es dann um Marlenes und Maximilians Zulassung bestellt? Würden sie weiterarbeiten dürfen? Wäre einzig der Klinikdirektor von dieser Maßnahme betroffen?

»Herr Doktor Kunkel, der Leiter der Preußischen Krankenhausaufsicht, setzt mich mit diesem Schreiben davon in Kenntnis, dass die Kinderklinik Weißensee Ende August geschlossen wird, weil ein ordnungsgemäßer Betrieb nicht mehr gesichert ist.«

Es blieb totenstill, obwohl Emma jetzt einen aufgeregten Austausch erwartet hätte. Aber sie selbst bekam ja auch kein Wort heraus. *Ordnungsgemäßer Betrieb nicht mehr gesichert!*, hallte es in ihr nach. Für das Keuchhustenhaus stimmte das ganz sicher nicht, war sie im ersten Moment überzeugt. Wenn sie allerdings an den Vorfall mit der ungereinigten Sauerstoffmaske dachte, bröckelte ihre Überzeugung. Dann sah sie, wie Marie-Luises vorwurfsvoller Blick über die versammelte Ärzteschaft glitt, als würde die Schließung an ihnen liegen.

»In den zurückliegenden Wochen und Monaten ist eine Reihe von Beschwerden bei der Aufsicht eingegangen, die von gesundheitsgefährdenden Zuständen sprechen.« Doktor Levy zählte auf: »Familie Franke, der die Alkoholfahne unserer Elevin auffiel, dann Familie Klein, natürlich Familie Müller, deren Tochter sich im Keller versteckte …«

Emma wollte am liebsten gar nicht hinhören, so bitter klang es. Aber wie viele Beschwerdeträger der Ärztliche Direktor tatsächlich im Weiteren aufzählte, das überraschte sogar sie. Mehr als fünfzig Vorfälle, die dem Pflegebereich anzulasten waren, waren bei der Krankenhausaufsicht angezeigt worden. Außerdem schrieb die Aufsicht von anonymen Hygienekontrollen in der Kinderklinik, deren Ergebnis nicht zufriedenstellend gewesen waren.

Marie-Luise fand als Erste ihre Stimme wieder: »Das sind infame Unterstellungen!«

Es wunderte Emma, dass die Oberin noch nicht über das Schreiben informiert war. Sie hätte erwartet, dass Doktor Levy damit zuerst zur Dame seines Herzens ging. Taten sich etwa Risse in deren Einigkeit auf? Noch mehr als von der Anzahl der Beschwerden war Emma jedoch davon geschockt, dass Marie-Luise die Missstände, die so offensichtlich waren, nicht wahrhaben wollte. Oder tat sie nur so, um die Schuld nicht auf sich laden zu müssen? Welchen Plan verfolgte sie? Emma war sich sicher, dass Marie-Luise auch jetzt eine Strategie hatte, die ihrem eigenen Vorteil diente. So war es schon damals gewesen.

»Es tut mir leid, aber wir alle werden uns zum ersten September eine neue Beschäftigung suchen müssen«, verkündete Benjamin Levy tief betroffen. Es war ihm sichtlich unangenehm, die Hiobsbotschaft überbringen zu müssen. In diesen schweren Zeiten fand niemand so einfach eine neue Anstellung, niemand wurde lange satt ohne Einkommen und mit gekürzten Sozialleistungen. Kurt und sie würden sich nach einer kleineren Wohnung mit Außentoilette umsehen müssen, das war Emma sofort klar.

»Gibt es denn wirklich nichts, was wir dagegen unternehmen könnten?«, fragte Marlene und fasste sich an ihre Brille. Bernadette Beierlein tat es kurz darauf ebenfalls.

Bevor der Ärztliche Direktor zu Wort kommen konnte, erwiderte Maximilian: »Manchmal ist es besser, schlecht laufende Dinge zu beenden, anstatt ewig daran festzuhalten.« Dann ließ er die Umstehenden wissen, dass er wegen der anstehenden Schließung keinen Sinn mehr darin sehe, weiterhin den theoretischen Unterricht für die Elevinnen abzuhalten.

Emma wurde eiskalt bei seinen Worten, vor allem, weil Marlene neben ihr verkrampfte und ihre Hand so fest drückte, dass es wehtat.

»Ich werde mit den Herren von der Krankenhausaufsicht reden und sie zur Vernunft bringen«, erklärte Marie-Luise.

Das war das Mindeste, was die Oberin tun konnte, war Emma überzeugt. Die Schließung war auf Pflegemängel zurückzuführen, die unter ihrer Leitung passiert waren.

»Ich habe bereits mit den Herren gesprochen und nichts erreicht«, erklärte Doktor Levy. »Und das, was sie uns hier drin«, er wedelte mit den gelben Papieren, »als letzte Chance anbieten, ist einfach nur lächerlich.«

»Eine letzte Chance?«, fasste Marlene nach, aber der Ärztliche Direktor winkte ab. Die anderen schauten sie verwirrt an, als sie vor Doktor Levy trat. »Darf ich?«

Benjamin Levy gab ihr die gelben Papiere.

»Es ist nicht machbar«, sprach er vor sich hin, während Marlene in dem Schreiben versank.

Oberschwester Hertha wollte schon gehen, als Marlene wieder aufschaute und verkündete: »Wenn wir die Kinderklinik bis Ende August auf einen ordnungsgemäßen Stand bringen, würden sie eventuell von einer Schließung absehen.«

»Bis Ende August sind es nur drei Monate.« Maximilian wandte sich der Runde zu. Seine Haut war blass, die Augen hatten jeglichen Glanz verloren. »Der Ärztliche Direktor hat recht, das ist lächerlich wenig Zeit.«

Marlene ließ sich nicht beirren, Emma bewunderte ihre Schwester dafür. »Die Aufsicht schreibt hier, dass sie in diesem Fall Ende August eine Kommission schicken würden, die die Behebung der Missstände überprüft und dann entscheidet, ob die Schließung hinfällig ist.« Bei den nächsten Worten wandte sie sich an Marie-Luise. »Sie schreiben auch, dass Ihr Antrag, Oberin Fischer, auf Verkürzung der Prüfungen der Elevinnen abgelehnt wurde.«

Marie-Luise schaute zum ersten Mal nicht mehr höflich, sondern offen geschockt. Ein Blick hinter ihre Maske, dachte Emma.

»Die Behörde würde die Prüfung von Ende Juni auf Ende August legen, damit die Lernschwestern zusätzlich Zeit haben, sich mit den neuen Pflege- und Hygienestandards vertraut zu machen«, führte Marlene weiter aus. »Die Prüfung werden dieses Jahr einzig ein Herr Doktor Remsla und Oberschwester Katharina Zimmerer vom Auguste-Viktoria-Krankenhaus abnehmen, steht hier geschrieben. Und zwar am Monatsletzten im August, an dem auch die Kommission wegen der Schließung eintreffen wird.«

Emma war mehr als irritiert. Die vergangenen Jahre waren immer mindestens einer der Klinikärzte und der Ärztliche Direktor bei den Abschlussprüfungen anwesend gewesen. Ob die Krankenhausaufsicht eine interne Einflussnahme verhindern wollte? Wie schlecht musste es um den Ruf der

Kinderklinik bestellt sein, dass solche Vermutungen überhaupt angestellt wurden?

»Das kann nicht sein!« Marie-Luise sprang wie eine hungrige Tigerin vor Marlene und riss ihr die Papiere aus der Hand. Hastig las sie, dann schaute sie mit glühenden Augen auf. Ihr Gesicht war hässlich verzerrt.

Für Emma fühlte sich die drohende Schließung noch unwirklich an. Bitte, lieber Gott, lass alles nur einen bösen Traum sein!, flehte sie in Gedanken. Hygieneprobleme hätte sie in der Kinderklinik nie für möglich gehalten. Seit der Eröffnung unter Hanny Polsfuß als Pflegeleiterin waren Asepsis und Antisepsis großgeschrieben worden. Die Kommune hatte ein Vermögen in die Ausstattung der zwei neuen Isolierhäuser investiert. Allein einer der flüssigkeitsdichten Schutzkittel hatte so viel gekostet wie ein Kinderfahrrad.

»Ich werde die Herren der Krankenhausaufsicht ganz sicher noch umstimmen können«, versicherte Marie-Luise, nachdem sie sich wieder gefangen hatte, und verließ mit erhobenem Kopf den Speiseraum. Oberschwester Hertha folgte ihr. Die anderen Schwestern und Elevinnen schauten verdattert, wie Lämmer in einer Herde ohne Mutterschafe.

»Drei Monate sind wenig, aber wenn wir es mit der Kraft aller anpacken, kann es gelingen«, sagte Marlene der Runde.

Maximilian und die Medizinalpraktikantin schüttelten den Kopf und verließen als Nächste den Raum.

»Unsere Kinderklinik steckt in einer schweren Krise«, dachte Marlene laut, den Blick noch auf die Tür geheftet. »Anders als in einer Krise, die eine Fabrik ereilen kann, geht es bei uns nicht um den Rückgang des Gewinns oder der Produktion. Bei uns geht es um das Leben von Menschen, ganz kleinen Menschen: Kindern. Ich kann und will mich nicht damit abfinden, dass unsere Klinik nicht länger als lebensrettende, sondern als lebensbedrohende Institution wahrgenommen wird.«

»Ich bin dabei, wenn wir versuchen, die Klinik zu retten«, meldete sich Schwester Vera. »Ich auch«, sagten Grete und Doktor Fiedler gleichzeitig. Dann erfüllte erneut betretenes Schweigen den Raum wie dicke Luft.

In einem ersten Impuls wollte Emma sich ebenfalls melden, aber ihr Arm versagte ihr den Dienst. Sie musste an ihre zerbröckelnde Familie denken, deren Rettung ihr wichtiger war. Marlene schaute sie zwar auffordernd an, aber Emma wurde mit jeder Sekunde sicherer, dass endlich ihre Familie oberste Priorität haben musste.

Am Ende sprachen sich nur wenige Elevinnen und Schwestern für einen Rettungsversuch aus. Das restliche Personal, der Pförtner, die Dienstmädchen, die Laboranten, der Verwalter wollten es wenigstens versuchen. Emma vermutete, dass sie es weniger aus Überzeugung als aus Angst vor der Arbeitslosigkeit taten.

»Sehr gut«, lobte Marlene dennoch. »Um unsere Krise zu beenden, sind Schnelligkeit und Umsicht gefragt. Ich werde gleich damit anfangen, einen Rettungsplan auszuarbeiten, und alle Maßnahmen zusammentragen, die wir in Angriff nehmen müssen.«

Typisch Lene, dachte Emma. Es lag ihrer Schwester fern, darauf zu warten, dass die Oberin einen der Herren von der Krankenhausaufsicht umstimmte.

Am Ende der Notversammlung blieb Benjamin Levy nichts anderes übrig, als zu sagen: »Gut, dann gehen wir in mein Büro und erstellen einen Rettungsplan.« Er klang nur höflich, keineswegs überzeugt.

Während Marlene den Speiseraum verließ, schaute sie Emma völlig irritiert an. Natürlich hatte sie erwartet, dass Emma mithelfen würde, aber bestimmt hätte sie Verständnis für ihre Entscheidung, wenn sie wüsste, wie schlimm es um ihre Familie stand.

Emma ging wieder zurück auf Station und beschloss, heute Abend mit Kurt zu reden und ihm endlich ihre Ängste zu gestehen. Außerdem galt es, ihm von ihrer baldigen Arbeitslosigkeit zu erzählen. Es würde schwer werden, dann noch die Heizkosten zu bezahlen.

*

Als Emma am Abend die Tür aufschloss, war es ruhig in der Wohnung. Sie legte ihre Schwesternhaube im Flur ab und warf dann einen Blick ins Kinderzimmer. Theodor lag angezogen auf dem Bett, hatte die Augen aber geschlossen. Bei seinem Anblick war sie umso überzeugter, dass es richtig war, sich nicht am Rettungsversuch der Klinik zu beteiligen. So viele Jahre hatte die Kinderklinik immer an erster Stelle gestanden – ähnlich wie für ihren Vater die Spionagearbeit. Aber jetzt, da ihr Sohn sie mehr denn je brauchte, musste sie Prioritäten setzen. Ihre Kinder waren ihr Ein und Alles.

»Schläfst du schon, Großer?«, fragte sie bemüht beiläufig. Sie wollte auf keinen Fall neugierig klingen.

»Nein«, antwortete Theodor und drehte ihr den Rücken zu. Früher hatte sie ihn wenigstens noch umarmen dürfen. Am liebsten würde sie Oberlehrer Rademacher auch die Schuld für die Entfremdung zwischen sich und Theodor geben, aber tief in ihrem Inneren wusste sie, dass diese einen anderen Grund hatte. Ihr Sohn war sauer auf sie und vertraute ihr nicht mehr. Sie hätte nicht in seinem Zimmer herumschnüffeln dürfen. Damit war sie eindeutig zu weit gegangen und hatte deswegen auch noch gelogen.

Emma zog die Kinderzimmertür hinter sich zu, da kam ihr Elisabeth entgegen. »Mama«, sagte das Mädchen, »Gesine war da und hat mir ein Radio für meine Puppe geschenkt.«

Emma erstarrte bei dem Namen »Gesine«. Die Radiochefin war erneut hier gewesen, während Emma noch gearbeitet hatte? Wieder waren die alten Ängste da.

Kurt kam in die Stube und küsste sie zur Begrüßung auf die Stirn. Seine Lippen waren heiß, sie glühten förmlich. Emma erfasste eine altbekannte Ohnmacht wie früher bei Tomasz. Sie stellte sich die unmöglichsten Dinge vor, wurde in einen Eifersuchtsstrudel gezogen, der so stark war, dass sie nicht dagegen ankam. Ihre Gedanken wirbelten wild, während es sich anfühlte, als würde sie komplett den Halt verlieren. In Wirklichkeit stand sie steif in der Stube, mit verschwommenem Blick. Sie fragte sich, ob Kurts Lippen deswegen so warm waren, weil er sie schon bei seiner Chefin vorgewärmt hatte.

Anstatt sich zu erklären, hielt Kurt ihr ein überschäumendes Glas hin. »Emma, stell dir vor, uns ist das Unmögliche gelungen«, schwärmte er. »Wir haben die Zusage vom Überwachungsausschuss der Sendegesellschaft, dass die *Berliner Funk-Stunde* ...«

Er nannte sie bloß »Emma«? Was war aus »Schatz« geworden? Sie wankte auf die Loggia zur schmiedeeisernen Bank, auf der sie schon ewig nicht mehr zusammengesessen hatten. Und erstarrte, als sie dort auf dem Tisch zwei leere

Sektgläser entdeckte. Ihre grenzenlose Fantasie begann, Horrorbilder vor ihrem inneren Auge zu malen. Sie sah Kurt und Gesine auf der Bank sitzen, Hüfte an Hüfte, Oberschenkel an Oberschenkel, wie es gar nicht anders ging auf dem engen alten Möbel. Genau deswegen hatte sie selbst die Bank so sehr gemocht. Gesine und Kurt hatten sich eng beieinander zugeprostet und sich als Krönung des Erfolgs geküsst. Emma spürte, wie ihr Körper Zentimeter für Zentimeter zu einem Steinblock und ihre Fingerspitzen eiskalt wurden.

Kurt war ihr nachgekommen. »Was sagst du nun dazu?«

Emma wusste kaum noch, wo sie war. »W-w-wozu?«

»Na, dass ich als Vor-Ort-Moderator am vierzehnten September über die Reichstagswahlen berichten darf!« Kurt strahlte stolz, Emma nahm ihn kaum noch wahr. »Endlich eine echte politische Vor-Ort-Reportage, und ich darf sie übernehmen!«

Das war sein großer Traum gewesen, das wusste sie sehr genau, aber Freude kam keine in ihr auf. Wenigstens gelang es ihr, ihren Blick wieder etwas zu schärfen. Und sie traute ihren Augen nicht, als sie an Kurts Hals, knapp über dem Hemdkragen, roten Lippenstift entdeckte. Gesine Hildebrandt hatte also ihr Territorium markiert! Emma wollte schreien und um sich schlagen, ihr wurde speiübel.

Um Luft ringend, rannte sie ins Schlafzimmer. Keinen Tag länger wollte sie eine Ehefrau sein, die eine Affäre duldete. Tränen liefen ihre Wangen hinab. Schnell wischte sie sie fort, damit Elisabeth sie nicht sah. Die war ihr nämlich ins Schlafzimmer nachgekommen. »Mami, warum weinst du denn?«

Emma zerrte ihren alten Koffer unter dem Bett hervor, entschied sich dann aber anders. Jetzt noch zu packen würde viel zu lange dauern. Sie hielt es keine Minute länger in Kurts Gegenwart aus. »Wir werden heute Nacht bei Tante Lene übernachten«, sagte sie zu ihrer Tochter.

»Ich will nicht zu ihr, ich will dir lieber mein neues Radio zeigen«, antwortete das Mädchen.

»Es geht aber nicht anders.« Emma versuchte sich an einem Lächeln, aber ihr kamen doch nur die Tränen. Sie hatte ihren Körper nicht mehr unter Kontrolle. »Tust du mir den Gefallen und ziehst deine Jacke an?«

Elisabeth zögerte erst, nickte dann aber beklommen.

Kurt erschien an der Tür zum Schlafzimmer. »Was ist denn heute Abend los mit …?« Er sprach nicht weiter, als er den Koffer auf dem Boden liegen sah.

»Mach dir keine Sorgen um mich«, sagte Emma unverhohlen ironisch. Kurt interessierte sich kein bisschen mehr für sie. Hastig zog sie Elisabeth die Jacke an. »Theo?«, rief sie in Richtung des Kinderzimmers.

Noch bevor sie eine Antwort erhalten konnte, nahm sie ihre Tochter bei der Hand und drängte sich mit ihr an Kurt vorbei. Nie wieder würde sie einer Frau vertrauen, die ihr beim ersten Treffen den Vornamen anbot.

»Ich verstehe das hier nicht …«, stammelte Kurt.

Emma wies zur Veranda. »Ich hingegen verstehe das sehr gut!« Dass er ihr das antat, und ausgerechnet an dem Tag, an dem die Schließung der Kinderklinik verkündet worden war!

Theodor erschien im Flur. »Was ist denn?«

»Wir übernachten heute bei Tante Lene«, sagte Emma. Ihr Ton ließ keine Widerworte zu. Theodor und Lissi kramten ein paar Sachen zusammen und griffen im Flur nach ihren Jacken.

Als Kurt seine Entgegnung mit »Aber …« begann, zog Emma schon die Wohnungstür hinter sich zu. Sie lief mit den bestürzt schweigenden Kindern auf die Straße hinunter und mit verheultem Gesicht zur Villa von Weilert. Es war wieder so gekommen wie damals bei Tomasz! Sie wurde immer wieder betrogen, aber dieses Mal ließ sie sich davon nicht aus der Bahn werfen!

Mehrmals schaute sie hinter sich, ob Kurt ihnen vielleicht folgte, um sie zurückzuholen. Aber nichts dergleichen geschah. Kurt hatte ihr nicht mal am Küchenfenster nachgeschaut. Vermutlich saß er schon wieder auf der Bank mit einem Glas Sekt in der Hand und träumte von seiner Chefin.

Emma wurde mit jedem Schritt entschlossener, nie wieder in die Buschallee zurückzukehren. Irgendeine Lösung für eine alleinerziehende Mutter fand sich immer, und wenn sie ab September in vornehmen Häusern putzen ging. Aus ihren ersten Jahren mit Theodor wusste sie, wie man sich durchs Leben biss. Und den Kampf gegen den fanatischen Rademacher musste sie dann eben allein ausfechten!

***

21

Am Abend des 28. Mai 1930
Noch 94 Tage bis zur Schließung

Jede ihrer Muskelfasern fühlte sich hart an und brannte. Erschöpft sackte Marlene in die Badewanne. Bis zu den Schultern im Nass versunken, entspannten sich ihre Muskeln allmählich, ihre Gedanken beruhigten sich jedoch kaum. Die erste Sitzung der Rettungsgruppe hatte bis einundzwanzig Uhr gedauert. Bisher waren sie nur ein unkoordinierter Haufen, vereint durch den Wunsch, die Klinik zu retten. Sie hatten durcheinandergeredet, sich die Haare gerauft und vor Verzweiflung auf den Tisch gehauen. Marlene war zur Wortführerin auserkoren worden, weil der Ärztliche Direktor nur unbeteiligt dagesessen hatte, mit den Gedanken irgendwo anders.

Am Ende hatte sie sich mit den anderen Unterstützern auf vier Bereiche geeinigt, die es anzugehen galt. Das waren erstens die Beseitigung der Hygienemängel, zweitens die Einhaltung der Pflegeregeln, und drittens mussten die Elevinnen auf die aufgeschobene Prüfung vorbereitet werden. Als vierter Punkt stand die Sicherstellung der zukünftigen Finanzierung auf dem Plan, da die Klinik nicht weiter allein von den Geldern der finanziell maroden Kommune existieren konnte. Marlene hatte gleich die Aufgaben verteilt. Schwester Vera würde die Elevinnen durch den praktischen Unterricht auf die Prüfungen vorbereiten. Schwester Grete würde die Hygienestandards überprüfen und deren Umsetzung sicherstellen. Doktor Fiedler kümmerte sich um die Einwerbung von Spendengeldern. Marlene wollte den theoretischen Unterricht für die Elevinnen fortführen, was bisher Maximilian getan hatte. Außerdem oblag ihr die Verantwortung zur Behebung der Pflegemängel, was ihr wenig behagte. Aber was sollte sie tun, wenn Oberschwester Hertha sich weigerte, die Klinikrettung zu unterstützen? Gleich morgen würde sie damit beginnen, die Pflegeregeln auf Aktualität zu überprüfen und mit den Pflegeleitungen anderer Häuser Kontakt aufzunehmen.

Marlene schloss die Augen und tauchte mit dem Kopf unter Wasser. Die kupferne Badewanne, die noch aus der Barockzeit stammte, war riesig, sogar ihre langen Beine konnte sie darin ausstrecken. Für ein paar Sekunden wollte sie nichts mehr von der Welt draußen mitbekommen. Sie blieb unter Wasser und hielt so lange wie möglich die Luft an.

Plötzlich schoss sie heftig um Luft ringend wie eine Fontane aus dem Wasser hoch. Klingelte es etwa an der Haustür Sturm? Das Dienstmädchen war schon im Feierabend. Ob Maximilian aus der Klinik heimkehrte? Aber er hatte doch einen Schlüssel.

Marlene stieg schnell aus der Wanne und legte sich ein langes Handtuch um. Jetzt klingelte es sogar so stürmisch, als handele es sich um einen medizinischen Notfall. Sie lief in ihr Arbeitszimmer und öffnete das Fenster. »Wer ist da?«, rief sie zum Tor hinab.

»Lene, ... ich ... ich bin's«, rief Emma außer Atem, als bekäme sie kaum Luft. »Bitte lass uns rein.«

Marlene zog sich in aller Eile frische Sachen an und lief zum Tor hinunter.

Sobald sie geöffnet hatte, fiel ihr Emma in die Arme. »Bitte nimm uns ein paar Tage auf«, bat sie flehentlich.

»Was ist denn passiert?« Marlene nickte Theodor und Elisabeth zur Begrüßung zu. Elisabeth stand dicht bei Emma und wirkte regelrecht verängstigt. Sie vermied es, Marlene anzugucken. Theodor schaute eher genervt. »Natürlich könnt ihr hier unterkommen«, sagte Marlene. »Lasst uns erst einmal reingehen, und dann erzählt mal in Ruhe. Du siehst völlig erschöpft aus, Emma.« Die Hände ihrer Schwester zitterten.

Marlene führte die kleine Gruppe ins Haus. Nur flüchtig streifte ihr Blick die Gardine im zweiten Obergeschoss, wo sie die Umrisse der Gräfin erkannte.

Dann holte sie etwas zu essen und zu trinken aus der Küche. Elisabeth servierte sie eine Limonade, die das Mädchen aber nicht anrührte. Marlene sah ihrer Schwester an, wie sehr sie versuchte, sich vor ihrer Tochter zusammenzureißen. Etwas Schreckliches musste passiert sein. Mit Blicken gab sie Emma zu verstehen, dass sie später ausführlich reden würden.

Gemeinsam bezogen sie die Gästedecken frisch, dann brachte Emma ihre Tochter ins Bett. Sie hielt Elisabeths Hand, bis das Mädchen eingeschlafen war. Marlene beobachtete beide mit Abstand vom Flur aus, um ihre Nichte nicht weiter zu ängstigen.

»Du kannst das Kinderzimmer ...«, sagte sie zu Theodor, korrigierte sich aber gleich wieder, »das zweite Gästezimmer nehmen.« Das zweite Gästezimmer hatte wegen der ruhigen Lage nach hinten raus das erste Kinderzimmer werden sollen. Wann hatte sie eigentlich das letzte Mal an Nachwuchs gedacht?

Marlene half Emma dabei, eine frisch bezogene Decke für Theodor auf das Bett zu legen.

»Warum hast du das gemacht?«, wollte der Junge nun in vorwurfsvollem Ton von seiner Mutter wissen, nachdem er bisher eisern geschwiegen hatte. »Du rufst mich wie einen Soldaten zu dir und entscheidest einfach so, dass ich mit dir die Wohnung zu verlassen habe? Du kannst nicht über mein Leben bestimmen. Ich bin kein kleines Kind mehr.«

Marlene entging nicht, wie schwer Emma schluckte.

»Gib mir bitte etwas Zeit, mich zu sammeln, Großer«, bat Emma nach einem Moment der Stille. »Morgen sprechen wir darüber, ja?«

»Und dass ich vielleicht lieber bei Papa geblieben wäre, interessiert dich gar nicht?«

»Lass uns morgen reden, bitte!«, verlangte die völlig erschöpfte Emma, woraufhin sich Theodor demonstrativ von ihr abwandte und sich auf das Bett legte.

Eine Minute später saßen die Schwestern im Salon, und Emma berichtete Marlene von den vorausgegangenen Geschehnissen. Sie endete gerade mit dem Lippenstift an Kurts Hals, als es erneut klingelte.

Emma stand sofort auf. »Kurt?«, hauchte sie, aber schien unfähig, einen Schritt in Richtung der Salontür zu tun. Sie schien hin- und hergerissen, wie sie sich verhalten sollte. »Bitte lass ihn nicht rein«, sagte sie schließlich und verschränkte entschlossen die Arme vor der Brust. »Ich will ihn nicht sehen!«

Für Marlene klang es absurd, dass der fürsorgliche Kurt, der ihre Schwester stets auf Händen getragen hatte, ihr nun derart wehtat. Aber Emmas Bericht über den Lippenstift und die Sektgläser auf der Loggia ließ kaum einen anderen Schluss zu. Marlene erinnerte sich noch gut daran, wie dreckig es Emma damals gegangen war, als sie von ihrer ersten Liebe betrogen worden war. Sie war erst wie betäubt gewesen und später dann verdammt stur, einem neuen Mann eine Chance zu geben. Wer von seinem Geliebten verletzt wurde, konnte wie ein ganz anderer Mensch auftreten.

Es klingelte erneut, aber Marlene beschloss, nicht runterzugehen. Das konnte nur Kurt sein. Dass er Emmas schlimmste Ängste von früher wieder heraufbeschworen hatte, würde sie ihm nie verzeihen! In Liebesdingen war Emma ein äußerst fragiles Wesen.

Emma stand mit verlorenem Blick da. »Ich wünschte, ich könnte den Schmerz mit einer Spritze betäuben.«

»Das wäre gelegentlich hilfreich, ja«, gab Marlene zurück und dachte an Maximilians Worte heute im Speiseraum der Schwestern. *Manchmal ist es besser, schlecht laufende Dinge zu beenden, anstatt ewig daran festzuhalten.*

»Lass uns ins Bett gehen. Der Morgen ist klüger als der Abend«, schlug Marlene vor und musste Emma vom Fleck helfen, so kraftlos, wie die war.

Sie gingen ins Schlafzimmer, wo Emmas alte Wohnzimmerlampe mit den Fransen hing. Emma würdigte sie keines Blickes, schmiegte sich bald in einem von Marlenes Nachthemden an ihre schlafende Tochter.

Marlene legte sich neben Emma. Nachdem sie schon eine Weile im Bett gelegen hatten, sagte sie noch: »Emmalein, du kannst so lange hierbleiben, wie du möchtest.«

Emma drehte sich zu Marlene um, ihr Gesicht war tränennass. »Danke, Lene. Was würde ich nur ohne dich tun.«

*

Marlene wachte vom Wimmern ihrer Nichte auf, ihre Uhr zeigte vier Uhr an. Sie ging um das Bett herum, um nachzusehen, was los war. Elisabeth lag zusammengekrümmt an der äußersten Bettkante.

Es tat Marlene weh, wie das Mädchen litt. Sicher vermisste es seinen Vater und sein Zuhause.

Marlene hockte sich vor Elisabeth, hütete sich aber davor, sie zu berühren. »Lissi«, begann sie leise, »ich habe dich sehr lieb, und ich möchte, dass du weißt, dass du bei mir immer willkommen bist.« Als Kinderärztin hatte sie gleich zu Anfang gelernt, dass man das Vertrauen von Kindern gewann, wenn man den Mut besaß, über die eigenen Gefühle zu sprechen, wenn man von Grund auf ehrlich zu ihnen war. »Ich bin traurig, dass wir uns nicht mehr gut verstehen«, sprach sie weiter. »Sobald dir eine Idee kommt, wie wir wieder Freunde werden können, sag es mir bitte. Du bist mir sehr wichtig. Ich möchte wieder wie früher mit dir lachen.«

Elisabeth regte sich nicht und ließ die Augen geschlossen. Weil sich ihre Augäpfel unter den Lidern aber bewegten, war Marlene sicher, dass ihre Nichte nicht schlief, sondern jedes Wort hörte. Vorsichtig legte sie ihre Hand über Elisabeths.

Aber Elisabeth zog ihre Hand gleich wieder weg, drehte ihrer Tante den Rücken zu und presste sich an die Brust ihrer Mutter. »Ich will wieder nach Hause«, schniefte sie.

Marlene ließ sich aus der Hocke auf den Rücken gleiten und lag eine Weile wie erschossen auf dem Boden. Allein bei dem Gedanken, dass ihre Nichte für immer Angst vor ihr haben, ihr nie wieder vertrauen würde, zog sich ihr Innerstes zusammen. Gerade gab es wohl nichts, was gut lief – bis auf die Versuche mit dem Penicillin. Letzte Woche war es der Forschergruppe um Professor Czerny gelungen, eine kleine Menge an konzentriertem Penicillin herzustellen. Bisher hatten sie die Hemmwirkung lediglich an Mäusen getestet, jetzt konnten sie die Erprobung am Menschen wagen. Die Forschung gab ihr Kraft, ohne die sie sich die Führung der Rettungsgruppe nicht zugetraut hätte.

Marlene rappelte sich auf, zog sich an und ging in die Küche hinunter. Als sie am ersten Gästezimmer vorbeikam und ihr Blick auf das leere Bett fiel, in dem Maximilian seit Wochen schlief, zog es in ihrem Herzen. Vermutlich schlief er wieder in der Klinik.

In der Küche holte sie zwei Tabletts aus dem Schrank und arrangierte für ihre Familie in Not ein Frühstück mit Brötchen, Eiern und Marmeladen, während ihre Gedanken immer wieder zu Maximilian sprangen. Fiel es ihm so schwer, es in ihrer Nähe auszuhalten?

Für die Kinder presste sie sogar Orangen aus und wrang und wrang, als würde sie aus den Früchten eine Antwort herausdrücken können. Leise stellte sie ein Frühstückstablett bei Theodor und ein zweites im Schlafzimmer bei Emma und Elisabeth ab.

Sie beschloss, heute früher in die Klinik zu fahren. Ihre zwanzig Stunden Arbeit hatte sie diese Woche zwar schon geleistet, aber wenn Maximilian ohnehin nicht zu Hause war und auf sie wartete, konnte sie auch mehr arbeiten. Die

Arbeit half ihr, sich von ihrer Sehnsucht nach ihm abzulenken.

In der Dunkelheit des frühesten Morgens wollte sie sich gerade auf ihr Fahrrad schwingen, als Kurt plötzlich auf dem Gehweg vor der Villa vor ihr stand. Er sah übernächtigt und überarbeitet aus. Seine Hose war dreckig, und in seinen Haaren hing etwas Grünes, das nach Heckenblättern aussah. Hatte er die Nacht etwa hier verbracht? Er war also wirklich der nächtliche Gast gewesen.

»Ich muss zu Emma. Sie ist doch bei dir, oder?«, fragte Kurt. Er wirkte völlig durch den Wind.

In diesem Zustand tat er Marlene leid. Ob seine unübersehbaren Augenringe vom Kummer um seine Ehe stammten oder davon, dass er neben der Arbeit mit Gesine Hildebrandt angebandelt hatte?

»Emma ist bei mir, ja«, sagte Marlene schließlich. »Aber sie möchte dich nicht sehen.« Am liebsten wollte sie ihn fragen, warum er Emma so etwas Schreckliches antat, aber ihre Schwester war schon damals bei Tomasz dagegen gewesen, dass Marlene sich in ihre privaten Angelegenheiten einmischte oder gar wie eine Mutter aufspielte.

»Aber ich muss mit ihr reden!«, beharrte Kurt fahrig.

»Gib ihr etwas Zeit«, sagte Marlene. »Vielleicht ist sie in einer Woche zu einem Gespräch bereit.«

Kurt fuhr sich mit den Händen durch das wirre Haar. »In einer Woche …«

»Ich muss jetzt los«, sagte Marlene nur noch, mehr gab es nicht mitzuteilen. Weil Kurt ihr ein paar Schritte nachlief, trat sie bald fester in die Pedale. Er war ein echtes Häufchen Elend.

Als Marlene auf dem Klinikgelände eintraf, zog die Morgendämmerung gerade auf. Eigentlich wäre sie heute lieber in die Charité gefahren, um sich die Daten zum konzentrierten Penicillin anzuschauen, aber die Kinderklinik brauchte sie noch dringender.

Sie schloss ihr Büro auf und ging im Kopf die Kliniken durch, mit denen sie wegen der Pflegeregeln sprechen wollte, als eine Stimme sie aus ihren Gedanken riss.

»Wo liecht hier mein Albert?«, fragte eine ängstliche Frauenstimme. »Ein Doktor hat jestern Abend in der Schraubenfabrik anjerufen und jesagt, det meen Kind sterben könnte.«

Marlene wandte sich ihr zu. Die Frau war ähnlich hochgewachsen wie sie selbst, aber wirkte durch ihre gebeugte müde Haltung deutlich kleiner. Ihr Gesicht war grau und faltig, ihre Lippen waren rissig und porös. Auf der Hüfte trug sie einen Säugling, dem der Rotz an den Nasenlöchern klebte und der ähnlich lethargisch schaute wie seine Mutter. Die Frau hatte kaum Kraft, ihr Kind zu halten. Ihre Arme zitterten.

Marlene wusste sofort, wen sie vor sich hatte. »Kommen Sie, Frau Kopetzke, ich bringe Sie zu Ihrem Sohn. Ich bin Frau Doktor von Weilert und behandele Albert.« Rasch zog sie sich ihren Arztkittel über.

Bevor sie das Krankenzimmer betraten, griff Frau Kopetzke verzweifelt nach Marlenes Arm. »Sagen Se mir, ob meen Junge sterben wird«, drängte sie. »Ohne sein Milchgeld schaffen wir es nicht.«

Der Säugling begann zu weinen, aber Frau Kopetzke schien es gar nicht zu bemerken. »Sagen Se es mir jetzt gleich!«

»Es steht nicht gut um Albert«, sagte Marlene vorsichtig.

Frau Kopetzke hielt Marlene den Säugling hin mit den Worten: »Können Se Franz mal halten?« Ihre Hände waren so lasch und kraftlos, dass Marlene Angst bekam, der unterernährte Junge könnte jeden Moment zu Boden fallen. Schnell nahm sie ihn an sich und strich ihm beruhigend über das Köpfchen und den Rücken. Kurz vergaß sie dabei alles um sich herum. Es war ein angenehmes wie beruhigendes Gefühl, einen Säugling so nah und vertraut am Körper zu tragen. In einem medizinischen Fachblatt hatte sie mal einen umstrittenen Artikel gelesen, in dem behauptet worden war, dass das Tragen eines Säuglings eng bei der Mutter die Schwankungen seiner Körpertemperatur ausgleiche und das Bäuchlein beruhige.

Als Marlene wieder aufschaute, stand Maximilian am Ende des Korridors, versunken in ihren Anblick. Als sie ihn anlächelte, Franz hatte sich längst beruhigt, kam Maximilian wieder zu sich und ging gleich davon.

Marlene drückte sich den Säugling erneut an die Brust und war versucht, ihm das warme, weiche Köpfchen zu küssen, so nahe fühlte sie sich dem kleinen Jungen in diesem Moment. Aber sie musste jetzt nach Albert schauen.

Als sie das Turmzimmer betrat, kauerte Frau Kopetzke bereits am Bett ihres sich unruhig umherwälzenden Sohnes. Albert war deutlich anzusehen, dass er kaum noch aß. Oft erbrach er sich, was einen bedrohlichen Flüssigkeitsverlust bedeutete. Aus dem kräftigen Milchjungen war ein Gerippe geworden. Die Streptokokken-Infektion breitete sich weiter in seinem Körper aus.

»Wir können uns nich leisten, det er so lange hier behandelt wird, ick bin zum Monatsende arbeitslos«, murmelte Frau Kopetzke und befingerte ihr beflecktes Oberteil. »Alberts Jesicht is schrecklich rot.« Sie schniefte. »Er wird sterben, ick kann es sehen.« Hilflos schaute sie Marlene an, auf deren Arm der kleine Franz dabei war einzuschlafen. Er hatte seinen Kopf gegen ihre Brust gelehnt, seine Lider flatterten vor Müdigkeit. Vermutlich bekam das Kind in der Fabrik seiner Mutter kaum ein Auge zu.

»Das mit dem Geld bekommen wir schon geregelt«, sagte Marlene und trat an die andere Bettseite, wohl wissend, dass die letzte Stundung der Krankenhausgebühren Emma eine Abmahnung eingebracht hatte. »Alberts Zustand ist jetzt wichtiger. Er ist ein wundervolles Kind, ein starker Junge.« Im Zweifel würde sie die Kosten übernehmen.

Albert blinzelte und brachte ein »Mutter«, hervor, gefolgt von einem Lächeln. Soweit Marlene wusste, war Frau Kopetzke vorher nie hier gewesen. »Und Franz …« Albert wollte nach seinem Bruder greifen, verlor aber im nächsten Moment jegliche Spannung in seinem Körper. Es gelang ihm nicht mal mehr, die Augenlider offen zu halten.

Marlene war tief gerührt von dem traurigen Schicksal der Familie. Was nur konnte sie tun, um ihnen zu helfen und um Albert wieder gesund zu machen? Auf einmal kam ihr eine Idee, allerdings eine gefährliche. Vorsichtig reichte sie den Säugling an seine Mutter zurück. »Reden Sie mit Ihrem Jungen. Es tut ihm gut, Ihre Stimme zu hören.« Verängstigt schaute Frau Kopetzke sie an, während Marlene aus dem Zimmer eilte.

Draußen auf dem Korridor gab sie der Nachtschwester ein Zeichen, dass die während ihrer Abwesenheit nach Albert schauen sollte, dann lief sie ins Erdgeschoss. Sie brauchte Maximilians Rat, sonst starb Albert ihr unter den Händen weg.

Drei Schritte vor Maximilians Tür hielt sie inne, weil aus seinem Büro sehnsüchtige Tangomusik erklang. Früher hatten sie sich dem leidenschaftlichsten aller Tänze bei stundenlangen Milongas hingegeben, danach hatte der flotte Charleston sie erobert. Ihr letzter gemeinsamer Tanz war ewig her. Zurzeit sah sie ihren Vater fast häufiger als Maximilian. Für morgen Abend hatte er sie und Emma zum Abendessen in die *Stehbierhalle Grossmann* eingeladen.

Marlene wollte gerade nach der Klinke greifen, da öffnete sich die Tür, und Bernadette Beierlein kam aus Maximilians Büro. Die junge Frau schaute sie erschrocken an und flüchtete dann regelrecht aus ihrem Blickfeld.

Maximilian und die Medizinalpraktikantin? Marlenes Herzschlag setzte aus. Sie stand stocksteif da, unfähig, der jungen Frau nachzulaufen und sie zur Rede zu stellen. Albert braucht meine Hilfe!, erinnerte sie sich. Für das Leben des Jungen musste sie ihre privaten Probleme jetzt erst einmal zurückstellen!

Im Büro saß Maximilian nach vorn gebeugt auf seiner ledergesteppten Couch und starrte seine blank polierten Schuhspitzen an, als könne er ihr jetzt nicht in die Augen sehen. Erst als Marlene so nah wie beim Tanzen vor ihm stand, schaute er auf. Für den Hauch einer Sekunde sah sie etwas in seinen Augen aufflammen, dass dort länger nicht gewesen war. Vermutlich stammte es von der Erinnerung an den letzten Tangotanz mit der Medizinalpraktikantin.

»Ich habe einen Vorschlag, wie wir Albert vielleicht retten können«, sagte Marlene bemüht sachlich. In Gedanken jedoch sah sie Maximilian mit Fräulein Beierlein tanzen. Sie musste sich räuspern, bevor sie weitersprechen konnte. »Seit letzter Woche haben wir gereinigtes Penicillin vorliegen!«

»Das soll Albert retten?« Maximilian klang, als würde sie überlegen, ihn mit Lutschbonbons zu heilen.

»Alle Mäuse, denen wir im Labor Penicillin gegeben haben, konnten von ihren Bakterien befreit werden«, gab Marlene überzeugter zurück. »Es ist auf jeden Fall aussichtsreicher, als einfach nur abzuwarten und zu hoffen.«

Maximilian erhob sich vor Marlene, als würde er sie küssen wollen, aber ging doch nur um sie herum zur Bürotür. »Das will und kann ich nicht allein entscheiden. Benjamin muss zustimmen und die Mutter des Jungen auch. Aber vorher will ich mit Adalbert Czerny darüber sprechen.«

»Wir haben keine Zeit für lange Gespräche«, beharrte Marlene.

»Ich weiß«, entgegnete er. »Deswegen wäre es besser, wenn du dich gleich darum kümmern würdest, den Professor ans Telefon zu bekommen.«

Marlene folgte Maximilian ins Büro des Ärztlichen Direktors, wo das nächste Telefon stand. Benjamin Levy schien auch in der Klinik übernachtet zu haben. Sie fanden ihn vor seiner geöffneten Bar stehend, mit zwei leeren Flaschen Rotwein zu seinen Füßen.

Wackelig wandte er sich ihnen zu. »Meine alten Freunde«, lallte er und breitete seine Arme aus, wobei ihm der Rotweinkelch aus der Hand glitt und auf dem Boden zerbarst. »Kommt her, und feiert mit mir, dass ich mich mit der begehrenswertesten Frau von ganz Berlin überworfen habe. Marie-Luise weigert sich, die Klinik je wieder zu betreten.«

»Benjamin, es geht jetzt um etwas anderes. Und zwar

um die Behandlung des schwerkranken Albert Kopetzke«, sagte Marlene in drängendem Ton. »Wir wollen ihm Penicillin geben.« Sogar mit Abstand konnte sie seine Alkoholfahne riechen.

Maximilian führte seinen Freund erst einmal aus den Scherben fort. »Ben, du musst nach Hause, dich ausschlafen!«

»Ich bin gescheitert und reiße alle anderen mit in den Abgrund«, jammerte Benjamin. Sein Verhalten war beschämend.

Marlene rief den Pförtner, der gerade den Rollladen am Pförtnertresen hochzog, und wies ihn an, ein Automobiltaxi an den Hintereingang zu bestellen. Wie es aussah, würden sie ihre Entscheidung für oder gegen Penicillin ohne den Ärztlichen Direktor fällen müssen.

Während Maximilian Benjamin Levy zum Hintereingang brachte, ließ Marlene sich mit der Charité verbinden. Zum Glück war Professor Czerny selbst um diese frühe Zeit schon an seinem Arbeitsplatz. Knapp schilderte Marlene den ernsten Zustand von Albert Kopetzke und bat darum, das mühsam gewonnene konzentrierte Penicillin für den Jungen verwenden zu dürfen. Professor Czerny sagte zu, bestand jedoch darauf, das Medikament persönlich vorbeizubringen.

Als Marlene das Büro von Benjamin Levy verließ, kam ihr Maximilian wieder entgegen. »Ich möchte nicht die Verantwortung für dein Penicillin übernehmen«, sagte er so distanziert, als spräche er mit irgendeiner Kollegin.

»Gut«, antwortete sie nach kurzem Zögern. »Dann übernehme ich die Verantwortung eben allein!« Sie rauschte davon, damit er ihre feuchten Augen nicht sah.

Zurück im Turmzimmer der HNO, übergab die Nachtschwester gerade an die Tagesschwester. Marlene nahm Alberts Mutter beiseite und erklärte ihr die Chancen, aber auch die Risiken einer Penicillingabe. Es konnte passieren, dass der Junge allergisch auf das Antibiotikum reagierte oder gastrointestinale Störungen auftraten.

»Bitte retten Se meenen Albert!« Frau Kopetzke drückte den Säugling so fest an ihre Brust, als hätte sie in diesem Moment Angst, auch den kleinen Franz zu verlieren.

»Danke, dass Sie uns vertrauen«, entgegnete Marlene und streichelte Franz über das von einem zarten Haarflaum bedeckte Köpfchen.

*

Eineinhalb Stunden nach dem Telefonat traf Professor Czerny mit dem Penicillin in der Kinderklinik ein. Trotz seiner Zweifel bestand Maximilian darauf, bei der Gabe des Antibiotikums anwesend zu sein. Mehrmals glitt sein Blick zu dem mageren Säugling, den Frau Kopetzke in einem leeren Nachbarbett schlafen gelegt hatte.

Professor Czerny überließ Marlene die Ehre, die erste Dosis deutschen Penicillins einem Menschen zu verabreichen. Später würde sie ihr Vorgehen genauestens dokumentieren.

»Das Antibiotikum sollte binnen weniger Stunden seine Wirkung entfalten«, erklärte Marlene Frau Kopetzke aufmunternd, dann beugte sie sich über Albert. »Wir schaffen das zusammen«, sagte sie und streichelte ihm die unruhige Hand.

Professor Czerny hob den Kopf des Jungen an, Marlene gab ihm die kostbare Medizin aus einem Becher zu trinken. Albert schaffte es gerade so, den Mund etwas zu öffnen.

Dann vergingen Stunde um Stunde, ohne dass Marlene, Professor Czerny und Frau Kopetzke das Turmzimmer verließen. Maximilian war auf eine andere Station gerufen worden. Irgendwann schlief Alberts Mutter im Bett bei Franz ein, Marlene deckte beide zu. Der Schlaf würde ihr guttun. Frau Kopetzke war so ausgezerrt, dass sie vermutlich keinen Tropfen Milch in ihren Brüsten hatte. Schwester Vera gab Franz die Flasche, als er aufwachte.

Fieberhaft notierte Professor Czerny jede noch so kleine Beobachtung. Marlene sprang bei jeder Regung von Albert in der Hoffnung auf, er würde gleich die Augen öffnen. Einmal murmelte er etwas von einem »rot karierten Kleid mit weißem Kragen«. Ob das Penicillin Halluzinationen erzeugte?

Weder zehn noch zwanzig Stunden nach Gabe des Medikaments zeigte es seine Wirkung. Marlene war am Boden zerstört, Professor Czerny sprachlos. Es war also doch unabwendbar: Albert würde sterben.

***

22

Anfang Juni 1930
Noch 85 Tage bis zur Schließung

Zu Theodors Enttäuschung waren sie zum Kleben der Plakate nicht in Zweier-, sondern Vierergruppen eingeteilt worden. Bevor es losging, wusch er in einer Blechwanne alte Leimreste aus Tapezierbürsten. Die stammten noch vom letzten Einsatz, bei dem er nicht dabei gewesen war, weil er sich da noch dem Diktat seiner Mutter gebeugt hatte. Immer freitags machten sich die Kleberkolonnen auf.

Statt einer Woche hatte er schreckliche sechs Wochen auf den heutigen Tag warten müssen. Wider sein Bitten hatte seine Mutter nicht nur mit seinem Lehrer, sondern auch noch mit dem Direktor gesprochen. Sie musste sehr ungehalten aufgetreten sein, denn jeder Unterprimaner des Gymnasiums am Kreuzpfuhl wusste inzwischen, dass Emma Vogel für die Schule Hausverbot erteilt worden war. Theodor selbst durfte die Villa nur für den Unterricht verlassen. Es war unfassbar, wie seine Mutter immer noch über seinen Kopf hinweg über sein Leben bestimmte.

Die Tage, in denen er Johannes nicht näherkommen konnte, waren die Hölle gewesen. In der Schule war dies unmöglich, weil er dort unter ständiger Beobachtung stand.

Heute dann hatte er es nicht mehr ausgehalten, war aus der Villa geschlichen und in den *Ordensritter* gekommen. Er verstand bis zu dieser Stunde nicht, warum seine Mutter ihn gezwungen hatte, mit ihr von zu Hause wegzugehen. Wäre er bei seinem Vater geblieben, hätte er sicher nicht so lange auf einen vertrauten Moment mit Johannes warten müssen. Vor lauter Arbeit hätte Kurt vermutlich allem zugestimmt. Andererseits: Sofern es stimmte, was seine Mutter dem Vater vorwarf, hatte er die Familie auseinandergebracht. Und deswegen würde Theodor weiterhin den Hinterausgang nehmen, wenn er Kurt am Schultor stehen sah. Gerade hatte er mehr als genug von seinen Eltern. Endlich war er wieder bei Johannes, warum überhaupt dachte er jetzt so viel an seine Familie?

Vorsichtig schielte Theodor zu Johannes hinüber, der gerade dabei war, einen dicken Stapel Plakate in einen Handkarren zu wuchten. Schon im nächsten Moment verstellten gleich mehrere Kameraden Theodor die Sicht auf den athletischen Körper seines Freundes.

Eine Hand landete auf seiner Schulter, erst da löste er seinen träumerischen Blick von Johannes.

»Es freut mich zu sehen, dass du den Wahlkampf unserer Partei so tatkräftig unterstützen wirst«, sagte Richard Rademacher und klopfte Theodor anerkennend auf die Schulter. »Wir dürfen die Worte von Doktor Goebbels nicht vergessen: ›Ihr seid die Kraft des Wandels weg von Hunger und Arbeitslosigkeit. Hört nicht mehr auf eure Eltern, die euch nur einengen.‹«

»›Macht euch frei, werdet endlich frei‹«, führte Theodor das Zitat des Berliner Parteichefs fort. Er wollte selbst entscheiden, wohin er ging und was er tat.

»Sehr gut, Junge«, lobte Rademacher und zeigte sein breitestes Grinsen. »Es freut mich ganz besonders, dass wir dich doch noch auf die richtige Seite retten konnten«, sagte er in einem vertraulichen Ton, der gar nicht zu ihm passte, wie Theodor fand.

Der Lehrer hielt ihm einen Stapel Kleidung hin. »Sieh das als Vertrauensvorschuss. Ich weiß, dass in dir großes Potenzial steckt.«

Nicht ohne Stolz nahm Theodor die Uniform der Hitlerjugend entgegen. Darin würden die anderen ihn noch mehr akzeptieren. »Ich werde Sie nicht enttäuschen«, versprach er und zog sich in den Toilettenraum der Kneipe zurück, wo er sich umzog.

Als er im beigen Hemd mit roter Armbinde und Wildlederhose zurück im Saal war, kam Johannes sofort zu ihm. »Siehst gut aus«, fand er und richtete ihm noch das schwarze Halstuch.

Theodor erschauderte unter seinen Berührungen.

Johannes war nicht anzusehen, ob er Theodors Gefühle bemerkte. Er wandte sich den anderen beiden aus dem Klebetrupp zu. »Können wir los?«

Theodor schnappte sich die Kleisterbürsten und den Kleister und stellte ihn in den Handwagen zu den Plakaten, dann verließen sie den *Ordensritter* und radelten mit dem Handwagen am Gepäckträger los. Johannes fuhr voran ins nördliche Weißensee und danach bis nach Heinersdorf.

Theodors Aufgabe war das Einkleistern der Plakate, Bertram und Johannes klebten, und Georg stand für den Fall Schmiere, dass sie nicht Litfaßsäulen, sondern Häuserwände beklebten. Johannes hatte eine Liste, auf der die potenziellen Klebestellen aufgelistet waren, manchmal entschieden sie sich auch spontan. Das erhöhte den Reiz des Verbotenen.

Unter der Fuchtel seiner Mutter verhielt sich Theodor stets nur gesittet, weswegen er es heute besonders genoss, sich in Gefahr zu begeben, um dann vielleicht gar von Johannes gerettet zu werden.

Je mehr Plakate sie klebten, desto mehr Mühe hatte er, sich auf seine Arbeit und nicht auf den Klassensprecher zu konzentrieren. Erst als sie in Weißensee zurück waren, hatte er überhaupt ein Auge dafür, was auf dem Wahlplakat abgebildet war. Wie die meisten Bilder und Plakate der Partei war auch dieses in den Farben Rot, Weiß und Schwarz gehalten. Es zeigte einen Mann mit fliegendem Haar, der dem Betrachter mit gestrecktem Arm entgegenstürmte. Am oberen Rand stand »Das Volk steht auf!«. Das Auffälligste war das schwarze Hakenkreuz vor weißem Hintergrund, übergroß in der Mitte. Ihn selbst sprach das Plakat nicht unbedingt an, aber er kannte sich mit solchen Dingen wie Wahlwerbung auch nicht aus.

Zur Dämmerung trafen sie am Antonplatz ein. Theodors Blick blieb am *Berliner Hof* hängen, wo noch Betrieb war. Das Restaurant war die edelste Lokalität in Weißensee, mit Marmorböden und Champagner so teuer wie eine Monatsmiete in der Buschallee. Vor der großen Krise war sein Onkel Maximilian dort gerne essen gegangen. Kaum merklich zuckte Theodor zusammen, als er am äußersten Tisch der Terrasse die Gräfin von Weilert entdeckte. Sie saß allein dort und trug ein langes Kostüm mit mehreren Perlenketten um den Hals und dazu dünne Seidenhandschuhe. Selbst wenn sie sich tagelang nur in der Villa aufhielt, trug sie diese Art vornehmer Kleidung. Seitdem er sie kannte, wirkte sie stets in sich gekehrt und auf eine verbitterte Art einsam. Obwohl er schon eine Woche lang im selben Haus mit ihr wohnte, hatten sie nie mehr als ein paar höfliche Grußworte miteinander gewechselt. Sie schien sich genauso wenig zur Familie zugehörig zu fühlen wie er gerade.

In diesem Moment schaute die Gräfin auf.

Reflexartig trat Theodor hinter Johannes. Wenn die Gräfin ihn gesehen hatte und es seiner Mutter erzählte, wäre er geliefert.

»Trauen wir uns, auch Plakate ans Kino zu kleben?«, fragte Johannes mit verschwörerischem Blick in die Runde. Ohne Erlaubnis des Eigentümers durften Häuserwände nicht beklebt werden, das wusste Theodor, war aber der Erste, der mit geschwellter Brust antwortete: »Na klar!«

Johannes schenkte ihm ein anerkennendes Lächeln, das ihn weiter ermutigte.

Sie warteten noch mit dem Kino, bis es dunkel war, und stellten ihre Fahrräder in einer Seitenstraße ab. Gegen zweiundzwanzig Uhr war niemand mehr auf dem Antonplatz unterwegs, sodass sie sich ans Werk machen konnten. Die Straßenbeleuchtung war wegen kommunaler Geldprobleme schon seit Monaten ausgeschaltet. Es war stockfinster. Der Gesang einer Nachtigall erfüllte den Platz.

Theodor war der Eifrigste von ihnen und kleisterte ein Plakat nach dem anderen ein. Jetzt nahm er auch das Anbringen selbst in die Hand und wagte es sogar, ein Plakat mitten auf den gläsernen Schaukasten mit der Ankündigung des nächsten Films zu bringen. In der gleichen Uniform wie seine Freunde fühlte er sich unverwundbar. Als das Kino schließlich mit einem Dutzend Wahlplakaten zugekleistert war, rannten sie zu ihren Fahrrädern zurück.

»Wollen wir uns auch noch ans Rathaus wagen?«, fragte Bertram.

»Ich bin dabei!« Wieder war Theodor der Erste, der losradelte.

Während sie fuhren, setzte jedoch ein Regenschauer ein, der bald in einen Sturzregen überging. Sie entschieden, doch erst kommenden Freitag beim Rathaus weiterzumachen, obwohl Theodor noch bis Mitternacht hätte kleben können.

Sie fanden im Tordurchgang eines Wohnhauses Unterschlupf vor dem Unwetter. Johannes rollte die übrig gebliebenen Plakate zusammen und steckte sie sich unter die Jacke, die er eben übergezogen hatte. »Ich bringe die zu mir nach Hause, das geht schneller, als jetzt noch mal zum *Ordensritter* zu fahren.«

»Ich kümmere mich um den Handwagen mit den Bürsten und dem Kleber«, sagte Theodor. Für die anderen Jungen gab es nichts mehr zu tun.

»Gut gemacht, wir sind eine prima Kleberkolonne«, lobte Johannes, dann radelten die anderen beiden nach Hause. Theodor schwang sich auf sein Fahrrad und wollte sich schon die unendlich langen Tage bis nächsten Freitag vorstellen, als Johannes sich mit einem Fuß auf dem Pedal noch einmal umwandte. »Wir können den Handwagen und das Bürstenzeug auch bei mir im Keller unterstellen. Wäre nicht so gut, wenn deine Mutter das sieht, schätze ich.«

Theodor nickte angetan und folgte Johannes mit klopfendem Herzen. Sein Kamerad wohnte in der Lehder Straße, wo auch Willy Pinke lebte, nur am anderen Ende. Die Straße gehörte zu Weißensees Industrieviertel, in dem die Kinder gewöhnlich nicht auf das Gymnasium gingen.

»Wollen wir oben noch ein Bier zischen?«, fragte Johannes, nachdem sie die Klebeutensilien samt Handkarren verstaut hatten. »Ich bin noch kein bisschen müde.«

Kurz darauf hockte Theodor in Ermangelung einer zweiten Sitzgelegenheit auf Johannes' Bett. Aufmerksam schaute er sich im privaten Reich seines Freundes um. Er wollte mehr von Johannes wissen. Die Dachwohnung war winzig, die Wände roh, nicht tapeziert, und es roch modrig wie in einem Keller, aber das störte ihn kein bisschen. Das Zimmer erinnerte ihn an die Wohnung in der Langhansstraße, in der er mit seiner Mutter gewohnt hatte, als er noch klein gewesen war. Schnell schob er den Gedanken an seine Familie fort.

Johannes kam mit zwei Flaschen Bier an und ließ sich neben Theodor mit dem Rücken an der Wand aufs Bett sacken.

»Du hast's gut, hast eine eigene Wohnung! Hier stört dich niemand.« Heimlich fragte Theodor sich, ob Johannes' Eltern tot waren. Oder was war der Grund dafür, dass er allein lebte?

Johannes beugte sich Theodor entgegen. »Fragst dich jetzt bestimmt, wo meine Eltern sind, oder?«

Theodor nickte verblüfft. Standen ihm seine Gedanken und Gefühle wirklich so deutlich ins Gesicht geschrieben?

Dann kam Johannes unverschämt nah an Theodor heran. »Kannst du ein Geheimnis für dich behalten?«

Theodor schoss das Blut ins Gesicht, bestimmt lief er vor Aufregung hochrot an. So nah war er Johannes noch nie gewesen. Sein Freund roch nach frischem Schweiß, wie ein starker Held. Theodor betete, dass ihm nicht gleich wieder eine Beule in der Hose wuchs.

»Ja«, antwortete er mit trockenem Mund.

»Meine Eltern sind nicht tot, aber Sozialdemokraten so wie deine«, verriet Johannes ihm. »Damit ich es leichter auf dem Gymnasium habe, bin ich ausgezogen. So bin ich politisch – nennen wir es – ›unauffällig‹. Für ein Stipendium fürs Studium brauche ich Bestnoten.«

Theodor war beeindruckt von Johannes' Konsequenz. Mit sehnsüchtigem Blick fuhr er jeden Zentimeter seines Gesichts ab, das von festem braunen Haar gerahmt war. So dringend wollte er ihn berühren, endlich wissen, wie er sich anfühlte.

»Danke für deinen Hinweis, wie ich bessere Noten bekomme«, sagte er, anstatt zu handeln. Er hasste sich für seine Feigheit. »Ohne dich hätte ich meine Zukunft vergessen können. Du bist … du bist …« Theodor hatte noch nicht zu Ende gesprochen, da kamen Johannes' Lippen auf seine, und sein muskulöser, harter Körper drängte sich gegen Theodors, dem vor Glück ganz schwindelig wurde.

***

23

Ende Juni 1930
Noch 65 Tage bis zur Schließung

Emma stellte die Kräuterlimonade und ein *Kindl* auf das Tablett. Die Abendsonne schien in die Küche der von Weilerts und tauchte ihr Gesicht in ein warmes Rot. Gedankenversunken verharrte sie. Wann war sie eigentlich das letzte Mal so richtig glücklich gewesen? Beim Einzug in die neue Wohnung?

Mit der überraschenden Einführung von Marie-Luise als neuer Oberin hatten ihre Sorgen begonnen und seitdem nicht geendet. Es sah ganz danach aus, dass sie dazu verdammt war, unglücklich durchs Leben zu gehen. Zumindest schien sie Männer anzuziehen, die sie betrogen. Wenn Kurt doch nur aufhören würde, ihr weiter nachzustellen. Schon viermal hatte sie ihn aus der Kinderklinik fortgeschickt. Seine Erklärungen, wie es zu dem Lippenstift an seinem Hals gekommen war, wollte sie nicht hören. Es würde ja doch nur peinlich werden – wie bei Tomasz damals auch. Da konnte Marlene ihr so oft ans Herz legen, mit Kurt zu reden, wie sie wollte.

Trotz allem hatte sie noch keine Vorstellung davon, wie ihr Leben ohne Kurt aussehen konnte. Tief in ihrem Inneren, und am liebsten wollte sie das ignorieren, sträubte sich etwas dagegen, eine Zukunft ohne ihn zu planen. Beim Gedanken an eine offizielle Trennung begann sie zu schwitzen und wurde fahrig. Außerdem waren da noch die Kinder, die im Begriff waren, ihren Vater zu verlieren. Seitdem sie mit ihnen zu Marlene gezogen war, schlief Elisabeth kaum eine Nacht durch. Täglich fragte sie nach dem Vater.

Maximilian erschien in der Küche und riss sie aus ihren Gedanken. »Guten Abend, Emma.« Er trug Tanzkleidung und war piekfein zurechtgemacht. Sein blondes Haar glänzte vor Pomade.

Emma nahm das Tablett mit den Getränken auf, um ihm nicht im Weg zu stehen. Sie lebte schon viel zu lange in seinem Haus, war mit den Kindern in einer Nacht-und-Nebel-Aktion in sein Reich eingedrungen. Aber von ihrem mageren Schwesternlohn hätte sie bei den aktuellen Mietpreisen nicht einmal eine Einraumwohnung bezahlen können.

Maximilians Blick blieb am *Kindl*-Bier hängen. »Ist euer Vater da?«

Emma nickte zögerlich. Für ihren Schwager konnte es so aussehen, als breitete sich ihre Familie hier immer weiter aus.

Maximilian stellte eine Flasche mit dunkelgelber Flüssigkeit, die aussah wie ein übergroßer Parfümflakon, und ein schweres Glas auf Emmas Tablett. »Dieser irische Whiskey könnte Joseph schmecken. Sag ihm Grüße von mir.«

Emma wollte schon nachhaken, ob sie Marlene auch grüßen sollte, aber das kam ihr doch wie eine Einmischung vor. »Gehst du tanzen?«, rief sie ihm zaghaft hinterher. »Tanzen mit …« Es erging ihr mit dem Namen der Medizinalpraktikantin wie mit dem von Kurts Chefin: Sie bekam ihn einfach nicht mehr über die Lippen.

Maximilian schaute Emma länger an. »Will Marlene das wissen?« Kurz flackerte etwas in seinen grünen Augen auf, das Emma nicht zu deuten wusste.

Aber sie konnte nur betroffen den Kopf schütteln. »Ich frage einfach so.« Eigentlich wollte sie wissen, ob Maximilian genauso so ein Fremdgänger wie Kurt war, auch wenn sie ihn – aus Dankbarkeit, weil er sie und die Kinder hier wohnen ließ – vermutlich nie darauf ansprechen würde. Oder doch?

Maximilian straffte sich und sagte: »Einen schönen Abend noch.«

Emma seufzte tief. Sie hatte immer geglaubt, dass Maximilian und ihre Schwester *das* Traumpaar waren, das nichts und niemand auseinanderbringen konnte. Wenigstens wagte sie noch zu hoffen, dass niemals etwas oder jemand Marlene und sie entzweien würde. Ihre Schwester war gerade ihre einzige Kraftquelle: für sie und für so viele andere. Emma konnte nicht nachvollziehen, wie Marlene trotz des Reinfalls mit dem Penicillin weiter optimistisch blieb.

An manchen Tagen fühlte sie selbst sich so unsicher wie als Siebzehnjährige, die gerade erst nach Weißensee gekommen war. Nur wenn Marlene auf die Rettung der Kinderklinik zu sprechen kam, wandte Emma sich von ihrer Schwester ab. In ihren Augen war der Rettungsversuch ein aussichtsloses Unterfangen. Marie-Luise hatte die Krankenhausaufsicht nicht dazu bewegen können, die Androhung der Schließung zurückzuziehen.

Das Tablett mit den Getränken vor sich herbalancierend, ging Emma ins erste Obergeschoss. Noch immer hatte sie sich nicht an die langen Wege und die Weitläufigkeit in der Villa gewöhnt. Als sie vor dem Herrenzimmer ankam, verließ Theodor gerade »sein« Gästezimmer.

»Bitte sei vor Sonnenuntergang zurück«, rief sie ihm hinterher.

Seit einiger Zeit war ihr Sohn deutlich besser gelaunt. Er schien ihr verziehen zu haben, dass sie mit seinem Lehrer und dem Direktor gesprochen hatte. Dennoch würde sie ihn weiterhin im Auge behalten.

Joseph kam ihr entgegen. »Komm, ich nehme dir das Tablett ab.«

Er stellte die Getränke auf den Glastisch im Herrenzimmer, der Mittelpunkt einer gemütlichen Sesselrunde war.

Emma ließ sich in den Sessel mit Blick zum Fenster sinken und horchte kurz hinüber in Richtung Schlafzimmer, ob ihre Tochter womöglich nach ihr rief, aber es blieb still.

Marlene nahm ihr Glas mit Kräuterlimonade als Letzte auf. Anstatt das schwungvoll vorgetragene »Prosit« von Joseph zu erwidern, fragte sie nachdenklich: »Würdest du sagen, dass unsere Mutter trotz allem eine glückliche Frau war?«

Joseph trank einen genüsslichen Schluck Whiskey, lehnte sich dann im Sessel zurück und drehte das schwere Glas in seiner Hand, bevor er antwortete: »Wann immer sie glücklich war, war sie jedenfalls bezaubernd.«

»Ich verstehe. Du hast sie unglücklich gemacht«, erwiderte Emma und hatte Mühe, ihre Empörung zurückzuhalten. Die Männer waren doch alle gleich! »Hast du damals eine andere Frau gehabt?« Sie erkannte ihre Stimme selbst kaum wieder. In solch anklagendem Ton sprach sie sonst nie.

Marlenes fragender Blick bohrte sich in sie, aber Emma tat so, als bemerke sie es nicht.

Joseph lächelte Emma unbeirrt an und erklärte: »Eure Mutter war immer glücklich, wenn ihr in ihrer Nähe wart.« Sein Blick wanderte zur Mitte des Raumes und wurde starr, als erschienen ihm Bilder aus glücklicheren Zeiten in seiner Vorstellung. »Und ich weiß, dass du gerade eine schwere Phase wegen deiner Trennung von Kurt durchmachst«, sprach Joseph weiter.

»Wir sind noch nicht getrennt«, gab Emma zurück. Sie rieb sich die Arme, damit ihre Gänsehaut verschwand.

»Ich habe immer nur Elisabeth geliebt«, sagte Joseph. »Nachdem sie mich fortgeschickt hatte, dauerte es Jahre, bis ich eine andere Frau in mein Leben ließ. Aber keine reichte je an Elisabeth heran, immer wieder verglich ich die andere mit ihr ...«

»Du hast all die Jahre nicht wieder geliebt?«, fragte Marlene, beugte sich ihm entgegen und schaute ihn mitfühlend an.

Joseph schüttelte den Kopf. »Ohne Elisabeth habe ich mich immer einsam gefühlt.«

»Einsam«, wiederholte Emma versunken.

Marlene wechselte das Thema und berichtete nun über die schwierige Rettung der Kinderklinik, vom untätigen Ärztlichen Direktor, dem letzten theoretischen Unterricht und wie unmotiviert die Elevinnen auf den Stühlen gesessen und nicht einmal mitgeschrieben hatten.

Das überraschte Emma nicht. Sie hatte schon von Vera gehört, dass die Schwesternschülerinnen bei den praktischen Übungsstunden ebenfalls gelangweilt und teilnahmslos waren. »Dass irgendeine der Elevinnen ihre Prüfung besteht, wage ich zu bezweifeln«, sagte sie. Besser, sie schickten sie alle zum nächsten Ersten zu ihren Eltern zurück. Das ersparte der Klinik eine weitere Blamage.

Marlene ging nicht auf Emmas Bemerkung ein und berichtete stattdessen, dass sie die hauseigene Pflegeordnung um moderne Anforderungen anderer Häuser ergänzt hatte und es nun wichtig sei, dass die gesamte Schwesternschaft diese auch umzusetzen lerne.

Emma ahnte, warum Marlene sie bei diesen Worten anschaute: Diese Aufgabe war wie gemacht für sie. Mit ihrer langjährigen Erfahrung in der Kinderpflege war sie selbst Marie-Luise, die vor allem in der Pflege von Erwachsenen bewandert war, weit voraus. Emma sagte trotzdem nichts dazu, denn ihre Familie, vor allem ihre Kinder sollten doch endlich Priorität haben. Außerdem fühlte sie sich nach jedem Dienst so schlapp und trostlos, dass sie der Rettungsgruppe ganz sicher keine Hilfe gewesen wäre.

»Wenn ich dir, Lene, einen Rat geben darf«, ergriff Joseph wieder das Wort. »In meinen Augen habt ihr nur dann eine Chance, die Kinderklinik zu retten, wenn euer Ärztlicher Direktor mit im Boot sitzt.« Er nahm einen großen Schluck vom Whiskey. »Wenn er nicht motiviert ist, die Klinik zu retten, fällt es der Belegschaft deutlich schwerer, an den Erfolg des Unterfangens zu glauben. Der Fisch stinkt vom Kopf her.«

»Du hast vollkommen recht«, erwiderte Marlene gedankenversunken. »Ich muss Ben auf jeden Fall mit ins Boot holen. Er muss sich endlich richtig engagieren, anstatt nur lethargisch seine Anwesenheitspflicht zu erfüllen.«

Sie sprachen auch über die Rolle der Presse bei der Klinikrettung und wie schwer es war, die negativen Schlagzeilen abzuwehren.

Irgendwann stellte Joseph sein Whiskeyglas ab. Emma war froh, dass ihr Vater mit keinem Wort nach ihrem Beitrag zur Rettung gefragt hatte.

»Ich wollte heute Abend noch eine andere Sache mit euch besprechen«, sagte Joseph.

Emma und Marlene tauschten einen fragenden Blick.

»Ich werde in den nächsten Wochen eine Reise ins Hessische antreten«, eröffnete er.

»Das ist doch schön«, murmelte Emma. »Einmal dem Ganzen hier entfliehen.«

»Wie lange?«, fragte Marlene.

Emma fiel sofort auf, wie unruhig ihre Schwester wurde. Marlene wischte sich ihre wohl feuchten Hände am Rock ab.

»Ich schätze, dass ich noch vor den Wahlen wieder zurück bin. Ich bereite eine Überraschung für euch vor«, erklärte Joseph.

Nervös rückte Marlene ihre Brille zurecht. »Und du wirst sicher wiederkommen?«

Joseph legte seine Hände eine, zwei, drei Sekunden lang auf ihre Schultern. »Vertrau mir, mein Mädchen.« Väterlich küsste er erst Marlene und dann Emma auf die Stirn.

*

Eigentlich hätte Emma sich freuen sollen, weil Gertrude Klein komplett vom Keuchhusten genesen war und Folgeschäden ausgeschlossen werden konnten. Und ganz offensichtlich war aus dem eingeschüchterten, steifen Mädchen über die Monate des Klinikaufenthaltes eine fröhliche, unbeschwerte Persönlichkeit geworden. Aber Emma konnte nicht lächeln, als sie mit der kleinen Patientin an der Hand das Keuchhustenhaus verließ. Gertrude wollte erneut nach dem kranken Albert schauen, und da Emma wegen der stetig sinkenden Patientenzahlen immer weniger zu tun hatte, nahm sie sich Zeit dafür. Allein die Tatsache, dass Albert noch lebte, obwohl das Penicillin nicht gewirkt hatte, kam einem Wunder gleich. Von Marlene wusste sie, dass Alberts Herz weiter an Pumpkraft verlor, was seinen Körper zusätzlich schwächte. Durfte eine Kinderkrankenschwester auch mal hoffnungslos sein? Emma wollte es am liebsten verdrängen, aber insgeheim befürchtete sie jeden Tag, dass Albert nur noch wenige Stunden blieben.

Als sie durch den Klinikpark gingen, stürmte Elevin Renate wütend aus dem Hörsaal und an Emma und Gertrude vorbei. »Das ist kein theoretischer Unterricht, sondern eine Quälerei!«, schimpfte sie.

Emma fand eher, dass die jungen Damen viel zu lange geschont und verwöhnt worden waren. Jetzt, wo Marlene mit Blick auf die Prüfungen das Lernpensum steigerte und die Inhalte vertiefte, waren die Schwesternschülerinnen vermutlich überfordert. Bei Stationsschwester Grete schienen die Lehrstunden zu den Hygienestandards besser zu laufen – zumindest hatte Emma keine der Elevinnen bisher wütend davonlaufen sehen.

Emma konzentrierte sich wieder auf Gertrude. Das Mädchen trug jenes gerüschte Tüllkleid und die lacküberzogenen Schuhe mit kleinen Absätzen, die ihr ihre Eltern einst mitgebracht hatten. Gegen elf Uhr würden die Kleins kommen und ihre Tochter abholen. Sie hatten sich erbeten, mit ihrem Luxusautomobil bis an das Keuchhustenhaus heranzufahren, damit sich Gertrude bei der Entlassung nicht beim

Gang »durch den für ein herzkrankes Kind viel zu weitläufigen Park« überanstrengte. Stationsschwester Grete hatte es ausnahmsweise erlaubt, um jede weitere Beschwerde bei der Krankenhausaufsicht zu vermeiden.

Emma nickte den Wachleuten am Eingang des Haupthauses zu, dann betrat sie das Gebäude und nahm mit Gertrude Stufe um Stufe zur Krankensaaletage. Mehrmals musste sie das Mädchen ermahnen, nicht zu eifrig vorneweg zu laufen.

Im Turmzimmer der HNO saßen wie so oft Willy Pinke und Elwira Scharinski am Bett des kranken Jungen. Willy las Albert aus einem Zauberlehrbuch vor, obwohl der Junge nicht hinzuhören schien. Seine frühere Unruhe war in Antriebslosigkeit umgeschlagen.

Elwira stützte Willy beim Lesen, der in den letzten Monaten um Jahre gealtert zu sein schien. Müde schaute er von seinem Zauberbuch auf, sein Backenbart war seit Wochen nicht mehr gestutzt worden. Dabei war es gar nicht so lange her, dass er Emma beim Wiedersehen herzlich umarmt hatte. Heute musste ein trübseliger Blick genügen.

Gertrude prüfte als Erstes, ob der Glücksgroschen noch unter Alberts Kissen lag, was auch der Fall war. Stationsschwester Vera achtete stets darauf, dass die Münze beim Wechseln der Bettwäsche und beim Herrichten des Krankenbettes nicht verloren ging.

Gertrudes Kleid raschelte vornehm, als sie mit ihrem Mund an Alberts Ohr kam und flüsterte: »Zaubernder Albertus, hier ist deine Freundin Gerti. Ich werde heute entlassen und wollte dir noch sagen, dass ich versuchen werde, dich bald wieder zu besuchen.«

Alberts Mundwinkel zuckten daraufhin, als würde er

versuchen zu lächeln. Stattdessen lief eine Schweißperle seine Schläfe hinab, und er schnappte nach Luft. Aus der Krankenakte wusste Emma, dass Alberts Herzinsuffizienz zu Wassereinlagerungen an Fußrücken und Schienbeinen geführt hatte und sein Blutdruck gefährlich gestiegen war. Sie schaute unter die Bettdecke und war erschrocken, wie angeschwollen seine Füße waren.

Gertrude tupfte Alberts Schweiß mit dem Ärmel ihres Rüschenkleides weg. »Lirum, larum, Besenstiel«, sprach sie beschwörend, »Gesundwerden ist ein Kinderspiel! Bitte, Albert, du musst weiterleben. Ich habe es auch geschafft, und du bist doch so viel stärker als ich.«

Willy Pinke schniefte hoffnungslos.

Emma streichelte Gertrude den Kopf, die sich nun ganz verzweifelt an den todkranken Albert schmiegte. Sie ließ das Mädchen einen Moment gewähren, dann zog sie es sanft fort. Albert brauchte vor allem Ruhe. Mit gesenktem Kopf trottete Gertrude zur Tür.

»Das Kleid für Gerti!«, presste Albert plötzlich mit letzter Kraft hervor. Emma war sofort bei ihm, weil jede Anstrengung ihn schwindeln ließ. Vorsichtig klopfte sie ihm auf die Wangen.

Unter Gertrudes großen Augen beugte sich Elwira Scharinski über einen zerschlissenen Beutel am Fußende des Bettes. Emma half ihr, ein Häkelkleid rauszunehmen.

»Damit Gerti darin tanzen kann«, formten Alberts Lippen lautlos. Es kam nur Luft.

Gertrude nahm das Häkelkleid ehrfürchtig entgegen. »Das ist genauso rot kariert und hat einen weißen Kragen wie in meinem Traum.« Sie hielt es sich vor das Rüschenkleid und begann, sich in dem fast leeren Krankenzimmer zu drehen. Die nicht belegten Betten waren abgedeckt, damit sie nicht verstaubten.

»Ich werde tanzen, gleich heute Abend zu Hause werde ich tanzen«, rief Gertrude begeistert aus. »Und mein Herz wird nichts dagegen haben.«

Emma musste dem Glück ein Ende bereiten. »Gerti, du darfst dich trotzdem nicht überanstrengen und Albert auch nicht.«

Gertrude war kaum zu beruhigen. »Danke, Albertus, danke, Oma Schari. Es ist das schönste Kleid, das ich jemals gesehen habe!« Sie steckte das Kleid in den zerschlissenen Beutel zurück und nahm ihn wie einen Schatz an sich. »Albert, ich habe es mir gerade doch anders überlegt«, sagte sie noch. »Ich warte mit dem Tanzen, bis du wieder gesund bist. Und dann tanzen wir zusammen, einverstanden?«

Albert konnte nicht mal mehr nicken. Erneut rang er nach Luft.

Emma brachte Gertrude ins Keuchhustenhaus zurück, während die Kleine sie mit Fragen über verschiedene Tanzschritte löcherte. Während sie den ein oder anderen erklärte, packte sie die letzten Sachen des Mädchens zusammen und kämmte ihm das Haar.

Gertrude war in ihrem neuen Eifer kaum aufzuhalten – bis ihre Eltern mit einem Rollstuhl mit allen Schikanen eintrafen. Auf der Schiebestange war Gertrudes Name eingraviert, die Speichen der Räder glitzerten, und das Sitzkissen war dick gepolstert und hatte abgesteppte Nähte.

»Schau mal, welche Überraschung wir für dich besorgt haben. Ist der Rollstuhl nicht wie gemacht für dich?« Frau Klein versuchte, über die Maßen begeistert zu klingen. »Ich finde ihn wunderschön und so einzigartig wie dich.«

Gertrude beachtete die luxuriöse Fortbewegungshilfe nicht. »Ich brauche keinen Rollstuhl mehr«, sagte sie überzeugt.

Frau Klein beugte sich zu ihrer Tochter hinab. »Natürlich brauchst du ihn, mein Schatz. Du bist noch immer herzkrank und darfst dich nicht überanstrengen. Du bist lediglich vom Keuchhusten genesen, nicht mehr und nicht weniger.«

Herr Klein hatte weniger Geduld mit seiner Tochter. »Du hattest deutlich zu viel Aufregung hier, Gertrude, das ist dir nicht bekommen. Es wird Zeit, dass du endlich wieder zur Ruhe kommst.« Zügig setzte er seine Tochter in den Rollstuhl.

Gertrude presste sich den Beutel mit dem Kleid vor die Brust und verstummte. Sie fand ihre Stimme erst wieder, als ihr Vater sie auf den Flur schob.

»Ich möchte Schwester Emma noch einmal drücken«, bat Gertrude und schaute zurück zur Türschwelle, wo Emma stand und der Patientin nachwinkte.

»Na gut«, sagte Frau Klein, »aber dann wollen wir endlich nach Hause fahren. Wir haben dir einen großen Kuchen backen lassen.«

Sie ergriff die Hand ihrer Tochter, aber die machte sich gleich wieder los und sprang aus dem Rollstuhl. Dabei fiel ihr der Beutel vom Schoß, aber sie hatte nur noch Augen für Emma. Sie lief zu ihr und umarmte sie verzweifelt. Es schien fast so, als würde sie Emma nie wieder loslassen wollen.

Emma schloss die Augen bei der Umarmung, weil sie nicht sehen wollte, wie die Kleins mit den Augen rollten. Sie würde Gertrude vermissen, das war ganz sicher.

»Passen Sie gut auf Albert auf,« bat das Mädchen im Flüsterton, sodass seine Eltern es nicht hören konnten.

Emma nickte und als sie ihre Augen wieder öffnete, starrten die Kleins sie irritiert an. Solch eine innige Umarmung schienen sie länger nicht von ihrer Tochter bekommen zu haben. »Alles Gute, Gerti. Du bist ein so starkes Mädchen«, sagte Emma noch, dann löste sie die Umarmung.

»Was ist denn das hier?« Frau Klein hob den abgenutzten Beutel von Elwira Scharinski wie ein tuberkulöses Hustentuch mit spitzen Fingern an.

»Darin ist mein Tanzkleid«, beeilte sich Gertrude zu sagen und griff nach dem Beutel. Ihre Mutter hob ihn jedoch so hoch, dass Gertrude ihn nicht zu greifen bekam. Mit verkniffenem Gesicht öffnete Frau Klein das Fundstück und zog das Kleid daraus hervor.

»Ich werde bald darin tanzen«, erklärte Gertrude und nickte hoffnungsvoll. Sie war klug genug, Alberts Anteil an der Sache nicht zu erwähnen. Wenn ihre Eltern erfuhren, dass sie sich mit einem einfachen Milchjungen angefreundet hatte, würden die Kleins umfallen, mutmaßte Emma. Und sich danach beschweren, warum das von der Schwesternschaft der Klinik gebilligt worden war.

»Du, tanzen?«, fragte Herr Klein. »Das wäre dein Todesurteil. Erst gewöhnst du dir diesen flapsigen Ton an, und nun kommen noch solche Flausen? Es wird Zeit, dass diese Klinik endlich geschlossen wird!«

Emma zuckte angesichts der Aussage, schwieg aber.

Frau Klein seufzte demonstrativ, dann brachte sie das rot karierte Häkelkleid zum nächsten Mülleimer und warf es samt Beutel hinein.

»Nein!«, riefen Gertrude und Emma im Chor.

Gertrude wollte zum Mülleimer laufen, aber ihr Vater hielt sie fest. Er hob sie in den Rollstuhl zurück und schob das schluchzende Mädchen davon.

Es brach Emma das Herz, mit ansehen zu müssen, wie die Kleins den Traum ihres Kindes zerstörten. Aber einzugreifen, das stand ihr nun mal nicht zu. Trotzdem ging sie zum Mülleimer und nahm den Beutel an sich.

Mit der Entlassung von Gertrude war das Keuchhustenhaus leer. Die Isolierstation wirkte nunmehr gespenstisch. Noch nie hatte Emma das Haus in leerem Zustand gesehen. Es war nur eine Frage der Zeit, bis dies auch auf die Krankensaaletage im Haupthaus zutreffen und in den leeren Krankenzimmern jeder Laut gespenstisch hallen würde. Nur noch halbtags waren die Elevinnen auf Station, die andere Hälfte der Dienstzeit wurden sie praktisch und theoretisch unterrichtet. Seit die Oberin nicht mehr in der Kinderklinik war, entwarf Oberschwester Hertha die Dienstpläne und wusste nicht einmal halbtags etwas mit den Elevinnen auf den Stationen anzufangen, weil es kaum noch Kinder zu pflegen galt.

Emma ging zum Haupthaus hinüber, um sich bei Marlene anzulehnen. Das Leben war einfach nur mies! Auf dem Weg durch den Park fiel ihr auf, dass sich Zeitungspapier an den Bänken der Freiluftkrippe verfangen hatte. Vor ihrem inneren Auge sah sie das Gelände schon komplett verwaist und dem Verfall preisgegeben.

»Mir reicht's endgültig!« Das war die Stimme von Renate, die auf das Kliniktor zustapfte. Die Elevin hatte einen Koffer in ihrer Hand und trug Privatsachen statt Schwesternkleidung. Emma war sicher, dass weitere Elevinnen bald folgen würden.

Das wollte sie nicht mit ansehen müssen. Im Haupthaus steuerte sie auf Marlenes Büro zu, stoppte aber abrupt, als sie die aufgebrachte Stimme des Ärztlichen Direktors aus entgegengesetzter Richtung vernahm. Obwohl die Tür seines Büros geschlossen war, war Benjamin Levy gut zu verstehen. »Den ganzen Schlamassel haben wir vor allem dir zu verdanken!«, ereiferte er sich.

Emma grübelte, mit wem der Klinikdirektor in diesem Ton sprechen mochte. Er klang deutlich entschlossener als zuletzt noch.

»Aber …«, vernahm Emma eine irritierte Stimme, die sie niemandem zuzuordnen wusste.

»Die Anzeigen, die bei der Krankenhausaufsicht eingegangen sind, betreffen den Pflegebereich. Deswegen betrachte ich es auch als deine Pflicht, die Rettungsgruppe endlich zu unterstützen, statt durch Abwesenheit zu glänzen.«

Der Ärztliche Direktor war wie ausgewechselt. Beim Folgesatz wurde Emma endlich klar, mit wem Doktor Levy sich so leidenschaftlich unterhielt. »Seit Wochen schon telefoniere ich stundenlang mit der Krankenhausaufsicht, dem Gesundheitsamt und den Verantwortlichen der Weißenseer Kommune«, verteidigte Marie-Luise sich. »Es kann nur eine Frage der Zeit sein, bis sie zustimmen, die Schließungsandrohung zurückzuziehen.«

»Wir haben keine Zeit mehr!«, entgegnete Benjamin Levy. »Lass es gut sein mit deinen Anrufen. Wir brauchen dich nicht am Telefon oder unterwegs bei den Amtsträgern, sondern hier bei den Elevinnen. Sie sind frustriert und lustlos. In absehbarer Zeit wird eine nach der anderen die Klinik verlassen. Renate Witte ist schon fort.«

Schlagartig war es ruhig. Zu gerne hätte Emma jetzt das verunsicherte Gesicht von Marie-Luise gesehen.

»Die Elevinnen verlassen die Klinik?«, fragte die Oberin nach einer Weile.

»Zu dir schauen sie auf, dich bewundern sie«, setzte Benjamin Levy nach. »Du bist die Einzige, die die jungen Frauen aus ihrem Tief holen, sie zum Lernen und zu engagierter Arbeit motivieren kann. Dieses Mal aber bitte auch im Sinne einer hingebungsvollen Krankenpflege.«

Marie-Luise schwieg längere Zeit. Auch Emma dachte über das Gehörte nach. Sie hatte die Arbeit der Oberin bisher abgetan, aber es stimmte, was Doktor Levy sagte. Die Elevinnen zu motivieren, das war Marie-Luise gelungen – bisher nur mit falschen Prioritäten.

Langsam wurde Doktor Levys Stimme versöhnlicher. »Deine unerschrockene Art täte der Rettungsgruppe ganz sicher gut. Im Krieg hast du dir angeeignet, in Extremsituationen einen kühlen Kopf zu bewahren. Genau das brauchen wir jetzt!«

Wieder war es still. Wieder sann auch Emma nach. Wenn sogar Marie-Luise mithalf, durfte sie, Emma, Marlene dann bei dieser übermenschlichen Herausforderung wirklich alleinlassen? Über diesen Aspekt hatte sie noch nicht nachgedacht. Was wäre, wenn Marlene sich wieder überarbeitete und der nächste Verkehrsunfall nicht so glimpflich verlief? Sollte sie nicht doch helfen, um Schlimmeres zu verhindern? Aber niemals wieder wollte sie mit Marie-Luise Fischer zusammenarbeiten und sich von ihr erniedrigen lassen. Wie nur konnte sie Marlene trotzdem beistehen, wo sie doch selbst kaum mehr Kraft und Motivation hatte?

»Dann ist die Sache wohl entschieden«, riss die Stimme

des Klinikdirektors Emma aus ihren Gedanken. Und wie nun lautete die Entscheidung? In Gedanken bei ihrer Zwickmühle, hatte sie die Antwort der Oberin verpasst.

***

24

10. Juli 1930
Noch 51 Tage bis zur Schließung

»Können Sie nicht schneller fahren?«, drängte Marlene den Fahrer des Automobiltaxis und knetete ihre Hände. »Jede Sekunde zählt. Es geht um Leben und Tod.« Es war eine Stunde vor Mitternacht.

»Ja, bitte!«, verlangte auch Adalbert Czerny.

Der Fahrer warf seine Mütze mit Schwung auf den Beifahrersitz. »Aber Sie bezahlen den Strafzettel, falls die Polente uns stoppt.«

Marlene und Professor Czerny nickten gleichzeitig, woraufhin der Taxifahrer kräftig Gas gab. Die Laborkiste aus der Charité, die zwischen ihnen auf der Rückbank ruhte, wackelte gefährlich.

»Warum dauert es trotzdem so lange?«, sprach Marlene vor sich hin, während sie die Torstraße entlangbrausten. Es fühlte sich an, als kämen sie nur im Schneckentempo voran. Für die Lichter des nächtlich funkelnden Berlins, die sie früher so magisch angezogen hatten, hatte sie heute keinen Blick mehr.

»Und warum ist uns dieser Gedanke nicht schon eher gekommen?«, fragte sie sich vorwurfsvoll und legte ihre feuchte Hand auf die Laborkiste. Der Inhalt konnte Alberts Rettung sein!

Der Zustand des Jungen stand auf der Kippe, er bekam Sauerstoff aus der Bombe, weil seine Herzprobleme zu lebensbedrohlicher Luftnot geführt hatten. Mit Alberts hohem Blutdruck hätte kaum ein Erwachsener lange überleben können. Seine Herzinsuffizienz war weit fortgeschritten.

»Wir müssen Ruhe bewahren, auch wenn wir womöglich kurz vor einer Sensation stehen«, mahnte Professor Czerny mit väterlichem Blick auf Marlenes Hände. »Sonst kann gleich keiner von uns mehr vernünftig eine Spritze halten.«

Marlene nickte gedämpft. Vor der Fensterscheibe glitt ein Haus nach dem anderen vorbei, die Stadt kam nie zur Ruhe. Marlene sehnte einen Lichtblick herbei. Wenn schon nicht in ihrem Privatleben, dann wenigstens beruflich. Maximilian schien so unglücklich mit ihr, dass er seit Tagen jeden Kontakt mied. Wenigstens hatte sich Benjamin Levy dazu entschlossen, die Rettungsgruppe endlich richtig zu unterstützen. Ihr Gespräch, das dazu geführt hatte, war zäh, aber letztendlich doch erfolgreich gewesen.

Vor der Kinderklinik stürzte Marlene aus dem Taxi und schloss das Tor auf, das der Pförtner jeden Abend um zweiundzwanzig Uhr verriegelte. Als sie den linken Torflügel aufschob, war Professor Czerny mit der Kiste voll Hoffnung neben ihr. »Es geht schneller, wenn wir hinüberlaufen, anstatt uns vorfahren zu lassen. Ich habe den Fahrer schon bezahlt.«

Marlene eilte voran, sodass Professor Czerny kaum hinterherkam.

Im Korridor der Kinderklinik glitt ihr Blick wie von selbst zu Maximilians Büro. Es war ruhig darin, aber Marlene in ihrer Verzweiflung meinte doch, das Tangolied *Mi Noche Triste* zu hören, früher ihrer beider Lieblingslied.

Marlene sagte dem Pförtner Bescheid, damit er Professor Czerny und sie nicht für Einbrecher hielt, und legte ihren Arztkittel an. Zuletzt war es immer wieder zu Einbruchsversuchen gekommen. Die Kunde vom Schicksal der Kinderklinik war bis in die Kreise der Plünderer vorgedrungen.

Stationsschwester Grete hatte Nachtdienst. Sie kam ihnen auf der Krankensaaletage entgegen. Ganze acht Patienten hatte sie noch zu beaufsichtigen. Wenn ihnen nicht bald die Wende gelang, war die Klinik in spätestens zwei Wochen komplett leer und damit ihrer Bestimmung enthoben. Dann wäre auch nicht mehr genug Geld vorhanden, um die Gehälter zu bezahlen.

»Sie wollen zu Albert?«, fragte Grete und fixierte die Laborkiste in Professor Czernys Händen, der daraufhin nickte.

Grete lief zur HNO voran. Im Gegensatz zu den anderen Schwestern war ihr die schwierige Situation der Kinderklinik nie anzumerken. Sie verrichtete ihren Dienst mit der gleichen Hingabe wie eh und je. »Frau Kopetzke kommt morgen früh wieder und hat sich für heute schon von ihrem Sohn verabschiedet. Sie wirkte schwach und kränklich.«

Das war Marlene bei der letzten Begegnung auch schon aufgefallen. Es hatte Frau Kopetzke sehr angestrengt, den einjährigen Franz zu tragen. Sie würde sie bei nächster Gelegenheit untersuchen.

»Wo liegt Alberts Ruhepuls aktuell?«, fragte Professor Czerny.

Grete nahm den Puls. »Einhundertsechzig.«

Marlene schluckte über den viel zu hohen Wert, dann schickte sie Schwester Grete los, die benötigten Utensilien zu holen. Dazu gehörten eine Rekordspritze mit einer Kanüle für wässrige Medikamente, Jodlösung, eine sterile Nierenschale, Tupfer und ein Pflaster.

Marlene und Professor Czerny gingen in das dem Turmzimmer angegliederte Bad und reinigten ihre Hände und Unterarme gründlich. »Und was ist, wenn das Penicillin wieder nicht hilft?«, fragte Marlene. Bei der ersten Verabreichung hatten sie Albert Kopetzke das Penicillin oral gegeben. Vermutlich war es von der Magensäure zerstört worden, bevor es seine Wirkung entfalten und die Bakterien in Alberts Körper vernichten konnte. Hätten sie das Penicillin gleich in den Muskel gespritzt, eine intramuskuläre Injektion gegeben, hätte es wohl gewirkt. Genau darauf hofften sie inständig, um Albert doch noch das Leben zu retten.

»Scheitern gehört leider zur medizinischen Forschung dazu«, sagte Professor Czerny, »aber wir dürfen nicht aufgeben. Wenn andere Forscher vor uns weniger Biss gehabt hätten, wären viele Errungenschaften unentdeckt geblieben.«

Marlene konnte noch nicht sagen, ob sie nach einem erneuten Misserfolg noch genug Optimismus aufbringen würde, um weiterzumachen. Mit den Jahren als Kinderärztin war ihr Fell dünner geworden. Sie kam immer schlechter damit zurecht, Kinder auch mal nicht retten zu können. Wieder sprangen ihre Gedanken zu Maximilian, der sie in solchen Fällen stets ermutigt hatte. Nun fehlte ihm der Wille und womöglich auch die Kraft dafür.

Sie atmete tief durch und trat an Alberts Krankenbett,

wo auf einem Tisch alle notwendigen Utensilien bereitlagen. Mitfühlend strich sie dem reglosen Albert mit der Sauerstoffmaske im Gesicht über die Stirn.

Der Junge bewegte die Hand schwach in Marlenes Richtung. »Schauen Sie nach Mutter und meinem Bruder, wenn ich sterbe?« Wegen der Sauerstoffmaske und seiner Schwäche war er schwer zu verstehen.

Marlene nickte sofort, wollte aber jetzt nicht länger über die elende Situation der Familie Kopetzke nachdenken. Erst mussten sie Albert retten!

Schwester Grete half ihr, Albert vom Rücken auf die Seite zu drehen und seinen Kopf so zu legen, dass die Maske nicht auf das Gesicht drückte. Sie legten sein Gesäß frei, und Schwester Grete desinfizierte sorgfältig die geplante Einstichstelle mit der Jodlösung. Professor Czerny öffnete die Laborkiste und holte das mühsam gereinigte Penicillin in einer Glasphiole heraus. Um ausreichend Penicillin für die Behandlung eines einzigen Patienten zu erhalten, waren mehr als tausend Liter Nährlösung notwendig gewesen, ein knappes Dutzend Badewannen voll.

Professor Czerny befestigte die Kanüle auf der Rekordspritze, öffnete die Phiole und zog das Penicillin in die Spritze. Marlene musste ganz genau hinsehen, um zu bemerken, dass ihm die von Altersflecken übersäte Hand vor Aufregung leicht zitterte, als er ihr die *Rekord* reichte.

Bestärkend nickten sie sich zu. Marlene drückte die Muskelschicht im oberen äußeren Quadranten von Alberts großem Gesäßmuskel mit der linken Hand zu einer dicken Falte zusammen, dann stach sie mit der Kanüle durch die Haut. Kurz zog sie die Kanüle etwas zurück, um zu prüfen, ob sie nicht versehentlich auf ein Blutgefäß getroffen war, aber es sah gut aus. Langsam injizierte sie das Penicillin in Alberts Muskel. All ihre Hoffnung für das Leben des Jungen, aber auch das Leben Millionen anderer Menschen konzentrierte sich in diesem Moment. Während das Antibiotikum aus der Spritze floss, spürte sie ihr Blut in den Ohren rauschen und ihr Herz schneller schlagen wie vor einer großen Prüfung. Hoffentlich taten sie gerade das Richtige.

Professor Czerny übernahm die abschließenden Aufgaben, Reste des Antibiotikums, die beim Herausziehen der Kanüle an der Hautoberfläche austraten, mit einem sterilen Tupfer in die Einstichstelle zu massieren, alles noch einmal zu desinfizieren und ein Pflaster aufzukleben. »Das wäre geschafft.« Schweiß stand ihm auf der Stirn.

Marlene legte die *Rekord* in die Nierenschale, dann taumelte sie erschöpft vom Krankenbett weg. Sie fühlte sich so ausgelaugt wie nach einem Langlauf mit Gewichten um den Hals.

Schwester Grete brachte ihr und Professor Czerny einen Stuhl. Bald fielen ihr im Sitzen die Augen zu, obwohl sie Albert eigentlich keine Minute aus den Augen lassen und viertelstündlich seinen Puls messen wollte. Wenn der sinken würde, wäre dies ein Anzeichen für die Wirkung des Penicillins. Bitte, lieber Gott!

*

Als Marlene aufwachte, stand Maximilian mit grimmigem Blick im Türrahmen. Sie beachtete ihn nicht, sondern konzentrierte sich ganz auf die Situation im Krankenzimmer.

Professor Czerny neben ihr schnarchte in vornehm leisen Wiener Tönen. Es musste bald dämmern. Die Stationsuhr an der Wand zeigte kurz vor fünf an. Marlene prüfte Alberts Puls, der leider unverändert hoch war. Das Penicillin schien auch als intramuskuläre Injektion keine Wirkung zu zeigen. Verdammt! Warum hatte es dann aber bei den Tierversuchen funktioniert?

»Warum hast du mich nicht dazugeholt? Albert Kopetzke ist unser gemeinsamer Patient«, sagte Maximilian in vorwurfsvollem Ton.

Dass er von »gemeinsam« sprach, klang seltsam in ihren Ohren. »Du hast schon beim letzten Mal nicht an das Penicillin geglaubt«, erwiderte sie. »Hättest du heute dieselben Bedenken angebracht, wäre ich womöglich so verunsichert gewesen, dass ich mit der Injektion gezögert hätte. Ich musste jedoch schnell entscheiden. Für Alberts Leben zählt jede Sekunde.«

Maximilian schüttelte verständnislos den Kopf. »Geht das jetzt wieder los: alles schnell, alles im Rausch, immer noch mehr. Dein blinder fachlicher Eifer bei der Erforschung des Penicillins ist ja nicht auszuhalten! Du bist ganz anders geworden!«

»Nichts geht wieder los!«, unterbrach sie ihn wütend, aber senkte mit Seitenblick auf Albert sogleich wieder die Stimme. »Ich handele lediglich unter Zeitdruck, weil es die kritische Situation des Patienten erfordert!« Und wenn Maximilian wirklich glaubte, dass vor allem ihr Ehrgeiz sie für die Penicillinforschung motivierte, dann verstand er sie kein bisschen mehr. Sie tat es, weil sie in dieser Arbeit – genauso wie an der Kinderklinik – aufging. Das machte sie glücklich; die Medizin war ihr Leben. Aber er wollte das nicht akzeptieren, sie nicht verstehen. Das zeigten ihr seine Worte sehr deutlich.

»Ich schätze mal, dass Benjamin der Penicillingabe

nicht zugestimmt hat?«, fragte Maximilian nun mit düsterem Blick.

»Ich allein übernehme die Verantwortung«, versicherte Marlene in drängendem Flüsterton. Sie hatte Mühe, sich wieder zu beruhigen. Innerlich wütete es stärker als je zuvor in ihr. Maximilians ständige Vorwürfe waren nicht zu ertragen.

Maximilian setzte sich zu Albert ans Bett. Er strich über die Hand des Jungen, sprach aufmunternde Worte und tat nun so, als sei sie gar nicht mehr anwesend. Er gab Albert das Versprechen, ihn auf einen großen Eisbecher einzuladen, wenn alles überstanden war.

Marlene prüfte noch einmal Alberts Puls, der unverändert hoch war, und sagte dann zu Maximilian: »Wir müssen etwas klären, aber nicht hier vor dem Patienten.« Sie hielt diesen Zustand, den immer bittereren Umgang miteinander, keinen Tag länger aus.

Zu weit weg wollte sie nicht von der HNO, weswegen sie den Operationssaal als Gesprächsort auswählte. Im vorderen Teil des Raumes mit den großen Erkerfenstern war der Operationsbereich, vom hinteren Teil ging der Medikamentenraum ab. Dort standen die leeren, weiß emaillierten Instrumententische, Stühle und die Utensilienschränke für den nächsten Einsatz bereit. Die letzte Operation lag eine Woche zurück.

Marlene verzichtete darauf, das grelle Operationslicht anzuschalten. Sie fühlte sich plötzlich schwach, Wut und Empörung zehrten sie aus. Nur von der einsetzenden Morgendämmerung erhellt, lehnte sie sich erschöpft an die Operationsliege und schaute entrückt zu Boden. Sie rang mit sich, welcher Ton für das, was sie Maximilian so kurz entschlossen mitteilen wollte, angemessen war. Wütend durfte sie auf keinen Fall werden.

»Ich denke, dass es besser ist, wenn wir als Paar nicht länger so weitermachen und ich dich freigebe«, sagte sie nach einem Zögern und schaute langsam zu ihm auf. Sie wollte ihm keine Vorwürfe machen, sonst lief das Gespräch genauso wie eben im Krankenzimmer. Deswegen formulierte sie es so: »Ich möchte nicht, dass du wegen mir noch unglücklicher wirst. Du sollst endlich eine richtige Familie haben – eine Frau, die dir deinen Kinderwunsch erfüllen kann, eine ohne blinden fachlichen Eifer.« Sie flüsterte die letzten drei Worte unter Tränen. Aber je länger sie darüber nachdachte, umso sicherer wusste sie, dass sie nicht das Recht besaß, Maximilian ihren Lebensentwurf überzustülpen. Sein innigster Wunsch waren Kinder, die sie ihm nicht hatte schenken können. Schmerzerfüllt schaute sie ihn an. Seine grasgrünen Augen, sein blondes Haar, unter das sich an den Schläfen erstes Grau gemischt hatte, sein kantiges, perfekt rasiertes Gesicht mit der markanten Nase verschwammen hinter ihrem Tränenschleier. Es war kaum mehr zu übersehen, dass die Medizinalpraktikantin besser zu ihm passte – auch wenn Marlene das am liebsten nicht wahrhaben wollte.

»Aber …«, brachte Maximilian nur hervor. Er bewegte sich keinen Zentimeter von ihr fort. »Du schlägst mir also eine Vernunftehe vor, damit ich endlich Vater werden kann?«

Es wunderte Marlene, dass er nicht zugab, sich in Bernadette Beierlein verliebt zu haben. Kurz zögerte sie, sagte dann aber entschlossen: »Ich möchte, dass du glücklich bist, und mit mir kannst du das anscheinend nicht sein.« Nur schwer widerstand sie dem Drang, ihn an sich zu ziehen und ihn ein letztes Mal in die Arme zu schließen. »Seit Wochen leben wir schon wie getrennte Eheleute, wenn auch im selben Haus. Und jetzt ist es sogar so weit gekommen, dass wir uns vor einem Patienten streiten! Max, das geht so auf keinen Fall weiter!« Sie ließ unerwähnt, dass sie noch jede Nacht an ihn dachte, seine Nähe nach wie vor herbeisehnte. Das verging hoffentlich, wenn die Trennung erst einmal vollzogen war. Nach der Trennung würde die Scheidung kommen.

Maximilian brauchte eine Weile, um sich zu fangen. »Du hast recht. Zwischen uns kann es nicht so weitergehen. Und vielleicht kann man jemanden mit der Zeit lieben lernen.«

Marlene selbst kannte nur die Liebe auf den ersten Blick, Maximilian war ihre erste und einzige Liebe.

»Wann willst du ausziehen?«, fragte er mit belegter Stimme.

»Wenn ich noch bis zur Rettung der Klinik Ende August in der Villa wohnen könnte, wäre das sehr nett«, sagte sie.

Er musste sich räuspern, bevor er ein »einverstanden« herausbekam.

»Und wenn ich noch einen Wunsch äußern dürfte«, setzte sie an und fuhr fort, als er nickte, »bitte unterstütze die Rettungsgruppe. Wir brauchen deine Erfahrung und Umsicht.«

Er wischte sich Tränen aus dem Augeninneren. »Ich denke drüber nach.«

»Wir hatten eine wunderschöne Zeit zusammen, danke dafür«, sagte sie abschließend, dann ließ sie ihn im Operationssaal zurück.

Bevor sie wieder zu Albert ging, wollte sie noch kurz frische Luft schnappen. Nicht in ihren schlimmsten Albträumen hätte sie sich jemals von Maximilian getrennt! Er war ein Teil von ihr, und es war noch unvorstellbar, nie mehr in seiner Nähe zu sein. Sie tat es für ihn! Sie musste jetzt tapfer sein. Konzentrier dich auf die Arbeit, auf Albert, auf das Penicillin!

Vor der Augenstation horchte sie auf, weil aus dem unbelegten Zimmer Stimmen zu hören waren. Sie schob die angelehnte Tür etwas auf und war überrascht zu sehen, dass die Elevinnen und die Oberin bereits aktiv waren. Früher hatten sich die jungen Damen um diese Zeit noch einmal genüsslich im Bett umgedreht. Sie übten an einer Puppe das korrekte Anlegen eines Augenverbandes. Marlene erinnerte sich an ihre praktische Übungsstunden als Elevin zu der Zeit, als sie sich Hals über Kopf in Maximilian verliebt hatte. Vielleicht hatte Emma tatsächlich recht damit, dass keine Beziehung für die Ewigkeit hielt. Sie war nicht mehr glücklich mit ihm, aber auch nicht ohne ihn.

Draußen über dem Klinikpark ging die Sonne auf. Jeder Schritt weg von Maximilian fühlte sich schwerer an. Marlene blieb nichts anderes übrig, als jetzt nur noch nach vorne zu schauen. Vielleicht zogen Emma und sie zusammen, wie früher, als sie als Medizinalpraktikantin in Emmas kleiner Dachgeschosswohnung in der Langhansstraße gewohnt hatte.

»Frau Doktor, kommen Sie schnell!«

Marlene wandte sich um. Das war Gretes Stimme, aber sie konnte die Stationsschwester nirgends sehen.

»Ich bin hier oben!«

Marlene sah sie am Fenster des Turmzimmers mit den Armen wedeln.

»So kommen Sie doch schnell!«

Marlenes Herz zog sich krampfhaft zusammen. Starb Albert in diesem Moment? Wie eine Besessene rannte sie los. Vorbei an den Wachmännern, dann stieß sie die Tür zum Hauptgebäude auf, stolperte die Wendeltreppe hinauf und stürmte auf die HNO. Wenigstens wollte sie Albert in seiner letzten Lebensstunde die Hand halten.

Im Krankenzimmer waren Professor Czerny und Maximilian über den Patienten gebeugt, und die Krankenakte lag aufgeschlagen auf dem Bett. »Einhundertdreißig«, verkündete der Professor freudestrahlend, während Maximilian den Wert eifrig in der Akte notierte. »Das Penicillin wirkt doch«, sprach Maximilian verwundert und mit einem versunkenen Lächeln vor sich hin, ohne Marlene anzusehen.

»Einhundertdreißig?«, fragte Marlene fassungslos. »Sein Puls ist tatsächlich gesunken? Das ist ... das ist unglaublich!«

Albert blinzelte, als Marlene näher kam. Seit Tagen schon hatte er seine Augen nicht mehr öffnen können. Er versuchte, ihr und Maximilian etwas zu sagen, aber brachte nur abgehackte Laute hervor. Marlene lockerte die enge Sauerstoffmaske auf seinem Gesicht etwas und nahm seine Hand. Nun zitterte auch sie. »Streng dich nicht an, Albert. Versuche, so ruhig wie möglich ein- und auszuatmen.«

Der Junge befolgte ihre Anweisung, sodass sich sein Brustkorb regelmäßig und etwas ruhiger als bisher hob und senkte.

Professor Czerny bedeutete Marlene, in den Korridor zu treten. Grete schloss die Stationstür hinter ihnen.

»Unser Penicillin zeigt Wirkung!«, jubelte Professor Czerny erleichtert und hob die Hände dankbar in Richtung

Himmel. Auch Marlene stieß einen weithin hörbaren Freudenschrei aus. Sie fühlte sich leichter. Alles um sie herum war in ein helles Licht getaucht. Auch wenn abzuwarten blieb, wie stark das Antibiotikum wirkte, die ersten Signale waren vielversprechend. Wenn es Alberts Streptokokken tatsächlich vernichtete, könnte es auch Millionen anderer Menschen viel Leid ersparen und den Tod aufschieben. Milzbrand, Diphtherie, Rachenentzündungen, Mittelohr- und Nebenhöhlenentzündungen, Scharlach, Mandelentzündungen und vieles mehr zu heilen wäre dann möglich. Welche Weltsensation! Dann hatten sie Alexander Flemings Werk fortgeführt und seine *Sensation im Stillen* zu einer lauten gemacht.

Von Marlene fiel eine Last von der Schwere eines Betonklotzes ab. Tränen der Erleichterung stiegen ihr in die Augen. Jetzt, wo es Albert dank des Penicillins schon etwas besser ging, spürte sie neue Kraft durch ihre Adern strömen, die sie für die Rettung der Kinderklinik so dringend brauchte.

***

25

Ende Juli 1930
Noch 37 Tage bis zur Schließung

Es war Theodors erstes Mal, und als es vorüber war, dachte er, dass sich eine Ejakulation so befreiend anfühlte, als würde man die Last loswerden, doch nicht an einer bösen Krankheit sterben zu müssen. Der Orgasmus ebbte noch in Wellen in ihm nach, sein Herz schlug heftig. Johannes machte ihn glücklich, und seine zerstrittenen Eltern sowie der Verlust seines Zuhauses traten in den Hintergrund. Sogar die Gewissheit darüber, dass ihre Liebe nicht richtig war, nicht sein durfte, dass Männer wie Johannes und er als moralisch verkommen galten, spielte in diesem Moment keine Rolle. Seine Ängste, bei Intimitäten zu aufgeregt zu sein und keinen begehrenswerten Körper zu besitzen, waren wie weggeblasen.

Wohlig rekelte er sich unter der Bettdecke im Zimmer seines Freundes, nachdem die Wellen der Erregung abgeklungen waren. Er lag auf dem Rücken, und seine rechte Hand ruhte auf Johannes' Oberschenkel. Sie hatten sich gegenseitig zum Höhepunkt gestreichelt. Zwei Wochen lagen ihre letzten Küsse zurück. Zwei Wochen ohne Johannes' Nähe – das waren vierzehn Tage ohne Sinn und Freude, ausgefüllt mit Sehnsucht und Fantasien, die ihn erröten ließen.

Johannes drehte sich auf die Seite und schaute Theodor an, als wolle er seinen Anblick in sich aufsaugen.

Auch Theodor wandte sich ihm zu, schaute einfach nur, ohne etwas zu sagen. Er hätte sowieso nicht die richtigen Worte für das gefunden, was er empfand. Nicht einmal der begabteste Poet, nicht Goethe, Flaubert oder Brecht hätten die Wucht dieses unglaublichen Moments in Sprache kleiden können.

Längere Zeit lagen sie einfach nur da und wollten den Abschied noch hinauszögern, bis Johannes den Bann brach. Er schaute auf seine Uhr. »Wir sollten langsam losmachen, sonst verpassen wir noch meinen besonderen Abend.« Während er das sagte, nahm er gleich Haltung im Liegen an. Jeden ersten Donnerstag im Monat wurden die jüngst achtzehn gewordenen Hitlerjungen feierlich in die SA aufgenommen. Heute war Johannes dran, für Theodor würde es erst im November so weit sein.

Theodor hätte noch den Rest der Woche liegen bleiben können. Sämtliche Verpflichtungen dieser Welt waren ihm gerade egal. Nur noch einen einzigen Kuss.

Johannes stieg aus dem Bett und reinigte sich mit einem Taschentuch den Bauch und die Lenden. Verträumt schaute Theodor ihm dabei zu, am liebsten wäre er jetzt hinter ihn getreten und hätte seinen Nacken liebkost.

Johannes blieb eisern, auch wenn er Theodors sehnsüchtigen Blick mit einem zärtlichen Lächeln erwiderte. »Gehst du vor? Und ich treffe dann ein paar Minuten später aus anderer Richtung im *Ordensritter* ein.« Nach diesen Worten verschwand Johannes nackt im Bad.

Schweren Herzens stand Theodor auf und kleidete sich an. Sein Hemd war auf einer Ausgabe der *Nationalsozialistischen Monatshefte* gelandet.

Wie jedes Mal, wenn er in den *Ordensritter* ging, zog er seine Uniform erst kurz vorher an, damit seine Mutter nichts mitbekam. Gut versteckt in einer Sporttasche, hatte er sie aus der Villa getragen. Zum Glück hatte seine Mutter aufgehört, ihm Fragen über seine Freizeitaktivitäten zu stellen. Vermutlich war sie gerade damit beschäftigt, auf Tante Lene einzureden, damit die sich die Trennung von Onkel Max noch mal überlegte.

Theodor wollte nicht, dass auch noch Onkel und Tante auseinandergingen. Er wollte Maximilian nicht als Teil seiner Familie verlieren, auch wenn sie zuletzt kaum noch Zeit miteinander verbracht hatten. Die Welt geriet mit jedem Monat mehr aus den Fugen. Die Liebe zu Johannes gab ihm Halt.

In Gedanken wieder bei ihm, zog er sich das beige Hemd an, darüber kam die rote Armbinde mit dem Hakenkreuz und dann die Wildlederhose. Er brauchte zwei Anläufe, um sich das schwarze Halstuch korrekt zu binden. Ob Johannes und er nach dem *Ordensritter* noch einmal herkommen konnten? Nur wenn sie zusammen waren, war der Lauf der Dinge auszuhalten. In seinem tiefsten Inneren ertrug Theodor den Anblick von Armut und Leid auf Weißensees Straßen immer weniger, die Unfähigkeit der Sozialdemokraten, Lösungen zu verhandeln. Er rief sich die Worte »Volksgemeinschaft«, »Versailler Schandfrieden« und »Wirtschaftsaufschwung« wie die Sätze eines auswendig gelernten Gedichts ins Gedächtnis. Insgeheim hatte er Angst davor, demnächst zu einer der Schlägereien geschickt zu werden, die die Partei anzettelte, um vor allem Kommunisten mundtot zu machen. Wer das Ehrenabzeichen der Partei erhalten wollte, musste sich bei solchen Einsätzen hervortun.

Johannes schaute uniformiert ins Zimmer. »Bist du bereit?«

»Für alles.« Theodor berührte Johannes' Hand. »Mit dir.«

Sie küssten sich, dann schob Johannes ihn zur Tür hinaus.

*

Der große Saal im *Ordensritter* war brechend voll, als Theodor eintraf. Er grüßte seine Klassenkameraden, die für das Zeremoniell schon Spalier standen. Hoffentlich schaffte Johannes es noch rechtzeitig. Theodor versuchte, nicht ständig zur Falttür zu schauen. Es kam ihm vor, als wären sie schon wieder Stunden voneinander getrennt.

Als Johannes eintraf, wurde er sofort umlagert. Auch Oberlehrer Rademacher begrüßte ihn und wünschte ihm für seinen neuen Lebensabschnitt vornehmlich alles Gute. Dann erklang Fanfarenmusik, und gleich ein halbes Dutzend SA-Leute betrat uniformiert und bewaffnet den Saal. Ihre Kragenabzeichen und der Besatz ihrer Schulterstücke zogen viele bewundernde Blicke auf sich, sogar ein Scharführer war unter ihnen.

Den SA-Herren folgte ein älterer Herr, der Theodor wegen seines Zwickers, dem Einglas, das ihm an einer Silberkette aus der Anzugweste hing, eher an einen altgedienten Beamten erinnerte. Weil der Herr keine Uniform trug und dennoch Abzeichen überreichen durfte, musste er Ehrenmitglied sein. In seinen Händen lagen auf einem Samtkissen die Rangabzeichen der jungen SA-Anwärter.

Als erster Anwärter wurde Egon, der sich zuletzt freiwillig für die Schlägereien in Moabit gemeldet hatte, auf die Bühne gerufen. Die Gewaltauswirkungen waren ihm anzusehen: Sein linkes Auge war noch halb zugeschwollen, und sein Arm hing in einer Schlaufe.

Theodor gab sich alle Mühe, sich auf seinen muskelbepackten Mitschüler zu konzentrieren, aber sein Kopf drehte sich wie von selbst immer wieder zu Johannes hin. Ich muss vorsichtig sein, rief er sich ins Gedächtnis. Wenn jemand von ihrem intimen Treffen erfuhr, wäre das ihr Ende. Die Partei duldete keine Homosexuellen, sie wollte sie in Gefängnissen oder Irrenhäusern sehen. Theodor schüttelte den Gedanken ab.

Getragen von salbungsvollen Worten, bekam Egon seine neue Uniform und das Rangabzeichen des einfachen SA-Manns übergeben. Dann wurde Johannes aufgerufen, der noch begeisterter als Egon bejubelt wurde. Beinahe wurde Theodor eifersüchtig. Eine Rede über die Anstrengungen für den Wahlkampf und Grüße des Führers an seine Jugend folgten.

Nachdem alle drei jungen Männer mit Uniform und Abzeichen ausgestattet waren, wurden sie hinter die Bühne geschickt, wo sie die neue Uniform anziehen und sich dann im Gleichschritt zurück auf der Bühne vor den Kameraden präsentieren sollten. Dies würde der Höhepunkt der Zeremonie sein. Bevor es dazu kam, wurde eine Pause eingeläutet und frische Luft in den Saal gelassen.

Theodor unterhielt sich gerade mit Bertram, mit dem er nach wie vor zusammen Plakate klebte, als es vorne in der Kneipe lauter wurde. Vielleicht drang die Stimme aus dem Kneipenraum deswegen bis zu ihm durch, weil sie einer Frau gehörte. Hatte er überhaupt schon mal eine Frau im *Ordensritter* gesehen? Soweit er wusste, trafen sich die nationalsozialistischen Schwesternschaften in der Natur, auf Blumenwiesen oder in privaten Räumen. Erst im letzten Monat waren sie zum *Bund Deutscher Mädel* zusammengeführt worden.

Das Ende der Pause wurde mit Fanfarenmusik eingeläutet, und Theodor wandte sich wieder der Bühne zu. Er war unendlich stolz, als Johannes in seiner neuen Uniform die Bühne betrat. Nicht, dass ihm das braune Hemd und die braune Hose so gut gefielen, das war nicht der Fall. Es war die Tatsache, dass dieser begabte junge Mann dort oben auf der Bühne sich ausgerechnet in ihn verliebt hatte. In den schmalen Jungen, den Denker, den unsportlichen Typen, der auf dem Barren immer noch nicht mehr als eine Oberarmrolle hinbekam. Johannes sah unglaublich stattlich in der SA-Uniform aus, zum Sterben anziehend.

Der Jubel wurde ohrenbetäubend, und zum ersten Mal konnte Theodor vor versammelter Mannschaft seiner ganzen Begeisterung für seinen Geliebten Ausdruck verleihen. Er klatschte, stampfte mit den Füßen auf, pfiff und johlte, weil es die anderen auch taten. Er bejubelte die Liebe, er taumelte vor Glück.

Als der Jubel abebbte, marschierten die frischgebackenen SA-Männer stolz von der Bühne und durch die Menge, die ein Spalier Richtung Falttür bildete. Kurz streifte Johannes' Blick Theodors Mund, als er an ihm vorüberging.

Theodor schaute ihm nach und konnte den Blick auch dann nicht abwenden, als sich das Bild seiner Mutter über die Rückansicht von Johannes schob. »Wo ist mein Sohn?«, hörte er. »Theodor?« Er musste träumen, schlecht träumen.

Theodor versuchte, das Bild seiner Mutter wegzublinzeln, aber es wurde immer schärfer. Nur langsam begriff er, dass ihre Anwesenheit Realität war. Was machte sie hier, und wie konnte sie ihm das antun? Ausgerechnet an diesem für Johannes so wichtigen Abend? Wut stieg in ihm auf und Enttäuschung darüber, dass sie ihn so wenig verstand. Für alle anderen, vor allem junge Menschen und kranke Kinder, brachte sie stets volles Verständnis auf. Warum gelang ihr das bei ihrem eigenen Sohn nicht? Da war ihm der Vater, der sich seit Wochen schon nicht mehr bei ihm gemeldet hatte, lieber. Das alles rauschte Theodor durch den Kopf, während er sich panikartig durch die Menge in Richtung der Bühne drängte, weg von ihr, damit sie ihn nicht entdeckte.

Emma zögerte nicht, die Hitlerjungen anzusprechen, auch wenn sie auf Distanz blieb. Aus ihrer Körperhaltung sprach Abscheu. »Hat jemand Theodor Vogel gesehen?«, fragte sie. Ihr Blick sprang von einem Jungengesicht zum nächsten.

Theodor hatte es bis vor die Bühne geschafft. Panisch zupfte er an seiner Armbinde. Sie würde einen Herzinfarkt erleiden, wenn sie ihn in der Uniform sah. Seine Mutter schien mit jeder Minute wütender zu werden, obwohl einzig er das Recht dazu besaß. Er beobachtete genau, was sie tat und wohin sie schaute.

Der Oberlehrer trat vor Emma. »Sie stören unsere geschlossene Gesellschaft! Gehen Sie bitte, Frau Vogel!«, sagte Rademacher.

Immer mehr Anwesende wandten sich Emma zu, die die Arme nun kühn vor der Brust verschränkte und sich nicht von der Stelle bewegte. »Ich werde erst gehen, wenn ich meinen Sohn gefunden habe«, entgegnete sie scharf, ja mutig, wie Theodor fand. Ein bisschen erinnerte ihn die Situation an seine anfänglichen Kämpfe gegen Rademacher, die nichts gebracht hatten. Oder doch? Die Aufmerksamkeit von Johannes.

Johannes war im nächsten Moment neben ihm. »Das ist deine Mutter, nicht wahr?« Johannes deutete mit dem Kinn zu Emma. »Du bist ihr wie aus dem Gesicht geschnitten.«

Theodor machte sich noch einmal kleiner. »Hoffentlich geht sie gleich.«

»Wenn Sie unsere Veranstaltung nicht sofort verlassen, müssen wir Sie mit Gewalt entfernen!«, sagte der Mann mit dem Kragenabzeichen eines Scharführers.

Emma trat so nahe vor den Scharführer, dass er ihr direkt ins Gesicht hätte schlagen können. »Sie haben einer besorgten Mutter nichts anderes als Gewalt entgegenzusetzen? Das ist unmenschlich und verachtenswert!« Jemand warf einen Bierdeckel nach ihr.

Der Herr mit dem Zwicker trat zu Emma und sagte höflicher als sein Vorredner: »Bitte gehen Sie jetzt. Es ist zu Ihrem eigenen Wohl und dem Ihres Sohnes.«

Emma jedoch drängte zu einer weiteren Gruppe Jugendlicher. »Theodor, wo bist du?«

Mit jedem Schritt, den seine Mutter ihm näher kam, schämte sich Theodor mehr. »Du gehörst hier nicht her!«, hörte er sie rufen. Ihre Stimme war schon angeschlagen und klang kratzig. »Ich möchte, dass du jetzt mit nach Hause kommst!«

Theodor dachte nur, dass er kein Zuhause mehr hatte. *Das haben du und Papa kaputt gemacht.*

Als Emma nur noch wenige Schritte von ihm entfernt

war, verstellten ihr die anderen Jugendlichen den Weg. Als sie erst links und dann rechts um die Mauer treten wollte, bildeten die Jungen mit ihren gestählten Körpern einen Ring um Theodor, durch den es kein Durchkommen gab. Egon fletschte die Zähne, sein geschwollenes Gesicht sah gruselig aus.

Unbeirrt sprang der Blick seiner Mutter von Gesicht zu Gesicht.

Plötzlich packte Rademacher sie und zog sie mit der Kraft eines Barrenturners zurück. »Lassen Sie die Jugend endlich ihren eigenen Weg gehen«, donnerte er und stieß Emma nun so heftig in Richtung Falttür, dass sie mit dem Gesicht gegen die Wand schlug und dann zu Boden fiel. Ihre Wange war aufgeschrammt, Blut lief. Theodor schaute kurz hin und biss sich auf die Lippen.

Als seine Mutter auf Knien hochkam, verpasste Rademacher ihr einen Tritt in die Seite, der sie mit einem Schmerzenslaut erneut zu Boden sacken ließ.

»Nein!«, stieß Theodor aus und wollte zu seiner Mutter laufen, als Johannes ihn am Oberarm festhielt. »Tu das nicht!«

Theodor schaute Johannes verunsichert an. »Ich soll zulassen, wie meine Mutter verprügelt wird?« Und dann waren es auch noch viele Männer gegen eine einzelne Frau! Sie hatte keine Chance.

Johannes nickte und drückte seinen Oberarm fester. »Du musst jetzt sehr stark sein.«

Theodor schaute von Johannes zu seiner Mutter. In diesem Moment trafen sich ihre Blicke. Kurz hielten ihre Augen seine fest, dann sackte sie von einem Tritt in die Kniekehlen komplett zusammen.

»Und jetzt schafft sie endlich vor die Tür«, verlangte der Scharführer in herablassendem Ton.

Theodor sah den verzweifelten, kraftlosen Blick seiner Mutter. So hatte sie damals auch geschaut, als er beinahe an Typhus gestorben war. Wochenlang hatte sie an seinem Krankenbett gesessen und seine Hand gehalten.

»Komm, mein Junge«, Rademacher legte Theodor den Arm um die Schultern, »wir feiern jetzt erst mal.« Er wollte ihn mit sich führen, aber Theodor blieb wie festgewachsen stehen. Er konnte den Blick nicht von seiner Mutter nehmen, wie sie mit blutverschmiertem Gesicht von den SA-Herren rausgebracht wurde. Ihr Körper hing kraftlos durch. Ihre Wunden mussten versorgt werden, dachte er, am ganzen Körper zitternd.

»Na los, komm schon mit uns feiern«, ermunterte Johannes ihn. Als Rademacher sich kurz abwandte und per Fingerzeig Getränke orderte, sagte Johannes leise: »Ich liebe dich.«

Theodor wollte lächeln, das war das Schönste, was Johannes ihm jemals gesagt hatte. Er liebte ihn mit jeder Faser seines Körpers zurück. Würde er sich jetzt für seine Mutter entscheiden, verlöre er nicht nur Johannes, sondern auch die Partei und seine Zukunft. Sehnsüchtig lächelte er Johannes an, aber sein Lächeln gefror ihm gleich wieder.

Rademacher reichte Theodor einen Krug Bier. »Auf die Hitlerjugend, die Sturmabteilung und unsere junge, zukunftsträchtige Partei!«

Theodor hob den Krug an, aber zu mehr war er nicht fähig. »Ich finde das nicht richtig«, sagte er. »Heute nicht, morgen nicht und auch sonst nie mehr!« Er verabscheute Gewalt und fand, dass man Konflikte mit den Waffen des

Geistes lösen sollte. Von dieser Überzeugung hatte ihn auch die neue Partei nicht abbringen können. Er drückte dem Oberlehrer seinen Krug vor die Brust und drängelte sich durch die Menge zur Falttür.

Sein letzter Blick, bevor er im Schankraum des *Ordensritters* verschwand, galt Johannes. Der stand mit enttäuschtem Gesichtsausdruck neben dem sprachlosen Oberlehrer.

Seine Mutter lag vor der Kneipe auf dem Gehweg und wimmerte vor Schmerzen. Sie wirkte stark benommen. Als Theodor sich über sie beugte, tastete sie sein Gesicht wie eine Blinde ab. An ihren Fingern war Blut. »Theo.« Auf Emmas verschrammten Gesicht machte sich ein zartes Lächeln breit.

Bei dem Anblick seiner verwundeten Mutter traten Theodor Tränen in die Augen. »Es tut mir so leid, dass ich dir nicht eher zu Hilfe gekommen bin.« Und damit meinte er nicht nur den heutigen Abend. Seine Mutter war schon seit Wochen mit ihren seelischen Kräften am Ende, das wusste er, und hatte sich trotzdem aus Liebe zu ihm gegen die gefährlichsten Leute von ganz Berlin gestellt, gegen die Nationalsozialisten. Wie hatte er das nur so lange nicht sehen können? Er war blind gewesen, verblendet von der ersten Liebe und der Hoffnung auf eine bessere Zukunft, die ganz sicher keine Partei bringen konnte, in der Männer andersdenkende Frauen zusammenschlugen. Er schwor sich, nie wieder zuzulassen, dass jemand seiner Mutter Gewalt antat.

»Ist schon gut, Großer«, wisperte Emma.

Für Theodor war es nicht gut, er war ein schrecklicher Sohn gewesen, aber er wollte ihr jetzt nicht widersprechen. »Ich bringe dich zur Villa«, sagte er und rief nach einem Automobiltaxi. Vorsichtig legte er sich ihren Arm um den

Hals und half ihr auf. Schutzbedürftig klammerte Emma sich an ihn.

Eigentlich hätte er wissen müssen, dass sie ihn nicht so schnell aufgab. Das hatte sie noch nie getan. Für sein und Elisabeths Wohl war sie in Notsituationen schon immer über sich hinausgewachsen.

Es war an der Zeit, dass er ihr endlich etwas zurückgab und nicht nur an sich selbst dachte.

***

26

4. August 1930
Noch 26 Tage bis zur Schließung

Emma ging in den Speiseraum der Schwestern, weil es auf keiner Station noch etwas zu tun gab. Ihre Gedanken waren bei Marlene und deren Trennung von Maximilian. Es war immer noch unfassbar, dass ihre Schwester ihre große Liebe für eine andere Frau, die ihn glücklicher machen sollte, freigegeben hatte! Emma war sich sicher, dass Marlene Maximilian noch liebte, dass es unendlich wehtat.

Emma schlug eine Ausgabe der *Zeitschrift für Krankenpflege* auf, ließ sich in einen der Korbstühle im Speiseraum sinken und blätterte in dem Fachblatt herum. Früher hatte sie die Artikel über neue Ansätze in der Pflege verschlungen und die meisten Ausgaben direkt bei Erscheinen gelesen, dafür fand sie nun kaum noch Zeit. Bei einem Artikel über die Gefahr der Entpersönlichung im Krankendienst flogen ihre Gedanken zu Theodor. Heute war Zeugnisübergabe in seiner Schule, sein letzter Tag am Gymnasium am Kreuzpfuhl. Er hatte mit ihr besprochen, das nächste Schuljahr an einer anderen Schule zu absolvieren.

Im Nachhinein konnte Emma nicht sagen, ob es richtig gewesen war, im *Ordensritter* solch einen Auftritt hinzulegen.

Sie hätte Theodor vielleicht auch leise, unbemerkt da rausbekommen. Es hatte sich gut angefühlt, sich von ihm beschützen zu lassen, von ihrem erwachsenen Sohn. An jenem Donnerstagabend waren sie in die Villa gefahren, und er hatte ihre Schürfwunden mit geschickten und korrekten Handgriffen versorgt.

Emma lächelte versunken. Nun galt es, für Theodor eine bessere, eine freiere Schule zu finden. Dieses Mal wollte sie ihm aber nicht wie eine Übermutter ihren Willen aufzwingen und ihn mit Fürsorge ersticken; sie überließ ihm die Initiative. Sie wusste nun ganz sicher, dass er selbst entscheiden und Verantwortung übernehmen konnte.

Emma glitt das Lächeln aus dem Gesicht, als sie bei einem Artikel über die Krankenhausaufsicht ankam. Ihr Blick bohrte sich in die Porträtfotografien, die den Beitrag bebilderten. Sie zeigten die obersten Herren der Preußischen Krankenhausaufsicht. Doppelt so groß wie die anderen war die Fotografie des Leiters der Behörde abgedruckt. Es war Doktor Kunkel, der der Klinik auch die Schließungsandrohung geschickt hatte. Der ältere Herr hatte sich einen Zwicker mit Silberkette ins Auge geklemmt. Sie erkannte ihn sofort wieder. Er verkehrte in braunen Kneipen und überreichte in Feierstunden Rangabzeichen an junge SA-Männer. Emma bekam eine Gänsehaut bei seinem Anblick. Sie wollte alles tun, um den Vormarsch von Männern wie Kunkel zu stoppen. Sie würde nicht zulassen, dass das Lebenswerk so vieler leidenschaftlicher Mediziner und Pflegekräfte von ihm zerstört wurde. Schnellen Schrittes lief sie zu Doktor Levy.

»Emma, schön, dass ich Sie gleich finde«, rief ihr eine Frauenstimme im Korridor hinterher, auf die sie im Eifer aber nicht einging.

»Gibt es einen Notfall auf Station?«, fragte Doktor Levy, als sie in sein Büro rauschte. Sie hatte nicht mal angeklopft.

»Nein, kein Notfall auf Station. Aber ich habe mich gerade entschlossen, die Rettung der Klinik doch zu unterstützen! Ab sofort.«

»Das freut mich zu hören.« Doktor Levy wies auf den Stuhl vor seinem Schreibtisch, aber Emma war nicht danach, sich hinzusetzen. Sie wollte direkt etwas unternehmen.

»Ihre langjährige Erfahrung in der Kinderpflege, zuletzt auch als Oberschwester, ist eine große Bereicherung für die Rettungsgruppe«, sagte Benjamin Levy. »Sie sind seit beinahe zwanzig Jahren an der Kinderklinik, kennen alle Abläufe aus dem Effeff. Außerdem sind Sie belesen, was die Weiterentwicklung und Modernisierung der Pflege angeht.«

»Was genau kann ich für unsere Klinik tun?«, wollte Emma ungeduldig wissen. Seit Langem sprach sie das erste Mal wieder von »unserer« Klinik.

»Erst einmal sind Sie von allen Stationsdiensten freigestellt und konzentrieren sich fortan auf die Umsetzung der Pflegeregeln. Obendrein sind alle Vorschläge willkommen, die dieses Krankenhaus wieder zu einer Einrichtung machen, in der die Patienten eine hygienisch einwandfreie, engagierte und freundliche Pflege erhalten.«

Emma nickte heftig. »Ja, ja!«

»Ich selbst mache mir gerade Gedanken darüber, was wir Ärzte dafür tun können, um in Zukunft besser mit dem Pflegepersonal zusammenzuarbeiten, um Fehler zu vermeiden. Denken Sie in alle Richtungen. Jeder Verbesserungsvorschlag ist uns willkommen.«

»Das werde ich tun«, bestätigte Emma und wandte sich schwungvoll der Tür zu. »Dann lege ich gleich mal los!«

»Für den Arbeitsbereich ›Pflege‹ habe ich das ehemalige Büro der Konsiliarii als Dienstzimmer reserviert«, erklärte Doktor Levy noch. »Es ist zum Klinikpark raus gelegen und sehr ruhig, sodass Sie konzentriert arbeiten können. Bisher sitzt lediglich Oberin Fischer dort.«

Emma hielt inne. »Die Oberin? Gibt es keinen anderen –?«

»Emma, wenn wir Erfolg haben wollen, müssen wir alle am selben Strang ziehen«, beschwor Doktor Levy sie. »Private Befindlichkeiten dürfen in dieser schwierigen Zeit keine Rolle spielen.«

Emma schluckte. Er hatte recht. Um es den Nazis zu zeigen, galt es zusammenzuhalten. Aber wie sollte das nur mit einer Vorgesetzten wie Marie-Luise Fischer funktionieren?

Auf dem Weg zu ihrem neuen Dienstzimmer war Emma genauso aufgeregt wie an jenem Februarabend Anfang des Jahres, als sie ihren Vater das erste Mal in der Schrebergartensiedlung besucht hatte. Anders als an ihrem ersten Arbeitstag als Oberschwester gab sie sich heute nicht der Illusion hin, dass sie mit Marie-Luise vernünftig arbeiten könnte. Dazu hatte sie in den zurückliegenden Monaten zu viel Gegenteiliges erlebt. Es war nämlich nicht so, dass alles immer gut werden würde. Und trotz allem war sie mit keiner Faser ihres Körpers gewillt, den Nationalsozialisten die Kinderklinik zu überlassen. Unvermittelt strich sie sich über die verschorfte Wange.

Nervös betrat Emma das ehemalige Büro der Konsiliarii. Am hinteren Tisch beim Fenster mit Ausblick in den Park saß Marie-Luise. Vielleicht half sie nur mit, weil ihr bewusst geworden war, welcher Gesichtsverlust ihr bei einem Rückzug drohte? Ihr Gesicht, ja, das war Marie-Luise schon immer das Wichtigste gewesen.

Emma fand, dass die Oberin hinter ihrem hübsch zurechtgemachten Äußeren ausgezehrt wirkte. Vera stand bei ihr und war im Begriff, die Mappe mit den Inhalten für die praktischen Unterrichtseinheiten zu übergeben. Emma hatte diese einst angelegt.

Marie-Luise hob den Blick von ihren Unterlagen und nickte Emma kurz zu. »Wir haben nicht mehr viel Zeit«, sagte die Oberin zu Schwester Vera. »Ich muss sehen, wie ich die Themenbereiche raffen, aber trotzdem zur Genüge durchnehmen kann.«

Bei diesem Jahrgang war das eine Herkulesaufgabe, dachte Emma und setzte sich. Ihr blieb der Platz direkt neben der Tür, was nicht das Schlechteste war. Wenn die Luft hier drinnen dick wurde, konnte sie schneller flüchten.

»Was ist mit den Prüfungsfragen aus den Vorjahren, um die ich gebeten hatte?«, wollte die Oberin von Schwester Vera wissen.

Marie-Luises Blick streifte Emma und blieb an ihrer verschrammten Wange hängen. Vera deutete auf die hintersten Blätter im Hefter, dann entschuldigte sie sich, weil sie nach Albert Kopetzke sehen wollte. »Emma, schön, dass auch du uns unterstützt«, sagte sie leise beim Verlassen des Dienstzimmers.

Emma fühlte sich unwohl, so allein mit Marie-Luise im selben Raum. Ihr erschien die Fotografie von Doktor Kunkel vor Augen. Er hatte wohlwollend auf dem Bild ausgesehen und wurde in dem Artikel in den höchsten Tönen gelobt.

Ein Wolf im Schafspelz, den sie nicht gewähren lassen durfte!

Wie mit Scheuklappen schaute sie auf ihren Schreibtisch, breitete die von Marlene aktualisierte Pflegeordnung vor sich aus und las. Zu einer Ergänzung der Dekubitusprophylaxe hatte sie noch eine Rückfrage an die Oberschwester aus der Kinderklinik in Hamburg, die Marlene als Quelle auf der Rückseite vermerkt hatte. Erst wenn alle Fragen geklärt waren, würde sie die neue Pflegeordnung ausgeben und mit der Schwesternschaft üben. Am besten, sie telefonierte gleich mit Hamburg. Das Problem war nur, dass das Telefon auf Marie-Luises Tisch stand.

Als sie zur Oberin hinüberschaute, pochte die mit den Fingern fortwährend auf den Schreibtisch. Dabei stöhnte und seufzte sie unleidlich. Emma traute sich nicht, sie in dieser Stimmung um die Benutzung des Telefons zu bitten. Durchatmen, Ruhe bewahren, ermahnte sie sich. Sie würde das Telefon oben auf der Krankensaaletage benutzen.

Auf dem Weg dorthin ging sie die anderen drängenden Themen im Kopf durch. Neben der korrekten Umsetzung der Pflege- und Hygieneregeln war es essenziell, das Vertrauen der Weißenseer und Berliner Bürger zurückzugewinnen. Sonst würden die ihre Kinder nie mehr in die Klinik bringen. Und selbst, wenn sie alle fachlichen Prüfkriterien zur Zufriedenheit der Kommission erfüllen würden, konnte die Klinik nicht bestehen, wenn keine Patienten kamen. Aber Vertrauen aufzubauen, das brauchte Zeit und konkrete Maßnahmen. Sie würde sich in den nächsten Tagen Gedanken darüber machen, welche das sein könnten.

»Emma, es tut mir leid, wenn ich Sie bei der Arbeit stören muss, aber ich muss Sie dringend sprechen.« Da erklang sie wieder hinter ihr, die Stimme, die sie vorhin schon angesprochen hatte.

Emma drehte sich um. »Frau Hildebrandt?« Widerwillig stoppte sie. Sie hatte schon genug Zeit verloren. Sie spürte plötzlich einen dicken Kloß im Hals, der sich nicht hinunterschlucken ließ. Gleichzeitig begann ihr Herz zu galoppieren, sodass sie meinte, es spränge ihr gleich aus der Brust.

Gesine Hildebrandt lächelte sie wie eine gute Freundin an. »Es geht um Kurt.«

»Ich habe zu tun.« Emma fand es eine bodenlose Frechheit von ihr, herzukommen und sie auf ihren Ehemann anzusprechen. Wollte sie etwa Tipps, wie man Kurts Lieblingsspeise zubereitete? Oder endlich Emmas Schlüssel für die Wohnung in der Buschallee abholen? Der alte Schwindel drohte sie zu erfassen.

Emma vergaß darüber, was sie eigentlich auf der Krankensaaletage gewollt hatte. Sie ließ Kurts Gespielin im Gang stehen und flüchtete sich in den Speiseraum der Schwestern. Aufgeregt zog sie die Tür hinter sich zu und stemmte sich von innen dagegen. Sie wollte von dem ganzen Radiozauber nichts mehr wissen und den Charme, den diese Frau ausstrahlte, nicht sehen.

»Kurt geht vor die Hunde, wenn Sie ihn weiter von sich stoßen«, sagte Gesine von der anderen Seite der Tür. »Ich weiß, dass es mir nicht zusteht, Ihnen private Ratschläge zu geben, aber Kurt ist mir zu einem guten Freund geworden, um den ich mich ernsthaft sorge.«

»Guter Freund? Wenn es nur so wäre, Frau Hildebrandt!«, gab Emma ganz außer sich zurück. »Bitte gehen

Sie jetzt, oder ich melde Sie bei den Wachleuten. Und ja, Sie können Kurt haben.«

Mehrere Atemzüge lang war es still auf der anderen Seite der Tür. Emma glaubte schon, die Frau wäre weg, als diese doch sagte: »Ich kann ihn haben? Wie kommen Sie darauf, dass ich ihn will?«

Mit einer heftigen Bewegung wischte Emma sich die Tränen von den Wangen. Erst die liebevolle Widmung in seinem Buch, dann die langen Abende im Sender und am Ende der Lippenstift an Kurts Hals.

»Emma, Sie wissen, dass ich Sie für Ihre großherzige, liebevolle Art sehr schätze. Aber jetzt – verzeihen Sie mir diesen rüden Ausdruck –, aber jetzt reden Sie Unsinn«, sagte Gesine Hildebrandt. »Kurt ist nicht mehr als ein hervorragender Mitarbeiter und Freund für mich.«

Emma öffnete die Tür einen Spalt, weil die Senderchefin so aufrichtig klang. Sie musste ihr Gesicht sehen, um zu beurteilen, ob sie die Wahrheit sprach.

»Und außerdem ...«, Gesine Hildebrandt wollte weiterreden, schaute sich aber erst im Korridor um. Sie wirkte nun nervös.

Emma öffnete die Tür ein Stück weiter, sodass Gesine eintreten konnte, und schloss sie dann gleich wieder. Niemand sollte sie verheult sehen, jetzt, da sie mit wehenden Fahnen zur Rettungsgruppe gestoßen war.

»Außerdem: Kurt würde mich gar nicht wollen«, sagte Gesine in vertrautem Ton. »Was jedoch auf Gegenseitigkeit beruht«, gestand sie und schaute sich im Speiseraum um, wo doch offensichtlich niemand außer ihnen war. »Seitdem ich mich das erste Mal mit sechzehn verliebt habe, sind es stets nur Frauen, die ich begehre.«

Emma war völlig verwirrt. »Aber Sie und Kurt, Sie haben so eng zusammengearbeitet, Tag und Nacht. Und dann der Lippenstift an seinem Hals.«

»Das mussten wir, um uns gegen alle Zweifler im Sender durchzusetzen. Und glauben Sie mir, davon gab es reichlich. Wenn wir nicht so viel Zeit investiert hätten, wären die *Reportagen vor Ort* heute nicht das, was sie geworden sind: das inzwischen beliebteste Format der *Berliner Funk-Stunde*. Wir haben sogar die *Hörspiele* übertrumpft. Nur leider läuft die nächste Reportage ohne Kurt.«

»Ohne Kurt?«, echote Emma. Konnte es wirklich stimmen, was Gesine behauptete? Dann, dann … Emma war sprachlos, wie sehr sie sich in ihrer Eifersucht verrannt haben könnte.

»Kurt wurde von allerhöchster Stelle als leitender Redakteur abgesetzt. Die Wahlberichterstattung wird jemand anderer übernehmen. Wenn er Glück hat und sich besser gestern als morgen zusammenreißt, kann er wenigstens bei den *Vorträgen* bleiben.«

»Die Wahlberichterstattung war Kurts großer Traum«, sagte Emma erschrocken.

»Und damit Kurt nicht vollkommen unter die Räder gerät, bin ich hier. Zuerst arbeitete er nur unkonzentriert, verpasste Redaktionskonferenzen und sprach andauernd darüber, wie sehr er Sie und die Kinder vermisst. Aber seit geraumer Zeit ist er wie vom Erdboden verschluckt. Wenn er nicht entlassen werden soll, müssen Sie helfen.«

Emma zog sich die Schwesternhaube vom Kopf, sie entglitt ihren zitternden Fingern und landete auf dem Boden. »Wie konnte es nur so weit kommen?« Sie meinte damit ihre Verblendung, ihre Eifersucht und vor allem: ihre Sturheit.

Nicht ein einziges Mal hatte sie Kurt die Chance gegeben, sich zu erklären. Sie war eine völlig andere Emma gewesen, vor Angst, wieder betrogen zu werden.

»Ach, und der Lippenstift ... ich hatte ihn Lissi zum Spielen gegeben, und sie hatte Spaß daran, ihren Vater damit zu bemalen. Erst auf dem Handrücken und dann am Hals.«

Emma nickte abwesend. Sie überlegte schon, mit welchen Worten sie Kurt gegenübertreten konnte. Sie hatte noch keinen Schimmer.

*

Direkt nach Dienstschluss machte sie sich auf den Weg zur Buschallee. Im Treppenhaus bekam sie vor Aufregung kaum mehr Luft. Sie war den Rest ihres Arbeitstages unkonzentriert gewesen, weil sie versucht hatte, sich die richtigen Worte für Kurt zurechtzulegen. Beim Telefonat mit der Oberschwester aus Hamburg hatte sie fast gestottert, weil ihre Gedanken immer wieder weg von der Dekubitusprophylaxe gesprungen waren. Oberschwester Annegret hatte sie bestimmt für geistig verwirrt gehalten. Kurt hingegen hielt sie vermutlich für ein Scheusal, und sie würde es sogar verstehen, wenn er sie deswegen nicht mehr liebte.

Ihre Hand zitterte, als sie aufschloss. Es war still in der Wohnung. Wie sehr sie das Geräusch seiner klappernden Schreibmaschine vermisste. Sie versuchte den Neubeginn mit ihrem Ehemann mit einem zärtlichen: »Kurt?«

Mit demütig gesenktem Blick ging sie in die Stube. In ihrer Vorstellung konnte sie ihre einst so glückliche Familie um den Tisch versammelt gemeinsam Radio hören sehen. Sie hatte das alles zerstört, weil sie ihre Eifersucht nicht unter Kontrolle hatte.

Die Stube hat sich verändert, dachte Emma. Um nicht zu sagen: Sie wirkte tot. Zwar standen die Möbel noch an Ort und Stelle, aber die Regale waren größtenteils leer geräumt. Emma stürzte ins Schlafzimmer. Auch dort fehlte jede Spur von Kurt und seinen Habseligkeiten. Weder fand sie eine einzige Tüte Mehl in der Küche noch *ihre* Bank auf der Loggia. Ganz offensichtlich wohnte Kurt hier nicht mehr. Sie musste ihn finden. Was, wenn er sich aus Verzweiflung etwas antat? Wo nur konnte er sein?

***

27

7. August 1930
Noch 23 Tage bis zur Schließung

Marlene wollte eigentlich schon längst auf dem Fahrrad in Richtung Villa sitzen, aber die Rettungsinitiative hatte sie einmal mehr bis in die Abendstunden an der Klinik gehalten. Zuletzt hatte sie sich den Kopf darüber zerbrochen, wie sie die Presse auf ihre Seite bekommen konnten. Die Kommunikation mit den Journalisten durfte nicht nur reaktiv, sondern musste initiativ erfolgen. Zum Beispiel durch das Angebot von Interviews oder Hintergrundgesprächen. Marlene wollte ihre Seite darstellen, ihre Liebe und Hingabe zur Sache aufzeigen. Die Beschaffung neuer finanzieller Mittel lief gut. Maximilian und Doktor Fiedler kümmerten sich gemeinsam darum. Marlene war froh, dass Maximilian sich durchgerungen hatte, die Klinikrettung zu unterstützen. Von Emma wusste sie, dass er sich außerdem damit beschäftigte, wie man das Vertrauen der Weißenseer und Berliner Bürger zurückgewinnen könnte.

Marlene war auf dem Weg zu Albert, den ein schlimmer Schicksalsschlag ereilt hatte: Seine Mutter war gestorben. Die Kinderklinik war telefonisch darüber benachrichtigt worden. Marlene hatte ein zutiefst schlechtes Gewissen. Sie hätte die kränkliche Frau Kopetzke gleich bei ihrer ersten Begegnung untersuchen sollen.

Als Marlene Albert die Nachricht überbracht hatte, hatte der Junge Rotz und Wasser geheult. Seitdem spendeten Emma und sie ihm abwechselnd Trost am Krankenbett. Dank der regelmäßigen Penicillinspritzen ging es ihm körperlich immer besser, aber der Tod seiner Mutter hatte ihn verändert. Früher hatte er trotz seiner schwierigen Lebensumstände lächeln können und sich begeistern lassen – für die Zauberei zum Beispiel. Oder eine Portion Eis. Er war ein Kind gewesen, das schon früh viel Verantwortung auf sich genommen hatte.

Als Marlene im Krankenzimmer eintraf, war sie überrascht, die Elevinnen und Oberin Fischer um Alberts Bett versammelt zu sehen.

Dem Gespräch nach zu urteilen, übten sie die Haarpflege. Das schien Albert abzulenken und auf andere Gedanken zu bringen.

»Kindern, die sich zum Kämmen nicht aufrichten dürfen, legen Sie den Kopf langsam erst zu einer Seite und kämmen das freiliegende Haar«, Marie-Luise demonstrierte es an Albert, »und dann zur anderen Seite und kämmen das übrige Haar.«

Es war eine Wohltat für Marlenes Augen, dass die Elevinnen keinen Schmuck mehr trugen. Edith bekam den Kamm gereicht und machte ihre Sache besser als im Unterricht von Vera. Vera war eine ausgezeichnete Stationsschwester, aber sie fand schwer Zugang zu den jungen Frauen und war vor Zeitdruck und Not vermutlich zu schnell durch die Prüfungsgebiete gerauscht. Das hatte die Elevinnen überfordert. Marlene wäre im theoretischen Unterricht beinahe das

Gleiche passiert. Zuletzt hatte sie ihr Tempo jedoch runtergefahren.

Marie-Luise sprach auch die Entlausung und Entfilzung beim kranken Kind durch, bis die ersten Mädchen unkonzentriert wurden und Fehler machten. Bertha behauptete doch allen Ernstes, dass Mädchen bei Läusebefall die Haare abrasiert werden müssten – wie es bei Jungen Vorschrift war. Korrekt war jedoch, dass sie eine ordentliche Behandlung mit einer Läusekappe und einem Sabadillessig-Verband bekamen.

»Konzentrieren Sie sich nur noch zehn Minuten«, bat Marie-Luise.

»Aber …«, setzte Bertha an und schaute die anderen Schwesternschülerinnen verunsichert an.

»Ja, aber …?«, fragte Marie-Luise auffordernd und reckte vermutlich schon aus Angewohnheit ihr Kinn.

»Es ist so viel, wie soll das alles in meinen kleinen Kopf passen?« Bertha seufzte, und die anderen nickten bestätigend.

Marlene verstand ihre Ängste. Die diesjährige Prüfungsklasse hatte wegen der vorherigen Versäumnisse viel aufzuholen. Die jungen Damen mussten über ihre Grenzen hinausgehen, um die Abschlussprüfungen zu bestehen. Marlene wollte schon zu Bertha treten, um ihr Mut zu machen, aber sie hielt inne, weil Marie-Luise zu sprechen ansetzte: »Als ich damals als Rotkreuzschwester in mein erstes Kriegslazarett geschickt wurde, hatte ich auch Angst.« Marie-Luise ging zur Fensterfront des Krankenzimmers. Die Mädchen folgten ihr.

»*Sie* hatten Angst?«, entfuhr es Monika.

Marie-Luise schaute auf die Veranda, während sie weitersprach: »Anfangs zweifelte ich an mir. Wenn einer meiner Patienten starb, war ich entmutigt.« Der Zeigefinger ihrer langen, grazilen Hand lag auf ihrem Eisernen Verdienstkreuz am Oberinnenkleid. »Ich konnte viele nicht retten, aber ihnen wenigstens beim Sterben die Hand halten.«

»Ich habe Angst, einem sterbenden Kind die Hand zu halten«, gestand Bertha leise.

Marlene war gerührt von dem Gespräch. Sie hätte vielleicht auch im theoretischen Unterricht mit den Schwesternschülerinnen über ihre Ängste sprechen sollen.

»Unser Beruf verlangt uns viel ab. Wir tragen eine sehr große Verantwortung für das Leben anderer«, fuhr Marie-Luise fort. »Als Krankenschwester zu arbeiten kann zeitweise auch eine Last sein, aber vor allem ist es eine Ehre und hält viele berührende Momente bereit. Jeder verwundete Soldat war so unendlich dankbar für meine Hilfe.«

Marlene sah, wie einige der Elevinnen nickten, während Albert in Gedanken versunken auf die Bettdecke starrte. Vielleicht dachte er darüber nach, was ihn und seinen kleinen Bruder im Waisenhaus erwarten würde. Sie wusste aus eigener Erfahrung, wie schlecht die Chancen für ältere Kinder standen, eine Pflegefamilie – neue Eltern – zu finden. Und wenn es gar um die Vermittlung eines Geschwisterpaares ging, wurde es fast unmöglich. Der Junge würde seine Jugend bis zur Aufnahme einer Ausbildung im Waisenhaus fristen müssen. An einem Ort, wo es selten Liebe und familiäre Wärme gab. Und vorher musste er noch den viel zu frühen Tod seiner Mutter verarbeiten.

»Aber das Wichtigste war, dass ich als Lazarettschwester nie allein war«, sprach Marie-Luise weiter. Die Elevinnen lauschten gebannt wie in keiner von Marlenes theoretischen

Unterrichtsstunden. »Dass Schwestern und Ärzte die Verantwortung gemeinsam trugen, begriff ich erst mit der Zeit. Durch diese Erkenntnis konnte ich etwas von der Last auf meinen Schultern abgeben und hatte weniger Furcht davor, jemanden nicht retten zu können. Ich gab trotzdem stets mein Bestes.«

Erst nach diesen Worten wandte sich Marie-Luise wieder den Elevinnen zu. Marlene schenkte sie keine Aufmerksamkeit. »Als Krankenschwester haben Sie die Möglichkeit, die physische und manchmal auch die psychische Verfassung eines Kranken zu verbessern«, sagte sie in hoffnungsvollem Ton, den Marlene an ihr noch ungewohnt, aber keineswegs unpassend fand. »Diese Chance bekommt nicht jeder«, betonte Marie-Luise und lächelte.

Marlene nickte unvermittelt. Auch für sie war es etwas Besonderes, kranken Menschen zu helfen. Es gab noch viel zu lernen für die Elevinnen, aber Marie-Luises Unterricht schenkte den jungen Damen neue Zuversicht. Eine Weile standen alle stumm und in Gedanken versunken da, schließlich verließen sie an Marlene vorbei das Krankenzimmer.

»Ick habe Angst davor, ohne meene Mutter leben zu müssen«, sagte Albert mit zitternder Stimme, was Marlene an sein Krankenbett zog. Sie streichelte seine Hand und nahm ihn lange in den Arm. Dabei erinnerte sie sich an Maximilians Versprechen, Albert einen Eisbecher zu spendieren. Sie sagte zu, dass ganz bestimmt bunte Streusel obendrauf kommen würden. Aber der Junge war untröstlich und nun nicht mehr erwachsen, sondern ganz Kind. Marlene fühlte sich hilflos im Angesicht seiner Verletzlichkeit. Am liebsten wollte sie ihn nicht wieder loslassen.

Als Marlene die Klinik am Abend verließ, nahm sie den lauen romantischen Sommerabend kaum war. In der Straße vor der Villa hörte sie Kinderlachen. Ob Albert jemals wieder so unbekümmert lachen würde?

Gedankenversunken stellte Marlene ihr Fahrrad ab und wollte den Tag im Gartenpavillon ganz in Ruhe ausklingen lassen, bevor sie Schlaf nachholte. Seitdem die Klinik von der Schließung bedroht war und sich ihr Leben vor allem um deren Rettung drehte, hatte sie sich von Professor Czerny für die Forschung am Penicillin freistellen lassen. Erst nach dem Besuch der Kommission wollte sie wieder dazustoßen. Adalbert Czerny hatte Verständnis für diese Entscheidung gezeigt. Seit der Eröffnung hatte er die Entwicklung der Kinderklinik mit Wohlwollen mitverfolgt.

In melancholische Stimmung versunken, dachte Marlene an ihren Vater, der noch immer auf Reisen war. Sie hoffte, dass er bald zurückkommen würde, ihm wollte sie von ihren Sorgen erzählen. Einmal mehr hatte sie es gewagt, ihm zu vertrauen. Und zuletzt hatte es sich tatsächlich so angefühlt, als hätten sie und Emma für ihn allererste Priorität. Dieses Mal würde Joseph sie bestimmt nicht enttäuschen und wieder Jahre wegbleiben. Das sagte ihr ein Gefühl und vielleicht auch der Wunsch, nach der Trennung von Maximilian nicht allein dazustehen.

Als Marlene in den Garten hinter der Villa kam, sah sie, dass ihre Schwiegermutter bereits den Pavillon für sich beansprucht hatte. In eine Zeitung vertieft, saß Dorothea von Weilert mit dem Rücken zu Emma, die mit Elisabeth auf der Rasenfläche bei den Edelrosen das neue Fahrrad ausprobierte. Als baldige Viertklässlerin war ihr das Kinderfahrrad längst zu klein geworden. Marlene hatte das größere Rad bezahlt, aber war mit Emma übereingekommen, diese Tatsache vor Elisabeth nicht zu erwähnen. Vielleicht hätte das Mädchen das Geschenk dann nicht angenommen.

Marlene wollte sich schon abwenden, als ihr auffiel, dass ihre Schwiegermutter die kleine Übungsstunde heimlich beobachtete. Als sie Marlenes Blick auf sich spürte, konzentrierte sie sich sofort wieder auf ihre Zeitung.

Ein lauter Jauchzer lenkte Marlenes Aufmerksamkeit zu Emma zurück. Sie schmunzelte über Elisabeths Fahrübung. Emma musste neben ihrer Tochter herlaufen, um ihr Mut zuzusprechen. Das neue Fahrrad war um einiges höher als das alte.

Marlene lief nun neben Emma her. »Gibt es Neuigkeiten?«, fragte sie mit gesenkter Stimme.

Emma stoppte, sodass Elisabeth allein weiterfuhr. Sie wirkte noch etwas unsicher, aber saß doch in der richtigen Haltung und fest im Sattel.

»Auch heute hat sich Kurt nicht in der Redaktion gemeldet. Die Nachbarn aus der Buschallee haben ihn auch nicht wieder gesehen«, berichtete Emma ihrer Schwester. »Ich rechne schon mit dem –«

Marlene presste ihrer Schwester sofort die Hand vor den Mund. »Das darfst du nicht denken!« Aber sie selbst dachte: Albert hatte auch nie mit dem Tod seiner Mutter gerechnet, und es war trotzdem passiert.

»Mami, schau mal, wie gut ich das neue Fahrrad schon lenken kann«, rief Elisabeth. Sie klang stolz und seit Langem wieder fröhlich. »Nur das Bremsen ist noch so anders als beim kleinen Rad.«

»Schön, mein Schatz. Das machst du sehr gut, und wenn du dich einmal an den Rücktritt gewöhnt hast, klappt das Bremsen wie aus dem Effeff«, lobte Emma, ohne hinzuschauen, den Blick bei ihrer Schwester. »Ich weiß nicht, was ich wegen Kurt noch tun kann. Sag du es mir, Lene!«

»Nicht den Mut verlieren«, entgegnete Marlene. »Ich kann mir beim besten Willen nicht vorstellen, dass Kurt sich einfach von der Welt verabschiedet. Das würde er dir und den Kindern niemals antun!«

Aus dem Augenwinkel sah Marlene, wie ihre Nichte mit dem Fahrrad ums Haus herum nach vorne fuhr und immer wagemutiger wurde.

»Unter normalen Umständen würde er das auch nicht«, pflichtete Emma ihr verzweifelt bei, »aber als ›normalen Umstand‹ kann man unsere Ehekrise ja nicht bezeichnen. Mit meinem sturen Verhalten habe ich ihn verletzt, und wenn man verletzt ist, denkt man nicht mehr vernünftig und rational! Ich selbst bin das beste Beispiel dafür.« Beschämt senkte Emma den Blick.

Erst jetzt fiel Marlene ein, dass sie bei ihrer Ankunft das Tor offen gelassen hatte. Elisabeth beherrschte den Rücktritt noch nicht richtig. Wenn sie jetzt direkt auf das Tor zufuhr, vor dem die Straße verlief? Oh Gott! Marlene zögerte keinen Moment und sprintete ihrer Nichte hinterher.

»Mami, hilf mir. Ich kann nicht bremsen«, rief Elisabeth von der Einfahrt aus. Vor Angst hatte sie ihre Beine von den Pedalen gehoben und rollte immer schneller, bald in Schlängellinie, auf die Straße zu.

Marlene rannte noch schneller. In ihrer Erinnerung sah sie Bilder ihres Unfalls von einst, wie sie auf den grünen Ford zugerast waren. Als Elisabeth auf die Fahrbahn fuhr, machte Marlene mit aller Kraft einen großen Satz nach vorn. Im letzten Moment gelang es ihr, ihre Nichte vom Fahrrad zu reißen. Sie beide fielen auf den Bürgersteig zurück, während das Fahrrad über die Fahrbahn schürfte und unter die Räder eines wild hupenden schwarzen Automobils geriet. Es hatte zwar gebremst, war aber nicht mehr rechtzeitig zum Stehen gekommen.

Elisabeth verzog schon ihr Gesicht zum Weinen, schluchzte dann aber nur und krallte sich an Marlene fest. Marlene umschlang das Mädchen mit ihren langen Armen und strich ihm beruhigend über den Rücken. Das war noch mal gut gegangen!

Emma kam durch das Tor gelaufen und wollte ihre Tochter übernehmen, hielt dann aber inne und versank in dem Anblick. Erst als es erneut hupte, ging sie zu dem schwarzen Automobil, um den erschrockenen Fahrer zu beruhigen.

»Tante Lene, du hast mich gerettet«, sagte Elisabeth und schaute Marlene mit großen Augen an.

Marlene lächelte berührt. »Was hältst du davon, wenn wir auf den Schreck ein Glas Limonade trinken?«

»Oh ja!« Elisabeth lächelte versöhnlich, und so führte Marlene ihre Nichte an der Hand in die Villa zurück.

In der Küche drückte sie Elisabeth noch einmal an sich und schloss ihre Augen, bevor sie die Limonade zubereitete. War das gerade Maximilian gewesen, der unbemerkt kurz zu ihnen in die Küche hereingeschaut hatte? Sie roch Moschusparfüm.

Trotz des Schreckens, der ihr immer noch in allen Gliedern saß, war es ein wunderbares Gefühl, dass Elisabeth wieder Vertrauen fasste. Es fühlte sich wie wohlige Wärme in ihrer Körpermitte an.

Mit einem Gedanken auch beim tieftraurigen Albert,

dachte sie, wie erfüllend es sich anfühlte, ein Kind zu trösten und es umsorgen zu dürfen. Jetzt war die Sehnsucht danach wieder da, und Marlene war überwältigt von der Intensität des Gefühls. Dennoch durfte sie sich jetzt, keinen Monat vor dem Kommissionsbesuch, nicht aus dem Konzept bringen lassen.

***

28

12. August 1930
Noch 18 Tage bis zur Schließung

Beim Gang durch den Korridor der Krankensaaletage fixierte Emma ihr Klemmbrett mit der überarbeiteten Pflegeordnung, anstatt auf Oberschwester Hertha neben sich zu achten. Die schaute sowieso nur mürrisch. Bevor sie die Pflegeordnung in achtzehn Tagen der Krankenhausaufsicht präsentieren würden, galt es, die Regeln heute das erste Mal zu erproben. Der oberste Leitsatz handelte immer noch davon, dass alle Kranken eine gleichermaßen gute, hygienisch einwandfreie und freundliche Pflege erhalten sollten.

Es war vorgesehen, dass Hertha in ihrer Funktion als Oberschwester die Pflegeordnung vor der Aufsichtsbehörde erklären und präsentieren sollte. Es wäre nicht angemessen, wenn eine einfache Pflegekraft wie Emma mit den hohen Herren sprechen würde.

Hertha zeigte sich jedoch wenig lernwillig. Die überarbeiteten Pflegeabläufe für die Dekubitusprophylaxe, die die modernsten Erkenntnisse über die Verhinderung von Druckstellen bei stundenlangem Liegen aufgriffen, saßen noch genauso wenig wie die gänzlich neuen Vorschriften über Konfliktlösungen innerhalb des Pflegepersonals als auch zwischen den Kranken, die Emma zusätzlich recherchiert und aus der Pflegeordnung des Charlottenburger Krankenhauses übernommen hatte. Hinzu kam, dass Kurts Verschwinden an Emmas Nerven zerrte, die ihr inzwischen so dünn wie Grashalme vorkamen. Aber das wollte sie sich vor Hertha Heinze auf keinen Fall anmerken lassen, sonst gab die gleich ganz auf. Der Oberschwester reichte es ja schon, von Emma Anregungen und Erklärungen annehmen zu müssen, obwohl sie ihr im Rang übergeordnet war.

Auf dem Korridor vor der HNO kam ihnen Marlene mit Albert entgegen. Der traurige Junge trug seine Milchgeldtasche lasch über der Schulter. Er war der letzte Pflegling der Kinderklinik, der nun auch entlassen wurde.

»Ich brauche endlich mal eine Pause«, beschloss Hertha und zog sich zurück, sobald Emma sich Albert widmete. Es war kaum eine halbe Stunde her, dass sie den Rundgang begonnen hatten.

Emma schenkte Albert und Marlene ein aufmunterndes Lächeln. Ihre Schwester schaute genauso trübselig wie der ehemalige Zauberlehrling. Das lag wohl auch daran, dass unten beim Pförtner bereits eine Dame von der Fürsorge wartete, die schon Alberts kleinen Bruder bei sich hatte, um die beiden ins Weddinger Waisenhaus zu bringen.

»Alles Gute, Albert«, sagte Emma. »Und pass auf deinen kleinen Bruder auf. Er braucht dich jetzt besonders.« So wie sie damals ihre große Schwester gebraucht hatte. Ganz allein im kalten Waisenhaus wäre sie untergegangen.

Albert nickte wie betäubt. »Wenn Gerti doch noch kommt, sagen Se ihr, wo se mich findet?« Der einst lebhafte Junge war nicht wiederzuerkennen. Aber seine Frage erinnerte Emma an eine wichtige Sache. »Warte kurz, Albert!«

Sie lief hinüber ins Schwesternzimmer des Keuchhustenhauses, schnappte sich dort den zerschlissenen Beutel und rannte zurück zu Albert, ohne die Dame von der Fürsorge zu beachten, die schon auf ihre Armbanduhr schaute. Den Anblick von Alberts kleinem verheulten Bruder im Kinderwagen daneben ertrug sie nicht. Wie konnte Gott einem Kleinkind die Mutter nehmen?

Heftig atmend vor Albert und Marlene angekommen, musste Emma sich erst einmal vornüberbeugen und auf den Knien aufstützen, um wieder besser Luft zu bekommen.

Marlene wurde ungeduldig. »Albert und ich müssen los, Emma, was gibt es denn noch?«

Emma übergab Albert den Beutel. »Natürlich sagen wir Gerti, wo sie dich besuchen kann.«

Albert starrte den alten Beutel so ungläubig an, als könnte im nächsten Moment Trixie, das Meerschwein, daraus hervorspringen. »Wollte Gerti det Kleid doch nich?«, fragte er, ohne in den Beutel zu schauen. Er schien ganz genau zu wissen, was sich darin befand.

Emma überging die Frage. Sie wollte den Jungen mit der Wahrheit, dass Gertis Mutter das Kleid in den Mülleimer geworfen hatte, nicht noch mehr verletzen. »Es ist so hübsch. Vielleicht gibt es im Waisenhaus ein Mädchen, das sich darüber freuen würde.« Sie lächelte von Herzen und drückte dann Marlene aufmunternd die Schulter. »Ich muss mich jetzt um die neue Pflegeordnung kümmern.«

Albert schmiegte sich an Marlene, dann gingen sie davon.

Berührt schaute Emma den beiden nach. Marlene hatte genau das durchgemacht, was Albert von heute an bevorstand: das Leben im Waisenhaus für sich und sein jüngeres

Geschwisterkind so wenig traumatisierend wie möglich zu gestalten. In Gedanken bat Emma den lieben Gott, Albert Kopetzke und seinen kleinen Bruder besonders zu beschützen, und fügte ihrer Bitte an den Allerhöchsten gleich noch hinzu, auf Kurt achtzugeben, wo immer er auch war. Je länger er fortblieb, desto wahrscheinlicher wurde es, dass ihm etwas Schlimmes zugestoßen war. Die Überfälle durch Besitzlose und Plünderer häuften sich mit jeder Woche, genauso wie die Straßenkämpfe, die die Rechten anzettelten.

Nach dem Abschied von Albert fiel es Emma besonders schwer, sich auf die Fortsetzung ihres Pflegerundgangs zu konzentrieren. Sie brauchte vier Stunden, um zu überprüfen, welche Regeln bereits korrekt umgesetzt wurden. Mehrere Punkte waren noch offen, deren Handgriffe das Pflegepersonal noch zu verinnerlichen hatte.

Nach dem Pflegerundgang ging Emma in ihr Büro zurück, wo sie zum Glück allein war. Sie sackte auf ihren Stuhl am Schreibtisch bei der Tür. Der Berg Arbeit wurde nicht weniger. Mit der Pflegeordnung war sie ganz gut vorangekommen, aber mit der Anleitung zum Umgang mit den Eltern kranker Kinder stand sie noch ganz am Anfang. Anders als bei jedem anderen medizinischen Fachgebiet mussten in einer pädiatrischen Klinik die Eltern »mitbehandelt« werden. Ermattet ließ Emma ihren Kopf auf den Schreibtisch sinken und schloss die Augen. Wenn wenigstens Kurt jetzt da wäre, sie in den Arm nehmen und ihr sagen würde, dass alles gut werden würde – was hätte sie dafür geben!

Als sie das nächste Mal aufschaute, stand Marie-Luise plötzlich vor ihr, hatte Emmas Klemmbrett in den Händen und sichtete die Inhalte. Emma hatte sie nicht kommen hören.

»Da sind noch einige Punkte offen«, bemerkte Marie-Luise.

Emma unterdrückte einen elendigen Seufzer. »Ich konnte an mehrere Punkte noch keinen Haken machen, weil die Ausführung bei den Schwestern noch nicht sitzt.« Kam jetzt eine Zurechtweisung?

»Mir ist aufgefallen, dass es den Elevinnen leichter fällt, sich Fakten einzuprägen, wenn sie sie täglich vor sich sehen«, sagte Marie-Luise, während sie auf Emma herabschaute. »Sie haben sich den Lehrstoff oben auf Papieren an ihren Zimmerwänden befestigt und schauen beim Aufwachen und beim Einschlafen darauf. Das könnte auch bei den examinierten Schwestern funktionieren.«

Eine gute Idee!, fand Emma. Dafür müsste sie die Pflegeordnung schnellstmöglich mehrfach auf der Schreibmaschine abtippen. »Das Abtippen würde allerdings dauern, und Zeit haben wir gerade nicht übrig.«

»Wenn Sie die neue Pflegeordnung drucken lassen würden …«, begann Marie-Luise.

Emma erhob sich angetan und führte den Satz weiter: »… und in jedem Raum, im Speisezimmer der Schwestern, in den Krankenzimmern, im Operationssaal und sogar in der Wäschekammer aushängen würde, hätten die Schwestern die Vorschriften immer vor Augen. Das ist, das ist …« So schnell kam ihr ein Lob für ihre Rivalin aber nicht über die Lippen. Laut dachte Emma weiter: »Wenn ich es sofort auf der Schreibmaschine abtippe, könnte ich es noch heute in eine Druckerei bringen. Das würde viel Zeit sparen.«

Marie-Luise legte Emmas Klemmbrett wieder ab und begab sich zu ihrem Schreibtisch, auf dem ihre Teetasse stand.

Auch wenn sie es nie sagen würde, imponierte es Emma, welch kühlen Kopf die Oberin in der Krise bewahrte. Sie musste Nerven aus Drahtseilen haben. Obendrein war es ihr gelungen, den Elevinnen neue Zuversicht zu schenken. Als Emma den jungen Frauen am Morgen begegnet war, hatten einige sogar wieder gelächelt und eifrig statt überfordert gewirkt.

Unter Emmas verwundertem Blick trug Marie-Luise die Schreibmaschine an Emmas Tisch. »Wenn Sie die neue Pflegeordnung bis fünfzehn Uhr sauber abgetippt haben, nehme ich sie mit zur Druckerei. Ich bin am Nachmittag sowieso in der Stadt verabredet. Konsul von Grotjahn denkt über finanzielle Zuwendungen für das Rote Kreuz nach, die ich gerne für die Weiterführung der Kinderklinik einsetzen würde. Wenn mein Gespräch erfolgreich verläuft, kann Doktor Fiedler übernehmen. Er hat ja den Hut für die Finanzen auf.«

Emma nickte beeindruckt, dann spannte sie Papier in die Schreibmaschine ein. Bevor sie jedoch den ersten Buchstaben tippte, schielte sie noch einmal zu Marie-Luise hinüber. »Danke für Ihre Hilfe«, sagte sie kaum hörbar. Es war vermutlich doch nicht so schlecht, mit Marie-Luise Fischer in einem Zimmer zu sitzen.

Punkt fünfzehn Uhr legte Emma die abgetippte fünfseitige Pflegeordnung in Marie-Luises Hände. Die Oberin hatte das Büro gerade in gewohnt eleganter Manier verlassen, da stand Marlene mit Elisabeth und Theodor in der Tür. Sie wirkte noch immer bedrückt von Alberts Übergabe an die Fürsorge. Oder war es die Trennung von Maximilian, die sie so betrübte? Oder was war sonst Schlimmes passiert? Emma suchte auf Elisabeths Gesicht und Armen nach Kratzern und Wunden, konnte aber nichts finden.

Theodor sagte aufgeregt: »Ich habe eine Idee, wo Papa sein könnte!« Den Kosenamen »Papa« hatte er schon lange nicht mehr gebraucht. Er schien erstmals wieder Mut zu schöpfen. Vor ein paar Tagen hatte er ihr seinen Liebeskummer wegen seines Freundes Johannes gestanden. Emma war erst geschockt gewesen, dass Theodor sich in einen Mann verliebt hatte. Dann aber hatte er so ergriffen, so erfüllend über die Liebe gesprochen, dass Emma ihm dieses Glück von Herzen gegönnt hätte – sofern Johannes ihren Sohn nicht ins rechte Milieu hineingezogen hätte. Theodor hatte Johannes gesagt, dass er ihn nie wiedersehen wollte, weil er ihm einfach nicht verzeihen konnte, dass er bei der Gewalt gegen seine Mutter tatenlos zugeschaut hatte.

Marlene trat heran und begann, die Klemmen von Emmas Schwesternhaube zu lösen. »Wir brauchen mindestens eine Stunde mit dem Auto raus«, sagte sie. »Bei dem Verkehr!«

Emma wusste sofort, was Marlene mit »raus« meinte. Ihr Blick lag noch auf ihrem starken Sohn. Sie selbst kam mit ihrem Liebeskummer schlechter zurecht. »Ihr denkt, Kurt könnte in Lübars sein?« Auf der Suche nach ihm war sie unzählige Orte im Kopf durchgegangen, aber Lübars, wo ihre Familie so viele glückliche Tage verbracht hatte, war ihr trotzdem nicht eingefallen. Das hatte wohl auch der Liebeskummer mit ihr gemacht, sie konnte noch lange nicht wieder klar denken.

»Ich muss noch bei der Oberschwester die Erlaubnis einholen, dass ich meinen Dienst früher –«, setzte Emma an.

»Das habe ich längst«, sagte Marlene. »Und jetzt komm, Schwesterherz!«

Emma rannte noch vor Marlene und den Kindern aus

der Klinik. Die restlichen Dienststunden würde sie morgen doppelt nachholen.

Erst vor dem Automobil der von Weilerts zögerte Emma. »Wir brauchen wohl Fahrräder, weil Lissi doch ...« Auf dem Fahrersitz saß der Chauffeur der von Weilerts.

Marlene öffnete die Autotür trotzdem. »Wir haben es gerade auf dem Weg hierher schon versucht, und Lissi war sehr tapfer.«

»Wenn Theo und Tante Lene auf der Rückbank neben mir sitzen und mich gut festhalten und ich die Augen zumache, dann ist es nicht mehr so schlimm«, erklärte Elisabeth ihrer Mutter. »Du kannst vorne sitzen, Mami.«

Emma küsste ihre Tochter voller Stolz, dann stieg sie ein. Marlene und Theodor nahmen Elisabeth auf der Rückbank zwischen sich.

Mit jedem Kilometer, den sie sich Lübars näherten, schlug Emmas Herz schneller. Was, wenn sie Kurt dort leblos auffinden würden? Das würde sie nicht ertragen.

Mehrmals versicherte Emma sich, dass es ihrer Tochter auf der Rückbank gut ging. Nach der Hälfte der Strecke wagte Elisabeth es, zu blinzeln und sich im Auto etwas umzuschauen. Marlene erzählte ihr zur Ablenkung eine Geschichte.

In Lübars angekommen, parkte der Chauffeur den Benz direkt vor der Kate. So viele emotionale Momente verband Emma mit dem Häuschen mit dem tiefgezogenen Strohdach: den Fortgang aus Lübars, als sie gerade vier gewesen war, dann Jahre später die Rückkehr mit Marlene, als sie Frieden mit der Vergangenheit geschlossen und ein altes Familienfoto gefunden hatten, danach die glücklichen Wochenenden mit Kurt und den Kindern, während sie das Häuschen auf Vordermann gebracht und unbeschwerte Sommertage auf dem Land genossen hatten.

Emma sackte das Herz tief ins Schwesternkleid, weil die windschiefe Hütte von außen unbewohnt aussah. Also war Kurt nicht hier! An Sommertagen wie heute war es zu warm drinnen, als dass man die kleine Fensterluke geschlossen lassen konnte. Die Kinder sprangen aus dem Automobil. Marlene konnte die beiden im letzten Moment davon abhalten, als Erste in die Hütte zu laufen. Anscheinend schloss sie Schlimmeres ebenfalls nicht aus.

Emma öffnete die Tür und betrat die Kate so leise, wie sich sonst nur Marie-Luise durch die Klinik zu bewegen wusste. Es war heiß hier drinnen und roch etwas modrig, obwohl sie die Bodendielen vor fünf Jahren erneuert hatten. Im trüben Licht, das durch die winzige Fensterluke ins Innere fiel, sprang ihr Blick über die Kochstelle und den runden Tisch, an dem sie schon mit ihrer Mutter gesessen hatte. Zögerlich schaute sie zum Bett vor der Wand mit der einzigen Fensterluke im Raum. Sie erblickte Kurt und hielt die Luft an. Er lag reglos da, sein Brustkorb bewegte sich nicht, und vor dem Bett waren Papierseiten verstreut. Sogar aus zwei Metern Entfernung erkannte Emma seine Handschrift. Der mehrmalige Versuch eines Abschiedsbriefes an seine Familie?

»Er ist hier«, rief Emma mit zittriger Stimme nach draußen und taumelte zum Hocker am Esstisch.

Marlene kam allein herein, entdeckte Kurt gleich auf dem Bett und tauschte einen fragenden Blick mit Emma. Die schüttelte verzweifelt den Kopf als Zeichen, dass alles umsonst gewesen war. Sie wurde in diesem Moment zur Witwe.

Zwei Atemzüge lang fühlten sie sich wohl beide an jene

Situation vor zweiunddreißig Jahren erinnert, als sie sich als kleine Kinder im Bett an die tote Mutter geschmiegt hatten, weil sie deren Tod stundenlang nicht bemerkt hatten. Emma begann, leise zu weinen.

Da betraten Theodor und Elisabeth die Kate und gingen sofort zu ihrem Vater ans Bett. »Papi, da bist du ja!«, rief Elisabeth und ruckelte an Kurts Körper. »Endlich haben wir dich wieder.«

Marlene ging zu Emma, setzte sich ebenfalls auf einen Hocker und zog ihre Schwester für eine tröstende Umarmung an sich.

Dann ließ sie Kurts Stimme ruckartig innehalten. Auch Emma schaute wie elektrisiert auf.

»Was macht ihr denn hier?«, fragte Kurt und öffnete langsam die Augen.

»Dich nach Hause holen«, antwortete Theodor prompt.

Emma machte sich von Marlene los und war sofort am Bett. Im gleichen Moment richtete sich Kurt aus dem Liegen auf und zog seine Kinder an sich, den Blick bei Emma.

»Du bist doch nicht …«, sagte sie. Konnte das wirklich wahr sein?

»Papi hat geschlafen«, sagte Elisabeth. »Ich musste ganz schön lange an ihm ruckeln, bis er aufgewacht ist.«

Emma lächelte unter Tränen und nahm Kurt bei den Händen. »Ich weiß längst, dass du mich nicht betrogen hast.«

»Und ich weiß, dass ich euch viel zu sehr vernachlässigt habe, dich und die Kinder und unsere Liebe«, sagte Kurt.

»Kommt, Kinder, wir schauen kurz, was das Kartoffelbeet hinter dem Haus macht.« Marlene führte Theodor und Elisabeth aus der Kate.

Als Emma und Kurt allein waren, küssten sie sich, dabei hatte sie ihm noch liebende Worte und eine ausführliche Bitte um Entschuldigung vortragen wollen. Kurt verschloss ihren Mund mit immer neuen Küssen. Erst als sie kaum mehr Luft bekamen, ließen sie voneinander ab. Kurt wandte sein Gesicht dem Sonnenlicht zu, das durch die Fensterluke auf das Bett fiel.

Emma betrachtete ihn wie am ersten Tag, an dem sie sich in ihn verliebt hatte. Sie schaute ihm tief in seine grauen Augen, fuhr mit der Hand durch sein kastanienbraunes Haar und tippte mit der Spitze ihres Zeigefingers auf die kleine Narbe über seiner Oberlippe, die sich beim Lächeln in die Breite zog. Sein stets offener, freundlicher Gesichtsausdruck war unglaublich anziehend.

Emma war unendlich erleichtert und verstand nicht, wie um Himmels willen sie ihre Ehe jemals hatte aufs Spiel setzen können. Schmunzelnd sagte sie: »Du hattest recht damals, als wir aus der Wohnung in der Langhansstraße ausgezogen sind.«

Kurt streichelte Emmas Gesicht. »Womit denn?«

Emma lächelte. »Dass man nie sagen kann, dass man den besten Kuss seines Lebens schon bekommen hat.«

Kurt sprang auf, hob Emma unter den Achseln hoch und drehte sich mit ihr. »Ich liebe dich, Emma Vogel. Und nie werde ich etwas anderes tun, bis ich alt und schrumpelig bin.« Nach zwei Drehungen setzte er Emma ab. Sie landete mit ihren Halbschuhen auf den Papieren neben dem Bett.

Emma fühlte sich wie beschwipst vor Glück, die Probleme mit der Kinderklinik schienen ihr in diesem Moment weit entfernt. »Ich liebe dich auch, Kurt Vogel, und möchte nie wieder so lange ohne dich sein. Und dies dort«, sie wies auf die Papiere mit Kurts Handschrift zu ihren Füßen, »vergessen wir ganz schnell.«

»Ist die Kinderklinik doch schon verloren?« Kurt hob einige der beschriebenen Blätter auf und hielt sie ihr hin.

»Die Kinderklinik schon verloren? Ich hoffe nicht.«

Kurt deutete auf das oberste Blatt in seinen Händen, auf dem mehrere Passagen durchgestrichen waren. »Ich habe mir ein paar Gedanken gemacht, wie mein Beitrag zur Rettung aussehen könnte.«

Emma war gerührt. »Aber wie willst du … du kennst dich doch mit Pflegeregeln und …«

»Aber ich weiß, wie ich viele Tausend Menschen erreichen kann«, sagte Kurt.

Endlich las Emma den Entwurf einer Ansprache an alle Radiohörer, den sie für einen Abschiedsbrief gehalten hatte. Sie las ihn sogar dreimal hintereinander, so sehr zogen Kurts Worte sie in den Bann. Sein Einfall mit den Herzen war brillant.

»Aber wie willst du das im Radio durchsagen?«, fragte sie. »Gesine meinte, dass deine Stellung sehr unsicher sei, nachdem du verschwunden bist. Vermutlich lassen Sie dich gar nicht mehr in den Sender.«

»Ich musste fort aus Weißensee. Ich habe es dort nicht mehr ohne euch ertragen«, erklärte Kurt und schaute nun wieder traurig.

»Vermutlich haben Sie dir inzwischen sogar gekündigt«, mutmaßte Emma. Das war vor allem ihre Schuld, dachte sie niedergeschlagen.

»Vielleicht aber auch nicht.« Kurts Augen flammten hoffnungsvoll auf. »Wenn ich Gesine eindringlich bitte, mir wenigstens fünf Minuten Ätherzeit bei den *Vorträgen* oder an irgendeiner anderen Stelle einzuräumen, würde das schon reichen. Und wenn es der Beitrag direkt vor die Nachrichten schaffen würde, das wäre ein Hauptgewinn.«

Emma war überwältigt. »Das wäre eine Riesenchance für die Kinderklinik!«

»Worauf warten wir dann noch? Je eher ich wieder beim Sender auftauche, desto besser«, sagte Kurt und zog Emma aus der Kate.

Draußen rief er: »Kinder, kommt, wir müssen zurück nach Berlin! Ich zeige euch jetzt mal meinen Arbeitsplatz im Voxhaus beim Radio.«

»Oh ja!« Elisabeth kam um die Kate gelaufen. Theodor folgte ihr kurz darauf.

Emma schaute schnell noch, wo Marlene blieb. Sie fand sie hinter der Kate auf der schmiedeeisernen Bank, den Blick nachdenklich in die Ferne gerichtet. »Lene, stell dir vor, die *Berliner Funk-Stunde* wird womöglich die Rettung der Kinderklinik unterstützen!«

Marlene änderte sofort ihren Gesichtsausdruck. »Das ist wunderbar«, sagte sie fröhlich, aber Emma konnte ihr ansehen, dass sie alles andere als glücklich war. Sie wirkte in Wirklichkeit todtraurig.

***

Achtung! Hier Sendestelle Berlin Voxhaus Welle 400!

Seit nunmehr neunundzwanzig Jahren verrichten die Ärzte und Schwestern in der Kinderklinik Weißensee täglich ihren Dienst – mit Herz und Hingabe. Dennoch kam es zuletzt zu vermehrten Beschwerden von Eltern, und die finanziellen Probleme der Kommune Weißensee, der Trägerin des vielgerühmten Krankenhauses, taten ihr Übriges, sodass die baldige Schließung droht.

Während der zurückliegenden drei Monate hat das Personal der Klinik mit Hochdruck an der Behebung der Missstände gearbeitet. Ob ihnen die Kehrtwende gelungen ist, wird am dreißigsten August durch die Krankenhausaufsicht mittels Vor-Ort-Begehung entschieden werden.

Wollen Sie die erste kommunale Kinderklinik Preußens, die ganz auf die Bedürfnisse der Schwächsten der Gesellschaft ausgerichtet ist, in ihrem Fortbestand unterstützen? Dann sprechen Sie der Klinik Ihr Vertrauen aus. Die Kinderklinik braucht jetzt Ihre Solidarität. Zeigen Sie diese durch ein farbiges Herz aus Papier. Entweder an Ihrer Fensterscheibe, an der Heckscheibe Ihres Automobils oder einfach am Revers. Und erzählen Sie Ihren Freunden und Bekannten davon. Das Klinikpersonal braucht Ihre Unterstützung!

Einst retteten die richtige Diagnose, die passende Therapie und liebevolle Pflege meinem typhuskranken Sohn das Leben. Die Pflegschaft der Kinderklinik nahm ihm – wie so vielen Kindern bis zuletzt – die Angst vor dem Krankenhaus und vor Ärzten. Das war eine herausragende Leistung.

Zum Gesundwerden brauchen Kinder die vertrauensvolle Atmosphäre der Kinderklinik Weißensee. Dort geht es besonders familiär zu, und dies tut den kleinen Patienten gut und hilft ihnen, die Abwesenheit der Familie zu verkraften.

In Weißensee sollen auch weiterhin Zauberstunden und Stationsbären, warme Schwesternhände und ärztliche Heilkunde auf höchstem Niveau zur raschen Gesundung unserer Kinder beitragen.

Jedes Herz zählt!

Am Mikrofon für Sie: Kurt Vogel.
Es folgen die Zwanzig-Uhr-Nachrichten.

29

30. August 1930, 7.00 Uhr

Marlene stand im Empfangsbereich der Villa vor dem Ölbildnis, das ihren Schwiegervater zeigte. Heute konnte sie nicht mal sagen, ob er überhaupt noch in ihre Richtung sah oder nicht eher die Kisten bei der Tür fixierte, in denen sie ihr Hab und Gut für den Auszug verstaut hatte. Dass sie Maximilian verlassen würde, hätte wohl nicht einmal Anton Graf von Weilert für möglich gehalten, so wenig er sie als Schwiegertochter auch geschätzt hätte. Eine Frau verließ ihren Mann nicht, und schon gar keinen von Weilert!

Fürs Erste hatte Professor Czerny ihr eine kleine Wohnung nahe der Charité vermittelt, dorthin würde sie am Nachmittag fahren. Marlene nickte ihrem Schwiegervater an der Wand zum Abschied schwach zu. Wenn er noch leben würde, wie wäre der Rat für seinen Sohn ausgefallen? *Das hätte ich dir vorhersagen können! Lass dich nie wieder mit einer unstandesgemäßen Frau ein, die noch dazu einen eigenen Kopf besitzt!*

Marlene fuhr mit der Hand über die Umzugskisten. Ihr war übel, und ihr Kopf fühlte sich an, als würde er spätestens bei der Ankunft der Krankenhausaufsicht zerspringen. Maximilian hatte das Haus schon vor zwei Stunden verlassen.

Sie wusste das so genau, weil sie die ganze Nacht wach gelegen und überlegt hatte, ob sie zu ihm ins Gästezimmer gehen und sich einfach an ihn schmiegen sollte. Aber sie hatte es nicht getan. *Manchmal ist es besser, schlecht laufende Dinge zu beenden, anstatt ewig daran festzuhalten.*

Schweren Herzens legte sie den Bund mit den Hausschlüsseln auf den Tresen in der Küche. Er fühlte sich an, als hingen zwei Dutzend bleierne Schlüssel daran, dabei waren es lediglich vier. Das Einzige, das sie nicht vermissen würde, war die Villa mit ihren riesigen Räumen und der kühlen Atmosphäre.

Marlene atmete tief durch, dann verließ sie das Haus. Wie betäubt ging sie den roten Teppich hinab und schaute noch ein einziges Mal zur schmuckvollen Fassade zurück. Was würden die heiratsfähigen Frauen von Weißensee dafür geben, an diesem einmaligen Ort und an der Seite eines solch beeindruckenden Mannes wie Maximilian leben zu dürfen? Oben an einem der Fenster des zweiten Geschosses sah sie die Gräfin mit ausdrucksloser Miene stehen. Ihre Verabschiedung am Vorabend war knapp ausgefallen. Marlene konnte sich denken, welche Erleichterung Dorothea von Weilert darüber verspüren musste, dass die ungewollte Schwiegertochter endlich auszog und ihren Sohn freigab.

Marlene wandte sich ab und ging zum Tor des Anwesens. Ihr Fahrrad ließ sie heute stehen. Der Chauffeur würde es am Abend zusammen mit den Kisten in der neuen Wohnung vorbeibringen. Vorsichtig zog sie das Tor hinter sich ins Schloss. Das war es dann also. Schluss! Aus! Vorbei! Damit war ihr Privatleben ein kompletter Scherbenhaufen. Wie nur sollte sie die nächsten Stunden durchstehen? Sie hatte sich nie schwächer, nie einsamer gefühlt.

Die ersten Schritte zur Berliner Allee tat sie noch mit gesenktem Blick, aber dann rief sie sich in Erinnerung, dass es wenigstens Hoffnung für die Kinderklinik gab, und hob den Blick langsam wieder. So viele Tausend Menschen hatten Kurts Radioansprache gehört. Marlenes geschundenes Herz machte einen Sprung, als sie an einem Mehrfamilienhaus ein von Kinderhand ausgeschnittenes und mit Buntstiften ausgemaltes Herz von der Größe eines Vorlegetellers hängen sah. Ganz wie von selbst schaute sie als Nächstes ans Revers eines Passanten, ob dort auch ein Herz prangte, aber das war nicht der Fall.

Als sie an der Berliner Allee angekommen war, hatte sie immerhin drei bunte Herzen gesehen. Es waren nicht so viele wie erhofft, aber ein Anfang. Sie lief über die stark befahrene Straße und zur Einbiegung in die Buschallee. Emma und die Kinder wohnten mit Kurt wieder in der neuen, alten Wohnung. Kurt arbeitete als einfacher Redakteur beim Radio, sie hatten ihm doch nicht gekündigt. Anscheinend hatte man nicht auf seine herausragenden Fähigkeiten verzichten wollen – trotz seiner längeren Abwesenheit.

Schon von Weitem sah Marlene ihre Schwester vor der Haustür stehen. Es dauerte eine Weile, bis sie bei Emma angekommen war. Vorher suchte sie noch sämtliche Fenster des modernen Wohnblocks mit ihren Augen nach Herzen ab. Leider sah sie auch hier nicht viele. Sie hatte gehofft, den Weißenseern würde mehr an der Rettung ihrer Kinderklinik liegen. Umso schöner war es, dass Theodor und Elisabeth ihr aus dem Fenster ein Papierherz zeigten und winkten.

Emma trat Marlene entgegen. »Ich weiß, dass der Tag heute nicht leicht für dich wird«, sagte sie mitfühlend. »Der Auszug und der Besuch der Krankenhausaufsicht an einem einzigen Tag – das erfordert viel Kraft! Ich bewundere dich sehr, Schwesterherz, für deinen Mut, nicht einfach davonzulaufen.«

Marlene straffte sich und versuchte, sich stark zu geben. Sie wollte jetzt nicht über ihren privaten Scherbenhaufen reden. »Wir retten heute die Kinderklinik!«, sagte sie entschlossen. Um ihren Worten Nachdruck zu verleihen, nahm sie Emma an der Hand wie damals, als sie als junge Frauen aus dem Wedding zur Kinderklinik gegangen waren, um ihre Stelle als Schwesternschülerinnen anzutreten. Aber Emma bewegte sich nicht von der Stelle. »Erst kommst du kurz mit rauf. Wir haben noch zehn Minuten.«

Marlene verstand nicht, warum sie länger zögern sollten, aber sie folgte Emma. An der Wohnungstür kam ihr Elisabeth entgegen und schenkte ihr das Papierherz als Glücksbringer.

Vor den Augen ihrer Nichte faltete Marlene das Herz ordentlich zusammen und steckte es in die Tasche ihres Arztkittels, den sie unter dem leichten Sommermantel trug. Die Umarmung von Elisabeth tat unendlich gut, erinnerte sie aber erneut, wie sehr ihr Kinder in ihrem eigenen Leben fehlten.

»Und jetzt schau doch mal, wer dir auch noch alles Gute für den heutigen Tag wünschen will.« Emma wies zur Stube.

Maximilian? Marlene lief in die Stube, aber statt ihres Ehemanns saß dort ein altes Mütterchen am Tisch, bescheiden gekleidet. Ihre trüben Augen verschwanden zwischen Falten, ihre Nase und ihre Ohren wirkten zu groß für ihr kleines Gesicht, ihr Rücken war gebeugt, ihr Haar schlohweiß. Aber sie horchte so aufmerksam in den Raum wie eine Eule in einen nächtlichen Wald.

»Wer ist die Frau?«, fragte Marlene. Ihr Tremor in den Händen war unübersehbar.

»Anna-Bertha gehört zur Familie«, sagte Joseph hinter ihr.

Er war endlich zurück aus dem Hessischen!

»Sie ist eure Großmutter väterlicherseits«, erklärte er. »Seit Jahren habe ich sie endlich wieder besucht und von euch erzählt. Sie war nicht mehr davon abzubringen, euch sofort kennenlernen zu wollen.«

»Großmutter«, sagte Marlene gerührt, ergriff die Hände Anna-Berthas und kniete sich vor sie hin. Die Wärme, die aus den Fingern der alten Frau in sie überfloss, fühlte sich bestärkend an.

»Ich wusste lange nicht, dass ich zwei Enkeltöchter in Weißensee habe«, sagte die alte Frau. Sie öffnete ihre trüben Augen weiter, um Marlene zu betrachten, aber die erkannte, dass Anna-Bertha nur noch Schemen zu sehen vermochte.

»Joseph und Anna-Bertha sind erst letzte Nacht hier angekommen«, erklärte Emma. »Die Reise aus Frankfurt war beschwerlich.«

»Gerade noch rechtzeitig«, sprach ihre Großmutter weiter, »um euch gutes Gelingen zu wünschen.«

Marlene war gerührt. »Anna-Bertha, Sie sollten sich jetzt trotzdem ausruhen«, verordnete sie im Ton der Ärztin. In diesem hohen Alter war eine Reise eine Qual, wenn nicht gar lebensgefährlich.

»Bitte nennt mich einfach nur Oma Anna«, bat Anna-Bertha mit einem echten Großmutterlächeln: warm, bedingungslos und liebevoll.

»Gerne«, antworteten Emma und Marlene im Chor.

Marlene drückte sich die warme Hand der alten Frau

tröstend an die Stirn. Am liebsten wollte sie sie für die nächsten Stunden nicht loslassen. Sie schenkte Joseph ein Lächeln für diese wunderbare Überraschung.

Oma Anna horchte in Richtung der Stubentür, in der Kurt und Theodor erschienen. »Wie geht es dem Teig?«

»Wir haben die Hefe in warmem Wasser mit etwas Zucker aufgelöst, nun geht sie vor sich hin«, erklärte Kurt. »Genau so, wie du gesagt hast.«

»Wie viel Butter steht bereit?«, wollte Oma Anna zu Marlenes Verblüffung wissen. Trotz ihres körperlichen Verfalls zeigte sie keine Anzeichen von Müdigkeit oder Verwirrung.

»Zwei große Blöcke«, antwortete Theodor.

Marlene begriff sofort, welchen Kuchen Oma Anna backen ließ: Streuselkuchen mit extra viel Butter. Im nächsten Moment vernahm sie die Stimme ihrer Mutter: *Und wer im Juli geboren ist, tritt ein, tritt ein, tritt ein.* Mit diesem Lied und einer großen Portion Streuselkuchen hatte die Feier ihres sechsten Geburtstags einst begonnen, und wenige Stunden danach war ihr Leben ein anderes gewesen.

»Ich dachte, dass meine Enkelinnen etwas Stärkung gebrauchen könnten.« Oma Anna lächelte breit, überwiegend zahnlos. »Wir backen ein großes Blech, damit ihr nach all der Anstrengung mit eurem Krankenhaus später satt werdet.«

Marlene war gerührt von der Geste. Ein sehnsüchtiges Lächeln legte sich auf ihre Züge.

»Eure Oma Anna macht den besten Streuselkuchen der Welt«, sagte Joseph. »Es ist lange her, dass ich eurer Mutter das Rezept weitergab. Sie backte den Kuchen fortan auf die gleiche Weise.«

Marlene flossen zarte Tränen der Rührung die Wangen hinab. Vielleicht war ihr Privatleben doch nur ein halber

Scherbenhaufen? Es fühlte sich unendlich tröstend an, dass sich ihre Familie um eine Person vergrößerte. Marlene erhob sich vor ihrer Großmutter. »Ich habe Streuselkuchen mit viel Butter seit meinem sechsten Geburtstag nicht mehr gegessen.«

»Dann wird es aber Zeit«, entgegnete Oma Anna.

»Ja, das wird es«, befand Marlene und wollte gar nicht mehr aufhören zu lächeln. Kurz schaute Marlene zum Himmel hinauf und sandte ihrer Mutter eine Umarmung.

»Alles Gute, meine Mädchen«, sagte Joseph und ließ seine Hände eine, zwei, drei Sekunden auf den Schultern seiner Töchter ruhen.

»Es wird Zeit. Wir müssen zur Klinik«, erinnerte Emma. »Die Aufsicht hat sich für neun Uhr angekündigt.«

Marlene hätte sich lieber wieder an Oma Annas Seite gesetzt und ihrer Stimme noch länger gelauscht. Es war ein so wärmendes Gefühl, eine Großmutter zu haben. Das hätte sie sich nie zu träumen gewagt. Sie spürte, dass der heutige Tag doch heller wurde als befürchtet.

*

Die Schwestern stoppten vor dem Klinikgelände und schauten am Hauptgebäude hinauf. Marlene hatte in den Tageszeitungen die wildesten Gerüchte darüber gelesen, was aus dem Gelände und den Bauten werden sollte, wenn die Aufsicht heute die Schließung anordnete. Von der Umwidmung in ein Gesellschaftshaus, in Gebäude für Parteizwecke oder in eine Fabrik war die Rede gewesen.

Nichts anderes als eine Kinderklinik gehörte in diese einzigartigen Räumlichkeiten, war sie überzeugt. Genau für diese Ansprüche war das beeindruckende Haus vor zwanzig Jahren gebaut worden. Wenn eine Umwidmung anstünde, würde sie nie wieder an dem Gebäude vorbeigehen, das würde sie nicht ertragen und besser ganz aus Berlin weggehen. Sie hatte bereits ein Angebot aus Heidelberg vorliegen, dort suchte man händeringend Kinderärzte. Wenn sie die Stelle annahm, würde sie Oma Anna in Frankfurt öfter besuchen können. Sie meinte, die Wärme ihrer Großmutter noch in ihren Händen zu spüren.

Marlene und Emma nickten sich bestärkend zu, dann betraten sie die Kinderklinik, vielleicht zum letzten Mal. Mit jeder Minute trafen mehr Schwestern, Elevinnen und Ärzte auf dem Korridor im Erdgeschoss ein. Eine gespannte Stimmung lag in der Luft. Als Letzte stieß Marie-Luise mit Oberschwester Hertha im Schlepptau zur Gruppe.

Benjamin Levy stellte sich auf eine der unteren Stufen der Wendeltreppe. »Heute müssen wir all unsere Kräfte aufbringen. Es kommt auf jeden Einzelnen von uns an.« Er schaute allen eindringlich in die Augen, begonnen bei den Stationsschwestern Vera von der HNO, Dagmar von der Augenstation, Atanasia von der Allgemeinen, Oda von der Station für Hautkrankheiten sowie Grete und Undine, die die Isolierhäuser verantworteten. Dann glitt sein Blick zu den Ärzten, weiter zum Pförtner, den Dienstmädchen, den Laboranten, dem Verwalter, der Köchin und schließlich zu den Elevinnen.

Das ist der alte Ben, dachte Marlene. Beindruckend souverän, verbindlich und charmant, nie arrogant.

Die Elevinnen nahmen sich bei den Händen und nickten vereint. Marlene war als Einzige abgelenkt, weil Maximilian noch nicht da war.

»Und bevor die Krankenhausaufsicht eintrifft, möchte ich Ihnen allen für Ihre Anstrengungen zur Rettung der Kinderklinik von Herzen danken. Ich weiß, dass es eine harte Zeit war, die uns allen viel abverlangt hat«, sprach Benjamin weiter, wobei ihn Marie-Luise nicht aus den Augen ließ. Da war etwas Neues in ihrem Blick, das Marlene nicht zu deuten wusste.

Die Eingangstür des Krankenhauses wurde so heftig aufgestoßen, dass sie laut gegen die Wand knallte. Der Ärztliche Direktor kam nicht mehr dazu, seine Rede zu beenden, weil die Krankenhausaufsicht den Korridor betrat. Es waren drei Herren gemischten Alters, die Marlene noch nie gesehen hatte. Lediglich die sie begleitende Oberschwester kannte sie. In den vergangenen Jahren hatte Katharina Zimmerer vom Auguste-Viktoria-Krankenhaus schon mehrmals den Prüfungen der Elevinnen vorgestanden. Sie war streng, aber fair.

Marlene merkte, wie Emma neben ihr erstarrte, den Blick auf einen älteren Herrn mit Zwicker gerichtet. Das musste Doktor Kunkel sein, von dem sie ihr erzählt hatte. Er führte die Herren an. Es dauerte eine Weile, bis Emma sich wieder bewegen konnte und den weißhaarigen Mann nicht mehr wie den Teufel persönlich anstarrte.

Doktor Kunkel trat festen Schrittes vor die Gruppe und verkündete weithin hörbar: »Einen schönen guten Morgen, die Damen und Herren aus Weißensee. Ich bin der Leiter der Preußischen Krankenhausaufsicht, Doktor Harry Kunkel.«

Benjamin Levy trat ihm energisch entgegen. »Dürfen wir Ihnen einen Kaffee anbieten und etwas Gebäck, bevor wir gemeinsam in den anstrengenden Tag starten?« Galant wies er zum Speiseraum der Schwestern, wo für die Krankenhausaufsicht eingedeckt worden war.

»Soll das eine Bestechung werden?«, fragte Doktor Kunkel mit skeptischem Unterton zurück. »Wissen Sie etwa nicht, dass wir als Aufsicht keinerlei Geschenke annehmen dürfen?«

Benjamin Levy hob abwehrend die Hände.

»Also fangen wir doch am besten gleich mit der Prüfung an. Meine Wenigkeit und Herr Doktor Doktor Puffmann werden uns die Gegebenheiten zum ordnungsgemäßen Betrieb anschauen.« Doktor Kunkels Blick blieb am Ende des Satzes an Emma hängen. »Herr Doktor Remsla und Oberschwester Zimmerer prüfen die Lernschwestern drüben im Hörsaalgebäude«, erklärte er weiter und wandte sich endlich von Emma ab.

»Ich werde unsere Elevinnen zu den Prüfungen begleiten, ich bin Marie-Luise Fischer, die Oberin in diesem Haus. Auch untersteht mir das Mutterhaus der Rotkreuzschwestern hier in Weißensee«, sagte Marie-Luise und begrüßte zuerst Doktor Remsla und dann die Oberschwester. Beide erhielten ein Lächeln von ihr, das jedoch weniger warm und herzlich wirkte als das vorhin für Benjamin Levy. Es war, als sähe die Oberin ihn durch eine neue Brille, jetzt, da er stark und souverän auftrat wie lange nicht mehr.

»Zuschauer dulden wir eigentlich nicht, Oberin Fischer«, sagte Doktor Remsla zögerlich und wusste anscheinend nicht, wo zuerst er an Marie-Luises schlankem Körper hinschauen sollte, der sich deutlich unter ihrem engen schwarzen Oberinkleid erahnen ließ. »Wenn Sie Protokoll führen, machen wir eine Ausnahme«, gestattete er, nachdem sein irritierter Blick wieder auf Marie-Luises Gesicht gelandet war.

Marlene konnte sehen, dass Marie-Luise widersprechen

wollte, vermutlich, weil das Protokollieren einer Oberin unwürdig war. Diese Aufgabe übernahm im besten Fall eine Stationsschwester. Aber im letzten Moment schien sie sich zusammenzureißen. Wahrscheinlich wollte sie diese einzige Möglichkeit, den Elevinnen beizustehen, nicht aufs Spiel setzen. »Gut, ich werde protokollieren.«

Im nächsten Moment verließ die Prüfungsgruppe das Hauptgebäude. Marlene drückte ihre Daumen fest auf die Fäuste. Toi, toi, toi, den Elevinnen. Von Oma Annas Wärme war kaum noch etwas in ihren Händen zu spüren.

»Der Stolz Preußens sind seine Krankenhäuser. Sie sind die allerersten Instrumente der Volksgesundheitspflege«, verkündete Doktor Kunkel, »und Basis für den Erfolg unserer Krankenhäuser ist die Hygiene. Wir beginnen also mit der Überprüfung der hygienischen Verhältnisse in sämtlichen Räumlichkeiten.«

Stationsschwester Grete trat neben Doktor Levy und wandte sich an den Vorsitzenden der Kommission. »Ich darf Sie dafür durch unser Haus führen.«

»Wo steht die Desinfektionsanlage?«, wollte Doktor Doktor Puffmann wissen. »Die werden wir als Erstes begutachten.«

Marlene schätzte den jungen Doppeldoktor auf höchstens dreißig, also gerade fertig mit den Doktorexamina in zwei Studienfächern. Im nächsten Moment schob sich Maximilians Gesicht über das von Herrn Puffmann. Wo steckte er nur? Es wunderte sie nicht, dass Fräulein Beierlein ebenfalls fehlte. Nervös strich sie die feuchten Hände an ihrem Arztkittel ab.

»Und bitte lösen Sie diese Massenveranstaltung hier auf!«, verlangte Doktor Kunkel, bevor Grete oder Doktor

Levy antworten konnten. Gebieterisch wedelte er mit der Hand in Richtung der Schwestern. »Wie soll ich mich konzentrieren, wenn wir uns wie eine Horde durch die ohnehin schmalen Korridore schieben?«

Die Schwestern entfernten sich, als Doktor Kunkel ihnen hinterherrief: »Frau Vogel, Sie möchte ich dabeihaben!«

Stationsschwester Grete führte die Herren in den Keller, begleitet lediglich von Doktor Levy, Doktor Fiedler, Marlene, Oberschwester Hertha und Emma. Die anderen zogen sich in den Speiseraum zurück, wo sie sich für Demonstrationen zur Verfügung hielten.

Marlene bewunderte Stationsschwester Gretes hoch konzentrierte, sachliche Vortragsweise. Es ging um die Pflege und den Betrieb der Desinfektionsanlage, die mit strömendem Wasserdampf arbeitete – der billigsten Art der Desinfektion für Matratzen, Kleidung, Bettwäsche und Handtücher. Grete betonte die strikte Trennung der unreinen von der reinen Seite der Anlage und wollte schon zielstrebig zur Hygieneordnung übergehen, aber die Prüfer hatten ihr eigenes Tempo. Es wirkte ganz so, als unterzögen sie Grete nun ebenfalls einer Prüfung. Sie fragten sämtliche chemische Desinfektionsmittel ab, die es gab, und nicht nur jene, die in der Kinderklinik eingesetzt wurden. Bei dieser Frage kam Marlene gedanklich fast ins Straucheln, Grete hingegen hatte jede Antwort parat. Seltsam nur, dass sich die Prüfer keinerlei Notizen machten. Ging es nicht darum, Prüfpunkt für Prüfpunkt auf einer Liste abzuhaken und am Ende zu entscheiden, ob auch weiterhin Patienten betreut und geheilt werden durften?

Nach der Inspektion des Kellers ließen sich die Prüfer in

den Operationssaal führen. Dort wollten sie von einer einfachen Schwester, sie wählten Paula aus, die laufende und die Schlussdesinfektion vorgeführt bekommen. Letztere wurde bei der Entlassung oder dem Tod eines Patienten notwendig. Schwester Paula, die früher vor allem die rachitischen Kinder in der Freiluftkrippe betreut hatte, war sehr aufgeregt, aber machte ihre Sache gut und fehlerfrei. »Bei der Schlussdesinfektion desinfizieren wir noch vorhandene Ausscheidungen, weichen Wäsche mindestens zwei Stunden in Kresolseifenwasser ein, reinigen sämtliche Möbel, Wände und Türen und verbrennen sämtliches im Raum befindliches Verbandsmaterial. Außerdem ist eine gute Lüftung des Krankenzimmers sehr wichtig.« Sie verwies auch darauf, wo die einzelnen Anforderungen in der Hygieneordnung festgehalten waren.

Es war Mittag geworden, als die Prüfung der hygienischen Ordnungsmäßigkeit abgeschlossen war. Die Prüfer äußerten sich mit keinem Wort zu ihrer Einschätzung. Marlene jedenfalls sah keinen Grund für Beanstandungen.

Die folgende Abfrage der Pflegeregeln begann leider weniger vielversprechend. Oberschwester Hertha musste immer wieder auf die Pflegeordnung an der Wand schielen, um nicht den roten Faden zu verlieren. Emma hatte Ausdrucke in jedem Zimmer angebracht. Wenn Hertha Heinze sich weiter so blamierte, würde die Klinik auf jeden Fall schließen. Bei der Frage zur Dekubitusprophylaxe sprang Emma ihr bei, was die Herren von der Aufsicht aufhorchen ließ. »Was erlauben Sie sich, unaufgefordert zu sprechen?«, verlangte Doktor Kunkel brüskiert zu wissen und drückte sich sein Einglas so fest vors Auge, dass es wehtun musste. »Sie sollten eigentlich wissen, dass es sich für eine einfache

Schwester erst geziemt zu reden, wenn sie dazu aufgefordert wird!«

Emma zögerte eine Weile, bevor sie erklärte: »Oberschwester Hertha und ich haben die Pflegeordnung gemeinsam überarbeitet.«

»Unsere Schwester Emma ist eine der Besten«, betonte Benjamin Levy, und Doktor Fiedler nickte eifrig.

»Ist das so …«, brummte Doktor Kunkel. »Dann können Sie uns sicher darlegen, Schwester Emma, wie die Kinderklinik die baulichen Anforderungen an die Pflege erfüllt.«

Marlene bezweifelte, dass ihre Schwester sich damit auseinandergesetzt hatte. Das gehörte nicht zum Pflegebereich.

Doktor Kunkel ging in die Hautstation voran, wo die Betten für die Aufnahme neuer Patienten bereitstanden. »Welche Fußbodenfläche soll jedem Bett in einem Krankenzimmer zustehen, Schwester Emma?« Der Leiter der Krankenhausaufsicht hielt seinem Doktor Doktor Puffmann auffordernd ein Maßband hin.

»Fünf bis sieben Quadratmeter«, wusste Emma zu Marlenes Verblüffung. »Und mindestens ein ganzer Meter Abstand zum Nachbarbett.«

»Auch in Isolierzimmern?«, fragte Kunkel weiter.

»In Isolierzimmern natürlich zwei Meter, wegen der erhöhten Ansteckungsgefahr«, brillierte Emma.

»Wie viele Abortsitze müssen auf wie viele Kranke kommen?«, fragte Kunkel sofort, während er den Abstand der Krankenbetten zueinander auf den Zentimeter genau nachmaß. Er schien wenig erfreut über die ein Meter zwanzig, die die Betten korrekt auseinanderstanden.

»Die Preußischen Pflegeempfehlungen sprechen von mindestens einer Toilette pro zehn Kranke«, erklärte Emma. »Hier in der Kinderklinik haben wir diese Anforderung noch strenger umgesetzt. Bei uns kommen höchstens sechs Kranke auf einen Abortsitz.«

Marlenes Gedanken drifteten zu Maximilian. Eigentlich hätte er als stellvertretender Klinikdirektor den Gang der Kommission begleiten sollen, nein müssen. Vorab hatte er trotz der Krisenzeiten immerhin eine beträchtliche Anzahl an neuen Unterstützern mit erheblicher Spendenbereitschaft aufgetan. Was war heute Morgen passiert, dass er fehlte?

Doktor Kunkel ließ den Abstand der Betten Station für Station von seinem Doppel-Doktor überprüfen und ordnete an, alle Fußböden der Krankensaaletage daraufhin zu kontrollieren, ob diese auch wirklich fugenlos waren. Dann kam er endlich auf die eigentliche Pflegeordnung zu sprechen und wandte sich wieder an Hertha Heinze.

Marlene war erleichtert, dass die Oberschwester wenigstens die Austeilung von Wäsche, Speisen und Getränken an die Kranken korrekt wiedergab.

Es dauerte Stunden, bis sie mit der Krankenhausaufsicht sämtliche Räumlichkeiten, das alte Isolierhaus eingeschlossen, durchschritten hatten. Gegen fünfzehn Uhr, als sie im Keuchhustenhaus ankamen und Doktor Fiedler im Gehen die zukünftige Finanzierung der Kinderklinik darlegte, hatte sich schon ein halbes Dutzend Journalisten im Park der Klinik versammelt.

Zu Marlenes Verwunderung bauten zwei fremde Herren mitten auf der Rasenfläche vor der Freiluftkrippe eine hölzerne Bühne auf. Davon wusste sie nichts. Und warum dauerten die Prüfungen der Elevinnen so lange? Es waren doch nur neun Mädchen.

Während Marlene sich gedanklich immer wieder vom Rundgang durch das Keuchhustenhaus entfernte, liefen Emma und Benjamin Levy zu Hochform auf. Auf die Frage von Doktor Kunkel, wie die Ärzte die pflegerischen Missstände so lange hatten übersehen können, antwortete der Klinikdirektor: »Bisher waren die Schwestern allein der Oberin unterstellt. Es lag also nicht im Aufgabenbereich der Ärzte, ihr Tun zu überwachen. Das haben wir geändert und ebenfalls in der Pflegeordnung festgehalten.«

»So etwas hätte schon viel früher passieren müssen«, mahnte Doktor Kunkel, Doktor Doktor Puffmann nickte zu seiner Aussage übereifrig.

»Wir haben doch so einiges geändert«, sprach Benjamin Levy weiter, »auch den Umgang mit Beschwerden.« Auffordernd nickte er Marlene zu, die einfach nur zurücknickte. Sie war gerade in der Erinnerung versunken, wie Maximilian und sie in glücklicheren Zeiten gemeinsam Kinder geheilt hatten, statt dass er ihr blinden fachlichen Eifer vorwarf. Erst als Emma sie anstieß, kam sie wieder in die Realität zurück.

»Nun ja, der Umgang mit Beschwerden«, begann Marlene zögerlich und reinigte ihre Brille umständlich an ihrem Arztkittel, damit sie etwas Zeit gewann, sich zu sortieren. Bevor sie ausführen konnte, übernahm Emma kurz entschlossen: »An allererster Stelle gilt es, beim Pflegepersonal Verständnis dafür zu schaffen, dass ein krankes Kind für seine Eltern eine außerordentliche Belastung darstellt, sie häufig Angst um sein Leben haben und daher große Geduld im Umgang mit ihnen gefragt ist.«

Doktor Kunkel fixierte Emma scharf. Für Marlene wirkte es dennoch, als würde sich hinter seinem unnachgiebigen Blick Verblüffung über Emmas Wissensschatz verbergen.

Unbeeindruckt erklärte Emma weiter: »Manch einer Mutter kann es die Angst nehmen, wenn man ihr mit Offenheit begegnet, also Fragen anregt und versichert, für deren Beantwortung zur Verfügung zu stehen. Außerdem nimmt es Eltern Unsicherheit, wenn ihnen der Tag im Krankenhaus im zeitlichen Ablauf erklärt wird. Dazu gehören beispielsweise das Wecken am Morgen, die Verabreichung der Mahlzeiten, die Visite und der Wäschewechsel.«

Doktor Doktor Puffmann hörte sichtlich angetan zu.

»Und nicht zuletzt gibt es den Eltern ein Gefühl von Sicherheit, wenn unsere Schwestern die Eltern als Experten für ihr Kind wertschätzen, zum Beispiel bei der Beschreibung von Schmerzen. Sollte es trotzdem einmal zu Beschwerden kommen …« Emma übergab mit einem auffordernden Blick das Wort an Marlene.

Marlene verbannte ihre Sorgen um Maximilian in die hinterste Ecke. Es wurde Zeit, dass sie sich endlich wieder auf die Rettung der Kinderklinik konzentrierte, statt in ihren Problemen zu versinken. Sie stellte sich vor, dass Oma Anna ihre warmen Hände bestärkend um die ihren legte. Mit diesem beschützenden Gefühl trug sie vor: »Damit sich zukünftig Beschwerden nicht über Monate anhäufen, haben wir gleich neben dem Haupteingang eine Kiste aufgehängt, unsere ›Beschwerdekiste‹. Dort können Eltern ihre schriftlichen Beschwerden einwerfen. Der Pförtner wird die Kiste täglich leeren, sodass wir schnell handeln können. Bei der Bearbeitung der Beschwerden sind wir auf Neutralität bedacht. Außerdem haben wir bereits die Patientenordnung in allen Krankenzimmern hinterlegt und besprechen diese bei der Aufnahme der Kinder mit den Eltern. So wissen sie von Anfang an, welche Regeln in einem Kinderkrankenhaus unumgänglich sind.«

»Aha«, sagte Doktor Kunkel nur. »Dann denke ich, haben wir uns einen umfassenden Eindruck dieser als verwildert gemeldeten Klinik verschafft.« Doktor Doktor Puffmann nickte wieder. Keiner der beiden Prüfer hatte sich eine einzige Notiz gemacht.

Die Herren von der Krankenhausaufsicht erbaten sich eine Pause, um sich zu besprechen. Sie verließen das Keuchhustenhaus und gingen zu der Holzbühne hinüber, wo sich neben den Journalisten weitere Herren einfanden. Die Klinikgruppe folgte ihnen.

Doktor Remsla kam ihnen aus Richtung des Hörsaalgebäudes entgegen. Das musste bedeuten, dass die Prüfungen der Elevinnen endlich abgeschlossen waren. Oberschwester Zimmerer schien sich schon verabschiedet zu haben, Marlene konnte sie nirgends sehen.

Ihr Blick sprang zwischen dem Hörsaalgebäude und den Herren von der Krankenhausaufsicht hin und her. Dann zogen die Elevinnen ihre Aufmerksamkeit auf sich. Angeführt von Marie-Luise, schritten sie bedeutungsschwer zur Bühne hinüber. Sie hielten sich bei den Händen und wurden damit zu einer Kette, die unzertrennbar schien. Je näher sie kamen, desto deutlicher erkannte Marlene, wie erleichtert sie wirkten. Monika strahlte über das ganze Gesicht.

»Wie es aussieht, haben alle bestanden«, raunte Marlene Emma zu, die sich freute: »Lene, wir haben das Unmögliche geschafft!«

Marlene nickte. Es war ihnen tatsächlich gelungen, sämtliche Aspekte des Rettungsplanes so umzusetzen, dass es nicht eine einzige echte Beanstandung geben durfte. Vera und Hertha schienen der gleichen Meinung zu sein, denn beide schauten zuversichtlich zur Bühne.

Im nächsten Moment kratzte ein Mikrofon, und Doktor Kunkel räusperte sich. »Der Krankenhausaufsicht wurde mit der Prüfung der Kinderklinik Weißensee eine schwierige Aufgabe übertragen«, sagte er.

Marlene, Emma und alle anderen Mitarbeiter kamen nah an die Bühne heran. Die ersten Blitzgeräte zischten.

»Wir dürfen Ihnen zunächst einmal mitteilen, dass wir Ihre Anstrengungen für die Kinderklinik zu schätzen wissen«, fuhr Kunkel fort. Zum ersten Mal, seitdem die Prüfung begonnen hatte, nahm er sich sein Einglas vom Auge. Doktor Doktor Puffmann setzte zu einem Applaus für seinen Vorgesetzten an, in den Benjamin Levy und einige andere höflich mit einfielen. Marlene war zu aufgeregt für Höflichkeiten. Sie wollte endlich die befreienden Worte hören.

Doktor Kunkel fixierte Emma, als richtete er die nächsten Worte an sie persönlich. »Dennoch kommen wir zu dem Ergebnis, dass die Kinderklinik keine Zukunft hat. Wir werden die Schließung anordnen!«

»Was?«, riefen einige Stimmen empört, und Emma wollte auf die Bühne stürmen, aber Marlene und Benjamin Levy hielten sie fest, bevor sie sich noch strafbar machte.

***

30

30. August 1930, 16.30 Uhr

Marlene wusste nicht mehr, wie lange sie die wütend zappelnde Emma festgehalten hatte. Nun pochte ihr Kopf. Wie sollte man bei solch einer Ungerechtigkeit auch keine Kopfschmerzen bekommen! Sie ertrug den Anblick der Herren von der Krankenhausaufsicht, die sich im Blitzlichtgewitter der Presse auf der Bühne mehrfach verbeugten, keine Sekunde länger. Die tönten nun groß über die zurückliegenden Stunden, ihre Worte waren hohl, und dann schwafelten sie auch noch von der neuen Nutzung des Gebäudes für die *Volksgemeinschaft*, die mehr bringen würde als eine Klinik, die nur sechzig kranke Kinder gleichzeitig versorgen konnte. Auf Marlene wirkte es wie ein politisches Komplott, um die Kinderklinik einer parteilichen Nutzung zuzuführen.

Emma war nur schwer zu beruhigen. Marlene wandte sich zum Kliniktor, weil von dort plötzlich Lärm kam. Der Schmerz in ihrem Kopf wollte nicht nachlassen. Emma wandte sich nun ebenfalls zum Tor.

»Schau nur, das sind Kurt, Maximilian und Willy Pinke. Aber …« Marlene stockte. Neben ihnen fuhr ein Radiowagen mit der Aufschrift *Unterwegs für unsere Hörer – Funkwagen der Berliner Funk-Stunde*, den Gesine Hildebrandt steuerte.

»Und sie bringen so viele Menschen mit wie für eine Demonstration«, staunte Emma.

Marlene fiel gleich auf, dass die Medizinalpraktikantin in der zweiten Reihe des Zuges mitging, hinter Willy Pinke mit seinem Bollerwagen. Willy trug seinen paillettenbesetzten Zauberumhang und den schwarzen Zylinder, an dessen Vorderseite ein riesiges, ebenfalls mit Pailletten besetztes grünes Herz prangte. Es funkelte weithin sichtbar in der Nachmittagssonne. Gleich neben ihm entdeckte Marlene Hanny Polsfuß im Rollstuhl. Die kleine, zierliche Frau wirkte mit ihrer aufrechten Haltung und dem festen Blick so entschlossen wie am Tag, als die Kinderklinik eröffnet worden war. Benjamin Levy lief der Gruppe entgegen und marschierte dann demonstrativ neben ihnen her zur Bühne. Allmählich wandten die Fotografen ihre Apparate dem Funkwagen zu.

Marlene wollte eigentlich erleichtert sein, Maximilian bei bester Gesundheit und so stark wiederzusehen, aber was hier vor sich ging, ließ sie keinen klaren Gedanken fassen. Es wurden immer mehr Menschen. Kurt, Maximilian, Willy Pinke und nun auch Benjamin Levy führten eine Menschentraube ungekannten Ausmaßes an. Es waren Hunderte und wurden Tausende, und überall waren bunte Herzen zu sehen.

Als die Ersten die Bühne erreichten, riefen sie im Chor: »Die Kinderklinik darf nicht schließen!« Sie umringten die Bühne wie einen Boxring in einer überfüllten Halle mit Max Schmeling. Der Sendewagen stoppte, und eifrig wurde Sendetechnik aufgebaut. Marlene sah vor allem bunte Herzen: an den Revers, auf Plakaten, mit Lippenstift auf Wangen gemalt. Und das Gelände der Kinderklinik füllte sich noch weiter. Kinder wurden auf Schultern gehoben und winkten, darunter auch die rothaarigen Jungen der Zimmermanns. Bald war kein einziger Stehplatz mehr frei, sogar die Veranda der Freiluftkrippe war voll besetzt, und auch um die Isolierhäuser herum standen sie. War das der alte Doktor Ritter, der frühere Ärztliche Direktor, der sein Einstecktuch in Form eines Herzens gefaltet hatte und es aus der Anzugjacke herausschauen ließ?

Als Maximilian und Kurt sich aus der vordersten Reihe lösten und auf die Bühne zur Krankenhausaufsicht traten, brandete Jubel auf.

Marlene ahnte, dass die beiden die Bühne hatten aufstellen lassen.

Kurt moderierte mit einem Radiomikrofon in der Hand, was nur bedeuten konnte, dass er doch wieder eine Vor-Ort-Reportage übertragen bekommen hatte. »Achtung! Hier Sendestelle Berlin Weißensee, Welle 400. Wir berichten vor Ort von der beabsichtigten Schließung der Kinderklinik Weißensee.«

Maximilian griff sich den Ständer mit dem Mikrofon von Doktor Kunkel und überblickte die Menschenmassen kein bisschen nervös, als hätte er jahrelange Bühnenerfahrung.

Der Leiter der Krankenhausaufsicht schien so verblüfft von den vielen Menschen, dass er vergebens nach seinem Einglas fischte. Doktor Doktor Puffmann wurde immer kleiner hinter ihm.

»Wir haben Tausende von Menschen versammelt, die hier und jetzt für die Rettung der Kinderklinik Weißensee eintreten«, verkündete Maximilian, was Kurt mit etwas Abstand für seine Radiohörer kommentierte. Mit großer Geste wies Maximilian vom überfüllten Klinikpark bis vor zum Tor und Richtung Berliner Allee. »Mehrere Tausend Menschen haben sich hier und in den Straßen Weißensees versammelt, um der Kinderklinik ihr Vertrauen auszusprechen. Und mit jeder Minute werden es noch mehr!«

Marlene wusste durch Emma, dass Maximilian den Bürgern Weißensees und Berlins zur weiteren Vertrauensbildung einen Tag der offenen Tür mit Klinikführung versprochen hatte. So konnten sie die Stationen auch ohne kranke Kinder besuchen und sich von den Hygiene- und Pflegestandards überzeugen. Dieses Angebot und natürlich Kurts Radiobeitrag vorab mussten die Leute mobilisiert haben.

Marlene war tief beeindruckt von Maximilians Einsatz und der Masse von Leuten. Am Morgen hatte der Erfolg der Aktion mit den Herzen noch ganz anders ausgesehen. Wie hatte sie nur glauben können, dass die Weißenseer ihre Klinik vergessen hatten?

»Alle unsere Elevinnen haben die diesjährige Prüfung bestanden! Wir gehen mit hervorragend ausgebildetem Personal in die Zukunft«, rief Marie-Luise und wiederholte den Satz auf Kurts Bitte hin für die Hörer der *Berliner Funk-Stunde*.

Emma trat neben sie und fügte hinzu: »Und bei der Prüfung des ordnungsgemäßen Betriebs gab es auch keine Beanstandungen.« Die beiden Frauen reichten sich mit einem anerkennenden Nicken die Hände – das erste Mal, seitdem sie sich vor fast zwanzig Jahren kennengelernt hatten. Und dieses Mal, so schien es Marlene, war das Lächeln ihrer früheren Rivalin keines der Höflichkeit. Es legten sich sogar kleine Fältchen um Marie-Luises große Augen, dann schaute sie sehnsüchtig zu Benjamin Levy.

Doktor Kunkels Blick glitt nachdenklich über die Masse, und die Weißenseer und Berliner schauten erwartungsvoll zum Vorsitzenden der Kommission. Unter den Menschen machte Marlene auch Frieda Kunze aus. Als kleines Mädchen war sie nach einem Sturz vom Turnbalken gelähmt in die Kinderklinik eingeliefert worden. Zum Erstaunen aller hatte Frieda am Ende ihres Aufenthalts ohne Rollstuhl ein paar Schritte gehen können. Das Mädchen mit den blonden Zöpfen war zu einer hübschen jungen Dame herangereift und stand sicher auf eigenen Beinen.

Marlene schob sich durch die Menge zu Kurt und zog das Mikrofon zu sich heran: »Eine so familiäre, gut geführte Klinik wie diese hier ist unverzichtbar für unsere Kinder!«

Kurz traf ihr Blick bei dem Wort »Kinder« den Maximilians. Sehnsucht sprach aus seinen Augen, bevor er Doktor Kunkel mit ernster Miene etwas zuraunte. Eine Aufforderung, seine Entscheidung zu revidieren? Der Doktor schaute mürrisch und entschuldigte sich schließlich bei den Versammelten, weil er telefonieren müsse.

Machte er sich jetzt aus dem Staub? Marlene war erleichtert zu sehen, dass Benjamin Levy den Leiter der Krankenhausaufsicht ins Hauptgebäude begleitete. Der Sprechchor im Park wurde noch vehementer, wenngleich die Menschen ausnahmslos friedlich blieben.

Nach zehn Minuten waren die beiden zurück, und Doktor Kunkel bekam das Mikrofon gereicht. Einmal mehr ließ er seinen Blick über die versammelte Menschenmenge gleiten. Marlene hoffte, dass er seine Meinung doch noch einmal geändert hatte. Mit der Eröffnung der Kinderklinik vor fast zwanzig Jahren hatte ihr neues Leben fern des Waisenhauses einst begonnen. Marlene sah Emma und sich am ersten Tag ihrer Ausbildung zu Kinderkrankenschwestern ehrfurchtsvoll vor dem Klinikgebäude stehen. Gekleidet in die Blusen aus dem Waisenhaus und jede einen Weidenkorb mit ihren wenigen Habseligkeiten in der Hand, war ihnen die Klinik mit ihren turmartigen Anbauten, den großen Doppelfenstern und dem vielen Grün drum herum wie die Residenz einer Königin erschienen. Emma hatte sich verloren umgeschaut, Marlene hingegen war gleich zielstrebig auf die Eingangstreppe zugelaufen. Nach der Ausbildung hatte sie sich zu einem Medizinstudium entschlossen und ihre für die Bestallung notwendige Medizinalpraktikantenzeit hier verbracht. Der krönende Abschluss war ihr großer Traum, die Anstellung als Kinderärztin, gewesen; die Erforschung des Penicillins war nun ein besonderes Sahnehäubchen.

Mehrmals setzte Doktor Kunkel erfolglos zu sprechen an, als ob ihm die Worte nicht über die Lippen kommen wollten, bis er schließlich doch noch hervorbrachte: »Die Krankenhausaufsicht sieht nach erneuter Beratung doch von einer Schließung der Kinderklinik Weißensee ab.« Er lieferte keinerlei Begründung, während unter den Demonstranten Jubel aufbrandete.

Benjamin Levy trat neben Marlene. »Er hat mit Goebbels telefoniert, dem Chef des Berliner Parteibezirks der NSDAP, der Kunkel auch angehört.«

Marlene ahnte, worauf Benjamin hinauswollte. Die braune Partei hatte die tausend Menschen so kurz vor der Wahl in zwei Wochen nicht gegen sich aufbringen wollen, denn das hätte Kurt ganz sicher in seiner Reportage zum Thema gemacht, selbst wenn er damit beim Radiosender rausgeflogen wäre. Die nahe Wahl, wie auch immer sie ausgehen würde, hatte ihnen zum Recht verholfen!

Marlene konnte es noch nicht fassen, dass die Kinderklinik doch nicht schließen musste. Ihre Kopfschmerzen waren wie weggeblasen. Sie wollte tanzen. In ihren Beinen zuckte es schon. Sie war vom Einsatz der vielen Menschen überwältigt, die den Erdboden unter ihren Füßen im ansteigenden Jubel zum Vibrieren brachten. Marlene konnte es in ihren Zehenspitzen kribbeln spüren.

Die Stimme von Hanny Polsfuß hielt sie aber noch zurück. »Gratulation!« Eine Rotkreuzschwester, die sie nicht kannte und die neben der Dienstbrosche am Kragen eine Herzbrosche trug, hatte Hanny im Rollstuhl vor Marlene geschoben.

Marlene beugte sich herab und schloss die einstige Oberin in die Arme. »Ich bin so froh, dass alles gut ausgegangen ist.«

»Und ich erst«, beteuerte die Oberin und erwiderte Marlenes Umarmung. »Ich habe nämlich nicht vor, das Ende der Klinik noch mitzuerleben.«

Als Marlene das nächste Mal zur Bühne schaute, machten die Herren von der Krankenhausaufsicht gerade ihren Abgang. Genauso bewundernd wie vorhin noch Bernadette Beierlein blickte sie zu Maximilian, der die Massen mit den Zukunftsaussichten der Kinderklinik unterhielt und alle zu Freibier und Limonade einlud. Er wies vor den Kuhstall, wo mehrere Fässer, nein, heute nicht mit *Kindl-*, sondern mit Schmittke-Bier, bereitstanden. Und war das nicht … der junge Mann, der mit seinen Helfern schon die ersten Biere zapfte, war das nicht Fritz Schmittke? Er war genauso ein Bär von einem Mann geworden wie sein Vater, aber die wuschelige Frisur von einst, als er mit einem krankhaften Essverhalten in die Kinderklinik eingeliefert worden war, trug er immer noch.

Diese ganze Veranstaltung samt Unterstützern mussten

Kurt und Maximilian gemeinsam in den Tagen nach der Radioansprache geplant haben. Marlene war unendlich stolz auf die beiden Männer. Vielleicht waren sie und Emma für den Fall nicht eingeweiht, dass etwas schieflief und ihre großen Erwartungen enttäuscht wurden? Oder hatte Marlene es, in ihre eigenen Aufgaben vertieft, einfach nur nicht mitbekommen?

Marlene beobachtete, wie Kurt das Mikrofon an seine Chefin übergab, die sich nun daranmachte, Stimmen der Unterstützer über den Äther zu schicken. Emma umarmte Kurt leidenschaftlich und schien ihn nicht mehr loslassen zu wollen. Dann trat Hertha Heinze auf Emma zu. Ihrer Mimik und Gestik nach zu urteilen, entschuldigte sich die Oberschwester und zollte Emma Respekt für ihre Arbeit. Marlene war sehr erleichtert über diese Versöhnung.

Auf der Veranda der Freiluftkrippe bereitete sich Willy Pinke mit seinem Meerschwein Trixie in den Händen auf eine Zaubershow vor. Die ersten Kinder hatten sich schon um den Bollerwagen versammelt, auch die Zimmermann-Sprosse waren darunter. Klaus Zimmermann, dessen Neurodermitis einst in der Kinderklinik erfolgreich behandelt worden war, rief auch schon *den* Zauberspruch der Zaubersprüche: »Lirum, larum, Besenstiel, Zaubern ist ein Kinderspiel.« Stationsschwester Vera wartete nicht weniger gespannt auf die Zauberkunststücke des früheren Pförtners.

Marlene zog das zusammengefaltete Papierherz von Elisabeth aus ihrer Rocktasche und strich gedankenversunken darüber. Feiermusik erklang, und dennoch war die Begeisterung der Elevinnen über die bestandenen Prüfungen nicht zu überhören. Sie lobten sich gegenseitig und schwärmten von ihrer Zukunft als examinierte Kinderkrankenschwestern in einem Haus wie der Kinderklinik, wo eine für die andere eintrat. Doktor Fiedler sprach ihnen sein volles Vertrauen aus.

Marlene schaute von dem Herzen in ihren Händen auf. Und da sah sie ihn mit seinem kleinen Bruder auf dem Arm: Albert, den ehemaligen Bollejungen im Waisenhemd, der anstelle seiner Milchgeldtasche heute einen Beutel über der Schulter hatte, auf dem ein gelbes Herz aus Papier befestigt war. Das gleiche Herz saß auf dem Oberteil seines kleinen Bruders.

Marlene fand es ungewöhnlich, dass das Waisenhaus ihn mit dem kleinen Bruder einfach fortließ, ohne ihn von einem Erwachsenen behütet zu wissen. Albert hatte jene Halbschuhe als Bestandteil der Anstaltskleidung an, die nur zu feierlichen Verabschiedungen und an Sonntagen getragen werden durften. Die meisten anderen Tage waren die Kinder zu Marlenes Zeit barfuß im Waisenhaus gelaufen.

Als Marlene bei ihm war und ihn fragen wollte, ob er aus dem Waisenhaus abgehauen sei, drückte er ihr den kleinen Bruder auf den Arm, begleitet von den Worten: »Können Se kurz uff Franz uffpassen? Ick habe was Dringendes zu erledigen!«

Unschlüssig, aber liebevoll nahm Marlene das warme Bündel Kind an sich. Albert drängte sich sogleich durch die Menge. Was hatte der Junge vor? Im nächsten Augenblick näherte sich Fräulein Kalkwasser, die langjährige Erzieherin aus dem Weddinger Waisenhaus, unter deren unnachsichtigem Regiment auch Marlene und Emma aufgewachsen waren. Was Fräulein Kalkwasser gar nicht mochte, waren bettnässende Kinder. Die schickte sie zur Strafarbeit in den Kohlenkeller.

Mit dem kleinen Franz auf dem Arm folgte Marlene Albert. Er hielt auf Gertrude Klein zu, die an den Händen ihrer Eltern dastand. Marlene staunte, die Kleins hätte sie hier am allerwenigsten erwartet. Bevor Herr und Frau Klein sich versahen, machte das Mädchen sich von ihnen los und lief Albert entgegen. Ihre Eltern wurden sofort nervös.

Mit einem Lächeln beobachtete Marlene, wie die zwei Kinder sich umarmten. Dann legte Albert Gertrude etwas in die Hand, das Marlene nicht erkannte. Als Gertrude den Beutel über Alberts Schulter entdeckte, schlug sie vorfreudig die Hand vor den Mund.

Franz im Arm wiegend, ging Marlene zu den Kleins, um sie zu beruhigen. Sie begrüßte das Paar höflich und bedankte sich für deren Unterstützung. Weder trug Gertrudes Vater ein Herz am Revers, noch Frau Klein eines an ihrem beeindruckend großen Turban.

»Unsere Tochter wollte einfach keine Ruhe geben«, sagte Herr Klein, während sein Blick durch die Menge irrte. »Nur wegen ihr sind wir hier«, stellte er klar.

Marlene erinnerte sich, dass Albert ihr an seinen letzten Tagen in der Kinderklinik von Gertrudes Traum erzählt hatte. »Kommen Sie«, sagte Marlene, »ich denke, ich weiß, wo wir Gerti finden.«

»Sie heißt Gertrude«, korrigierte Frau Klein.

Es dauerte eine Weile, bis Marlene mit Franz und den Kleins vor der Bühne angekommen war. Gertrude stand mit Albert auf der Bühne und trug nun das rot karierte Häkelkleid mit dem weißen Kragen. Albert zeigte ihr die Schrittfolge des Langsamen Walzers, und weil Gertrude so schnell begriff, tanzten sie nach kurzer Übung schon. Die Umstehenden begannen zu klatschen, wodurch sich mehr und mehr Menschen dem tanzenden Kinderpaar zuwandten. Gertrude strahlte über das ganze Gesicht und bewegte sich, als wiegte sie von Wolke zu Wolke. Sie sah wie ein unbeschwertes, glückliches Kind aus.

»Das ist viel zu gefährlich für ihr Herz!« Frau Klein wollte schon auf die Bühne eilen, aber ihr Mann hielt sie noch vor Marlene zurück.

Herr Klein betrachtete seine Tochter eine Weile staunend, bevor er zu seiner Frau sagte: »Vielleicht kann sich ihr Herz doch daran gewöhnen.« Der Ansatz eines Lächelns zeigte sich auf seinem Gesicht.

Marlene hatte vor allem Augen für Albert. Dieser kleine Junge besaß ein großes Herz, gab nie auf und musste so viel durchmachen: zuerst sein hartes Leben als Kind, das nicht zur Schule gehen, sondern Geld verdienen musste, dann seine lebensbedrohliche Endokarditis, der Tod seiner Mutter und nun auch noch das Waisenhaus unter Fräulein Kalkwasser. Sie würde ihm so gerne beistehen. Versunken streichelte sie Franz auf ihrem Arm die Wange und versank im Anblick des tanzenden Alberts. Dabei bemerkte sie kaum, wie sich zwei Hände von hinten auf ihre Schultern legten. Joseph? Von unweit wehte der Duft von süßem Streuselkuchen zu ihr heran. Oma Anna war bestimmt in der Nähe.

Als Marlene sich umwandte, erblickte sie statt der Großmutter den alten Doktor Ritter. Noch immer trug er dieselbe Brille mit den dicken Brillengläsern von damals. »Herzlichen Glückwunsch, Fräulein Lindow … Ich meinte natürlich, Frau Doktor von Weilert.«

Marlene zog es im Herzen, weil sie bald nicht mehr Frau von Weilert sein würde. Trotzdem war es schön, den alten Klinikchef einmal wiederzusehen. Viele Jahre hatten sie Seite an Seite gearbeitet.

»Ein entzückendes Kind haben Sie. Ganz der Papa«, sagte Doktor Ritter.

Marlene schüttelte den Kopf. »Franz ist nicht mein Sohn. Er ist der Bruder eines ehemaligen Patienten.«

»Wie schade! Steht Ihnen gut, Frau Doktor von Weilert.«

Marlene entfuhr ein stummer Seufzer.

»Ich würde gerne wissen, wie es Ihnen ergangen ist. Was halten Sie davon, wenn wir und Ihr Gatte uns in den nächsten Wochen einmal abseits des Trubels zu einem gepflegten Abend verabreden? Ich brenne darauf, von Ihrer Penicillin-Forschung zu erfahren. Da ist Ihnen und Professor Czerny etwas wirklich Beeindruckendes gelungen!«

»Das finde ich auch«, drang eine andere Stimme an Marlenes Ohren. Maximilian trat um sie herum und begrüßte Doktor Ritter mit einem Nicken.

»Ihre Gattin hat gerade einem gemeinsamen Abend zugesagt«, sagte der einstige Ärztliche Direktor schmunzelnd. »Nicht wahr?« Er schaute Marlene an, die nur irritiert nicken konnte.

»Eine gute Idee«, entgegnete Maximilian forsch. »Bei uns in der Villa?« Ein langer, inniger Blick zu Marlene folgte.

Marlenes Kehle wurde ganz trocken bei der Vorstellung, dass mit Maximilian vielleicht doch noch nicht alles verloren war.

»Abgemacht!« Doktor Ritter streckte seine Hand aus, und Maximilian schlug ein.

»Jetzt brauche ich nur noch deine Zustimmung«, wandte sich Maximilian an Marlene, während Doktor Ritter sich Richtung Bierausschank begab.

Marlenes Hände wurden vor Aufregung feucht. Sie drückte den kleinen Franz enger an sich.

»Ich kann nicht ohne dich«, flüsterte Maximilian ihr ins Ohr.

Sie konnte auch nicht ohne ihn! Es gab keine Nacht, in der sie sich nicht gewünscht hatte, an ihn geschmiegt einzuschlafen.

»Ich akzeptiere deine Entscheidung, auch weiterhin arbeiten zu wollen«, sagte Maximilian. »Mir ist klar geworden, dass du ohne die Klinik einfach nicht mehr die Lene Lindow bist, in die ich mich verliebt habe, dass du ohne deine Arbeit unglücklich bist. Es tut mir leid, dass ich dir blinden Ehrgeiz vorgeworfen habe. Natürlich weiß ich, wie sehr du deine Arbeit liebst. Ich war enttäuscht, verletzt und fühlte mich schrecklich hilflos, als ich dir das an den Kopf warf. Lene, ich möchte auf jeden Fall, dass du glücklich bist. Und …«

»Und?« Marlene spürte das Blut durch ihre Adern rauschen. Ihr Puls hämmerte in den Schläfen.

Maximilian berührte ihre rechte Hand, die auf dem Rücken des kleinen Franz ruhte, und sagte in zärtlichem Ton: »Bitte komm heim!«

Eine warme Welle durchflutete Marlenes Körper. Sie wollte zusagen, aber was war mit …? Sie schaute sich suchend in der Menge um.

»Suchst du Bernadette?«, fragte er. Bevor sie nicken konnte, sagte er: »Ich habe sie nicht einmal geküsst und ihr inzwischen unmissverständlich erklärt, dass ich nur dich liebe. Außerdem habe ich Bernadette ans Herz gelegt, mehr sie selbst zu sein, anstatt eine andere Frau zu imitieren. Von einer Vernunftehe halte ich übrigens gar nichts. Nie könnte ich mit einer Frau leben, die ich nicht liebe. Auch nicht für den Preis, dass die Familie dann eben klein bleibt.«

Marlene musste unvermittelt lächeln. Er liebte sie, auch ohne dass sie krampfhaft versuchte, schwanger zu werden. Als stimmte der kleine Franz ihr zu, gab er auf ihrem Arm einen unverständlichen Laut von sich: »Gugu.«

Maximilian versank im Anblick des kleinen Jungen auf Marlenes Arm. Seine grasgrünen Augen leuchteten wie die eines jungen Mannes. Als Franz »ma-ma-ma-ma« lallte, blieb Marlene vor Entzückung fast das Herz stehen.

»Er glaubt, du wärst seine Mutter«, sagte Maximilian angetan.

Marlene reichte ihm den Jungen, der von der Fliege an Maximilians Hals fasziniert war und daran zu zupfen begann. Marlene wusste nicht, wen sie liebevoller anschauen sollte, Franz oder Maximilian, der in diesem Moment ihr Lächeln erwiderte.

Ihr sehnsüchtiger Blick glitt zu Albert auf der Bühne, der noch immer mit Gertrude tanzte, nun aber langsamer.

Maximilian schien ihre Gedanken zu lesen. »Was hältst du davon, wenn wir den beiden Kopetzkes ein neues Zuhause geben?«

Marlene umarmte Maximilian und den kleinen Franz. »Das wäre zu schön. Wir sollten die beiden fragen … Ich meine, wir sollten Albert fragen, Franz wird uns nicht so bald antworten können.« Bei der Vorstellung, zwei so liebenswerten Kindern eine Mutter sein zu dürfen, kamen ihr sofort Ideen, wie sie die Villa kindgerecht umgestalten könnte. Es würde auf jeden Fall eine Spielecke geben mit Bauklötzen für Franz und einer Eisenbahn für Albert. Oder doch lieber einen Zaubertisch mit einer Schublade für Zauberutensilien? Dass sie für die gemeinsame Zeit beruflich kürzertreten müsste, schien ihr beim Anblick von Maximilian mit Franz auf dem Arm ein Leichtes.

»Ich schätze, dass die Penicillin-Forschung eine Weile ohne mich auskommen muss«, sagte sie und konnte den Blick nicht von Albert lösen. Professor Czerny hätte bestimmt nichts dagegen, wenn sie ihm den Grund nannte. Es kam immer mal wieder vor, dass in Forschungsgruppen die Mitarbeiter wechselten. Sie würde das Projekt fortan finanziell unterstützen.

Marlene wurde aus ihren Gedanken gerissen, als Albert von Fräulein Kalkwasser von der Bühne gezerrt wurde. »Solch ein ungezogener Junge bist du! Verlässt ohne Erlaubnis die Einrichtung und nimmst auch noch deinen kleinen Bruder mit!«

»Aber es hieß doch, det jedes Herz zählt«, rechtfertigte Albert sich.

»Das geht so nicht!«, rief Fräulein Kalkwasser und griff nach dem Jungen. »Du kommst jetzt sofort mit zurück in den Wedding!«

Marlene und Maximilian gingen dazwischen und nahmen Albert beschützend zu sich. »Bitte bestrafen Sie den Jungen nicht! Er wollte doch nur die Rettung der Klinik unterstützen.«

»Und meiner Freundin Gerti einen Traum erfüllen«, ergänzte Albert.

»Marlene Lindow?« Die Erzieherin mit der langen Nase und dem spitzen Kinn hatte Marlene anscheinend wiedererkannt, war kurz verdutzt, aber fing sich auch schnell wieder. Sie hatte noch nie viel Zeit mit Zögern verschwendet. »Sie müssten doch am besten wissen, dass es Regeln im Waisenhaus gibt, deren Befolgung unumgänglich ist«, ereiferte sich die Erzieherin. »Ein Kind kann nicht einfach kommen und gehen, wann es will!«

»Regeln sind wichtig, ja, damit mögen Sie recht haben. Dennoch hat jedes Kind ein Recht darauf, glücklich zu sein. Und genau das war Albert gerade, als er mit Gerti tanzte«, entgegnete Marlene friedfertig. Albert schmiegte sich an sie.

Für einen Moment war Fräulein Kalkwasser sprachlos.

Marlene schaute Maximilian länger an. Sie nickten sich zu, dann übernahm Maximilian: »Meine Ehefrau, Frau Doktor von Weilert, und ich möchten Albert und Franz zu uns nehmen.«

Fräulein Kalkwasser schluckte, als wäre ihr bei Maximilians Worten eine dicke Kröte in den Hals gesprungen. Marlene konnte nicht sagen, ob es wegen ihres eigenen eindrucksvollen Namens, ihres Titels oder wegen des Adoptionsangebots war.

»Wenn dem so ist ...«, sagte die Erzieherin, nachdem ihr Blick noch einmal prüfend über die Kinder geglitten war.

Alberts Augen waren erstaunt geweitet. Franz schlummerte friedlich auf Maximilians Arm, den Kopf an seine Schulter gelehnt.

»Bitte gestatten Sie uns, die Kinder bis zur offiziellen Adoption schon zu versorgen«, bat Marlene. Bei der Vorstellung, dass die Villa von nun an von Kinderlachen erfüllt war, wurde ihr beinahe schwindelig vor freudiger Erwartung. Beim Anblick von Albert und Franz empfand sie schon jetzt ein ungekanntes Gefühl. Es war anders als das, was sie für Elisabeth und Theodor empfand. Es musste Mutterliebe sein. Albert jedenfalls schaute sie so glücklich an, dass sie schon ahnte, wie schwierig es werden würde, ihm jemals einen Wunsch abzuschlagen.

»Das geht nicht! Es gibt Formalien, die vorab zu erledigen sind«, erklärte Fräulein Kalkwasser.

»Wie viele Zeugen brauchen Sie, die die guten Absichten des Ehepaares von Weilert bestätigen?« Benjamin Levy und Professor Czerny traten zu ihnen und stellten sich der Erzieherin mitsamt ihren beeindruckenden Titeln vor.

Fräulein Kalkwasser fixierte Marlene noch einmal prüfend, sagte aber schließlich: »Na gut, aber Sie müssen die Formulare gleich morgen ausfüllen.«

»Herzlichen Dank«, entgegnete Marlene.

»Wie wäre es mit einem Schmittke-Bier, Fräulein?« Bevor die Erzieherin widersprechen konnte, zog Benjamin Levy sie rüber zu den angestochenen Bierfässern. Professor Czerny folgte durstig.

Von nun an hatte Marlene nur noch Augen für ihre neue Familie. Sie schmiegte sich an Albert und Maximilian und versank ganz im Anblick des kleinen Franz. Mit den Kindern neben sich küssten sie einander, und Marlene konnte nur daran denken, dass es für sie gerade der schönste Moment in ihrem Leben war.

***

Epilog

24. Dezember 1931

Die Weihnachtsfeier lief im Hause von Weilert stets nach einem festen Protokoll ab, das unabhängig von der politischen Entwicklung im Land war. Seitdem die Nationalsozialisten zweistärkste Fraktion im Parlament geworden waren, hatte sich die Stimmungsmache gegen die demokratische Republik noch einmal verstärkt. Reichspräsident von Hindenburg traf sich immer öfter mit dem Parteichef der Rechten, diesem fiebrig auftretenden Adolf Hitler. Die Not im Land nahm weiter zu, die Ernten der Bauern waren karg. Aber daran wollte an diesem besonderen Tag niemand denken.

Marlene und Maximilian führten die Festgesellschaft zur Weihnachtstafel an. Die Klänge der Berliner Philharmoniker aus dem Grammofon begleiteten sie in den großen Salon.

»Du siehst wunderschön aus«, raunte Maximilian Marlene zu. Marlene drückte zärtlich seine Hand. Sie fühlte sich durch die Liebe von Maximilian und den Kindern wie in einem Kokon, durch den nichts Schlechtes zu dringen vermochte.

Hinter ihnen schritt die Gräfin von Weilert, ihre Enkelkinder Albert und Franz an den Händen. Sie trugen feine samtene Kleidung, Franz hatten sie, ganz im Stil seines Vaters, eine Seidenschleife vor den Hals gebunden. Hinter der Gräfin kam Emma mit ihrer Familie, dann Joseph mit Oma Anna und schlussendlich die Familie Pinke.

Im großen Salon angekommen, wurde der Heilige Abend offiziell mit *O du fröhliche* im Stehen eröffnet. Marlene kostete jeden Ton aus, so wohl fühlte sie sich, versammelt im Kreise ihrer Lieben. Ihre Schwiegermutter sang noch etwas steif, aber sichtlich bemüht mit. Was Marlene in all den Jahren nicht gelungen war, das hatten Albert und Franz in wenigen Monaten mühelos geschafft: das Eis zwischen der Familie und der Hausherrin zu brechen. Mit jedem Monat, den die Kinder bei ihnen waren, war die Gräfin öfter zum Abendessen heruntergekommen. Sie erlag wohl dem gleichen Zauber, der Marlene vom ersten Tag als Mutter in den Bann gezogen hatte. Es war einzigartig, mit ansehen zu dürfen, wie viele Fortschritte der inzwischen zweieinhalbjährige Franz in seiner Entwicklung machte und wie gut Albert der Schulunterricht gefiel. Im Rechnen war er einsame Spitze, obwohl er viel Stoff nachholen musste. Marlene war wieder glücklich in ihrer Ehe und schrecklich vernarrt in ihre Jungs.

»Bitte nehmt doch Platz«, sagte Maximilian und deutete auf die Stühle an der festlich geschmückten Tafel. Als auch Oma Anna saß, wünschte er allen fröhliche Weihnachten. Wie jedes Jahr hielt er eine kleine Geburtstagsrede auf Emma, die heute achtunddreißig wurde. »Liebe Schwägerin, wir erheben unser Glas auf dein Wohl. Ich wünsche mir, dass du im kommenden Jahr etwas häufiger Zeit hast, uns hier in der Villa zu besuchen.«

Kurt legte seinen Arm von der linken Seite um Emma

und drückte ihr einen Kuss auf die Stirn, Theodor von der rechten. Dann prosteten sie der Jubilarin zu und tranken durstig. Das Dienstmädchen goss so übereifrig nach, dass der Sekt über den Rand der Gläser lief.

Willi Pinke leckte sich das Schaumgetränk von den Fingern und brachte die Runde damit zum Lachen. »Det kostbare Zeuch woll'n wir doch nich verschwenden!« Selbst die Gräfin konnte ein Schmunzeln nicht verbergen. Am Abend der Klinikrettung, als Marlene und Maximilian erschöpft, aber glücklich mit Albert und Franz in die Villa zurückgekehrt waren, war die Gräfin vor sie getreten und hatte Marlene anerkennend die Hand geschüttelt, gefolgt von den Worten: »Gut, dass du zurück bist.«

Es war wohl das erste Mal, dass Emma in diesem Jahr zum Durchatmen kam, dachte Marlene. Noch am Tag der Wiedergeburt der Kinderklinik war sie erneut zur Oberschwester befördert worden. Seit dem peinlichen Auftritt der Herren von der Krankenhausaufsicht lief es in der Klinik problemlos. Selten waren die Krankenzimmer nicht voll belegt, und die neuen Ärzte, Schwestern und Elevinnen arbeiteten gerne dort. Und: Ein Oberinnen-Wechsel stand demnächst an. Marie-Luise hatte das Deutsche Rote Kreuz verlassen, um an der Seite des Mannes zu leben, in den sie sich verliebt hatte, Benjamin Levy.

Je mehr Distanz sie zu den Geschehnissen bekam, desto leichter fiel es Marlene, an den Prüfungstag vor eineinhalb Jahren zurückzudenken. Wären nicht die Tausenden Engagierten gewesen, wäre die Kinderklinik heute ein Haus der NSDAP. Nach der Aufstellung des neuen Kabinetts waren Emma und Theodor zu öffentlichen Fürsprechern für den Fortbestand der demokratischen Republik geworden. Dafür hatte Theodor sich schon mehr als einmal mit seinen früheren Klassenkameraden angelegt, wie Marlene wusste.

Emma sah müde, aber zufrieden aus. Vielleicht lag Letzteres an den guten Noten, die Theodor vor den Weihnachtsferien mit nach Hause gebracht hatte? An seinem neuen Gymnasium standen die Chancen gut, dass er im Sommer ein Einser-Abitur ablegen würde.

»Und wann kommt der Himbeerpudding?«, fragte Elisabeth ungeduldig und lenkte damit Marlenes Gedanken wieder auf das Weihnachtsfest. Das Mädchen schaute fragend auf das Wachtelei vor sich, das in einem Nest aus Speckstreifen und einem Salatbett angerichtet worden war. »Erst am Schluss, Lissi«, sagte Marlene.

In diesem Jahr hatte sie die Wahl der Menüfolge für den Weihnachtsabend ganz ihrer Schwiegermutter überlassen. Es war ihr nicht mehr wichtig, der Gräfin Zugeständnisse abzuringen. Außerdem hatten sich ihre Prioritäten verschoben. Keine Stunde war so kostbar wie die mit der Familie.

Vor der Hummersuppe sangen sie *Fröhliche Weihnacht überall*. Willy und Elwira Pinke, die Jungvermählten der Runde, gaben den Ton an. Zur Überraschung der anderen Erwachsenen übernahmen die Kinder ganz allein die letzte Strophe.

»Wat'n schönet Lied«, befand Willy Pinke mit feuchten Augen, nachdem der letzte Ton verklungen war.

Marlene war froh, dass sich sein Gesundheitszustand nicht weiter verschlechtert hatte. Wahrscheinlich hatte er das seiner Ehefrau zu verdanken, aber vielleicht lag es auch daran, dass er hin und wieder an der Kinderklinik zauberte. Wenn die Schulverpflichtungen es zuließen, assistierte Albert ihm dabei. Regelmäßig begleitete Marlene ihn zum Grab seiner verstorbenen Mutter. Sie war kein Tabuthema zwischen ihnen.

Als die Vorspeise gegessen war, gingen die Gräfin und Maximilian mit den Kindern raus, um dort auf die Ankunft des Weihnachtsmanns zu warten, aber es dauerte.

»Ob der Weihnachtsmann uns vergessen hat?«, fragte Albert, nachdem sie zurück im Salon waren. Franz wedelte in seinem Hochstuhl aufgeregt mit den Ärmchen.

»Er hat die Geschenke durch den Hintereingang gebracht, als ihr eben draußen wart«, erklärte Marlene, woraufhin die Kinder an das Fenster sprangen, um noch einen letzten Blick auf den Weihnachtsmann zu erhaschen. Dann galt alle Aufmerksamkeit den bunten Paketen unter dem Weihnachtsbaum.

Seitdem Maximilian am Jahresanfang die Praxis für Kinderheilkunde in den Erdgeschossräumen der Villa eröffnet hatte, hatte auch er mehr Zeit für seine Familie. In so mancher Pause stahl er sich in die Zimmer seiner Sprösslinge. Marlene schob ihre Hand in seine und drückte sie. Sie hatten inzwischen ein Kindermädchen angestellt, und die Villa war zu einem Haus der Kinder geworden, selten war es ruhig hier. Wo früher Graf Anton von Weilert in Öl gehangen und jeden Eintretenden streng gemustert hatte, befand sich heute ein Bild fröhlicher Kinder, die unbeschwert auf einer Wiese spielten.

»Was für ein schöner Muff«, freute sich Oma Anna über ihr Weihnachtsgeschenk.

»Damit du uns im fernen Frankfurt auch nie an den Händen frieren musst!« Noch immer waren Oma Annas Hände die wärmsten, die Marlene kannte. Sie zu berühren tat unendlich gut.

Theodor hat sich bereits mit seinem neuen Buch, Gustave Flauberts *Erziehung der Gefühle*, in die Ecke des Salons auf einen der Ohrensessel zurückgezogen. Elisabeth und Albert leckten jeder einen Lutscher. Elisabeth bestaunte dabei das Stethoskop in ihrem Päckchen, das, wie Marlene beteuerte, ein echtes war.

Die Bescherung unterm Tannenbaum war zur Zufriedenheit aller verlaufen, nur Marlene hielt ihr Geschenk für Maximilian noch zurück. Nach der Hauptspeise war der große Moment gekommen, in dem der Himbeerpudding serviert wurde.

»Oma Dorothea, schmeckt dir der Pudding auch so gut?«, wollte Albert wissen, den Mund noch voll mit der Süßspeise. Franz klebte der Pudding an den Wangen.

Marlene bemerkte wohl, dass die Gräfin sich beherrschen musste, den Jungen nicht auf seine Tischmanieren aufmerksam zu machen. »Er schmeckt gut«, sagte sie mit etwas Überwindung. Es war ihr erster Himbeerpudding im Leben, der ohne Extravaganzen wie mit echter Vanille versetzter Sahne oder karamellisierten, in Alkohol eingelegten Früchten auskam.

Denn Oma Anna hatte es sich nicht nehmen lassen, die Nachspeise persönlich zuzubereiten. Sie war eine Meisterin der Süßspeisen und Backwaren. Über den Himbeerpudding hatte sie dickflüssige Vanillesoße gegossen. Sogar Kurt verschlang seine Portion so hungrig, als hätte er noch nichts zu essen bekommen. Wenige Monate nach der Rettung der Klinik hatte er dem Radio den Rücken gekehrt und arbeitete seitdem wieder als freier Autor. Er wollte politisch aktiv sein, etwas gegen die rechten Kräfte unternehmen, was ihm beim Radio untersagt gewesen war.

Bevor sich die Männer ins Herrenzimmer zurückzogen, führte Marlene Maximilian aus dem Salon und an das Fenster in ihrem Arbeitszimmer. Es war dunkel draußen, der Himmel sternenklar. Sie ließ ihren Blick über den Pavillon, die gestutzten Rosenstöcke und bis zu den zwei Mandelbäumen auf der Wiese gleiten, die sie mit der Ankunft von Albert und Franz in ihrer Familie gepflanzt hatten. Die zarten Äste waren von Schneekristallen bedeckt und glitzerten im Mondschein.

»Wie es aussieht, werden wir noch einen weiteren Baum pflanzen dürfen«, sagte Marlene, griff nach Maximilians Hand und legte sie auf ihren Bauch.

»Du bist schwanger?«, fragte er verdutzt.

Marlene legte ihre Hand auf die von Maximilian. »Dreimal ist meine Monatsblutung bereits ausgeblieben, und mir ist ständig übel. Ich merke, wie sich mein Körper verändert.« Sie spürte es an ihrer Kurzatmigkeit, an dem Ekel, der sie überkam, wenn irgendwo Kaffee dampfte. Am liebsten hätten sie über den Himbeerpudding vorhin die Schinkenstreifen aus der Vorspeise gelegt.

Maximilian streichelte ihren Bauch, der sich schon leicht unter dem Samtkleid wölbte. »Das ist wunderbar«, sagte er, seine Augen wurden feucht, »dann solltest du dich ab sofort ausruhen.« Er wollte sie schon zum Stuhl am Schreibtisch führen, aber Marlene wehrte sich. »Ich möchte, dass wir es noch eine Weile für uns behalten. Nur zur Sicherheit.«

»Ja, dann habe ich auch etwas Zeit, mich an den Gedanken zu gewöhnen, dass ich bald eine Tochter haben werde, ein kleines Abbild meiner zauberhaften Frau.« Maximilian lächelte. »Habe ich dir heute eigentlich schon gesagt, dass ich dich über alles liebe?«

»Beim Aufwachen am Morgen, dann vorhin beim Schmücken des Weihnachtsbaumes …« Marlene nahm sein Gesicht zwischen ihre Hände. »Aber bitte hör niemals auf damit.«

Er küsste sie erst auf den Mund und dann auf den Bauch.

»Gehen wir wieder zu den anderen?«, fragte Marlene.

Maximilian legte den Arm um ihre Taille und führte sie aus dem Arbeitszimmer. »Ich freue mich sehr auf unser drittes Kind, aber eines sollst du wissen: Ich habe mich auch mit Albert und Franz schon vollständig gefühlt.«

Marlene erging es ebenso. An der Türschwelle zum großen Salon spürte sie das erste Mal ein vorsichtiges Pochen in ihrem Unterleib, als würde das Ungeborene die Familie schon vorfreudig begrüßen wollen.

ENDE

Nachwort

Mit den Jahren 1929 und 1930 als Romanzeit für Band 3 meiner Kinderklinik-Reihe habe ich mir bewusst eine in mehrerlei Hinsicht weichenstellende Zeit ausgesucht. Erstens wollte ich unbedingt die bahnbrechende Entdeckung des Penicillins und zweitens den Beginn vom Ende der Weimarer Republik und den Aufstieg der NSDAP erzählen.

Die Entdeckung des Penicillins durch den schottischen Bakteriologen Alexander Fleming im Jahr 1928 wird – ähnlich wie die Entdeckung der Röntgenstrahlen – auf einen Zufall zurückgeführt. Fleming, der übrigens aus einem bäuerlichen Umfeld stammte, vergaß vor seinem Urlaub, in Petrischalen gezüchtete Staphylokokken wegzuräumen, und fand diese bei seiner Rückkehr mit Schimmel bedeckt vor. Bei genauerem Hinsehen fiel ihm auf, dass sich die Bakterien dort, wo sich der Schimmel ausgebreitet hatte, aufgelöst hatten. Was für eine Entdeckung in der Medizingeschichte! Wie begeistert mussten leidenschaftliche Kinderärzte und -ärztinnen wie meine Marlene von dieser Beobachtung gewesen sein. Darüber wollte ich unbedingt schreiben.

Die Erforschung des Penicillins ruhte nach Flemings Veröffentlichung seiner Beobachtungen im Jahr 1929 zunächst. Für viele Forscher schien das Unterfangen – die Entwicklung eines für den Menschen unschädlichen Antibiotikums – wohl größenwahnsinnig, weswegen sie sich dieses Themas gar nicht erst annahmen. So schnell waren auf diesem Gebiet keine Erfolge zu erringen.

Die ersten Schritte lasse ich im Roman Marlene mit Professor Czerny und seinem Team jedoch schon bald nach Bekanntwerdung der Entdeckung unternehmen – ein mutiger Schritt, der gut zu den beiden passt. Ihnen gelingt es am Ende sogar, Albert Kopetzke mit Penicillin das Leben zu retten. Die vielen Badewannen voll mit Nährflüssigkeit, die sie für die Herstellung des rettenden Mittels für nur einen einzigen Patienten benötigen, sind überliefert und vermutlich eine weitere aus damaliger Sicht unüberwindbare Hürde. Marlene und Professor Czerny gelingt die chemische Reinigung des Rohfiltrats der »Schimmelpilzbrühe« in doch relativ kurzer Zeit – hier habe ich mir erlaubt, von der Historie abzuweichen. Die Entwicklung des Reinigungsprozesses ließ in der Realität lange auf sich warten, auch weil die Weitererforschung erst einmal stockte. Erst zehn Jahre nach Flemings Entdeckung beschäftigten sich Forscher in Oxford wieder intensiver mit Penicillin. Howard Walter Florey und Ernst Boris Chain gelang es erstmals 1942, einen Kranken mit Penicillin zu heilen. Von diesem Ereignis an machte die Penicillinforschung schnelle Fortschritte. Bereits 1944 wurde das Wunder-Antibiotikum industriell hergestellt. Damit konnten Millionen von Menschen geheilt werden. Es wurde ein Verfahren entwickelt, mit dem der Penicillinertrag deutlich erhöht und zur Züchtung des Schimmelpilzes nicht mehr Badewannen voller Nährlösung benötigt wurden. 1945 erhielten Fleming, Florey und Chain für ihre Arbeiten in der Penicillinforschung den Nobelpreis für Medizin.

Und der Anfang vom Ende der Weimarer Republik, der in dieselbe Zeit wie die Entdeckung des Wundermittels fiel? Die Menschen wurden mit dem Ausbruch der Weltwirtschaftskrise 1929 aus den *Roaring Twenties* in eine Krisenzeit befördert, die den Ruf nach einem Retter, einem Führer in bessere Zeiten stark werden ließ. Die knappe, sinngemäße Wiedergabe von Äußerungen aus Hitlers »Mein Kampf« in Theodors Szene, in der er heimlich in diesem Buch liest, sind mit größter Vorsicht zu lesen. Das Werk erfüllt den Straftatbestand der Volksverhetzung nach § 130 Abs. 2 des Strafgesetzbuchs.

Im rechten Wahlkampf 1930 stellten die Nationalsozialisten den wirtschaftlichen Aufschwung in den Mittelpunkt und sprachen ganz gezielt die Jugendlichen als Zielgruppe an, Jugendliche wie Theodor, Johannes oder Egon. Sie übertrugen ihnen Verantwortung für die Zukunft und schienen ihnen Orientierung zu geben in einer Welt, in der die Verunsicherung enorm war und die noch junge Weimarer Republik eine Krise nach der anderen durchlebte. Die großen Parteien waren ständig zerstritten, auch innerparteilich. Wellen politischer Gewalt überfluteten das Land. Streiks, Straßenschlachten und Plünderungen waren an der Tagesordnung.

In der unsicheren Zeit sehnte sich die Generation unserer Urgroßeltern nach Ruhe, Sicherheit und einer klaren Linie, die die erste deutsche Demokratie nicht zu liefern imstande war. Noch vor der offiziellen Machtübernahme der NSDAP 1933 wurde die deutsche Republik stückweise entdemokratisiert. Einen erheblichen Beitrag dazu leistete Reichspräsident von Hindenburg, den meine Leser bereits in Band 2 (»Jahre der Hoffnung«) als Kriegstreiber kennengelernt haben. Mittels des neuen Instruments der Notverordnungen konnte er quasi willkürlich herrschen, Gesetze verhindern, eigene einbringen und das Parlament auflösen. Paul von Hindenburg ging in die Geschichte auch als »Steigbügelhalter Hitlers« ein.

In Band 3 sind meine Heldinnen Marlene und Emma zu gestandenen Frauen herangewachsen. In den Zwanzigerjahren wandelte sich das Frauenbild vor allem von Städterinnen enorm. »In Mode« waren junge Frauen (oft aus bürgerlichen Kreisen), die ihr Leben selbstbewusst und unabhängig gestalteten – wie Marlene.

Typisch für die Zwanzigerjahre in den Großstädten war ein kosmopolitisches Leben mit hektischem Vergnügen, Tanzen, Trinken und sexueller Offenheit. Die Menschen wollten endlich den Ernst und die Erschütterung des zurückliegenden Ersten Weltkrieges und das Durcheinander in der neuen Republik vergessen. Der schnelle Tanz Charleston wurde Religion. Männer wie Frauen drängten in ein Leben jenseits der alten Konventionen des ehemaligen Kaiserreichs. Die neue Freiheit und Unabhängigkeit endete für viele Frauen jedoch mit der Eheschließung. Danach fügten sich die früheren Wilden oft den (männlichen) Vorstellungen der Zeit und wurden Mutter und Hausfrau. Meine Marlene will sich damit nicht abfinden, sucht sogar als Ehefrau ihren eigenen Weg.

Emma hingegen hat ihren Weg in Band 3 gefunden. Leidenschaftlich startet sie als Oberschwester in der Kinderklinik, wird aber durch alte Feindschaften komplett aus der Bahn geworfen. Hinzu kommt ihre traumatische Erfahrung mit dem untreuen Kindsvater in der Vergangenheit (Tomasz), die sie Kurt gegenüber sehr eifersüchtig macht. Kurt tatsächlich fremdgehen zu lassen, das habe ich nicht übers

Herz gebracht. Zu sehr ist er mir ans Herz gewachsen. Für seinen Handlungsstrang über die Entstehungszeit des Radios zu recherchieren hat mich sehr gefesselt. Überraschend zu lesen war, dass Radios zu Beginn nur mit Kopfhörern gehört werden konnten, wie es eingangs auch Kurt und Emma mit den Kindern tun. Das war tatsächlich die erste und altmodische Variante, Radio zu hören. Ende der Zwanzigerjahre kamen dann Radios mit Lautsprechern auf, bei denen man keine lästigen Kopfhörer mehr benötigte, sie waren aber sehr teuer.

Das Aufkommen des Radios als Informations- und Unterhaltungsmedium muss sich für die Menschen damals wie für meine Generation die Verbreitung des Internets oder die Entwicklung künstlicher Intelligenz angefühlt haben. Vom Radio ging eine unheimliche Faszination aus, was auch erklärt, warum es in den Dreißiger- und Vierzigerjahren das Unterhaltungsmedium für die breite Masse war. Erst in den Sechzigern verlor der Rundfunk seinen Spitzenplatz an das Fernsehen. Hören durfte jedoch nur, wer sich einen Rundfunkempfänger und die Abonnementgebühren leisten konnte. Es gab viele Schwarzhörer. Wer fünf davon bei der Post denunzierte, bekam einen Röhrenempfänger geschenkt. Auf Schwarzhören standen bis zu zehn Tage Haft.

Interessant in dieser Zeit ist auch die Entwicklung der Pflegeberufe. Bereits 1926 waren mehr als die Hälfte aller Pflegenden Erwerbskräfte. Die karitative Pflege hingegen, wie sie im 19. Jahrhundert noch die Regel war und von den Rotkreuzschwestern in der Kinderklinik Weißensee ausgeübt wird, wurde nach dem Ersten Weltkrieg zunehmend von der Berufskrankenpflege verdrängt. Das Rote Kreuz bekam enorme Nachwuchssorgen, weil junge Frauen nicht mehr ein mutterhausgebundenes Leben führen, sondern unabhängig arbeiten und modern leben wollten. In den Folgejahrzehnten wurde die Erwerbskrankenpflege immer beliebter.

Über hygienische Mängel und nicht ordnungsgemäße Zustände in der Kinderklinik Weißensee um 1930 ist nichts überliefert. Diese entstammen allein meiner Fantasie, die durch die fiktive Figur Marie-Luise Fischer inspiriert wurde. Schon in Band 1 der Kinderklinik-Reihe (»Zeit der Wunder«) habe ich die Szenen mit der arroganten wie selbstsicheren Marie-Luise mit einem amüsierten Schmunzeln geschrieben. Und in diesem dritten Band hat sie am Ende doch ein Einsehen, sodass ich mich schwertue, sie schon endgültig loszulassen.

Ebenso meiner Fantasie entsprungen ist der rechtsextreme Oberlehrer Rademacher. Theodors Gymnasium, an dem es ihm als die einzige Lösung erscheint, sich der politischen Meinung seines Deutschkundelehrers anzuschließen, gab und gibt es tatsächlich. Damals hieß es noch *Gymnasium am Kreuzpfuhl*, heute ist es das Primo-Levy-Gymnasium. Wie gesagt, sämtliche politischen Ansichten des Personals dieser Schule sind fiktiv, nicht jedoch der schulhistorische Hintergrund, vor dem ich Theodors Geschichte erzähle. Weil viele jüngere Lehrkräfte nicht oder nur versehrt aus dem Ersten Weltkrieg heimkamen, waren vor allem greise Lehrkräfte an den Schulen der Zwanzigerjahre tätig. Es dauerte, bis die nächste Generation an Pädagogen nachwuchs. In mehreren Berichten über den Schulalltag der Zeit hatten Schüler das Gefühl, die Lehrer seien ihnen feindlich gesinnt und wollten sie mit ihrem ganzen Willen unterwerfen. Die aus Kaisers Zeiten bekannte »Jugendfeindlichkeit« schien noch weit verbreitet. Allzu häufig waren die Schulgebäude und die Ausstattung in katastrophalem Zustand. Keine leichten Bedingungen für einen Freigeist wie meinen Theodor, der sich dann auch noch in seinen Klassenkameraden verliebt. Berlin war in den Zwanzigerjahren ein Zentrum der homosexuellen Emanzipationsbewegung, die mit der Machtübernahme der NSDAP jäh zurückgeworfen wurde. Über dieses dunkle Kapitel deutscher Geschichte werde ich nicht schreiben. Viel lieber möchte ich Sie mit dem vierten Band der Kinderklinik-Reihe in die Jahre 1948/1949 entführen. Der Zweite Weltkrieg ist vorbei, Deutschland von den Alliierten besetzt und Berlin in vier Sektoren aufgeteilt. Eine spannende Zeit voller Hoffnung auf eine bessere Zukunft. Lassen Sie sich überraschen, wie es in Marlenes und Emmas Leben weitergeht. Eines kann ich Ihnen jedoch schon verraten: Das Ärzteteam der Kinderklinik Weißensee wird tatkräftig durch die junge Lissi Vogel unterstützt. Und Lissi ist hoch motiviert, eine genauso gute Ärztin wie ihre Tante Lene zu werden. Anders als Marlene will sie von der Liebe zu einem Mann nichts wissen, und das, obwohl der Richtige bald vor ihr steht.

Literaturhinweise

E. Feer: Diagnostik der Kinderkrankheiten, in: Enzyklopaedie der Klinischen Medizin (Hrsg.: L. Langstein, C. von Noorden, C. Pirquet, A. Schittenhelm), Verlag von Julius Springer, Berlin 1922.

A. Fleming: ON THE ANTIBACTERIAL ACTION OF CULTURES OF A PENICILLIUM, WITH SPECIAL REFERENCE TO THEIR USE IN THE ISOLATION OF B. INFLUENZAE., From the Laboratories of the Inoculation Department, St Mary's Hospital, London, British Journal of Experimental Pathology, Jun. 1929, 10(3), S. 226–236.

A. Lange: Berlin in der Weimarer Republik, 1987, Dietz Verlag Berlin.

J. Grober (Hrsg.): Das Deutsche Krankenaus, Handbuch für Bau, Einrichtung und Betrieb der Krankenanstalten, 1932, Verlag von Gustav Fischer in Jena.

P. Dittrich (Hrsg.): Handbuch der ärztlichen Sachverständigen-Tätigkeit, Zehnter Band, 2. Teil, O. Solbrig: Ärztliche Sachverständigen-Tätigkeit auf dem Gebiete der Hygiene, 1929, Urban & Schwarzenberg.

H. J. Koch, H. Glaser: Ganz Ohr – Eine Kulturgeschichte des Radios in Deutschland, 2005, Böhlau Verlag GmbH & Cie, Köln.

K. Breitkopf (Hrsg.): Rundfunk – Faszination Hörfunk, 2006, Hüthig Verlag.

J. Ehrengruber: Geheim- und Nachrichtendienste des Deutschen Kaiserreichs vor Ausbruch des Ersten Weltkriegs, 2013, GRIN Verlag.